HEYNE <

Constance Sayers

Wenn die Dunkelheit endet

Roman

Aus dem Amerikanischen übersetzt
von Charlotte Lungstrass-Kapfer

WILHELM HEYNE VERLAG
MÜNCHEN

Titel der amerikanischen Originalausgabe:
A WITCH IN TIME

FSC
www.fsc.org
MIX
Papier aus verantwortungsvollen Quellen
FSC® C083411

Verlagsgruppe Random House FSC®N001967

2. Auflage
Deutsche Erstausgabe 06/2020
Redaktion: Bettina Spangler

Printed in Germany
Umschlaggestaltung: Guter Punkt GmbH und Co. KG, München
Satz: Greiner & Reichel, Köln
Druck und Bindung: CPI books GmbH, Leck
ISBN 978-3-453-32085-7

www.heyne.de

Für meine Schwester, Lois Sayers.

»Ich bin hoffnungslos verliebt in eine Erinnerung.
In ein Echo aus einer anderen Zeit, von einem anderen Ort.«

Michael Faudet

1

Helen Lambert

Washington D. C., 24. Mai 2012

Kurz nachdem meine Scheidung endgültig war, schickte mein bester Freund mich zu einem Blind Date. Also schlenderte ich durch Le Bar im Sofitel in der 15. Straße und fragte nach »der Varner-Reservierung«. Die Bedienung deutete auf einen Mann, der allein am Fenster saß.

Washington ist im Grunde seines Herzens eine vornehme Südstaatenstadt mit entsprechendem Dresscode. In einem Raum voller marineblauer Anzüge, Krawatten und vereinzelter sommerlicher Seersuckerjacketts stach Luke Varner fast schon grauenvoll hervor. Er war von Kopf bis Fuß in Schwarz gekleidet, was ihn wie einen Kunstschaffenden aus Soho wirken ließ, der an der Penn Station die falsche Bahn genommen hatte und sich nun zwischen übermäßig wohlgenährten Männern wiederfand, die träge den Bourbon in ihren Gläsern schwenkten und auf kalten Zigarren herumkauten.

Als er aufblickte, bemerkte ich, dass er weder umwerfend gut aussehend noch besonders sexy war. Die Gesichtszüge dieses

Mannes hatten nichts Exotisches an sich, er wirkte beinahe farblos wie eine bequeme Khakihose. Ich fragte mich, was sich mein Freund Mickey wohl dabei gedacht hatte. Dieser Mann war so gar nicht mein Typ.

»Ich bin Helen Lambert.« Ich streckte ihm meine schweißfeuchte Hand entgegen – ein klares Zeichen dafür, dass dies meine erste Verabredung seit beinahe zehn Jahren war. Es würde eine schnelle Angelegenheit werden; nur ein Drink, um nicht unhöflich zu sein. Immerhin war ich gerade erst wieder auf dem Markt, da konnte ein Übungsdate nicht schaden.

»Hallo. Luke Varner.« Er stand auf und musterte mich mit verhaltener Überraschung.

Trotz meiner eigenen Enttäuschung über seine Person nahm mir das etwas den Wind aus den Segeln. Entsprach ich vielleicht auch nicht ganz Mickeys Beschreibung? Luke setzte sich wieder, wirkte aber nachdenklich und schweigsam, als wäre er in Gedanken mit einem schwierigen Rätsel beschäftigt. Nachdem er mich eingeladen hatte, Platz zu nehmen, breitete sich eine unangenehme Stille zwischen uns aus.

»Mickey hat mir von Ihrem Haus erzählt. Es muss ja wunderschön sein«, begann ich wahllos vor mich hin zu plappern, während ich mir die Serviette auf den Schoß legte, sie wieder wegzog und schließlich auf dem Tisch ablegte. Entsetzt stellte ich fest, dass sie überall auf meinem schwarzen Rock weiße Fädchen hinterlassen hatte. Ich drehte mich zur Bedienung um und schwenkte die bösartige Serviette wie eine weiße Flagge.

Meine vergeblichen Versuche, die Aufmerksamkeit der Frau auf mich zu lenken, sorgten dafür, dass Luke Varners Mundwinkel amüsiert zuckten. Plötzlich kam mir meine Vorstellung so übertrieben vor wie bei einer Varietékünstlerin.

»Na ja, es ist alt«, meinte Luke.

»Hä?« Verwirrt sah ich ihn an.

»Mein Haus.« Nun lachte er wirklich. »Sie hatten doch nach meinem Haus gefragt.« Seine Stimme war ein wenig rau, als hätte er sich im Laufe der Jahre einige Zigaretten gegönnt. »Ich mag Häuser, denen man den Lauf der Zeit ansieht. Heutzutage nennt man das wohl ›Charakter‹.«

»Charakter.« Ich nickte verstehend. »Hat Mickey Ihnen erzählt, dass wir zusammenarbeiten?«

Luke lehnte sich zurück. In seinem Lächeln schwang leiser Spott mit. »Wie ich hörte, sind Sie Herausgeberin einer Zeitschrift.«

»In Frame.« Ich richtete mich auf. »Der Name geht auf einen Begriff aus der Fotografie zurück. Wir beschäftigen uns mit Trends, mit allem, was dabei ist, stärker in den Fokus zur rücken, egal ob Weltpolitik, Kultur, Religion, Mode oder Lifestyle. Unsere Reporter und Autoren sehen sich alle aufkommenden Trends an, und das rund um den Erdball. Und wir sind bekannt für unsere Fotos.«

Langsam klang ich wie eine lebende Werbebroschüre, also riss ich mich zusammen, bevor ich auch noch anfing, ihm auf die Nase zu binden, dass *In Frame* gerade den National Magazine Award gewonnen hatte und als »eine der bedeutendsten Zeitschriften – nicht nur national, sondern weltweit« bezeichnet worden war.

Endlich schaffte es die Kellnerin, mir eine frische, schwarze Serviette zu bringen, die ich auf meinem Schoß ausbreitete. Da ich ziemlich nervös war, überkreuzte ich die Beine, damit sie nicht zitterten. Warum war ich so angespannt wegen eines Mannes, an dem ich keinerlei Interesse hatte? Vermutlich lag es daran, dass ich überhaupt wieder Dates hatte. Doch da war noch irgendetwas anderes.

»*In Frame*, genau«, nickte er. »Die habe ich hin und wieder am Kiosk gesehen.«

»Unser Format ist größer als das der meisten anderen Zeitschriften«, plapperte ich weiter. »So springen einen die Fotos regelrecht an.«

Er atmete einmal tief durch und starrte dann auf den Tisch, bevor er sagte: »Du hast dich überhaupt nicht verändert. Ich meine, natürlich hast du dich verändert ... vor allem deine Haare. Sie haben jetzt eher die Farbe von Kupfer.« Angestrengt musterte er seine Gabel. »Tut mir leid«, murmelte er.

»Entschuldigung?« Sicher hatte ich ihn missverstanden. »Wir haben uns gerade zum ersten Mal gesehen.« Lachend rückte ich mein eigenes Besteck zurecht.

Luke schlug die Speisekarte auf, überflog sie und ließ sie schwungvoll wieder auf den Tisch fallen. Mit leicht geneigtem Kopf sah er mich an. »Komme ich dir denn kein bisschen bekannt vor?«

Verlegen schüttelte ich den Kopf. »Sind wir uns etwa schon einmal begegnet? Ich habe ein wirklich grauenvolles Gedächtnis.«

»Überhaupt nicht? Wirklich?« Er beugte sich über den Tisch, wohl damit ich mir sein Gesicht genauer ansehen konnte. Seine leuchtend blauen Augen schwebten genau über der Kerze, die in der Tischmitte stand. Mir fiel auf, dass sein Gesicht gebräunt war, allerdings nicht gezielt, eher so als würde er viel im Garten arbeiten. Die blonden – oder grauen? – Bartstoppeln auf seinen Wangen waren mindestens einen Tag alt. Doch, in diesem Augenblick, bei diesem Licht, kam er mir tatsächlich vertraut vor. »Nein«, log ich.

»Ich hasse diesen Moment.« Angespannt rieb er über seine Oberschenkel. »Dreißig Jahre lang fürchte ich mich vor diesem

Moment, dann rufst du mich, und wir machen das alles erneut durch.« Zur Veranschaulichung ließ er seinen schlanken Zeigefinger kreisen. »Ich habe dich so lange nicht gesehen.«

»Wie bitte …? Ich *rufe* Sie?«

»Oh ja. Zum ersten Mal hast du mich im Jahr 1895 in Frankreich gerufen.« Er unterbrach sich kurz. »Eigentlich war es damals deine Mutter, aber wir müssen uns nicht in die technischen Einzelheiten vertiefen.«

»Meine *Mutter*?« Vor meinem inneren Auge erschien Margie Connor, meine Mutter, die in diesem Moment wahrscheinlich gerade bei einem Treffen ihres Buchclubs in Bethesda weilte, wo sie Wein aus dem Tetra-Pak trank und sich mit geräuchertem Gouda vollstopfte. Diesen Monat sprachen sie über *Die Giftholzbibel*.

»Dann wieder in Los Angeles, 1935. Das letzte Mal in Taos, 1970. Ich wünschte wirklich, du würdest mal in Venedig wiederauftauchen, oder an einem anderen etwas interessanteren Ort. Ich meine, dieses Washington ist kaum mehr als ein Sumpf.« Stirnrunzelnd stellte er fest: »Mir ist klar, dass du in dieser Stadt eine gewisse Ähnlichkeit zu Paris siehst, aber …« Er verstummte und lehnte sich so gelassen zurück, als hätte er mir gerade nur erzählt, wie der Tag im Büro verlaufen war.

Ich stieß so geräuschvoll den Atem aus, dass ich unabsichtlich die Aufmerksamkeit des Mannes am Nebentisch auf mich lenkte. »Nur damit ich das richtig verstehe: Ich habe Sie *gerufen*, und zwar im Jahr 1895?« Sorgfältig legte ich meine Serviette auf den Tisch und schielte unauffällig nach meiner Jacke. Dann stand ich auf. »Es tut mir leid, Mr. Varner. Sie müssen mich mit jemandem verwechseln.«

»Helen.« Plötzlich lag erstaunlich viel Autorität in seiner Stimme. »Ich bin wirklich nicht gut in dieser Sache, aber diese Theatralik ist kindisch. *Setz dich wieder hin*.«

»Hinsetzen?« Ich beugte mich vor und stemmte beide Hände auf den Tisch. »Sie sind vollkommen irre, Mr. Varner. Ich kenne Sie nicht. Ich bin dreiunddreißig Jahre alt, keine hundert. Ich habe mich weder in Frankreich mit Ihnen getroffen … noch an einem anderen Ort. Und was meine Mutter angeht, die arbeitet für die Gesundheitsbehörde. Sie hat sie ganz sicher nicht … gerufen. Im Jahr 1895. Das kann ich Ihnen versprechen.«

»Helen«, wiederholte er etwas ruhiger. *»Setz dich.«*

Und seltsamerweise gehorchte ich, ließ mich wie ein artiges Kind wieder auf meinen Stuhl sinken.

Wir saßen uns gegenüber und sahen uns an. Die Kerzen auf den Tischen der Bar leuchteten wie winzige Straßenlaternen, und wieder überkam mich ein Gefühl der Vertrautheit. Dann tauchte ein Begriff in meinem Kopf auf. Gaslaternen? Mit einem heftigen Kopfschütteln versuchte ich, das Bild loszuwerden, das ich plötzlich vor mir sah: das charakterstarke Gesicht dieses Mannes im Schein einer Gaslaterne. Wie Blitze schossen weitere Eindrücke durch meinen Geist: sein Lächeln, während wir in einer Kutsche über einen breiten Boulevard fuhren, untermalt von energischem Hufgeklapper auf dem Straßenpflaster; sanftes Licht überall, das sein Gesicht mit dieser leicht verwaschenen Farbe überzog, die entsteht, wenn man eine Taschenlampe unter die Bettdecke hält. Seine Kleidung passte nicht, sie sah beinahe aus wie eine viktorianische Kostümierung, und auch die Szenerie war falsch. Mir wurde schwindlig, und ich musste mich an der Tischkante festhalten. Dann wandte ich mich ab und sah aus dem Fenster. Selbst die mit Lichterketten geschmückten Bäume dort draußen, die sich leicht im Wind wiegten, funkelten verschwörerisch und verliehen Luke Varner den Glanz einer anderen Zeit, die Ausstrahlung des tragischen Helden eines Shelley-Gedichts.

Er schob die Speisekarte von sich. »Du hast mich vor einer Weile gerufen und mich gebeten, etwas für dich zu tun, und ich habe es getan.«

Als ich protestieren wollte, hob er abwehrend die Hand. »Wirklich, Helen? Wir wissen doch beide, wovon ich spreche, oder nicht?«

Und da fiel es mir ein.

2

Helen Lambert

Washington D.C., Januar 2012

Ende Januar eröffnete mir mein Ehemann Roger, dass es zwischen uns aus sei. Unsere Anwälte waren in Bereitschaft, doch obwohl wir seit einem Jahr getrennt waren, hatte keiner von uns die Scheidung eingereicht. Wir hatten es mit einer Therapie versucht, mit Zusammenleben, Getrenntleben, aber nichts konnte die Dinge zwischen uns wieder so ins Lot bringen, dass es sich wie eine dauerhafte Sache anfühlte. Was vor allem daran lag, dass ich ständig in dem Gefühl lebte, hinter seiner ersten großen Liebe zurückstehen zu müssen: der Hanover-Sammlung.

Roger war Chefkurator und Direktor der Hanover-Sammlung, eines Museums, das über dreitausend französische und amerikanische Gemälde und eine der größten Sammlungen im Bereich der Schwarz-Weiß-Fotografie beherbergte, die jemals in den Vereinigten Staaten zusammengestellt worden war. Es mag so klingen, als wäre das Hanover nur eine Einrichtung, doch es ist mehr als das. Roger war vollkommen besessen von der Hanover-Sammlung. Kein Ort dieser Welt war gut genug, um sie auszustellen, und der Tag hatte nicht genügend Stunden für ihn, um daran zu arbeiten. Lose Zettel mit Gebäudeskizzen und Entwürfen neuer Seitenflügel tauchten überall auf, teils auch bekritzelte Servietten – sogar auf unserer Toilette. Es war äußerst schwierig, sich Rogers Aufmerksamkeit zu sichern, wenn es um so profane Dinge wie etwa eine kaputte Spülmaschine ging. Drei Jahre lang leitete er eine Spendenkampagne, die schließlich fünfundachtzig Millionen Dollar einbrachte, mit denen das perfekte Heim für seine Sammlung gebaut werden sollte. Ein Erfolg, der größtenteils der Tatsache zu verdanken war, dass er Sara Davidz eingestellt hatte, die offenbar ein absolutes Genie im Auftreiben von Spendengeldern war. Roger war es gelungen, die Besucherzahl auf über 425 000 zu steigern, was nicht schlecht war, wenn man bedenkt, dass es sich beim Hanover um eine private Einrichtung handelte, die mit den vielen kostenlos zugänglichen Smithsonians in ganz Washington konkurrieren musste. Roger Lambert war der König der Museumsstadt. Ein Wunderkind in der Welt der Philanthropen, ein verrücktes Genie, das in der *New York Times* und der *Washington Post* erwähnt wurde und einen Artikel in *The Chronicle of Philanthropy* bekam. Er hielt sogar einen Vortrag auf der TED: Wie kleine Organisationen Gelder auftreiben können, solange sie nur fest an ihre Ziele glauben. Und dann hatte er die alteingesessenen Washingtoner – angeblich die größten Museumsbauer überhaupt – damit schockiert, dass er keinen amerikanischen Architekten anheuerte, sondern eine japanische Firma, die ihm im aufstrebenden Waterfront-Bezirk eine gläserne Blockkonstruktion kreieren sollte. Dass er die Sammlung von ihrem alten Standort in einer georgianischen Villa in der Reservoir Road in Georgetown in dieses trendige Viertel an der Maine Avenue verlegen wollte, hatte die Museumswelt kurzzeitig gegen ihn aufgebracht. Die *Washington Post* bezeichnete seinen geliebten Entwurf als »eine überteuerte Travestie, die an gestapelte Eiswürfel erinnert«. Da das hochherrschaftliche Haus mit den verschlungenen Korridoren in Georgetown nun leer stand, fingen Jugendliche an, die Fensterscheiben einzuwerfen, und letztlich sah sich die historische Gesellschaft gezwungen, die hässlichen Lücken mit Brettern zu vernageln. Dadurch fiel Roger Lambert noch stärker in Ungnade.

Roger und ich waren in Washington eine Art Institution; ein Paar, das berühmt war für seine Abendgesellschaften in seinem Heim auf dem Capitol Hill. Jeden Monat gaben wir ein Essen für jene Menschen, die in der letzten Ausgabe von *In Frame* vorgestellt worden waren – um sozusagen die Zeitschrift in die Wirklichkeit zu holen. In unserem Esszimmer fanden bequem sechzehn Menschen Platz, und die Einladungen zu diesen monatlichen Events waren heiß begehrt. Roger und ich gaben uns stets Mühe mit der Gästeliste, wir schufen bunte Mischungen aus Malern und Politikern, Mathematikern und Musikern. Einmal im Jahr veranstalteten wir ein reines Künstler- oder Politikerdinner, aber den meisten Spaß machte es uns, vielseitige Gästelisten zu schreiben, die für eine gewisse Spannung sorgten. Die Einladung selbst bestand aus einem einfachen Anruf von Roger oder mir, und die Leute kamen tatsächlich aus aller Welt angeflogen, um bei uns am Tisch zu sitzen. Doch diese Vorgehensweise führte auch zu gewissen Problemen. Ein bekannter Fotograf schlug die Einladung aus und erklärte mir – bevor er einfach auflegte –, wir seien ihm »zu bourgeois« (womit er nicht ganz unrecht hatte, aber das gehörte zum Spaß dazu). Bei einer anderen Gelegenheit verließ ein berühmter Schauspieler empört unser Haus, weil wir ihn neben einem Wissenschaftler platziert hatten, der keine Ahnung hatte, wer sein Tischnachbar war. Dummerweise wird unser Haus in der Maryland Avenue nicht besonders oft von Taxis angefahren, und so musste er an einem frostigen Januarabend zehn Minuten draußen stehen, bis ihn ein nigerianischer Taxifahrer mitnahm – der ebenfalls keine Ahnung hatte, wer er war.

Doch das alles fand Ende Januar ein abruptes Ende, als Roger mich zu unserem Lieblingsvietnamesen in der Connecticut Avenue ausführte und mir erklärte, er habe sich in Sara verliebt. Wirklich überraschend kam das nicht. Ich hatte es erst geahnt, dann gewusst, hatte aber weder die Frau noch die Affäre sonderlich ernst genommen. Meiner Meinung nach machte Roger nur eine Phase durch.

Doch nun erläuterte er mir, seine Liebe zu Sara sei hoffnungslos und endgültig, eine Liebe, wie er sie nie gekannt habe, bevor sie durch seine Tür getreten sei. Ich nickte wie ein aufmerksamer Schüler in der ersten Reihe und löffelte meine Suppe, während er mich mit glühendem Blick anstarrte. Diesen Gesichtsausdruck hatte ich seit Jahren nicht an ihm gesehen. Nein, das nehme ich zurück. Diesen Gesichtsausdruck hatte ich *noch nie* an ihm gesehen.

Roger und ich hatten uns an der Georgetown University kennengelernt, als er sich im Seminar *Amerikanische Geschichte seit 1865* neben mich setzte. Der Kurs war extrem unbeliebt, weil er von einem Professor abgehalten wurde, der dafür bekannt war, fast nie besser zu benoten als mit einer Drei. Roger hatte sich – obwohl er bereits im Hauptstudium war – sehr spät für seine Kurse eingeschrieben und war deshalb gezwungen, dieses Seminar zu belegen. Ich hatte Politikwissenschaften im Hauptfach belegt, und dieser Kurs war für mich Pflicht; am Ende bekam ich eine der extrem seltenen Einsen. Damals band ich meine roten Haare immer zu einem hohen Pferdeschwanz, hatte einen geraden Pony wie Bettie Page und trug neben einer Cateye-Brille auch immer eine Ausgabe von Robert Caros *The Path to Power* mit mir herum; einem von mehreren Büchern dieses Autors über Lyndon B. Johnson. Anfangs fand ich Roger eher nervtötend, weil er stets unvorbereitet zu den Sitzungen kam, aber er muss wohl gespürt haben, dass man mich mit politischen Manövern um den Finger wickeln konnte. Im Herbst beeinflusste er die Wahl der Homecoming-Queen zu meinen Gunsten, stopfte massenhaft Wahlzettel in die Urnen und brachte wahre Heerscharen von Studenten dazu, für mich zu stimmen. Diese Aktion hatte so viel Lyndon B. an sich, dass ich wirklich geschmeichelt war. Am Ende landete ich so auf einem respektablen zweiten Platz, und Roger wurde mit einem Date belohnt, das zehn Jahre andauern sollte.

Wenn ich nun die Augen schloss, sah ich unser gemeinsames Leben vor mir: mitternächtliche Frühstücksorgien in formeller Abendgarderobe bei Au Pied de Cochon auf der Wisconsin Avenue nach irgendeiner Gala; ein Essen bei 2Amys and Pete's in Friendship Heights, bei dem wir ausdiskutierten, welches Restaurant die beste Pizza machte; den Kauf unseres großartigen alten Reihenhauses auf dem Capitol Hill, das wir uns kaum leisten konnten; Fahrten nach Charlottesville in Rogers Jeep, auf denen wir die alte Kassette mit House of Loves *Babe Rainbow* rauf und runter hörten; und schließlich, wie er mir total nervös mitten in den Barboursville Ruins einen Antrag machte, in der Pause von Shakespeares *Was ihr wollt*.

Aber es hatte auch schlechte Zeiten gegeben. Über mehrere Jahre hinweg hatten wir erfolglos versucht, ein Kind zu bekommen. Das wurde für mich schließlich wohl zu einer Art Besessenheit. Monatlich wurde Clomifen geliefert, das wie ein Hoffnungsschimmer im Kühlschrank wartete, direkt neben den Eiern. (Ja, die Ironie des Ganzen war mir bewusst.) Unsere Ehe hatte fünf wundervolle und zwei weniger tolle Jahre umfasst.

Dann hatten die Hanover-Sammlung und Sara alles verändert. Roger erklärte mir, dass er mit seinem Anwalt gesprochen habe, der die entsprechenden Papiere vorbereite, um die Scheidung zu beschleunigen. Er hoffe, dass wir innerhalb eines Monats vor Gericht erscheinen könnten, um »die Sache abzuschließen«. Ich umarmte ihn zum Abschied, kehrte in meine Wohnung zurück, rollte mich auf dem Bett zusammen und wünschte mir mit der unverstellten Heftigkeit eines Kindes, dass Sara etwas Schreckliches zustoßen möge oder dass sie sterben solle – ich weiß nicht mehr genau, was es war. Denn ich wollte die Sache mit Roger nicht abschließen. Ich wollte ihn wiederhaben. Die Götter sollten für Gerechtigkeit sorgen. Jetzt weiß ich, dass ich mit meinem Wunsch ziemlich schlampig war. Aber hat nicht jeder schon mal einem anderen Menschen den Tod gewünscht? Das meint man doch nicht wirklich ernst!

Es vergingen zwei Wochen, bis Roger sich wieder meldete. Unsere Gespräche waren nur noch geschäftsmäßig, also ging ich davon aus, dass er mich wegen des Gerichtstermins anrief, den er so herbeisehnte.

»Ich muss unseren Termin wegen des Hauses morgen absagen«, erklärte er. »Johanna ist gestorben.«

»Das tut mir leid, Roger.« Ich zögerte kurz. »Kennen wir denn eine Johanna?«

»Saras Mutter Johanna«, blaffte er. »Saras Mutter ist gestorben.«

Da wurde mir klar, dass *wir* tatsächlich keine Johanna kannten.

Nach einer Trennung merkt man vor allem an den kleinen Dingen, dass man sich immer weiter voneinander entfernt: Wenn einer keinen Kaffee mehr trinkt, sondern Chai-Tee; wenn der Ex ein neues T-Shirt trägt, von dem man weiß, dass man es nie gewaschen hat; wenn plötzlich im Gespräch ein neuer Name auftaucht. Roger hatte nun ein ganzes Adressbuch voll neuer

Namen, die mir nichts sagten. Einer davon war Johanna, die nun anscheinend tot war.

Ich fing gerade erst an, mich daran zu gewöhnen, ohne Roger zu sein. Meine bisherigen Erfahrungen mit Scheidungen hatten mir gezeigt, dass Freunde einem, wenn eine dritte Partei beteiligt ist – und Sara war definitiv eine dritte Partei –, aus treuer Ergebenheit jedes noch so kleine Detail verraten. Da sie nicht sicher sind, wie es mit deiner Ehe weitergeht, versuchen sie, ihr Blatt aufzubessern, und versorgen dich nur zu gerne mit Informationen – Namen, Orte, Autotypen, wo sie gesehen wurde, was sie anzieht und wo sie ihre Nägel machen lässt. Und ebenso plötzlich, wie die Informationsflut einsetzt, versiegt sie auch wieder. Eben jene Freunde schauen weg und wechseln das Thema, sobald der Name der anderen Frau fällt, sie verkünden, dass es Zeit für dich ist weiterzuleben, und dass es deinem Trauerprozess nur helfen kann, wenn sie dir die Details ersparen. Doch es bewirkt nur, dass du dir isoliert vorkommst. Während Roger weiter über Johanna schwafelte, wurde mir bewusst, wie schrecklich allein ich mich fühlte.

In der Woche darauf begegnete ich ihm im Büro meines Anwalts, wo er die Autopapiere abgegeben hatte. Sein Aussehen jagte mir einen regelrechten Schreck ein. Sein Gesicht schien mehrmals über eine Käsereibe gezogen worden zu sein, und zwar über eine alte, rostige, und seine Hände waren mit dicken Verbänden umwickelt. Offenbar war in Saras Haus eine Fensterscheibe zerbrochen, während er sie gerade geputzt hatte. Er erzählte die Geschichte im Flüsterton, ohne mir ein einziges Mal ins Gesicht zu sehen. Ich bin mir nicht sicher, ob das an den Schmerzen lag oder daran, dass er einfach genug von mir hatte, aber ich fand es beunruhigend, ohne genau sagen zu können, warum. Am Nachmittag rief ich unseren gemeinsamen Freund Mickey an und erkundigte mich, was er gehört hatte. Bei einem Mittagessen im Off the Record im Hay-Adams-Hotel brachte Mickey mich dann auf den neuesten Stand.

»Also, *zuerst*«, er beugte sich verschwörerisch vor, »ist Saras Mutter bei einem merkwürdigen Unfall gestorben. Sie ist während der Acquagymnastik im YMCA ertrunken, dabei war das Wasser gerade mal einen Meter tief. Ein Meter? Ich meine, wie kann man da ertrinken? Da kann man doch wohl noch stehen, oder nicht?« Achselzuckend fuhr er fort: »In ihrer Trauer hat Sara angefangen, das gesamte blöde Haus zu putzen, inklusive der Fenster. Seltsam, oder?« Mickey verdrehte die Augen. »Offenbar hat sie bodentiefe Fenster in dem neuen Anbau zu ihrem Fünfzigerjahre-Bungalow.«

Nun verdrehte ich die Augen. »Was auch sonst?«

»Jedenfalls ist eines dieser sagenhaften Fenster über Roger und ihr zusammengebrochen. Sie hätten beide dabei draufgehen können.« Um mir den Ernst der Lage noch drastischer zu verdeutlichen, zog Mickey einen Finger quer über seinen Hals. »Die Fenster heutzutage sind wohl auch nicht mehr das, was sie mal waren.«

Und dann ließ er mit gesenkter Stimme die eigentliche Bombe platzen: »Sara hat verlangt, dass er geht. Sie glaubt wohl, über ihrer Beziehung läge ein schlechtes Karma.«

Auch wenn ich es nicht gerne zugab, musste ich Sara recht geben. Das Universum war in Bewegung geraten, und ich wurde das Gefühl nicht los, dass ich das ausgelöst hatte – erst Johanna, dann das Fenster. Wahrscheinlich war ich schon total übergeschnappt und narzisstisch. Solche Dinge entzogen sich schließlich vollkommen meiner Kontrolle. Oder?

Doch dann traf ich *ihn*, und er bestätigte mir alles.

3

Helen Lambert

Washington D.C., 24. Mai 2012

Ich wollte etwas sagen, aber Luke hob mahnend den Zeigefinger. Als ich mich umdrehte, stand direkt hinter mir ein Kellner.

»Wir nehmen eine Flasche von dem Château Haut-Brion«, sagte Luke und gab dann in perfektem Französisch seine Bestellung auf. Der Kellner schrieb es auf und verschwand. »Wie ich bereits sagte“, fuhr Luke fort. »Du hast mich gerufen, hast dann aber alles wieder abgeblasen … hast deine Meinung geändert. Was mich inzwischen eigentlich nicht mehr überraschen sollte. Du bist nicht der rachsüchtige Typ, warst du noch nie.«

»Wovon reden Sie da, zum Teufel?«, zischte ich.

Luke zog nur eine Augenbraue hoch. »Ernsthaft, Red?« Er streckte den Arm über den kleinen Bistrotisch und strich mir eine Haarsträhne aus den Augen. »Ich meine mich daran zu erinnern, dass du dir etwas ziemlich Schlimmes gewünscht hast, als du dort eingerollt auf deinem Bett lagst.« Er holte tief Luft, dann fügte er hinzu: »Ich hatte ja gehofft, dass du dir seinen Tod wünschst, aber das hast du nicht. Dabei hätte ich ihn gerne umgebracht. Roger Lambert ist ein noch größeres Arschloch als Billy Rapp, noch ahnungsloser und langweiliger. Warum jedes Mal er, Red? Immer und immer wieder. Aber du kannst daran wohl gar nichts ändern, wie?«

»Wovon in aller Welt reden Sie denn da? Wer ist dieser Billy Rapp?«

Er musterte mich kurz und schien zu einem Entschluss zu gelangen. »Unwichtig.«

»*Sie* haben Saras Mutter ertränkt.« Mir versagte die Stimme.

»Nein. Streng genommen warst du es.«

Luke hatte offenbar eine Vorspeise bestellt, denn nun wurden Pommes frites mit Parmesan und Trüffel serviert. Er widmete sich den Fritten, als führten wir eine entspannte Unterhaltung über die Band, die wir gerade im Rock & Roll-Hotel gesehen hatten – aber nicht über den Mord an einer Frau. Allerdings sprach er erst weiter, nachdem der Kellner gegangen war.

»Ganz im Ernst, Helen, du solltest etwas vorsichtiger sein, wenn Servicekräfte zugegen sind.« Er nahm sich das nächste Kartoffelstäbchen von dem silbernen Tablett und deutete damit auf mich, bevor er es in die Mayonnaise tunkte. »Du warst ziemlich nachlässig. Du sagtest, du willst … mal sehen … wie hast du es noch gleich formuliert?« Grübelnd starrte er an die Decke. »›Dass Sara etwas Schlimmes passiert.‹«

»Ich sagte, ich will, dass sie *stirbt*.« Wie ein schmollendes Kleinkind nahm ich mir ein paar Fritten und stopfte sie mir in den Mund. Während ich langsam kaute, hoffte ich, damit meine Abscheu kundgetan zu haben.

»Nein.« Luke schüttelte den Kopf. »Das hast du ganz sicher nicht gesagt.« Nachdem er einen Schluck Wasser getrunken hatte, fuhr er fort: »Hättest du das gesagt, wäre sie jetzt tot. Ende der Geschichte. Diese Kleinigkeiten vergisst du immer, wie? Wir sind bei diesen Sachen extrem korrekt.« Jetzt wedelte er doch tatsächlich mit seinen Pommes vor meiner Nase herum.

»Ich habe nie gesagt, dass ihre Mutter sterben soll«, sagte ich. Selbstgefällig lehnte ich mich zurück und verschränkte die Arme vor der Brust.

»Ich wiederhole deine Worte: ›Ich will, dass Sara etwas Schlimmes passiert.‹« Frustriert riss er die Arme hoch. »Das kann so ziemlich alles bedeuten. Du solltest mit so etwas nicht leichtfertig umgehen, Red. Das muss dir doch irgendwie auf zellularer Ebene bewusst sein.« Er streckte mir die Hand entgegen, als wollte er mir etwas überreichen. »Wenn du einfach nur Geflügel bestellst, kannst du ebenso gut Stubenküken bekommen wie gebratenen Truthahn, richtig? Hierbei geht es um Genauigkeit.« Mit der Geste eines Politikers reckte er die Finger, um seine Aussage zu unterstreichen. Und dann wechselte Luke Varner plötzlich das Thema wie ein irrer Schurke in einem schlechten Film: »Diese Bar gefällt mir.« Seine Miene hellte sich auf. »Erinnert mich an unsere gemeinsame Zeit 1938.«

»Sie sind verrückt«, stellte ich mit gedämpfter Stimme fest.

Ohne darauf einzugehen, informierte er mich: »Damals warst du Nora. Nora Wheeler.«

Dieser Name löste etwas in mir aus, wie ein Lied, das man vor langer Zeit einmal gehört hat, an das man sich nicht wirklich erinnert, nach dem man sich insgeheim aber noch immer sehnt. Natürlich sagte ich ihm das nicht, aber der Name Nora Wheeler war mir irgendwie vertraut. Seltsamerweise überkam mich der Drang, ihn zu korrigieren und zu sagen: *Nein, Sie meinen Norma.* Das alles hier war total verrückt und brachte mich langsam komplett durcheinander. Ich würde ihm noch fünf Minuten geben, dann behaupten, ich müsse auf die Toilette, und mich durch den Hintereingang verdrücken. Und morgen würde Mickey einiges zu hören kriegen, weil er dieses Date aus der Hölle arrangiert hatte.

Luke aß in aller Ruhe weiter, während der Kellner den Wein entkorkte und erst ihm, dann mir von dem Bordeaux einschenkte, bevor er die Flasche in der Tischmitte abstellte. »Darf ich dir nach dem Essen etwas zeigen?« Luke griff zum Glas und trank ohne jegliches Getue – er ließ den Wein nicht kreisen, roch nicht einmal daran, als hätte das Getränk rein gar nichts an sich, was ihn überraschen oder erfreuen könnte.

Wir aßen schweigend, und Luke bestand darauf, die Rechnung zu übernehmen. Draußen vor dem Sofitel winkten wir ein Taxi heran, aber ich stieg nicht ein. »Ich nehme das nächste«, verkündete ich. Der Portier hatte bereits eines angehalten.

Achselzuckend meinte Luke: »Wir treffen uns auf der Maine Avenue, bei der Hanover-Sammlung.«

»Da kann ich nicht reingehen. Mein Exmann ist …«

»Roger Lambert. Glaubst du, das weiß ich nicht?« Kopfschüttelnd schob er sich auf die Rückbank des ersten Taxis. »Oh Mann, Red, manchmal …« Der Rest des Satzes verlor sich in brummelndem Gemurmel.

Das war meine Chance zur Flucht. Ich stieg ins Taxi und wies den Fahrer an, mich zu meiner Wohnung in der East Capitol Street zu bringen. Doch während der Wagen die New York Avenue hinunterfuhr, vorbei am Museum of Women in the Arts, packte mich plötzlich die Neugier. Wenn ich ganz ehrlich war, hatte Luke sich in meinem Kopf festgesetzt, nervtötend wie das leichte Kribbeln, bevor es richtig anfängt zu jucken. Trotz all der Verrücktheiten, die er von sich gegeben hatte, ging etwas Tröstendes von ihm aus. Seit meiner Scheidung fühlte ich mich, als würde ich ständig den Atem anhalten. Nun ließ ich zum ersten Mal seit einem Jahr die Luft wieder aus mir heraus. Deshalb beugte ich mich vor und gab dem Fahrer ein neues Ziel an. Wenige Minuten später stieg ich am oberen Ende der Maine Avenue aus, wo Luke bereits an einer Mauer lehnte und eine Zigarette rauchte. »Die Chancen, dass du auftauchst, standen fünfzig zu fünfzig«, stellte er fest.

»Sie haben fünfzehn Minuten Zeit, um mich zu beeindrucken.« Entschlossen faltete ich die Hände vor dem Körper. »Die Zeit läuft.«

Ich rechnete damit, dass man uns gar nicht reinlassen würde, denn das Museum hatte bereits geschlossen. Aber Luke ging so selbstverständlich vor mir durch die Tür, als würde er hier arbeiten. Nein, eher, als würde ihm das Gebäude gehören. Als wir durch den Metalldetektor gingen, wurde er vom Personal mit einem überfreundlichen »Willkommen, Mr. Varner« begrüßt. Ich stand regelrecht unter Schock, denn während unserer Ehe waren Roger und ich nie außerhalb der Öffnungszeiten hier gewesen. Ich blieb sogar in der Eingangshalle stehen, da ich nicht wusste, wie wir um diese Uhrzeit in die Ausstellungsräume kommen sollten, aber die Sicherheitsleute der Nachtschicht waren Luke nur zu gerne behilflich.

Das Gebäude der Hanover-Sammlung umfasste einen kompletten Block, war drei Stockwerke hoch und bot den Besuchern einen freien Blick aufs Wasser. Normalerweise verirrte ich mich in den vielen Räumen und landete früher oder später immer in der Abteilung der flämischen Meister. Luke Varner allerdings brauchte keinen Plan, um sich zurechtzufinden, er lief so zielstrebig durch die Gänge wie Pac-Man, ohne sich auch nur einmal nach mir umzudrehen. Er wusste, dass ich ihm folgen würde.

»Ich hasse dieses Gebäude.« Mein Tonfall erinnerte an ein bockiges Kind bei einem Schulausflug. Aber ich hasste diesen Kasten aus Glas und Marmor wirklich abgrundtief.

»Wieso?« Luke betrachtete den glatten Boden, der so frisch gebohnert war, dass seine Sohlen quietschten. Seine Stimme hallte durch die leeren Gänge.

Wieso? Das hatte ich mich bereits tausend Mal gefragt. Vermutlich machte ich die Hanover-Sammlung noch mehr als Sara oder das Unfruchtbarkeitsproblem dafür verantwortlich, dass meine Ehe gescheitert war. Die Erschaffung und Leitung dieses Museums hatte jahrelang wie eine schwärende Wunde zwischen Roger und mir gestanden. Ich war dagegen gewesen, die Sammlung hierher zu verlegen, und hatte Roger gedrängt, sie in ihrem alten Zuhause zu lassen. Roger hingegen hielt die alten Räumlichkeiten für zu klein, um »seine Meisterwerke« angemessen zu präsentieren, und war der Meinung, er müsse »die Nostalgie hinter sich lassen«. Schon bald war er völlig besessen von der Idee, ein großes, unbeflecktes Museum zu bauen, beseelt von dem Kontrast zwischen den alten Gemälden und dem neuen, sterilen Ausstellungsraum. Ja, Roger kam mir vor wie ein Besessener – immer wieder betonte er, er brauche mehr Raum, um sich zu entfalten. Als er begriff, dass ich seine Meinung nicht teilte, hörte er auf, mit mir über den Umzug zu sprechen. Er zeigte mir nicht einmal die Blaupausen. Sara hingegen hielt die Idee, die Sammlung in die Maine Avenue zu verlegen, für brillant. Immer öfter schlich sich ihr Name in unsere Unterhaltungen ein. Ihr gefiel das Grundstück, das sie gefunden hatten, der Grundriss, der Marmor. Sie begleitete Roger zur Grundsteinlegung und zu den Terminen auf der Baustelle. »Dieses Museum hat meine Ehe ruiniert«, rief ich Luke hinterher. »Es war wie eine Geliebte.« Ich blieb stehen und dachte über das nach, was ich gerade zum ersten Mal laut ausgesprochen hatte. »Bis er dann wirklich eine Geliebte hatte.«

»Das hat sich bestimmt noch mieser angefühlt, oder?« Luke ging weiter, durchquerte einen Raum nach dem anderen.

»Arschloch«, murmelte ich verstohlen, beschleunigte aber trotzdem meine Schritte, um nicht abgehängt zu werden.

»Das habe ich nicht gehört«, meinte er nur.

Rogers ganzer Stolz war die kürzlich fertiggestellte Auguste-Marchant-Ausstellung. Es war die weltweit größte Sammlung seiner Gemälde, nicht einmal in Frankreich, dem Herkunftsland des Künstlers, gab es etwas Vergleichbares. In all den Jahren, die ich Roger nun kannte, war er ein leidenschaftlicher Marchant-Sammler gewesen, wobei er schon sehr früh begonnen hatte, als dieser Maler noch in zweitklassigen Museen ausgestellt wurde und für einen Spottpreis zu bekommen war. Er hatte in Marchants sklavischer Hingabe an den weiblichen Akt etwas gesehen, das sich mir nie erschlossen hatte. Zwar war Marchants Arbeit von beinahe fotografischer Präzision, doch seine Darstellung blieb dabei so glatt und geschliffen, dass ihr jede Erotik fehlte. Roger und ich hatten bestimmt tausend Mal vor diesen makellosen, nackten Nymphen gestanden, und trotzdem hatte für mich sogar ein Plastikstuhl von Eames mehr Sexappeal. Nackte Nymphen und Bauersfrauen, die aussahen, als wären sie aus Stein gemeißelt und direkt auf die Leinwand transferiert worden, überwiegend in gedämpften Rot-, Grün- und Blautönen gehalten. Als Impressionisten wie Manet, Matisse und Degas damit begannen, Prostituierte und Säufer zu malen, wurde zum ersten Mal das *echte* Paris abgebildet, was Marchants Technik noch antiquierter wirken ließ. Ein besonders ungnädiger Rivale hatte Marchants Arbeiten als »so bedeutsam wie Vorhänge« bezeichnet. Die Tatsache, dass Marchant in seinen späteren Jahren tatsächlich eine Menge Geld verdient hatte, indem er sich für seine wohlhabenden Mäzene als Innenausstatter betätigte, ließ ihn bei seinen Standesgenossen natürlich noch mehr wie ein überkommenes Relikt erscheinen. Als einer der wenigen Künstler, die schon zu Lebzeiten reich wurden, kam Marchant in den Geschichtsbüchern nicht sonderlich gut weg – weshalb Roger seine Werke anfangs für wenig Geld erstehen konnte. Ich war immer skeptisch gewesen, ob sie überhaupt von Wert waren. Die übergroßen, wuchtigen Rahmen erinnerten mich an Hotellobbykunst. Unten im Tresor lagerten Marchants Staffeleien, Farben und Pinsel. Die Enkelin des Künstlers hatte die Sachen im Laufe der Jahre nach und nach verkauft, weil sie Geld brauchte. Auch dieses Zeug hatte Roger bei jeder sich bietenden Gelegenheit geduldig gesammelt.

Luke blieb vor einem riesigen Gemälde stehen, das mir nie zuvor aufgefallen war. Ein vielleicht sechzehnjähriges Mädchen mit rötlich braunem Haar blickte von einer leicht erhöhten Stufe auf uns herab. Der Farbton ihrer Haare passte zu dem ihrer Kleidung, die in schmutzigen Grün- und Brauntönen gehalten war, vermutlich verschlissen vom vielen Tragen und von unzureichender Reinigung. Ihre Füße waren nackt, die Arme hingen vor dem Körper herab, aber ihre weiche Haut leuchtete in einem zarten Rosa wie die eines Engels. Das Bild war so realistisch, dass man den Eindruck bekam, das Mädchen könnte jeden Moment aus dem Rahmen heraus und auf den Marmorboden treten. Offenbar war das Modell sehr gelenkig, denn einer der Ellbogen schien beinahe nach außen überstreckt zu sein. Dieses Detail sprang mir sofort ins Auge, da meine Arme ebenfalls so dehnbar waren.

»Also?« Luke hatte die Hände in die Hosentaschen geschoben. Mir fiel auf, dass die feuchte Luft von Washington seine Haare kräuselte, obwohl er eine großzügige Menge Gel verwendet hatte.

»Es ist hübsch.« Ich zupfte an meinem abblätternden Nagellack herum.

Mit einem lauten Lachen legte er in einer Geste der Verzweiflung die Hand an die Wange. »Echt jetzt? Mehr hast du dazu nicht zu sagen? Zu *diesem* Bild?« Er wandte sich ab, ging zu einer Bank, die in der Mitte des Saals stand, und ließ sich wie ein schmollender Teenager darauf fallen.

Wieder sah ich mir das Mädchen auf der Leinwand an. »Wie gesagt, es ist hübsch. Allerdings sollten Sie wissen, dass Auguste Marchant mich nie sonderlich beeindruckt hat. Das war auch so ein wunder Punkt zwischen Roger und mir.« Resigniert zuckte ich mit den Schultern. Meine Sohlen quietschten leise, als ich mich zu Luke umdrehte. Vorhin war ich noch mit meinem Outfit zufrieden gewesen – kurzer schwarzer Rock und Stiefel –, aber nun fühlte ich mich verkleidet. Beinahe glaubte ich, den weichen, abgetragenen Stoff des Kleides auf der Haut zu spüren, das dieses Mädchen trug, und wollte mich darin einhüllen.

»Oh, das ist wundervoll, beinahe poetisch. Marchant beeindruckt dich nicht. Ganze Zeitalter habe ich darauf gewartet, dich das sagen zu hören … ganze Zeitalter.« Er schüttelte den Kopf, dann fuhr er sich mit beiden Händen durch die Haare; nun wirkte er wie ein frustrierter Lehrer, der es mit einem besonders dummen Schüler zu tun hat. »Das bist *du*.« Luke zeigte auf das Gemälde, als wäre ich total beschränkt. »Siehst du das denn nicht?«

Ich wünschte, ich hätte Luke Varner in diesem Moment eine spektakulär tiefsinnige Antwort gegeben, aber so war es nicht. Stattdessen legte ich verwirrt den Kopf schief, wandte mich wieder dem Bild zu und sagte: »Hä?« Mit in die Hüfte gestemmten Händen marschierte ich zur Wand und las das Schild, das neben dem Gemälde angebracht war: *Mädchen auf Treppe (barfuß), 1896.* Dann bückte ich mich und tat etwas Merkwürdiges, etwas, das ich nie zuvor getan hatte – etwas, von dem ich nicht einmal gewusst hatte, dass ich es beherrschte. Ich prüfte den Pinselstrich. Aus diesem Winkel konnte ich die Dicke der Farbe erkennen, die Schichtung, die Reduktion, und ich begriff instinktiv, wie dieses Gemälde entstanden war. Als ich mich wieder aufrichtete, war mir vollkommen schleierhaft, was mich dazu getrieben hatte, mir das Bild auf diese Weise anzusehen. Ich ging zur Bank hinüber und setzte mich neben Luke. Dann beugte ich mich zu ihm rüber und flüsterte verschwörerisch: »Da steht, dass es 1896 gemalt wurde.«

Unvermittelt stand er auf und fing an, vor mir auf und ab zu laufen, wobei er einen Finger in die Luft streckte, als hätte er gerade eine Idee gehabt. Ebenso plötzlich blieb er wieder stehen, beugte sich zu mir runter und sah mir in die Augen. Ich konnte den Wein in seinem Atem riechen, und dann war da noch ein Hauch von Aftershave; eine angenehme Überraschung. »Das Schild ist falsch. In Wahrheit ist das Bild schon 1895 entstanden. Wie wäre es mit ein wenig Vorstellungskraft? Komm schon, sieh genau hin! Konzentriere dich. Erinnere dich!«

Ohne mich von der Bank zu erheben, spähte ich an ihm vorbei zu dem Bild hinüber. Das Mädchen starrte zurück. Ihr Haar war zu einem einfachen Pferdeschwanz gebunden, aus dem sich feine Strähnen gelöst hatten, die ihr Gesicht umrahmten. Ja, sie erinnerte mich an mich selbst mit dreizehn – vor der Zahnspange, der Korrektur meiner gebrochenen Nase und dem leuchtenden Kupferrot, das meine eher bräunlich rote Naturhaarfarbe aufhübschte. Dieses Mädchen hatte fantastische dicke Haare, die sicher schwer zu bändigen waren. Während ich sie mir so ansah, erwuchs in mir das Gefühl, als hätte ich eine ganze Menge getan, um möglichst *nicht* wie sie auszusehen. In ihren Augen spiegelte sich Schwermut wider. »Sie sieht unglaublich traurig aus.«

»Du *warst* unglaublich traurig.« Luke schien sich mit der Tatsache abgefunden zu haben, dass ich ihm nicht glaubte.

Ich stand auf und strich meinen Rock glatt. Da ich meine

Hände beschäftigen musste, zupfte ich ein paar imaginäre Flusen vom Stoff. »Das war ein sehr interessanter Abend, Mr. Varner. Wirklich sehr interessant.« Ich schenkte ihm ein letztes Lächeln, dann verließ ich den Saal und die Hanover-Sammlung. Das Klappern meiner Absätze hallte durch das leere Museum. Luke Varner folgte mir nicht.

Erst zu Hause bemerkte ich, dass mir einiges von dem, was er gesagt hatte, wirklich unter die Haut gegangen war. Natürlich glaubte ich nichts davon; aber ich glaubte es auch nicht *nicht*. Was er alles über Saras Mutter und Roger gewusst hatte … das war beunruhigend. Vermutlich hätte Mickey ihm davon erzählt haben können, aber das hielt ich für unwahrscheinlich. Dieser Mann schien Zugang zu meinen intimsten Gedanken zu haben.

An diesem Abend schlief ich ohne Probleme ein. Mein Körper fühlte sich merkwürdig schwer an, und meine Träume versetzten mich nach Frankreich: Felder draußen auf dem Land, Sonnenblumen, kleine Steinhäuser, Ziehbrunnen und kalte Kalksteinböden. Solche Gelb- und Grüntöne hatte ich in wachem Zustand mit Sicherheit noch nie gesehen. Der Wald leuchtete wie ein dunkles Juwel, die Büsche schimmerten bläulich-grün, das weiche Sommergras war üppig wie auf den Wiesen Irlands.

Dieses Gras war so realistisch, dass ich glaubte, mit der Hand darüberstreichen und es spüren zu können.

4

Juliet LaCompte

Challans, Frankreich, 1895

Für einen Morgen im Juni war es überraschend warm, als Juliet aus dem Haus trat. Statt angenehmer Kühle strahlten die Steine eine solche Hitze ab, dass sie erschrocken zurück in die Küche sprang. Ihre Mutter blickte kurz hoch und runzelte die Stirn, bevor sie weiter an ihrem Kessel herumschrubbte. »Beeil dich, und keine Trödelei auf dem Heimweg.«

Leichtfüßig ging Juliet wieder hinaus, was beim zweiten Versuch schon weniger schockierend war. Verstohlen sah sie zu ihrer Mutter zurück, dann rannte sie in Windeseile über die aufgeheizten Steinstufen und in das warme, feuchte Gras hinunter. Der Regen von letzter Nacht hing noch zwischen den Halmen, die bei jedem Schritt quietschten, als würde ihr Gewicht sie aufscheuern. Sorgfältig hielt sie ihren Eimer fest, während sie weiterlief. Der Weg zum Brunnen führte an Monsieur Marchants Haus vorbei. An der hohen Steinmauer blieb sie stehen und stellte sich auf die Zehenspitzen. Obwohl sie dieses Jahr schon größer war, konnte sie noch immer nicht über die Barriere schauen.

Nach einem abschätzenden Blick auf den Eimer drehte Juliet ihn um und stellte sich darauf, um besser auf das Grundstück sehen zu können. Die Haustür stand offen, und ein weißer Vorhang bauschte sich in den kleinen Garten hinaus. Die Gerüchte waren also wahr – Marchant war zurück.

»Gute Güte, Mädchen, du wirst noch stürzen und dir den Hals brechen. Wenn du hereinkommen willst, geh durch die Pforte.«

Vor lauter Überraschung verlor Juliet das Gleichgewicht und stürzte von dem Zinneimer.

»Verzeihung, Monsieur.« Ihr Blick fiel auf ihre Füße. Letztes Jahr hatte er sie so wundervoll gezeichnet. Als sie hochsah, starrte er sie an.

»Oh je … du bist seit letztem Sommer ziemlich gewachsen.«

Hastig bückte Juliet sich nach ihrem Eimer. Wie merkwürdig, dass dieser Mann ihr so fremd vorkam, wo er ihr im letzten Jahr doch so vertraut erschienen war, als er sie Dutzende Male gezeichnet hatte. Er trug ein blütenreines weißes Hemd und eine schlichte braune Hose. Das war wohl seine Kleidung für die Sommerfrische auf dem Land, dachte Juliet, nicht das, was er in den Pariser Salons trug. Er musterte sie noch immer. »Ich habe mich nur gefragt, Monsieur …« Sie sah ihn an. Über den Winter hatte er sich einen Bart wachsen lassen, der fast vollständig grau war. Sein Haupthaar, das eigentlich die Farbe des brachliegenden Feldes jenseits der Mauer hatte, hatte sich an den Schläfen ebenfalls grau verfärbt und hing ihm ins Gesicht, als hätte er vergessen, es zu schneiden oder auch nur zu kämmen. »Ich wollte Sie nur zu Ihrer diesjährigen Sommerfrische willkommen heißen.«

»Vielleicht möchtest du morgen Vormittag vorbeikommen, kleine Juliet. Richte deiner Mutter aus, dass ich wieder für deine Dienste bezahlen werde.« Damit wandte er sich ab und ging zur Gartenpforte, wobei er eine Pfeife aus der Hosentasche zog und anfing, sie zu stopfen. Plötzlich wurde Juliet sich ihres schmutzigen, einfachen Baumwollkleides bewusst. Der Saum war mit Matsch verklebt, weil sie die Hühner gescheucht hatte, und ihre knospenden Brüste drückten mit kindlicher Schamlosigkeit gegen den dünnen Stoff. Wie sie wohl auf Marchant wirken mochte? Hastig verschränkte Juliet die Arme vor der Brust. Sie wurde bald sechzehn und war ganz sicher kein Kind mehr.

Juliet sah zu, wie er um die Ecke bog und die Gartenpforte öffnete, bereits an seiner Pfeife saugend und ohne sie noch einmal zur Kenntnis zu nehmen.

Schnell hob sie den Eimer auf und rannte über die sanften, grünen Hügel hinunter zum Brunnen. Mit kräftigen Bewegungen bediente Juliet die Pumpe. Es hatte Jahre gedauert, bis sie stark genug geworden war und sich nicht mehr mit ihrem gesamten Gewicht an den Schwengel hängen musste. Der Anblick des klaren Wassers verriet ihr, dass wohl bereits ein Dienstbote der Bussons hier gewesen war und das abgestandene Wasser abgelassen hatte. Sorgfältig wusch sie den Eimer aus, und nachdem sie sich davon überzeugt hatte, dass kein Schmutz mehr darin klebte, füllte sie ihn bis zum Rand. Morgens das Wasser zu holen gehörte zu Juliets täglichen Aufgaben. Mit ihren neun Jahren war ihre kleine Schwester Delphine noch nicht dazu in der Lage, den vollen Eimer bis zu ihrem Haus zu schleppen. Der Metallhenkel schnitt auch tief in Juliets Hände ein, und so wechselte sie immer wieder die Seite, während sie möglichst schnell den Hügel erklomm. Sie schaffte einhundertzwei Schritte, bevor sie anhalten und die Hand wechseln musste – und sie hatte erst nach vierundfünfzig Schritten angefangen zu zählen. Vor Marchants Gartenpforte blieb sie abermals stehen und verlagerte den Eimer in die andere Hand. Dann spähte sie wieder zum Haus hinüber. Ihn konnte sie nicht sehen, dafür trat aber gerade Madame Marchant auf die Terrasse hinaus. Unter ihrem blauen Baumwollkleid wölbte sich ein schwerer Schwangerschaftsbauch. Juliet packte den Eimer und marschierte über den kleinen Pfad nach Hause.

Dort stellte sie ihre Last vorsichtig auf dem Tisch ab, ziemlich stolz darauf, keinen einzigen Tropfen verschüttet zu haben. Sie strich sich die nun verschwitzten, rotbraunen Locken aus der Stirn, während sie sorgfältig überlegte, was sie sagen wollte. Ihre Mutter schnitt gerade Karotten und Lauch.

»Monsieur Marchant ist wieder da.«

»Habe ich gehört.« Irritiert runzelte ihre Mutter die Stirn und schob sich mit dem Unterarm die dunklen Haare aus dem Gesicht.

Früher war ihre Mutter wohl eine schöne Frau gewesen, aber Juliet wusste, dass drei lebende und ein totes Kind ihren Tribut gefordert hatten. Jetzt hatten schlaflose Nächte dunkle Schatten unter ihre blauen Augen gegraben, und ihre Kleider hingen an einem Körper herab, der kaum kräftiger war als ein Skelett. Es überraschte Juliet, ihre Mutter an so einem Tag im Haus vorzufinden. Normalerweise kümmerte sie sich bei diesem Wetter um ihren großen Garten, in dem überwiegend Kräuter wuchsen – Rosmarin, Muskat, Lavendel und Basilikum, aber auch Exotischeres wie Akazie, Ginseng, Hibiskus, Alant und Beifuß. Selbst wenn ihre Hände rau waren von der vielen Arbeit, strahlte sie eine subtile Eleganz aus, die auf einen anderen Status in anderen Zeiten hindeutete. Obwohl sie nie eine gesehen hatte, war Juliet der Meinung, dass ihre Mutter die graziöse Haltung einer Primaballerina hatte. Ihre Eltern hatten eine Vorgeschichte, über die sie sich heutzutage nur noch mit Blicken und verstohlenem Flüstern austauschten.

Solange die Sonne vom Himmel schien, wanderte Juliets Mutter durch ihren Garten und untersuchte beinahe wie ein Bauer ihre Pflanzen. Doch während ihr Vater seinen Mais auf gröbere Probleme wie Wassermangel oder Hinweise auf Schädlingsbefall prüfte, strich ihre Mutter mit einer Innigkeit über welke Pflanzen, wie sie sonst Ärzte bei ihren Patienten zeigten.

Zwei Wochen lang wurden die Kräuter auf Papier getrocknet, bevor Juliets Mutter sie einlagerte. Manche davon verkaufte sie in Form von Pasten oder Ölen an die Apotheke im Dorf. Doch oft klopften auch bis tief in die Nacht hinein Frauen an die Tür des LaCompte-Hauses.

Während solcher Besuche, die oft mit der Zeit des Vollmonds zusammenfielen, schickte Juliets Mutter ihre Töchter immer nach oben, doch die beiden Mädchen setzten sich still auf die Treppe und beobachteten, wie ihre Mutter die Frauen in die Küche führte und dort diverse getrocknete Kräuter und Öle aus den Regalen holte, während sie leise mit der Besucherin sprach. Es waren immer dieselben Geschichten: Die älteren Frauen waren gebeugt vor Gram wegen eines untreuen Ehemannes, einer bösartigen Nebenbuhlerin, einer verdorbenen Ernte. Bei den Jüngeren gaben die monatlichen Blutungen Anlass zur Sorge – oder auch ihr Ausbleiben, je nachdem. Doch stets umgab diese nächtlichen Besucherinnen eine quälende Dringlichkeit, ihre Körper stanken nach Schweiß und Blut, nach schmutzigen Nägeln und Füßen. Juliets Mutter hatte für jede von ihnen die richtige Tinktur, um alles wieder in Ordnung zu bringen.

Wenn sie ins Dorf gingen, bemerkte Juliet oft, wie die Frauen ihrer Mutter Platz machten, ihr respektvoll zunickten oder ihr Körbe mit Gemüse überreichten, das gerade Saison hatte. Einmal sah Juliet eine der nächtlichen Besucherinnen am nächsten Tag mit einem in Papier eingewickelten Hasen, der wohl eine Art Opfergabe darstellte. Der Hof der LaComptes warf nicht so viel ab, wie er sollte, und Juliet wusste, dass es die nächtliche

Magie ihrer Mutter war, die das Essen für die Familie auf den Tisch brachte, vor allem im Winter. Doch sie barg auch Risiken. In gewissen Geschäften in Challans kaufte ihre Mutter nicht ein. Mehr als einmal hörte Juliet, wie ihrer Mutter *la sorcière* hinterhergerufen wurde, wenn sie vorbeiging. Zwar begriff Juliet nicht ganz, wie Kräuterkunde auf dem Land gefährlich werden konnte, aber sie hatte von anderen *sorcières* gehört, die wegen Mordes angeklagt wurden, wenn ihr Zauber versagte. Die verurteilten *sorcières* wurden dann durch die Straßen geschleppt, auf improvisierte Scheiterhaufen gestellt und verbrannt.

Einmal hatte Juliet sogar gehört, wie ihr Vater ihrer Mutter mit drängender Stimme von einer jungen Hexe erzählte, die gezwungen worden war, sich so lange nackt auf glühende Kohlen zu setzen, bis die Dorfbewohner sicher waren, dass sie nie wieder »mit dem Teufel Unzucht treiben« könne.

Da ihre finanzielle Lage also oft problematisch war, wusste Juliet nun genau, wie sie vorgehen musste. »Marchant hat gesagt, er würde wieder dafür bezahlen, wenn ich für ihn posieren darf.«

»Hat er das?« Die Mutter wischte sich die Hände an ihrer Schürze ab.

»Und er hat gesagt, dass ich morgen Vormittag rüberkommen kann.« In der Hoffnung, möglichst hilfreich zu erscheinen, sammelte Juliet die Karotten- und Lauchabschnitte ein, die ihre Mutter entsorgen wollte.

»Ich denke nicht, dass es sich für ein Mädchen deines Alters noch schickt, für ihn zu posieren. Als du noch ein Kind warst, war das etwas anderes, aber jetzt würde sich das nicht mehr gut ausnehmen. Die Bussons könnten falsche Schlüsse daraus ziehen.«

Der Gedanke daran jagte Juliet einen kalten Schauer über den Rücken. Im Winter hatten Juliets Eltern entschieden, sie mit Michel zu verheiraten, dem ältesten Sohn der Bussons. Der Siebzehnjährige war spindeldürr, blass und rothaarig. Juliet konnte sich keine schlechtere Partie für sich vorstellen, aber seinen Eltern gehörte der Grund, den die LaComptes bewirtschafteten. Dass die Bussons eine solche Verbindung überhaupt in Erwägung zogen, war erstaunlich, da die Familie der Braut gesellschaftlich unter ihnen stand. Offenbar hatte Juliet ihre Abneigung zu deutlich gezeigt, denn ihre Mutter packte sie am Kinn und zwang sie, ihr ins Gesicht zu sehen. Ihre Hände waren warm und feucht.

»Es macht einen schlechten Eindruck. Immerhin wirst du nächstes Jahr Michel Bussons Frau.« Mit entschlossener Miene beendete ihre Mutter das Thema: »Hilf mir, die Kartoffeln zu schrubben, die dein Vater gestern Abend mitgebracht hat.«

Juliets Blick wanderte zu den erdigen Knollen, die wie Steine am Fenster aufgestapelt waren. Als sie hinüberging, kam sie an der offenen Tür vorbei, und ein kalter Luftzug strich über ihre Beine. Sie nahm sich einen Lappen, füllte eine Schüssel mit Wasser aus dem Eimer und fing an, den Dreck von den Kartoffeln zu reiben. Dabei musterte sie mit einem Seitenblick das grüne Kleid ihrer Mutter, an dem Erde aus dem Garten hing. Unwillkürlich musste sie an Madame Marchant und ihr tadellos sauberes blaues Kleid denken.

»Warst du schon mal in Paris?« Aus dem Augenwinkel registrierte sie, wie ihre Mutter blass wurde.

»Was für eine seltsame Frage.«

»Wieso?« Juliet war nicht entgangen, wie sich die Miene ihrer Mutter bei der Erwähnung der Hauptstadt verändert hatte. Sie selbst dachte immer öfter darüber nach, wie das Leben in der großen Stadt wohl sein mochte. Einerseits liebte sie das Gefühl von Gras und Erde unter ihren nackten Füßen, und ihr gefiel das ruhige Leben, das sie hier führte. Andererseits hatte sie zunehmend das Gefühl, dass ihr etwas fehlte; dass ihr Schicksal mehr für sie bereithielt als einen schlaksigen Michel Busson und den täglichen Gang zum Brunnen. Ihre Mutter machte stets ein großes Geheimnis aus der Zeit, bevor sie Juliets Vater begegnet war. Die väterliche Linie ihrer Familie kannte Juliet: die Großmutter, den Onkel und die Cousins. Doch über ihre Verwandten mütterlicherseits wusste sie rein gar nichts, weder über die lebenden noch über die verstorbenen. Beinahe war es so, als wäre ihre Mutter einer großen Muschel entstiegen, wie in dem Bild, das Marchant letzten Sommer gemalt hatte.

»Ich habe vor langer Zeit in Paris gelebt.« Ihre Mutter griff nach einer Zwiebel und fing an, sie klein zu schneiden.

»Das hast du mir nie erzählt.« Eigentlich hatte Juliet nicht damit gerechnet, überhaupt eine Antwort zu bekommen, und schon gar nicht diese. »Hat es dir dort gefallen?«

»Nicht besonders. Es ist ein brutaler Ort. Du würdest es dort nicht mögen, glaub mir. Michel Busson wird den Hof seines Vaters erben. Du wirst bei ihm ein gutes Leben haben, ein Leben in Sicherheit. Du wirst dir keine Gedanken über Hunger oder Kälte machen müssen. Paris ist ein raues Pflaster, die Stadt ist voller Betrüger und Scharlatane. Dieser Maler …« Sie schüttelte den Kopf. »Komm nicht auf dumme Gedanken, Juliet. Das kann nicht gut ausgehen.«

»Ich will kein Leben in Sicherheit. Ich will nach Paris gehen.« Halbherzig versuchte Juliet, mit ihrem Lappen die Schüssel zu reinigen, während sie vor allem damit beschäftigt war, sich einen Reim auf das zu machen, was sie gerade erfahren hatte. Da klopfte es an der Tür. Als Juliet sich umdrehte, stand Auguste Marchant auf der Schwelle. Er hatte sich für seinen Besuch eine braune Jacke übergezogen.

»Das liegt daran, dass du nichts anderes kennst als ein Leben in Sicherheit. Du hast keine Vorstellung davon, was Leid bedeutet.«

Offenbar wollte ihre Mutter noch mehr sagen, aber nun blickte auch sie auf und entdeckte Marchant an der Tür. Sie schien nicht überrascht zu sein.

»Monsieur Marchant.« Mit schweren Schritten ging sie zu ihm hinüber, wischte sich die Hände an ihrem Rock ab und verschränkte anschließend abwehrend die Arme vor der Brust. »Mein Mann ist draußen auf dem Feld, falls Sie etwas von ihm brauchen. Er müsste zum Sonnenuntergang zurück sein.« Die Nachbarsfrauen, die bleich, zitternd und in weite Mäntel gehüllt mitten in der Nacht vor ihrer Tür auftauchten und die gesamte Familie aufweckten, wurden herzlicher aufgenommen als Monsieur Marchant in diesem Moment.

»Dürfte ich hereinkommen?« Marchant zögerte zwar kurz, wartete aber die Antwort von Juliets Mutter nicht ab, bevor er in die Küche trat. »Ah, die kleine Juliet.«

Juliet sah den finsteren Blick, den ihre Mutter auf seinen Rücken richtete.

»Mir ist bewusst geworden, dass ich mich heute Morgen der jungen Juliet gegenüber recht unziemlich benommen habe.« Er musterte zunächst das Gemüse auf dem Tisch, bevor sein Blick zwischen den beiden schweigenden Frauen hin und her wanderte. »Ich habe sie gebeten, morgen Vormittag zu mir zu kommen, da ich an einer neuen Serie arbeite. Doch natürlich hätte es dem Gebot der Höflichkeit entsprochen, zuerst hierherzukommen und das mit *Ihnen* zu besprechen, Madame. Höchst unpassend.« Marchant gehörte zu den Menschen, die ihre Worte stets mit Gesten untermalten. Juliet sah Farbflecken an seinen Fingern und Nägeln.

Schnell drehte sie sich zum Fenster, um ihr Lächeln zu verbergen.

»Ich weiß es zu schätzen, dass Sie gekommen sind, Monsieur

Marchant, und wir sind aufrichtige Bewunderer des wundervollen Werks, das Sie letzten Sommer mit unserer Juliet erschaffen haben.«

»Das Bild befindet sich noch in Ihrem Besitz, nehme ich an?«

»Ja.« Irgendwie schien Juliets Mutter nicht ganz bei der Sache zu sein.

Marchant beugte sich leicht vor, als rechne er bereits damit, dass man ihm eine Absage erteilen würde.

Doch Juliets Mutter fuhr fort, bevor er den Mund öffnen konnte: »Allerdings wird Juliet nächstes Jahr heiraten, wenn sie siebzehn ist, und ich mache mir Sorgen, wie so etwas auf die Familie des Jungen wirken könnte. Das verstehen Sie doch sicher.«

»Aber gewiss doch, Madame LaCompte. Mir ist klar, wie das wirken könnte auf … *die Familie des Jungen*.« Er legte die Fingerspitzen ans Kinn und strich sich über den Bart. »Sehen Sie, in meiner neuen Serie lege ich den Schwerpunkt auf die Darstellung von Kindern. Von jüngeren Kindern. Wenn ich mich richtig erinnere, haben Sie doch ein weiteres Kind, das noch nicht besonders alt sein dürfte. Ein Kleinkind.« Diesmal wartete er ihre Antwort ab.

»Das stimmt, einen Sohn. Marcel wird bald drei.«

Juliet spürte, wie das Hochgefühl aus ihr herausströmte. Monsieur Marchant war gar nicht ihretwegen gekommen. Bei diesem ganzen Auftritt ging es nur um Marcel. Es überraschte sie, wie bitter die Enttäuschung war, die sie bei dieser Erkenntnis überfiel.

»Hervorragend.« Marchant schob die Hände in die Taschen. »Für die neue Serie brauche ich eine junge Frau und ein kleines Kind. Natürlich würde ich sie für die Mühen entschädigen, die ich Ihren *beiden* Kindern damit mache. Sagen wir, das Doppelte dessen, was ich letzten Sommer pro Sitzung bezahlt habe?«

Dieses Angebot schien ihre Mutter sprachlos zu machen.

»Sicher hält es niemand für unziemlich, wenn Ihre Tochter zusammen mit Ihrem kleinen Sohn ihre Zeit für mich opfert.«

»Ich … das muss ich natürlich zunächst mit meinem Mann besprechen.«

Juliet wusste, dass ein Tag ihrer Zeit im letzten Sommer mehr Geld eingebracht hatte, als ihre Familie mit einer Woche Feldarbeit verdiente. Der Lohn für Marcel und sie zusammen wäre zu üppig, als dass ihr Vater das ausschlagen könnte. Zumindest hoffte sie das. Marchant deutete eine Verbeugung an und trat auf den Hof hinaus. Sofort wollte Juliet etwas sagen, doch ihre Mutter hob abwehrend die Hand.

»Schweig. Deine Meinung in dieser Angelegenheit interessiert mich nicht.«

»Aber jetzt wären es hundert Francs pro Sitzung. Das ist mehr, als du an einem Tag auf dem Markt verdienst.«

»Mir ist durchaus bewusst, was Monsieur Marchant uns letztes Jahr bezahlt hat.«

»Wer weiß? Vielleicht hängt mein Bild bald in einem Salon in Paris.«

Diese Vorstellung schien Juliets Mutter einen regelrechten Schrecken einzujagen. »Ich will nicht, dass du für Gemälde posierst. Ich werde nicht zulassen, dass man in dir nichts anderes sieht als eines Künstlers …« Sie verstummte.

»Eines Künstlers *was*?«

»Eines Künstlers *Hure*, Juliet.« Sie stützte beide Arme auf den Tisch und ließ den Kopf hängen. »Du bist zwar noch jung, aber da du bald heiratest, wird es Zeit, dass du solche Dinge lernst.« Juliets Mutter wandte sich wieder den Zwiebeln zu und warf sie in den leeren Kessel. Dann blickte sie mit einem schweren Seufzen aus dem Fenster. »Du hast ja keine Ahnung. Du weißt nicht, welchen Preis das von uns allen fordert.«

5

Helen Lambert

Washington D. C., 25. Mai 2012

Als ich aufwachte, war ich zutiefst befriedigt, so als hätte ich die ganze Nacht wundervollen Sex gehabt. War das etwa ein Klartraum gewesen? Ich hatte schon von so etwas gehört, es aber nie selbst erlebt. Langsam schaute ich mich in meinem Schlafzimmer um: die dicke Bettdecke und das Handy auf dem Nachttisch verrieten mir, dass ich mich im Jahr 2012 befand. Und trotzdem kam es mir vor, als hätte jemand einen Vorhang beiseitegezogen, um mir Einblick in eine andere Zeit zu gewähren. Und diese Juliet – das war eindeutig das Mädchen aus Auguste Marchants Gemälde *Mädchen auf Treppe*. Sicher, es war nur ein Traum gewesen, aber es fühlte sich an wie eine Übertragung von Erinnerungen. Ich beobachtete die junge Juliet nicht einfach nur. Nein, ich verfügte auch über ihre frühen Kindheitserinnerungen: Ich wusste, wie es sich angefühlt hatte, als sie sich mit fünf das Knie an einem Stein aufgeschlagen hatte, konnte noch das raue Seil spüren, das ihr an dem Baum im Hof als Schaukel gedient hatte. Nein, ich war in diesem Traum zu dem Mädchen *geworden*. Selbst jetzt noch schoss mein Puls in die Höhe, wenn ich an Marchant im Haus nebenan zurückdachte. Eine Autohupe draußen auf der East Capitol Street machte mir allerdings schlagartig bewusst, dass das unmöglich war.

Durch einen glücklichen Zufall traf ich in unserem Starbucks in Georgetown ausgerechnet auf Mickey. Er war der Redakteur der Rubrik »Home & Lifestyle« bei *In Frame*. »Du siehst fantastisch aus!«, rief er sofort. »Also … Ist Luke Varner nicht genau so hinreißend langweilig, wie du deine Männer magst? Ein bisschen wie Steve McQueen als Buchhalter.« Mickey war zurzeit mit einem Typen zusammen, den er als Doppelgänger von Dwayne »The Rock« Johnson betrachtete. Davor hatte er eine Benicio-del-Toro-Phase gehabt. Meiner Meinung nach sahen diese Typen den jeweiligen Stars nicht besonders ähnlich – normalerweise waren sie immer dicker, kleiner oder älter als das Original –, aber Mickey war jedes Mal fest davon überzeugt. Verlor der Sex an Reiz, stürzte er sich in die nächste Phase. Allein im vergangenen Jahr hatte er eine Baryshnikov-Phase, eine Peter-O'Toole-als-Lawrence-von-Arabien-Phase und eine Der-junge-Roger-Moore-in-*The-Saint*-Phase durchlaufen.

»Ich war früh im Bett«, erklärte ich Mickey, ohne ihn anzusehen, während ich viel zu viel Milch in meinen Kaffee schüttete, sodass der sich zu einem blassen Karamellton verfärbte.

Mickey kam zu mir an den Tresen mit den Kaffeeutensilien. »Oh«, meinte er mit einem traurigen Blick. »Dann hat er dir also nicht gefallen?«

»Na ja, er war *interessant*.« Ich nahm einen Schluck von meinem Kaffee. Da er noch zu heiß war, hielt ich nur den Becher fest.

»Oh-oh. Interessant ist nie gut.« Mickeys halblange, zu einem asymmetrischen Bob geschnittenen Haare wogten vor und zurück, als er resigniert den Kopf schüttelte.

»Woher kennst du den eigentlich? Und woher kommt sein Geld?«

»Er ist neu in der Stadt und hat gerade bei Foxhall ein Haus gekauft. Nach allem, was man so hört, muss es traumhaft sein, allerdings habe ich es noch nicht gesehen. Ich bin ihm auf einer Vernissage begegnet und habe vorgeschlagen, dass du ihm die Stadt zeigen könntest.« Mit einem verschmitzten Grinsen fügte er hinzu: »Falls er nichts für dich wäre, dachte ich mir, du könntest zumindest eine gute Story für die Herbstausgabe dabei rausschlagen, wegen dem Haus. Er ist Kunsthändler, daher der Reichtum.«

»Aber du hast nicht mit ihm über den Tod von Saras Mutter gesprochen, oder?«

Verwirrt sah Mickey mich an. »Hä? Nein. Warum?«

»Nur so.« Dann bemerkte ich seine Krawatte. Ich zog sie so fest zu mir heran, dass er gleich mitkam. »Das ist ein wahnsinnig intensives Blau.«

»Ich weiß.« Seine Wangen röteten sich. »Von Hermès.« Besorgt zog er sie wieder an sich, ungefähr so, als würde er eine Angel einholen. Nachdem er sie zurechtgerückt hatte, mahnte er: »Finger weg, du Freak. Du hast dieses Ding schon eine Million Mal gesehen.«

»Wirklich?« Der Stoff wies verschiedene Schattierungen von Kornblumenblau auf, unterbrochen von hellgelben Mustern. »Ist mir bis jetzt nie aufgefallen.«

»Ist mit dir alles in Ordnung?« Mickey warf mir einen prüfenden Blick zu, während er die Tür öffnete, die auf die M Street hinausführte. »Du bist doch nicht etwa high, oder? Und falls doch, warum habe ich nichts abgekriegt?«

»Ich bin nicht high.« Aber ich musste immer wieder seine Krawatte anstarren, während wir zusammen die Wisconsin Avenue hinunterschlenderten. Sie strahlte einfach so intensiv. Und das galt nicht nur für die Krawatte. Das Laub sämtlicher Uferbäume von Georgetown – oder zumindest das in der K Street – schien extra für mich frisch gestrichen worden zu sein. Selbst der Potomac, der nach den Stürmen in letzter Zeit eher einer riesigen Matschpfütze glich, war mit wirbelnden, bläulichen Mustern überzogen. Ich kam mir tatsächlich vor wie auf einem LSD-Trip. Normalerweise bin ich nicht der Typ, dem Bäume oder Farben besonders ins Auge springen. Meistens starre ich hauptsächlich auf mein iPhone, aber diesmal war es anders. Die Welt um mich herum schien aus einem Sechzigerjahre-Technicolor-Film zu stammen.

Kaum war ich im fünften Stock durch die Glastür der Redaktionsräume von *In Frame* getreten, wurde ich förmlich von den moosgrünen Blättern der Hortensien im Wartebereich erschlagen. Meine Assistentin Sharlene räusperte sich höflich, als ich fasziniert jedes einzelne Blatt musterte. Mickey zuckte nur mit den Schultern und verschwand.

»Das ist merkwürdig«, erklärte ich dem Blumenbouquet.

»Im Konferenzraum sind schon alle versammelt und warten auf deine Entscheidung bezüglich des Covers.« Sharlene hatte die Arme vor der Brust verschränkt, die in einer umwerfend grünen Strickjacke steckten, die sie über ihrem ansonsten eher faden Etuikleid trug. Wie jede gute Assistentin brachte Sharlene mir eine gewisse Verachtung entgegen und war felsenfest davon überzeugt, den Laden auf jeden Fall besser leiten zu können, wenn ich nur endlich den Weg freimachen und sie ans Ruder lassen würde. »Und …«, sie warf einen Blick in ihr Notizbuch, »… Virginia Samson möchte dringend zurückgerufen werden.«

Da ich mich bereits dafür entschieden hatte, das Foto der Südinsel von Neuseeland zu nehmen, das zu dem Artikel über »Die spektakulärsten Road Trips der Welt« gehörte, konnte das Meeting zur Covergestaltung noch etwas warten. Aber dass Virginia Samson mich angerufen hatte, war seltsam. Die zu den altgedienten PR-Leuten der Stadt gehörende Virginia war momentan für Asa Heathcote tätig, einen charismatischen Ex-Profigolfer und amtierenden Senator aus Florida, der angeblich in der engeren Wahl der Republikaner für das Amt des Vizepräsidenten war. Ich wählte ihre Nummer, und sie ging sofort dran.

»Du musst mir einen Gefallen tun.« Die Frau kam sofort zum Punkt. Selbst nach fünfundzwanzig Jahren in Washington schwang noch ein Hauch von Ohio in ihrer Stimme mit. Während meiner Zeit als PR-Chefin des bekannten demokratischen Senators Fletcher »Franz« Bishop aus North Carolina hatten unsere Arbeitgeber gemeinsam an einigen Gesetzesentwürfen gearbeitet. Damals hatte Virginia mir gezeigt, wie der Hase läuft, und sie erinnerte mich auch heute gerne noch daran, wie viel ich ihr zu verdanken hatte.

Da ihr offenbar entfallen war, dass ich nicht zu ihren Untergebenen gehörte, klang ihre Bitte mehr wie der Befehl eines Drill-Sergeants. Sie brüllte so laut, dass ich den Hörer von meinem Ohr weghielt. »Könntest du heute Vormittag ein Interview mit dem Senator machen? Lass dir von ihm zeigen, wie man einen Golfschläger schwingt, oder wie man das perfekte Barbecue zubereitet – zwei seiner liebsten Beschäftigungen. Ein bisschen leichte Kost eben. Allerdings nichts mit Alkohol, das käme gar nicht gut. Ihr habt doch ein Filmteam vor Ort, oder? Ich brauche das auf Video.«

»Es ist neun Uhr morgens, Virginia.« Ich spielte erst mal mit und nahm einen Schluck Kaffee. »Und da soll ich mit ihm grillen?« Während Virginia antwortete, ließ ich mich in meinen Bürostuhl fallen und googelte den Namen »Luke Varner.«

»Muss doch keiner wissen, dass es morgens stattfindet, Herrgott noch mal. Ihr habt doch diesen wundervollen Balkon bei euch da oben. Er macht höllisch gute Rippchen. Und wenn ich mich richtig erinnere, triffst du beim Golf nicht einmal den Ball!«

»Ich mache aber nicht die verfluchte *Today Show*, Virginia!«

»Und du bist auch nicht die Herausgeberin der verfluchten *New York Times*, Helen. Du sollst ihn nur ein wenig anwärmen. Das kannst du doch so gut … Bitte.«

Zwar glauben die meisten Menschen außerhalb Washingtons, die Demokraten und die Republikaner wären bis aufs Blut verfeindet, doch das gilt nicht für die jeweiligen Mitarbeiterstäbe. Eine politische Karriere in dieser Stadt kann sehr lang werden. Da ist es von unschätzbarem Wert, auch ein oder zwei Freunde im anderen Lager zu haben.

Ich seufzte. Allerdings wäre es nicht verkehrt, wenn sie ausnahmsweise mal in meiner Schuld stünde. »Könnte ich ein paar Details bekommen?« Es machte Spaß, sie ein wenig zappeln zu lassen. Inzwischen war es eine Weile her, dass Virginia und ich zusammen etwas ausgeheckt hatten, aber ich merkte trotzdem, dass sie mir etwas verheimlichte. »Wen rufst du heute sonst noch an?«

Nun seufzte sie. »Nach dir ist er beim *National Journal*, dann bei der *Washington Post,* und hinterher wird er im Monocle erwartet, zu einem Mittagessen mit *Roll Call*. Zufrieden?«

Das sagte viel. Wer als Präsidentschafts- oder Vizepräsidentschaftskandidat antreten oder sich ins Oval Office wählen lassen wollte, machte üblicherweise bei allen Medien der Stadt die Runde. Dabei waren *Washington Post*, *Roll Call* und *National Journal* die üblichen Stationen, und die Termine wurden von den PR-Chefs eng getaktet, gipfelnd in einem Mittagessen – oft bei Charlie Palmer oder BLT –, wo der künftige Kandidat von der Öffentlichkeit gesehen wurde. Solche Pressetouren waren ein gutes Training für höherklassige, nationale Auftritte, da der Kandidat hierbei seine wichtigsten Positionen untermauern konnte. Während seines Folgeinterviews in den Büros des *National Journal* würde Heathcote vermutlich über zentrale Themen wie seine Einstellung zu Steuern, Waffengesetzen und Abtreibung sprechen. Dieser Anruf war bisher der eindeutigste Beweis dafür, dass Heathcote kandidieren würde. Und Virginia wusste, dass ich das wusste.

»Okay«, lenkte ich ein. »Dann also Golf. Trinkt er immer noch Tab?«

»Inzwischen nur noch zuckerfreie Dr. Pepper aus der Flasche, keine Dosen«, antwortete sie bereits leicht abgelenkt. »Ich habe immer ein paar dabei, falls ihr keine im Kühlschrank habt. Wir sind in einer halben Stunde da. Und ich brauche gutes Videomaterial von ihm, Helen.«

»Oh Mann, ich frage mich nur, wozu?«

Sie legte auf. Ich starrte eine Minute reglos das Telefon an, dann wählte ich Sharlenes Nummer. »Ich brauche einen Satz Golfschläger, und zwar innerhalb von dreißig Minuten. Entweder das oder Schweinerippchen.«

»Ich habe mein Golfbag im Auto«, antwortete sie. »Wozu?«

»Heathcote kommt vorbei. Er gibt ein Interview und legt einen netten Auftritt hin, bei dem er uns entweder das Grillen oder das Golfspielen beibringt.«

»Du weißt schon, dass wir ein Putting Green auf dem Dach haben, oder?«

»Wirklich?«

Sharlene schnaufte hörbar; meine Frage war für sie eine weitere Bestätigung dafür, dass ich keine Ahnung hatte, was bei uns im Büro vorging. Ich konzentrierte mich wieder auf den Computermonitor. Meine Internetrecherche hatte ein paar interessante Treffer zu einer Luke-Varner-Galerie in der Kit Carson Street in Taos, New Mexico gebracht. Ich beschloss, das erst mal hintanzustellen, da die Recherche zu Heathcote jetzt dringender war.

Der umwerfend gut aussehende und leidlich berühmte Asa Heathcote, in zweiter Ehe verheiratet mit einem ehemaligen Victoria's-Secret-Model, hatte einst in Jacksonville bescheiden angefangen, war nun aber als gemäßigter Republikaner bekannt, der sich hin und wieder auch mit ebenso gemäßigten Demokraten zusammentat. Kurz vor den Parlamentswahlen war Heathcotes Fähigkeit, über das eigene Lager hinaus zu agieren, für die Republikaner ziemlich reizvoll. Diese Woche erreichten die Spekulationen bezüglich einer Kandidatur ihren Höhepunkt; sämtliche Nachrichtensender fuhren Experten auf, die Prognosen anstellten, wer denn nun der geheimnisvolle Vizepräsidentschaftskandidat sein müsse. Während der letzten Tage hatte sich Heathcote bei der Frage, ob ihm das Amt angetragen worden sei, extrem zurückhaltend gezeigt und lediglich gesagt, er sei schon interessiert, wenn man ihn dafür haben wolle, aber natürlich hätten seine Pflichten als Senator zunächst einmal oberste Priorität.

Nachdem ich jahrelang als PR-Chefin gearbeitet hatte, wusste ich, dass diese Antwort nichts anderes war als ein verschlüsseltes »Ich will den Job unbedingt haben!« Heathcote würde erst im für seine Kampagne günstigsten Moment zugeben, dass ihm der Posten angeboten worden war – also erst kurz vor dem Nationalkonvent der Republikaner in Tampa. Und da Heathcote aus Florida stammte, hätte er dort auch die perfekte Bühne dafür. Die heutige Pressetour diente lediglich dazu, uns alle auf Heathcote einzustimmen, damit die landesweiten Medien bei seiner Ankündigung unsere sorgsam vorbereiteten Lifestyle-Häppchen aus der Schublade ziehen konnten.

Und an dieser Stelle kam *In Frame* ins Spiel. Ich machte mir keinerlei Illusionen über meine Position auf diesem Medienkarussell. Unser Interview mit dem Senator würde neben einem Artikel über »Die besten Eckkneipen der Welt« erscheinen. *In Frame* war sein erster Pressetermin des Tages, sozusagen das Warm-up. Von mir wurde erwartet, mich mit dem Menschen Asa Heathcote zu unterhalten. »Leichte Kost«, wie Virginia es so nett beschrieben hatte. Wenn die Medientour des Senators dann weiterging, würde so manch ein Reporter die Augen verdrehen, wenn er hörte, dass Heathcote am Morgen bei mir gewesen war. *In Frame* sah sich noch immer der Kritik ausgesetzt, nur »heiße Luft« zu produzieren, und Virginia verließ sich darauf, dass ich mich auf zahme Fragen beschränkte. Was mir gegen den Strich ging. Ich sah mich eher als eine Art modernen Walter Mitty, der genau die Fragen losließ, die Virginia vermeiden wollte.

Stimmengewirr und gezwungenes Lachen verrieten mir, dass Senator Heathcote eingetroffen war. Ich sah, wie Sharlene seine Entourage in unser kleines Konferenzzimmer führte, das für den Anlass vorbereitet und unter anderem mit gekühlter, zuckerfreier Dr.-Pepper-Cola ausgestattet worden war; erstanden in einem hastigen Notkauf im nächsten Drugstore. Virginia winkte kurz, als sie mich entdeckte. Sie war kräftig gebaut, trug einen beigen Hosenanzug und dazu praktische Schuhe mit flachen Absätzen. Ihre Lesebrille hatte sie in ihre Haare hinaufgeschoben, und der entschlossene Zug um den Mund ließ sie angespannt wirken. Auch die krampfhafte Art, mit der sie ihre gigantische Kunststoffaktenmappe umklammerte, war ein eindeutiger Hinweis.

Heathcote hatte den Ruf, von seinem Team regelrecht gegängelt zu werden. Wer etwas Zeit unter Kongressabgeordneten verbringt, stellt schnell fest, dass einige der berühmtesten Amtsinhaber gleichzeitig auch die unkompliziertesten sind: Sie setzen sich selbst hinters Steuer oder fahren (wie in einem bekannten Fall) mit dem Zug oder der U-Bahn zu ihren Auftritten, gerne mit einem Exemplar der *Washington Post* unter dem Arm. Den Vorsitzenden des Kongresses hatte ich oft ganz allein mit einem Kaffee vom 7-Eleven im Green Room angetroffen, weil er überpünktlich zu einem Event gekommen war – in seinem Toyota Camry. Asa Heathcote war definitiv *nicht* diese Art von Senator. Seine Leute behandelten ihn, als wäre er für die höchsten Weihen bestimmt, allerdings nur, solange sie ihn dort hinkatapultierten. Medienvertreter bekamen genau vorgeschrieben, welche Themen in Interviews erlaubt und welche unerwünscht waren. Verstieß man gegen die von Virginia oder dem Stabschef des Senators aufgestellten Regeln, bekam man nie wieder ein Interview mit jihm.

Ich zupfte mein Kleid zurecht und ging in den Konferenzraum hinüber. Auch mit knapp sechzig war Heathcote noch ein attraktiver Mann, stets sonnengebräunt und mit silberweißer Mähne. Außerdem gehörte er zu den Menschen, die bei einem Händedruck immer noch die zweite Hand einsetzen, um die des Gegenübers komplett zu umschließen – eine völlig übertriebene Geste der Vertrautheit, die mir verhasst war.

»Guten Morgen, Senator.« Ich streckte die Hand aus, und er packte zu, einstudiert wie bei einer Broadwaynummer.

»Helen Lambert«, begrüßte er mich lächelnd. »Sie sehen wundervoll aus. Virginia hat mir erzählt, dass Sie hier den Laden schmeißen?«

»So ist es, Senator.«

Suchend sah er sich um. »Kein Barbecue?«

»Tut mir leid«, entschuldigte ich mich achselzuckend. »Wir haben keinen Grill – Brandschutzbestimmungen. Fangen wir doch hier mit ein paar Fragen an, und hinterher gehen wir rauf aufs Dach für eine kleine Golfstunde.«

Mit zweifelndem Blick musterte er mein cremefarbenes Etuikleid und die eierschalenfarbenen Louboutins, die wohl kaum als Golfoutfit durchgingen. »Äh … okay.«

Ich warf Virginia einen finsteren Blick zu, die mich schließlich in diese Lage gebracht hatte.

Wie aufs Stichwort und mit der ausladenden Geste einer Gameshowassistentin wies Sharlene durch die offene Tür zur Treppe hinüber, die zu unserer weitläufigen Dachterrasse hinaufführte. »Wir haben ein brandneues Putting Green auf dem Dach«, flötete sie.

Unser Politikressortleiter Cliff, zuständig für den Inhalt des Interviews, stand direkt hinter dem Senator, was er nun nutzte, um übertrieben die Augen zu verdrehen.

»Hervorragend«, lobte Heathcote. »Apropos, Helen, letzte Woche habe ich mit Bishop gespielt.«

»Und? Hat er sie geschlagen?«, neckte ich ihn, da ich die Antwort bereits kannte. Heathcote war der beste Golfspieler in ganz Washington.

»Beinahe«, lachte Heathcote. »Bei den kurzen Schlägen hat er noch Defizite.«

Ein Kommentar, der sich nicht nur auf Bishops Golfkünste bezog, was uns beiden bewusst war. Mein ehemaliger Boss trat bei der nächsten Wahl gegen einen harten Widersacher an, und obwohl er auf nationaler Ebene hervorragend agierte, gab es Grund zur Sorge, dass er sich gegen die Herausforderer im eigenen Bundesstaat vielleicht nicht würde durchsetzen können. »Jedenfalls hat er eine schwierige Wahl vor sich.« Ich verlagerte mein Gewicht, weil meine Schuhe plötzlich unangenehm drückten. Dabei fielen mir die blauen Augen des Senators auf; sie erinnerten mich an den Van Gogh in der Hanover-Sammlung, eine seiner Farbstudien zu *Sternennacht*.

»Ich würde den Sitz zwar gerne übernehmen«, erwiderte Heathcote lachend, »aber es täte mir außerordentlich leid, wenn es auf Bishops Kosten ginge. Er ist ein toller Kollege. Sehr zuverlässig.« Wir nahmen unsere Plätze vor der Kamera ein, während mein Team noch einmal Beleuchtung und Ton prüfte.

»Hast du die Liste mit den Fragen?« Virginia lächelte auf mich herab, während ich mich in meinem Stuhl zurechtsetzte. Auf diese freundliche Art wollte sie mich daran erinnern, keinen Millimeter von ihren Vorgaben abzuweichen.

»Aber ja.« Ebenfalls lächelnd wedelte ich mit ihren Notizen. Hätte sie einen genaueren Blick darauf werfen können, wäre ihr sicher aufgefallen, dass ich sie um meine eigenen ergänzt hatte. Unser Videoproducer zählte runter.

Wir fingen mit den üblichen Sachen an, auf die *In Frame* spezialisiert war: Wie hatte Heathcote es vom Profigolfer zum Senator gebracht? Wie oft spielte er noch, und wo? Woher kam sein leidenschaftliches Eintreten für Adoptionen, und warum war er der Meinung, es müsse mehr getan werden, um auch für ältere Kinder ein Zuhause zu finden? Seine Antworten zum Thema Adoption waren routiniert, alles nichts Neues. Selbst mich ödeten meine Fragen an.

Ich warf einen Blick auf meine Notizen. Die nächste Frage war so banal, dass ich sie nicht über die Lippen brachte. Es wäre eine glatte Demütigung für *In Frame*, wenn ich mich nicht einmal an etwas Schwierigem versuchte. Vielmehr war es meine Pflicht, den Mann wenigstens einmal zu einer spontanen Antwort zu zwingen.

»Also«, begann ich deshalb, »es gibt Gerüchte, dass Sie zum Vizepräsidentschaftskandidaten nominiert wurden. Möchten Sie uns nicht verraten, ob da etwas dran ist? Kommen Sie, erzählen Sie uns alles!« Mit einem fröhlichen Lachen beugte ich mich vor und legte meine Hand auf seinen Unterarm, wobei ich Virginias Blick bewusst auswich. »Verraten Sie es uns. Sie wissen, dass Sie es wollen!« Bereits während ich das sagte, sah ich noch einmal in meinen Notizen nach, denn die Formulierung kam mir merkwürdig vor. So hatte ich die Frage gar nicht stellen wollen.

Jetzt würde eine dieser schlauen, nichtssagenden Ausflüchte kommen. Die hatte Asa Heathcote besonders gut drauf. Doch es herrschte absolute Stille im Raum. Als Heathcote dann zum Sprechen ansetzte, wurde er blass, fast so, als würde er mit sich ringen. Ich war mir sicher, ihn so etwas wie »Nein, tu es nicht« murmeln zu hören. Er schüttelte heftig den Kopf. Das alles war so eigenartig, dass der Kameramann mir einen fragenden Blick zuwarf. Virginia wollte zu Heathcote hinübergehen, aber der hielt sie mit einer knappen Geste zurück. Sicher dachte sie, er hätte alles im Griff. Später würde ich dafür bezahlen müssen, dass ich die Frage überhaupt gestellt hatte, aber vorerst bestand kein Grund zur Sorge. Dieser Mann war es gewöhnt, unerwünschten Fragen auszuweichen. Und doch überkam mich in diesem Moment das Gefühl, dass irgendetwas ganz schrecklich schieflief. Mir war schon der Gedanke gekommen, dass er sich vielleicht an etwas verschluckt hatte, aber dann wäre er wohl blau angelaufen. »Senator?«, fragte ich.

Heathcotes Unterlippe zitterte, er fing an, immer wieder seine Hände übereinanderzuschieben, als würde er eine Torte schichten. Dann war ihm offenbar seine Zunge im Weg, denn er setzte mehrmals erfolglos zu einer Antwort an. Sein Team schob sich dichter an uns heran. Hatte er etwa einen Anfall? Einen Hirnschlag? Als er nach seinem Colaglas griff, zitterten seine Hände. Ich wollte es ihm abnehmen, aber er schob mich weg.

»Ja.« Die Antwort löste sich beinahe hechelnd von seinen Lippen. »Man hat mich letzte Woche gefragt, und ich habe zugesagt.

Wir werden es nächste Woche öffentlich machen, bevor wir anschließend durch den Süden touren.« Es war ihm deutlich anzusehen, dass er sich selbst daran hindern wollte weiterzusprechen, aber anscheinend hatte er keinerlei Kontrolle über seine Worte: »Ja, ja, ja. Ich werde kandidieren. Ja. Ja, man hat mich darum gebeten.« Heathcote befühlte sein gebräuntes Gesicht, tastete über seine Lippen, vielleicht in der Hoffnung, sie einfach zuhalten zu können. »Aber man fürchtet, dass ans Licht kommen könnte, dass ich meine Assistentin geschwängert und sie gezwungen habe, das Kind zur Adoption freizugeben. Momentan versuchen wir, die Frau mit Geld zum Schweigen zu bringen.« Mit einem gequälten Stöhnen fügte er hinzu: »Oh mein Gott. Ich weiß nicht, warum ich das gesagt habe …«

Einen Moment lang fehlten mir die Worte, ich wusste nicht, wie ich reagieren sollte. Gerade eben hatte man mir die Story des Tages serviert – nein, mindestens die Story der Woche –, immerhin könnte dies der Niedergang eines Senators sein, vermutlich das Ende seiner Karriere. Alle hielten den Atem an. Mein Kollege sah mich Hilfe suchend an, doch das rote Lämpchen an seiner Kamera blinkte unaufhörlich weiter.

Irgendjemand sagte: »Ach du Scheiße.«

Dann stürmte der gesamte Stab auf den Senator zu. Virginia befahl gepresst: »Stoppt die Aufnahme.« Aber der politische Schaden für Asa Heathcote war nicht mehr rückgängig zu machen.

Der Senator sah mich beinahe flehend an, jetzt konnte er gar nicht mehr sprechen. Sein Rechtsberater beugte sich über ihn und fragte: »Geht es Ihnen gut, Senator?« Sekunden später hatte sein Stab den noch immer aufgewühlten und verwirrten Heathcote aus dem Konferenzsaal geschafft. Virginia Samson wandte sich mir zu.

»Ich hätte nie gedacht, dass er überhaupt antwortet«, verteidigte ich mich sofort. Die Zettel in meiner Hand waren inzwischen total zerknüllt und feucht von meinem Schweiß.

»Da wir Freundinnen sind, weißt du, worum ich dich nun bitten werde.« Virginia nahm ihre Brille ab, damit ich ihr besser in die Augen sehen konnte. Die vielen Jahre im Dienst verschiedener Senatoren hatten tiefe Falten in ihr rundliches Gesicht gegraben. In ihren normalerweise sanften braunen Augen fand sich keine Wärme mehr. »Du darfst diese Aufnahmen nicht veröffentlichen, Helen. Es wird seine Chancen auf eine Kandidatur ruinieren. Dafür lässt die Partei ihn eiskalt fallen. Du weißt das. Was er gerade gesagt hat, kann seine gesamte Karriere zerstören. Und vermutlich auch seine Ehe.«

»Hast du davon gewusst, Virginia?«

Sie antwortete nicht.

»Okay.« Uns war beiden klar, dass ich das Interview nicht zurückhalten konnte. Das wäre unverantwortlich gewesen. »Virginia, du weißt, dass ich das nicht tun kann, selbst wenn ich es wollte. Wenn ich es überhaupt für jemanden tun würde, dann für dich, aber …«

»Aber er hat gerade eine Topschlagzeile geliefert«, ergänzte sie. Ihre Augen wurden schmal. »Als wäre *In Frame* ein seriöses Nachrichtenblatt. Aber so kannst du deine Zeitschrift weiter nach vorn bringen, nicht wahr?«

»Du wolltest, dass mein Politredakteur dabei ist, Virginia. Ich kann nicht … Ich werde die Story nicht zurückhalten. Das wäre unverantwortlich, und das weißt du auch.« Plötzlich wurde mir schwindlig, sodass ich mich an einem Stuhl festhalten musste. »Was stimmt denn nicht mit ihm? Ist er betrunken?«

»Du kennst ihn gut genug, um dir diese Frage selbst zu beantworten. Er rührt das Zeug nicht an.«

Ich wusste, dass Heathcotes Frau eine trockene Alkoholikerin und er selbst ein überzeugter Abstinenzler war, aber es musste doch eine Erklärung für diesen merkwürdigen Anfall geben. »Was ist auf diesem Stuhl mit ihm passiert, Virginia? Keine Ahnung, ob er krank ist oder … aber er scheint definitiv angeschlagen zu sein.«

Ernst schüttelte sie den Kopf. »Nein, er erfreut sich bester Gesundheit.«

»Was ist es dann? Das war mehr als nur ein grober Schnitzer. Wenn er sich so wenig unter Kontrolle hat, sollte er für das Amt des Vizepräsidenten nicht einmal in Erwägung gezogen werden.«

»Ich habe keine Ahnung, was gerade passiert ist.« Virginia wandte sich ab und ging zur Tür. Ich konnte hören, wie ihr Shapewear-Slip an ihrem Rock schabte. Sie blieb noch einmal stehen. »Wie viel Zeit bleibt uns?«

Selbst wenn ich mich dafür entschieden hätte, das Interview nicht zu veröffentlichen, waren doch der Kameramann, Sharlene und unser Politredakteur mit im Raum gewesen und hatten gesehen, wie der sonst so gelassene Senator Heathcote zusammengebrochen war und nicht nur seine Kandidatur verkündet hatte, sondern im selben Atemzug zugegeben hatte, eine seiner Angestellten geschwängert zu haben. »Höchstens zehn Minuten«, schätzte ich. »Ich werde unsere Leute nicht davon abhalten, es zu posten.«

Virginia nickte, holte tief Luft und schob sich an Sharlene vorbei in den Flur hinaus.

Meine Assistentin blickte auf ihr Smartphone.

»Jetzt wissen wir also, warum er so ein großer Freund von Adoptionen ist, was?«, meinte ich und lehnte mich gegen den Stuhl, um nicht umzukippen.

Diesen Witz quittierte Sharlene mit einem kurzen Auflachen.

»Ich habe gerade eine Nachricht von Josh und Dave bekommen. Sie fragen, was sie tun sollen.«

»Sag ihnen, dass sie es bringen sollen.«

Als Sharlene hinausging, fing der Raum plötzlich an, wie ein Boot zu schaukeln, und mir wurde übel. Mir war etwas wirklich Merkwürdiges passiert: Ich war Zeugin davon geworden, wie ein geschätzter Politiker seinen eigenen Untergang heraufbeschwor. Möglicherweise war das das Ende der langen und erfolgreichen Karriere eines guten Mannes. Hatte ich das etwa herbeigeführt? Dieses nagende Gefühl hatte mich schon einmal überfallen, nach dem Tod von Saras Mutter, und Luke hatte bestätigt, dass ich eine Rolle dabei gespielt hatte. Ein pochender Schmerz breitete sich in meinem Kopf aus, und obwohl ich mich am Kunstleder der Stuhllehne festklammerte, spürte ich, wie sie mir entglitt und ich den Halt verlor. Dann wurde mir schwarz vor Augen.

6

Juliet LaCompte

Challans, Frankreich, 1895

Am nächsten Morgen nahm Juliet ihren kleinen Bruder auf den Arm und eilte zu Marchants Atelier hinüber. Der Hügel, auf dem das Steinhaus stand, war steil, weshalb es mit dem Gewicht des Jungen auf der Hüfte nicht ganz leicht war. Anfangs hatte der Kleine versucht, selbst zu laufen, aber er konnte nicht Schritt halten, und so hatte Juliet ihn schließlich hochgenommen. Sie hatte ihr bestes Kleid angezogen, das braune, das ihr gerade bis zu den Knöcheln ging, und dazu ein pfauenblaues Schultertuch, da Marchant in seinem Atelier immer sämtliche Fenster geöffnet hatte. Der Raum lag allerdings an der Westseite des Hauses, sodass die Sonne erst am Nachmittag hineinschien. Juliet wusste noch, wie kalt die Steinfliesen und der Rest des Raumes gewesen waren, weshalb sie noch eine zusätzliche Decke mitgenommen hatte, um Marcel warm zu halten.

Ihr Blick glitt über das Feld, das sie gerade hinter sich gelassen hatte, über die grünen Hügel, hinter denen die ersten Sonnenblumen blühten. Selbst von hier aus konnte sie die Hühner auf ihrem Hof scharren und gackern hören. Als sie schließlich an die Haustür klopfen wollte, wurde diese bereits von innen geöffnet. Ein lächelnder Marchant erschien im Türrahmen. »Ah, die süße Juliet.« Er beugte sich runter, um Marcel anzusehen, der schwer in Juliets Arm hing. »Und wen haben wir hier?«

»Das ist Marcel.« Juliet schob den Jungen auf ihrer Hüfte zurecht. Mühelos nahm Marchant ihr das Kind ab und setzte es auf den Boden. Auf wackeligen Beinen stapfte Marcel durch das Atelier. Der Maler wandte sich wieder Juliet zu.

»Du bist seit letztem Sommer ein ganzes Stück gewachsen.« Er musterte sie von Kopf bis Fuß, wohl ganz mit dem Blick eines Künstlers.

»Hoffentlich ist das etwas Gutes, Monsieur.« Nun sah er ihr ins Gesicht. Er hatte sich ebenfalls verändert. Juliet fiel auf, dass er breiter geworden war – nicht dick, sondern eher kraftvoll wie ein Fels. Doch seine grünen Augen, in denen ein wenig Grau aufblitzte, waren noch immer sanft. Juliet erinnerte sich auch an ein Grübchen an seiner linken Wange, das nun aber durch den Bart verdeckt wurde.

»Das ist es.« Lächelnd ging er ins Atelier hinein.

Dort drin sah alles noch so aus wie im letzten Jahr. Selbst der beigefarbene Stoff, mit dem die Liege abgedeckt war, schien nie angerührt worden zu sein, obwohl Juliet natürlich wusste, dass dem nicht so sein konnte, da Marchants Dienstboten das Haus auch im Winter instand hielten. Wer allerdings romantische Vorstellungen von Künstlern bei der Arbeit hegte, musste diese schlagartig aufgeben, wenn er dieses Atelier betrat.

Marchant setzte sich nicht an eine Staffelei und legte los. Bei ihm war der Schaffensprozess von fieberhaftem Zorn geprägt. Stets lagen in seinem Atelier Kohleskizzen von Händen, Augen oder Zehen herum. Kleine Teilstücke wurden quasi aus größeren

Bildern herausgerissen: So gab es Studien der Falten, in denen ein Stoff fiel, oder präzise Darstellungen der Art, wie das Licht auf ein Gesicht schien. Am Ende eines Tages war der Boden mit Papier übersät, doch die Dienstboten durften erst sauber machen, wenn das Gemälde vollständig abgeschlossen war.

»Ich dachte mir, wir beginnen mit ein paar Skizzen im Garten«, erklärte Marchant, während er sich die Drahtbügel seiner Brille über die Ohren schlang und einige Dinge aus einem Lederkoffer zog. »Drüben am Brunnen ist das Licht morgens besonders gut. Ich erwarte dich und Marcel jeden Morgen um neun. Bevor ich mit der Arbeit beginne, mache ich gerne noch einen Spaziergang. Wir arbeiten dann bis in den Nachmittag hinein. Verstanden?« Marchant musterte Juliet über den Rand seiner Brille hinweg. Dann nahm er ein Skizzenbuch von der Staffelei, klemmte es sich unter den Arm und ging in den sonnendurchfluteten Garten hinaus.

Juliet drehte sich zu Marcel um, der auf dem Boden saß und seinen nassen Finger in die abgesprungenen Kanten der Steinfliesen schob. Sie nahm ihn bei der feuchten Hand und folgte Marchant nach draußen.

Im letzten Jahr hatten sie ausschließlich im Atelier gearbeitet, und dieser neue Lauf der Dinge war eine bittere Enttäuschung für sie. Drinnen herrschte eine gewisse Intimität, in einem Raum, der allein Marchant gehörte, an dem Ort, den er letzten Sommer mit ihr geteilt hatte. Er war zu ihrem gemeinsamen Platz geworden. Der Garten hingegen war für jeden zugänglich, anders als im Atelier würden Madame Marchant und die Dienstboten nicht zögern, ihn zu betreten.

Marchant ließ Juliet auf den Stufen vor dem Brunnen Platz nehmen und setzte Marcel auf ihren Schoß. Nachdem er das blaue Schultertuch kritisch beäugt hatte, beugte er sich vor und schob es auf ihre Arme hinunter, um anschließend den Kragen ihres Kleides zu richten. Dabei glitten seine Finger über ihre Haut, als wäre sie nichts weiter als eine Puppe, und doch löste die Berührung etwas in Juliet aus. Schließlich zupfte er noch ihre Haare zurecht. Als er sich über sie beugte, roch sie die Lavendelseife, mit der er sich am Morgen gewaschen hatte.

»Diese Locken hier, sie sind unbändig, genau wie du.« Lächelnd sah er ihr in die Augen, bevor er Marcels dickliche Puttenbeinchen auf ihren Knien zurechtschob. »Es soll aussehen, als wärst du seine Mutter. Halt ihn einfach eine Weile fest, während ich die grundlegenden Skizzen anfertige. Schaffst du das?« Er wickelte sich eine Strähne von Marcels Haar um den Finger. Der Junge hatte sich wieder die Hand in den Mund geschoben und blickte neugierig zu Marchant hoch.

Juliet nickte.

Einige Zeit später, als Marchant mit seiner Skizze offenbar zufrieden war, rief er nach der Magd.

»Nimm den Jungen mit«, trug er ihr auf. »Gib ihm etwas Milch und lass ihn schlafen.«

Nickend hob die Magd den zappelnden Marcel von Juliets Schoß. Ihre Beine waren ganz taub, weil sie so lange unbeweglich gesessen hatte. Nachdem ihm Süßigkeiten versprochen worden waren, folgte Marcel der Frau mit tapsigen Schritten.

Es verging eine weitere Stunde, in der Marchant schweigend Juliets Gesicht skizzierte, während er selbst mit überschlagenen Beinen auf einer schmiedeeisernen Bank saß. Er arbeitete schnell, wechselte oft die Stifte und wischte mit dem Finger über das Papier. Irgendwann wurden seine Striche sanfter, und er blickte hoch. »Deine Mutter sagte, du würdest bald heiraten?«

»Ja.« Stirnrunzelnd gestand Juliet: »Nächstes Jahr.«

»Aber du bist nicht glücklich darüber?« Sein Gesicht war hinter der Staffelei verschwunden, sodass sie nur noch seine Stimme hörte.

»Der Junge ist grässlich.«

Marchant spähte an der Staffelei vorbei und sah ihr direkt in die Augen. Er hatte die Arbeit an der Skizze unterbrochen. »Einst waren wir *alle* grässliche Jungen.« Er legte die Hände auf die Knie. »Weißt du, was es bedeutet, verheiratet zu sein, Juliet?«

Sie antwortete nicht.

»Das dachte ich mir.« Seufzend schüttelte er den Kopf. »Frauen gehen immer so unvorbereitet in die Ehe, vor allem hier auf dem Land.«

»Aber ich will ja nicht auf dem Land bleiben.« Juliet war selbst überrascht, mit wie viel Nachdruck sie das sagte. »Ich möchte in Paris leben.«

»Tatsächlich?« Marchant verschwand wieder hinter der Staffelei. »Dann sag mir doch: Was weißt du über Paris?«

»Was weiß ich überhaupt? Ich bin nur ein dummes Mädchen. Aber ich will nicht mehr hierbleiben.«

Marchant erhob sich und kam zu Juliet hinüber, wobei er sich die Finger an einem Lappen abwischte. Als er vor ihr in die Knie ging, sah sie, dass die Kohle sogar auf den Ärmeln seines weißen Hemdes Flecken hinterlassen hatte. »Du bist nun wirklich kein dummes Mädchen, süße Juliet.« Sanft berührte er ihre Wange. »Du hast etwas ganz Besonderes an dir, aber das weißt du ja, nicht wahr?«

Ein unwiderstehlicher Drang stieg in Juliet auf, und sie schmiegte das Gesicht in seine Hand. Er hielt inne und beugte sich so dicht zu ihr, dass sie den leisen Tabakgeruch in seinem Atem wahrnahm. »Manchmal erscheinst du mir in meinen Träumen, süße Juliet.« Marchant lächelte traurig. »Deshalb zeichne ich dich.« Er zog die Hand zurück, stand auf und wandte ihr den

Rücken zu, als schämte er sich, oder als hätte er bereits zu viel gesagt. »Für heute sind wir fertig. Meine Magd wird Marcel nach vorne an die Pforte bringen.«

Juliet zog ihr Kleid zurecht, das ihr über die Schultern gerutscht war, dann ging sie zum Gartentor. Vorsichtig legte sie eine Hand an ihre Wange. Nachdem er sie berührt hatte, war ihr Gesicht so heiß geworden, dass sie kurz stehen bleiben und den kühlen Wind darüberstreifen lassen musste, bevor sie nach Hause gehen konnte.

Im Laufe der kommenden Wochen übertrug Marchant seine Skizzen und Studien auf Papier von der Größe, die auch die Leinwand haben würde, und schuf letztlich einen groben Umriss von Juliets Gestalt, indem er auf der Rückseite des Blattes die Farbe anmischte und sie anschließend auf die Leinwand presste. Hinterher entfernte er nach und nach und in verschiedenen Abschnitten die überschüssige Farbe, bis er mit dem Ergebnis zufrieden war. Juliet erlaubte er, diese Technik ebenfalls auszuprobieren, nur mit einem kleineren Blatt. Mit Tinte vervollständigte er den Umriss und sorgte mit dieser letzten Schicht dafür, dass die Linien nicht verwischten. Erst als der Umriss ganz seinen Vorstellungen entsprach, begann er mit der Arbeit an der Staffelei und trug Tag für Tag die weiße, graue und braune Farbe auf – manchmal sehr dick, um später mit dem Messer einen Teil der Farbe wieder abzuschaben –, bis am Ende ein Farbspiel dabei herauskam, das Juliet realistischer zu sein schien als die Welt um sie herum. In dieser Phase widmete Marchant sich der Malerei mit großer Geduld, er ließ sich viel Zeit mit dem Auftragen der Schichten und zog immer wieder seine Farbstudien zurate. Oft sah Juliet zu, wie er auf Händen und Knien über den Boden rutschte und nach dem einen Papierstück suchte, auf dem genau der richtige Blauton zu finden war.

Da ihre Schwangerschaft bereits weit fortgeschritten war, hatte sich Marchants Frau in ihr Bett zurückgezogen, bis der örtliche Arzt es für richtig hielt, sie nach Paris zurückzuschicken. Der Maler hingegen schien sich dafür nicht im Geringsten zu interessieren; er hatte Anweisung gegeben, dass sie von der Magd begleitet werden sollte.

Juliets Tage bei Marchant verliefen immer auf dieselbe Weise: Er arbeitete kurz mit Marcel und Juliet, dann schickte er den Jungen mit der Magd fort, damit er ein Schläfchen hielt, sodass der Maler mit Juliet allein blieb. In diesen Wochen stellte er drei Bilder fertig, auf denen nur sie zu sehen war, alle draußen am Brunnen. Wenn Juliet all ihren Mut zusammennahm und sich mit ihm unterhielt, was ihr normalerweise erst in der zweiten Stunde gelang, bat sie ihn, ihr von Paris zu erzählen, in was für einem Viertel er lebte und was er an einem ganz normalen Tag in der Stadt tat. So beschrieb er ihr die Buchläden und Cafés, schilderte Spaziergänge zur Île Saint-Louis und das Karussell im Jardin du Luxembourg.

An Juliets sechzehntem Geburtstag war das Wetter schlecht, und der Regen prasselte in den Garten herab, weshalb Marchant die Sitzung ins Atelier verlegte. Juliet bemerkte auf der Staffelei ein kleines Gemälde, das mit einem Tuch abgedeckt war.

»Was ist das?« Es gefiel ihr immer, wenn er die Bilder, die er von ihr gemalt hatte, in ihrem Beisein enthüllte.

»Sieh es dir an«, forderte er sie auf. »Es ist ein Geburtstagsgeschenk.«

Als Juliet den Stoff wegzog, fand sie darunter das Bild einer Stadt. Sie war verwirrt, denn sie hatte mit einem Gemälde von sich selbst gerechnet. Fragend sah sie Marchant an.

»Das ist mein Paris«, erklärte er. Er stand dicht hinter ihr, und seine leise Stimme erklang direkt an ihrem Ohr. »Ich habe es für dich gemalt.« Juliet spürte, wie der Stoff seiner weiten Hose ihre Knöchel streifte. Dann legte er ihr die Hände auf die Schultern. »So erlebe ich es Tag für Tag, wenn ich dort bin. Ich wollte, dass du Paris durch meine Augen siehst. Ich bin kein Landschaftsmaler, du musst also entschuldigen, wenn es nicht so gut ist wie das, was du von mir gewöhnt bist. Aber ich versichere dir, dies ist ein ganz besonderes Bild.«

Juliet drehte sich um und blickte zu ihm hoch. Sie spürte, wie Tränen in ihren Augen aufstiegen.

»Gefällt es dir?«, fragte er. Beinahe verlegen zog er ein Taschentuch hervor und fing an, seine Brille zu putzen.

Sie nickte. Marchant war groß, und sie zögerte einen Moment, bevor sie ihm in die Augen sah; er stand so dicht bei ihr … sie wusste, was das bedeuten konnte. »Es hat noch nie jemand ein Bild für mich gemalt.«

»Also wirklich.« Er lachte. »Ich dürfte schon an die zwanzig Porträts von dir gemalt haben.«

Juliet schüttelte den Kopf. »Sie haben aber noch nie etwas *für* mich gemalt, und das wissen Sie auch.« Dieses Geschenk hatte sie mutig werden lassen. Und sie spürte, wie sehr er sich wünschte, dass es ihr gefiel. Inzwischen wusste Juliet, dass Marchant sie auf zwei verschiedene Arten ansehen konnte: wie ein Künstler, wobei sie nicht mehr war als ein Objekt, und wie ein Mann. Jetzt war der Ausdruck in seinen Augen nicht der des Künstlers. Der Regen schlug schwer gegen das Fenster. Schweigend standen sie da und sahen sich an; sie wussten, was geschehen würde, doch keiner von ihnen machte den ersten Schritt.

Dann bemerkte Juliet ein leichtes Zucken seines Beins, hörte den Stoff seiner Hose rascheln. In einer fließenden Bewegung hob er sie in seine Arme, trug sie zur Liege hinüber, legte sie sanft darauf und setzte sich neben sie.

Sofort registrierte Juliets Körper all die Stellen, an denen sie sich berührten – ihre Hüfte, sein Oberschenkel, sein Bauch, ihre Rippen. Er beugte sich über sie und stützte sich auf die Ellbogen. Seine Hand streifte kurz ihre Brust, als er den Arm über sie schob. Förmliche Fragen, ob er sie berühren dürfe, waren vergessen.

»Ich bin noch nie geküsst worden.« Noch während ihr Finger über seine Lippen glitt, wunderte sie sich darüber, dass sie nun offenbar das Recht dazu hatte. »Das wünsche ich mir zu meinem Geburtstag.«

Er beugte sich runter, und ihre Lippen berührten sich. Sein Bart war weicher als erwartet. Es war ein sanfter Kuss, und als sie sich voneinander lösten, sah Juliet ihm in die Augen. Er umfasste ihr Gesicht und küsste sie wieder, immer wieder, in einem steten Rhythmus, den Juliet schnell aufgriff, bis sich seine Zunge zwischen ihre Lippen schob und seine Küsse intensiver wurden. Juliets Finger gruben sich in seine Haare und glitten über seinen Hals, während er anfing, an ihrer Kleidung zu zerren.

Keuchend ließ er schließlich von ihr ab. Unwillkürlich richtete Juliet sich auf, um sich nicht von ihm lösen zu müssen. »Stell dich hin«, befahl er ihr.

Juliet erhob sich und trat vor ihn; ihre Beine zitterten, ihr Oberkörper bebte. Marchant blieb auf der Liege sitzen. Nun berührten sie sich, wo immer es ging, an Händen, Beinen, diese neue, plötzliche Intimität ließ sie beinahe miteinander verschmelzen.

Marchant sah zu ihr hoch und zog sie an sich. »Willst du es?«

Juliet nickte, doch er schüttelte abwehrend den Kopf.

»Nein. Sag es mir. Ich muss *hören*, dass du es willst, dass du *mich* willst. Dadurch wird sich alles ändern. Verstehst du das?« Mit festem Griff schob er sie ein Stück zurück, als wolle er sie wegstoßen und sich befreien. »Verstehst du das, Juliet?« Er schüttelte sie, um seinen Worten Nachdruck zu verleihen.

Für Juliet sah Marchant wild und gepeinigt wie ein Tier in einer Falle.

»Ich will es«, sagte sie mit klarer Stimme. »Nie habe ich etwas mehr gewollt.«

»Zeig dich mir.« Sein Blick glitt über ihren Körper. »Ich muss dich sehen.«

Sie knöpfte ihr Kleid auf und ließ es zu Boden gleiten. Darunter war sie nackt. Er sah sie an, zog sie zu sich heran und drückte seinen Kopf gegen ihren Bauch. Dann legte er sie zurück auf die Liege. Zwar hatte er versucht, ihr zu erklären, wie grundlegend sich nun alles ändern würde, aber keiner von ihnen konnte wissen, als wie wahr sich das noch erweisen würde. Doch als er in sie eindrang, wusste Juliet doch, dass es nun keine Hochzeit mit dem Busson-Jungen geben würde, kein Lauchschneiden und Hühnerfüttern mehr. Für dieses Leben war sie nun ein für alle Mal verdorben. Nach wenigen Minuten brach Marchant über ihr zusammen, und sie wusste, dass sie fortan miteinander verbunden waren.

Für immer.

7

Helen Lambert

Washington D. C., 25. Mai 2012

»Helen? Helen?«

Sharlenes nasale Stimme drang an mein Ohr, und ich roch den Polyesterstoff des Teppichs. Während ich wieder zu mir kam, wurde mir bewusst, dass ich bäuchlings auf dem Boden lag, unter mir eine Blutlache.

»Was zum …?«

»Nasenbluten«, erklärte Sharlene, die mir ganz pragmatisch einen Packen kratziger, nicht wirklich weißer Papiertücher vom Wasserspender reichte. »Habe ich auch oft. Du bist in Ohnmacht gefallen.«

Ich setzte mich auf. Mein Schädel dröhnte. Dieser Traum gerade eben war so real gewesen.

»Du solltest nach Hause gehen und dich ausruhen.«

»Nein«, antwortete ich schnippisch. »Mir geht es blendend. Die Luft hier drin ist so trocken, sicher liegt es daran.«

Sharlene runzelte die Stirn. »Dein Handy hat in einer Tour geklingelt. Alle suchen nach dir.«

»Dann hat wohl niemand hier auf dem Boden gesucht«, stellte ich lachend fest. Bisher hatte ich nie Nasenbluten gehabt, was mich tatsächlich etwas mitnahm, doch die Erklärung dafür war bestimmt bei meinem Heuschnupfen zu suchen. Menschen fielen eben mal in Ohnmacht. Und Nasen bluteten hin und wieder. So etwas konnte passieren. Ich würde sicher keine Verbindung zwischen diesem Nasenbluten und meinen Träumen hinkonstruieren.

Die Videoschleife von dem verwirrten Senator vor dem Logo von *In Frame* hatte sich inzwischen im Internet verbreitet. Ich verbrachte den Rest des Tages am Telefon und sah mir die verschiedenen Nachrichtensendungen an, die darüber berichteten, wie Asa Heathcote während eines Interviews »plötzlich krank« geworden war und zugegeben hatte, von den Republikanern zum Kandidaten gekürt worden zu sein und eine Mitarbeiterin geschwängert zu haben. Anschließend hatte er sich wohl ins George Washington University Hospital einliefern lassen, wo er nun von Ärzten beobachtet wurde. Virginia stellte es als eine Art nervösen Anfall dar. Ich wusste, dass dies Heathcote die Chance verschaffte, vor der Partei sein Gesicht zu wahren. Man hatte ihn mit Sorgfalt ausgewählt, und nun mussten die Republikaner wieder zu ihrer letzten Auswahlliste zurückkehren. Wobei jene Kandidaten natürlich wussten, dass sie nur die zweite Wahl waren. Heathcote war als Kandidat für das Amt des Vizepräsidenten nicht länger tragbar, und vermutlich auch nicht als Senator. Am Nachmittag machte die Meldung die Runde, er sei nach einem zu ausgiebigen Golfspiel am Tag zuvor stark dehydriert gewesen. Außerdem hatten einige Reporter seine ehemalige Angestellte ausfindig gemacht und kampierten nun seit Stunden vor ihrem Haus. Ich war mir zwar nicht sicher, was an diesem Morgen mit Asa Heathcote passiert war, aber eine einfache Golfrunde hatte sicher nichts damit zu tun. Das war mein Werk gewesen, auch wenn ich keine Ahnung hatte, wie ich das angestellt haben sollte.

Als ich nach Hause kam, wurde es bereits dunkel. Während ich gerade abwägend die verschiedenen Mikrowellenmenüs in meinem Tiefkühlschrank musterte, klopfte es plötzlich an der Haustür.

Draußen stand Luke Varner, und das, obwohl ich mir ganz sicher war, ihm nie meine Adresse gegeben zu haben. Es war ein warmer Abend, und Luke stand mit in den Taschen vergrabenen Händen da und ließ den Blick über die East Capitol Street wandern. Als ich öffnete, sah er so aus, als hätte er gerade gehen wollen.

»Oh. Sie sind's.«

»Ich habe mich bloß gefragt, ob dir heute irgendetwas Merkwürdiges passiert ist.«

»Wie zum Beispiel?«

»Merkwürdige Dinge. Dinge, die merkwürdig waren.«

Misstrauisch sah ich ihn an. »Sie meinen, außer der Tatsache, dass *Sie* vor meiner Tür aufgetaucht sind?«

Ein Lächeln huschte über sein Gesicht. Ursprünglich hatte ich sein Aussehen ja als ziemlich durchschnittlich eingestuft, aber die Kombination aus diesen blauen Augen und diesem Grinsen war irgendwie sexy. Wäre dem nicht so gewesen, hätte ich die Tür sicher einfach wieder zugemacht.

»Das habe ich verdient.«

»Vermutlich werde ich das bereuen …«, ich trat beiseite, »… aber kommen Sie rein.«

Irgendwie wuchs er mir langsam ans Herz. Er hatte etwas an sich – wie bei diesen Männern, die dich auf eine bestimmte Weise ansehen, und du hast keine Ahnung, warum dir das so gefällt, bis dir aufgeht, dass dieser süße Nachbarsjunge früher auch immer so geschaut hat. Beinahe scheint es, als hätte diese Art der Attraktivität sich unauslöschlich unter deinen Vorlieben verankert und sie dadurch schon früh geprägt. »Ich habe Wein da.« Damit ging ich in meine Wohnung und direkt in die Küche.

Luke folgte mir. »Was immer greifbar ist.«

»Allerdings kein französischer«, warnte ich ihn, während ich ihm ein großzügiges Glas Cabernet einschenkte und es über den Küchentresen schob. »Es gibt niemanden mehr, der sich nach meinem Tag erkundigt. Das gehört wohl auch zu den Folgen einer Scheidung.« Mir genehmigte ich ein ebenso volles Glas. »Da das irgendwie nett ist, fange ich ganz vorne an. Farben. Farben waren für mich heute seltsam. Vor allem Grün, Blau und Gelb.«

»Inwiefern seltsam?«

»Als wäre alles in diesen Farben mit einer ganz frischen Schicht übermalt worden und zwischen den üblichen, trüben Farben eingebettet. Ich komme mir vor wie auf einem LSD-Trip.«

»Hast du von Frankreich geträumt?« Er musterte sein Glas. »Die Tatsache, dass du mich überhaupt reingelassen hast, spricht dafür, dass du äußerst spannende Träume gehabt hast. Denn gestern Abend warst du fest davon überzeugt, dass ich verrückt bin.«

Bei seiner Frage wurden meine Knie weich, und ich stützte mich auf den Tresen – weil ich lässig war und nicht etwa, weil ich sonst umgekippt wäre. »Möglicherweise.«

Er lachte. »Du musst aber schon ein bisschen mit mir zusammenarbeiten, weißt du?«

»Ich war zwar in keiner bestimmten Region, aber ja, alles sah sehr französisch aus, und die Leute haben … na ja … eben Französisch gesprochen.«

»Du sprichst also Französisch?«, fragte er mit einem wissenden Lächeln.

»Eigentlich nicht.«

»Aber du hast alles verstanden?«

Ich wollte einen Schluck Wein trinken, hielt aber abrupt inne. Ja, das hatte ich. Auch wenn es mir bis zu diesem Moment nicht bewusst gewesen war: Die Menschen in meinen Träumen *hatten* Französisch gesprochen, und ich hatte jedes Wort verstanden. Aber meine Mom hatte darauf bestanden, dass ich Spanisch als Fremdsprache wählte. Ich konnte also kein Französisch.

»Vielleicht war es ja auch Kanada?«, stichelte er. »Heute Nacht wirst du wieder träumen. Schwer zu sagen, was als Nächstes zurückkommt, aber normalerweise geschieht es in chronologischer Reihenfolge.«

»Du redest doch nur Blödsinn.« Inzwischen kam mir das »Sie« reichlich gestelzt vor. »Das ist doch Wahnsinn. Ich habe ein paar schräge Träume, mehr nicht. Neulich habe ich mir auf dem Bauernmarkt Vitamin-B-Tabletten gekauft. Vermutlich sind die mit irgendeinem Mist gestreckt, Ende der Geschichte.« Ich nahm einen großen Schluck von meinem Wein und behielt ihn eine Weile im Mund. »Außerdem bin ich heute im Büro ohnmächtig geworden.«

Das schien ihn zu beunruhigen. »Hattest du auch Nasenbluten?«

»Ja«, antwortete ich ein wenig zu laut. »Woher weißt du …?«

»Das passiert in der Phase, in der deine Erinnerungen zurückkehren – oder, wie du es nennst, die ›schrägen Träume‹ auftauchen. Du durchläufst im Moment einen nicht gerade natürlichen Prozess, der dir körperlich einiges abverlangt.«

»Dann darf ich mich also auf weitere Ohnmachten einstellen? Ich dachte eigentlich, das hätte nur an der ganzen Aufregung heute gelegen.« Wieder trank ich einen Schluck. »Ach ja, heute Morgen habe ich dabei zugesehen, wie ein Senator seine Karriere in den Wind geschossen hat. Da hattest nicht zufällig du die Hand im Spiel?«

»Nein. Ich war es diesmal nicht, tut mir leid. Aber mit diesen Ohnmachtsanfällen kenne ich mich aus.« Mit einer Selbstverständlichkeit, als wäre er hier zu Hause, nahm er sein Weinglas, ging ins Wohnzimmer hinüber und setzte sich auf das Sofa. »Versuchen wir es mal mit einem kleinen Partytrick, wie sie zu Königin Victorias Zeiten beliebt waren. Soll ich dir etwas über deine Träume verraten?«

»Hast du etwa Tarotkarten in der Tasche?«

»Tarot, also bitte!« Er verdrehte die Augen. »Ich habe etwas viel Besseres drauf.«

»Okay«, stimmte ich zu. »Das lenkt mich zumindest von Asa Heathcote ab.«

Heathcote schien ihn nicht die Bohne zu interessieren, als er meine Sofakissen um sich herum drapierte. »Ich wette, ich kann dir sagen, was du geträumt hast.«

»Schieß los.«

»Du warst sechzehn.« Sein Blick wanderte zum Fenster, bevor er fortfuhr: »Du hast in Frankreich gelebt, im Département Vendée, in einem Dorf mit dem Namen Challans. Das ist eine Schifffahrtsregion, verfügt aber auch über dichte Wälder. Sehr grün. Am Meer. Du stammtest aus einer Bauernfamilie. Deine Eltern haben Mais und Sonnenblumen angebaut und Hühner gezüchtet.«

Ich ließ den Wein in meinem Glas kreisen. Nur zu deutlich hatte ich die Szenerie vor Augen, die er beschrieb. Schließlich hatte ich sie gerade erst selbst gesehen. »Keine Adeligen, keine reichen Weinhändler?« Natürlich kannte ich die Antwort bereits, wollte aber, dass er mir mehr erzählte.

»Tja, nicht sonderlich romantisch, aber das hast du ja schon selbst erlebt, richtig?« Luke rutschte bis zur Sofakante vor und wartete auf eine Antwort.

Wortlos setzte ich mich zu ihm, allerdings ganz an das andere Ende der Couch.

»Du musst wissen, dass man damals eine äußerst verklärte Vorstellung vom Landleben pflegte. Die Pariser hielten es für einfacher und unkomplizierter als ihr Leben in der Stadt, weshalb Künstler, vor allem Maler, während des Sommers scharenweise dort einfielen.«

»War es das denn? Einfacher?«

»Das Leben ist nirgendwo einfach. Zumindest habe ich diese Erfahrung gemacht.« Luke stützte das Kinn in die Hand, und ich glaubte zu erkennen, dass aus seinen Stoppeln ein Bart werden sollte. »Während der Sommermonate lebten mehrere berühmte Schriftsteller und Maler in Vendée. Es war ein herrlicher Ort. Ein Stück vom Meer entfernt und von grünen und goldenen Feldern durchzogen. Deine Familie war alles andere als wohlhabend, ihr Grund war sehr klein. Er reichte gerade so, um über die Runden zu kommen.«

Wir hatten die Lampen im Wohnzimmer nicht eingeschaltet, und das Licht aus der Küche malte tiefe Schatten in Luke Varners Gesicht. Er schob die Ärmel seines schwarzen Pullis hoch und stützte die Unterarme auf die Oberschenkel. Anscheinend war er nicht sicher, ob er die Geschichte fortsetzen sollte. Aber ich wollte es.

Er sah mich an. »Und du …« Mit einem tiefen Seufzen ließ er sich in die Polster zurückfallen, die ihn zu verschlucken schienen. »Na ja, du hast es selbst gesehen.«

Ich antwortete nicht.

Doch er wusste, dass er recht hatte, das sah ich an seinem Lächeln. »Äußerlich hast du dich gar nicht so sehr verändert. Damals hatten deine Haare einen anderen Rotton – heute nennt man das glaube ich Tizianrot.« Er beugte sich vor und strich über eine lose Strähne. Eine sehr intime Geste, doch ich ließ es geschehen, ohne eigentlich zu wissen, warum.

»Zu Ehren des Malers«, murmelte ich.

Luke nickte. »Dein Haar reichte dir bis zur Hüfte, und meistens hattest du es hochgebunden, als würde es dich sonst stören. Du musstest viel arbeiten. Früh am Morgen warst du draußen auf den Feldern, und es war deine Aufgabe, die Hühner zu füttern. Du warst wunderschön, aber das Leben auf dem Land war damals sehr hart. Und …« Er verstummte.

In diesem Moment hätte es mich nicht gewundert, wenn plötzlich die Polizei vor der Tür gestanden und mir erklärt hätte, dass sie Luke Varner in die Nervenheilanstalt zurückschaffen mussten. *Tut uns leid, dass er Ihnen mit seinen Geschichten Probleme gemacht hat.* Dieser Mann wusste haargenau, was in meinem Kopf passierte. Wie war das möglich?

»Das Landhaus, das an den Hof deiner Familie grenzte, gehörte dem Maler Auguste Marchant und seiner Frau. Im Sommer kamen sie immer dorthin, um der Großstadt zu entfliehen.«

Obwohl Roger den Namen des Künstlers unzählige Male im Mund geführt hatte, lief es mir kalt den Rücken herunter, als Luke die Worte »Auguste Marchant« aussprach. Wie konnte er meinen Traum so detailliert schildern? Und warum ausgerechnet Auguste Marchant? Rogers Besessenheit von diesem Maler hatte unsere Ehe ruiniert. Und nun konnte ich Marchant nicht einmal mehr in meinen Träumen entkommen. Mein Ex würde vermutlich einen Mord begehen, um so lebensechte Träume von diesem Künstler zu haben.

»Du wirst dich immer wieder in seinen Bildern entdecken, über mehrere Schaffensjahre hinweg. Sieh dir die Gemälde der

Hanover-Sammlung an, oder geh ins Musée d'Orsay. Du warst Marchants Muse.«

»Mädchen auf Treppe?«

»Eines meiner liebsten Bilder. Ich bin froh, dass es jetzt hier bei dir ist. Es sollte immer in deiner Nähe sein. Denk darüber nach. Vermutlich hast du es unzählige Male berührt.«

»Was du da beschrieben hast«, gab ich zu, »das habe ich heute tatsächlich gesehen. Wie in einem Traum. Wie kann das sein?«

»Es ist, wie ich es dir im Museum erklärt habe«, meinte er achselzuckend. »Du bist außergewöhnlich. Was mit dir geschieht, ist außergewöhnlich. Es werden noch weitere Abschnitte der Geschichte kommen, Stück für Stück. Das ist alles ein bisschen chaotisch. Deine anderen Leben … tja, sie wollen irgendwann raus. Bedauerlicherweise hast du dabei nicht das Ruder in der Hand, Red.«

»Ich habe von Marchant geträumt.«

»Und noch von anderen?« Das klang ein wenig verschnupft, als hätte er mehr von mir erwartet.

»Nein, nur von Marchant.«

»Nur Marchant?«

»Das ist kein Wettstreit, Luke. Bei dir bin ich offenbar noch nicht angekommen, falls du darauf hinauswillst. Die Geschichte entwickelt sich nach und nach, wie du es gesagt hast. Dann werde ich dir in diesen Träumen also auch begegnen? Ist das richtig?« Es gelang mir nur mit Mühe, diese Worte über die Lippen zu bringen. Unfassbar, dass ich mich in diese Sache mit reinziehen ließ. Aber der Wein half dabei.

»Deine Beziehung zu Marchant wird sich bald verändern, und dadurch werden gewisse Dinge in Gang gesetzt. Ich komme erst später ins Spiel.« Wieder huschte sein Blick zum Fenster.

»Lass mich raten.« Ich nippte an meinem Glas und führte mir

die letzte Szene mit Juliet und Marchant vor Augen. »Das Mädchen auf der Treppe … ging einen Schritt zu weit.« Mein Traum hatte damit geendet, dass Marchant mit Juliet auf der Liege zugange gewesen war.

Obwohl das eigentlich als Scherz gemeint war, blieb Luke ernst. »Und es hat einen hohen Preis dafür bezahlt.« Nun starrte er auf den grauen Wohnzimmerteppich. Dabei war er tief in Gedanken versunken, wohl abwägend, wie viel er mir verraten wollte. »Man könnte sogar sagen, dass du auch heute noch dafür bezahlst.«

»Und es war ihr bewusst, das sieht man. In dem Bild ist ihr Gesicht von tiefer Reue überschattet. Dem Verlust der Unschuld. Damals war die Treppe ein Symbol für den Verlust der körperlichen Unschuld, für eine gefallene Frau.«

Luke nickte. »Du warst damals mit einem Bauernjungen verlobt. Du hättest ihn nach deinem siebzehnten Geburtstag heiraten sollen.«

Ja, jetzt fiel es mir wieder ein: Juliet und ihre Mutter in der Küche, das Gespräch über Michel Busson. Juliets Furcht vor dieser Ehe schien meine eigene zu sein. »Du glaubst also immer noch, ich wäre dieses Mädchen?«

»Du denn nicht?«

Achselzuckend wiegelte ich ab: »Ich halte es für eine interessante Geschichte.«

»Und wie erklärst du dir dann diese Träume?«

»Sie gleich als frühere Leben zu betrachten, halte ich für etwas vorschnell, Mr. Varner.«

»Ach ja, die Vitamintabletten vom Bauernmarkt. Na dann.« Abrupt stand er auf. »Dann sollte ich wohl besser gehen.«

»Gehen?« Ich sprang ebenfalls auf. »Aber du warst noch nicht fertig.«

»Oh doch, für heute schon. Vielleicht erzähle ich dir ein andermal mehr.« Er holte seine Jacke und nahm einen letzten Schluck Wein. »Du bist noch nicht bereit dafür.«

»Nicht bereit?« Unglaublich. Da tauchte dieser Mann vor meiner Tür auf und erzählte mir eine wilde Geschichte über das, was ich angeblich vor über hundert Jahren erlebt hatte, und sobald es spannend wurde, beschloss er plötzlich zu verschwinden. Hatte ich ihn gekränkt? War ich zu spitzzüngig gewesen? »Aber du hast mir noch gar nicht gesagt, wie wir uns begegnet sind.«

»Mir wäre es lieber, wenn *du* das übernimmst.« Luke wandte sich ab. »Konzentriere dich vor dem Einschlafen. Der Rest kommt von ganz allein. Das ist immer so.«

»Oder du sparst uns die ganze Mühe und sagst es mir einfach.«

»Das habe ich früher schon versucht, Red. Es ist nicht gut für dich, wenn ich das tue.« Er blieb kurz stehen. »Nur eins noch: Es gibt ein weiteres Gemälde, das heute einem Privatsammler gehört, aber es existieren Fotos davon. Es heißt *Juliet*. Mit diesem Bild hat alles angefangen.«

Das sagte mir etwas. Roger hatte eine Zeit lang erfolglos versucht, ein geheimnisumwittertes Werk von Marchant ausfindig zu machen – und mein Ex war verdammt gut darin, Gemälde ausfindig zu machen. Ich ging mit Luke ins Foyer hinaus. Der Wein war bereits in meinem Gehirn angekommen, weshalb ich etwas unsicher auf den Beinen war.

»Oh, und Red?« fragte er noch, während er die Haustür öffnete. »Du hast doch in ein paar Wochen Geburtstag, oder?«

Verwirrt sah ich ihn an. »Ende nächsten Monats, ja.« Am 22. Juni würde ich vierunddreißig werden, das stimmte. »Woher weißt du …?«

»Unwichtig. Aber du musst dich anstrengen, konzentriere

dich.« Er schob die Hände in die Taschen und blickte die Straße hinunter. Eine leichte Brise wehte durch die East Capitol Street. Die Luft hatte sich abgekühlt, und Luke studierte die Finsternis, als könne er in ihr lesen. »Würdest du das für mich tun? Dir bleibt nicht mehr viel Zeit.«

»Was soll das heißen: Mir bleibt nicht mehr viel Zeit?«

»Sagen wir einfach, diesmal bist du spät dran, deshalb *musst* du dich jetzt schnell erinnern.« Mit diesen Worten trat er in die Nacht hinaus. Ich blickte ihm hinterher, bis er in die Third Street einbog und verschwand.

Als er weg war, kehrte ich ins Wohnzimmer zurück und schaltete eine Lampe ein. Dann schnappte ich mir meinen Laptop und suchte noch einmal im Internet nach »Luke Varner«. Es kam wenig Interessantes dabei heraus. Auf der Website des Luke Varner mit der Kunstgalerie in Taos, New Mexico fand sich nichts über den Mann selbst. Doch die Verbindung zur Kunstszene erschien mir logisch, außerdem hatte er Taos auch einmal erwähnt. Abgesehen davon gab es nichts über diesen mysteriösen Fremden – keine Fotos, keine Pressetexte.

Aber was hatte ich auch erwartet? Luke Varner war eindeutig verrückt. Diese ganze Sache war total verrückt. Am liebsten hätte ich Roger angerufen und ihm davon erzählt: von den Träumen und dem Irren, der behauptete, ich sei Marchants Muse gewesen … Aber ich wusste, dass Roger mich für verrückt erklären oder mir – schlimmer noch – unterstellen würde, dass ich so eine krude Verbindung zu ihm zu konstruieren versuchte. Nachdem ich mich ins Bett gelegt und mein Riesenkopfkissen in genau die richtige, annähernd runde Form geknetet hatte, dachte ich über die letzten vierundzwanzig Stunden nach. Ich war einem Irren begegnet, der steif und fest behauptete, dass ich über hundert Jahre alt sei. Ich hatte mit einem simplen Interview die Karriere eines Politikers zerstört. Und in meinen Träumen schlüpfte ich in den Körper einer anderen Frau. Da ich davon ausging, dass mir eine unruhige Nacht bevorstand, beschloss ich, mich ein wenig auszuruhen. Schon im nächsten Moment fiel ich in tiefen Schlaf.

8

Juliet LaCompte

Challans, Frankreich, 1895

Als sie in die Küche kam, schlug Juliet vom Herd der Duft von Vanille und Zimt entgegen. Ihre Mutter stand an der Spüle und zerrieb mit festen Bewegungen eine Mischung aus getrockneten Jasminblüten und Rosenblättern.

»Ein Liebestrank?« Sie spähte ihrer Mutter über die Schulter. Diese Kombination kannte sie. Einige der einfacheren Rezepte konnte Juliet inzwischen selbst anrühren.

»Eine Bestellung.« Ihre Mutter hütete viele Geheimnisse, die ihrer Kunden natürlich, aber – wie Juliet vermutete – auch eigene. Juliet wurde immer neugieriger, was genau zwischen ihrer Mutter und diesen Frauen vorging.

»Für wen ist er?« Sie setzte sich an den Tisch. »Erzählst du es mir? Nein, lass mich raten. Für den alten Witwer unten im Tal? Der sich in dieses Mädchen verguckt hat, das nur ein Jahr älter ist als ich?«

Ihre Mutter drehte sich um. »Du bist in letzter Zeit ziemlich fröhlich.«

Sofort wurde Juliet wachsam. Ihre Mutter hatte ein Gespür für solche Dinge. »Das liegt am Sommer. Du weißt doch, wie sehr ich es liebe, wenn alles wächst und voller Leben steckt.«

Obwohl ihre Mutter sich wieder abwandte und sich über das zerlesene Rezeptbuch beugte, das neben ihr lag, wusste Juliet, dass sie nicht überzeugt war. Ihre nächste Frage würde zeigen, in welche Richtung ihr Argwohn ging. »Wie geht die Arbeit mit Monsieur Marchant voran?«

Brennende Hitze stieg Juliet in die Wangen. Ihre Mutter war also tatsächlich misstrauisch geworden. Die beste Verteidigung lag für Juliet nun wohl darin, die Sache mit den Gemälden herunterzuspielen. »Sie wird langsam langweilig«, log sie deshalb. »Ich sitze die ganze Zeit nur da und muss den zappelnden Marcel halten. Und ich habe gehört, dass er sowieso bald nach Paris zurückkehrt.«

»Das habe ich auch gehört«, bestätigte ihre Mutter. »Angeblich sogar schon in ein paar Tagen.«

Juliet fühlte sich, als hätte man sie ins Gesicht geschlagen. Marchant hatte mit keiner Silbe erwähnt, dass er fortgehen würde. Und da sie sich jeden Morgen in den Armen lagen, hätte er genügend Zeit gehabt, sie zu warnen. Bestimmt irrte ihre Mutter sich.

Nach dem Frühstück lief Juliet sofort zum Atelier hinüber. Sobald sie eingetreten war, reichte sie Marcel an die Magd weiter. Inzwischen tat Marchant nicht einmal mehr so, als würde er ihren Bruder zeichnen. Gestern hatten sie ein paar Bilder von ihr auf der Hintertreppe gemacht, aber Juliet hatte immer wieder gelangweilt herumgezappelt; sie blieb lieber drinnen im Atelier, wo sie vor den neugierigen Blicken der Magd geschützt waren. Außerdem waren die Stufen mittags sehr heiß. Marchant hatte sie mehrmals ermahnen müssen, weil sie nicht stillhielt.

Heute fand sie ihn im Atelier, wo er gerade die Falten des Kleides malte, das sie gestern getragen hatte. Zu seinen Füßen lagen mehrere, wahllos verstreute Entwurfsskizzen für Kleiderfalten. Er musste ihre Anwesenheit wohl gespürt haben, denn er legte den Pinsel weg und drehte sich um. Mit einer schnellen Bewegung zog er sie an sich und küsste sie. Wie immer in den letzten Wochen gingen sie sofort zur Liege hinüber, wo Marchant ihr das Kleid abstreifte und seine Hose aufknöpfte. Juliet wusste nun, was zu tun war, wie er angefasst und berührt werden wollte, welche Stellungen er in diesen Momenten bevorzugte. Die Zärtlichkeiten, die sie ihm zuteilwerden ließ, kannte sie ebenso auswendig wie die Rituale der sonntäglichen Messe. Und nun kannte Juliet auch die Antwort auf die Frage, was von einer Ehefrau erwartet wurde, konnte sich aber nicht vorstellen, diese intimen Dinge mit dem jämmerlichen Busson-Jungen zu tun. Als sie fertig waren, zündete Marchant sich eine Pfeife an.

»Ich habe gehört, du kehrst nach Paris zurück.« Eine Feststellung, keine Frage.

»Das ist korrekt.« Marchant beugte sich über sie und küsste ihre Brüste. »Ich wollte noch mit dir darüber sprechen.«

»Ach, *wirklich*?« Juliet hörte selbst, wie angespannt ihre Stimme klang, und sie spürte, dass Marchant sich bei diesem Ton verkrampfte.

Er legte eine Hand auf ihren nackten Bauch. »Ich würde dich gerne mitnehmen. Falls du mich begleiten möchtest?«

Erleichtert stieß Juliet den Atem aus. Genau diese Reaktion hatte sie sich von ihm erhofft. »Natürlich werde ich mit dir kommen.«

Der Maler stand auf und knöpfte Hemd und Hose zu. Dann ging er zu seiner Staffelei, setzte sich davor und musterte Juliet.

Als sie nach ihrem Kleid griff, befahl er streng: »Nein.«

Zwar hatten sie eine Menge sehr intime Dinge geteilt, aber die Vorstellung, dass Marchant sie so malen könnte, fühlte sich zu öffentlich an, zu verboten. Was zwischen ihnen geschah, durfte nicht auf Leinwand festgehalten werden. Deshalb protestierte sie: »Das geht nicht.«

Er kam zu ihr und drapierte sie in genau der Haltung auf der Liege, in der er sie haben wollte. Während er zeichnete, ließ er sie nicht aus den Augen, aber Juliet versuchte kein einziges Mal, sich ihr Kleid zu holen. Natürlich zweifelte sie nicht daran, dass Marchant aufrichtig war, was Paris anging, doch ein Teil von ihr sehnte sich wohl nach etwas Greifbarem, einem Beweis dafür, dass sie beide einmal so zusammen gewesen waren. Nach einer Woche war das Bild, das Marchant schlicht *Juliet* nannte, fertig. Als er es endlich enthüllte, erkannte sie, dass es sehr eindeutig zeigte, was zwischen ihnen passiert war. Diesem Gemälde haftete eine gewisse Grobheit an, die ziemlich untypisch war für die Marchant-Modelle mit ihrer Alabasterhaut. Die Haut der Juliet im Bild war gerötet, und die aus der Nähe festgehaltene, intime Pose verriet, dass sie erschöpft war, dass sie völlig verausgabt auf ihrem Bett zurückgelassen worden war. Es war ihm gelungen, Juliets Sehnsucht nach ihm mit Pigment und Papier einzufangen. Im Blick des Modells lag sein ganzes Wissen über den Maler, und der Künstler hatte das perfekt festgehalten. Für Juliet war nie ein leidenschaftlicherer Blick auf Leinwand gebannt worden.

Als sie am nächsten Morgen ihren Tee trank, schmeckte er irgendwie merkwürdig. Sie hob den Becher an die Nase und glaubte, verbrannten Zimt zu riechen. Der Trank, den ihre Mutter gebraut hatte … der war also für sie gewesen. Hastig stellte sie den Becher ab und starrte darauf.

Das Rascheln ihres langen Rockes verriet die Mutter, bevor

Juliet sie sah. »Trink deinen Tee«, befahl sie und fing an, Kartoffeln zu schälen. »Du siehst blass aus. Der wird etwas Farbe auf deine Wangen zaubern. Diesen Sommer bist du viel weniger an der frischen Luft als sonst.« Während sie nach draußen ging, um die Kartoffelschalen wegzuwerfen, huschte Juliet zum Spülbecken und schüttete den Tee aus. Mit dem leeren Becher setzte sie sich wieder an ihren Platz.

Eine leichte Röte überzog die Wangen ihrer Mutter, die nun weiter in der Küche herumwerkelte. »Heute Abend sind wir zum Essen bei den Bussons eingeladen. Madame Busson und ich hielten es für angebracht, gemeinsam mit dir und ihrem Sohn zu speisen. Es wird Zeit, dass ihr euch ein wenig besser kennenlernt.«

Juliet starrte in ihren leeren Becher. Das war es also. Ihre Mutter hatte gehofft, dass der Trank ihre Zuneigung zu Michel wecken könnte.

Bei dem Abendessen saß Juliet gegenüber von Michel Busson, der gar nicht zu verstehen schien, welcher Handel in einem Jahr zwischen ihnen stattfinden sollte. Stattdessen sprach er nur von der Jagd und dem kapitalen Hirsch, den er im letzten Herbst erlegt hatte. Überall im Speisezimmer hingen die Köpfe der Tiere, die Michel getötet hatte, stolz präsentiert, darunter natürlich auch besagter Hirsch. Michels dünne Arme fuhrwerkten wild in der Luft herum, und er schien Juliet überhaupt nicht wahrzunehmen. Wenn sie an die intimen Berührungen dachte, die sie mit Marchant erlebte, wurde ihr regelrecht schlecht bei der Vorstellung, im nächsten Jahr die Frau dieses Jungen werden zu müssen.

Nach dem Hauptgang entschuldigte sie sich, um etwas frische Luft zu schnappen. Während sie den Duft der Busson'schen Lavendelfelder genoss, sah sie, dass in Marchants Haus noch Licht brannte. Juliet wusste, dass sie nicht länger in Challans bleiben konnte. Noch diese Woche musste sie mit Marchant nach Paris durchbrennen. Sie wollte gerade ins Haus zurückkehren, als sie Michel entdeckte, der in der offenen Tür stand und sie beobachtete. Als sie sich an ihm vorbeischieben wollte, versperrte er ihr den Weg, kniff sie schmerzhaft in den Arm und zog sie an dem eingezwickten Hautstück zu sich heran.

»Du verachtest mich, stimmt's nicht, Kleine?«, fauchte Michel sie an. »Das sehe ich in deinen Augen. Aber bald werde ich dich verachten. Wenn wir erst verheiratet sind, bist du mein *Eigentum.*«

Entsetzt riss Juliet die Augen auf.

Offenbar spürte Michel ihre Furcht, denn er grinste. »Genau so sieht die Vereinbarung aus, die deine Eltern mit meiner Familie geschlossen haben.« Er lachte. »Du dumme Gans. Weißt du überhaupt, was das bedeutet?« Mit einem abfälligen Grinsen schlang er seinen dünnen, aber erstaunlich starken Arm um ihre Taille und presste sie an sich. Dann strich er kurz über ihre Hüften, bevor er ihr ins Ohr raunte: »Du wirst mir gehören. Und glaub mir: Ich werde nicht besonders nett zu dir sein.«

Damit stieß er sie von sich, und sie fiel vor ihm auf die Eingangsstufen. Michel stieg über Juliet hinweg und kehrte ins Haus zurück.

Juliet rappelte sich auf und sah, dass sie sich beim Sturz die Beine aufgeschrammt hatte. Humpelnd ging sie wieder hinein, wo Michel mit gelassener Miene bei ihren Eltern im Salon saß. Als sie eintrat, richteten sich sofort alle Blicke auf sie.

»Um Himmels willen, was ist denn mit dir passiert?« Ihre Mutter sprang auf, kam herüber und zupfte und klopfte an Juliet herum. »Das tut mir so leid. Wirklich schrecklich peinlich.«

Ganz ruhig wandte Michel sich ihr zu, doch sein Blick war herablassend. »Oh, Juliet, bist du draußen auf der Treppe gestolpert? Die Stufen können tückisch sein.«

»Ja«, sagte Juliets Mutter sofort, »so muss es wohl gewesen sein.« Sie packte ihre Tochter am Arm. »Juliet ist manchmal etwas tollpatschig.« An Juliets Vater gewandt, fügte sie hinzu: »Wir sollten sie nach Hause bringen.«

Juliet bemerkte, wie ihre Eltern sich vielsagend ansahen. In diesem Moment schob sich Madame Busson mit einem Tablett voller Küchlein und Käse durch die Salontür, blieb aber sofort stehen, als ihr Blick auf Juliet und ihre Mutter fiel. »Was um Himmels …?«

»Juliet ist draußen auf der Treppe gestolpert«, erklärte Michel. Seine blassen Augen forderten sie geradezu heraus, seiner Geschichte zu widersprechen. »War es nicht so, Juliet?«

»Wie schrecklich.« Madame Busson schüttelte den Kopf. »Unsere Jüngste stolpert auch ständig über diese Stufen, nicht wahr, Michel?«

»Allerdings, Mutter.« Michel stand auf und nahm ihr das Tablett ab. »Ich trage das für dich in die Küche.«

Als Juliet sich der jüngsten Tochter der Bussons zuwandte, warf die ihr nur einen traurigen Blick zu.

Doch Madame Busson fuhr ihrem Sohn strahlend über das Haar, als er an ihr vorbeiging. »So ein lieber Junge.«

»Wir müssen aufbrechen«, unterbrach Juliets Mutter sie. »Es tut mir aufrichtig leid, Madame Busson.«

»Aber nicht doch, Thérèse. Ich werde Ihnen ein paar Küchlein einpacken, dann können Sie sie mitnehmen.« Madame Busson schenkte Juliet ein Lächeln und bemerkte dabei ihre blutigen Knie. »Wir sollten die Wunden an ihren Beinen reinigen.«

»Das ist nicht nötig«, versicherte Juliets Mutter. »Ich möchte

Ihnen auf keinen Fall noch mehr Umstände bereiten. Das kann ich später machen.«

Nachdem sie ihre Küchlein bekommen hatten, gingen Juliet und ihre Eltern über die Felder heimwärts. Ihr Vater studierte besorgt ihren humpelnden Gang.

»Ich glaube, sie hat sich den Fuß verstaucht«, stellte er nach einiger Zeit fest und hob seine Tochter hoch. »Du bist nicht mehr ganz so leicht wie früher als kleines Mädchen.« Juliet lehnte den Kopf an seine Brust; sie war schön warm.

»Sie hat uns wie Trampel dastehen lassen«, fauchte ihre Mutter, sobald sie sich weit genug vom Haus der Bussons entfernt hatten. »Wahrscheinlich glauben sie jetzt, sie verheiraten ihren Sohn mit einer hohlköpfigen Nuss.«

»Na ja«, setzte ihr Vater an, wurde aber sofort von der Mutter unterbrochen.

»Wir brauchen diese Heirat, Juliet!« Aufgebracht fuhr ihre Mutter zu ihr und ihrem Vater herum, sodass sie mitten auf dem Abhang stehen bleiben mussten. Ihr braunes Haar hatte sich aus ihrem Dutt gelöst, und nun wehten ihr zerzauste, von Grau durchsetzte Strähnen ins Gesicht. »Begreifst du das nicht? Du musst Michel Busson heiraten!«

»Es reicht, Thérèse.« Nur sehr selten erhob ihr Vater gegenüber ihrer Mutter die Stimme, aber irgendetwas an ihrem Auftritt hatte dafür gesorgt, dass sich seine Arme verkrampften. Juliet schmiegte sich an ihn.

Als ihre Mutter sich ihm zuwandte, strahlte sie eine Verachtung aus, die Juliet ihr niemals zugetraut hätte. »Du weißt sehr genau, warum sie diesen Jungen heiraten muss.«

Ohne die Mutter weiter zu beachten, stieg ihr Vater den Hügel hinauf. »Ja, das weiß ich. Aber das heißt nicht, dass ich es gutheißen muss.«

Da sie spürte, dass ihr Vater auf ihrer Seite war, wollte Juliet damit herausplatzen, wie grausam Michel zu ihr gewesen war, doch dann überlegte sie es sich anders. Sie musste sich einen Plan zurechtlegen, also nickte sie nur. »Es tut mir leid, *Maman*.«

Am nächsten Morgen humpelte Juliet die Treppe hinunter, fand die Küche aber verlassen vor. Froh, sich diesmal nicht an ihrer Mutter vorbeischummeln zu müssen, humpelte sie zu Marchants Haus hinüber. Der Maler hatte Geld. Er würde ihrer Familie unter die Arme greifen, damit sie den Hof nicht verlor. Als sie sich der Tür zum Atelier näherte, hörte sie laute Stimmen, die ihr nur zu vertraut waren.

»Sie ist noch ein Kind!«, kreischte ihre Mutter. »Was haben Sie *getan*?«

Marchants Stimme klang verzerrt; so hatte Juliet sie noch nie gehört. Er schluchzte. »Nein, nicht das Bild, bitte.«

»Sie haben meine Tochter ruiniert. Sie haben ja keine Ahnung, was Sie getan haben. Es wird keine Beweise für die Schande geben, die Sie an ihr begangen haben. Ich werde dieses Bild verbrennen. Hören Sie? Und Sie werden verschwinden. Gehen Sie zurück nach Paris, noch heute. Die Bilder von ihr werden vernichtet. Sie werden Juliet niemals wiedersehen. Haben Sie mich verstanden?«

»Bitte. Ich werde es tun, aber bitte, bitte, nehmen Sie mir nicht dieses Bild.«

Juliet war in der Tür stehen geblieben. Nun hörte sie dumpfe Schläge, lautes Reißen. Die Hand ihrer Mutter durchbohrte die Leinwand und packte das nackte Abbild ihrer Tochter.

»Geh mir aus dem Weg«, fauchte sie. Ihr Blick blieb kurz an Juliets Gesicht hängen und richtete sich dann auf ihren Bauch, bevor sie die Augen schloss und flüsterte: »Nein. Oh, Juliet, was hast du getan?« Ein Ausdruck tiefster Verzweiflung huschte über ihr Gesicht, bevor sie sich offenbar zusammennahm und sich an Juliet vorbeischob, mit dem sperrigen Bild kämpfend. Als ihre Mutter bereits ein Stück den Hügel hinabgelaufen war, drehte sie sich noch einmal um. »Er hatte nie vor, dich nach Paris mitzunehmen«, rief sie wütend. »Na los, frag ihn. Du bist eine Närrin.«

Juliet betrat das Atelier und fand Marchant zusammengesunken auf dem Boden vor der Liege, die Hände vors Gesicht geschlagen. Um ihn herum lagen zerbrochene Rahmen mit zerrissenen Leinwänden – alle mit verschiedenen Ansichten von Juliet bedeckt. Erstaunlich gelassen fragte Juliet: »Sagt sie die Wahrheit? Hattest du wirklich nie vor, mich mit nach Paris zu nehmen?«

»Das ist nicht wahr«, protestierte Marchant. Sein Gesicht war rot und verquollen. »Deine Mutter lügt. Ich wollte dich mitnehmen. Ganz bestimmt. Ich wollte nach dir schicken lassen.«

Wie gerne sie ihm doch glauben würde. Aber Juliet kam es eher so vor, als versuchte er, sich selbst davon zu überzeugen; als müsse er die Worte erst noch üben.

»Du verstehst das nicht.«

»Was verstehe ich nicht?«

Doch er schüttelte nur den Kopf und schlug abermals die Hände vors Gesicht. »Geh nach Hause, Juliet. Geh nach Hause. Wenn die Zeit gekommen ist, werde ich dich holen.«

9

Helen Lambert

Washington D. C., 26. Mai 2012

»Verfluchte Scheiße.« Ruckartig setzte ich mich im Bett auf. Kaum berührten meine Füße den Boden, rannte ich hinüber ins Bad und starrte in den Spiegel: kupferrote Locken fielen über meinen Rücken. Gott sei Dank, ich war wieder Helen Lambert. Als mir dieser Gedanke durch den Kopf schoss, musste ich laut lachen und drückte die Stirn gegen das Waschbecken, um mich zu beruhigen.

»Vielleicht hast du ja einen Hirntumor.« Ich starrte mein Spiegelbild an. Die Szene mit Marchant stand mir noch glasklar vor Augen, und ich rief Luke an. Nun musste ich doch zugeben, dass mit mir irgendetwas Übernatürliches vorging. Das waren nicht einfach nur Träume. Ich muss wohl ziemlich aufgewühlt geklungen haben, denn er bot an, sofort vorbeizukommen.

Es war Samstag, also musste ich mir zum Glück wegen der Arbeit keine Gedanken machen. Nach dem Interview mit Asa Heathcote verlangte ständig irgendjemand nach einem Gespräch mit mir. Inzwischen hatten sich sechsundzwanzig Nachrichten auf meiner Mailbox angesammelt, die ich nicht abgehört hatte. Als ich nun einen Blick in die Nachrichten warf, sah ich Heathcotes ehemalige Angestellte, die ihr Baby zur Adoption freigegeben hatte; allerdings nur mit einem kurzen Statement, in dem sie darum bat, in Ruhe gelassen zu werden. Seufzend schaltete ich Handy und Fernseher aus.

Luke fuhr in einem schwarzen Range Rover vor, die Künstlersonnenbrille auf der Nase und zwei Tüten mit Lebensmitteln auf der Rückbank. Ich zog erstaunt die Augenbrauen hoch, als er damit durch die Tür trat. »Du kannst kochen?«

»Allerdings.« Vollkommen selbstverständlich marschierte er in meine Küche, öffnete Schränke, packte die Einkäufe aus und reihte sie auf dem Tresen auf. Nachdem er auch noch in ein paar Schubladen gestöbert hatte, fragte er ratlos: »Hast du keinen Schneebesen?«

Ich war gerade mit der Post beschäftigt. »Tut mir leid, der wurde mir bei der Scheidung aberkannt. Roger hat ein Faible für Küchenutensilien. Und überhaupt, wer besitzt heutzutage schon noch einen Schneebesen?« Mit einem schnellen Griff fischte ich eine Gabel aus der Schublade neben mir und reichte sie ihm. Nach kurzem Zögern nahm er sie, musterte sie aber, als wäre sie ein höchst primitives Werkzeug.

Wenig später hackte er etwas klein und warf es in eine Pfanne, aus der daraufhin verführerische Düfte aufstiegen. »Was ist das?« Ich spähte in die Pfanne.

»Knoblauch und weißes Trüffelöl.« Luke hing bis zu den Schultern in einem der unteren Schränke, und als sein Kopf schließlich wieder zum Vorschein kam, hielt er ein zweites Schneidbrett in der Hand. Er putzte Gemüse, gab es in eine zweite Pfanne und wendete es mit dem geübten Schwung eines professionellen Kochs.

»Wo hast du das gelernt?«

Achselzuckend erklärte er: »Das konnte ich eigentlich schon immer. Es gehört zu den wenigen Dingen auf dieser Welt, die mir Freude machen.«

»Und die anderen wenigen?«

»Das ist privat.« Er warf mir ein kurzes Lächeln zu; makellose, weiße Zähne blitzten auf.

»Dir ist schon klar, dass wir ein Date hatten, oder? Kleiner Tipp: Kochkünste gehören zu den eher typischen Gesprächsthemen bei ersten Dates – im Gegensatz zur Ermordung von Menschen oder der Tatsache, dass man den anderen bereits seit hundert Jahren kennt.«

»Falls du dich erinnern möchtest: Du bist quasi von unserem ersten Date geflüchtet.« Er bewegte die dampfende Pfanne hin und her. »Vielleicht hatte ich ja noch vor, meine Kochkünste zu erwähnen?«

»Sonst noch irgendwelche Hobbys? Außer das mit dem Ermorden Unschuldiger?«

»Was ich so mag …«, überlegte er. »Ich mag Wasser, das Meer. Ich würde gerne einmal surfen.«

»Langweilig.« Ich täuschte ein übertriebenes Gähnen vor. »Das Meer mag doch jeder.«

»Viele Menschen können es nicht ausstehen.«

»Da kenne ich aber niemanden.« Ich zog die Füße auf meinen Barhocker und beugte mich zu ihm. »Nächster Versuch.«

»Ich mag Kunst.«

Mit gequältem Stöhnen flehte ich: »Nicht du auch noch.«

»Ich verkaufe sie«, fuhr er lachend fort. »Ich sammle nicht. Na ja, zumindest nicht im Übermaß.«

Nun musste ich überlegen, wie ich weitermachen sollte. Er schien meine Gedanken zu lesen.

»Wieder einen Traum gehabt?«

»Ich habe wieder Juliet gesehen.«

»Und?«

»Ich denke, es wäre möglich, dass ich sie bin.«

Luke drehte sich zu mir um und lehnte sich gegen die Arbeitsplatte. Ein belustigtes Lächeln huschte über sein Gesicht. Heute trug er ein schwarzes T-Shirt und verwaschene Jeans; als er die Tüten reingetragen hatte, waren mir die klar definierten Muskeln an seinen Armen aufgefallen.

»Wirklich? Was ist aus ›du bist total irre, Luke‹ geworden?«

»Ach, natürlich kannst du trotzdem total irre sein.« Ich zupfte an meiner Socke herum, um ihn nicht ansehen zu müssen. »Aber ich hatte diesen Traum, genau wie du es vorhergesagt hast. Und selbst ich muss zugeben, dass hier etwas Seltsames vor sich geht. Dieses Mädchen in meinem Traum, diese Juliet … es fühlt sich an, als wäre sie ich.«

»Du bist sie alle – jede von ihnen ist einzigartig und auf ihre Weise anders, aber sie sind alle ein Teil von dir.« Ungerührt kehrte er an den Herd zurück, schlug ein paar Eier auf und goss sie in die Pfanne. Aus der letzten noch verbliebenen Einkaufstüte ragte ein Baguette heraus.

»Wie viele von uns gibt es?«

»Na ja, da bist natürlich du.«

»Natürlich.«

»Und du wirst noch von Nora und Sandra träumen.«

»Dann also vier?«

Er nickte.

»Gehen wir mal davon aus, dass es kein Anfall von akutem Wahnsinn ist – was mir wirklich schwerfällt. Sind wir alle ein und dieselbe Person?«

Luke zögerte. Ich erkannte, dass er diese Frage lieber nicht beantworten wollte, also drängte ich weiter: »Bei unserem ersten Treffen im Sofitel hast du gesagt, du hättest Nora am liebsten gehabt.«

»Das war nur Gerede.« Er hielt kurz inne und dachte nach. »Wenn wir uns nach langer Zeit wiedersehen, bin ich beim ersten Treffen immer nervös. Aber … ja, Nora stand mir sehr nah.«

»Nicht Juliet?« Irgendwie spürte ich eine gewisse Verbundenheit mit Juliet, nachdem ich in meinen Träumen ihr Leben gelebt hatte.

Er antwortete nicht.

»Sandra?«

Offenbar musste er über meine Fragen erst nachdenken, denn er widmete sich zunächst dem Omelett und schob die äußeren Ränder mit einem Pfannenwender zur Mitte. Dann blickte er auf. »Ich habe Juliet im Stich gelassen.«

»Inwiefern?«

Er beugte sich über den Tresen und tippte mit dem Finger gegen meine Stirn. »Die Antwort auf diese Frage befindet sich in … deinem Kopf, meine Liebe.«

»Du könntest uns beiden Zeit und Mühe sparen.«

Er wirkte leicht abgelenkt, beinahe gequält. »An Sandra habe ich lange nicht mehr gedacht.« Wenn er von ihr sprach, schwang eine gewisse Wehmut in seiner Stimme mit. »Um auf deine ursprüngliche Frage zurückzukommen: Ihr seid euch alle ähnlich, aber jede Version von dir wächst in einem anderen Umfeld auf, in einer anderen Zeit …«

»Wie lange ist es her?« Bei diesen Worten überlief mich ein kalter Schauer. Wie konnte ich nur glauben, dass es wahr war?

»Diesmal? Einundvierzig Jahre.«

»Das wäre dann also …«

»1971.«

Er warf mir einen kurzen Blick zu, riss ein Stück Küchenrolle ab, drückte es an meine Nase und führte mich ins Schlafzimmer. Dort musste ich mich aufs Bett setzen und den Kopf in den Nacken legen. »Ich habe gesehen, wie sie anfing zu bluten«, erklärte Luke. »Du wirst krank. Du musst dich ausruhen.«

»Ist das mit dem Nasenbluten immer so?«

»Ist schon vorgekommen.« Er wirkte besorgt. »Was du gerade durchmachst, ist kein ganz menschlicher Prozess, es verlangt deinem Körper einiges ab. Und du musstest noch nie so schnell so viele Leben in dich aufnehmen. Normalerweise hast du mehr Zeit.«

»Das hast du schon mal gesagt.« Ich ließ den Kopf noch weiter zurücksinken. »Kommt das denn wieder in Ordnung?«

Luke antwortete nicht, sondern strich mir wortlos über die Haare; dabei wurde mir bewusst, dass mich seit Roger niemand mehr angefasst hatte. Er beugte sich zu mir runter und drückte mir einen Kuss auf die Stirn. »Leg dich hin und ruh dich aus. Ich bringe dir das Frühstück ans Bett.«

Ein paar Minuten später kehrte er mit einem Teller voller Köstlichkeiten zurück: ein Käseomelett mit Gruyère, Brunnenkressesalat und Hash Browns.

»Verflucht, sieht das gut aus.«

Luke setzte sich zu mir, während ich aß. »Und wie weit bist du mit Juliet gekommen?«

Ich legte mein blutiges Taschentuch weg und musterte den vollen Teller. Mir kam es vor, als müsste ich den Inhalt eines epischen Romans wiedergeben. »Juliets Mutter hat das mit Marchant herausgefunden«, fasste ich es knapp zusammen. Ein Blick zu Luke zeigte mir, dass sich in seiner Miene Sorge und Gewissheit vermischten. »Falls diese ganze Sache tatsächlich wahr ist und du kein Irrer bist … wie oft hast du schon Frühstück für mich gemacht?«

»So oft, dass ich es nicht mehr zählen kann.«

»Und es schmeckt mir.« Mein Teller war bereits halb leer.

»Allerdings. In all deinen Leben.«

Er wollte aufstehen, aber ich hielt ihn zurück. »Geh nicht.«

»Ich will nur kurz in die Küche«, beruhigte er mich. »Bin gleich wieder da.« Bevor er ging, warf er mir noch einen beinahe bedauernden Blick zu.

»Was ist?«

»Gar nichts.« Ein trauriges Lächeln huschte über sein Gesicht. »Ich bin nur jedes Mal wieder froh, dich zu sehen.«

Die Holzdielen im Flur knarrten, als er in die Küche ging. Einige Minuten später kam er zurück, ließ sich neben mich aufs Bett fallen und sah mir beim Essen zu. Als ich fertig war, zog er mich in seine Arme und rollte sich neben mir zusammen. Ich hörte das Ticken der Uhr auf meinem Nachttisch, und auf einmal schien das Zimmer zu flimmern wie ein kaputter Fernseher. Dann wurde alles schwarz.

10

Juliet LaCompte

Challans, Frankreich, 1895

Niemals zuvor hatte Juliet ihre Mutter so erlebt wie jetzt. Noch aufgestachelt durch die Wut von ihrem Gespräch mit Marchant marschierte ihre Mutter hin und her und holte diverse Flaschen vom Fensterbrett.

Würgende, tiefsitzende Schluchzer stiegen in Juliets Brust auf, als sie in die Küche trat. Sobald ihre Mutter sie sah, stürmte sie auf sie zu und packte sie an den Schultern. »Du wirst es niemandem verraten. Hast du verstanden?«

»Ich liebe ihn.«

Ihre Mutter gab ihr eine schallende Ohrfeige. »Du verhältst dich närrisch, Kind. Du musst jetzt klug handeln.«

Beinahe torkelnd fasste Juliet sich an die Wange, die brannte, als hätte sie ihr Gesicht übers Feuer gehalten.

Kalt und mit unnachgiebiger Härte im Blick sah ihre Mutter sie an. »Du hast uns durch deine Torheit alle in Gefahr gebracht.«

»Ich verstehe nicht …«

Heftig schüttelte die Mutter den Kopf. »*Non*. Ich bringe das in Ordnung.« Mit einem Ruck zog sie den Läufer auf dem Küchenboden zurück, unter dem eine Luke zum Vorschein kam, die Juliet noch nie gesehen hatte. »Hilf mir.« Sie signalisierte Juliet, die schwere hölzerne Klappe aufzuhalten, während sie selbst in den Hohlraum unter dem Fußboden stieg. Als sie wieder herauskletterte, hielt sie drei schwarze Kerzen, Glasgefäße, in denen sich Blut und Fleisch zu befinden schienen, und ein großes, in Leder gebundenes Buch im Arm.

Was Juliet dort unter dem Fußboden sah, hatte wenig mit den Liebestränken und Heilkräutern hier oben zu tun. Unter dieser geheimen Falltür verbarg sich eine andere Art der Magie.

»Was hast du vor?« Juliet hielt die Gläser und die Kerzen fest, während ihre Mutter aus dem Hohlraum herauskletterte.

»Jemand muss mir dabei helfen.« Nun hatte ihre Mutter nur noch das Buch mit dem abgewetzten Ledereinband in der Hand; ein Buch, das Juliet noch nie unter die Augen gekommen war. Ein Blick über die Schulter ihrer Mutter zeigte Zeichnungen vom Mond und seltsame Namen, die sie nicht kannte. Der Finger der Mutter verharrte unter einem äußerst exotischen Namen: Althacazur. Dann nickte sie zufrieden. Hektisch lief sie durch die Küche, warf Kräuter in ihren Mörser und zerstieß sie. Am Ende schüttete sie die pulvrige Mischung in eine Kristallschale voller Wasser. Leise singend ließ Juliets Mutter die Schale über ihrem Kopf kreisen. Dabei stieg der Geruch von Safran, Nelken und Zimt auf.

Als Nächstes stellte sie die schwarzen Kerzen in eine kleine Kristalltasse und leerte das Glas mit dem Blut darüber aus. »Gib mir deine Hand.« Juliet streckte den Arm aus, ihre Mutter griff zum Messer, und noch bevor das Mädchen protestieren konnte, schnitt sie ihr bereits in den Finger und ließ ein paar Tropfen von

Juliets Blut auf jede der Kerzen fallen. Juliet zuckte schmerzerfüllt zusammen.

»Hast du etwas, das ihm gehört? Etwas, das er berührt hat?« Als Juliet ihr nicht sofort eine Antwort gab, seufzte ihre Mutter gereizt. »Also?« Ihr sonst so ordentlicher Dutt hatte sich aufgelöst, lange Strähnen hingen ihr über den Rücken und in die schweißverklebte Stirn.

Mit einem knappen Nicken ging Juliet nach oben und holte ihr Geburtstagsgeschenk von Marchant, das Gemälde von Paris.

Ihre Mutter riss ihr das Bild aus der Hand und drehte es hin und her. »Hat er dir das geschenkt?«

Juliet nickte. »Er hat es für mich gemalt, zu meinem Geburtstag.«

Voller Mitleid sah die Mutter ihre Tochter an. Dann holte sie ein reich verziertes Messer aus ihrer Tasche, trennte die Leinwand, angefangen bei Marchants Signatur, vom Rahmen und hielt sie über die Kerzenflamme.

Die ölhaltige Farbe fing schnell Feuer. Während die Leinwand verbrannte, starrte Juliet auf die zerfallende Darstellung von Paris, die sich krümmte und wand, während die Flammen daran leckten. Marchants Paris, in das er sie nie hatte mitnehmen wollen, wie ihre Mutter behauptete. Doch Juliets Gefühl sagte, dass sie sich irrte. Marchant liebte sie. Er würde sie holen kommen.

Am Abend, nachdem der Vater und die Geschwister eingeschlafen waren, führte Juliets Mutter sie nach unten in die Küche. Ohne das Herdfeuer war der Raum still, kalt und feucht. Zu Juliets großer Überraschung war mit der Küche eine Verwandlung vorgegangen. Der Tisch war ganz an die Wand geschoben worden, und an seinem Platz prangte nun ein großer, mit Kreide gezogener Kreis. Im Inneren des Kreises war ein Stern aufgemalt – die Linien so exakt, als hätte die Mutter sie mit einer

Messlatte gezogen –, an dessen Spitze die drei schwarzen Kerzen brannten, daneben stand die Kristallschale.

Ebenso überraschend war der Anblick ihrer Mutter, die eine weite, violette Robe trug und sich das Gesicht weiß geschminkt hatte wie ein Spaßmacher vom Jahrmarkt. Aber diese Kostümierung hatte nichts Komisches an sich. Von dem merkwürdigen Umhang ging etwas Bedrückendes aus. Am liebsten wäre Juliet weggelaufen, sie versuchte es sogar, doch ihre Mutter packte sie am Arm und hielt sie mit ungeahnter Kraft fest. »Du musst es bezeugen. Er verlangt es.«

Obwohl Juliet keine Ahnung hatte, wer »er« war, spürte sie, dass sie sich nicht dagegen auflehnen konnte. Ihr blieb nur die Hoffnung, dass ihr Vater oder Delphine herunterkommen und sie aus diesem makabren Szenario befreien würden, aber ihre Familie schlief tief und fest – zu tief und fest. Hatte ihre Mutter ihnen beim Abendessen etwas in den Tee getan?

»Setz dich.« Ihre Mutter deutete auf den Kreis. Sobald Juliet die Kreidelinie überschritten hatte, spürte sie, dass es im Inneren deutlich wärmer war als im Rest der zugigen Küche. Die kühle Luft, die unter der Tür hindurchdrang, schien an der Kreislinie innezuhalten. Um das zu prüfen, schob Juliet ihre Hand über der Linie hin und her; ja, die Temperatur im Inneren des Kreises war wirklich anders. Nun zerrte die Mutter an Juliets Nachthemd, bis es ihr von den Schultern rutschte und zusammengeknüllt zu ihren Füßen lag. Dann schmierte sie ihr eine stinkende braune Paste ins Gesicht, trug sie auf Brüste, Bauch und Beine auf. Wann immer Juliet sie abwischen wollte, bekam sie einen Klaps auf die Finger. Das Mädchen musste würgen, als ihm der Geruch von Nelken und Erde in die Nase stieg. Die Arme fest um den Körper geschlungen, ließ sich Juliet auf ihrem Nachthemd nieder, nun mit nichts anderem mehr am Leib als dieser ekelhaften braunen Paste.

»Mir ist kalt«, beklagte sie sich.

Ohne sie zu beachten, kniete ihre Mutter am Rand des Kreises nieder und legte sich bäuchlings auf den Boden, das Gesicht auf den Holzdielen. Ihre Robe war mittlerweile voller Kreidestaub. Als ihre Mutter einen leisen Gesang anstimmte, spürte Juliet zunächst einen leichten Druck im Bauch, dann einen stechenden Schmerz, der immer fester und stärker in ihr pulsierte. Keuchend hielt sie sich den Unterleib; er war heiß und hart. Immer schneller sang die Mutter, und eine warme Flüssigkeit lief zwischen Juliets Schenkeln herab und wurde von dem zerknüllten Nachthemd aufgesogen. Blut. Juliet streckte die Hand aus, um es zu berühren, riss sie aber erschrocken zurück, als die Stimme ihrer Mutter plötzlich hoch und schrill wurde wie die eines Kindes. Minutenlang sang sie mit greller Stimme, und je weiter das Lied voranschritt, desto hektischer flackerten die Kerzen, desto schneller schmolz das Wachs und zerfloss wie glühende Lava.

Juliet hatte Angst. Das alles war so grotesk, die violett verhüllte Gestalt, die noch immer wie eine Holzpuppe das Gesicht auf den Boden drückte, von wilden Zuckungen gepackt, schien überhaupt nicht mehr ihre Mutter zu sein. Juliet wollte aufspringen, doch ihre Beine gehorchten ihr nicht, sie konnte sich nicht bewegen. Als hätte sie diese Fluchtgedanken gespürt, streckte ihre Mutter die Hand aus und schloss sie um Juliets nacktes Fußgelenk. Sobald sie ihre Haut berührte, begann auch das Mädchen zu zucken. Zusammengekrümmt sank sie neben ihrer Mutter zu Boden und rollte aus dem Kreis, wo die kalte Luft über sie hinwegstrich. Ihr Körper wand sich in Krämpfen. Ihr Bauch brannte, als stünde er in Flammen.

Plötzlich stand ihre Mutter vom Boden auf und blinzelte, als wäre sie aus tiefem Schlaf erwacht. Mit einem angewiderten Blick erfasste sie das Blut, das an Juliets Schenkeln klebte. »Du warst schwanger. Sein Kind wuchs in dir heran, aber nun ist es fort.«

Mit einem gequälten Schrei fasste sich Juliet an den Bauch, von dem die nun getrocknete braune Paste abbröckelte. Der pulsierende, brennende Schmerz war einem dumpfen Druck gewichen. Sie setzte sich auf, starrte auf das ruinierte Nachthemd. Es sah aus, als wäre sie darin abgeschlachtet worden.

»Das werden wir verbrennen«, verkündete ihre Mutter, als hätte sie ihre Gedanken gelesen. »Stell dich wieder in den Kreis.«

Vorsichtig und mit zitternden Knien kroch Juliet wieder über die Kreislinie, und für einen Moment schien der nagende Schmerz von ihr abzufallen. Das Gesicht ihrer Mutter wirkte ausgezehrt, als sie ihr einen verächtlichen Blick zuwarf.

Wieder stimmte sie einen schrillen Gesang an. Hinter dem Küchenfenster hing der Vollmond am Himmel und schickte seine Strahlen zu ihr in den Kreis hinein. Die Kerzen flackerten in ihrer Schale voller Blut. Als sie bis zu der roten Flüssigkeit herabgebrannt waren, begann das Blut zu brodeln, stieg über den Rand der Schale und lief über den Boden, hielt aber an der Kreislinie inne. Juliets Mutter schrie auf, als ein heftiger Windstoß die Tür aufdrückte. Dicker, feuchter Nebel glitt in den Raum, die Schwaden wirbelten herum, verdichteten sich zu einer Gestalt. Was nun geschah, ließ Juliet leise aufschreien. Aus dem Nebel löste sich das zuckende Skelett einer Ziege, die versuchte, sich auf den Hinterbeinen fortzubewegen. Die groteske Gestalt flackerte und verblasste immer wieder, während sie Halt suchend auf Juliets Mutter zutorkelte. Direkt vor ihr blieb sie stehen. Zwischen der Frau und der Kreatur schien eine Art Gespräch stattzufinden, das mit einem Nicken der Mutter sein Ende fand. Es knackte laut, als der Kiefer von Juliets Mutter brach und ihr Mund sich unmenschlich weit dehnte, sodass die Ziege – die sich nun endgültig verstofflicht zu haben schien – in ihren Schlund hineinsteigen konnte wie in eine Hose. Juliet spürte, wie ihr die Galle in die Kehle stieg. Trotz des wärmenden Kreises begann sie zu frieren, als die Kälte sich über sie breitete wie eine Decke.

Mit einem Ruck erhob sich ihre Mutter auf die Knie, knirschend kehrte ihr Unterkiefer an seinen Platz zurück. Sie berührte ihr Gesicht, als wollte sie überprüfen, ob alles wieder intakt war. »Es ist vollbracht.« Doch diese Stimme war nicht die Stimme ihrer Mutter. Die Frau erhob sich mit einer fließenden Bewegung, geriet dann aber aus dem Gleichgewicht, als wäre ihr Körper ein schlecht sitzendes Kleidungsstück. Mit hölzernen Schritten ging sie zur Treppe. Ihre Knie waren wackelig, und die violette Robe schleifte hinter ihr über den Boden. Die Kreatur ging die Stufen hinauf und ließ Juliet nackt und allein in dem Kreidekreis sitzen, vor den brennenden Kerzen und mit ihrem eigenen Erbrochenen auf den Schenkeln.

Juliet stand auf und griff nach ihrem blutverklebten Nachthemd. Humpelnd schleppte sie sich zur Spüle und versuchte, die eingetrocknete braune Masse von ihrem Körper abzuwaschen. Nachdem sie eine Weile geschrubbt hatte, gelang es ihr, das meiste davon abzubekommen, und sie wickelte sich in das blutige Nachtgewand, dessen Stoff nun schwer und kalt an ihrer Haut klebte. Sie ging zur Tür und verriegelte sie, dann blies sie die Kerzen aus und starrte einen Moment lang das Buch auf dem Tisch an; der braune Ledereinband war mit goldenen und violetten Prägemustern verziert. Unwillkürlich streckte sie die Hand aus, um es zu berühren, zog sie dann aber abrupt wieder zurück. Eine innere Stimme sagte ihr, dass sie es an sich nehmen und verbrennen sollte. Was ihre Mutter in dieser Nacht getan hatte, hatte Juliet schreckliche Angst eingejagt. Dieses *Ding* hatte ihr Angst eingejagt, und sie wurde das Gefühl nicht los, dass es aus diesem Buch gekommen war. Und als sie sich nun die Radierung ansah, die auf dem Einband eingeprägt war, entdeckte sie dort auch ein entsprechendes Symbol – die Kreatur, die bei ihnen in der Küche gewesen war. Schnell lief sie nach oben in ihr Schlafzimmer, rollte das Nachthemd zu einer Kugel zusammen und versteckte es unter ihrer Seite des Bettes. Delphine schlief noch immer seelenruhig. Zitternd streifte Juliet ein frisches Nachthemd über und kroch in das warme Bett, doch trotz der schweren Decken wollte die Kälte nicht von ihr weichen, der Geruch von Nelken und Erde schien noch immer an ihrem Körper zu haften. So erinnerte sie ihre Nase nur immer wieder daran, dass alles, was sie gesehen hatte, *real* gewesen war. Zu gerne hätte sie Delphine in ihre Arme gezogen, um sich zu wärmen, aber sie wollte ihre Schwester nicht berühren. Was sie quälte, war keine normale Kälte, und was unten in der Küche mit ihrer Mutter geschehen war, war ebenfalls nicht normal. *Ihre Mutter war nicht normal*. Hätte Juliet sich weitere Gedanken über die Vergangenheit ihrer Mutter gemacht, hätte sie nicht länger daran gezweifelt, dass diese Frau einige Geheimnisse vor ihrer Familie verbarg. In dieser Nacht war der Teufel in ihr Haus eingeladen worden. Da war sich Juliet sicher.

Als sie am nächsten Morgen aufstand, sah die Küche aus wie immer, nirgendwo war noch eine Spur von einem Kreidekreis, einem ledergebundenen Buch, schwarzen Kerzen oder Blut zu sehen. Juliets Vater kam mit besorgter Miene herein. Er war ein freundlicher Mann mit einem breiten Gesicht und einer kräftigen Nase, aber nun waren seine Wangen gerötet. »Es geht um deine Mutter«, sagte er. »Sie ist krank.«

Oben im Schlafzimmer fand Juliet ihre Mutter im Bett vor. Während sie selbst die Kälte noch immer nicht abschütteln konnte, war das Nachtgewand ihrer Mutter schweißnass. Das

Weiß ihrer Augäpfel hatte sich blutrot verfärbt, als würden sie gleich platzen. Doch als die Mutter Juliet bemerkte, lächelte sie.

»Der Arzt kommt bald«, erklärte ihr Vater. »Er ist nicht sicher, was es sein könnte. Möglicherweise die Pest, vermutet er, und er hat gesagt, ihr Kinder solltet nicht hier reinkommen, aber deine Mutter wollte dich sehen.« Er ging zur Tür. »Sie hat nur nach dir verlangt.«

Juliet nickte. Sie wusste, dass weder die Pest noch sonst ein irdisches Gebrechen ihre Mutter ans Bett fesselte.

»Ich halte Delphine und Marcel von ihr fern.« Mit schweren Schritten stieg er die Treppe hinunter.

Nachdem er gegangen war, huschte wieder ein Lächeln über das Gesicht ihrer Mutter. »Es ist vollbracht.«

Nun entdeckte Juliet blaue Flecken an ihrem Unterkiefer, wo der Knochen herausgebrochen worden war, damit dieses *Ding* in ihren Schlund steigen konnte. Doch abgesehen davon wies nichts an ihr auf das hin, was letzte Nacht in der Küche geschehen war. Juliet schaffte es nicht, ihrer Mutter in die Augen zu sehen, die fast vollständig gerötet waren. »Ich weiß, *Maman*.« Sie fing an zu weinen. »Aber jetzt bist du meinetwegen krank, oder nicht? Das, was wir getan haben, hat dich krank gemacht.« In der Nacht war sich Juliet nicht mehr sicher gewesen, was aus ihrer Mutter geworden war, aber die Frau, die hier nun vor ihr lag, war wieder ganz ihre Mutter. »Es ist meine Schuld.«

Die Mutter schüttelte den Kopf. »Nein. Nein. Bald geht es mir wieder besser, du wirst schon sehen. Du musst mir jetzt zuhören, wir haben nicht viel Zeit. In ein paar Tagen wird ein Brief für dich kommen. Du musst tun, was in diesem Brief gefordert wird. Du musst tun, was *er* verlangt. Hast du verstanden?«

»Wer?« Juliet hatte Angst, dass dieser »Er« die Kreatur aus dem Buch sein könnte.

»Hör auf ihn. Er wird dich beschützen.«

»Wovor wird er mich beschützen?« Juliet strich ihrer Mutter über die Stirn, was diese aber gar nicht zu bemerken schien. »Wovor muss ich denn beschützt werden? Ich begreife das alles nicht, *Maman*.«

»Ich kann dich nicht sehen, Juliet. Hast du mich verstanden? Sag es.«

»Ich habe verstanden«, log sie. »Es wird ein Brief kommen«, wiederholte sie, »und ich werde tun, was darin verlangt wird, und werde auf ihn hören.« Sie begann wieder zu schluchzen. »Es tut mir so leid. Dass ich dir das angetan habe … unserer Familie.«

»*Non*. Es war nicht deine Schuld. Du hättest das Baby nicht bekommen können, Juliet. Es war zu gefährlich.« Sie lächelte. »Es war alles Marchants Schuld, aber er wird dafür bezahlen. Dieser ganze Unsinn mit den Gemälden. Du wärst nicht mehr sicher gewesen.« Mühsam holte sie Luft und presste die nächsten Worte heraus. »Ich habe sie alle vernichtet. Tu, was der Mann dir sagt. Ich habe alles dafür getan, dass du in Sicherheit bist.«

»Aber ich war doch in Sicherheit, *Maman*.«

Entschieden schüttelte die Mutter den Kopf. »Nein. Er ist so gefährlich … so gefährlich …«

»Ich verstehe nicht«, flüsterte Juliet, doch ihre Mutter sagte nichts mehr. Hatte sie damit Marchant gemeint? Sie hielt die Hand ihrer Mutter, bis diese aufstöhnte, rasselnd Luft holte und dann verstummte. Nur noch der Wind war zu hören, der an den Fensterläden rüttelte.

Da der Arzt die Pest nicht sicher ausschließen konnte, wurden die sterblichen Überreste ihrer Mutter am nächsten Tag zunächst verbrannt und dann bestattet. Nachdem eine Woche vergangen und niemand aus dem Haushalt erkrankt war, durfte die Familie LaCompte ihr Haus wieder verlassen. Juliet konnte es kaum erwarten, Marchant wiederzusehen, und lief mit großen Schritten den Hügel hinauf. Aber das Atelier war leer – nicht so wie früher, mit einem schützenden Tuch über der Liege, sondern ausgeräumt, mit einer Endgültigkeit, die Juliet erschreckte. Als sie wieder auf den Hof hinaustrat, stieß sie dort auf die Magd, die sich immer um Marcel gekümmert hatte. Sie fegte den Boden.

»Monsieur Marchant ist vor einer Woche nach Paris zurückgekehrt«, erklärte sie. »Seine Frau und sein Kind sind im Wochenbett gestorben. Er wird das Haus verkaufen.«

»Hat er etwas für mich dagelassen? Einen Brief vielleicht?«

Die Magd schüttelte den Kopf, ging ins Haus und zog die Tür hinter sich zu.

Juliet ging noch einmal ins Atelier zurück und entdeckte auf einem Abfallhaufen einige halb vollendete Aktzeichnungen von sich. Kurz überlegte sie, sie an sich zu nehmen, aber nachdem sie so viel verloren hatte, wäre es zu schmerzhaft gewesen, sie zu betrachten. Also ließ sie sie liegen.

Es wurde Abend, und Juliet fiel schlagartig ein, dass sie an diesem Tag noch gar kein Wasser geholt hatte. Sie griff nach dem Eimer und ging zum Brunnen. Ihr Vater wusste ja nicht, dass solche Dinge getan werden mussten. Der volle Mond tauchte alles in helles Licht. Während sie zum Brunnen lief, hörte sie die beruhigenden Geräusche der Hühner in ihrem Stall.

Sie dachte an Marchant, glaubte, seine Berührungen brennend auf ihrer Haut zu spüren. Ihre Knie begannen zu zittern, und sie hörte auf zu pumpen. Ein Schluchzen stieg in ihrer Kehle auf. Was sollte ihre Familie jetzt tun?

Das Brechen von Zweigen und ein Ruck an ihrem Kleid holten sie in die Wirklichkeit zurück. Sie wurde herumgerissen und zu Boden geschleudert. Keuchend blickte Juliet hoch und sah Michel Busson und einen zweiten Jungen über sich aufragen.

»Ist das die Hure, die du heiraten wirst?«, fragte der andere Junge abfällig.

Michel kniete sich hin und packte Juliets Haare. »Wir haben die Bilder von dir gefunden, die im Haus des Malers. Die Magd hat versucht, sie zu verbrennen, aber wir haben sie aus dem Feuer geholt. Sieh her!«

Nun entdeckte Juliet die Zeichnungen, die hinter den beiden Jungen auf dem Boden lagen. Sie hatten sie sich angesehen. Alle waren nur teilweise verbrannt, und der Gedanke, dass Michel so die privaten Momente zwischen ihr und Marchant bezeugt hatte, ließ Übelkeit in ihr aufsteigen. Selbst hier im Mondlicht erkannte sie noch den rosa Farbton, den Marchant für ihre Haut gewählt hatte. Der andere Junge grunzte. »Sieht ganz so aus, als würde es ihr gefallen, wenn man ihr die Kleider auszieht.«

Mit einem höhnischen Schnauben riss Michel mit einer Hand an ihrem Kleid, während er sie mit der anderen auf den Boden drückte. Juliet schrie auf, doch Michel stopfte ihr einen Teil ihres Kleides in den Mund. Dann schob er sich auf sie. Während er seine schmutzige Arbeitshose aufknöpfte, stellte sich der andere Junge hinter Juliets Kopf und hielt ihre Arme fest, sodass sie nicht länger um sich schlagen konnte. Michel war nach ein paar Momenten fertig, er schien es eilig zu haben, beinahe so, als würde der Akt ihn langweilen. Juliet war erleichtert, sie hatte sich Schlimmeres ausgemalt. Das konnte sie überstehen. Wieder schrie sie, als der andere Junge sie ins Gesicht schlug. Nun beugte sich Michel vor und hielt sie fest, während der andere sich an ihr verging. Er ließ sich mehr Zeit und schien es zu genießen, ihr wehzutun, ließ seine Schenkel wieder und wieder hart gegen sie prallen. »Schlag sie noch mal«, sagte er zu Michel, bevor er fertig war. »Weil sie dich und deine Familie gedemütigt hat.«

Als es endlich vorbei war und die Jungen das Interesse an

ihrem Opfer verloren hatten, rollte sich Juliet zusammen und hoffte verzweifelt, dass sie nun verschwinden würden. Doch als sie die warme Flüssigkeit auf ihren Beinen und an ihrem Kopf spürte, wusste sie, was die beiden taten, die nun wieder über ihr standen. Krampfhaft presste sie die Lider zusammen; als würde die Tatsache, dass sie gerade auf sie urinierten, realer werden, wenn sie es auch noch sah. Realer und schwerer zu vergessen. Und sie *musste* diese Nacht vergessen.

»Wenn du jemandem davon erzählst, sorgen wir dafür, dass diese Bilder im Dorf die Runde machen«, drohte Michel, während er seine Hose zuknöpfte. Er beugte sich so weit zu ihr runter, dass sie feine Speicheltröpfchen auf der Haut spürte, als er fortfuhr: »Keine Sorge, du Flittchen, ich werde dich trotzdem noch heiraten. Und jetzt weißt du, was du von mir zu erwarten hast.« Er zog sie an den Haaren. »Hast du verstanden?«

Da immer noch der Stoff in ihrem Mund steckte, konnte Juliet nur nicken. Er ließ sie los, und ihr Kopf schlug hart auf dem Boden auf.

Die Jungen sammelten die Bilder ein und verschwanden über den Hügel zum Haus der Bussons – Juliet hörte, wie Michels Mutter nach ihm rief. Die beiden pfiffen vergnügt; sie rührte sich nicht, bis das Geräusch verklungen war. Sie wusste, dass sie ihrem Vater nichts von dem sagen durfte, was hier passiert war. Was sollte er schon tun? Das Land, das er bewirtschaftete, gehörte den Bussons. Und die würden ihr niemals Glauben schenken, wenn ihr Wort gegen das von Michel stand. Nie und nimmer. Juliet holte Wasser aus dem Brunnen und schrubbte sich mit ihrem zerfetzten Kleid ab, bis ihre Haut brannte. Dann schüttete sie sich einen ganzen Eimer voll über den Kopf, um den Urin und den Geruch der beiden Jungen abzuwaschen. Anschließend wickelte sie sich in ihr Kleid und humpelte nach Hause.

Sobald sie dort ankam, kroch sie zu Delphine ins Bett und begann zu schluchzen. Selbst jetzt, eine Woche nach dem Tod ihrer Mutter, konnte sie diese Kälte noch immer nicht abschütteln, die sich seit jener Nacht tief in ihren Knochen eingenistet zu haben schien. Weder all die Decken noch der kleine, warme Körper ihrer Schwester konnten diesen dumpfen Schmerz lindern.

Am nächsten Morgen sah ihr Gesicht längst nicht so schlimm aus, wie Juliet befürchtet hatte. Sie erklärte Delphine, sie sei gestürzt, was das kleine Mädchen widerspruchslos akzeptierte. Ihr Vater war bereits draußen auf den Feldern, und wenn er abends nach Hause kam, würde er die Rötungen im Gesicht seiner Tochter wohl nicht bemerken.

An diesem Tag beschloss Juliet, Delphine das Wasserholen beizubringen. Ihr gesamter Körper war so zerschunden, dass sie nicht sicher war, ob sie es überhaupt bis zum Brunnen schaffen würde. Und nach der letzten Nacht ertrug sie den Anblick dieses Ortes nicht mehr. Delphine würde den Eimer eben nur zur Hälfte füllen müssen; diese Wassermenge dürfte die Kleine aber schleppen können.

Juliet öffnete die Küchentür und bemerkte einen Briefumschlag auf dem Boden, der wohl unter der Tür durchgeschoben worden war. Sie sah sich um, konnte aber niemanden entdecken. Der Umschlag war schwer und wirkte edel wie feinster Stoff. Als Adressat war lediglich MADEMOISELLE JULIET LACOMPTE angegeben, in einer so fließenden Handschrift, dass es wie gemalt aussah. Sie entdeckte sogar ein Wasserzeichen in dem cremefarbenen Papier. In der Hoffnung, eine Nachricht von Marchant vor sich zu haben, brach Juliet das Siegel. Oder war das der Brief, von dem ihre Mutter gesprochen hatte? Mit angehaltenem Atem zog sie das Blatt aus dem Umschlag und faltete es auf. Sie schickte ein Stoßgebet zum Himmel, dass Marchant nun doch noch nach ihr geschickt hatte. Aber was sie stattdessen las, verblüffte sie:

Sehr geehrte Mademoiselle LaCompte,

bezugnehmend auf Ihr Anstellungsgesuch bietet Ihnen Monsieur Lucian Varnier eine Stellung als Hausmädchen in seinem Heim an, XX Boulevard Saint-Germain, Paris. Die Bezahlung beträgt 850 Francs im Monat, inklusive Kost und Logis. Er erwartet Sie bis spätestens 14. September diesen Jahres.

Mit besten Empfehlungen
Paul de Passe
Privatsekretär von Monsieur Lucian Varnier

11

Juliet LaCompte

Paris, Frankreich, 1895

Mit nur einer kleinen Tasche in der Hand stieg Juliet die Eingangsstufen des Hauses am Boulevard Saint-Germain hinauf. Die große, schwarze Bogentür war so beeindruckend, dass sie kurz innehielt, bevor sie anklopfte. Sie war mit einer Droschke gekommen, die nun hinter der nächsten Ecke verschwand; nur das helle Klappern der Pferdehufe war noch zu hören. Mit einem tiefen Atemzug ließ Juliet ihre Faust ein wenig zu fest gegen die Tür prallen.

Ihr Vater hatte sie in Challans zum Bahnhof gebracht und sie verabschiedet. Eigentlich hätte er ihre Hilfe auf dem Hof gebraucht und bei der Erziehung ihrer jüngeren Geschwister, aber in dem Brief war ihr Geld versprochen worden, und das Angebot war zu gut gewesen, um es auszuschlagen. Von dem Lohn, den Juliet nun monatlich nach Hause schicken würde, konnte er sogar zwei Hilfskräfte für den Hof einstellen. Ihre einzige andere Option wäre Michel Busson gewesen, und diese Vorstellung machte Juliet ganz krank. Einige Tage nach dem Brief war ein

Päckchen für ihren Vater geliefert worden. Darin befand sich ein schwerer Beutel voll goldener Francsmünzen. Diese zweite Post mit dem Geld hatte die Proteste ihres Vaters gegen den Umzug nach Paris und die Auflösung der Verlobung mit Michel Busson endgültig zum Verstummen gebracht.

Als sie zusammen auf dem ansonsten leeren Bahnsteig von Challans gestanden hatten, war ihr Vater ungewohnt förmlich gewesen. Er hatte seinen Sonntagsanzug angelegt, trug dazu aber die Arbeitsstiefel; so hätte ihre Mutter ihn niemals aus dem Haus gelassen. Dieses kleine Detail sorgte dafür, dass Juliet Tränen in die Augen stiegen.

Er trat verlegen von einem Fuß auf den anderen und starrte auf seine schlammverklebten Stiefelspitzen. »Deine Mutter hat mir gesagt, dass man diesem Mann trauen kann.«

»Monsieur Varnier?«

Er nickte. »Ich musste ihr versprechen, dass du tun wirst, was in dem Brief verlangt wird. Sie hat gesagt, dass du vielleicht nicht wollen würdest und dass ich dich notfalls zwingen muss.« Sein Blick wanderte den Bahnsteig entlang. »Hier bin ich ihr das erste Mal begegnet, weißt du?« Er stellte Juliets Tasche zu ihren Füßen ab, als würde er damit die Verantwortung für das Gepäck abgeben – und die Verantwortung für sie.

»Nein, das wusste ich nicht.« Juliet wurde klar, dass ihre Mutter ein komplettes Rätsel für sie gewesen war. »Ich wusste eigentlich so gut wie nichts über sie.«

Ihr Vater deutete auf eine Bank in der Mitte des Bahnsteigs. »Sie war gerade mit dem Zug aus Paris gekommen. Noch nie in meinem Leben hatte ich etwas so Schönes gesehen wie meine Thérèse. Sie wollte an die Küste und mit dem Schiff weiter, war aber zu krank und hat es nicht weiter geschafft. Ich war von ihrem Anblick so fasziniert, dass ich darüber meinen Zug nach

Paris verpasst habe, aber ich habe es nie bereut.« Mit einem traurigen Lächeln fügte er hinzu: »Und sie hoffentlich auch nicht.«

Nie war der Tod ihrer Mutter bedrückender gewesen als in diesem Moment. Juliet blickte auf die Schienen hinab, die in die große Stadt führten. »Sie hat nie über Paris gesprochen.«

»Es gab nichts, worüber sie hätte sprechen wollen.« Ihr Vater trat zwei Schritte zurück und schob die Hände in die Taschen. »Bei diesem Mann wirst du in Sicherheit sein, Juliet. Das besser als eine Ehe mit dem Busson-Jungen. Glaub mir, in diesem Burschen steckt eine Menge Grausamkeit. Ich wollte von Anfang an nicht, dass du ihn heiratest, aber … na ja … die Bussons waren ganz wild darauf, was bei unserer finanziellen Lage doch überraschend ist.«

Wieder spürte Juliet Tränen in ihren Augen. Sie hatte schon immer vermutet, dass ihr Vater die Wahrheit über Michel Busson kannte. »Würdest du mir etwas versprechen?«

Er antwortete zunächst nicht, musterte sie aber wie eine Erwachsene, wie eine junge Frau, die in ein neues Leben aufbricht. »Ich höre.«

»Falls Auguste Marchant einen Brief für mich schickt oder nach mir sucht, sagst du ihm dann, wo ich bin?«

»Das mache ich.« Sein Blick wanderte über ihre Schulter, und plötzlich wirkte er angespannt. Er wurde blass, als hätte er einen Geist gesehen. Als Juliet sich umdrehte, sah sie eine Frau in einem verblichenen gelben Kleid, das selbst hier auf dem Land längst aus der Mode war. Sie starrte zu ihnen herüber. Dieses Kleid war schrecklich, es wirkte beinahe wie ein Kostüm. Die Frau hatte die mittleren Jahre bereits erreicht – sie war ungefähr im Alter von Juliets Vater –, während ihre Aufmachung aus einer anderen Zeit zu stammen schien und auch da sicher für ein jüngeres Mädchen gedacht gewesen war. Ihr Haar war hoch oben auf ihrem Kopf zusammengesteckt wie ein Nest und wies eine goldblonde Farbe auf, ganz ähnlich wie das Kleid. Blass und dünn war sie, mit dunklen Ringen unter den Augen. Es hatte den Anschein, als hätte sie seit Tagen nicht gegessen.

»Wer ist das?«

»Ich weiß es nicht.«

Juliet glaubte ihm nicht. Wie eine Katze schlich ihr Vater nun um sie herum und stellte sich zwischen Juliet und die Fremde.

»Wenn der Zug kommt, wartest du, bis ich dir sage, dass du einsteigen sollst. Tust du mir den Gefallen?«

»Warum?«

»Tu einfach, was ich sage, ja? Hab keine Angst.«

Juliet nickte.

Außer ihnen dreien war niemand auf dem Bahnsteig. Pünktlich fuhr der Zug in den Bahnhof ein, ein Schaffner sprang heraus und sah nach, ob jemand zusteigen wollte. Die drei – Juliet, ihr Vater und die Frau in Gelb – standen wie erstarrt da. Dabei gaffte die Frau Juliet mit gierigen Blicken an, als wollte sie das Mädchen verschlingen, wenn sie nur nahe genug an sie herankäme. Während sie auf die Anweisung ihres Vaters wartete, hörte Juliet, wie der Schaffner laut »Zusteigen« rief.

Nun schlang der Vater die Arme um sie und drückte sie fest an sich. »Geh jetzt, sofort. Verstanden?« Nickend klammerte sie sich noch kurz an ihm fest. »Hab ein schönes Leben in Paris. Deine Mutter hätte es sich für dich gewünscht.«

Juliet begann leise zu schluchzen; sie wussten beide, dass ihre Mutter sich bestimmt eine Menge Dinge für sie gewünscht hätte, aber sicher kein Leben in Paris. Dies war das Leben, das Juliet selbst sich so unbedingt gewünscht hatte – aber zu welchem Preis?

Schließlich löste sich der Vater von ihr und ging mit schnellen Schritten zu der Frau in Gelb hinüber, die er sofort in ein

Gespräch verwickelte. Sie wirkte abgelenkt, starrte noch immer nur auf Juliet und versuchte, ihn loszuwerden. Obwohl die Zugpfeife ertönte, rührte sich Juliet nicht vom Fleck. Und dann sah sie etwas Merkwürdiges: Ihr sonst so sanftmütiger Vater packte die Frau in Gelb an den Schultern und hielt sie fest, beinahe wie in einer leidenschaftlichen Umarmung. »Geh«, rief er Juliet zu. »Geh!«

Die Frau in Gelb versuchte, sich loszureißen, hatte der Kraft von Juliets Vater aber nichts entgegenzusetzen. Und außer Juliet war niemand auf dem Bahnsteig, der Zeuge dieses Kampfes geworden wäre. Juliet sprang in den Zug, als dieser sich gerade in Bewegung setzte. Aus der Ferne sah sie, dass die Frau sich doch noch befreit hatte und nun in dem vergeblichen Versuch, den letzten Wagen zu erreichen, über den Bahnsteig rannte. Ihr Vater schien zufrieden zu sein, er hatte sich bereits abgewandt und ging Richtung Treppe. Der Zug nahm Fahrt auf, und Juliet sah die Felder rund um Challans an sich vorbeiziehen. Nie hatte sie sich verlorener gefühlt.

Als junge Frau, die ohne Begleitung reiste, wurde Juliet im Zug von den anderen Fahrgästen mit entsprechenden Blicken bedacht, doch sie suchte sich unbeirrt einen Platz und starrte aus dem Fenster. Nach einiger Zeit wich das Ackerland den engen Straßen der Pariser Vororte, die nie von Baron Haussmann besucht worden waren.

Paris war farbenprächtig und laut. Die Sonne stand hoch am Himmel und spendete angenehme Wärme, und Juliet hatte noch nie so viele wundervolle seidene Tageskleider und elegante Hüte gesehen wie auf den überfüllten Boulevards. An jeder Ecke standen Blumenwagen, deren Fracht blau und violett leuchtete; in den Schaufenstern der Macaron-Läden präsentierte sich rosafarbenes, blaues und grünes Gebäck. Es gab hier Farben, die Juliet überhaupt noch nie gesehen hatte. Die breiten Straßen und grauen Gebäude waren so imposant, dass das junge Mädchen beinahe von ihnen erschlagen wurde. Marchants Bilder hatten zwar Ausschnitte von Paris festgehalten, aber niemals hätte sie gedacht, dass die Welt so groß sein könnte. Wie sollte der Maler sie in einer so riesigen Stadt nur finden?

Nun klopfte sie noch einmal an die Tür, holte ihr Einladungsschreiben hervor und verglich die Adresse mit der Hausnummer. Endlich wurde geöffnet, und ein hochgewachsener Mann mit einer Drahtbrille und einem buschigen Schnauzbart stand vor ihr. Er ließ seinen Blick zunächst über die Straße wandern, bevor ihm klar wurde, dass der Klopfende weiter unten zu suchen war. Über den Rand seiner Brille hinweg sah er Juliet fragend an. Es gelang ihr nicht, sein Alter zu schätzen. Und sie hatte auch noch nie jemanden gesehen, der so merkwürdig gekleidet war.

»Aaah!« Der Mann verschränkte die Finger und deutete eine Verbeugung an. »Sie müssen Mademoiselle LaCompte sein, richtig?«

Da sie kein Wort herausbrachte, nickte Juliet nur.

Er verharrte in seiner Verbeugung, als erwarte er eine entsprechende Antwort. Als keine kam, blickte er hoch und erklärte mit einem breiten Lächeln: »Ich bin Paul de Passe, Monsieur Varniers Privatsekretär. Ich habe den Brief an Sie geschrieben. Willkommen.«

Er zog einladend die schwere Tür weiter auf, und Juliet trat in eine große Eingangshalle mit schwarz-weißem Marmorboden und einer elegant geschwungenen Treppe. »Darf ich?« Paul de Passe nahm Juliet das Gepäck ab und bedeutete ihr, nach oben zu gehen. »Bedauerlicherweise wurde Monsieur Varnier heute zu dringenden Geschäften gerufen, aber er wird Ihnen beim Abendessen Gesellschaft leisten.«

»Beim Abendessen?« Juliet schüttelte den Kopf. »Ich fürchte, das ist ein Missverständnis, Monsieur de Passe. Ich bin hier, um eine Stelle als Hausmädchen anzutreten.«

»Ja, ja«, erwiderte Paul. »Wie Sie noch feststellen werden, handhabt Monsieur Varnier die Dinge ein wenig anders. Er würde nicht im Traum erwarten, dass Sie nach einer so langen Reise mit der Arbeit beginnen, ohne vorher ein anständiges Mahl zu sich genommen zu haben. Das ist alles …«

»Wissen Sie denn, was ich genau für Monsieur Varnier tun soll?« Juliet legte ihren Mantel ab. »Meine Fähigkeiten sind eher begrenzt.«

Ohne zu zögern nahm Paul de Passe das schmutzige, abgewetzte Kleidungsstück entgegen.

»Ah, ja. Nun, Sie verfügen über etwas, das Monsieur Varnier gerne als … *Potenzial* bezeichnet, Mademoiselle LaCompte. Monsieur Varnier *liebt* Potenzial. Er verehrt es regelrecht. Man könnte auch sagen, er hat einen überaus scharfen Blick dafür.«

Plötzlich fühlte Juliet sich unwohl. Ihr war bewusst, dass zwischen ihrer Mutter und Monsieur Varnier offenbar eine Art »Arrangement« getroffen worden war. Und der Sinneswandel ihres Vaters und der Geldbetrag, der es so aussehen ließ, als wäre sie gleichsam an Varnier *verkauft* worden, weckten in ihr eine nagende Besorgnis bezüglich ihres mysteriösen Arbeitgebers. Nun erfuhr sie, das alles sei ihrem »Potenzial« geschuldet. Ihre Mutter hatte gesagt, sie müsse tun, was der Mann von ihr verlangte. Sie war davon ausgegangen, dass mit diesem Mann Monsieur Varnier gemeint sei. Aber konnte sie da sicher sein?

Juliet folgte Paul de Passe die steile, geschwungene Treppe hinauf. Oben angekommen, trat sie in einen breiten, ganz in Weiß gehaltenen Flur. Vier identische, reich verzierte Kronleuchter hingen von der Decke.

»Monsieur Varnier verfügt in diesem Appartement über zehn Räume, die sich auf die beiden Obergeschosse verteilen. Keine sonderlich große Stadtwohnung, aber er bevorzugt nun einmal das Quartier Latin«, erklärte Paul, während er eine Doppeltür öffnete, hinter der sich ein Zimmer mit einem Sofa, einem Klavier und einer breiten Bücherwand verbarg. Juliet strich noch über die vergoldeten Buchrücken, als Paul bereits die Fenstertür öffnete, die auf den Boulevard Saint-Germain hinausging. Eine warme Brise fuhr durch die zarten Vorhänge und bauschte sie sanft. Hinter der nächsten Tür fand sich ein großer Esstisch, über dem wieder ein Kronleuchter hing. Juliet zählte zehn Stühle. Sie folgte Paul wieder in den Korridor hinaus und anschließend in ein Studierzimmer mit riesigem Schreibtisch und Kamin. »Dies ist Monsieur Varniers Arbeitszimmer, doch es stört ihn nicht, wenn auch andere es benutzen.« Zwar wusste Juliet nichts über die entsprechenden Benimmregeln, aber bei Paul klang es so, als wäre das ein besonders freundlicher Zug des mysteriösen Varnier.

Sie räusperte sich unsicher. Über dem Kamin hing ein riesiges Gemälde, auf dem ein Mann zu sehen war. »Ist er das?«

Paul drehte sich um und rückte seine Brille zurecht, bevor er das Bild musterte, als wäre er das erste Mal in diesem Zimmer. *»Oui«*, verkündete er dann. *»C'est Monsieur Varnier.«*

Juliet trat dichter an das Bild heran und sah es sich an. Der Mann war sitzend dargestellt, sein dunkelblondes Haar war aus der Stirn gekämmt. Das Blau seiner Augen war um eine Spur heller als das seines dunklen Anzugs. Wie bei Paul war es auch bei Monsieur Varnier schwer, sein Alter zu schätzen, doch Juliet glaubte, dass es ungefähr dem ihres Vaters entsprechen musste.

»Heutzutage trägt er einen Bart«, ergänzte Paul. »Das ist momentan sehr in Mode hier in Paris, und Monsieur Varnier ist …

nun ja, modisch sehr interessiert, wie Sie sicher bald feststellen werden.«

»Was tut er denn?« Mit stockendem Atem suchte Juliet nach der Signatur des Malers, entdeckte dann aber in der Ecke des Bildes einen Schriftzug, der ihr völlig unbekannt war. Es war keins von Marchants Bildern. Eigentlich hatte sie das auf den ersten Blick gesehen, aber die Hoffnung, dass Varnier in irgendeiner Verbindung zu Marchant stehen und der Maler etwas damit zu tun haben könnte, dass sie nun hier war, flackerte doch kurz in ihr auf. Sie beugte sich vor und blickte von unten her auf das Bild, um die Pinselführung des Künstlers zu begutachten. Das hatte sie von Marchant gelernt. Ein Gemälde war nichts anderes als eine Ansammlung farbiger Striche. Und mit das Wichtigste an einem Gemälde war die Art und Weise, wie der Künstler seine Farben mischte und abzog. Marchants Pinselführung kannte sie ebenso gut wie seinen Körper; ein äußerst intimes Wissen.

»Monsieur Varnier tut nichts.« Paul zögerte kurz. »Man könnte sagen, er stammt aus reichem Haus.« Damit wandte er sich zum Gehen. »Wenn ich Ihnen nun Ihr Zimmer zeigen dürfte, Mademoiselle LaCompte?« Juliet folgte ihm aus dem Raum und eine zweite Treppe hinauf. Der obere Korridor wirkte maskuliner und war mit dunklen Holzpaneelen verkleidet. Ganz am Ende des Flurs öffnete Paul eine Doppeltür mit Holzintarsien – die größte Zimmertür, die Juliet je gesehen hatte. Zwei zögernde Schritte brachten sie in ein Boudoir, das eindeutig für eine Frau gedacht war: cremefarbene Wände, der Holzschmuck nur wenig dunkler. An der Decke prangte ein zartgelbes Blätter- und Rankenmuster, eingefasst von Eierstab- und Perlenzierleisten. Insgesamt erinnerte der Raum an ein Dessert. Unter ihren Füßen lag ein weicher, farbenfroher Teppich: blau, grün, creme und ein paar leuchtend rote Tupfer. Sie trat ans Fenster und stellte fest, dass es auf den Boulevard Saint-Germain hinausging. Die schweren, hellblauen Taftvorhänge wurden von goldenen Kordeln gehalten. Juliet zog die cremeweißen Gardinen zurück und öffnete das Fenster. Über dem Bett war ein hellgrüner Bettvorhang angebracht, der oben an der Wand hinter einer kronenförmigen Zierleiste verschwand. Die elegante Kommode wies ein Streifenmuster in verschiedenen Cremetönen auf und hatte goldene Griffe. Daneben standen ein passender goldener Stuhl und ein Tischchen mit Pferdemuster. Juliet hatte einen schalen Geschmack im Mund. Dieses Zimmer war viel zu edel eingerichtet für eine Hausangestellte. Sie wandte sich Paul zu, der gerade den Kleiderschrank öffnete.

»Hier drin finden Sie ein paar Kleider, Mademoiselle.«

»Bitte sagen Sie mir ... wie ist Monsieur Varnier auf mich gekommen?«

Paul wich ihrem Blick aus, wählte ein hellblaues Kleid mit cremefarbener Spitze und breitete es auf dem Bett aus. In dem Schrank entdeckte Juliet beinahe ein Dutzend Kleider. »Monsieur Varnier meinte, sie müssten Ihnen passen. Dieses hier wäre eine gute Wahl für das heutige Abendessen. Das Essen wird um acht serviert. Ich werde mich nun zurückziehen.« Er verbeugte sich und ging zur Tür, drehte sich aber noch einmal um. »Es war Ihre Mutter, Mademoiselle.«

»Meine Mutter?« Juliets Stimme brach.

»*Oui*. Ihre Mutter hat Sie Monsieur Varnier für diese Stellung *empfohlen*.«

»Meine Mutter ist tot.«

»*Oui*. Monsieur Varnier war äußerst betrübt, als er davon erfuhr.«

»Kannte sie ihn aus ihrer Zeit hier in Paris?« Seit der Nacht mit dem Kreidekreis und der violetten Robe wusste Juliet, dass ihre

Mutter einmal ein anderes Leben geführt hatte, das sich drastisch von dem in Challans unterschieden hatte. Nun fragte sie sich, ob Monsieur Varnier in irgendeiner Verbindung dazu stand.

Paul lächelte. »Ich bin mir sicher, dass Monsieur Varnier Ihre Fragen heute Abend beim Essen beantworten wird.« Nach kurzem Zögern fügte er hinzu: »Ihr Haar, Mademoiselle LaCompte … Soll ich Marie heraufschicken, damit Sie Ihnen dabei zur Hand geht?«

Verlegen berührte Juliet ihr langes Haar. Es war zu einem losen Dutt aufgesteckt; so trug sie es immer, wenn sie im Haus arbeitete. Mehr hatte sie noch nie damit gemacht. Plötzlich war sie verunsichert. Sie hatte nicht gewusst, dass man sie an der abendlichen Tafel erwarten würde. Sie war doch nur ein Bauernmädchen, das in einem bescheidenen Häuschen mit vier Zimmern groß geworden war. Auf so ein Leben hatte man sie nicht vorbereitet. Bestimmt würde sie sich lächerlich machen. Es kam ihr vor wie eine Falle, die Michel sich ausgedacht hatte, um sie zu demütigen. Juliet öffnete ihre Tasche, in der gerade mal zwei Arbeitskleider lagen. Sie hatte nicht gewusst, ob sie als Hausmädchen Dienstkleidung bekommen würde. Heute trug sie ihr bestes, langes Baumwollkleid, das früher ihrer Mutter gehört hatte, in das sie aber während des vergangenen Jahres hineingewachsen war. In letzter Zeit hatte sie es immer zum Kirchgang getragen. Verglichen mit der hellblauen Kreation hier auf dem Bett wirkte es alt und schäbig.

»Mademoiselle?«, hakte Paul nach. »Ihr Haar?«

»Oui«, antwortete sie schnell, *»s'il vous plaît.«*

»Merci.« Der Privatsekretär nickte und zog die Tür hinter sich zu.

Sobald Paul fort war, begann Juliet zu weinen. Sie war ganz allein und hatte keine Ahnung, wer dieser Lucian Varnier war oder was er von ihr wollte. Die körperlichen Wunden der schrecklichen Nacht mit Michel und diesem anderen Jungen waren endlich verheilt, aber sie hatte wahnsinnige Angst davor, dass ihre Mutter mit Monsieur Varnier eine ähnliche Absprache getroffen haben könnte. Die Vorstellung, was man als Gegenleistung für dieses Zimmer und diese Kleider vielleicht von ihr verlangen würde, löste Übelkeit in ihr aus. Sie hatte schon Geschichten von Frauen gehört, die von ihren Familien in die Prostitution verkauft wurden.

Ihr einziger Trost bestand darin, dass sie sich nun in derselben Stadt aufhielt wie Marchant. Während der Droschkenfahrt hatte sie sämtliche Straßenschilder an den Hauswänden studiert, immer in der Hoffnung, auf einen Namen zu stoßen, den Marchant einmal erwähnt hatte. Auch wenn die Stadt riesig war: Sie würde ihn finden, und er würde sie aus diesem schrecklichen Arrangement mit Monsieur Varnier herausholen.

Durch das offene Fenster drang Lärm herein, und Juliet schaute hinaus. Auf der anderen Straßenseite war ein Café, vor dem drei Männer zusammensaßen, lachten, diskutierten und klirrend ihre Tassen abstellten. Diese Straße war ziemlich belebt und entsprach genau den Örtlichkeiten, die Marchant ihr beschrieben und sogar für sie gemalt hatte. Voller Verzweiflung erinnerte sich Juliet daran, dass ihr wundervolles Bild von Paris, das er zu ihrem Geburtstag für sie gemalt hatte, nun zerstört war. Marchant, ihr Kind, ihre Mutter, ihr Zuhause – alles verloren. In ihrem Inneren herrschte eine quälende Leere, sie glaubte in tiefste Finsternis gehüllt zu sein. Doch dann wurde ihr bewusst, dass die Kälte, die sie in Challans nicht losgelassen hatte, verschwunden war. In diesem Haus war ihr angenehm warm. Sie strich über ihre Unterarme, und tatsächlich: Die Kälte, die seit Wochen an ihrer Haut gehaftet hatte, war fort. Entschlossen tupfte sie sich die Tränen ab. Es hatte keinen Sinn, noch länger zu weinen.

Juliet ging zum Schrank und sah sich die verschiedenen Kleider an. Das erste bestand aus einer langen Wolljacke mit passendem Rock mit vielschichtigen, verzierten Aufschlägen und einer hochgeschlossenen Spitzenbluse. Dann gab es ein dunkelgrünes Kleid mit saphirblauer Jacke; ein schlichtes, meergrünes Baumwollkleid mit passender Stickerei und einem zur Schleife gebundenen Gürtel; eine braune Samtjacke mit Rock; ein silber- und lavendelfarbenes Seidenkleid mit cremefarbener Spitze am Ausschnitt; ein zartrosa Baumwollkleid mit üppiger Raffung an Bustier und Schleppe und pinkfarbenen Ärmeln; und zum Schluss noch ein schwarzes Kleid, dessen Rock aus Satin und Tüll gearbeitet war. Außerdem fand sie einen schwarzen Samtmantel mit passendem breitkrempigem Hut. Juliet hatte noch nie so schöne Kleider gesehen, jedes einzelne war eine perfekte Komposition aus Farbe und Material. Plötzlich klopfte es, und eine ältliche, kompakte Frau kam herein. Sie trug die schlichte, schwarze Kleidung eines Hausmädchens.

»Mein Name ist Marie«, stellte sie sich vor. Juliet fühlte sich ertappt, weil sie sich gerade das rosafarbene Kleid anhielt und sich dabei in dem Ganzkörperspiegel des Raums bewunderte. »Das ist ein entzückendes Kleid, Mademoiselle LaCompte. Wir wussten ja nicht genau, welche Größe sie tragen, ich hoffe also, dass es passt. Monsieur Varnier hat wirklich einen exzellenten Geschmack, *n'est-ce pas?*«

Juliet nickte. »Ich habe noch nie so etwas Schönes gesehen.« Sie blickte an ihrem eigenen Kleid herab, das formlos an ihrem Körper hing.

»Nicht schlimm«, befand Marie. »Ich bin hier, um Ihnen bei der Toilette und Ihren Haaren zu helfen, für Ihr Essen mit Monsieur Varnier heute Abend. Er ist gerade zurückgekommen.«

Die Tatsache, dass der mysteriöse Monsieur Varnier nun hier

war, machte alles – das Haus, die Kleider, das neue Leben – auf einen Schlag viel realer. Diese Erkenntnis ließ Juliet erschauern. Ihr Herz begann wild zu pochen.

Marie öffnete eine Tür, hinter der sich ein großzügiges Badezimmer befand, das direkt an Juliets Zimmer grenzte. Als Juliet hineinging, war sie regelrecht erschrocken; dieses Badezimmer war ebenso groß wie die Küche ihrer Familie. Noch nie hatte sie eine so luxuriöse Waschgelegenheit gehabt. Bislang war sie schon zufrieden gewesen, wenn sie sich an dem kleinen Becken waschen konnte, das sie sich mit Delphine teilte.

Nachdem sie gebadet hatte, machte sie ein kleines Nickerchen, während ihre Haare trockneten. Die Reise und die Aufregung hatten sie erschöpft, und so schlief sie tief und fest, bis Marie sie mit Kaffee und Keksen weckte. Juliet setzte sich vor die Frisierkommode und sah zu, wie die Hausangestellte ihre rotbraunen Haare erst teilte, mit goldenen und kupferfarbenen Spangen rund um ihr Gesicht feststeckte und den Rest oben auf dem Kopf auftürmte, um anschließend einzelne Strähnen herauszuzupfen und diese auf Wickler zu drehen.

»Sie haben wundervolles Haar, Mademoiselle«, meinte die Frau. »Wie die Mähne eines Löwen.«

Merkwürdigerweise hatte Juliet sich selbst nie als schön betrachtet. Auch dass Marchant sie und nicht eines der anderen Mädchen im Dorf ausgewählt hatte, hatte sie der Tatsache zugeschrieben, dass sie eben gleich nebenan wohnte – aber nicht ihrem Aussehen.

»*Merci*«, bedankte sie sich nun. »Darf ich Sie etwas fragen?«

»Natürlich.« Über den Spiegel sah Marie sie offen an.

»Wie ist Monsieur Varnier so?« Aufmerksam suchte Juliet in Maries Gesicht nach einer aussagekräftigen Reaktion, doch da war nichts.

»Ich arbeite noch nicht sehr lange für ihn«, gab die ältere Frau zu. »Mir gegenüber hat er sich sehr großzügig gezeigt. Allerdings scheinen Details in der Haushaltsführung ihn nicht sonderlich zu interessieren, was schon merkwürdig ist.«

»Gibt es auch eine Madame Varnier?«

Marie schüttelte den Kopf. »*Non*. Und das ist wirklich eine Schande. Er ist ein äußerst attraktiver Mann. Auf der Straße schauen die Frauen ihm hinterher, und einige haben auch schon Einladungen geschickt, aber er geht tagsüber nicht viel aus.« Marie knöpfte Juliets Kleid zu und half ihr in die Schuhe, die um einiges zu groß waren. »Oh je, dagegen werden wir morgen etwas tun müssen, aber für heute Abend sollte es gehen«, stellte Marie fest und stopfte einfach Watte in die Schuhspitzen. Dann holte sie eine Kamee-Brosche aus dem Schmuckkästchen auf der Frisierkommode und steckte sie mittig an Juliets Spitzenbluse. Zum Schluss zog sie die Wickler aus den aufgedrehten Strähnen und zupfte die Locken in die richtige Position. Als Marie ihr Werk betrachtete, schien sie zufrieden zu sein. Juliet hingegen konnte nicht glauben, was ihr aus dem Spiegel entgegenblickte. Das Kleid war an der Brust etwas zu weit, passte ansonsten aber wundervoll. Trotzdem kam sich Juliet vor wie ein kleines Mädchen, das mit der Garderobe der Mutter Verkleiden spielt – irgendwie war alles zu groß, nicht nur die Schuhe.

Marie zog sich zurück und nahm Juliets alte Sachen mit.

Um acht Uhr schlug im unteren Korridor eine Glocke, und Juliet hörte ein leises Türenquietschen. Um nicht zu stolpern, raffte sie ihren Rock und schlich möglichst leise zur Treppe. Dabei lauschte sie auf jedes Geräusch, aber über dem Haus hing absolute Stille. Als sie vorsichtig über das Treppengeländer lugte, ging unter ihr gerade ein Mann vorbei. Er blieb stehen, hob den Kopf und schaute zu ihr hoch.

»Möchten Sie dort oben bleiben, Mademoiselle LaCompte, oder kommen Sie zu mir herunter?«

Er strahlte ein solches Selbstbewusstsein aus, dass Juliet ganz schwummrig wurde. Noch nie hatte sie einen Mann gesehen – oder überhaupt einen Menschen –, der einen Raum so komplett ausfüllen konnte wie Monsieur Lucian Varnier. Nicht einmal Marchant, der nun wirklich die weltgewandteste Person war, die sie bis jetzt getroffen hatte, erfüllte ein Zimmer mit so einer Energie wie Varnier. Nun stellte er sich an den Fuß der Treppe und lehnte sich gegen das Geländer; offenbar wartete er darauf, dass sie herunterkam. Juliet machte einen Schritt, blieb aber sofort wieder stehen, da ihre Fersen aus den Schuhen rutschten. Schließlich zog sie sie aus und nahm sie in die Hand.

Mittlerweile verglich sie jeden Mann automatisch mit Marchant. Varnier war kleiner und schlanker, aber nur ein wenig. Seine Züge waren nicht so weich wie Marchants, die von den großen, grünen Rehaugen und der prominenten Nase geprägt waren. Varniers Gesicht war weniger delikat, es wies hauptsächlich klare Linien und Kanten auf. Er sah aus wie ein attraktiver Landarbeiter, der zu Geld gekommen war, während Marchant wirkte, als sei er an das Geld und die Annehmlichkeiten in seinem Leben schon immer gewöhnt gewesen.

Juliet konnte nicht sagen, ob Monsieur Varnier von ihr enttäuscht war. Als sie aus den Schuhen geschlüpft war, merkte sie, wie rutschig ihre Strümpfe waren. Verlegen musterte sie die Schuhe und hielt sie hoch. »Sie sind zu groß.«

Er lächelte. »Dann lassen Sie sie stehen. Monsieur de Passe soll morgen neue für Sie kaufen, in der richtigen Größe. Traurigerweise werden Sie dann heute auf einen Abendspaziergang durch die Pariser Straßen verzichten müssen, aber vielleicht können wir das morgen nachholen.«

Juliet verbeugte sich leicht. Seine Freundlichkeit wirkte entwaffnend.

»Sie sehen bezaubernd aus«, fügte er noch hinzu, als er ihr den Weg zum Speisezimmer wies.

Der lange Tisch, den Juliet gesehen hatte, war nun für zwei Personen gedeckt: Monsieur Varnier saß am Kopf, links von ihm war ein Gedeck für Juliet aufgelegt worden. Alles war sehr edel, und in der Tischmitte prangte eine bunte Vase mit roten, rosafarbenen und grünen Blumen.

Der erste Gang wurde serviert, eine cremige Gemüsesuppe. Juliet aß schweigend und schaffte kaum mehr als ein paar Löffel, da sie zu nervös war, um etwas runterzubekommen. Sie beobachtete genau, wie Monsieur Varnier sich bei Tisch benahm, und ahmte ihn so gut es ging nach, um sich irgendwie durch ihr erstes förmliches Diner zu lavieren.

Schließlich fragte Monsieur Varnier: »Hatten Sie eine angenehme Reise, Mademoiselle LaCompte?«

»Ja … recht angenehm.«

»Und wie gefällt Ihnen Paris?«

»Es ist überwältigend, Monsieur.«

Er lachte. »Na, das ist doch mal eine ehrliche Antwort.«

Juliet legte den Löffel hin. »Monsieur Varnier?« Sie war nicht sicher, ob Dummheit oder Mut ihre Zunge löste, denn beide Gefühle schienen gleichzeitig über sie hereinzubrechen. »Darf ich Sie etwas fragen?«

Er schob seinen Teller beiseite und faltete die Hände auf dem Tisch. »Selbstverständlich.«

»Ich möchte mehr über meine Position in Ihrem Haus erfahren. Und natürlich möchte ich Ihnen vor allem dafür danken.«

Diesmal wirkte sein Lächeln hohl, ohne die Sicherheit, die es gerade noch verströmt hatte. »Gern geschehen, Mademoiselle.«

»Aber was *genau* soll ich denn nun für Sie tun?«

Varnier setzte zu einer Antwort an, wurde aber unterbrochen, als sich die Tür öffnete. Ein Diener räumte die Suppe ab. Wenig später trug Marie eine Platte mit Fisch herein. »Es gibt Steinbutt mit Zitrone und Kapern«, verkündete sie.

Varnier wartete, bis die Dienstboten die Tür hinter sich geschlossen hatten. Dann räusperte er sich und beugte sich zu Juliet hinüber. »Sie sind als mein Gast hier, Mademoiselle, LaCompte. Es werden keinerlei Erwartungen an Sie gestellt.«

»Aber ...«, stammelte Juliet, »... das verstehe ich nicht. Ich muss doch eine Aufgabe haben. Saubermachen oder ...«

»Oder?« Varnier lehnte sich in seinem Stuhl zurück. »Ich möchte Ihnen nicht zu nahetreten, Mademoiselle LaCompte, aber verfügen Sie denn über nützliche Fähigkeiten?«

Juliet starrte auf ihren Teller, schüttelte den Kopf und brach in Tränen aus. »Nein, Monsieur, ich kann nur Landarbeit verrichten, und auch darin bin ich ziemlich schlecht.« Sie schluchzte so heftig, dass es beinahe einem Krampf gleichkam. »Ich verstehe nicht, warum ich hier bin, Monsieur. Das verwirrt mich alles.«

Varnier atmete einmal tief durch, zog ein Taschentuch hervor und hielt es ihr hin. »Verzeihen Sie mir, Mademoiselle. Ich dachte, Sie wüssten Bescheid.«

»Worüber?« Juliets Stimme wurde schrill. Noch immer rechnete sie damit, nun die widerlichen Details der Absprache zu erfahren, die ihre Mutter mit diesem Mann getroffen hatte.

Wieder wurden sie von einem Diener unterbrochen, der Juliets Steinbutt abräumte – von dem sie keinen Bissen gegessen hatte –, um gleich darauf zwei Teller mit Ente in Kirschsoße und gekochtem Gemüse zu bringen.

Varnier wartete ab, bis sich die Tür hinter dem Mann geschlossen hatte. »Ich kannte ...« Er unterbrach sich, offenbar leicht verunsichert. Dann fuhr er fort: »Also, ich stand in einer gewissen Verbindung zu Ihrer verstorbenen Mutter. Nach Ihrem Tod fiel die Sorgfaltspflicht bezüglich Ihrer Person mir zu. Ich bin sozusagen eine Art Nachlassverwalter.«

»Sie?« Juliet versuchte, etwas in seiner Miene zu lesen, aber er wirkte nun wieder ganz gelassen. »Ich habe einen Vater, Monsieur Varnier. Und ich habe noch nie auch nur von Ihnen gehört.«

Varnier griff zu Messer und Gabel und widmete sich seiner Ente. Seine Hände waren schmal, aber wohlproportioniert, mit langen, schlanken Fingern. »Sie sollten etwas essen.« Er deutete auf ihren Teller, lehnte sich zurück und musterte sie aufmerksam. »Vor dem Rest der Welt werden wir Sie als meine Nichte ausgeben.«

Juliet wischte sich mit seinem Taschentuch die Tränen ab. Dann starrte sie auf ihren Teller; die Kirschsoße sah aus wie Blut. Bestimmt war ihr Gesicht jetzt ganz verquollen. »Bin ich das denn?«

»Sind Sie was?«

»Ihre Nichte?«

»Nein … nein, natürlich nicht. Wir sind nicht *verwandt.*« Varnier stieß das Wort hervor, als wäre es etwas Anrüchiges, dann aß er weiter, ohne sich darum zu kümmern, dass Juliet ihre Ente nicht angerührt hatte.

»Aber ich begreife das alles nicht. Warum sollte es Ihre Pflicht sein, sich um mich zu kümmern? Ich habe eine Familie. Kannten Sie meine Mutter aus ihrer Zeit hier in Paris? Ist es das?«

Varnier hörte auf zu kauen. »Ja. So könnte man es wohl sagen.«

»Aber es ist nicht so, richtig? Ich verstehe nicht, in welcher Verbindung Sie zu meiner Mutter standen.« Juliet griff zum Besteck, legte es aber gleich wieder hin.

Inzwischen hatte Varnier sich zurückgelehnt und zupfte an einem seiner Fingernägel herum. »Nein, ich habe Ihre Mutter nicht persönlich gekannt, obwohl sie sicher eine wundervolle Frau war. Mir ist nach ihrem Tod einfach nur die Vormundschaft für Sie zugefallen. Niemand wird Ihnen je wieder ein Leid antun. Mehr müssen Sie nicht wissen. So einfach ist das.« Er rieb sich die Hände, als wäre damit alles gesagt.

Eisige Kälte breitete sich in Juliet aus. Woher wusste Lucian Varnier, dass ihr jemand etwas angetan hatte? Es war ausgeschlossen, dass er von Marchant und Michel Busson erfahren hatte. Juliet wurde schwindlig.

Varnier musterte sie aufmerksam. »Es gibt hier einen sehr guten Klavierlehrer. Monsieur de Passe sagt, er habe einen hervorragenden Ruf. Ich dachte mir, wir könnten umgehend mit dem Unterricht beginnen. Mögen Sie Musik?«

Juliet nickte, dachte aber bei sich, dass sie außer in der Kirche höchstens einmal Musik gehört hatte, wenn der verrückte alte Monsieur Morel an Markttagen mit seiner ramponierten Fiedel aufgespielt hatte, was regelmäßig dadurch unterbrochen wurde, dass er die Marktfrauen laut schreiend nötigte, ihm Brot und Käse zu schenken.

»Können Sie lesen?« Aus Varniers Mund klang diese Frage in keinster Weise beleidigend. »Falls nicht, werden wir ebenfalls sofort damit beginnen.« Er schien gar nicht zu bemerken, dass Juliet genickt hatte. Ihre Mutter hatte ihr das Lesen beigebracht, überwiegend mithilfe der Bibel, aber es hatte auch noch ein paar andere Bücher gegeben, die sie aus Paris mitgebracht hatte: von Alexandre Dumas dem Jüngeren und Gustave Flaubert, den ihre Mutter ganz besonders verehrt hatte. Juliet sah noch immer vor sich, wie sie mit von Haus- und Hofarbeit geröteten Händen die zarten Buchseiten umblätterte. Oft hatte sie ihre ausgetrockneten Finger anfeuchten müssen, um das weiche Papier greifen zu können.

Widerstrebend schnitt Juliet ein Stück von der Ente ab und schob es sich in den Mund, zwang ihren Körper, es anzunehmen. Das Fleisch hatte einen intensiven Wildgeschmack und war nicht so frisch wie die Hühner, die sie auf dem Hof selbst geschlachtet hatten, aber die süße Kirschsoße war eine dekadente Ergänzung, die für Juliets Geschmacksknospen völlig neu war. Zu Hause hatten sie vor allem einfache Eintöpfe und Brot gegessen, nichts so Ausgefallenes wie das hier. Alles an diesem neuen Leben war reichhaltig und komplex. Sie musterte die geschnitzten Holzpaneele und den schweren Kronleuchter. Schon jetzt waren ihre Sinne vollkommen überlastet von all den Eindrücken auf der Straße, den Kleidern, den Geräuschen der Stadt vor ihrem Fenster. Und nun wurde ihr Geschmackssinn noch von dieser raffinierten Komposition der Speisen gereizt. Sie vermisste das schlichte Steinhaus mit den vier Zimmern in Challans; doch dann musste sie an Michel Busson denken und wusste, dass sie niemals dorthin zurückkonnte, selbst wenn sie es wollte. Plötzlich wurde Juliet bewusst, dass sie ihren Vater und ihre Geschwister vielleicht nie wiedersehen würde. Ein drückendes Band schien ihr die Brust abzuschnüren.

»Ich sollte einen Jungen heiraten«, platzte es aus ihr heraus.

»Ja, ich weiß«, erwiderte Varnier gelassen, ohne von seinem Teller aufzublicken. »Darum habe ich mich ebenfalls gekümmert.«

»Was soll das heißen?«

Er hörte auf zu essen. »Es heißt, dass Sie und Ihre Familie von dieser Verpflichtung befreit sind. Freut Sie das?«

Juliet nickte.

»Gut.« Wieder wandte er sich seinem Essen zu. »Und nun genießen Sie bitte Ihre Ente.«

»Aber was ist mit meiner Schwester und meinem Bruder?«

»Was soll mit ihnen sein?« Er trank einen Schluck Wein. Dann musterte er sein Glas, bevor er noch einen Schluck nahm.

»Kümmern Sie sich um die beiden denn auch?«

»Mit den beiden habe ich nichts zu tun.« Er stellte das Glas mit Nachdruck auf den Tisch. »Nur mit *Ihnen*.«

»Warum nur mit mir?« Das kam ihr schärfer über die Lippen als beabsichtigt.

Varnier fuhr sich mit beiden Händen durch die weichen, blonden Locken und seufzte. »Eines Tages, wenn Sie dafür bereit sind, werde ich Ihnen alles erklären.«

»Aber ich bin jetzt schon dafür bereit. Warum nehmen Sie mich in Ihre Obhut, aber meine Geschwister nicht?«

»Nein. Meine Liebe, dafür sind Sie ganz sicher noch nicht bereit. Doch eines Tages werden Sie es sein, und dann reden wir.« Lucian Varnier lachte herzlich. Seine Zähne zeugten von Geld und sorgfältiger Pflege. »Ihr Bruder und Ihre Schwester befinden sich in der Obhut ihres Vaters. Sie sind mein Mündel. Stimmen wir darin überein?«

Wie ein Kind behandelt zu werden, das nicht reif genug war, um mit den Details der eigenen Lebenssituation konfrontiert zu werden, ging Juliet gehörig gegen den Strich. Sie war kein naives kleines Mädchen mehr, und die Unterstellung, sie würde mit der Wahrheit nicht zurechtkommen, passte ihr gar nicht.

Doch als sie zu dem Versuch ansetzte, ihm mehr zu entlocken, stand er plötzlich auf. »Es war ein anstrengender Tag«, erklärte er lächelnd. »Sie verstehen das sicher.« Ohne eine Antwort abzuwarten, ging er aus dem Raum.

Sobald die Tür hinter ihm zufiel, tauchte wie aufs Stichwort Marie im Speisezimmer auf. »Möchten Sie vielleicht etwas Brot und Käse, meine Liebe? Wir hätten auch noch Pastete.«

Juliet schenkte der freundlichen Frau ein Lächeln, lehnte dankend ab und zog sich auf ihr Zimmer zurück. In dieser Nacht schlief sie so tief, dass nicht einmal die Sonne sie wecken konnte, die ungehemmt ins Zimmer schien, weil Juliet vergessen hatte, die Vorhänge wieder zuzuziehen. Erst als eine Kirchturmuhr in der Nähe sieben schlug, wachte sie auf.

12

Helen Lambert
Washington D. C., 26. Mai 2012

Ein köstlicher Duft wehte aus meiner Küche herüber. Mit einem Auge schaute ich auf die Uhr – fast drei Uhr nachmittags. Während ich mich aufsetzte, wurde mir langsam klar, dass ich fast den gesamten Tag verschlafen hatte. Das Kissen neben mir war zerdrückt, war also offenbar benutzt worden. Die Erinnerung kehrte mit einem Schlag zurück: Luke. Frühstück. Nasenbluten. Und dieser Mann in der Küche – Lucian, dann Luke – war nun in meinem Leben und in meinen Träumen präsent.

Ich tappte durch den Flur Richtung Küche. Luke lehnte am Herd und starrte auf sein iPhone.

»Würdest du am Dienstag gerne in die Oper gehen?« Er kramte kurz in seinen Hosentaschen und zog seine Autoschlüssel hervor.

»Diesen Dienstag?«

»Genau dieser Dienstag war gemeint, ja.«

»Klar.« Ich ließ mich auf einen der Barhocker am Küchentresen fallen. Mein Körper fühlte sich bleischwer an. »Also, nun bist du auch endlich in meinem Traum aufgetaucht.«

»Tatsächlich?« Er legte das Handy weg und schwenkte geschickt die Bratpfanne. Das Lachsfilet darin drehte sich gehorsam. In einer Schüssel entdeckte ich einen fertig angemachten Rucolasalat. »Wurde aber auch Zeit.«

»Ich begreife das alles nicht.« Erschöpft stützte ich den Kopf in die Hände.

»Es ist kompliziert.«

»Davon gehe ich mal aus.«

»Wenn du mich gesehen hast, hast du auch deine Mutter gesehen – also Juliets Mutter.«

»Und dieses bizarre Ritual.«

»Das? Na ja, das war nicht einfach nur irgendein Ritual.«

Wirklich nett, wie heimisch er sich in meiner Küche fühlte. Ich dachte an Juliets vorsichtige Erkundung der Kleider zurück, an den Duft von Kirschsoße. Natürlich hatte er recht. Aber das wusste ich bereits. Was Juliets Mutter in jener Nacht getan hatte, erfüllte mich mit Grauen. Bevor ich weiterfragen konnte, schob Luke den wundervollen zartrosa Lachs auf einen Teller und stellte ihn und den ebenfalls farbenfrohen Salat vor mich hin. »Du musst essen.«

Mit der entspannten Routiniertheit eines Profikochs wusch er die Pfanne ab und räumte die benutzten Utensilien in die Spülmaschine. Ich sah ihn fragend an.

»Du könntest mir wirklich die Mühe ersparen und mir einfach alles erzählen.«

»Ich weiß, dass ich das *könnte*«, lachte er. »Aber so funktioniert das nun einmal nicht. Träum einfach weiter, Helen.«

Er ging an mir vorbei in den Flur. »Kommt mir eigentlich nicht so vor, als würdest du dich immer strikt an die Regeln halten, Luke Varner.«

Mit einer edlen Lederaktentasche über der Schulter kam er

noch einmal in die Küche zurück. »Sagen wir mal so: Ich habe deinetwegen schon oft genug in Schwierigkeiten gesteckt. Nun versuche ich, mich möglichst genau an die Regeln zu halten. Außerdem ist es doch besser, wenn du dir deine anderen Leben selbst ansiehst, oder nicht?«

Er klang genau wie der Lucian Varnier aus meinem Traum, war ebenso geizig mit Auskünften. Ich würde die Antworten wohl allein finden müssen.

»Und welche Oper sehen wir uns an?«

Luke beugte sich über den Tresen, als wollte er mir ein großes Geheimnis anvertrauen. »Das ist eine Überraschung.« Er nahm seine Schlüssel und strich mir über den Kopf, als wäre ich nicht älter als sechs. »Ich muss los. Muss ein Bild verkaufen.«

Bevor er im Flur verschwand, drehte er sich noch einmal um. »Dieser Opernbesuch … betrachte es als Premierenfeier.«

»Soll heißen, Abendgarderobe ist Pflicht?«

»Ganz genau.« Dann fiel die Haustür hinter ihm ins Schloss.

Nachdem er gegangen war, holte ich das Buch über Auguste Marchants Malerei aus meiner Tasche, das ich gestern auf dem Heimweg gekauft hatte. Es war traurig, und Marchant tat mir ein bisschen leid, denn die Bücher mit seinen Bildern waren bei Barnes & Noble in Georgetown auf dem Ramschtisch gelandet. In dem Laden schien es übermäßig viele solcher Bildbände für den Wohnzimmertisch zu geben, die ebenso gnadenlos behandelt wurden wie Katzenkalender vom letzten Jahr. Während ich nun in dem Buch blätterte, packte mich ein Gefühl von Vertrautheit, vor allem bei den Darstellungen von Kindern auf dem Lande. Was allerdings weniger an den Gesichtern lag als vielmehr an den Szenerien.

Ein Bild zeigte einen Steinbrunnen mit einem kleinen Mädchen davor. Weiter hinten stieß ich auf ein Gemälde, das mich zurückscheuen ließ, als hätte ich mir die Finger verbrannt. Das nackte Mädchen – ich – blickte voller Ekstase aus dem Bild heraus, die dunkelroten Locken umflossen ihren Kopf, der sich ganz unten im Bild befand. Dieses Gemälde strahlte pure Intimität aus. Der Blick des Mädchens fixierte den Betrachter – oder doch den Maler? Es kam mir vertraut vor. Nicht eigentlich das Bild, aber die Szene, die Atmosphäre, in der es gemalt worden war. Wenn ich die Augen schloss, konnte ich die schweren Stofffalten *spüren*, die den nackten Körper dieses Mädchens einrahmten. Ich wusste, wie es in diesem Raum gerochen hatte und dass durch das Fenster auf der rechten Seite ein leichter Wind hereingeweht und durch ihre Haare gefahren war. Dass die kühle Luft sie hatte frösteln lassen, sie es aber nicht gewagt hatte, sich zu bedecken. Das war die Szene, von der ich kürzlich erst geträumt hatte. Ich las die Bildunterschrift. Der Name dieses Gemäldes war *Juliet* – es war das Bild, von dem Luke gesprochen hatte und das sich inzwischen in Privatbesitz befand.

Um mich von alldem etwas abzulenken, konzentrierte ich mich auf den Opernbesuch und durchwühlte meinen Kleiderschrank, der allerdings nichts Passendes für eine Überraschungsaufführung enthielt. Also bestellte ich Mickey zum Notfallshopping ein. Wir fuhren zu Rizik's auf der Connecticut, wobei wir uns ziemlich abhetzen mussten, da der Laden samstags bereits um sechs Uhr schloss. Nachdem wir mehrere Optionen abgewogen hatten, fand ich ein traumhaftes stahlblaues Seidenkleid mit Tüllelementen und goldener Perlenstickerei von Reem Acra; es sah aus, als stammte es aus einer anderen Zeit, inspiriert vom Prunk des Versailler Schlosses. Vielleicht war ich in Gedanken doch noch ein wenig bei Juliet, denn es erinnerte mich auch an die Kleider, die sie in ihrem Schrank am Boulevard Saint-Germain vorgefunden hatte.

Während ich mich umzog, rief Mickey die Homepage des Kennedy Centers auf und erfuhr dort, dass die Produktion von Jules Massenets *Werther* gerade ausgelaufen war, konnte aber keinerlei Hinweise auf eine neue Operninszenierung am Dienstag finden. »Das ist so romantisch.« Seufzend strich er mir durchs Haar. »Du, die du immer über alles im Bilde bist, was in Washington passiert, wirst einmal überrascht.«

»Los, lass uns gehen.« Ich deutete auf die Connecticut Avenue hinaus. Als wahrer Gentleman trug Mickey natürlich die Tasche mit meinem neuen Kleid. Schon nach einigen Metern blieb ich abrupt stehen. »Wirke ich auf dich wie eine alte Seele?«, fragte ich.

»Nö, höchstens wie eine alte Schachtel«, antwortete er grinsend.

Das brachte ihm einen bösen Blick ein. »Glaubst du an Wiedergeburt?«

»Ach du Scheiße. Wirst du jetzt plötzlich spirituell? Tritt nur nicht einem dieser Kulte bei, oder schlimmer noch – den Baptisten. Um Himmels willen, bloß nicht. Dann wirst du nie wieder guten Sex haben.« Er blieb ebenfalls stehen. »Weißt du, in Georgetown gibt es diese Hellseherin, von der momentan alle reden. Zu der sollten wir mal gehen. Meine Tante in Georgia ist ständig zur Wahrsagerin gelaufen. Die hat ihr dann auch gesagt, dass meine Mutter sterben wird.«

»Deine Mutter lebt noch, Mickey.«

»Aber meine Tante ist tot.« Er zog wissend eine Augenbraue hoch. »Die Hellseherin war also nah dran.«

»Keine sehr überzeugende Theorie, Mickey. Immerhin sind das zwei verschiedene Menschen.«

»Sie waren *Zwillinge*, Helen! Zwillinge! Glaub mir, sie war nah dran.«

Das Schöne an Mickey ist, dass man sich mit ihm ins Abenteuer stürzt, sobald er sich etwas in den Kopf setzt. Also saßen wir kurz darauf in einem Taxi nach Georgetown und fuhren zu unserem Sechsuhrdreißigtermin mit Madame Rincky.

Um fünf vor halb sechs hielten wir vor einem True Religion Store.

»Äh … Mickey? Das ist ein Jeansladen.« Ich zeigte aus dem Autofenster.

»Sie ist im Obergeschoss, Dummchen. Außerdem können wir dir da nachher gleich eine Jeans mitnehmen. Die haben ein Modell, in dem dein Hintern garantiert nicht fett aussieht. Was er natürlich auch nicht ist! Gerade neulich erst habe ich zu irgendjemandem gesagt, wie gut du seit der Scheidung aussiehst.«

»Da bin ich mir nicht so sicher. Und mit wem hast du überhaupt über mich gesprochen?«

Wir waren ausgestiegen und liefen auf das Haus zu. Mit einem wortlosen Achselzucken hielt Mickey mir die Tür auf, an der ein Hinweisschild auf Apartment 202 hing, und bedeutete mir, voranzugehen. Während ich die hölzernen Stufen erklomm und auf das Echo meiner Schritte lauschte, spürte ich, wie Mickey meinen Hintern taxierte – und nicht auf die freundliche Art.

Madame Rincky war eine voluminöse Jamaikanerin, die uns herzlich begrüßte und uns eine Tasse Tee anbot. In ihrem Wartezimmer lagen mehrere Ausgaben des *National Enquirer* und das Washingtoner Telefonbuch von 1992, außerdem gab es eine Vitrine, in der verschiedene Kristalle zum Preis von dreizehn Dollar fünfundzwanzig ausgestellt waren. Doch sie führte uns gleich durch einen Perlenvorhang in ein Zimmer, das nach vorne auf die M Street hinausging. Das erkannte ich am üblichen Hupen des Wochenendverkehrs.

Mickey war als Erster dran, er bekam die Tarotkarten gelegt und dazu ein wenig Handlesen. »Ich sehe ein Kind in Ihrer Zukunft«, verriet ihm Madame Rincky. »Der kräftige Mann mit den dunklen Augen … Sie lieben ihn, nicht wahr? Doch es wird Probleme geben.«

Mickey hatte sich immer Kinder gewünscht, ein gewisser Wahrheitsgehalt war also zu erkennen. Dass Mickey schwul war, merkte wahrscheinlich ein Blinder, aber kräftig und dunkeläugig war eine ziemlich treffende Beschreibung seines aktuellen Promi-Double-Lovers. Bis jetzt war diese Frau besser, als ich es erwartet hatte.

Als ich an der Reihe war, ließ sie mich in einem Sessel Platz nehmen, der noch von Mickey angewärmt war. Der setzte sich stattdessen auf eine Bank und zog sofort sein Handy aus der Tasche. Ich sah zu, wie die Hellseherin die Karten in Form eines Kreuzes auslegte und dann nach und nach umdrehte. »Dürfte ich mir Ihre Hände ansehen?«

Ich streckte sie aus, stützte dabei die Ellbogen auf den Tisch und sah mich gelangweilt im Raum um.

Madame Rincky musterte ihre Karten, dann meine Hände, dann sah sie mich an. »Was sind Sie?«

»Ich bin Herausgeberin einer Zeitschrift«, erklärte ich mit einem nervösen Räuspern.

Sie schüttelte den Kopf. »Nein, ich meine: *Was* sind Sie? Das ist nicht normal. Haben Sie sich Ihre Hand einmal angesehen?«

Ich warf einen Blick auf meine Handfläche und keuchte entsetzt. Die vielen Linien, die sich nun über meine linke Hand zogen, waren vor einer Woche noch nicht da gewesen. »Das verstehe ich nicht. So hat das früher nicht ausgesehen.«

»Sehen Sie hier.« Madame Rincky berührte eine der Linien. »Sie haben vier Lebenslinien, aber nur eine Liebeslinie.«

»Du hast doch etwas von Wiedergeburt gesagt«, flötete Mickey wie ein hilfreicher Assistent und zeigte dabei auf meine Hand. »Siehst du?«

Ich muss wohl wenig überrascht gewirkt haben, was Madame Rincky sofort bemerkte. Fragend zog sie eine Augenbraue hoch. »Aber das wussten Sie bereits, nicht wahr? Sie haben früher schon einmal gelebt.«

Ich nickte. »Schon dreimal.«

Betroffen schüttelte sie den Kopf. »Das ist das Werk des Teufels.« Sie faltete die Hände zum Gebet und murmelte vor sich hin, wobei ihre goldenen Armreifen leise klimperten. Anschließend zeigte sie wieder auf meine Hand. »Das ist böse. Sie müssen gehen. Ich will nichts damit zu schaffen haben.«

»Gehen?«, fragte ich verwirrt.

»Ich will Sie nicht hierhaben.« Sie stand auf und zeigte auf die Tür. »Raus.«

»Lass mal sehen.« Mickey schnappte sich meine Hand und betrachtete die vielen Linien.

»Madame Rincky«, bat ich. Auf der Oberlippe der Hellseherin hatte sich ein Schweißfilm gebildet. »Ich weiß nicht, warum das mit mir geschieht. Bitte … Sie müssen mir helfen. Ich habe keine Ahnung, was ich bin.«

»Das ist einfach: Auf Ihnen lastet ein Teufelsfluch.« Sie deutete auf eine Linie in meiner Hand.

Doch damit verriet sie mir nichts, was ich nicht bereits vermutet hätte. Der Ursprung dieser ganzen Sache lag in der Nacht in Juliets Küche. Ihre Mutter hatte einen Dämon herbeigerufen. Plötzlich ergab das alles einen Sinn. Ich sah mir meine Hand genauer an. Zwei der Linien waren länger als die anderen, die zweite und die vierte. Auch wenn ich es nicht wahrhaben wollte, es war real. »Können Sie mir helfen?«

Vehement schüttelte Madame Rincky den Kopf. »Nein.«

»Aber ich brauche Hilfe.«

Sie wich meinem Blick aus.

»Bitte«, drängte ich weiter.

»Es gibt da vielleicht jemanden.«

Die folgenden Tage verbrachte ich hauptsächlich damit, auf den Anruf der Hellseherin wegen des möglichen Helfers zu warten. Ich hatte währenddessen keinen einzigen Traum, was mir das Gefühl gab, Zeit zu verschwenden – Zeit, die ich nicht hatte. Luke rief an, um sich nach mir zu erkundigen, beziehungsweise danach, ob ich weitergeträumt hatte. Er schien ziemlich enttäuscht zu sein, als ich von meinen ungestörten Schlafphasen berichtete.

Am Dienstag brachte mich ein Taxi zum Kennedy Center. In dem beeindruckenden Gebäude am Potomac waren ganze fünf Theater untergebracht. Roger und ich waren regelmäßig in die Oper gegangen, weshalb ich einige der älteren Saaldiener in den roten Livreen vom Sehen kannte. Ich ging durch die Hall of States und schlenderte über den prachtvollen roten Teppich, wobei ich die klaren Linien des Marmors und die hohen Decken bewunderte, in die Namen prominenter Bürger Washingtons eingraviert waren. Bei dem Schriftzug ROGER UND HELEN LAMBERT blieb ich kurz stehen, ging dann aber weiter ans flussseitige Ende der Halle, wo eine impressionistische Bronzeplastik von John F. Kennedy stand.

Immer wieder gingen mir Madame Rinckys Worte durch den Kopf. *Auf Ihnen lastet ein Teufelsfluch.*

Und wie aufs Stichwort erklang hinter mir plötzlich Lukes vertraute Stimme: »Du siehst umwerfend aus.«

Während ich mich zu ihm umdrehte, fragte ich mich, ob er vielleicht tatsächlich der Teufel im Abendanzug war. Oder besser gesagt im Smoking. Wenn ich mein Kleid betrachtete, wusste ich, was er meinte. Die Kreation von Reem Acra sah aus, als wäre sie extra für mich entworfen worden. Ich hatte meine Haare zu einem tiefsitzenden, lockeren Dutt aufgesteckt und vorne einige Strähnen herausgezogen, ein wenig wie Juliet LaCompte. Nun deutete ich einen Knicks an. »Vielen Dank. Was tut man nicht alles für eine Pop-up-Oper – oder besser gesagt eine Poper.«

Er lächelte, gab damit aber nichts preis. »Sollen wir?« Luke griff nach meiner Hand – eher väterlich, weniger Date – und führte mich nach rechts zum Eisenhower Theater, meinem Lieblingssaal und der Bühne, auf der die meisten kleineren Operninszenierungen stattfanden. Davor waren zwei prunkvolle Kostüme aus berühmten Produktionen ausgestellt. Erst jetzt fiel mir auf, dass wir die einzigen Gäste waren. »Was hast du vor?«

Luke öffnete die Tür des sanft beleuchteten Theaters.

»Haben wir überhaupt Tickets? Mit richtigen Platznummern?«

Lachend wandte er sich zur Treppe. »Keine Sorge, wir haben Plätze.«

Ich ging hinter ihm die Stufen hinauf und den Flur entlang. Ein Saaldiener stand bereit und führte uns in die Präsidentenloge. Wände und Decken des Eisenhower-Saals waren mit rotem Stoff verkleidet, der aussah wie Samt. Die dicht beieinander hängenden Kronleuchter erinnerten mich ein wenig an die Broschen meiner Oma.

Nachdem wir Platz genommen hatten, nickte Luke dem Saaldiener zu; ich hatte inzwischen unten im Orchestergraben eine Bewegung bemerkt. Die ersten Takte erklangen, der Vorhang hob sich, und Tänzer huschten über die Bühne. Eine Muse trat auf. Behagliche Vertrautheit überkam mich, auch wenn ich nicht wusste, wieso. Ich hatte diese Oper noch nie in meinem Leben gesehen. Oder etwa doch? Das Bühnenbild war anders, es war eine moderne Inszenierung, aber als ich die Augen schloss und die Ouvertüre über mich hinweggleiten ließ, wurde ich von einem Gefühl des Staunens gepackt, das ich von früher kannte. Aber woher? Ich dachte an Madame Rincky und meine vielen Lebenslinien. Und wieso verstand ich den französischen Text der Oper, was eigentlich unmöglich sein sollte – zumindest in diesem Leben? Wieder schloss ich die Augen. »Offenbach.« Bis jetzt hatte ich nichts von Offenbach gekannt. Korrektur: *Helen Lambert* kannte nichts von Offenbach, und sie sprach auch kein Französisch. Aber ein Teil von mir kannte diese Musik. Und diese Zeit.

»Hoffmanns Erzählungen«, flüsterte Luke. »Das war Juliets Lieblingsoper. Das Ensemble hat gerade eine Spielzeit in Toronto beendet, also habe ich es für heute Abend engagiert.« Seine Stimme klang irgendwie blechern und schleppend. Dann verschwamm der Saal vor meinen Augen.

13

Juliet LaCompte

Paris, Frankreich, 1896

Die Stimme der Sopranistin erstarb, bevor sie voller Dramatik in sich zusammensackte. Ein anderer Darsteller betätigte den Mechanismus an ihrem Rücken, sie erwachte wieder zum Leben, und die glockenhelle Stimme erhob sich wie die eines Vögelchens. Die Musik, die Aufführung, aber auch das Theater selbst waren so prachtvoll, dass Juliet kaum alles in sich aufnehmen konnte, wie sehr sie Augen und Ohren auch anstrengte. Sie sah sich so gebannt um, dass sie nicht bemerkte, wie Lucian Varnier sie aufmerksam musterte.

Wieder wurde der Gesang der Sopranistin langsamer, und die als Puppe verkleidete Frau kippte nach vorne. Ihr Rock rauschte, als das Ensemble sich um sie scharte, um zu verbergen, dass sie eben gar keine Frau war, sondern eine Puppe, ein Automaton, der den liebeskranken Protagonisten – Hoffmann – an der Nase herumführte.

Alles in diesem Theater, von den dramatischen Gaslaternen bis hin zu den aufwendig gemalten Bühnenbildern, war ein wahres

Fest für Juliets Augen gewesen. Die Harmonien und betörenden Melodien sprachen etwas in ihrem Inneren an, das sie nie hatte benennen können, bevor sie als Zuschauerin in diesem roten Samtsessel saß. Es war der Klang des Verlustes – ihres Verlustes –, der nun direkt vor ihr aufgeführt wurde. Hoffmann blieb die Liebe versagt, im Magischen wie im Weltlichen. Wie ein Messer bohrte sich die Inszenierung in Juliets Herz. All ihre Gefühle waren in dieser Musik festgehalten worden. Es war, als wären die Klänge, die sich aus dem Mund der Sopranistin erhoben, schon immer tief in ihrem Inneren verborgen gewesen.

An diesem Abend setzte sich Juliets Kleid aus einem Mieder mit blau-goldener Perlenstickerei und einem meergrün-goldenen Chiffonrock zusammen. Darüber trug sie eine dunkelblaue Jacke aus dramatischem Samt mit Spitze. Seit ihrer Ankunft in Paris waren mehrere Monate vergangen, und sie konnte stolz von sich behaupten, auf sämtlichen Gebieten – von Literatur über Musik bis hin zur Mode – schnell dazugelernt zu haben.

Wie immer suchte sie die Sitzreihen nach Marchant ab. *Hoffmanns Erzählungen* war in diesem Fall nicht von der großen Pariser Oper inszeniert worden, sondern von einem kleineren Theater, billig und für das einfache Volk gedacht. Es war unwahrscheinlich, dass Marchant hier auftauchte, er pflegte gehobenere, kostspieligere Ansprüche. Varniers Freunde hingegen gehörten eher der Avantgarde an, doch er hatte ihr versprochen, irgendwann auch das Opernhaus von Paris mit ihr zu besuchen – die richtige Oper.

Nach der Vorstellung zeigte Varnier ihr auf einer Omnibusfahrt die Straßen in Paris, die von Haussmann geprägt waren – die neueren, breiteren Boulevards, durch die kleine, ärmere Viertel verdrängt wurden. Am Jardin du Luxembourg stiegen sie aus, und Juliet hängte sich bei Varnier ein. Von den hässlichen Seiten der Stadt erhaschte sie stets nur kurze Eindrücke: schmutzige Kinder, Männer in zerlumpten Mänteln, viel zu dünn oder nur halb bekleidete Prostituierte mit furchtbar überschminkten Lippen und künstlichen Puppengesichtern. Und jedes Mal suchte sie auch in den schlecht beleuchteten Straßen nach ihrem Maler, hielt Ausschau nach Marchants vertrautem Lächeln, doch sie sah ihn nie. Von Weitem erkannte sie das kleine Karussell, das Marchant ihr bis ins Detail beschrieben hatte. Es war eines seiner Lieblingsmotive gewesen.

»Hat dir die Vorstellung gefallen?«, fragte Varnier und zündete sich eine Zigarette an.

Juliet nickte und versuchte, das Karussell möglichst lange im Blick zu behalten. Ganz egal, wie wundervoll die Vorstellung gewesen war, wie prächtig die Straße, immer lief am Ende alles auf Marchant hinaus. Sie hatte ihn geliebt, doch welchen Preis hatte diese Liebe gefordert? Ihre Mutter? Seine Frau und sein Kind? Er hatte sie gewarnt, dass es kein Zurück mehr geben würde, und er hatte recht behalten. Aber hatte er gewusst, wie schmerzlich sie dafür bezahlen würden? Sie hatte sein Kind unter dem Herzen getragen. Schon oft hatte sie sich gefragt, was sie getan hätte, wenn ihre Mutter die Schwangerschaft nicht mit ihrer schwarzen Magie beendet hätte.

»Heute Abend bist du mit den Gedanken aber sehr weit weg«, stellte Varnier fest.

»Eigentlich nicht«, log sie schnell.

»Weißt du etwas über die Geschichte dieser Oper?«

»Nein.« Nun richtete Juliet ihre Aufmerksamkeit wieder ganz auf Varnier.

»*Hoffmanns Erzählungen* gilt als verflucht.« Die Lichter des Panthéon strahlten ihn an, und er berührte kurz seinen Zylinder, bevor er an seiner Zigarette zog. »Offenbach starb vor Vollendung des Stücks. Und vor acht Jahren brach bei einer Vorstellung an der Opéra-Comique ein Feuer aus. Sie wird erst seit Kurzem überhaupt wieder aufgeführt. Das Feuer war auch nicht der erste Unglücksfall im Zusammenhang mit dieser Oper: Nach der zweiten Vorstellung am Ringtheater gab es eine Gasexplosion. Du siehst also, dieses Werk ist ganz speziell.«

Paris war an diesem Abend voller Leben. Gelächter und das rhythmische Klappern der Pferdehufe jenseits der Gärten mischte sich mit den klickenden Lauten von Varniers Gehstock.

»Glaubst du wirklich, dass auf einer Oper ein Fluch lasten kann?«

»Oh ja, Juliet. Ich glaube tatsächlich an Flüche. Meiner Meinung nach sind wir ständig von ihnen umgeben.« Varnier lachte verbittert, dann widmete er sich wieder seiner Zigarette, die in der kühlen Pariser Nachtluft rot schimmerte.

In den auf den Opernabend folgenden Wochen bildete sich in Juliets neuem Leben eine Routine heraus. Bei einem leichten Frühstück mit Gebäck und Tee durchstöberte sie *Le Temps*, *Le Figaro* und *Le Petit Journal* nach Neuigkeiten über Marchant. Tagsüber bekam sie Unterricht in Italienisch und Englisch, wobei ihr Lehrer ihr stets eine Menge zu lesen gab, außerdem fand wöchentlich eine Klavierstunde statt. Varnier wollte im Sommer mit ihr nach Italien reisen, damit sie die herrlichen Kunstschätze und die Oper von Florenz sah.

Juliet fiel wieder ein, dass Marchant in Florenz studiert hatte. Sie klammerte sich an jede noch so kleine Verbindung zu ihm. Jeden Abend speiste sie mit Monsieur Varnier; sie bekamen Köstlichkeiten serviert wie Rindfleisch, Austern, Hase, Forelle oder Salat mit weißem Trüffel. Varnier brachte ihr viel über Wein und Champagner bei und ließ sie Kirschlikör probieren, der schnell zu ihrem Favoriten wurde. Sie genoss jede seiner Lektionen, da sie hoffte, durch sie attraktiver für Marchant zu werden, wenn sie ihm wiederbegegnete.

Doch es war das Klavier, an dem sie sich wirklich hervortat.

Nachdem sie anfangs schwer mit den Tasten gekämpft hatte, stellte Juliet fest, dass sie nach einem Jahr fließend vom Blatt spielen konnte. Die Stücke wurden schwieriger und schwieriger, ihrer Fingerfertigkeit wurde immer mehr abverlangt. Im zweiten Jahr spielte sie bereits einfache Stücke von Chopin und dann die Etüden. Irgendwann hatten sich die Noten in ihrem Gehirn verankert, und sie konnte sich die Musik bildlich vorstellen, sie vor sich sehen, noch bevor ihr Gehör übernahm. Die technische Natur des Instruments sprach Juliet an. Klavierspiel war schwierig. Anders als Poesie oder Malerei, die subjektiv beurteilt werden konnten, war ein Ton entweder richtig oder falsch. Jeden Tag trieb die Herausforderung, ihre Fertigkeiten weiter zu verbessern, sie an. Dabei war sie nicht sicher, ob ihre Fortschritte, die auch ihrem Lehrer Bewunderung abnötigten, nun ihrem Talent oder ihrer Entschlossenheit geschuldet waren. Im zweiten Jahr war der alte Mann der Ansicht, sie könne anfangen, selbst kleine Stücke zu komponieren.

Eines Abends saß sie tief über die Tasten gebeugt, die Finger bereits verkrampft, und versuchte so angestrengt, einem Lied die richtigen Töne zu entlocken, dass sie nicht einmal den süßen Blumenduft bemerkte, der plötzlich durch den Raum schwebte. Erst am Ende des Stücks überkam sie eine gewisse Unruhe, und sie drehte den Kopf, um zu sehen, woher der Geruch kam. Varnier lehnte an der Wand und beobachtete sie.

»Wundervoll.« Er klatschte leise.

»Vielen Dank.« Sie neigte kurz den Kopf. Irgendetwas lag in der Luft. Inzwischen kannte sie die Gesprächsrhythmen zwischen ihnen, und diese Pause – eine *fermata* – war länger, als es bei ihnen üblich war. Plötzlich war ihr Hals ganz trocken.

Juliet wusste weder wo Varnier tagsüber hinging noch wohin er abends nach dem Essen verschwand. Oft blieb sie wach und hörte, wie er in den frühen Morgenstunden die Treppe heraufkam und auf dem Weg zu seinen Räumlichkeiten an ihrem Zimmer vorbeiging. Er fragte sie stets sofort nach ihrer Lektüre, wenn er das Zimmer betrat, oder bat sie, ein neues Stück für ihn zu spielen. Mit Höflichkeiten hielt er sich gar nicht erst auf. Wenn er dann ging, war Juliet erschöpft und gleichzeitig beschwingt.

Während die Monate ins Land gingen, schrieb Juliet regelmäßig Briefe an ihre Familie. Oft fragte sie ihren Vater, ob Marchant ihn ihretwegen kontaktiert habe. Einige Male hatte sie Varnier gegenüber den Wunsch geäußert, ihre Familie wiederzusehen, doch der hatte nur lächelnd erklärt, das sei »nicht länger möglich«. Und Neuigkeiten von zu Hause trafen nur langsam ein, wobei ihr Vater kein Wort über Marchant oder über ein Treffen mit ihr verlor. Sie wusste, dass er zweimal im Jahr nach Paris kam, um auf den großen Märkten seine Waren zu verkaufen, doch er schlug nie vor, sich bei dieser Gelegenheit einmal zu sehen. Und Juliet fand, dass hierbei die Initiative von ihm ausgehen müsse. Es musste ihn doch interessieren, was aus seinem ältesten Kind geworden war, oder? In ihren Briefen hielt Juliet die Lüge aufrecht, als Hausmädchen zu arbeiten, da sie ein schlechtes Gewissen hatte, wenn sie stundenlang am Klavier saß oder in edelsten Stoffen umherwanderte, während ihr Vater, ihr Bruder und ihre Schwester auf dem Feld schufteten.

Im Sommer des Jahres 1896, knapp ein Jahr nach ihrer Ankunft in Paris, schrieb ihr Vater ihr, dass er sich erneut verheiraten werde. Juliet kam es vor, als ob das Leben in Challans, das sie gekannt hatte, langsam starb. Die Vorstellung, dass ihre Familie darum kämpfen musste, den Hof zu behalten, hatte sie stets bedrückt, und so erwähnte sie Varnier gegenüber einmal, wie sehr sie hoffe, das Leben ihrer Familie sei nicht zu hart geworden, nachdem sie als Arbeitskraft weggefallen war.

Am nächsten Morgen fand sie neben ihrem Frühstücksgedeck einen Beutel mit Francsmünzen. Er sah dem Beutel, den ihr Vater kurz vor ihrer Abreise aus Challans erhalten hatte, so ähnlich, dass kaum Zweifel an Varnier als Absender blieben. Aber warum hatte er das getan? Sie war der Wahrheit über die Verbindung zwischen Varnier und ihrer Mutter heute keinen Schritt näher gekommen als vor einem Jahr, und er hatte sich jedem Gespräch darüber verweigert. Als sie die Münzen zählte, stellte sie fest, dass in diesem Beutel mehr Geld war, als ihr Vater in einem ganzen Jahr verdiente.

»Ein Hochzeitsgeschenk«, erklärte Varnier lächelnd; doch Juliet hatte ihm noch gar nicht von der Hochzeit ihres Vaters erzählt. Kurz fragte sie sich, ob ihre Briefe vielleicht abgefangen und von Marie gelesen wurden, bevor man sie verschickte. »Behaupte doch, du hättest eine Lohnerhöhung bekommen. Dass du jetzt eine Gouvernante bist.«

»Er wird wissen, dass das eine Lüge ist.«

»Ach, Juliet.« Varnier schüttelte den Kopf. »Da irrst du dich. Er wird es glauben wollen, also glaubt er es auch. Unsere Illusionen haben eine ganz eigene Macht, und wir halten nur zu gern an ihnen fest.«

Doch auch wenn sie sich in feinste Kleider hüllte, sich mit ihrem Unterricht die Zeit vertrieb und jederzeit mit Paul oder Varnier die Straßen von Paris erkunden konnte, wurde Juliet das Gefühl nicht los, in dem Haus am Boulevard Saint-Germain eine Gefangene zu sein. War ihre Freiheit vielleicht ihrerseits nichts anderes als eine der Illusionen, von denen Varnier gesprochen hatte? Sie hielt auch weiterhin an der einen Hoffnung fest, der einen Sehnsucht: dass Marchant sie finden und zu sich holen würde.

Nachdem sie auf dem Land so lange ungehindert draußen herumgelaufen war, konnte Juliet sich einfach nicht daran gewöhnen, einen Sonnenschirm zu benutzen – oder stets in Begleitung zu sein, entweder von Varnier oder von Paul. Auf ihren Spaziergängen versuchte sie, sich die Straßenzüge ins Gedächtnis zu rufen, die Marchant für sie gemalt hatte. Paris hatte viele verborgene Winkel, doch Juliet glaubte, die Stelle gefunden zu haben, die er auf seinem Bild für sie festgehalten hatte. Sie suchte ihn unter den bärtigen Malern in den weißen Hemden, die sich immer an der Seine versammelten. Hin und wieder, wenn sie eine Frau in einem gelben Kleid sah, musste sie auch wieder an die merkwürdige Frau am Bahnhof von Challans zurückdenken, die sie so voller Hunger angestarrt hatte. Dieser Frau begegnete sie niemals wieder, auch wenn sie bestimmt auf dem Weg nach Paris gewesen war, bevor Juliets Vater sie aufgehalten hatte. Vielleicht war es nur eine bemitleidenswerte Verrückte gewesen.

Ihre Spaziergänge führten sie regelmäßig zu Edmond Baillys *Librairie de l'Art*, einem Buchladen in der Rue de la Chaussée-d'Antin. Varnier unterhielt sich immer mit den Besuchern des kleinen Ladens, normalerweise ein Maler – kleiner Mann mit Brille und Melone – und sein Freund, ein dickbäuchiger Komponist mit langem Bart.

Während einer dieser Gelegenheiten erspähte Juliet eine kleine Abteilung mit Klaviermusik. Sie blätterte in Claude Debussy und Erik Satie. Das Debussy-Stück sah anspruchsvoll aus, aber der Satie war wirklich faszinierend. *Gnossiennes No. 3* war komplex, ohne Zeitvorgabe, mit seltsamen Klängen und Pausen. Sie kaufte die Originalausgabe des *Le Figaro Musical* vom September 1893, in dem die Noten enthalten waren, und stieß dabei auf einen kleinen Stapel mit Zeitungen. Eine davon, *Supplément Illustré*, lag halb vergessen auf dem Tresen. Sie war mindestens einen Monat alt und enthielt einen Artikel über das luxuriöse Leben des Malers Auguste Marchant, sogar mit Illustrationen. Mit wild klopfendem Herzen überflog Juliet den Artikel. Dort stand, Marchant wohne in einer der angesehensten Ecken von Paris. Hastig kaufte Juliet das Blatt und verbarg es unter ihrem Schultertuch.

Zu Hause in ihrem Zimmer las sie den Artikel wieder und wieder, bis sie ihn beinahe auswendig konnte. Marchant hatte in diesem Jahr eine Auszeichnung für eines seiner Bilder bekommen, und inzwischen hatte er schon mehrere Salons in exklusiven Pariser Hotels gestaltet. Der Autor schrieb, der Maler gehe voll in seinem Schaffen auf und er freue sich bereits auf den diesjährigen Kunstsalon im Palais de l'Industrie, wo seine Akte erneut ausgestellt würden. Das Jahr, das seit ihrer Trennung vergangen war, hatte die Erinnerungen an ihn ein wenig verblassen lassen, und manchmal fragte sich Juliet sogar, ob alles nur ein Traum gewesen war. Doch als sie nun Marchants Gesicht in dieser Zeitung sah, stürzten die halb vergessenen Details wieder auf sie ein – die Länge seiner Haare, die Stellung seiner Augen, wie tief die Hose stets auf seinen Hüften hing, der weiche Bauch unter den makellosen Baumwollhemden, sein Geruch. Im letzten, reißerischen Absatz wurde darauf hingewiesen, wie gefragt der nun seit über einem Jahr verwitwete Vater zweier Kinder in der Pariser Gesellschaft doch war.

Am Abend sprach Juliet bei Varnier noch einmal das Thema Oper an. »Ich würde gerne einmal die Oper sehen – die richtige Oper, nicht nur diese kleinen Theater.«

»Aber in diesen kleinen Theatern werden die neuesten Stücke gezeigt, alles, was gerade erst erschaffen wurde. Wahre Kunst, Juliet, keine bourgoise Form der Kunst, die nur Schönes präsentiert, während der Maler von Verfall und Fäulnis umgeben ist.«

Varnier sprach nicht länger von der Oper. Er meinte Marchant damit. Hatte Marie ihm die Ausgabe von *Supplément Illustré* gezeigt, die in Juliets Zimmer lag? Vorsichtig versuchte sie, ihn wieder zum Thema zurückzulenken. »Wir sprachen aber über die Oper, nicht wahr?« Sie nahm einen Bissen von ihrem Huhn. »Du hast mir versprochen, einmal mit mir ins *Opernhaus* zu gehen, nicht nur in die Oper.«

Plötzlich schien Varnier nervös zu werden. »Wenn du achtzehn bist.«

»Aber das dauert noch fast ein Jahr!«, empörte sich Juliet.

»Protestiere dagegen, so viel du willst, das wird meine Meinung nicht ändern. Du bist noch zu jung.«

»Das sagst du ständig.« Wütend zog sie ihr Messer über den Teller, und es knirschte vernehmlich.

»Und deine kindische Reaktion bestätigt diese Einschätzung«, erwiderte er beinahe flüsternd. Juliet, die gerade ihr Hühnchen schneiden wollte, hielt in der Bewegung inne, da sie ihn sonst nicht gehört hätte. »Ich werde das nur ein einziges Mal sagen: Du dachtest, du wärst für so einiges bereits alt genug, als du nicht mehr warst als ein Kind. Unter meiner Obhut wirst du diesen Fehler nicht noch einmal machen. Hast du mich verstanden?«

Juliet kochte vor Wut.

»Ob du mich verstanden hast?«

»Oui.«

Im Juni des folgenden Jahres wurde Juliet achtzehn, und Varnier fuhr mit ihr nach Italien, anstatt die Pariser Oper zu besuchen. Den Großteil des Herbstes verbrachte sie damit, sich von diversen Fremdenführern durch die Kirchen von Rom, Florenz und Mailand scheuchen zu lassen. Am Ende dieser Bildungsreise konnte sie einen Tizian von einem Raffael unterscheiden, doch ihre Sehnsucht nach Marchant war nur weiter gewachsen, da sie seinen Stil auf den Bildern und an den Kirchendecken wiederzuerkennen glaubte. Sie sah Marchant in jeder Linie, jedem Blauton, jeder Stofffalte, jeder Farbmischung, die bei einer nackten Brust oder einem Schenkel zur Anwendung gekommen war. Sollte Varnier gehofft haben, derart mit Bildung vollgestopfte Tage würden sie Marchant vergessen lassen, hatte er sich geirrt. Doch fast schien eine Art Gespür ihm ihre Sehnsucht zu verraten, und als wollte er sie auslöschen, suchte er einen neuen Klavierlehrer und blieb bis nach den Weihnachtstagen mit ihr in Rom. Dieser Lehrer wollte von Juliet wissen, ob sie bereits seit ihrer Kindheit spiele. Als sie ihm sagte, dass sie erst seit zwei Jahren Unterricht hatte, war der Mann vollkommen verblüfft. »Da muss es mit dem Teufel zugehen«, rief er. »Sie sind zu gut, wie Paganini.«

»Paganini?«

Der kleine Italiener rutschte auf der Klavierbank so dicht an Juliet heran, dass sie seinen fauligen Atem riechen konnte. »Niccolò Paganini, der Virtuose. Man sagt, er habe eine Frau ermordet und halte ihre Seele in seiner Violine gefangen. Seine Gabe an den Teufel, im Tausch gegen sein Talent. Und ihre Schreie würden sich in der Schönheit seiner Klänge wiederfinden.«

»Das ist grässlich.«

Achselzuckend entgegnete er: »Vielleicht würden Sie das nicht sagen, wenn Sie ihn spielen hörten.«

Der italienische Klavierlehrer bekniete Varnier, Juliet nach Wien zu schicken, wo sie beim größten Pianisten Europas lernen könne. Hinterher würde sie womöglich Konzertreisen nach

London und New York unternehmen. »Sie könnte berühmt werden«, versicherte er. Als der Mann immer stärker auf eine Entscheidung drängte, packte Varnier ihre Koffer, und sie verließen Rom.

Sie kehrten im Februar nach Paris zurück, und Juliet hatte das Gefühl, dass mit ihr eine Veränderung vorgegangen war. Das einfache Mädchen vom Land war nun endgültig verschwunden. Nun kannte sie sich mit der Mode aus, mit Essen und Wein. Sie konnte auf Italienisch lesen – langsam, aber sie schaffte ganze Bücher. Wenn sie die Augen schloss, roch sie Olivenhaine, schmorenden Knoblauch, frischen Basilikum. Beim Blick in den Spiegel war das Mädchen von Marchants Bildern fast gänzlich verblasst, verdrängt durch eine Frau, die wusste, wie man sein Haar in elegante Wellen legte, kunstvoll aufsteckte oder mit juwelenbesetzten Kämmen und Tiaras schmückte. Nun umspielten die Strähnen ein Gesicht, aus dem der letzte Babyspeck verschwunden war. Wenn sie heute an Varniers Arm durch die Straßen spazierte, angetan mit einer schwarzen Samtjacke, frech schräg getragenem Hut und locker gebundenem Haar, wusste Juliet, dass die Menschen sich nach ihr umdrehten. Und ihr entging auch nicht, dass Varnier die Aufmerksamkeit genoss, die sie erregte.

Während der sechs Wochen vor dem Aschermittwoch fand im Pariser Opernhaus traditionellerweise der jährliche Maskenball statt. Varnier reservierte ihnen eine Loge für eine Aufführung von Saint-Saëns' *Samson et Dalila*.

Für den Opernbesuch wählte Juliet ein raffiniertes Kleid aus zartrosa Chiffon mit perlenbesetzten Ärmeln, geraffter Schleppe und cremefarbenem Perlenbesatz am Mieder, das sie in Mailand erstanden hatte. Die Farben des Kleides waren subtil, unterstrichen lediglich die Textur des Stoffes. Es war äußerst ausgefallen und reifer als alles, was sie in den Pariser Schaufenstern gesehen hatte. Dazu trug sie eine schwarze Maske und einen zartrosa Kopfschmuck mit cremefarbenen Federn, der in ihrem Haar festgesteckt wurde. Als sie die Treppe hinunterging, war Varnier gerade in einen Brief vertieft, der an diesem Tag gekommen war. Sie blieb am Fuß der Treppe stehen, bis er aufblickte. Entzückt stellte sie fest, dass ihr Anblick ihn für einen Moment aus dem Gleichgewicht zu bringen schien. Sie meinte sogar ein überraschtes Blinzeln zu sehen, bevor er fragte: »*Das* willst du anziehen?«

»*Oui.*« Sie war sich ihrer umwerfenden Wirkung so sicher, dass sie sich ein belustigtes Lächeln gestattete. »Gefällt es dir nicht?« Das war so eine Sache zwischen ihnen. Je mehr sie ihre Kleider an gewissen Stellen auszufüllen begann, desto unwohler schien sich Varnier damit zu fühlen. Der Ausschnitt dieses Kleides war für ein junges Mädchen sehr gewagt, für eine Frau jedoch nicht. Und mit achtzehn war Juliet nun voll erblüht. Ihr war nicht entgangen, wie Varnier sie manchmal ansah, wenn sie mit ihrem Lehrer am Klavier stand. Inzwischen vermied er sogar zu große Nähe beim Abendessen und rückte oft seinen Stuhl ein Stück von ihrem weg.

»Es ist reizend«, erwiderte er mit rauer Stimme, zog seine weiße Krawatte zurecht und griff nach seinem Hut. »Sollen wir?« Sie nahm seinen Arm, und gemeinsam stiegen sie die Eingangsstufen zum Boulevard Saint-Germain hinab, um sich eine Droschke zu suchen.

Als sie den Palais Garnier betraten, entdeckte sie ihn sofort, mitten in dem prunkvollen Foyer. Obwohl der Raum mit seinen prächtig geschnitzten Decken und den großartigen Kronleuchtern von einzigartiger Schönheit war, suchte Juliet nur die Gesichter in der Menge ab, und fast schien es, als würde ihr Blick ganz von allein zu den Marmorstufen der großen Treppe hingezogen, wo er mit dem Rücken zu ihr stand. Selbst nach zwei Jahren erkannte sie Auguste Marchant allein an seiner Haltung, der Farbe seiner Haare, seinem Lachen. Beinahe instinktiv legte Varniers Hand sich fester auf ihren Arm, und er bestand darauf, dass sie zur Garderobe gingen. Er warf keinen einzigen Blick in Marchants Richtung, schien sich der Anwesenheit des Mannes aber sehr wohl bewusst zu sein.

Nachdem sie ihren Mantel abgegeben hatte, schritt Juliet mit Varnier die Stufen hinauf; sie spürte deutlich, dass er versuchte, sie in eine andere Richtung zu steuern; schließlich nahm er sogar ihre Hand und schob sie hinter sich. Das Erste, was Juliet bemerkte, war das abrupte Gesprächsende. Marchant hörte mitten im Satz auf zu sprechen, als sie an ihm vorbeiging. Varnier zog sie mit einer Kraft die Treppe hinauf, die sie selten an ihm gesehen hatte, beinahe, als wären sie auf dem Tanzparkett. Als sie sich ein wenig nach rechts wandte, sah sie durch ihre Maske hindurch, dass Marchant tatsächlich verstummt war und in ihre Richtung starrte. Nach einem leisen Räuspern fragte einer seiner Gesprächspartner leicht irritiert: »Was sagten Sie gerade?« Aber Marchant antwortete nicht, woraufhin Juliet sich noch einmal zu ihm umdrehte und ihm – verborgen hinter der Maske – direkt ins Gesicht sah. Er war leichenblass geworden, was ihr unmissverständlich verriet, dass er sie erkannt hatte. Sie hatten das obere Stockwerk erreicht. Varnier führte sie zu ihrer Loge und schloss sie dort ein wie einen kostbaren Schatz.

Wenig später betrat Marchant seine Loge nur zwei Ränge weiter. Er sah Juliet unverwandt an, während er sich hastig neben eine junge Frau setzte. Der Anblick der in praktisches Schwarz gekleideten Blondine, die sich angeregt mit ihm unterhielt, versetzte Juliet einen Stich ins Herz. An der Art, wie sie ihre Hand auf Marchants Arm legte, konnte Juliet ablesen, dass sie wohl ziemlich vertraut miteinander waren. Wie konnte es auch anders sein? Sicher hatte er nicht lange gewartet, bis er sich eine neue Gefährtin gesucht hatte. Seine Frau war nun schon fast zwei Jahre tot. Man hatte sie zu lange von ihm ferngehalten. Juliet musterte Varniers Profil, das markante Kinn und die männliche Nase. In diesem Moment verabscheute sie ihn. Was auf der Bühne geschah, nahm sie kaum wahr, denn sie setzte sich so, dass sie einen möglichst guten Blick auf Marchant hatte.

In der Pause musste Varnier sich kurz entschuldigen und ließ Juliet allein im Foyer zurück. Sie wanderte zwischen den grünen Sofas umher und sah zu, wie maskierte Kurtisanen ihre Kunden mit ihrem Charme bezirzten. Juliet war bekannt, dass sie hier ihren Geschäften nachgingen. Ihr Stil und die Art, wie sie die Männer um den Finger wickelten, nötigten Juliet Bewunderung ab. Es war nicht nur eine Frage des Äußeren, wurde ihr nun bewusst. Diese Frauen waren auch hervorragende Gesprächspartnerinnen. Die Männer lachten oft, und sie schnappte Konversationsfetzen auf, die sich um Kunst und Musik drehten.

Von dem Selbstbewusstsein dieser Frauen beflügelt, blickte Juliet sich nach Marchant um; er stand an demselben Platz auf der Treppe, an dem sie ihn zuvor entdeckt hatte. Seine blonde Begleiterin war nirgendwo zu sehen, also rauschte sie hoch erhobenen Hauptes direkt an ihm vorbei. Hastig verabschiedete sich Marchant von der Gruppe, mit der er zusammenstand. Er holte sie ein, nahm ihren Arm und führte sie sorgsam die Treppe hinunter. Unten angekommen, wirbelte er sie zu sich herum.

»Du bist es wirklich, nicht wahr?«

»Oui.« Juliet hörte, wie ihre Absätze leise auf dem Marmorboden aufsetzten. Sie blickte starr nach vorn und genoss es, dass ihr Gesicht hinter der schwarzen Samtmaske verborgen war. Es

verlieh ihr ein Gefühl der Kontrolle, umgab sie mit einem Geheimnis.

Marchant führte sie unter den Kronleuchtern entlang um eine Ecke. Dort umfasste er ihre Schultern und sah sie lange an. Juliet fiel wieder ein, dass er ja diesen Künstlerblick hatte, mit dem er Jahr für Jahr die Veränderungen in ihren Zügen analysiert hatte. Nun streifte er ihr vorsichtig die Maske ab, und die Berührung seiner Finger katapultierte sie sofort zurück nach Challans, in sein Atelier, in sein Bett. »Wie anders du heute aussiehst.« Juliet schloss kurz die Augen. Als sie sie wieder aufschlug, bemerkte sie Verblüffung und Schmerz in seiner Miene. »Aber wie …?«

»Ich habe Challans verlassen. Jetzt lebe ich hier, bei meinem Onkel, am Boulevard Saint-Germain.«

»Du lebst im Quartier Latin?« Er wirkte überrascht.

»Ja. Schon seit über zwei Jahren. Seit jenem Sommer.« Marchants Blick war in weite Ferne gerichtet, doch sie hoffte, ihn wieder auf sich lenken zu können, und sah ihn eindringlich an. »Paris ist so ganz anders, als du es für mich gemalt hast.« Sie neigte den Kopf; eine Geste, die sie vor dem Spiegel geübt hatte, weshalb sie ihre Wirkung kannte. Wie konnte er das nicht wissen? »Hast du denn nie nach mir gesucht?«

Nun schloss er die Augen, schluckte und schüttelte den Kopf.

Diesen Gesichtsausdruck kannte sie. Genauso hatte er auch in seinem Haus in Challans ausgesehen, als ihre Mutter bei ihm gewesen war: schuldbewusst. Sie streckte noch einmal die Hand nach ihm aus, doch er wich vor ihr zurück.

»Nein.«

»Ich verstehe nicht.« Juliets Herz klopfte so wild, dass es gegen die Knochenstäbe ihres Korsetts zu hämmern schien. Einen Moment lang machte es den Anschein, als hätte er Angst vor ihr. In ihrer Vorstellung hatte sie dieses Gespräch unzählige Male mit ihm geführt, und nun verlief es doch überhaupt nicht so, wie sie es erwartet hatte.

»Es ist nicht deine Schuld.« Er lächelte traurig. »Du warst meine Muse, meine Inspiration. Du hattest eine solche Macht über mich, und ich dachte … ich war *aufrichtig davon überzeugt*, dass ich dich liebe. Doch für das, was zwischen uns geschehen ist, habe ich schwer gelitten.« Er senkte die Stimme zu einem Flüstern. »Ich war dumm, und meine Frau und mein Kind mussten sterben, als Strafe für meine Sündhaftigkeit. Gott hat sie mir genommen. Vor lauter Verzweiflung hätte ich beinahe mein Atelier niedergebrannt.«

»Das tut mir leid«, sagte Juliet leise. Wie merkwürdig – offenbar war ihm nie der Gedanke gekommen, dass sie ebenfalls gelitten hatte. Sie hatte sämtliche Straßen und Nachrichtenblätter nach ihm abgesucht; war es tatsächlich möglich, dass er niemals nach ihr Ausschau gehalten hatte?

Wieder schüttelte er den Kopf. Sein Haar schien Juliet plötzlich grauer und dünner zu sein, das Gesicht schlaffer und eingefallener als früher. Er sah aus wie ein Mann, der sich nie vollständig von einer zehrenden Krankheit erholt hatte. »Du warst noch ein Kind. Es war nicht dein Fehler. Die Schuld liegt allein bei mir.«

»Aber jetzt bin ich kein Kind mehr. Ich werde bald neunzehn.« Juliet zögerte kurz, bevor ihr die Frage über die Lippen kam, die sie ihm nun seit über zwei Jahren stellen wollte: »Hast du an mich gedacht, seit wir voneinander getrennt wurden?«

Marchant schien mit sich zu ringen. Sein Blick glitt haltlos über die Menschenmenge. »Ich habe versucht, dich zu vergessen. Aber es war nicht einfach.«

Juliet lächelte. Auf diese Antwort hatte sie gehofft. Nun sah sie wieder eine Zukunft vor sich. Er würde sie in sein Atelier holen, sie dort malen und anschließend lieben. Jetzt war sie immerhin interessanter als früher, war seiner würdig. Sie kannte sich in der französischen und italienischen Literatur aus, konnte mit ihm über die Werke Botticellis sprechen, die sie gesehen hatte, über die Sixtinische Kapelle, über Raffael, Tizian und Caravaggio. Für einen Moment war sie ganz in dieser Traumvorstellung versunken, bis sie bemerkte, wie sein Blick auf etwas hinter ihrem Rücken fiel. Seine gesamte Haltung veränderte sich mit einem Schlag. Als Juliet sich umdrehte, sah sie die blonde Frau lächelnd auf sie zukommen. Diese Frau war sich der Zuneigung des Malers so sicher, dass es sie nicht einmal störte, ihn im Gespräch mit einer anderen jungen Dame vorzufinden.

»Da bist du ja!«, rief sie.

Marchant senkte die Stimme. Nicht unfreundlich, aber mit einer gewissen Schärfe raunte er: »Du warst der größte Fehler, den ich je gemacht habe. Ich habe eine Zeichnung von dir aufgehoben, ich habe sie immer in meinem Atelier. Sie führt mir stets die Torheit des Menschen vor Augen – *meine* Torheit. Ich sage das nicht, um grausam zu dir zu sein, Juliet. Mir geht es um Ehrlichkeit. Wir dürfen uns niemals wiedersehen.«

»Das meinst du doch nicht ernst.« Panisch sah sie ihn an, suchte nach einem Hinweis auf den Mann, den sie einmal gekannt hatte. »Sicher nicht. Wir haben uns gerade erst wiedergefunden. Was ist nur mit dir geschehen?«

Marchant beugte sich vor und flüsterte ihr ins Ohr: »Du warst mein Untergang, Kind.« Er richtete sich wieder auf und ließ den Kopf hängen. »Ich hoffe sehr, dass ich dich niemals wiedersehe.« Damit schob er sich an ihr vorbei und stieß sie beinahe zur Seite, als er der strahlenden Blondine den Arm reichte. Dann waren die beiden fort.

Mit der Maske in der Hand stand Juliet wie erstarrt im Foyer des Opernhauses, während die anderen Besucher für den zweiten

Akt in ihre Logen zurückkehrten. Vom Drang nach frischer Luft gepeinigt, lief sie in dem Saal auf und ab, bis sie oben auf der Galerie Varnier entdeckte; er stand vor ihrer Loge. Nun trat er an das Geländer und schaute zu ihr herab, registrierte, wie sie sich krampfhaft den Bauch hielt. Sein Blick wanderte weiter und richtete sich auf Marchant, der mit der blonden Frau im Schlepptau die Treppe hinaufeilte. Juliets Miene reichte wohl aus, um ihm zu verraten, was vorgefallen war. Er drehte sich um, lief an Marchant vorbei und kam zu ihr.

Varnier erreichte sie gerade rechtzeitig, um sie zu stützen, als das große Zittern eintrat. »Sollen wir gehen?«

Juliet nickte. Er führte sie zur Wand, damit sie sich anlehnen konnte, und holte ihre Mäntel. Sie konnte nicht sprechen, stieg auf wackeligen Beinen die Stufen vor dem Palais Garnier hinunter. Kalte Nachtluft schlug ihnen entgegen.

Als sie in einer Droschke saßen, nahm Varnier ihre Hand. »Du kannst nicht mit ihm zusammen sein, Juliet. Es ist nicht möglich.«

»Warum, nicht?« Nun, wo sie nicht mehr den Blicken der Öffentlichkeit ausgesetzt war, flossen die Tränen. Die Straßen von Paris glitten an ihr vorbei, die Hufe der Pferde schlugen dumpf auf das Pflaster. Die vielen Menschen dort draußen hatten etwas Tröstliches, wie sie über die Straße huschten, einkauften, sich gegenseitig wärmten und lachten. Es gab sehr wohl Frohsinn in Paris. Er umgab sie überall.

Als Varnier nichts sagte, bohrte sie weiter: »Würdest du mir eine Frage beantworten?«

»Wenn ich kann.« Er starrte in die Pariser Nacht hinaus, melancholischer, als sie ihn je gesehen hatte.

»Das reicht mir nicht«, erwiderte sie scharf. »Ich brauche eine Antwort von dir.«

»Also schön.« Er nickte.

»Woher wusstest du das mit ihm? Niemand wusste davon. Und ich habe es dir nie erzählt.« Juliets Wangen brannten. Wieder sah sie Marchant in seinem Atelier in Challans vor sich. Ein Bild, das unmöglich mit dem Mann übereinzubringen war, der sie in der Oper gerade so eiskalt abgewiesen hatte. Den sanftmütigen Mann, der für sie Paris gemalt hatte, gab es nicht mehr.

Varnier schwieg eine ganze Weile. Ebenfalls schweigend wartete Juliet auf eine Antwort.

»Deine Mutter.«

»Meine Mutter? Du hast gesagt, du kanntest sie nicht.«

»Du hast mich gefragt, wie ich von der Sache mit Marchant wissen konnte. Durch deine Mutter.«

»Was war da zwischen dir und meiner Mutter?«

Varnier wich ihrem Blick aus. Er starrte weiter auf die Straße hinaus, und als er zum Sprechen ansetzte, war seine Stimme vollkommen ausdruckslos: »Sie hat mir eine Nachricht bezüglich Marchant und dir geschickt.«

»Lügner. Warst du ihr Liebhaber?«

»Da liegst du falsch.« Er schüttelte den Kopf. »Ich war nie ihr Liebhaber.«

»Was warst du dann? Denn ihr Bruder warst du ganz sicher nicht, du bist *nicht* mein Onkel.«

»Ich bin sozusagen ein Angestellter deiner Mutter, das habe ich dir doch gesagt«, erwiderte Varnier leise. Er sackte ein wenig in sich zusammen, konnte Juliet noch immer nicht ansehen, starrte weiter vor sich hin.

Ihr war nie aufgefallen, dass sein Gesicht im Profil weicher wirkte. Er war so anders als Marchant. Warum verglich sie überhaupt jeden Mann immer mit Marchant? »Auch das ist eine Lüge.

Meine Mutter konnte sich keine Angestellten leisten. Außerdem ist sie tot, da sollte doch jede Verbindung zwischen euch beendet sein.«

»Ich muss dich beschützen. Mehr brauchst du nicht zu wissen.« Nun wandte er sich ihr zu, umfasste ihr Gesicht mit beiden Händen und zog sie so dicht zu sich heran, dass sie seinen Atem auf ihren Wangen spürte. Er roch leicht nach Tabak. »Du musst mir glauben: Dieser Mann wird dir nur immer wieder das Herz brechen. Er kann dich nicht lieben.«

»Ich weiß.« Frische Tränen liefen über Juliets Wangen. »Das hat er sehr deutlich gemacht.«

Varnier hielt ihr Gesicht noch immer umfasst. Er sah sie an. Die Gastlaternen auf dem Boulevard enthüllten die Sorge in seinem Blick. »Es tut mir leid, dass er dich enttäuscht hat. Ich würde alles dafür geben, dich nicht so sehen zu müssen. Dass ich dich die ganze Zeit von ihm ferngehalten habe, diente nur deinem eigenen Wohl.«

»Du hast gewusst, dass er so reagieren würde, nicht wahr?«

Varnier nickte. »Ich habe es befürchtet.« Er beugte sich vor und küsste sie auf die Stirn, ließ seine Lippen für einen Moment auf ihrer Haut ruhen.

Nach dem Ball war die Welt für Juliet zweigeteilt – es gab ein Davor und ein Danach. Davor hatte ihr Leben ein klares Ziel gehabt: mit Marchant wiedervereint zu werden. Völlig verblendet hatte sie geglaubt, er liebe sie und würde nach ihr suchen. Nun hatte sich dieser Wunschtraum zerschlagen, und ihre Tage waren leer.

Sie klimperte auf dem Klavier herum und las, was ihre Lehrer ihr vorgaben, doch das alles war nicht von Dauer: Beende die Sonatine, fang ein neues Buch an, harre aus bis zum Ende einer weiteren Mahlzeit. *Ausharren* traf es sehr gut. Juliet harrte immer nur aus. Jeden Morgen erwachte sie mit einem Gefühl der inneren Leere, als wäre ein Teil von ihr herausgerissen worden. In diesen Momenten hatte sie sogar Mühe, sich daran zu erinnern, was sie verloren hatte, so umfassend war der Schmerz. Und dann fiel es ihr wieder ein – Marchant, sein verächtlicher Blick –, und sie brachte es kaum über sich, sich anzukleiden. Auch ihr Aussehen litt darunter. Sie verlor so sehr an Gewicht, dass ihre Kleider wie Säcke an ihrem Körper hingen, ihr Haar wurde stumpf und glanzlos. Schließlich war Varnier so besorgt, dass er eine zweite Italienreise vorschlug, aber Juliet flehte ihn an, sie nicht dorthin zu bringen. All die Gemälde dort … das wäre zu viel. Selbst der Anblick der Bilder in ihrem Haus war ihr nun zuwider, sodass Varnier sie abhängen ließ.

Obwohl es sie nie gestört hatte, dass Varnier an den Abenden immer ausging, begann Juliet sich zu fragen, wohin es ihn eigentlich zog. Von ihrem Balkon aus sah sie ihm hinterher, wenn er die Straße hinunterschlenderte und vorne an der Ecke in den Omnibus stieg. So erfuhr sie bald, dass es jeden Abend der gleiche Bus war, der ihn nach Montmartre brachte. Von den belebten Plätzen und dekadenten Nachtclubs in diesem Viertel hatte sie bereits gehört.

Eines Morgens beim Frühstück schnitt Juliet dieses Thema an: »Ich habe gehört, dass Montmartre sehr schön sein soll. Ich bin noch nie dort gewesen.« Sie musterte ihn aufmerksam, während sie auf eine Antwort wartete.

»Das ist kein Ort für dich«, meinte er, ohne von seiner Zeitung aufzublicken.

»Ich bin keine Porzellanpuppe.«

»Nein, aber du bist eine Dame. Es ist ein verrufener Ort.«

»Und trotzdem gehst du dorthin?«

Varnier ignorierte sie.

Als sie bei ihrem Samstagsspaziergang in Edmond Baillys Buchladen haltmachten, waren Varniers Freunde – der Komponist und der Maler – in ein angeregtes Gespräch vertieft. Aus dem, was sie hörte, konnte Juliet schließen, dass der Kleinere der beiden als Künstler in Montmartre arbeitete. Schon wieder Montmartre? Eben der Ort, von dem Varnier sie fernhalten wollte. Sie strich über die in Leder gebundenen Buchrücken – Bände über die Kunst des Tarot und des Mesmerismus – und lauschte der Diskussion der Männer; offenbar ging es dabei um einen bekannten Okkultisten namens Philippe Angier, der zu einem Duell gefordert worden war. Juliet kannte den Namen, da in *Le Figaro* in den vergangenen Wochen einige Artikel über diesen Mann erschienen waren.

Angeblich hatte Philippe Angier, nachdem er bei einer Soiree um eine Privatvorstellung gebeten worden war, äußerst widerwillig einen Blick in die Zukunft der Anwesenden geworfen – alles angesehene Pariser –, der sich allerdings als wenig erfreulich erwies. Seinen Tischgenossen stand ein hartes Schicksal bevor – einer der Gäste würde angeblich verhaftet werden, ein anderer vergiftet, und die übrigen zwei würden sich das Leben nehmen. Zwar sorgten die Prophezeiungen zunächst nur dafür, dass die Abendgesellschaft hastig aufgehoben wurde, jedoch gab es später Berichte, die andeuteten, jede dieser Vorhersagen habe sich tatsächlich bewahrheitet – alle bis auf eine. Nun war Philippe Angier, den man bislang nur für einen erfolgreichen Bühnenmagier gehalten hatte, von dem letzten noch lebenden Gast dieser Abendgesellschaft zum Duell gefordert worden. Gérard Caron behauptete, Angier sei kein Illusionist, sondern ein Satanist, was eine schwerwiegende Anschuldigung darstellte. Bislang war Caron dem ihm prophezeiten Schicksal entronnen – er war einer derjenigen, die sich angeblich umbringen würden –, aber da der Schriftsteller als äußerst schlechter Schütze galt, konnte der Ausgang dieses Duells durchaus dazu führen, dass eine weitere Prophezeiung Angiers sich als richtig erwies.

Juliet wandte sich der Musikabteilung zu und suchte nach weiteren Erik-Satie-Kompositionen, von denen sie regelrecht besessen war. Doch zu ihrer großen Enttäuschung gab es nichts Neues. Die Stimmen der Männer wurden immer lauter. War das etwa alles, was in Montmartre vorging? Klatsch und Tratsch?

Der klein gewachsene Maler war sichtlich erregt. »Ich habe gehört, dass Angier seine eigenen Kinder verspeist haben soll.«

»Non, non«, raunte der Komponist und brachte so wieder etwas Ruhe in das Gespräch, während er sich über den Bart strich. »Das sind alles nur Gerüchte. Wahr ist, dass er sie im Beisein ihrer Mütter getötet hat, aber gegessen hat er sie nicht. Angeblich gelangt er so an seine Kräfte.« Diese Feststellung begleitete der Komponist mit einem Achselzucken, als wäre das die normalste Sache der Welt. Plötzlich musste Juliet an die Geschichte von Paganini und der Seele der toten Geliebten in seiner Geige denken. Alles nur Geschwätz.

»C'est barbare.« Der Maler schüttelte den Kopf.

»Schon gut, schon gut«, beschwichtigte ihn Varnier, der ebenfalls an der Diskussion beteiligt war, »doch es ist eine Dame anwesend.« Er spähte zu Juliet hinüber. Mit einem unwilligen Stirnrunzeln signalisierte sie ihm, dass sie gehen wollte.

»Verzeihen Sie uns, Mademoiselle«, sprach der Komponist sie an. »Suchen Sie vielleicht nach einem meiner Werke?«

Juliet hielt eines seiner neueren Stücke hoch. »Das Letzte hat mir gut gefallen.«

»Sie spielt es besser als du«, behauptete Varnier.

»Und sieht dabei viel besser aus«, ergänzte der Maler.

»Vielleicht sollten wir hier auch gleich nach Angiers verschwundenem Grimoire suchen, wenn wir schon dabei sind«, scherzte der Komponist.

Varnier winkte ab, als die beiden Männer sich in die nächste hitzige Debatte über Angier stürzten.

»Jetzt sehe ich, was mir in Montmartre entgeht.«

»Dir entgeht rein gar nichts«, erwiderte Varnier. »Die beiden tratschen einfach gern.«

Doch Juliet war sehr wohl der Meinung, dass ihr etwas entging, und so schmiedete sie in den kommenden Wochen einen Plan. Da sie nach der Begegnung mit Marchant so stark abgenommen hatte, war die Verkleidung einfach. Die Bestandteile ihrer Kostümierung erwarb sie Stück für Stück und hoffte inständig, dass Marie die Pakete mit Kappe, Hose und Weste nicht bemerken würde, die sie unter ihrem Kleiderschrank versteckte. Als sie alles beisammen hatte, schlüpfte Juliet eines Abends in die Sachen, verbarg ihr Haar unter der Kappe und wartete darauf, dass Varnier das Haus verließ. Sobald er um die Ecke bog, rannte sie die Treppe hinunter und aus der Tür. Der Omnibus nach Montmartre kam pünktlich. Mit tief ins Gesicht gezogener Mütze behielt sie Varnier im Auge und bemerkte dabei zum ersten Mal, wie erschöpft und niedergeschlagen er aussah, wenn er das Haus verließ. Schuldbewusst machte sie sich klar, dass es wohl an ihr liegen musste. Während ihrer Italienreise war er so lebendig gewesen, strahlend hatte er sie durch Florenz geführt. Aber nun schien er ebenso bedrückt zu sein, wie sie es in den letzten Monaten gewesen war; fast so, als wären ihre Gefühle miteinander verbunden. Wenn sie litt, litt auch er.

Der Omnibus hielt, und Varnier ging den steilen Hügel zur Basilika Sacré-Cœur hinauf. Inzwischen war die Nacht weit fortgeschritten, und Juliet hatte Mühe, ihm zu folgen, während er von einer Straße in die nächste lief und sich mit schnellen Schritten durch die Menge schob. Jenseits von Sacré-Coeur mündete die Straße in einen Platz, auf dem lauter Bilder aufgebaut waren. Tausende Bilder und die Maler, die sie verkauften. Beim Anblick der Gemälde wurde Juliet schlecht. Sie war froh, dass Varnier ohne stehen zu bleiben weiterging, vorbei an der Moulin de la Galette in die Rue Norvins, wo er schließlich anhielt, um sich eine Zigarette anzuzünden.

Schon bald war er nicht mehr allein. Aus der Ferne beobachtete Juliet, wie eine Frau mit rot geschminkten Wangen und Lippen zu ihm trat. Die Farbe in ihrem Gesicht war so dick aufgetragen wie die Flecken auf dem Kittel eines Malers nach einem produktiven Tag. Varnier und die Frau unterhielten sich kurz, dann bogen sie um eine Ecke und gingen weiter die Rue Norvins hinunter. Schnell huschte Juliet hinter ihnen her und sah gerade noch, wie sie in eine schmale Gasse traten, die in einen Hinterhof führte. Die Frau lachte laut und öffnete eine Tür, die Varnier ihr galant aufhielt, während er schweigend hinter ihr wartete. Für Juliet klang es so, als wäre die Frau betrunken, und als sie die Hintertür erreichte, stellte sie fest, dass die Frau sie offen gelassen hatte. Vermutlich diente das ihrer Sicherheit. Juliet war klar, welche Art von Geschäft hier abgeschlossen wurde und welche Gefahren diese nächtliche Tätigkeit für die Frau mit sich brachte. Sie fragte sich, ob ihr wohl ein ähnliches Schicksal gedroht hätte, wenn sie gezwungen gewesen wäre, Michel Busson zu heiraten. Nun hörte sie Varniers Stimme, und hinter einem der Fenster sah sie die Umrisse der beiden – die Frau hatte in einem kahlen Raum mit einem schmalen Bett und einem kleinen Schrank ein paar billige Kerzen entzündet. Vermutlich hätte Juliet an dieser Stelle gehen sollen, doch sie stand wie erstarrt in der kleinen Gasse und sah zu, wie die Frau von Varnier ein paar Münzen entgegennahm und sie in einer Schublade verschwinden ließ. Dann schob sie ihn auf das Bett, hob ihren Rock und kletterte geschickt auf ihn, während sie gleichzeitig nach seinem Hosenbund tastete. Juliet wandte sich nicht von dem Anblick ab, auch nicht von den eindeutigen Geräuschen, die gleich darauf durch das Fenster drangen. In all den Jahren war Varnier so unglaublich reserviert gewesen – es war nahezu eine Freude für sie, ihn einmal in einen so animalischen Zustand versetzt zu sehen. Als der Geräuschpegel stieg, schloss sie die Augen und erinnerte sich daran, welche Laute sie beim Liebesakt mit Marchant ausgestoßen hatte, die sie allerdings oft hatte unterdrücken müssen, damit seine Dienstboten es nicht hörten. Und dann war da noch das schweineartige Grunzen von Busson und seinem Freund gewesen, draußen am Brunnen. Sie öffnete die Augen wieder und blickte in das schäbige Zimmer, wo Varnier die Prostituierte gerade noch einmal fest an sich zog, bevor er auf dem schmutzigen Bett zusammensackte, das in der nächsten Stunde sicher bereits von einem anderen Mann benutzt werden würde. Juliet blieb noch einen Moment stehen. Soeben hatte sich ihr Bild von Varnier verschoben. Dann war er also doch ein richtiger Mann?

Sie trat auf die Rue Norvins hinaus und lief den Hügel hinunter, bis sie die Windmühle über dem Moulin Rouge erkennen konnte. Aus einem offenen Fenster über ihr drang misstönendes Klavierspiel in die Nacht hinaus. Sie wusste, wie die Melodie weiterging, denn sie selbst hatte sie oft genug gespielt; es war Saties *Gnossienne No. 1*. Nun blieb sie unter dem Fenster stehen und schloss die Augen, nahm die Musik in sich auf, bis das Stück vorbei war und sie glaubte, das Schaben der Klavierbank zu hören, die von dem Instrument weggeschoben wurde.

Juliet wanderte an den Varietétheatern des Boulevard de Clichy vorbei. Als sie das Moulin Rouge passierte, war sie überrascht über den stechenden Uringestank. In der Nähe des Eingangs entdeckte sie eine Frau in einem roten Spitzenkleid. Etwas am Schnitt dieses Kleides kam Juliet bekannt vor. Sie kramte in ihrer Erinnerung, wo sie so etwas schon einmal gesehen hatte. Als es ihr wieder einfiel, wich sie unwillkürlich einen Schritt zurück. Sie hatte es nicht in Rot gesehen, sondern in Gelb – an der Frau im Bahnhof von Challans. Es war genau das gleiche Kleid, nur in einer anderen Farbe; wie ein Kostüm, das es in verschiedenen Ausführungen gab. War irgendwo auf den Straßen von Paris auch ein blaues unterwegs? Oder ein grünes? Wie bei der Frau in Gelb war das Kleid hier abgetragen und ausgeblichen und wirkte wie ein altes Theaterkostüm; wie etwas, das von Weitem wesentlich besser aussah als bei näherer Betrachtung. Die Frau hingegen war umwerfend, ihre roten Haare bildeten einen auffälligen Kontrast zu dem dunklen Rot ihres Kleides. Juliet vermutete, dass es sich um eine Prostituierte handelte, die das Kleid aus zweiter Hand erstanden hatte; allerdings war sie weniger stark geschminkt als die Frau, die sie mit Varnier gesehen hatte.

Als Juliet an ihr vorbeilief, starrte die Frau sie an, beinahe so, als würde sie sie kennen – was ja aufgrund ihrer Verkleidung vollkommen unmöglich war. Es war derselbe hungrige Blick wie bei der Frau auf dem Bahnsteig, und Juliet lief ein kalter Schauer über den Rücken. Sie wurde von dem instinktiven Drang gepackt, wegzulaufen. Aus dem Augenwinkel sah sie, wie die Frau mit schnellen Schritten in ihre Richtung kam. Juliet hastete weiter, schob sich durch die dichte Menge und drehte sich immer wieder um. Doch es gelang ihr nicht, die Frau abzuschütteln, sie blieb ihr auf den Fersen. Statt auf die Omnibushaltestelle zuzulaufen, rannte Juliet den Hügel wieder hinauf zur Rue Norvin, in der Hoffnung, dort in einer der kleinen Nebenstraßen untertauchen zu können. Auf dem leeren Platz wandte sie sich erneut um; nun war die Frau auf Armeslänge herangekommen.

»Was wollen Sie?« Juliet wirbelte herum und stellte sich der Frau. Mit beiden Händen stieß sie sie zurück.

»Du«, keuchte die Frau. »Du bist es wirklich. Ich kann es nicht glauben.«

»Ich weiß nicht, wovon Sie sprechen.«

Juliet starrte der Frau ins Gesicht und sah ihn deshalb nicht kommen. Die Frau wurde mit so viel Wucht zurückgeschleudert, dass ihr Rock über die Straße schleifte, als würde sie von einem unsichtbaren Pferdegespann mitgerissen.

Sie stand auf und kam erneut auf Juliet zu. Wieder war es so, als würde sie von unsichtbaren Händen brutal zurückgezerrt, weg von Juliet. Diesmal ließ die enorme Kraft ihren Rock flattern, bevor sie mit einem dramatischen Knall zu Boden geschleudert wurde.

Juliets Herz raste. Die Frau lag reglos auf dem Boden, ihr Kopf war merkwürdig angewinkelt.

»Lass sie.« Diese Stimme kannte sie. Als sie sich umdrehte, war Varnier gerade dabei, sich gelassen eine Zigarette anzuzünden.

Vollkommen sprachlos starrte sie ihn an. »Was hast du getan?«

»Unwichtig.«

»Aber du hast sie nicht einmal berührt …«

»Wir müssen gehen.« Er warf ihr einen stechenden Blick zu. »Ich denke nicht, dass wir uns Gedanken um das machen sollten, was *ich* heute Nacht getan habe.« Er wartete, bis sie zu ihm aufgeschlossen hatte, dann gingen sie gemeinsam den Hügel hinunter und bestiegen den letzten Omnibus zum Quartier Latin.

Als sie am Boulevard Saint-Germain ausstiegen, nahm Juliet den Faden wieder auf. »Sie kannte mich.«

»Ganz sicher nicht.«

»Sie hat gesagt: ›Du bist es.‹«

»Diese Frau war geisteskrank, Juliet. Verrückte gibt es überall in Paris. Wahrscheinlich litt sie an Syphilis.«

Sie hatten ihr Haus erreicht. Varnier öffnete die Tür, doch Juliet rührte sich nicht vom Fleck. »Du hast sie getötet, Lucian.«

Er wartete ab, bis sie endlich hineinging, dann antwortete er: »Ich habe dich beschützt, Juliet. Wie du weißt, habe ich dir versprochen, dich immer zu beschützen.«

Am nächsten Morgen schenkte Juliet ihrem Frühstücksgedeck enorm viel Aufmerksamkeit, da sie es nicht über sich brachte, Varnier ins Gesicht zu sehen. Sie war von einer merkwürdigen Mischung aus Abscheu und etwas anderem erfüllt, das sie nicht benennen konnte. Sie musterte seine Hände, dachte daran, wie er damit die Prostituierte angefasst hatte, aber auch, dass eben diese Hände die Frau in dem roten Kleid quer über die Rue Norvins geschleudert zu haben schienen. Wieder sah sie den eigenartig verdrehten Kopf vor sich, das gebrochene Genick. In der letzten Nacht hatte sie viele neue Seiten an Varnier entdeckt, und sie war sicher, dass sie nichts davon hätte sehen sollen. Es hatte ihre Gefühle ihm gegenüber jedenfalls merklich verändert.

Als er seine Kaffeetasse zum Mund hob, fielen ihr die blonden Härchen an seinem Unterarm auf, die aus dem Ärmel hervorlugten; intime Details aus seinem privatesten Raum. Plötzlich machte sie sich über so etwas Gedanken. Er war eine Vaterfigur für sie, ein Beschützer. Aber er war kein Verwandter. Und seit der vergangenen Nacht war sie sich der Tatsache, dass er ein Mann war, sehr deutlich bewusst.

Varnier sprach nicht mit ihr, sondern widmete sich der Morgenzeitung, die sie bereits gelesen und links von seinem Gedeck für ihn bereitgelegt hatte. *Le Figaro* titelte mit Neuigkeiten zu Philippe Angier: Seine Pistole hatte gestreikt, und so war er bei seinem absurden Duell mit dem Schriftsteller Gérard Caron im

Bois de Boulogne tödlich getroffen worden. Angier hatte keinen leichten Tod gehabt – zwei Tage lang hatte der Okkultist halb komatös vor sich hingedämmert, bevor er spät in der Nacht seinen Verletzungen erlegen war. Angeblich hatte er den jungen Schriftsteller auf seinem Totenbett verflucht, der sich, geplagt von Schuldgefühlen, weil er geschossen hatte, obwohl sein Gegner keine funktionstüchtige Waffe hatte, das Leben nahm. Er erschoss sich mit Angiers Duellpistole, die in diesem Fall ganz ausgezeichnet funktionierte. So hatte sich Angiers Prophezeiung doch noch erfüllt. Varnier war so in den Artikel versunken, dass er nicht zu bemerken schien, wie Juliet nervös auf ihrem Stuhl herumrutschte.

»Du gibst keinen sehr überzeugenden Jungen ab, Juliet.« Er faltete die Zeitung zusammen und nahm seine Lesebrille ab, die er in letzter Zeit immer häufiger zu brauchen schien. »Ich habe Marie angewiesen, das Kostüm zu suchen und zu verbrennen.«

Beinahe hätte sich Juliet an ihrem Kaffee verschluckt. Nachdem sie sich geräuspert hatte, sah sie ihn zum ersten Mal an diesem Morgen direkt an. »Dann kaufe ich mir eben ein Neues.«

Er lehnte sich in seinem Stuhl zurück. »Du hast deinen nächtlichen Ausflug wohl sehr genossen.«

»Du ja anscheinend auch. Zumindest den ersten Teil.« Juliet griff zum Messer und bestrich ihr Brot mit Marmelade – hauptsächlich, damit ihre Hände nicht zitterten. »Es klang zumindest so …« Nun traute sie sich sogar, ihm in die Augen zu sehen.

»Deshalb wollte ich nicht, dass du nach Montmartre fährst«, erklärte er ihr ohne ersichtliche Scham. »Du solltest so etwas weder sehen noch hören. Es ist nicht sicher für dich dort. Und ich werde plötzlich Zeuge, wie eine Irre von der Straße sich einen Jungen schnappt – dachte ich zumindest –, um dann herauszufinden, dass du das bist.«

»Was hast du mit ihr gemacht?«

»Ich habe dich beschützt, Juliet. Das tue ich nun einmal. Du weißt das.«

»Warum? Du musstest sie dafür nicht einmal anrühren. Du hast auch solche Kräfte, wie meine Mutter sie hatte. Das ist die Verbindung zwischen euch beiden.«

»Du bist jetzt in Sicherheit«, beharrte er. »Und du wirst dich nicht wieder in einem lächerlichen Kostüm nach Montmartre schleichen, dort in den Gassen herumlungern, Unsinn anstellen und Dinge sehen, die für ein junges Mädchen unangemessen sind.«

Juliet senkte die Stimme zu einem Flüstern. »Du weißt das mit Marchant. Was zwischen uns gewesen ist. Du weißt, dass ich kein Kind mehr bin, Lucian. Ich bin eine junge Frau. Du kannst mich nicht hier einsperren wie eine Prinzessin in einem Märchen.«

»Oh, wie sehr du dich darin doch täuschst, Juliet.« Er blieb ganz ruhig, doch in seiner Stimme schwang eine unterschwellige Schärfe mit, die sie noch nie bei ihm gehört hatte. Varnier griff nach ihrer Hand und tätschelte sie. Seine Finger waren trocken und warm. »Denn genau das beabsichtige ich zu tun.«

»Und was ist mit dem, was ich will?«

»Ich bin dir gegenüber verpflichtet. Und dieser Pflicht werde ich gerecht werden.«

»Und wenn ich gar nicht mehr will, dass du diese Pflicht erfüllst? Was ist mit meinen Wünschen?«

»Möchtest du vielleicht auf der Straße landen?«, fragte er und legte den Kopf schief. »Ja? Das ließe sich arrangieren. Wie lange würde es wohl dauern, bis du *richtig* in Montmartre landest? Es ist eine Sache, als Zuschauer dort zu sein und jederzeit wieder gehen zu können, aber wenn dir keine andere Wahl bleibt? Oh, du würdest nicht gleich auf der Straße arbeiten. Nicht sofort.

Du kannst lesen, und du siehst gut aus, also würdest du wohl in einem Restaurant arbeiten oder in einer Wäscherei oder Blumen ausliefern, aber davon allein könntest du die Rechnungen nicht bezahlen. Also müsstest du dich mit einem Mann einlassen, der dir das Geld gibt, das du für deinen monatlichen Unterhalt brauchst. Nur ein einziges Mal, würdest du dir sagen. Bis zum nächsten Mal. Und dem Mal darauf. Ist es das, was du willst?«

»Immerhin wäre mir *deine* Aufmerksamkeit dann gewiss.« Sie wusste nicht, woher diese Worte kamen, aber sie wusste, dass sie tatsächlich so empfand. Früher einmal hatte sie befürchtet, er könnte derartige Erwartungen an sie stellen, und heute wurde ihr gewahr, dass sie immer öfter versuchte, mit ihm in einem Raum zu sein, nur um zu sehen, ob er sie bemerkte. In Wahrheit störte es sie, dass Varnier kein einziges Mal auch nur etwas Ähnliches wie Verlangen ihr gegenüber gezeigt hatte.

»Du willst meine Aufmerksamkeit?« Er lachte. »Ich überschütte dich mit Aufmerksamkeit: dieses Haus, dieser Lebensstil, die Oper, Italien, der Klavierunterricht, die Tutoren …«

Juliet wusste nicht, was sich in ihrem Gesicht abzeichnete, sie merkte nur, wie sie rot wurde. Als sie ihm in die Augen sah, spürte sie, wie sich von einer Sekunde auf die andere etwas zwischen ihnen veränderte. »Das habe ich nicht gemeint.«

Varnier hob die Hände ans Gesicht, während sie sich schweigend anstarrten. Juliet spürte, wie sie krampfhaft die Zähne zusammenbiss, um nicht zu weinen. Stattdessen konzentrierte sie sich darauf, wie sich ihr Brustkorb hob und senkte und ihre Atmung sich beschleunigte. Varnier starrte lange Zeit auf seine Hände, dann auf den Boden. Sie glaubte zu sehen, wie er blass wurde.

»Ach, Juliet«, flüsterte er, stand auf und verließ den Raum. Im Vorbeigehen strich er kaum merklich über ihren Nacken.

14

Helen Lambert

Washington D. C., 5. Juni 2012

Das Karussell im Glen Echo Park machte mich wahnsinnig. Während all meiner Jahre in Washington war ich nie im Glen Echo Park gewesen und wusste nicht einmal, wo ich ihn auf einer Karte suchen sollte. Natürlich war die Art-déco-Architektur wunderschön, der Kunstsalon, der Spanische Ballsaal, aber dieses Streben danach, den Glanz der Jahrhundertwende wieder heraufzubeschwören, wirkte nach einer Nacht, in der ich die *echte* Belle Époque in Paris miterlebt hatte, eher verstörend auf mich. Ich hatte im Kennedy Center das Bewusstsein verloren, und mein Reem-Acra-Kleid war nach einem weiteren Anfall von Nasenbluten ruiniert. Der arme Luke hatte mich einigermaßen gesäubert, nachdem ich wieder zu mir gekommen war. Nach diesem letzten Traum war ich heute von den Farben von Paris umgeben, von den Blumenständen bis hin zu Blattgoldarchitektur. In meinen Träumen hatte sich in Montmartre genau so ein Karussell gedreht, und die übertriebene Orgelmusik dazu hatte heute einen höllischen Beiklang für mich.

Juliets Geschichte hatte mich mitgenommen. Marchants Zurückweisung auf dem Maskenball hatte in mir eine ähnlich schmerzende Wunde hinterlassen wie 1898 bei Juliet. Und so saß ich immer noch leicht benommen auf einer Bank im Glen Echo Park, Mickey an meiner Seite, beide mit unserem Morgenkaffee in der Hand. Juliets intime Erinnerungen an Marchant – die feine Linie aus Haaren, die sich vom Nabel bis zum Hosenbund zog; der Schwung seines Rückens; die farbbefleckten Finger – vermischten sich mit meinen vertrauten Bildern von Roger, all den Kleinigkeiten unserer Ehe, die mir jetzt fehlten: von dem Tick, wie er während wichtiger Telefonate auf seinem Stift herumkaute, bis hin zu der Art, wie er sich nach dem Sex an mich schmiegte. Auguste Marchant. Vielleicht war das Karussell auch genau das richtige Symbol für meine Situation, denn ich sah zu, wie der aufgemalte Tiger immer und immer wieder vorbeiglitt, sich drehte und drehte wie Vergangenheit und Gegenwart in meinem Kopf. Meine Nase hatte heute Morgen wieder geblutet, aber davon hatte ich Luke nichts gesagt. Außerdem hatte ich mörderische Kopfschmerzen, gegen die selbst die doppelte Tablettendosis machtlos war.

Wieder wanderten meine Gedanken zu Roger. Mit seinen großen grünen Augen und dem Grübchen auf der linken Wange hatte er eine gespenstische Ähnlichkeit mit Marchant, und das nicht nur äußerlich, sondern in seiner ganzen Art. Dass mein Ex-Mann zehn Jahre seines Lebens damit verbracht hatte, Auguste Marchants Werk in die Hanover-Sammlung zu integrieren, ließ mich nicht los. Seine unermüdliche Begeisterung für diese Bilder verstärkte nur meinen Verdacht, dass ich hier nicht die Einzige war, die ein altes Leben aufs Neue durchlief. Nein, ich vermutete stark, dass Marchant und Roger ebenfalls ein und dieselbe Person waren. Der reinste Irrsinn.

Wir saßen vor dem alten Autoscooter-Pavillon, um uns mit Madame Rinckys Cousin Malique zu treffen.

Ich weiß nicht mehr, was ich erwartet hatte, aber irgendwann kam ein alter, dürrer Mann mit Drahtbrille auf uns zu und stellte sich mit schleppendem jamaikanischem Akzent als Malique vor. Dann winkte er uns, ihm zu den Picknicktischen zu folgen, die unglücklicherweise direkt vor dem Karussell standen.

Kerzengerade nahm Malique an einem der Tische Platz – was bei diesen unbequemen Bänken keine leichte Angelegenheit war. Von dem Stand neben uns wehte der Duft von gegrilltem Hähnchen herüber, was ich an einem Sommertag wie diesem normalerweise als angenehm empfunden hätte. Malique, der aussah wie ein Mathelehrer im Ruhestand, kam direkt zur Sache.

»Raquel sagte mir, Sie hätten ein Teufelsmal.«

»Ich würde es nicht direkt als Teufelsmal bezeichnen …« Schützend ballte ich die Hände zu Fäusten. Mickey bedachte mich mit einem skeptischen Seitenblick, schob sich ein Stück Zuckerwatte in den Mund und schaute dann gespannt zwischen Malique und mir hin und her. Für ihn war das hier ganz großes Kino.

»Sie hat aber eindeutig von einem Mal gesprochen«, erwiderte Malique sachlich, wie ein Klempner, der gerade entdeckt hatte, dass meine Toilette verstopft war.

Und das verdammte Karussell drehte und drehte sich, untermalt von misstönender Orgelmusik. Und Auguste Marchant drehte sich, erst beim Liebesspiel, dann im Palais Garnier, als er mich verließ; Roger, wie er bei Pho 79 mit mir Schluss machte; Lucian Varniers Finger in meinem Nacken, als er 1898 hinausging und mich allein am Frühstückstisch zurückließ. All diese Bilder wirbelten in meinem Kopf herum wie auf einer Dia-Scheibe auf Ecstasy. Meine Nase fing wieder an zu bluten, und Mickey sprang hektisch auf und holte Papierservietten. Da mir in diesem Punkt inzwischen jedes Schamgefühl abging, zwirbelte ich einfach eine zusammen und schob sie mir ins blutende Nasenloch, bevor ich mich wieder Malique zuwandte. Mir doch egal, wie das aussah.

Malique nahm meine Hand und drehte die Innenseite nach oben. Offenbar hielt Mickey das für sein Stichwort, denn er zeigte sofort auf die vielen Linien; äußerst hilfreich. Seine Finger waren von der Zuckerwatte ganz klebrig. Ich schluckte nervös.

»Möchtest du eine Cola light?«, fragte Mickey und schob sich bereits von der Bank.

»Gerne.« Wenn ich ihn so loswerden konnte, immer. Brav wanderte er den Hügel hinunter.

Ich wandte mich an Malique: »Sie müssen mir helfen.«

Ohne den Blick von meiner Handfläche zu heben, stellte er fest: »Sie sehen nicht gut aus, wenn ich das so sagen darf.«

»Sie dürfen.«

Nachdem er die Linien in meiner Hand eine Weile studiert hatte, legte er beide Hände um meine und schloss die Lider. Ein Schauder schien ihn zu durchrieseln. Dann ließ er meine Hand los, umfasste mein Gesicht und blickte mir tief in die Augen – ohne eigentlich etwas zu sehen, denn seine Pupillen waren verschwunden, ich hatte nur seine weißen Augäpfel vor mir. Panisch versuchte ich, mich loszureißen, aber er hielt mich mit einer Kraft fest, die mich wünschen ließ, Mickey möge zurückkommen. Das Karussell vollendete noch eine ganze Drehung, bevor er mich schließlich freigab.

Der alte Mann wirkte erschöpft, und sein Atem ging schwer, trotzdem sagte er schnell: »Wie ich es vermutet habe. Es handelt sich um einen Fesselzauber. Aber nicht um einen der üblichen Sorte. Er wurde schlecht aufgebaut ... überstürzt ... im Zorn.

Keine Hexe sollte von Wut getrieben einen Fesselzauber wirken.« Er spitzte die Lippen und schüttelte angewidert den Kopf. »Er trägt Finsternis in sich, er verschlingt Dinge. Flüche sollten mit Sorgfalt und Präzision durchgeführt werden. Einen Fluch zu wirken, ist eine Kunst. Aber das hier …«

»Wenn Sie meinen.« Achselzuckend dachte ich an das aufwendige Ritual zurück, das Juliets Mutter vollzogen hatte. »Und er verschlingt Dinge, sagen Sie?«

»Er verschlingt *Menschen*«, präzisierte er. »In diesen Fluch sind mehrere Menschen eingebunden; sehr schlampige Arbeit.« Wieder schüttelte er den Kopf. »Und er wiederholt sich, wie eine Art Endlosschleife.« Er ließ den Finger in der Luft kreisen. »Das ist der Fehler. Ein Fluch ähnelt einem Computerprogramm. Und wenn ich mir … nennen wir es der Einfachheit halber den *Code* von diesem Ding anschaue, sehe ich nichts als Chaos. Er hinterlässt Spuren.« Malique zeigte auf meine blutende Nase. »Sie sind in Gefahr. Doch da ist noch ein Dritter. Diese Person bezeichne ich gerne als den Verwalter des Fluches.«

»Normalerweise sind also keine drei Menschen in einen Fluch eingebunden?«

»Nein. Normalerweise ist es nur einer: der Verfluchte.«

»Das wäre dann wohl ich.« Ganz offensichtlich.

»Nein.« Er schüttelte den Kopf. »Bei diesem Zauber sind nicht Sie die Verfluchte.«

»Hä?« Beinahe hätte ich laut gelacht. »Gefangen im Fluch eines anderen. Ich bin ein echter Glückspilz.«

Achselzuckend stellte Malique fest: »Die Einzelheiten kenne ich nicht, ich sehe nur die generelle Struktur. Der Fluch war darauf angelegt, sein Opfer für alle Ewigkeit zu quälen, daher die Endlosschleife.« Er unterbrach sich kurz. Das Karussell verlangsamte seine Fahrt, um neue Gäste aufzunehmen. »Eigentlich müsste ich Ihnen etwas sagen, bin mir aber nicht sicher, ob ich es tun soll«, fuhr er zögernd fort. »In diesem Punkt sind Raquel und ich oft nicht einer Meinung.«

»Schießen Sie los.« Ich stopfte mir eine frische Serviette in die Nase.

»Sind Sie sicher?« Der alte Mann blickte auf die Tischplatte hinunter und ließ eine kleine Spinne über seinen Arm krabbeln.

Mit starrem Blick auf das Tier nickte ich.

»Sie werden binnen eines Monats sterben.«

»Wieso?« Sobald die Frage meine Lippen verlassen hatte, dämmerte es mir: Hatte ich gerade wirklich *wieso* gesagt? Nicht etwa: *Was soll der Scheiß?* Warum blieb ich so ruhig, wenn dieser Mann – dieses Medium – mir erklärte, ich würde den Juli nicht mehr erleben? Was war nur mit mir los?

»Es ist Teil der Struktur, die ich sehen konnte. Wer auch immer diesen Fluch erschaffen hat, zitierte einen Beschützer aus der Finsternis für Sie herbei. Aber das hat …« Er unterbrach sich. »Nun ja, werden solche Elemente beigefügt, fordert das gewisse Zugeständnisse. Vermutlich war die Hexe in Sorge um ein Kind oder einen Jugendlichen und hat deswegen den Verwalter mit eingefügt, zu seinem Schutz. So ein Verwalter ist allerdings ein merkwürdiger Zusatz. Das Problem an der Sache ist folgendes: Der Schutzbedürftige in diesem Fluch – vermutlich Sie – kann nicht älter werden als die Hexe, die den Fluch gewirkt hat. Das ist der Preis, den der Zusatz des Verwalters fordert. Sozusagen eine Art Servicepauschale.«

»Hat meine Mutter das gewusst?«

Wieder zuckte Malique mit den Schultern. »Es würde mich nicht überraschen, wenn man sie über das Kleingedruckte im Unklaren gelassen hat. Immerhin reden wir hier von Dämonen.«

Ein Stöhnen drang aus meiner Kehle.

»Dieser Schutz hat von der Hexe ebenfalls einen hohen Preis gefordert.«

»Was meinen Sie damit?«

»Ich meine damit, dass der Zauber sie umgebracht hat. Eine wirklich fiese Nummer.«

»Klar, natürlich.« Ich musste lachen. Malique verstand offenbar keinen Sarkasmus. »Natürlich wird ausgerechnet bei meinem Fluch eine Servicepauschale verlangt. Ganz schlecht.«

»Ich habe schon schlimmere gesehen.« Malique seufzte schwer. »Allerdings nicht viele. Wer auch immer den Zauber gewirkt hat, hat sich dabei an einen richtig üblen Dämon gewandt – ich werde nicht einmal seinen Namen aussprechen, sonst gelingt es ihm vielleicht noch, mich aufzuspüren. Es ist einer von den ganz alten. Eigentlich zu mächtig für diesen Zauber. Die Hexe hätte keinen von den Uralten nehmen müssen.«

Ich hatte jene Nacht in Challans noch vor Augen, hatte den Namen des Dämons in dem Buch gesehen. Und aus meinen Träumen wusste ich auch, wie alt Juliets Mutter ungefähr geworden war. Damals war das Leben hart gewesen, und sie hatte wesentlich älter ausgesehen als ich heute, trotzdem schätzte ich, dass sie wohl Anfang dreißig gewesen war, als sie den Fluch wirkte. Anscheinend vierunddreißig, denn so alt würde ich bald werden. Und dann würde ich sterben. »Kann ich es aufhalten?«

»Ja«, nickte Malique. »Als das zu schützende Objekt haben Sie einige Macht. Ihr Blut ist mächtig.« Er zögerte. »Allerdings ist dies kein moderner Fluch, was uns vor einige knifflige Probleme stellt.«

»Und die wären?«

»Üblicherweise kann so etwas mit Blut und einem Umkehrzauber aufgehoben werden, aber in diesem Fall wird *Ihr* Blut nicht helfen. Sie gehören rein physisch nicht der Blutlinie des ursprünglichen Objektes an, Sie sind ein Duplikat in einem anderen Körper. Sie springen von einem Körper zum nächsten, da der Verfluchte für alle Ewigkeit bestraft werden soll. Ihr Pech ist, dass Sie in diesen Fluch hineingeraten sind und nun mit dem Verfluchten durch die Ewigkeit reisen, aber durch Ihre Adern fließt heute anderes Blut als durch die des Originals. Weil Sie heute in einem anderen Körper leben. Verstanden?«

»Dann muss ich die Blutlinie des ursprünglichen Objekts aufspüren?« Also Juliets. Mir rutschte ein »Scheiße« raus.

»Jawohl. Ich kann Ihnen einen Umkehrzauber schreiben, den Sie sprechen müssen, sobald Sie das Blut haben. Das ist ziemlich einfach und unverschnörkelt und durchbricht den endlosen Kreis. Weshalb das auch der simple Teil ist.«

»Und der schwierige Teil?«

»Der kommt später«, sagte er. »Ein Schritt nach dem anderen. Besorgen Sie etwas Blut – einmal an Papier schneiden reicht schon. Eine Sache wäre da aber noch, und das ist sehr wichtig: Der Daseinszweck des Verwalters liegt in dem Fluch.«

»Verstehe ich nicht.«

»Der Verwalter ist ein Soldat dieses speziellen Dämons. Eine Art niederer Dämon. Oft handelt es sich dabei um verdammte Seelen, die dadurch Buße tun. Deshalb hat der Fluch, an dem sie mitwirken, auch etwas mit ihrer Bestrafung zu tun. In Ihrem Fall ist Ihr Fluch also der Daseinszweck des Verwalters. Meiner Erfahrung nach sind diese Soldaten äußerst geschickt darin, ihre Befehle umzusetzen. Oft haben sie gar keine andere Wahl und werden für jegliches Versagen schwer bestraft. Verstehen Sie jetzt?«

Ich starrte auf Maliques Drahtbrille, während er über Luke sprach, meinen Fluchverwalter. »Dann sollte ich ihm also besser nicht sagen, dass ich nach dem Blut suche?«

»Ich würde es zumindest nicht tun.«

15

Juliet LaCompte

Paris, Frankreich, 1898

Nach jenem heiklen Morgen fand Varnier ständig Gründe, um die Wohnung am Boulevard Saint-Germain zu meiden, während Juliet sich weiter an seine Fersen heftete. Zwei Tage nach ihrem Zusammenstoß beim Frühstück folgte sie ihm zwei Straßen weit Richtung Panthéon, bis er wartend an einer Ecke stehen blieb. Juliet rechnete damit, gleich wieder eine Prostituierte zu sehen, doch Varnier blickte nur immer wieder auf seine Taschenuhr, bis er schließlich einen Beerdigungszug kommen sah. Zwei schwarze Rösser mit Federkopfschmuck zogen einen gläsernen Leichenwagen mit zwei Kränzen an jeder Scheibe. Varnier schloss sich dem Zug an, als gehöre er zu den Trauernden. Erst jetzt fiel Juliet auf, dass er einen schwarzen Anzug trug, und sie fragte sich, ob er den Toten vielleicht gekannt hatte. Trotzdem war es merkwürdig, dass er nichts davon erwähnt hatte. Die Leute auf der Straße drehten sich nach dem Leichenwagen um, der auf den belebten Straßen von Paris immer ein außergewöhnlicher Anblick war, allerdings wurde diesem Trauerzug außergewöhnlich viel

Aufmerksamkeit geschenkt. Die Menschen liefen sogar zusammen, um ihn vorbeiziehen zu sehen. Als zwei Frauen tuschelnd auf den Wagen deuteten, blieb Juliet stehen und zeigte ebenfalls auf das prachtvolle Gefährt. »Ist das jemand Berühmtes?«

»Kann mal wohl sagen«, raunte eine der Frauen. »Das ist dieser Teufel Philippe Angier.« Sie winkte Juliet näher zu sich heran. »Dieser Magier, der bei dem Duell im Bois de Boulogne getötet wurde.«

»Der seine eigenen Kinder getötet hat«, ergänzte die andere. »Ich habe ihn einmal auf der Bühne erlebt, mein Mann hat mich mitgenommen. Er hat mit den Toten gesprochen … konnte in die Zukunft sehen … so etwas eben.« Die Frau seufzte. »Er war groß, ein gut aussehender Mann mit dunklen Locken. Ganz anders als mein Pierre.«

»Bis der Teufel ihn sich geholt hat.« Ihre Freundin stach mit dem Finger auf sie ein.

»Ach, du klingst schon wie diese Spinner.«

Die Erste beugte sich zu Juliet herüber und fuhr im Flüsterton fort – als könnte der Tote sie beim Tratschen erwischen: »Hören Sie nicht auf sie. Diese wundervollen dunklen Locken … die sind leuchtend rot geworden, wie das Höllenfeuer, ganz sicher.«

»Sie hat recht«, pflichtete die andere ihr widerwillig bei. »Er hat einen Pakt mit dem Teufel geschlossen. Danach wurden seine Haare so rot wie der Mantel des Papstes.«

»Und jetzt seht ihn euch an.« Beide Frauen schüttelten den Kopf.

Weiter unten am Boulevard Saint-Michel, bereits hinter dem Jardin du Luxembourg, holte Juliet Varnier schließlich wieder ein. Er schien tief in Gedanken versunken, den Blick starr auf den Leichenwagen gerichtet. Dann verklang das Hufgeklapper, und die Pferde hielten kurz inne, bevor sie durch ein schwarzes

Tor in den Friedhof von Montparnasse einbogen. Inzwischen war Juliet weit von zu Hause entfernt, sie waren beinahe eine Stunde gelaufen. Nachdem der Leichenwagen abgebogen war, folgte sie Varnier auch auf den Friedhof, was durch den großen Wagen nicht weiter schwierig war. Nur eine einzige schwarze Kutsche folgte dem Zug, in der mehrere Frauen mit dichten, schwarzen Schleiern saßen.

Juliet taten die Füße weh. Sie hatte nicht damit gerechnet, in der warmen Mittagssonne so weit laufen zu müssen. Da sie nicht wieder erwischt werden wollte, gab sie schließlich auf und kehrte nach Hause zurück.

Am nächsten Tag verkündete Varnier aus heiterem Himmel, er habe dringende Geschäfte in Rom zu erledigen, und reiste ab. Anfangs meinte er, die Reise werde ein paar Wochen dauern, dann schickte er eine Nachricht, dass die Angelegenheit ihn mehrere Monate festhalten würden.

Während seiner Abwesenheit erkundigte er sich in seinen Briefen an Juliet nach ihrem Klavierspiel und ließ sich berichten, welche Bücher sie las. Sie antwortete sorgfältig und schilderte ihm alles, was sich am Boulevard zutrug. Als der Sommer in den Herbst überging, schrieb Juliet ihm auch öfter, dass sie ihn vermisste. Da sie nicht ohne Begleitung ausgehen konnte, wurde sie auf ihren Spaziergängen oder bei ihren Theaterbesuchen nun von Paul eskortiert. Er war überaus geduldig und freundlich, trotzdem fehlte ihr Varnier, der jeden Raum mit Leben erfüllte. Paul stimmte Juliet in allem lächelnd zu, ob es nun um Zola, die Farbe der Blumen oder die Temperatur der Suppe ging. Varnier hingegen forderte sie stets heraus. Er brachte sie zum Nachdenken und zwang sie, ihre Meinungen zu verteidigen. Inzwischen vertraute sie ihm in einem Maße wie früher höchstens ihren Eltern.

Nach Marchants Verrat waren ihre Gefühle für Varnier komplizierter geworden, drängender. Sie wusste, dass die meisten jungen Frauen mit neunzehn auf der Suche nach einer guten Partie waren. Varnier hatte diesbezüglich keine Pläne für sie – das hatte er deutlich gesagt. Sie würde auch weiterhin bei ihm leben, um ihrer Sicherheit willen. Wollte Varnier sie vielleicht für sich selbst? Früher einmal hatte diese Vorstellung ihr Angst gemacht, doch nun übte der Gedanke, seine Frau zu werden, einen großen Reiz auf sie aus. Und so schrieb sie ihm, wie sehr sie sich nach ihren Gesprächen sehnte. Ja, sie sehnte sich nach Varnier.

Ende November schrieb er, er werde bald zurückkehren. Juliet war ganz aufgeregt. Sie ließ Marie und die Hausmädchen die gesamte Wohnung putzen, kaufte einen Weihnachtsbaum und ließ ihn schmücken. Alles in allem gab sie sich schon wie die Dame des Hauses. Nun hatte sie wieder ein Ziel, aber diesmal hatte es nichts mit Auguste Marchant zu tun.

Am Tag von Varniers Ankunft wurde ein besonderes Abendessen vorbereitet, all seine Leibspeisen: Hase, Forelle und frisches Baguette. Juliet sah vom Fenster aus zu, wie er aus der Droschke stieg, doch dann blieb er stehen, drehte sich um und half einer zweiten Person aus der Kutsche. Er war nicht allein. Eine anmutige Frau mit kohlschwarzem Haar stieg aus und sah sich neugierig in der Straße um. Juliet stöhnte. Was würde es diesmal werden? Sticken? Latein? Ballett? Sie wartete oben an der Treppe, während die Frau und Varnier sich unten im Foyer von Paul die Mäntel abnehmen ließen und den Verbleib des Gepäcks besprachen. Als Varnier einmal kurz zu ihr hochschaute, entdeckte sie etwas vollkommen Neues in seinem Blick – Schuldgefühle. Da spürte sie, dass an dieser Szene dort unten etwas ganz und gar falsch war. Schließlich trat er an den Fuß der Treppe. »Ah, Juliet, bitte komm doch herunter. Ich möchte dir Lisette vorstellen.«

Die Frau trat zu ihm. Sie war hübsch, wenn auch nicht wirklich schön. In ihren braunen Augen erkannte Juliet Wärme, und wenn sie lächelte, blitzte eine kleine Lücke zwischen ihren Zähnen auf. Doch dieser Makel nahm ihr nichts von ihrer Attraktivität, im Gegenteil, er verlieh ihr Charakter. Alles in allem hatte die Frau etwas Bemerkenswertes an sich.

»Lisette, das ist meine *Nichte* Juliet.« Varnier warf ihr einen wachsamen Blick zu, als Juliet die Treppe hinunterkam.

»Es freut mich so, dich kennenzulernen, Juliet.« Die Frau sprach mit italienischem Akzent, aber die Begrüßung wirkte aufrichtig. »Luc hat mir schon so viel von dir erzählt.« Mit einem kurzen Blick zu Varnier schien Lisette bestätigen zu wollen, dass sie tatsächlich schon über seine Nichte gesprochen hatten. Der aber war ganz auf Juliet konzentriert. Sie hatte zum Abendessen ein rosafarbenes Kleid mit goldenem Muster angezogen, und auf Maries Empfehlung hin fielen ihr die rotbraunen Locken offen über den Rücken.

Bei dem Kosenamen »Luc« war Juliets Blick von Lisette zu Varnier gehuscht, und nun wusste sie bereits, was kommen würde, noch bevor er auch nur ein Wort herausbrachte.

»Juliet«, setzte er mit rauer Stimme an, »das ist *meine Frau* Lisette.«

Vielleicht hatte die Enttäuschung über Marchant sie für einen solchen Moment gestählt, jedenfalls würde der unverhüllte Schrecken, den sie Auguste Marchant gegenüber gezeigt hatte, sich in diesem Moment bei Varnier nicht wiederholen. Juliet klammerte sich mit zitternden Händen am Treppengeländer fest, doch sie hielt sich aufrecht. »Selbstverständlich bin ich entzückt, doch du hast gar nicht erwähnt, dass du dich vermählt hast, Onkel. Bedenkt man, dass wir regelmäßig korrespondiert haben, war das doch ein recht merkwürdiges Versäumnis, findest du nicht?«

Varnier war offenbar erstaunt darüber, wie ruhig sie blieb. »Es sollte eine Überraschung werden.«

Juliet warf ihm einen kalten Blick zu, dann lächelte sie. »Die ist dir auf jeden Fall gelungen.« Sie wandte sich an Lisette: »Willkommen in deinem neuen Heim, Tante Lisette. Bitte lass mich wissen, wenn ich dir behilflich sein kann. Ich freue mich schon darauf, dich besser kennenzulernen.« Juliet neigte den Kopf. »Aber nun müsst ihr mich entschuldigen, ich habe noch ein paar Briefe zu schreiben. Auf euch wartet ein wundervolles Abendessen – *Onkel Lucs* Lieblingsspeisen.«

»Vielen Dank, Juliet«, antwortete Lisette. »Ich bin schon gespannt darauf, welche Vorlieben er hat.« Sie hängte sich bei Varnier ein.

Hoch erhobenen Hauptes ging Juliet wieder nach oben. Sie schloss ihre Zimmertür hinter sich, setzte sich in den Sessel am Fenster und sah zu, wie unten auf dem Boulevard Saint-Germain die Kutschen vorbeifuhren. Erst als sie saß, wurde ihr gewahr, wie schlimm sie wirklich zitterte. In gewisser Weise wog Varniers Verrat noch schwerer als Marchants, da er wusste, wie sehr sie bereits gelitten hatte. Und er hatte gewusst, was sie für ihn empfand. Dennoch hatte er beschlossen, ihr einen weiteren Schlag zu versetzen.

Es klopfte. Juliet rechnete damit, Marie zu sehen, doch es war Varnier, der ins Zimmer trat. Er war noch nie hier drin gewesen, das an sich war also schon ungewöhnlich. Juliet war froh, dass sie sich zusammengenommen hatte und er sie nicht weinend an ihrer Frisierkommode vorfand.

»Ich wollte nachsehen, ob es dir gutgeht.« Sein Blick war erstaunlich sanft, beinahe ängstlich.

»Warum sollte es mir nicht gutgehen?« Ohne sich aus dem Sessel zu erheben, wandte sie sich ab.

»Ich hätte es dir sagen sollen.« Er trat nun vollständig ein, und sie hörte, wie er die Tür hinter sich schloss.

»Ja.« Juliet stand auf. »Dass du die Absicht hattest, dich zu verheiraten, gehört wohl zu den kleinen Details, die du in einem der vielen Briefe hättest erwähnen sollen.« Als sie auf ihn zuschritt, wich er zurück, kam aber wegen der geschlossenen Tür nicht weit. Sie legte die Hände an sein Revers, als wollte sie es richten, und sah ihm dabei forschend in die Augen. Er fürchtete sich vor ihr. Das sah sie nun ganz deutlich. »Ich habe dir vertraut, aber du hast mich hintergangen.« Ein freudloses Lächeln huschte über ihr Gesicht. »Von heute an sind wir fertig miteinander. Wie auch immer dieses Arrangement genau aussieht, wir werden es weiter aufrechterhalten müssen. Schon um das Andenken meiner Mutter zu ehren.« Noch immer ruhten ihre Hände an seiner Brust, und sie glaubte zu spüren, wie er sich leicht vorbeugte, als wollte er sie küssen. Sie hatte leise gesprochen, beinahe geflüstert. Nun schob sie sich dichter an ihn heran und ließ ihn glauben, dass auch sie ihn küssen würde. Er hielt sie nicht auf. »Ich habe dir meine Liebe geschenkt, meine Hingabe, und du *wusstest* das. Tief in deinem Inneren hast du es gewusst. Nun hast du beides verloren. Du hast mich verloren.« Sie sah ihm in die Augen, damit er merkte, wie ernst es ihr war. »Hast du mich verstanden?«

»Es tut mir leid, Juliet.« Varnier schien mit den Tränen zu kämpfen. »Ich habe einen Fehler gemacht. Du verstehst das vielleicht nicht, aber ich kann dich nicht lieben. Es ist das …«

»Ja«, schnitt sie ihm ruhig das Wort ab. »Du hast wirklich einen Fehler gemacht. Bitte geh jetzt.« Sie löste sich von ihm und trat ans Fenster. »Würdest du Marie bitte sagen, dass ich ein Abendkleid benötige? Paul und ich werden nun doch noch ins Konzert gehen.«

»Juliet.« Varnier packte den Türknauf, machte aber keinerlei

Anstalten, ihn zu drehen. Es dauerte eine ganze Weile, bis er die nächsten Worte über die Lippen brachte, und als es so weit war, schien ihn sämtliche Kraft zu verlassen. »Ich habe mich in dich verliebt.«

Sie drehte ihm den Rücken zu. »Das tut mir leid für dich, Lucian.« Unverhüllte Grausamkeit schwang in ihrer Stimme mit. »Deine *Frau* wartet doch bestimmt schon auf dich.«

Während der kommenden Monate sorgte Juliet dafür, dass sie ständig beschäftigt war. Lisette gegenüber war sie freundlich – die Frau hatte schließlich nicht gewusst, in was sie da hineingeraten war, weshalb Juliet sie schwerlich dafür bestrafen konnte. Doch für sie war eine Woche nur dann als gut zu verbuchen, wenn sie Varnier nicht öfter als einmal zu Gesicht bekam. Paul und Marie schienen sich darüber zu wundern, wie kühl sich Juliet gegenüber ihrem »Onkel« verhielt, doch sie gingen kommentarlos ihren Pflichten nach. Bald glaubte Juliet zu spüren, wie sich ihre Loyalität mehr Lisette zuwandte, die ja nun die Dame des Hauses war. Kleine Herabwürdigungen wie diese verstärkten nur das Gefühl, verraten worden zu sein. Hin und wieder kam Juliet der Gedanke, dass sie von Varnier verlangen sollte, ihr einen Ehemann zu suchen – egal wen –, damit sie diesem Haus entfliehen konnte.

Eine Rückkehr nach Challans wäre ebenfalls eine Möglichkeit, allerdings hatte sie inzwischen seit Jahren nichts mehr von ihrem Vater oder ihren Geschwistern gehört. Und die Furcht davor, Michel Busson zu treffen, hielt sie letztlich noch immer davon ab, eine Heimkehr ernsthaft in Erwägung zu ziehen. Blieb also nur noch die Arbeit in einer Wäscherei oder einem Restaurant hier in Paris, doch bei diesem Weg hatte Varnier ihr glasklar einen Abstieg in die Prostitution prophezeit, und Juliet wusste, dass er damit vermutlich recht behalten würde. Jeden Tag, wenn sie zum Le Bon Marché oder auf den Markt ging, sah Juliet Frauen, die still ihrem Tagwerk nachgingen, ihre Rechnungen aber nur bezahlen konnten, weil sie durch andere »Dienstleistungen« etwas dazuverdienten. Ihre Kenntnisse in Literatur und Musik würden ihr, mit einem Empfehlungsschreiben von Varnier, vielleicht eine Stelle als Gouvernante verschaffen, aber die Vorstellung, ihn um etwas zu bitten, stieß ihr sauer auf. Und so verbrachte sie den Frühling hauptsächlich schmollend in ihrem Zimmer. Es wurde sehr still im Haus, obwohl es nun einen Bewohner mehr hatte als früher.

Im Juni stieß Juliet im Speisezimmer auf die neueste Ausgabe des *Le Figaro*. Als sie darin blätterte, entdeckte sie auf der dritten Seite einen Artikel, in dem die Vermählung von Auguste Marchant mit einer seiner Schülerinnen bekanntgegeben wurde, Elle Triste. Sie las den Text zweimal. Darin war auch von den »düsteren Zeiten« die Rede, die Marchant nach dem Tod von Frau und Kind durchlebt hatte, dass er nun in Elle aber eine neue Liebe gefunden habe.

An diesem Morgen war Juliet hektische Betriebsamkeit entgegengeschlagen, als sie die Treppe herunterkam. Lisette nahm umfangreiche Veränderungen an der Wohnung vor und hatte angeordnet, dass sämtliche Stoffe durch den weicheren italienischen Damast ersetzt werden sollten. So wurden Sessel hinausgeschleppt, die neu bezogen werden sollten, und im Salon wurden neue Vorhänge angebracht.

Juliet ging zum Klavier und wischte den Staub weg, der sich auf den schwarzen Tasten angesammelt hatte. Sie legte die Finger auf die Tasten, wusste aber nicht, was sie spielen sollte. Dieses Instrument war das Einzige, was ihr jemals Trost gespendet hatte. Schließlich ließ sie ihre Finger einen Satie spielen. Als sie geendet hatte, hörte sie leisen Applaus. Zwei Maler waren eingetroffen und sahen sie nun bewundernd an. Mit brennenden Wangen sprang sie auf und lief aus dem Haus.

Sie ging den ganzen Weg bis nach Montmartre, die Zeitung fest in der Hand. Schließlich setzte sie sich in die Bar Norvin und bestellte ein Glas Absinth. Natürlich hatte sie von den Gefahren der »Grünen Fee« gehört, doch bei ihr sorgte das Getränk nur dafür, dass ihr Körper sich bleischwer anfühlte. Traurig, da sie sowieso schon niedergedrückt war. Juliet lehnte den Kopf an die mit Holz verkleidete Wand und schloss die Augen. Sie wurde dadurch wach, dass eine raue Hand sie schüttelte. Ein Mann beugte sich über sie.

»Du bist 'ne echte Schönheit.« Der Kerl war betrunken. Er sah aus wie ein Bauarbeiter, und Juliet vermutete, dass er zu den Männern gehörte, die zurzeit die Basilika Sacré-Coeur errichteten. Als sie sich in der Bar umsah, entdeckte sie noch mehr Männer in einem ähnlichen Zustand. Wahrscheinlich war heute Zahltag. Er bestätigte ihre Vermutung, indem er fragte: »Wie viel?«

Eine Dame hätte sich über so eine Frage entrüstet zeigen müssen, aber Juliet fühlte sich nicht länger als Dame – und ganz sicher nicht als Dame des Hauses am Boulevard Saint-Germain. Das war alles nur eine Illusion gewesen, oder nicht? Nun war sie nur noch ein Gast in Varniers Haus, nicht einmal eine Verwandte. Und ihr anderes Schicksal war eben das hier: Säufern zu Willen zu sein, die gerade Geld in der Tasche hatten. Welches Schicksal war ihr denn zugedacht gewesen, bevor Varnier eingegriffen hatte? Sie hätte Michel Busson geheiratet und wäre unter ihm grauenvollen Dingen ausgesetzt worden. Varnier hatte ihr ein paar gute Jahre erkauft. Dafür war sie ihm dankbar. Mehr war er ihr nicht schuldig. »Noch so eins.« Juliet zeigte auf ihr Glas. »Und fünfundzwanzig.«

Der Mann stierte sie an. Er war ekelerregend, aber Juliet wollte den Ekel spüren. Ekel war wenigstens etwas. Jetzt fühlte sie gar nichts. »Fünfundzwanzig? Die musst du dir aber echt verdienen.«

»Werde ich.« Wieder zeigte sie auf ihr Glas, in dem noch ein letzter Rest Absinth schimmerte, zumindest bis sie den Kopf in den Nacken warf und es vollständig leerte.

Der Mann stellte ihr ein neues Glas hin, und Juliet schüttete den Absinth in sich hinein. Das würde helfen. Als sie durch die Tür ging, spürte sie ein Gefühl der Befreiung; sie ließ sie alle hinter sich – Marchant, Busson und Varnier. Wenigstens das hier war allein ihre Entscheidung. Sie führte den Mann um eine Ecke und in eine Gasse, die von der Straße aus nicht einsehbar war. Dann streckte sie fordernd die Hand aus. »Fünfundzwanzig.«

Als er grinste, sah sie, dass ihm zwei Schneidezähne fehlten. Zum Glück überspülte die Wirkung des Absinths sie in warmen Wellen, und der Anisgeschmack haftete noch an ihrer Zunge. Der Mann griff in die Tasche, holte eine Münze hervor und drückte sie ihr in die Hand. Sie musterte das Geldstück – eigentlich hauptsächlich, weil sie dachte, dass in dieser Situation so etwas von ihr erwartet wurde. Das Gewicht kam ihr richtig vor. Sie öffnete seine Hose und hob ihren Rock. Das war ein schönes Kleid, sicherlich das feinste in der Bar, zumindest zu dieser Stunde, und es nun an dieser schmutzigen, nach Urin stinkenden Hauswand zu ruinieren, schien ihr ein passender Racheakt an Varnier zu sein. Eigentlich hatte sie damit gerechnet, von Abscheu gepackt zu werden, als der Mann in sie eindrang, aber Juliet fühlte überhaupt nichts. Der Kerl ließ sich Zeit, war dabei aber nicht grausam; zumindest das empfand sie als Erleichterung. Die raue Ziegelmauer schabte über ihren Rücken, während er immer weiter zustieß. Auch das würde sie ertragen. Genau genommen ertrug sie diese ganze Demütigung erstaunlich duldsam. Als der Mann seine Hose hochzog und in die Bar zurückkehrte, bestätigte sie genau diese Erkenntnis in dem, was sie als Nächstes tun würde.

Die klebrigen Körperflüssigkeiten des Mannes rannen über die Innenseiten ihrer Schenkel, als sie benommen durch Paris lief. Schließlich fand sie sich auf der Pont Neuf wieder. Es war Donnerstagabend, und auf der Brücke war nicht viel los, als Juliet auf die steinerne Balustrade kletterte und in das schwarze Wasser hinabblickte. Über diese Brücke kam sie zum Boulevard Saint-Germain zurück, nach Hause zu Lucian. Das konnte sie nicht ertragen. Mit ihrem schweren Kleid gäbe es kein Zurück, wenn sie einmal sprang, das wusste sie. Juliet glaubte, in der Ferne ein Feuerwerk zu hören, und beschloss, das als Zeichen zu sehen.

»Komm da runter, Kleine«, rief ein Mann hinter ihr. »Ich helfe dir runter.«

»Non«, wies Juliet ihn ab. Was dann passierte, war merkwürdig. Vielleicht lag es am Absinth, aber plötzlich kribbelte ihre Zunge, sodass Juliet sie an ihren Zähnen rieb. Und dann kamen sehr klare, präzise formulierte Worte aus ihrem Mund: »Sie werden sich nun umdrehen und gehen. Sie werden vergessen, dass Sie mich hier gesehen haben.«

Der Mann lachte über diese vollkommen absurde Anweisung des Mädchens auf der kalten Steinbalustrade der Pont Neuf, doch das Lachen verstummte abrupt. Da wusste Juliet, dass er ihren Befehl befolgt hatte. Sie war sich dessen so absolut sicher, dass sie sich nicht einmal die Mühe machte, sich umzudrehen, sondern nur weiter in das schmutzige, stinkende Wasser hinunterstarrte.

Vielleicht war das die Wirkung der Grünen Fee, aber Juliet

hätte jeden Eid geschworen, dass sich ihr aus der Seine eine Hand entgegenstreckte, um sie in die Dunkelheit hinabzuziehen. Und sie war erleichtert. Sie würde nicht allein sein. Dieser Gedanke tröstete sie, als sie sich vorbeugte und die Hand ergriff.

16

Helen Lambert

Washington D. C., 10. Juni 2012

Klatschnass kam ich wieder zu Bewusstsein. Meine Lunge brannte, als würde ich ertrinken. Juliet war in die Seine gesprungen. Gab es nicht sogar statistische Erhebungen darüber, wie viele Menschen sich von der Pont Neuf stürzten? Ich nahm sofort mein Handy und rief meinen »Fluchverwalter« an. Irgendwie passte dieser dämonische Beamtentitel. Dass es gerade mal fünf Uhr morgens war, passte mir aktuell sehr gut in den Kram.

»Du bist ein verdammter Scheißkerl, weißt du das?«

»Guten Morgen, Helen«, antwortete er verschlafen, was mich äußerst glücklich machte. »Ja, da es gleich fünf ist, geht das wohl als Morgen durch. Und was mein Dasein als Scheißkerl angeht: Du hast ja keine Ahnung.«

Ich konnte hören, wie er aus dem Bett aufstand. »Ich war übrigens schon wach.«

»Nein, warst du nicht.«

»Na gut, war ich nicht.«

»Du hast eine andere Frau *geheiratet*?«

»Oh. Deshalb rufst du also an. Soll ich vorbeikommen?«

»Nein, du sollst nicht vorbeikommen, denn jetzt gerade hasse ich dich. Bleib mir bloß vom Leib.« Plötzlich fiel mir noch etwas anderes ein. »Scheiße.«

»Was?«

»Scheißkerl hin oder her, ich brauche für heute Abend eine Begleitung.«

»Vielleicht habe ich ja keine Zeit.«

»Wir wissen beide, dass du frei bist.«

»Ich bin frei.«

»Ich weiß. Hol mich um sechs ab. Wir gehen auf eine Party zu Ehren eines italienischen Künstlers, Giulio Russo. Sie findet im Haus des italienischen Botschafters statt. Ach, und vielleicht sollte ich noch erwähnen ... Roger wird auch da sein.«

»Na, das ändert natürlich alles. Das lasse ich mir auf keinen Fall entgehen.«

»*Sie* kommt bestimmt auch.«

»Versuch bitte, sie nicht umzubringen.«

»Sehr witzig. Anzug und Krawatte.«

»Stets zu Diensten.«

»Große Worte.« Ich legte auf.

Es war einer dieser perfekten Juniabende, bevor die schwüle Sommerhitze Washington in den Würgegriff nehmen würde. Der Wohnsitz des italienischen Botschafters trug den klangvollen Namen Villa Firenze und befand sich auf einem fast zehn Hektar großen, mit üppigen Hainen bewachsenen Grundstück in den Hügeln des Rock Creek Park. Das Innere des Hauses konnte man am besten als mediterran meets Tudor beschreiben, mit holzverkleideten Wänden und gefliesten Böden. Es bot einen spektakulären Blick über Washington, weshalb der Cocktailempfang wohl auch auf dem bläulich schimmernden Rasen abgehalten wurde, von dem aus man über die Wälder hinwegblicken konnte. Nach einigen quälenden Momenten vor dem Kleiderschrank hatte ich mich für ein Alexander-McQueen-Kleid mit weißem Blusenmieder mit Glockenärmeln und schwarzem, vorne geschlitztem Rock entschieden. Abgerundet wurde es durch einen breiten Lackledergürtel, der alles zusammenhielt. Ein wirklich umwerfendes Outfit, das erst in der 2013er-Kollektion erscheinen würde. Im letzten Jahr hatte ich näheren Kontakt zum Team um Alexander McQueen gehabt. Als ergänzendes Accessoire hielt ich eine Totenschädel-Clutch in der Hand, ebenfalls von McQueen. Heute würde ich Roger und Sara zum ersten Mal in der Öffentlichkeit begegnen. Da ging ich kein Risiko ein.

Schon die Vorstellung von Roger und Sara zusammen löste Stress in mir aus, gleichzeitig war ich aber auch verstört wegen der intensiven Gefühle für Luke Varner, die in mir erwacht waren. Immerhin kannte ich den Mann gerade mal seit zwei Wochen. Und für mich fühlte es sich so an, als hätte sich Juliet erst gestern in die Seine gestürzt; Lukes Verrat schmerzte noch immer.

Allerdings schien sich Luke heute in Anzug und Krawatte ebenso wohlzufühlen wie 1898 in Paris. Wir schlenderten zwischen verschiedenen Grüppchen herum; als Kunsthändler war Luke hier natürlich voll in seinem Element.

Der Ehrengast Giulio Russo war ein italienischer Maler, dessen Werke man als groß, düster, romantisch und stimmungsvoll beschreiben konnte. Jedes Bild stellte eine Form des Verlustes dar: Liebe, Unschuld, Leben. Wer vor einem der riesigen Gemälde stand, bekam das Gefühl, von reiner Traurigkeit erfasst zu werden, als hätte Russo ihn direkt in die Szene hineingezerrt.

In Europa hatte Russo sich schon vor Jahren einen Namen gemacht, doch in diesem Jahr katapultierte er sich mit Ausstellungen in London und New York sozusagen mit einem großen Knall in die weltweite Kunstszene hinein. Der heutigen Veranstaltung war ein Jahr Vorbereitungsarbeit vorausgegangen, in dem Roger und ich alles getan hatten, um den Mann nach Washington zu locken. Ursprünglich hatten wir ihn zu einer unserer Dinnerpartys einladen wollen, aber die hatten ja ein abruptes Ende gefunden, als ich aus unserem gemeinsamen Haus auszog. Seitdem hatte die Hanover-Sammlung allerdings noch eines seiner Werke erstanden, und nun sollte das Gemälde auf der Party im Haus des Botschafters enthüllt werden: Ein Mädchen, das in einen See steigt; wobei der Betrachter sich bei der von Melancholie geprägten Szene die Frage stellt, ob es nur schwimmen will oder einen letzten Gang antritt. Für Russo wäre Letzteres typisch, doch das düstere Bild war so oder so äußerst fesselnd.

Ich hatte das Gemälde vor der Party nicht mehr gesehen, doch nach meinem Juliet-Traum fand ich es äußerst bewegend. Beinahe schien darin ein modernes Echo von Marchants Arbeiten mitzuschwingen, allerdings waren Russos Modelle trotz aller Schönheit immer von Dunkelheit geprägt. In vielen seiner Werke waren sie in herrliche Szenerien eingebettet, doch ihre Gesichter schienen nie ganz dazu zu passen – als würden sie die Schönheit, von der sie umgeben waren, lediglich erdulden, da sie wussten, dass außerhalb dieser Einrahmung etwas Finsteres lauerte.

Russo selbst passte mit seinen großen braunen Augen und den schulterlangen schwarzen Locken optisch sehr gut zu seinen Werken. An diesem Abend trug er einen granatapfelroten Anzug und ein schwarzes Hemd, das weit genug aufgeknöpft war, um das silberne Kruzifix auf seiner gebräunten Brust zu enthüllen. Seine Füße steckten in schwarzen Gucci-Schuhen. Ich war gerade in ein Gespräch mit ihm vertieft, als ich sah, wie Roger und Sara in den Garten hinauskamen. Ehrlich gesagt spürte ich die beiden, bevor ich sie sah. Und dass sich Lukes Arm um meine Taille legte, bevor sie auftauchten, verriet mir, dass es ihm ebenso erging. Ich war ihm dankbar für die Geste. Beinahe eine halbe Stunde lang schlichen Roger und ich umeinander herum, bevor wir uns einem Gespräch stellten.

Nach dem Vorfall in ihrem Haus, bei dem das Fenster über ihnen eingestürzt war, hatten sich Roger und Sara für einen Monat getrennt, waren nun aber wieder zusammen. Es war das erste Mal, dass ich die beiden gemeinsam erlebte. Ich weiß nicht, ob es Roger nervös machte, mir in der Öffentlichkeit zu begegnen, auf jeden Fall fiel unsere Umarmung extrem steif aus, auch wenn er mich kurz auf die Wange küsste. Obwohl ich Sara nicht ausstehen konnte, plagten mich schreckliche Schuldgefühle wegen meiner Beteiligung am Tod ihrer Mutter, was zur Folge hatte, dass ich netter zu ihr war als sonst. Eigenartigerweise stellte sich Luke nur mit seinem Vornamen vor, und ich merkte, dass Roger sich über die Identität meines Begleiters den Kopf zerbrach.

Sara war so winzig, dass sie Roger selbst in hohen Schuhen kaum bis zur Schulter ging. Ihr blonder Bob war zu einem kaum existenten Pferdeschwanz zusammengebunden, und sie trug ein enges, ärmelloses schwarzes Kleid, das ihr knapp bis übers Knie fiel. Alles in allem ein sehr glatter, aufgeräumter Look. Roger hingegen wirkte frustriert.

Für die anderen Gäste war unser Auftritt eine wahre Galavorstellung. Alle schienen den Atem anzuhalten und abzuwarten, ob Roger und ich einen Umgangston fanden, bei dem man sich noch wohlfühlen konnte. Also machten wir Small Talk.

»Ich wette, dein Handy hat nach dem Interview mit Heathcote gar nicht mehr aufgehört zu klingeln«, meinte Roger. Wie merkwürdig. Der Mann hier vor mir war hölzern wie ein Stock und schwitzte, obwohl eine angenehm kühle Brise in den Bäumen rauschte.

Und während er stammelnd nach weiteren Gesprächsthemen suchte, wurde mir plötzlich bewusst, dass ich ganz andere Sorgen hatte: Ich war verflucht, er war verflucht, und mein Begleiter war möglicherweise der Teufel. Aber wenigstens sah ich gut aus, auch wenn die Absätze meiner Louboutins immer wieder in dem weichen Gras einsanken. Ich fragte Roger, welchen Platz er in der Hanover-Sammlung für den Russo reserviert habe. Überraschenderweise kam die Antwort von Sara.

Ich beobachtete Roger und hatte schlagartig das Gefühl, noch einmal die Szene in der Pariser Oper zu durchleben: Hätte er einen Bart gehabt und einen Smoking getragen, hätte ich schwören können, ihm gerade erst 1898 als Auguste Marchant begegnet zu sein. Die beiden Männer hatten niemals im selben Leben miteinander zu tun gehabt, und doch war Luke offenbar bereit, sofort mit mir von hier zu flüchten, wenn ich ihm nur das Signal dazu gab. Im Laufe der Jahre hatte ich so ziemlich jede Nuance von Verwirrung an Roger gesehen, und ich wusste genug, um zu erkennen, dass Sara an diesem Abend große Schwierigkeiten hatte, seine Miene zu deuten. Und so wie sie sich verhielt, machte ihr das Sorgen.

Die Sonne ging langsam hinter dem Haus unter, und die Außenbeleuchtung nahm, unterstützt von Kerzen, ihren Dienst auf. Zum Glück hörte ich irgendwo eine Glocke läuten, die uns zum Essen rief. Luke und ich entschuldigten uns.

»Nichts?«, wollte ich wissen.

Luke sah mich fragend an.

»Ich warte auf einen Kommentar darüber, wie langweilig er war.«

»Gerade habe ich mir gedacht, wie langweilig er doch war.«

Diese herrliche Stichelei entlockte mir ein Lächeln.

»Ernsthaft, es hat mich überrascht, dass sie kein Twin Set trägt«, fuhr er fort und nahm mir das Weinglas ab.

Luke wusste definitiv, wie man mich beruhigen konnte, sei es durch eine Hand an der Taille oder einen perfekt platzierten sarkastischen Spruch, um eine peinliche Situation zu entkrampfen. Gemeinsam schoben wir uns durch die Menge, und ich machte Shakehands mit ein paar Politikergattinnen, aufsteigenden Nachrichtensprechern, Restauratoren und Galeristen.

Beim Essen saßen wir mit dem Direktor der Washingtoner Oper und seiner Frau am Tisch. Roger und Sara hatten Plätze am anderen Ende des Raums. Das Dinner begann mit einer Panzanella mit Rucola und Sommergemüse, gefolgt von überbackenen Lammkoteletts mit Steinpilzrisotto. Zum Dessert wurde Schokoladentiramisu serviert. Der Wein floss in Strömen.

Luke verfügte über umfassendes Wissen zu den verschiedensten Themen, was mich überraschte. Tatsächlich schien er so ziemlich alles zu wissen, was man über Mozartopern, Bachkonzerte, Renaissancemalerei, Wein aus Madeira, Louis Armstrong und die Stadt Oslo (in der die Frau des Operndirektors aufgewachsen war) überhaupt nur wissen konnte.

»Oslo?«, fragte ich trocken.

»Eine wundervolle Stadt. Mit einem höchst leistungsstarken Flughafen.«

»Oslo?«

Er warf mir nur einen wortlosen Blick zu. Und doch war er genau die Art von Begleiter, die ich jetzt brauchte. Am Ende des Abends hatte er drei Dinnereinladungen eingeheimst und mehrere vielversprechende Posten in Aussicht. Immer wieder ertappte ich mich dabei, dass ich ihn ebenso fasziniert anstarrte wie die übrigen Gäste. Das ging sogar so weit, dass ich Roger fast vergessen hatte, als ich schließlich mitbekam, wie Sara und er sich verabschiedeten – ziemlich früh. Wobei ich Roger deutlich ansah, dass diese Entscheidung nicht von ihm stammte.

Nach dem Essen schlenderten Luke und ich durch die weitläufigen Flure des Hauses, vorbei an hohen Fenstern mit edlen Seidenvorhängen. Die italienischen Bodenfliesen und Teppiche waren an sich schon kleine Kunstwerke. Luke führte mich in einen Flur, der in einer Art Bibliothek zu enden schien, in der einige der besten Schriftsteller Italiens die Regale füllten. Außerdem gab es hier zwei große, beigefarbene Sofas und einen Flügel aus Mahagoniholz.

Luke rückte die Klavierbank zurecht. »Setz dich.«

Ich nahm neben ihm Platz. »Du spielst?«

»Nein. Aber du.«

Das ließ mich laut auflachen. »Hast du denn nie genug davon?«

Er verschluckte sich kurz, sodass es ein wenig dauerte, bis er antwortete: »Nein.«

»Spiel du mir etwas vor.«

Mit einem kurzen Seitenblick wandte er sich den Tasten zu. Ein paar ziemlich wackelige Akkorde ertönten.

»Nett«, stellte ich fest.

Er hielt inne. »Versuch du es.«

»Ich denke nicht, dass wir hier drin sein dürfen.«

»Spar dir die Ablenkungsmanöver. Versuch es.«

»Ich kann nicht Klavier spielen.«

»Deine Mutter konnte sich kein Klavier leisten, aber du wolltest es lernen, weil deine beste Freundin Klavierunterricht hatte. Stattdessen hat sie dir eine Querflöte gekauft, als du elf warst.«

Ich erinnerte mich noch gut daran, wie schwer es für sie war, als Alleinerziehende über die Runden zu kommen. Ein Kollege hatte ihr die alte Flöte überlassen, die sie dann reinigen und reparieren ließ. Sie hatte sich sogar dafür entschuldigt, dass der Kasten etwas ramponiert war. Da mir unsere finanziellen Schwierigkeiten immer bewusst waren, spielte ich die Querflöte und fragte nie wieder nach einem Klavier. »Dann weißt du ja, dass ich es nicht kann.«

»Helen Lambert kann nicht Klavier spielen.«

»Soll heißen?«

»Juliet LaCompte kann es.« Er nahm meine Hand und legte sie auf die Tasten. Die sanfte Geste heizte meinen Zorn nur weiter an, da sie noch ganz andere Gefühle in mir auslöste. Luke schob meinen rechten Daumen auf das mittlere C. »Die linke Hand schaffst du wohl selbst.«

Ich warf ihm einen bösen Blick zu. »Juliet hat dich geliebt«, stellte ich schnell klar. »In *Paris*.«

»Darum geht es hier also.« Er seufzte schwer. »Ich habe dich auch geliebt … in *Paris*. Aber ich schätze, ich hatte Angst vor dem, was sich da zwischen uns entwickelte. Ich hielt dich für zu jung, zu verletzlich.«

»Du hast eine andere geheiratet.« Während ich auf die Tasten vor mir starrte, eröffneten sie sich mir plötzlich, als hätte mir jemand das Geheimnis verraten. Ich drückte den Finger auf eine der Elfenbeintasten und wusste genau, welchen Ton sie erzeugen würde. Mit dem Zeigefinger schlug ich ein D an, hatte den Ton bereits im Ohr, fragte mich aber, wie genau es bei diesem Instrument klingen würde. Aus dem Augenwinkel sah ich, wie Luke mich beobachtete. Also schob ich meine Ärmel hoch und stürzte mich auf die ersten Akkorde eines Grieg-Stücks wie eine Frau, die seit hundert Jahren kein Klavier mehr gesehen hatte. Juliets Verstand kannte die Noten, aber Helens Muskeln waren nicht an die diffizile Fingertechnik gewöhnt, die bei den Stücken von Clementi und Satie verlangt wurden, die nun aus mir herausdrängten. Es kam mir vor, als wollte Juliet mich in Windeseile durch ihr gesamtes Repertoire jagen. Abrupt hielt ich inne. »Du hast eine andere geheiratet.«

»Ich weiß.« Luke berührte kurz meine Hand. »Ich dachte, Lisette könnte eine Art Puffer zwischen uns sein. Es war meine erste Runde als dein Verwalter. Und wie du gesehen hast, habe ich das ziemlich in den Sand gesetzt.«

»Du hast mich im Stich gelassen; dabei habe ich dir mehr vertraut als irgendjemandem sonst.« In der letzten Nacht hatte sich der Schmerz, der Juliet beinahe aufgefressen hatte, auf mich übertragen. Selbst jetzt glaubte ich noch den Absinth auf der Zunge zu schmecken. Am besten lässt es sich wohl als eine Erinnerung beschreiben, die nun ebenso Teil meines Bewusstseins war wie die von mir durchlebten Teenagerjahre. All das war für mich ebenso intim und schmerzhaft wie der Abend meines Abschlussballs an der Bethesda High School, an dem ich von meinem Date versetzt worden war. Nun trug ich auch noch Juliets Teenagerqualen in mir.

»Ich weiß, was ich getan habe. Und ich kann dir nicht sagen, wie herrlich es war, in all unseren gemeinsamen Leben immer wieder dabei zuzusehen, wie du einen anderen heiratest. Also hab verdammt noch mal etwas Nachsicht, ja? Wir sind eben nicht normal.«

»Warum kann Roger sich nicht an sein Leben als Auguste Marchant erinnern?«

»Na ja, eigentlich sollte sich keiner von euch beiden an die anderen Leben erinnern können«, erklärte er mir. »Ihr sollt wieder und wieder die euch zugedachte Rolle in diesem Fluch spielen. Du stellst eine Anomalie dar.«

»Und warum?«

»Du bist anders, das habe ich dir doch schon gesagt.« Plötzlich wechselte er das Thema. »Du kannst dir nicht vorstellen, wie die Zeit ohne dich ist … bis du wieder auftauchst und mich rufst. Und du wirst mich immer rufen. So funktioniert dieser Fluch. Bis ich weiß, dass du wieder in der Welt bist, halte ich Ausschau und frage mich, wer du dieses Mal wohl sein wirst.«

»Was soll das heißen – dieses Mal?«

»Du bist jedes Mal ein wenig anders, je nachdem, in welchem Umfeld du aufwächst. Und in welcher Zeit du lebst. Das spielt eine große Rolle, aber trotzdem bist du immer du selbst.«

In Gedanken verglich ich Juliets Mutter mit meiner Mutter, Margie Connor. Unterschiedliche Zeiten, unterschiedliche Mütter. Er hatte recht. Ich war anders als Juliet, und doch teilten wir dieselben Erinnerungen. »Und was machst du so, während du auf mich wartest?«

»Gar nichts.«

»Wo in der weiten Welt treibst du dich denn rum, während du auf mich wartest?«

»Das würdest du nicht verstehen.« Er lachte. »Ich bin währenddessen nicht in der Welt, die du kennst. Mein Daseinszweck besteht darin, auf dich zu warten. Und wenn ich weiß, dass du wiedergeboren wurdest, dauert es noch ungefähr zwanzig Jahre, bis du mich zum Dienst an deine Seite rufst. In dieser Zeit bereite ich mein nächstes Leben vor … Finanzen, Häuser. Vermache alles meinem Sohn – Lucian Varnier. Ich bin inzwischen Lucian Varnier der Vierte. Und dann warte ich, bis ich dich wiedersehe.«

Aber diesmal hatte es deutlich länger gedauert als zwanzig Jahre. Immerhin war ich schon fast vierunddreißig. »Luke.« Ich schloss die Augen, um mir genauer vorstellen zu können, was für ein Leben er führte – wie grausam es war. Malique hatte ihn als verdammte Seele bezeichnet, als Soldaten im Dienst eines

Dämons. Er wurde für etwas bestraft, und seine Strafe war … *ich*. Sein Dienstherr war dieser Dämon, dieses Ding, das in jener Nacht in der Küche in Juliets Mutter hineingekrochen war. Das alles war der reinste Irrsinn.

»Du hast zu Juliet gesagt, du stündest im Dienst ihrer Mutter. Aber das ist nicht wahr, oder?«

»Kommt darauf an, wie man es sieht.«

Malique hatte mir zumindest einen groben Überblick über die Struktur dieses Fluches vermittelt. »Juliets Mutter hat einen Dämon heraufbeschworen, der ihr dabei helfen sollte, Rache an Marchant zu üben. Der ist dein wahrer Dienstherr, richtig?«

»Das stimmt.« Abrupt wechselte Luke das Thema: »Lass uns ein paar Tage wegfahren, damit du das alles verarbeiten kannst.«

Mir klang noch die Warnung im Ohr, mich ihm ja nicht anzuvertrauen und ihm nichts von meiner geplanten Reise nach Challans zu sagen, deshalb konnte ich nur hoffen, dass er meine Lüge nun nicht durchschaute: »Ich fliege morgen geschäftlich nach London, für drei Tage.«

»Uns bleiben nur noch zwölf Tage bis zu deinem Geburtstag. Musst du da wirklich hin?«

»Ja, muss ich.«

Ich starrte auf meine Hände. Unfassbar, was ihnen gerade gelungen war. Es war alles wahr. Luke Varners verrückte Geschichte war Realität. »Ich werde an meinem Geburtstag sterben, nicht wahr?« Meine Stimme brach. »Deshalb sagst du immer wieder, dass uns die Zeit davonläuft, stimmt's?«

»Ja.«

»Weißt du, was mit mir geschehen wird?« Sollte ich in Frankreich scheitern, musste ich einfach wissen, was passieren würde.

»Es ist nicht immer gleich.«

»Und was geschieht dann mit dir?«

»Ich verschwinde wieder … und warte.«

»War das in Paris auch so? Nachdem Juliet … nachdem ich von der Brücke gesprungen war?«

»Ja. Du bist mein Daseinszweck. Für mich gibt es nur den einen Grund, hier zu sein: Mich um dich zu kümmern.«

»Darf ich dich etwas Persönliches fragen?«

»Natürlich.«

»Gehört es auch zu deinem *Daseinszweck*, wie du es nennst, mich zu lieben?«

»Nein. In Paris habe ich so ziemlich alles versucht, um auf Abstand zu gehen. Ich sagte dir sogar, dass ich dich nicht lieben könne. Damals war ich noch neu und wusste nicht, wie ich mit dir umzugehen hatte. Wie gesagt: Ich habe Juliet im Stich gelassen.«

»Was hat sich geändert?«

»Ich habe mich geändert.« Luke umfasste mein Gesicht mit den Händen und gab mir einen langen, leidenschaftlichen Kuss. Der Teil in meinem Inneren, der von Juliet besetzt war, brach in Tränen aus. Ich drückte meine Stirn an seine.

»Diesmal haben wir so wenig Zeit, Red. Dabei ist das alles, was ich will: Zeit mit dir.«

17

Nora Wheeler

New York City, 1932

Heute brauchte Clint lange. Norma wünschte, er würde endlich fertig werden, damit sie ihn wegschicken konnte. Was natürlich nicht passieren würde, bevor sie ihn zum Höhepunkt gebracht hatte, also riss sie sich noch einmal zusammen. Blieb nur zu hoffen, dass es nicht einer dieser Abende war, an dem er sie würgen musste, um zu kommen.

Norma und Clint hatten eine Vereinbarung. Sie verdrängte die Tatsache, wie abstoßend sie seinen kleinen, blassen, untersetzten Körper fand, und er sorgte dafür, dass die Miete bezahlt wurde. Bevor Clint sie nach New York City gebracht hatte, war Norma Westerman ganz auf sich allein gestellt gewesen – was mit neunzehn Jahren ziemlich Furcht einflößend gewesen war. Theaterspielen brachte kein Geld (zumindest nicht die Art Theater, die sie machte), und bis Clint in ihr Leben trat, hatte es vorne und hinten nicht gereicht. Jetzt schon. In letzter Zeit ging ihr diese Abmachung allerdings zunehmend unter die Haut; die klare Abgrenzung zwischen der Norma, zu der sie langsam wurde, und der Norma, die sie sein wollte, löste sich nach und nach auf. Sie konnte sich nicht vorstellen, dass es auch nur ein Jahr so weitergehen sollte, geschweige denn ein ganzes Leben: Tagsüber tanzte sie sich die Füße wund, und nachts beanspruchte Clint den Rest ihres Körpers.

Clint war ein Problemlöser am Theater, der sich um Dinge wie Skandale, Abtreibungen oder saufende Ehemänner kümmerte. Er hatte Norma in Akron entdeckt, wo ihre Mutter in der Dixon Street eine Pension betrieb, in der vor allem Musiker unterkamen.

Normas Mama hatte ein altes Klavier im Esszimmer stehen. Hin und wieder hatte sie Gäste, die wussten, wie man das Instrument stimmen musste, und ihm so vorübergehend neues Leben einhauchten. Dann versammelten sie sich nach dem Abendessen um das Klavier, und Norma sah staunend zu, wie sich die Sänger und Stepptänzer vor dem dürftigen Publikum gegenseitig auszustechen versuchten. Für sie sprangen oft Gratistanzstunden dabei heraus. Doch das Instrument schien sie regelrecht zu verfolgen. Norma hatte keinerlei Interesse daran, Klavier zu spielen, auch wenn ihre Mutter immer wieder darauf drängte, da sie etwas dazuverdienen konnte, wenn sie in der Methodistenkirche spielte. Nein, sie brauchte die Bewegung – für sie gab es nichts anderes als Stepptanz und Ballettstunden. In New York waren solche Fähigkeiten allerdings nichts Besonderes.

Dank ihres Aussehens ergatterte Clint eine feste Anstellung am Winter Garden Theatre für sie, wo sie in den Chor gesteckt wurde und er ihr ein kleines Apartment besorgte. Die an dieses Arrangement geknüpften Bedingungen hatte er ihr von Anfang an ganz klar unterbreitet, und Normas Wunsch, aus Akron wegzukommen, war groß genug gewesen, dass sie zugestimmt hatte. Die Freunde ihrer Mutter hatten ihr im Laufe der Jahre schon wesentlich schlechtere Angebote gemacht.

Aber nun wollte Norma mehr. Clint hatte Kontakte zu einigen Hollywoodstudios, und er hatte ihr versprochen, ihr Probeaufnahmen bei MGM zu ermöglichen. Aber jedes Mal, wenn sie diesbezüglich nachhakte, behauptete er, der richtige Zeitpunkt sei noch nicht gekommen. Inzwischen bestand ihr »Arrangement« seit fast zwei Jahren, und Norma hatte erkannt, dass Clint nicht daran dachte, etwas zu ändern. Er würde sie niemandem vorstellen, es würde nie der richtige Zeitpunkt kommen.

Doch länger als zwei Jahre war Clint noch bei keiner Frau geblieben. Norma hoffte immer, er würde sich eine Jüngere suchen, aber er beharrte darauf, dass Norma ihm gehörte. Ihm allein. Wenn er richtig betrunken war, beschrieb er ausführlich, was ihr alles passieren könnte, falls sie ihn verließ: Sie könnte vor ein Taxi fallen, oder er könnte sie aufschlitzen und es irgendeinem Irren in die Schuhe schieben. Die Liste wurde umso länger, je mehr er trank, und Norma hatte keinerlei Zweifel daran, dass er in diesem Punkt äußerst kreativ werden konnte. Selbst nach den schlimmsten Grausamkeiten entschuldigte er sich niemals. Soweit Norma das mitbekommen hatte, war Clints Kindheit nicht einfach gewesen; sein Vater hatte die Mutter und ihn verlassen, als er noch ein Baby war. Heute kümmerte er sich um seine Mutter, indem er ihr die Wohnung bezahlte. Vermutlich konnte Clint einen halben Häuserblock mit den ganzen Frauen füllen, für die er auf die eine oder andere Weise aufkam.

Nun rollte er sich selbstzufrieden von ihr herunter. »Hol mir was zu trinken.«

Sie reagierte nicht schnell genug.

»Ich sage es nicht noch mal.«

Norma seufzte schwer. Clint hatte schon einen sitzen, deshalb hatte der Sex heute auch ewig gedauert – was er offenbar für einen Bonus hielt. Sie war völlig erschöpft.

Norma schob sich aus dem Bett und griff nach ihrem schwarzen Seidenmorgenmantel, den Clint ihr aber sofort aus der Hand riss. »Ich will deinen hübschen Hintern sehen, während du gehst.« Sie wusste, wohin das führen würde, stand aber trotzdem auf und ging zur Tür.

»Stopp«, rief er. Norma drehte sich zu ihm um.

»Komm zurück und mach das noch mal. Hat mir nicht gefallen. Das war nicht elegant genug.«

»Nein«, wehrte sie lachend ab. »Mir ist kalt.« Schützend schlang Norma die Arme um den Körper.

»Ich sagte: noch mal.« Er ließ den Finger kreisen und nahm sich eine Zigarette. »Du verdienst dein Geld damit, dass dir Männer auf den Hintern starren, Süße. Und da ich dafür bezahle, habe ich ja wohl einen Extrablick verdient.«

Norma drehte sich um und ging noch einmal langsam zur Tür. Als sie hörte, wie er an seiner Zigarette zog, blieb sie stehen. Vorerst war er zufrieden. Sie atmete verstohlen auf.

Am Anfang hatte sie noch so getan, als würde es ihr Freude machen – es war schwer, sich selbst einzugestehen, was sie da tat, also redete sie sich ein, dass sie Clint mochte, nein, sogar liebte. Aber mittlerweile hob sie sich die Schauspielerei für die Bühne auf. Ihr Widerwille gegen den Sex mit ihm schien seine Erregung nur weiter zu steigern und sorgte zusammen mit der betäubenden Wirkung der drei Gläser Whiskey in seinem Blut dafür, dass die Nacht sich in die Länge zog und noch einige »Versuche« mit sich brachte, die kein Ende zu nehmen schienen.

Sie reichte ihm einen weiteren Drink und wollte schon wieder zu ihm ins Bett steigen, als er plötzlich den Kopf schüttelte. »Bleib da stehen«, befahl er. »Ich kann dich nie richtig anschauen.«

Norma folgte seiner Anweisung und starrte aus dem Fenster. »Du bist gar nicht schlecht.« Er hatte Mühe, Zigarette und Glas gleichzeitig zu halten. »Deine Titten sind zu klein, und du hast diesen Höcker auf der Nase, den du offenbar zu kaschieren versuchst, aber dein Hintern und deine Beine sind okay. Zumindest jetzt noch.« Dass er sie nun schon wie ein Rennpferd taxierte, war demütigend. »Aus dir wäre nie eine große Nummer in Hollywood geworden. Ich weiß, dass du das glaubst, aber es wäre nie passiert. Du hältst dich für etwas Besseres, aber ich habe dir ein echt übles Schicksal erspart, glaub mir. So eine Durchschnittsvisage wie du. Ohne mich wärst du wahrscheinlich in einem dieser Clubs gelandet.«

»Als Nutte, meinst du?« Norma war laut geworden. Gefährlich.

»Du bist doch auch nichts anderes«, lachte Clint. »Das muss dir wohl klar sein. Ich könnte leicht etwas Besseres haben als dich, weißt du.«

»Ja, das weiß ich.« In dieser Stadt gab es eine Menge verzweifelter Frauen, die am Hungertuch nagten, er hatte also vermutlich recht.

»Dann überzeuge mich davon, dass ich dich besser nicht rausschmeißen sollte.«

Clint stellte das Glas auf den Nachttisch, und Norma kroch zu ihm unter die Decke. Jetzt musste sie sich klug verhalten, das wusste sie. In gewisser Weise hatte er sich ihr gerade geöffnet. Ihre Unnahbarkeit verunsicherte ihn, und er musste einen Ausgleich dafür schaffen. In dieser Situation konnten die Dinge leicht außer Kontrolle geraten. Clint setzte sich auf sie, und kaum drückte er sie mit seinem Gewicht nieder, presste er ihr die brennende Zigarette gegen die Wange. Er hielt ihr den Mund zu, um ihre Schreie zu dämpfen. Norma wusste, dass von der Verbrennung eine Narbe zurückbleiben würde – das war ja der Sinn dieser Aktion. Dann spürte sie, wie Clint hart wurde.

Ihr stand noch eine lange Nacht bevor.

Norma hatte die ideale Tänzerinnenstatur: nicht zu klein, aber auch nicht so groß, dass sie schlaksig oder einschüchternd gewirkt hätte. Ihr rotbraunes Haar zog die Blicke auf sich. Und durch ihr jahrelanges Training gelangen ihr auch technisch anspruchsvollere Schritte, bei denen ein Großteil der Mädchen versagte. Das alles – gefördert durch die Tatsache, dass Clint von allen gefürchtet wurde und die Leute wussten, dass sie sein Mädchen war – sorgte dafür, dass sie schnell Karriere machte. Aber im Gegensatz zu den anderen Mädchen, die sich ihr gutes Aussehen zunutze machten, um nach der Show hinter der Bühne aufstrebende Geschäftsmänner zu umgarnen, war Norma für alle tabu. Mehr als einmal hatte Clint ihr das mit den Fäusten klargemacht, sodass sie am nächsten Tag eine dicke Schicht Make-up brauchte, um das Haus verlassen zu können. Diesmal war es also eine Verbrennung. Sie scheitelte ihr Haar so, dass es die Wunde verdeckte, bis alles verheilt war, doch Marvin Walden, der Theaterdirektor, bemerkte es trotzdem. Er sagte nichts, schob ihr aber eine Visitenkarte in die Jackentasche. Norma holte sie heraus und las. Sie gehörte einem Talentscout von Monumental Films.

»Du bist am Mittwoch um zwei zu Probeaufnahmen angemeldet.« Walden schob ihr das Haar aus dem Gesicht. »Frag Bettie, ob sie das für dich abdecken kann. Und sag Clint nichts von den Aufnahmen. Ich will keinen Ärger.«

»Danke«, sagte sie leise.

»Wenn der Mistkerl Wind davon bekommt, wirst du dich nicht mehr bei mir bedanken.« Marv schob die Hände in die Taschen und ging den Flur hinunter.

Norma wusste, dass er recht hatte. Wenn Clint davon erfuhr, würde er sie umbringen.

Theater war eine Sache, aber die grelle Beleuchtung und die Kamera waren neu für Norma. Die Probeaufnahmen dauerten nicht lange, zwanzig Minuten vielleicht, und beinhalteten nicht viel mehr, als dass sie ihren Namen nannte und sich im Stuhl hin und her drehte, damit die Kamera sie aus verschiedenen Winkeln erfassen konnte. Doch der Kameramann schien auf sie mehr Zeit zu verwenden als auf das Mädchen davor, und der Scout stellte ihr eine Menge Fragen über Akron. Ob sie singen könne? *Ja.* Tanzen? *Ja.* Wer ihre Lieblingsschauspielerin sei? *Nora Shearer.*

Eine Woche später bekam Norma einen Brief, in dem Monumental ihr acht Wochen Arbeit zu einem Honorar von tausendzweihundertfünfzig Dollar anbot. Ihr blieben also acht Wochen Zeit, um die Produzenten von Monumental zu beeindrucken. Gelang ihr das nicht, würde man sie nach Hause schicken. Ihre Ersparnisse reichten aus, um zwei Monate davon leben zu können, aber wenn sich während dieser Zeit nichts Neues auftat, musste sie hierher zurückkommen oder wieder nach Akron gehen – oder sonst irgendwohin, wo sie ihr eigener Herr war und nicht von einem Kerl wie Clint herumgeschubst würde. Norma schwor sich, niemals wieder einen Clint in ihrem Leben zu dulden.

Doch erst einmal hatte sie Angst davor, dass er es herausfinden könnte. Er durfte nichts von dem Angebot erfahren, bis sie New York verließ. Sie hoffte darauf, dass er sich danach schnell eine Neue suchen würde. Schon jetzt war er oft in der Provinz unterwegs und suchte »junge Talente«. Vielleicht würde er sie einfach ersetzen. Clint genoss es, seine Neuen mit seinen Neigungen zu schockieren. Dabei hatte er es bevorzugt auf naive Mädchen unter neunzehn abgesehen; doch Norma schien etwas an sich zu haben, von dem er nie genug bekam. Nur um sicherzugehen, beschloss sie, ihren Namen zu ändern. In Hollywood wollte sie nicht mehr Norma Westerman sein, sondern Nora Wheeler. Der Name gefiel ihr. Es passierte oft, dass die Leute sie aus Versehen Nora nannten, und das fand sie jedes Mal spannend.

Irgendwie haftete diesem Namen mehr Selbstbewusstsein an als Norma. Nun würde sie Norma abstreifen und zu Nora werden. Und Wheeler war der Mädchenname ihrer Mutter gewesen. Zwei Tage vor ihrer Abreise kaufte sie ihre Zugfahrkarte. Mit der Bahn würde sie vier Tage brauchen, erst nach Chicago, dann über Kansas City und El Paso, Tuscon und Phoenix bis nach Los Angeles. In fünf Tagen musste sie da sein. Eine knappe Sache.

Es war Februar, und die Ostküste litt unter einem rauen Winter, deshalb packte Norma einen Koffer und hängte ihren langen Mantel an die Tür, den sie wohl nur bis Kansas City brauchen würde. Gerade als sie einige Frühlingskleider und leichte Jacken für die Westküste heraussuchte, hörte sie plötzlich den Schlüssel im Türschloss. Ihr blieb fast das Herz stehen. Ohne ihn zuzuklappen, schob sie den Koffer hastig unter das Bett. Clint sollte heute eigentlich in Atlantic City sein, und ihr Zugticket lag offen auf dem Tisch. Was wollte er hier? Norma hetzte zum Tisch, nahm die Fahrkarte und versteckte sie in der Tasche ihres Wintermantels. In diesem Moment betrat Clint die Wohnung; an seinem Mantel klebten schmelzende Schneeflocken.

»Ich dachte, du wärst in Atlantic City?«

»Hab umdisponiert«, meinte er achselzuckend und hustete. »Was denn? Freust du dich gar nicht, mich zu sehen?«

»Aber natürlich.« Norma fiel ihm um den Hals und küsste ihn auf die Wange. »Ich bin nur überrascht, das ist alles.«

»Wieso? Hast du etwa einen Kerl hier?« Lachend legte er seinen Hut auf der Garderobe ab. Norma bemerkte, dass eine Ecke des Zugtickets aus der Manteltasche hervorlugte, und schob Clint schnell ins Zimmer hinein, wo sie ihm einen Whiskey einschenkte. »Falls ja, ist der Kerl so gut wie tot.«

Clints unerwartetes Auftauchen konnte Normas Plan gefährden. Sie musste am nächsten Morgen um sieben Uhr dreiundvierzig in den Zug steigen, aber wenn Clint bei ihr schlief – was er oft tat –, würde er erst im Laufe des Vormittags zum Theater aufbrechen. Jetzt nahm er seinen Drink und zog sie am Arm hinter sich her ins Schlafzimmer. Obwohl sie ganz allein in der Wohnung waren, schob er mit dem Fuß die Tür hinter ihnen zu.

Während das Bett schaukelte, musste Norma ständig an den halb leeren Koffer darunter denken. Clint würde ihr schrecklich wehtun, wenn er ihn fand.

Sobald er fertig war, wickelte sich Norma in ihren Morgenmantel, nahm sein leeres Glas und holte ihm noch einen Whiskey. Diesmal kramte sie allerdings eine Dose Schlaftabletten aus ihrer Handtasche hervor, ließ den Inhalt einer Kapsel in den Drink rieseln und verrührte das Ganze, bis das Pulver sich aufgelöst hatte. Aus einem Impuls heraus gab sie noch eine zweite Kapsel dazu. Sex, Alkohol und Schlafmittel sollten dafür sorgen, dass ihn so schnell nichts weckte. Vorsichtig nippte sie an dem Drink, schmeckte aber nichts Ungewöhnliches.

Eine Stunde später lag Norma neben dem leise schnarchenden Clint. Je länger er schlief, desto tiefer würde er wegdriften. Er hatte schon normalerweise einen sehr gesunden Schlaf. Als sein Schnarchen schön gleichmäßig war, zog Norma den offenen Koffer unter dem Bett hervor, tastete im Dunkeln nach den wenigen Sachen, die sie ihrer Meinung nach brauchen würde, und packte sie ein. Sie konnte nur hoffen, dass es die richtigen waren. Als Clint sich einmal umdrehte, versteckte sie den Koffer wieder, bis sein Atemrhythmus sich beruhigt hatte. Hastig zog sie sich an und schloss – noch immer im Dunkeln – eine Kofferschnalle. Nachdem sie sich versichert hatte, dass Clint sich nicht rührte, schlich sie ins Wohnzimmer hinüber, wo sie den Koffer endgültig schloss. Sie holte Handtasche und Mantel, tastete nach der Zugfahrkarte in der Tasche und öffnete die Wohnungstür erst, als sie das Papier an den Fingerspitzen spürte. Während sie den Koffer durch die Wohnungstür schob, überlegte sie sich, einfach alles weitere zu kaufen, was sie unterwegs brauchen würde. Draußen auf dem Flur zog sie ihre Schuhe an, dann schloss sie leise die Wohnungstür hinter sich, machte sich aber nicht die Mühe, abzusperren. Mit etwas Glück würde Clint einfach glauben, sie habe einen frühen Termin und ihn nicht wecken wollen. Das würde ihr etwas Zeit verschaffen. Erst wenn er ins Theater ging, würde er erfahren, dass sie gekündigt hatte, ohne eine Nachsendeadresse zu hinterlassen. So bestand die Chance, dass es über einen Tag dauerte, bis er begriff, dass sie weg war. Wenn er dann versuchte, sie zu finden, würde er sicher einige Wochen dafür brauchen. Sie hatte extra darauf geachtet, niemandem außer Marv Walden zu verraten, wohin sie ging. Bis Clint sich das alles zusammengereimt hatte, würde es keine Rolle mehr spielen. Dann hätte sie bereits eine Karriere in Hollywood. Bevor sie ging, überprüfte sie noch einmal, ob sie auch den Umschlag mit dem Geld in der Handtasche hatte. Er war prall gefüllt mit all ihren Ersparnissen.

Norma verließ eilig das Haus; draußen schlug ihr die Kälte entgegen. Sie war froh, das alles hinter sich zu lassen. Erst als sie in einem warmen Taxi saß, das sie zur Pennsylvania Station brachte, fing sie an, sich zu entspannen. Während sie in den Zug stieg, sah sie sich ein letztes Mal um, den Koffer fest an sich gedrückt. In ihrem Abteil starrte sie nervös aus dem Fenster, bis ihr Wagen aus dem Bahnhof rollte. Sobald der Zug mit voller Geschwindigkeit Richtung Chicago ratterte, schlief sie ein. Dort angekommen, stieg sie in die Golden State Line um, Abfahrt zweiundzwanzig Uhr fünfzehn, und erreichte am nächsten Morgen Kansas City. Dort sah sie zum ersten Mal ihr Gepäck durch und stellte fest, dass sie weder Lockenwickler noch Gesichtscreme oder Strumpfhosen dabei hatte. Diese Sachen würde sie also kaufen müssen, wenn sie in Los Angeles ankam. Am folgenden Abend veränderte sich die Szenerie vor dem Fenster und wurde zu einer Wüstenlandschaft; sie hatte New Mexico erreicht. Norma war überrascht, wie kalt es in der Wüste wurde, doch bei ihrem Zwischenstopp in Chandler hatte sie bereits das Fenster geöffnet und genoss die trockene, warme Brise. Seit Kansas war in ihrem Schlafwagen keine Menschenseele mehr aufgetaucht.

Kurz nach dem Abendessen kam sie am Los Angeles Union Terminal an und nahm sich ein Taxi zum Grove Hotel, das nur wenige Gehminuten von den Monumental Studios entfernt war. Während der Fahrt durch die verschiedenen Stadtviertel bewunderte sie die bunten Häuser mit den makellosen Vorgärten und die vielen Palmen. Außerdem stieg ihr ein fremder Geruch in die Nase.

»Wonach riecht es hier?«, fragte sie den Taxifahrer. Es war ein frischer Duft, wie nach Kräutern, aber mit einer süßlichen Note.

»Eukalyptusbäume.«

Am nächsten Morgen öffnete Norma die Balkontür ihres Hotelzimmers und wurde von weichem, die Sinne verwöhnendem Sonnenschein begrüßt. Sie blickte auf sorgsam gestutzte Hecken und üppige Palmen hinaus, deren warme Blätter einen angenehmen Duft verströmten. Die Luft ließ sie an ein entspannendes Bad denken.

Norma hatte einen Termin bei Harold Halstead, der Nummer zwei bei den Monumental Studios, der Normas Probeaufnahmen aus dem großen Stapel herausgefischt hatte. Seine Assistentin Penny Bentley hatte Norma angewiesen, besser überpünktlich zu ihrer Verabredung um halb zehn an diesem Morgen zu erscheinen.

Um neun Uhr einunddreißig saß sie Harold Halstead an seinem Schreibtisch gegenüber, der ungefähr so groß und wuchtig war wie ein Konzertflügel. Der spindeldürre Mann, der sich ständig die dicke Brille höher auf die Nase schob, hatte die Ausstrahlung einer zum Sprung bereiten Katze. »Sie haben etwas an sich … etwas Magisches. Ich kann es nicht genau definieren, aber Marv Walden und ich kennen uns schon eine Ewigkeit, und er sagt, jemanden wie Sie hätte er noch nie getroffen.« Der nicht gerade groß gewachsene Halstead ließ sich in seinem Lederstuhl zurücksinken, sodass Norma sich so weit wie möglich aufrichten musste, um ihn überhaupt noch zu sehen.

»Marv Walden hat mit Ihnen gesprochen?«

»Er hat mich angerufen. Hat darauf gedrängt, dass ich Sie engagieren müsse.«

Norma war gerührt. Zwar war sie eines von Marvs verlässlichsten Mädchen gewesen, aber er hatte nie auch nur ansatzweise durchblicken lassen, dass er etwas Besonderes in ihr sah.

Halstead stand auf, kam hinter dem Tisch hervor und beugte sich vor, um Normas Gesicht genauer in Augenschein zu nehmen. Der Schorf von der Brandwunde war inzwischen abgefallen und hatte einen kleinen Makel hinterlassen. »Billy Rapp arbeitet zurzeit an einem neuen Film, *Zug nach Boston*.«

»Ich bin gerade mit dem Zug aus New York gekommen, falls das hilft«, scherzte Norma.

»Und eine tolle Stimme haben Sie auch.« Harold Halstead musterte sie von Kopf bis Fuß. »Aber ich brauche eine Blondine. Sprechen Sie mit mir. Erzählen Sie mir von Marv.«

Unwillkürlich hob Norma die Hand an ihr dunkelrotes Haar. Schulterlange rote Locken und lange Beine waren in New York ihr Markenzeichen gewesen. »Marv war einfach großartig. Er hat mich aus einer kleinen Theatertruppe in Akron geholt, wo er mich auf der Bühne gesehen hat.«

»Sie stammen aus dem Mittleren Westen?«

»Aus Akron, ja. Meine Mutter hatte dort eine Pension.«

»Diese Truppe hat Sie wohl nicht sehr weit gebracht, wenn sie es nie aus Akron rausgeschafft hat, was?«

»Vielleicht habe ich ja gar nicht versucht, weit zu kommen.«

Ihre schlagfertige Antwort entlockte Halstead ein Lächeln. Er setzte sich wieder und verschränkte die Hände vor sich auf dem Tisch. »Ich brauche eine Blondine.«

»Wie blond brauchen Sie mich denn?«

»Penny soll Ihnen einen Termin bei Max machen.« Doch dann schien er es sich anders zu überlegen und griff selbst zum Hörer. »Hol mir Eve an den Apparat.« Während er wartete, starrte er durch die offene Balkontür nach draußen. »Eve«, rief er, als sich am anderen Ende der Leitung eine barsche Stimme meldete. »Ich habe hier eine junge Dame für Billy Rapps neuen Film sitzen. Allerdings brauche ich sie in Blond. Habt ihr heute Nachmittag noch was frei?« Während er sich die Antwort anhörte, schob er seine Brille auf die Nasenspitze hinunter und warf Norma einen prüfenden Blick zu. »Eigentlich nicht. Nein, nicht wirklich.«

Norma hörte, wie eine Frauenstimme aus dem Hörer drang; sie sprach unglaublich schnell. Halstead nickte mehrmals. »Tja … versucht euer Bestes.« Dann lachte er. »Aber natürlich. Ich schulde dir etwas.« Nun hörte Norma ein Lachen am anderen Ende der Leitung.

Sobald er aufgelegt hatte, schrieb Halstead etwas auf einen Notizblock und überreichte ihr das Blatt wie ein ärztliches Attest. Auf dem Zettel stand: *1660 Highland Avenue; 13:00 Uhr.*

»Was ist das?«

»Das, meine Liebe, ist die Adresse von Max Factor.«

»Der Kosmetiklinie?«

»*Dem Mann*. Penny soll dich sofort zu Eve Long runterbringen. Sie ist die leitende Hairstylistin hier bei Monumental. Sie wird eine Blondine aus dir machen – butterblond! Dann fährst du zu Max Factor, der wird die abschließenden Akzente setzen. Morgen früh kommst du wieder, gleiche Zeit, und wir schauen uns an, womit wir arbeiten können.« Er tippte mit einem seiner langen Finger auf den Notizzettel. »Aber ich verspreche nichts, denk dran.« Irgendwann während seines Telefonats hatte er wohl das förmliche Sie über Bord geworfen.

Norma schob den Zettel in ihre Handtasche. »Ich verstehe.«

Vierundzwanzig Stunden später erschien eine butterblonde Nora Wheeler zu ihrem zweiten Gespräch mit Harold Halstead. Dass Penny sie nicht einmal wiedererkannte, freute sie ungemein. Sie hatte den ganzen Morgen damit verbracht, das hellere Make-up aufzutragen, das dazu gedacht war, die neue Haarfarbe zu unterstreichen. Die Verwandlung war überwältigend. Nun besaß Norma nur noch bläuliche Make-up-Nuancen, da Max Factor diese Farbe für Blondinen empfahl. Außerdem war ihr Haar zu einem modernen, kinnlangen Bob geschnitten worden und umrahmte in weichen Locken ihr Gesicht. Nora hatte auf einem Satinkissen geschlafen, das Eve ihr gegeben hatte, um die Locken zu erhalten. Und da sie Eve sympathisch war, hatte sie sich aus dem Fundus ein blaues Kostüm ausborgen dürfen. Den neuen Look perfektionierte Nora mit einer Cateye-Sonnenbrille in Hornoptik und falschen Krokodillederpumps, die sie in aller Eile erstanden hatte. Als sie sich so im Spiegel betrachtete, konnte sie keinerlei Ähnlichkeit mehr mit Norma Westerman erkennen – und es würde auch nie wieder eine geben.

»Oh mein Gott«, rief Halstead, als er von seinen Unterlagen aufblickte. Sofort hängte er sich ans Telefon. »Ist Billy Rapp heute am Set? Findet heraus, ob er abkömmlich ist. Das *muss* er sich ansehen.«

Anschließend machte er Small Talk mit Nora und erkundigte sich, wo sie zurzeit wohne. Mit einem knappen Nicken holte er mehrere Blätter aus seiner Schreibtischschublade und schrieb ihr die Namen von Vermietern, Schneiderateliers und Restaurants auf. Sie war so in all diese Vorschläge vertieft, dass sie nicht einmal merkte, wie sich die Bürotür öffnete und ein hochgewachsener Mann mit welligem hellbraunem Haar und der Ausstrahlung eines Aristokraten hereinkam und sich neben ihr aufbaute. Halstead hingegen sprang mit ausgestreckter Hand auf.

»Billy.« Breit lächelnd schlug er dem Mann mit der freien Hand auf die Schulter. »Hier hast du deine Vivian für *Zug nach Boston*. Billy Rapp, das ist *Nora Wheeler*. Was meinst du?«

Nora blickte hoch, stand auf und strich sich den Rock glatt. Das war ihr großer Moment, das wusste sie. Sie lächelte verhalten und streckte beinahe schüchtern die Hand aus. »Freut mich, Sie kennenzulernen, Mr. Rapp.«

»Nenn mich Billy.« Der Mann lächelte sie an; seine unglaublich großen, grünen Augen musterten sie belustigt. »Und wo mag Harold dich wohl aufgestöbert haben?« Sein Lächeln wurde breiter, und auf seiner Wange erschien ein Grübchen – auf der linken.

»In New York.«

»Broadway?«

»Nächster Versuch.«

Billy Rapp lachte, schüttelte aber nicht Noras Hand. Plötzlich überfiel sie die Sorge, seinen Ansprüchen nicht zu genügen. Vielleicht war sie ja wirklich nur Durchschnitt, wie Clint immer behauptet hatte.

»Ihre Probeaufnahmen sind auch hervorragend … nicht nur das Aussehen«, fügte Halstead hinzu. »An ihrem Look haben wir ein bisschen gearbeitet.« Er zwinkerte Nora zu.

Billy musterte Nora eine Weile, wobei er nicht einmal zu verbergen versuchte, dass er sie ebenso emotionslos taxierte wie einen Mantel, den er zu kaufen erwog. Nora gewöhnte sich langsam an die Tatsache, dass ihr Körper und ihr Gesicht eine Ware darstellten und die Menschen in Hollywood keinen Hehl daraus machten, wie sie diese Ware einschätzten. »Du bist es.« Billy Rapp nickte lächelnd. »Halstead, du bist ein Genie. Und was für eins.«

Nora überkam plötzlich ein ungutes Gefühl; als würde zwischen Halstead und Billy Rapp noch etwas ganz anderes vorgehen, und als ginge es hierbei um etwas wesentlich Komplexeres als nur um eine Rolle in einem Film.

18

Helen Lambert

Washington D. C., 11. Juni 2012

Mein Kopfkissen war voller Blut, als ich aufwachte. Das Nasenbluten wurde schlimmer, und in meinem Schädel pochte es schmerzhaft. Außerdem ärgerte es mich, dass der Wecker die Szene mit Nora in Halsteads Büro unterbrochen hatte.

Mein Flieger nach London ging um fünf Uhr nachmittags vom Flughafen Dulles. Nur für den Fall, dass Luke misstrauisch wurde, hatte Mickey vorgeschlagen, nach London zu fliegen und von dort den Eurostar nach Paris zu nehmen. In der Hauptstadt würden wir uns dann einen Zug nach Challans suchen. Ich hatte Recherchen zur Familie LaCompte angestellt und herausgefunden, dass Juliets Bruder Marcel im Ersten Weltkrieg gefallen war. Ihr Vater hatte ein zweites Mal geheiratet und mit seiner neuen Frau noch drei Kinder bekommen. Bei ihrer Schwester Delphine war es schwieriger. Nachdem ich lange gesucht hatte, stieß ich auf eine Eintragung im Kirchenbuch, in der die Vermählung von Juliets Schwester mit Michel Busson festgehalten war. Minutenlang starrte ich auf den Bildschirm und versuchte zu verarbeiten, dass ich meine kleine Schwester genau dem Schicksal überlassen hatte, das ursprünglich mir zugedacht gewesen war. Sie hatte drei Kinder mit Michel Busson bekommen. Die Angaben zu ihren Enkelkindern druckte ich mir aus.

Bevor ich anfing zu packen, suchte ich im Internet noch kurz nach Nora Wheeler. Es gab 5654 Treffer. Ich entschied mich für eine Website über alte Hollywoodlegenden und rief Nora Wheelers Biografie auf. Als auf dem Bildschirm eine weitere Abwandlung meines Gesichts und der Züge des grüblerischen Mädchens aus Marchants Gemälde auftauchte, schnappte ich unwillkürlich nach Luft. Es war nicht genau mein oder ihr Gesicht, aber das lag vor allem daran, dass jedes ein Produkt seiner Zeit war. Die Aufmachung kann dem Auge Streiche spielen und identische Frauen einfach nur ähnlich aussehen lassen, etwa wie Cousinen. Nora Wheeler trug einen platinblonden Bob, der ihr bis ans Kinn reichte. Ihre Augen waren dunkel geschminkt. Auf dem Foto lag sie in einem Seidennegligé auf einem Sofa und hatte den Arm genauso gebeugt wie das *Mädchen auf Treppe*. Die Parallelen zwischen beiden Bildern waren erstaunlich.

Auf anderen Seiten gab es Aufnahmen aus *Die verborgene Treppe* und *Millionen Küsse*, den Filmen, in denen Nora Wheeler laut allgemeiner Ansicht ihre besten Rollen hatte. Zum Schluss fand ich ein Foto, das sie auf einer Party im Cocoanut Grove im Ambassador Hotel zeigte, zusammen mit Billy Rapp. Ich schob mich dicht vor den Bildschirm, um mir Rapp genauer anzusehen; er war braun gebrannt und hatte dunkelblondes Haar, aber er war eindeutig eine Variation des Auguste Marchant aus meinen Träumen und des realen Roger aus diesem Leben. Nora trug ein eng anliegendes Seidenkleid und darüber einen weißen Nerzmantel. Mein Blick wanderte zu den Fotos von Roger und mir auf Kauai. Die beiden Frauen konnten problemlos verwandt sein, und nun fiel mir zum ersten Mal auf, wie konkret die Ähnlichkeit zwischen Roger, Billy Rapp und dem jungen Auguste Marchant tatsächlich war.

Ich druckte ein paar Kurzbiografien und anderes Material über Nora Wheeler aus und stopfte alles in meine Tasche.

Mickey wartete am Flughafen auf mich. Unsere gesamte Reise sollte nur knapp drei Tage dauern, ich war mir also nicht sicher, wie viel Schlaf wir abbekommen würden, wenn wir erst gelandet waren.

Im Flugzeug holte ich die Sachen über Nora Wheeler hervor und fing an zu lesen.

*

Nora Wheeler
Geboren: 22. Juni 1910 in Akron, Ohio.
Sie verschwand am 24. Juli 1935 in der Nähe von Long Beach, Kalifornien, und gilt seitdem als tot.

Nora Wheeler, geborene Norma Evelyn Westerman, war eine amerikanische Schauspielerin, die sich vor allem durch kleinere Rollen in Filmen wie *Zug nach Boston* (1932), *Die verborgene Treppe* (1933), *Max und Ich* (1933) und *Millionen Küsse* (1934) einen Namen machte. Sie wurde in einem Billigkaufhaus in ihrer Heimatstadt Akron entdeckt und arbeitete zwei Jahre in New York als Tänzerin, bevor sie einen Vertrag bei Monumental Films in Hollywood unterschrieb, der ihr aber hauptsächlich nur kleine Rollen einbrachte. Zwar waren die Kritiker von ihrer Arbeit in *Millionen Küsse* und *Die verborgene Treppe* – produziert von ihrem Ehemann William »Billy« Rapp – durchaus angetan, dennoch schaffte sie es fast nie zur Hauptdarstellerin. 1935 wurde ihr Mann mit einer tödlichen Schusswunde am Kopf in ihrem gemeinsamen Haus aufgefunden. Der Fall wurde als Selbstmord eingestuft, doch die Gerüchte, dass Rapp ermordet worden sei, verstummten nie. Diesen Skandal überlebte Wheelers Karriere nicht, sie bekam danach keine Rollen mehr in Hollywood. Offiziell wurde der Fall Billy Rapp nie aufgeklärt, doch in seinem Buch *Hollywoodmorde der 1930er-Jahre* behauptet Steve Mason, Rapp habe sich nicht selbst getötet, sondern sei von seinem Liebhaber Ford Tremaine erschossen worden, der laut einiger Zeugenaussagen den Mord auf seinem Sterbebett gestanden habe. Beth Powell vertritt in ihrer Rapp-Biografie hingegen die Ansicht, der Regisseur sei von einem früheren Bekannten seiner Frau ermordet worden. Weiter angeheizt wird das Mysterium durch die Tatsache, dass Wheeler vor der Küste von Long Beach verschwand, als ihr Boot bei einem Segeltörn kenterte. Wheelers Leiche wurde nie gefunden, und sie wurde kurz darauf für tot erklärt, allerdings gibt es bis zum Jahr 1944 immer wieder unbestätigte Berichte, sie sei gesehen worden. Die berühmte Theaterschauspielerin Lillibet Denton behauptete bis zu ihrem Tod, in einem Buchladen in Paris mit Wheeler gesprochen zu haben, sich aber nicht mehr an die Details der Begegnung erinnern zu können, weshalb die Geschichte als unglaubwürdig abgetan wurde.

Wir ließen gerade die Küste der Labrador-Inseln hinter uns, als mich bei einer Flughöhe von sechsunddreißigtausend Fuß der Schlaf übermannte.

19

Nora Wheeler
Los Angeles, 1933

Die kühle Brise, die vom Santa Monica Beach Club herüberwehte, sorgte dafür, dass Nora sich einen Pulli wünschte. Sie hatte sich noch immer nicht an die Intensität der südkalifornischen Sonne gewöhnt, deren grelles Licht so harsche Schatten warf, wie man sie früher zu Stummfilmzeiten gerne eingefangen hatte. Und gleichzeitig konnte jederzeit ein kalter Wind vom Meer heranfegen, der sie bis auf die Knochen auskühlte.

Nora schirmte ihre Augen gegen das helle Licht ab und musterte Billy eingehend.

Der Flur war lang. Billy Rapp kam langsam auf Nora zu. Er ließ sich Zeit, zog beinahe zu fest an seiner Zigarette. Er wusste, dass sie hier stand und auf ihn wartete, doch er nahm ihre Anwesenheit nicht zur Kenntnis. So war er nun mal. Seine leichte Hose und sein Baumwollhemd wurden vom Wind aufgebauscht. Mit seinem hellbraunen, welligen Haar und dem intensiven Blick hätte Billy selbst ein Star sein können, aber das war nicht sein Ding. Er war ein Heißsporn und hasste die Vorstellung, jemand könnte Besitzansprüche auf ihn erheben. Dabei war vollkommen klar, dass sie alle Eigentum des Studios waren – auch die Regisseure. Billy wollte realistische Filme machen, keine weichgespülten Studioversionen oder Varietékomödien. Scheinbar war es ihm gelungen, sich einzureden, dass er eine gewisse Kontrolle über seine Arbeit hatte. Heute waren seine sanften Augen mit den dichten Wimpern hinter einer Sonnenbrille mit Hornrahmen versteckt. Nora schloss die Augen. Dieser Moment hatte etwas an sich … Wie Billy auf sie zuging, seine kaum hörbaren Schritte auf den spanischen Keramikfliesen, wie er sich mit der Linken durchs Haar fuhr, während er gleichzeitig mit der Rechten den letzten Zug von seiner Zigarette nahm, eingerahmt durch eine offene Tür, hinter der man den blauen Pazifik erahnen konnte … Sie wusste, dass sie dieses Bild für immer in ihrem Gedächtnis speichern sollte, denn der Augenblick ließ sich ebenso wenig festhalten wie Billy. Er raubte ihr den Atem. Selbst wenn sie mit ihm zusammen war, erfüllte sie eine merkwürdige Sehnsucht nach ihm, als ob sie bereits wüsste, dass sie ihn nicht halten konnte. Das Gefühl, Billy zu verlieren, zu verlieren hatte etwas Vertrautes an sich, wie eine Schusswunde, die zwar vernarbt, aber nie ganz verheilt war. Dieser Mann ging einem unter die Haut; ein Einzelgänger, der andere Menschen lediglich zu dulden schien, Nora eingeschlossen. Bei ihr verstellte er sich einfach nur besser.

Sobald er sie erreichte, zog er sie in seine Arme. Ihre Beziehung beruhte nicht auf Gleichberechtigung: Er war der Regisseur, sie seine Muse. Bislang hatten sie bei zwei Filmen zusammengearbeitet – *Zug nach Boston* und *Die verborgene Treppe* –, doch in seinem neuen Streifen *Starlight Circus* würde sie nicht zu sehen sein. Er hatte sie bei der Wahl der Hauptdarstellerin übergangen und die Rolle stattdessen Jayne McKenna gegeben. Halstead hatte es Nora verraten, allerdings wusste Billy nicht, dass man es ihr bereits gesagt hatte. Nun fragte sie sich, wie er es ihr wohl mitteilen würde. Ganz offen und geradeheraus? Würde er ihr beichten, dass er Jayne McKenna ihr vorgezogen hatte? Und würde er ihr den Grund dafür nennen? Oder würde er Halstead die Schuld zuschieben?

Nora trug ein ärmelloses orangefarbenes Kleid mit gedrehtem Kragen. Sie blickte hoch. Es war erst zwei Uhr nachmittags, und doch schien es so, als wollte die Sonne schon untergehen. Im Gegensatz zu allen anderen fand sie die Sonnenuntergänge in Kalifornien eher bedrückend. Dies war einer der letzten Orte auf der Erde, der die Sonne an jedem Tag zu sehen bekam. Wie die letzte Verbeugung, bevor der Vorhang fiel.

Arm in Arm schlenderten Billy und Nora zum Club hinüber und wurden dabei von mehreren Pärchen gegrüßt. Nora war es gewöhnt, auf der Straße erkannt zu werden, auch wenn sie nicht zu den ganz großen Stars gehörte. Als Opfer in Billys *Zug nach Boston* war sie keine fünf Minuten auf der Leinwand zu sehen gewesen, in ihrer Rolle als kreischende, manipulative Ex-Frau in *Die verborgene Treppe* immerhin eine Viertelstunde. Beide Rollen waren zwar klein gewesen, aber einprägsam. Vor sechs Monaten hatte man ihre Gage erhöht, wodurch sie genug Geld gehabt hatte, um sich ein Häuschen im spanischen Stil in einer der verwinkelten Straßen nahe der neu errichteten Hollywood Bowl zu kaufen. Von dort aus konnte sie gerade noch Mount Lee mit dem Holly-Teil des berühmten Schriftzuges erkennen. In diesem Viertel wurde gerade überall gebaut, und wenn die Fenster offen standen, konnte man schon früh am Morgen lautes Hämmern hören. Noras Haus war ein brandneuer Bungalow mit Bogentüren, hohen Decken und schmückenden Holzbalken. Draußen stand eine fette Palme direkt neben einer schlanken Pinie, was an Laurel und Hardy denken ließ. An der ockerfarbenen, grob verputzten Mauer hingen zwei Laternen neben der Eingangstür, darunter standen zwei steinerne Tröge, aus denen dichte, kaum gepflegte Pflanzen quollen. Über der Garage mit den braunen Stützpfeilern lugte ein breiter, französischer Balkon hervor. Es war ein romantisches Haus, in dessen Garage drei Autos Platz gefunden hätten, auch wenn Nora nur eines besaß: einen schwarzen Chrysler Roadster, Baujahr 1931 mit weißem Verdeck, den sie bei einem Händler am Sunset erstanden hatte. Drinnen war das Haus mit Kleidern und Büchern vollgestopft. Nora hatte alles. Und doch schien es eines zu geben, das sie nicht haben konnte – Billy Rapp.

An ihrem ersten Drehtag mit Billy bei *Zug nach Boston* hatte sie ihn still beobachtet, bis er nach ihr verlangt hatte. Ihre Rolle hatte nur zwei Drehtage. Aber sie hatte alle überrascht. Anschließend hatte sie unter einem anderen Regisseur die Freundin eines Ganoven gespielt. Es war keine komische Gangsterbraut gewesen wie die von Jean Harlow, sondern eine tragische Figur, ein gefallenes Mädchen. Auch in diesem Film hatte sie für Aufsehen gesorgt. Billy hatte sie dann wieder angefordert, diesmal für die Ex-Frau in *Die Verborgene Treppe*. Beim zweiten Mal drehten sie eine Woche zusammen. Abseits vom Set sprach Billy kein Wort mit ihr, nicht einmal, wenn sie sich zwischen Garderobe und Studio über den Weg liefen. Er war eine einschüchternde Persönlichkeit, wurde schnell wütend und stürmte dann oft vom Set, aber seine Werke waren ihrer Zeit voraus, das wusste jeder bei Monumental. Als Regisseur war Billy ein Visionär, doch die Angestellten des Studios hatten es oft nicht leicht mit ihm. Fast täglich sah man, wie Halstead vom Set zu Rapps Büro marschierte, um ihn zu beschwichtigen.

Noras Stimme brachte ihr beim Vorsprechen oft Pluspunkte

ein. Nachdem 1927 *Der Jazzsänger* herausgekommen war, hatten viele Schauspielerinnen, die beim Stummfilm sehr lukrative Rollen bekommen hatten, den Wechsel nicht geschafft. Noras Timing hätte also nicht besser sein können. Die vielen Gesangsstunden in Akron hatten ihr eine tiefe, sinnliche Stimme verliehen. Zu sinnlich für die Naive, also spielte sie die Femme fatale oder das freche Mädchen. Ihr Aussehen ermöglichte ihr chamäleonhafte Verwandlungen vom Drama bis zur Komödie. Während der letzten eineinhalb Jahre war sie dem Berühmtsein sehr nahe gekommen, hatte aber doch nie eine Hauptrolle bekommen. Als sie bei den WAMPAS Baby Stars 1933 ebenfalls übergangen wurde, hatte sie die Nase voll von der Warterei. Sie ging zu Halstead und bettelte um eine bessere Rolle – um eine Chance. Er gab ihr ein Kärtchen mit einer Adresse und wies sie an, um sechs Uhr nachmittags dort zu erscheinen, möglichst hübsch zurechtgemacht.

Vier Stunden später erschien Nora auf einer Party in Beverly Hills, die bereits voll im Gange war. Schon als sie durch die Tür trat, begriff sie, zu welcher Art von Party sie hier geladen worden war. Die Männer gehörten ausnahmslos zur Führungsriege von Monumental, außerdem war noch ein erlesenes Grüppchen anwesend, das vollständig auf der landesweiten Liste der »Top Theaterleute 1933« vertreten war. Und die Frauen – alle blutjung – waren eindeutig zu einem einzigen Zweck hier: um zu unterhalten. Nirgendwo war eine der Ehefrauen zu sehen, und Nora fiel auf, dass die Servicekräfte unablässig die Gläser füllten. Ihr wurde heiß. So sollte das also laufen? Sie hatte gehofft, Halstead wäre anders; aber ihre guten Kritiken waren ihm offenbar gleichgültig. Sie beschloss, sich ein paar Hors d'oeuvres und ein Glas Champagner zu genehmigen, da sie sowieso nichts zu essen im Haus hatte. Nachdem sie sich eine Portion russische Eier besorgt hatte, suchte sie sich eine ruhige Ecke und ließ sich in einen Sessel sinken.

»Solltest du nicht dort draußen sein und strahlen?«

»Dafür gibt es die Sonne.« Nora biss in eines der Eier; es schmeckte himmlisch. Sie würde sich auf jeden Fall einen Nachschlag holen. Erst dann sah sie hoch, fest entschlossen, den Störenfried abblitzen zu lassen. Vor ihr stand ein großer Mann, die Sonne im Rücken. Doch seine Stimme kam ihr bekannt vor. »Ich denke, bei meiner Einladung lag ein Missverständnis vor.«

Als der Mann sich in den Sessel neben ihr setzte, erkannte sie endlich den mit einer Sonnenbrille ausstaffierten Billy Rapp, der seine welligen Haare mit einer ordentlichen Portion Pomade gebändigt hatte. Seine Stirn war von der Sonne gerötet. Er beugte sich zu ihr rüber: »Ich denke nicht, dass ein Missverständnis vorliegt.«

Betroffen senkte Nora den Blick.

Offenbar konnte er ihre Miene deuten. »Entschuldige, ich wollte dir nicht zu nahe treten.« Er ließ den Blick über die Partygäste schweifen. »Ich meinte damit nur, dass Halstead sehr genau weiß, wen er hierher einlädt … mehr nicht.«

Nora beobachtete, wie zwei Mädchen von schwitzenden Studiobossen begrapscht wurden. »Das ist beleidigend.« Nora stand auf. »Halstead hat mich beleidigt.«

»Tja, du kannst aber nicht gehen.« Billy hielt sie am Arm fest. »Wenn du jetzt abhaust, bist du gebrandmarkt.«

»Aber mir bleibt immerhin meine Würde, oder nicht?«

»Kriegt man für Würde denn heutzutage noch etwas auf der Bank? Kein Studio wird dich je wieder engagieren. Hast du dir nicht gerade erst ein Haus gekauft?« Er stand ebenfalls auf und nahm ihre Hand. »Komm schon, wir drehen eine Runde und liefern ihnen, was sie wollen. Du bist doch Schauspielerin, oder nicht? Wir müssen alle eine Rolle spielen.« Billy Rapp führte Nora zum Pool hinaus, wo sie für jeden gut sichtbar waren. Während die Sonne langsam unterging und mehr und mehr Drinks ausgeschenkt wurden, belegte er Nora mit Beschlag und machte Small Talk. Sie fanden heraus, dass sie gar nicht weit voneinander entfernt aufgewachsen waren; er stammte aus Youngstown in Ohio. »Mein Vater hat im Stahlwerk gearbeitet«, erzählte Billy. »Er hasst meinen Beruf. Ständig prophezeit er mir, dass so schnell nichts aus mir wird, wenn ich nicht bald zur Vernunft komme.«

Als er schließlich aufstand und auf sie herabblickte, fuhr der Wind durch seine leichte Hose. Nora überkam das merkwürdige Gefühl, dieses Bild schon einmal vor sich gesehen zu haben. »Hast du je gemalt?«, platzte es aus ihr heraus. Das musste wohl am Champagner liegen.

»Ich habe es mal versucht«, antwortete Billy. »Aber ich habe immer bewegte Bilder vor mir gesehen, keine statischen. Das ist meine Leidenschaft, Ton und Bild in Einklang zu bringen. Stille und Pausen zu nutzen.«

Geschickt zog er eine Zigarette aus der Schachtel und zeigte damit auf sie. »Du hast etwas, weißt du? Nicht nur Schönheit.« Billy sah sich um und schwenkte seine Zigarette. »Davon gibt es hier massenweise. Aber du … du *beherrschst* eine Szene. Du hast diese Frische, aber nicht wie all die anderen Zwanzigjährigen, die den nächsten Bus genommen haben, weil ihnen ständig gesagt wurde, wie hübsch sie doch sind. Und es liegt auch nicht an Halsteads Runderneuerung. Ich habe mir deine ersten Probeaufnahmen angesehen.«

»Tatsächlich?« Am Set hatte er nie besonderes Interesse an ihr gezeigt, deshalb fand sie es unheimlich schmeichelhaft, dass er sich kundig gemacht hatte.

»Deine Stimme und deine Präsenz. Du hast dir meinen letzten Film unter den Nagel gerissen, indem du einfach nur am Set erschienen bist. Halstead sieht das auch. Ich weiß eigentlich gar nicht, warum er dich hergeschickt hat.«

»Warum bist du hier?«

Billy hob sein Glas. »Diese Männer finanzieren und vertreiben meine Filme.«

»Und warum bin ich hier?«

»Hast du ihn kürzlich um etwas gebeten?«, fragte Billy achselzuckend. »In dieser Stadt hat alles seinen Preis, vergiss das nicht. Sollen wir?« Und Nora hatte Halstead ja wirklich darum gebeten, für bessere Rollen in Erwägung gezogen zu werden.

Sie hakte sich bei Billy unter und die beiden wanderten von einer Gruppe zur nächsten und plauderten mit den wichtigen Männern, die sich mit jugendlichen Naiven schmückten. Billys Arm ruhte dabei die ganze Zeit an ihrer Taille, und Nora spürte den Neid einiger Mädchen, die wohl annahmen, dass sie nach der Party mit ihm nach Hause gehen würde.

Als sie an einem glänzenden schwarzen Steinway-Flügel vorbeikamen, strich Nora mit den Fingern darüber. Von dem Holz schien eine Art Stromschlag auszugehen, der sie kurz zusammenzucken ließ. Sie starrte das Instrument an. Das Klavier im Esszimmer ihrer Mutter hatte sie gehasst, aber das hier war anders … es schien nach ihr zu rufen. Der kleine Finger ihrer rechten Hand begann zu kribbeln. Sie untersuchte ihn, um zu sehen, ob sie sich vielleicht einen Splitter eingezogen hatte, aber die Haut war unverletzt. Bald breitete sich das Kribbeln auch auf den Zeigefinger aus.

»Alles in Ordnung?« Billy drehte sich um und sah, dass sie am Flügel stehen geblieben war. »Spielst du?«

Nora schüttelte den Kopf. »Und du?«

»Ein wenig.« Er zog die Bank heraus und setzte sich. Dann

spielte er eine einfache Ragtime-Melodie. »Meine Mutter hat es mir beigebracht«, erklärte er. »Ich kann auch einige Hymnen, aber die hebe ich mir für einen passenderen Rahmen auf.« Billy war kein besonders guter Klavierspieler, eher holprig suchte er aus dem Gedächtnis nach den richtigen Tönen.

Nora setzte sich neben ihn und musterte die Tasten, die ihr so gar nichts sagten. Sie spreizte ihre schlanken Finger und brachte sie in Position. Die rechte Hand fing an. Sie klimperte eine Melodie, wobei ihr Gehirn keine Ahnung hatte, was ihre Finger da taten. Das Kribbeln war nun auch auf den linken Daumen übergesprungen, und plötzlich drückten die Finger der linken Hand mehrere Tasten. Eine wundervolle Tonfolge floss aus dem Instrument.

»Du hast doch gesagt, du könntest nicht spielen«, meinte Billy erstaunt.

Wenig später hatte sich eine Zuhörergruppe gebildet. Nora hatte keine Ahnung, was mit ihr geschah, doch für sie gab es nichts anderes mehr außer den Tasten, und sie konzentrierte sich ganz auf etwas, von dem sie wusste, dass es Saties *Gnossienne No. 3* sein musste. Nach dem Satie spielte sie noch zwei weitere Lieder, schnellere Allegros, bevor sie merkte, dass Billy sie anstarrte.

Als sie fertig war, klatschte er. »Das war brillant. Na klar, du kannst nicht spielen.« Er lachte. »Du bist viel zu bescheiden für diese Stadt, Nora Wheeler.«

Lächelnd sah sie ihn an. Sie wusste, dass sie zumindest einen Moment lang den gesamten Raum beherrscht hatte. »Können wir von hier verschwinden?«

Diesmal hatte Billy nichts dagegen einzuwenden.

Der Parkservice brachte Rapps Pierce-Arrow-Phaeton Cabrio in die Einfahrt. Ein so wundervolles Auto hatte Nora noch nie gesehen: cremefarben mit zweifarbigen braunen Akzenten und

Reserverad an der Seite. Voller Stolz erklärte Billy ihr, der Wagen habe einen Acht-Zylinder-Motor.

»Wohin soll's gehen?« Er drehte sich zu ihr um.

»Ich weiß nicht«, stammelte Nora, die über die cremefarbenen Polster des Wagens strich. »Das ist überwältigend.«

Billy lächelte. »Für das Trocadero sind wir nicht angemessen gekleidet. Wie wäre es stattdessen mit dem Derby?«

Obwohl sie keine Ahnung hatte, was das sein sollte, nickte Nora.

Billy hielt schließlich vor einem spanisch anmutenden Restaurant auf der Vine Street, wo die Neonschilder Nora verrieten, dass sie nun wohl das Brown Derby besuchen würden. An Billy Rapps Arm in einem solchen Lokal zu erscheinen, bedeutete etwas. Hastig griff Nora nach ihrer Handtasche und suchte nach dem Taschenspiegel. Billy warf ihr einen fragenden Blick zu. »Ich sehe furchtbar aus«, meinte sie nur.

»Du siehst großartig aus. Hast ziemlich viel Sonne abbekommen heute. Zusammen mit den Cocktails von der Party verleiht dir das einen ganz besonderen Glanz.«

»Oh nein. Ich glänze?« Immer hektischer wühlte Nora in der Tasche, ohne aber den goldenen Spiegel zu finden.

Billy nahm ihr den Lippenstift aus der Hand, den sie bereits hervorgekramt hatte, und zog die Kappe ab. »Komm her.« Er drehte den Stift hoch. »Sieh mich an.«

Nora spitzte übertrieben die Lippen, und er tupfte die Farbe darauf wie ein Maler. Anschließend verwischte er sie mit dem Finger, bis er mit dem Ergebnis zufrieden war. »Was hast du noch da drin?«

Nora reichte ihm Make-up-Stick und Rouge. Da es inzwischen dunkel war, blieben Billy nur die Neonlichter des Derby als Beleuchtung. Er studierte einen Moment lang ihre Züge, dann trug er mit gleichmäßigen, gekonnten Bewegungen das Make-up auf.

Er strich ihr Haar glatt und schob ihr Kinn in Position, um sein Werk zu begutachten. Nora schaute ihm in die Augen, aber sein Blick war distanziert, als würde er sie durch eine Kamera betrachten und nicht direkt. Offenbar gefiel ihm, was er sah, denn er warf die Kosmetika zurück in die Tasche. »Sie sollten deine Haare noch stärker bleichen.«

Diese Feststellung warf sie etwas aus der Bahn. »Wie bitte?«

»Du würdest auf der Leinwand ganz anders rüberkommen, wenn deine Haare weißlicher wären.«

»Wie bei der Harlow.«

»Nein, das ist zu krass, zu puppenhaft. Eher wie bei der frühen Joan Crawford, beinahe platinblond. Längere Haare und dunkleres Make-up um die Augen. Du musst gefährlich wirken. Das passt besser zu deiner Stimme.« Wieder musterte Billy sie prüfend. »Halstead soll das gleich morgen in die Wege leiten.«

Als sie aus dem Phaeton stieg, sah Nora ihr Bild im Rückspiegel: Ihre Wangen waren gerötet, aber Billy hatte ihre Lippen etwas kaschiert und dafür ein wenig Farbe auf ihre Lider gezaubert. Sie war überrascht. Eigentlich hatte sie gedacht, er würde die Konturen ihres Gesichts übertrieben betonen, wie es im Film üblich war, doch stattdessen hatte er es – im Auto, bei schlechter Beleuchtung – geschafft, ihr Gesicht auf natürliche Art erstrahlen zu lassen, als hätte sie den ganzen Tag am Strand verbracht. Er hatte wirklich ein Auge für so etwas.

»Und jetzt sorgen wir dafür, dass Louella uns zusammen sieht«, rief Billy über die Schulter. »Danach dürfte ich sie für eine Weile los sein.« Nora war nicht ganz sicher, was er damit meinte, aber wenn Hedda Hopper und Louella Parsons, die alteingesessenen Klatschreporterinnen Hollywoods, sie heute Abend mit

Billy sahen, konnte ihr das einen mächtigen Bekanntheitsschub verpassen.

Das Restaurant war gerammelt voll. An den dunklen Holzwänden hingen überall Karikaturen berühmter Schauspieler. Nora versuchte angestrengt, sich gleichzeitig die Bilder anzusehen und Billy zu folgen, der vom Maître in atemberaubendem Tempo durch das Lokal gelotst wurde. Plötzlich blieb er stehen und begrüßte einen Mann und seine Begleiterin, die gemütlich in einer der Nischen zusammen speisten. Nach einem kurzen Gespräch gingen sie weiter. Erst als sie im Vorbeigehen das Profil der Frau sah, begriff Nora, wen sie vor sich hatte.

»Das war Nora Shearer.« Aufgeregt zupfte sie Billy am Ärmel und zog ihn verschwörerisch zu sich heran.

»*Mit* Irving Thalberg.«

»Ist ja klar, dass du nur auf den Regisseur achtest.«

Billy hatte die Hände in die Hosentaschen geschoben und wandte sich achselzuckend ab. Man konnte sehen, dass er hierhergehörte. Als sie schließlich am Tisch saßen, beugte Nora sich gespannt vor. »Kommst du oft her?«

»Manchmal.« Billy streckte die Beine unter dem Tisch aus, stützte die Arme auf die Rückenlehne der Bank und sah sich im Raum um. Dann beugte er sich vor und flüsterte: »Ich weiß, dass du das extrem aufregend finden wirst, also versuch bitte, ruhig zu bleiben.«

»Was ist denn?«

»Nicht was.« Er holte eine Zigarette aus seiner Schachtel und zündete sie an. »Sondern *wer*. Carole Lombard.«

»Die Lombard?«, platzte Nora etwas lauter heraus als beabsichtigt. »Wo?«

Billy deutete mit dem Kopf in Noras Richtung, die sofort herumwirbelte und sah, dass die blonde Schauspielerin zwei Tische hinter ihr saß. Wenn Nora ein Vorbild hatte, dann war das Carole Lombard. Sie war in ein lebhaftes Gespräch mit einem Mann mit dünnem Schnauzbart vertieft, der ihr aufmerksam zuhörte. Ihr Haar schimmerte golden, etwas dunkler, als es auf der Leinwand wirkte. Nora konnte ihre blauen Augen und den korallenroten Lippenstift erkennen, als die Schauspielerin den Kopf in ihre Richtung drehte. Hastig wandte Nora sich ab. »Wer sitzt da bei ihr?«

»William Powell«, erklärte Billy. »Sie haben sich gerade scheiden lassen, aber die Gerüchteküche behauptet, dass sie wieder zusammenkommen.«

Nora bestellte sich noch einen Cocktail; wie hungrig sie war, wurde ihr erst bewusst, als das überbackene Hühnchen à la King serviert wurde. Billy machte sich über ein riesiges Steak her und zeigte ihr dabei auch noch die anderen Filmgrößen im Lokal. Als in einer der Nischen ein Mann aufstand und seinen Tisch verließ, runzelte er kurz die Stirn.

»Was ist los?«

»Das ist Howard Hawks.« Billy schürzte die Lippen. »Er ist der Cousin der Lombard und wurde gerade für eine Komödie an Columbia ausgeliehen.« Bei ihm klang das Wort *Komödie* so, als hätte Hawks damit eine tödliche Diagnose gestellt bekommen.

Nora sah, wie der dünne Mann sich kurz mit Powell und Lombard unterhielt, bevor er sich winkend verabschiedete und zur Tür ging. »Du magst keine Komödien?«, fragte sie.

»Ich will nicht, dass meine Karriere durch etwas definiert wird, das weder ernsthaft noch realistisch ist. Mein nächster Film wird eine Kriegsgeschichte.«

»Aber die Menschen flüchten eben gerne auch mal aus der Realität«, fand Nora und dachte dabei an Filme wie Marie Dresslers *Emma* oder *Prosperity*. »Daran ist doch nichts auszusetzen, oder?«

»Es ist nicht die wahre Kunst, wie ich sie sehe.« Er fegte ein paar Krümel vom Tisch; der Kellner räumte die Teller ab, und Billy bestellte flambierte Kirschen und zwei Tassen Kaffee. »Wenn du mich fragst, wird Hawks überschätzt. Sag mal, warst du schon im Cocoanut Grove?«

Nora schüttelte den Kopf.

»Wird dir gefallen. Phil Harris ist der Bandleader, und er macht eine wirklich gute Show. Wir sollten morgen Abend hingehen.«

Ob es nun die viele Sonne war oder die vier Cocktails, die sie getrunken hatte, oder Billy … jedenfalls brachte Nora kein Wort mehr heraus.

Er lehnte sich zurück und nickte. »In der Vergangenheit waren die Menschen nicht gerade nett zu dir, stimmt's?«

Nora wich seinem Blick aus. »Ich habe keine Ahnung, was du meinst.«

»Ich glaube, du weißt sogar sehr gut, was ich meine.« Er wollte noch mehr sagen, doch da kam der Kellner mit dem Dessert, das direkt am Tisch flambiert wurde. Lächelnd sah Nora zu Billy hinüber und betrachtete dann staunend die brennenden Kirschen auf ihren Tellern; unfassbar, was für einen perfekten Tag sie doch mit ihm verlebt hatte.

Nora war noch immer auf die Kirschen konzentriert, als sie plötzlich eine gedrungene Gestalt bemerkte, die sich auf ihren Tisch zubewegte. Brennende Hitze stieg in ihre Wangen, und ihr Herz begann zu rasen. Instinktiv hob sie die Hand an die Brandnarbe in ihrem Gesicht, die endlich zu verblassen begann. Sie bekam keine Luft mehr, und in ihr stieg ein Gefühl auf, das sie seit beinahe einem Jahr nicht mehr heimgesucht hatte: Angst.

»Wenn das mal nicht Norma Westerman ist. Und wie du dich verändert hast! Hätte dich beinahe nicht erkannt, so blond, wie du jetzt bist.« Clints Blick schoss zwischen Billy und ihr hin und her, wohl um die Situation einzuschätzen. Er sah aus wie früher – vielleicht ein wenig breiter um die Hüften, ein wenig grauer an den Schläfen, aber sein Blick war immer noch undurchdringlich. »Ich hatte gehört, dass du hergezogen bist, um ein großer Star zu werden.«

Offenbar konnte Billy an Noras Körpersprache einiges ablesen, denn er unterbrach kurzerhand Clints Monolog.

»Wie schön, einen alten Freund von meiner Kleinen zu treffen.«

Nora sah, wie Clint sich bei den Worten »meine Kleine« aufplusterte. Das war einfach brillant; am liebsten hätte sie Billy dafür geküsst.

»Schön, dich zu sehen, Clint«, begrüßte Nora ihn, streckte ihm aber nicht die Wange zum obligatorischen Kuss entgegen. »Freut mich, dass es dir gutgeht. Wie läuft es so in New York?«

»Kann ich nicht sagen.« Er grinste. »Bin nach Los Angeles übergesiedelt. Arbeite für die Palladium Studios. Ich komme bald mal bei dir vorbei; wir haben ja einiges nachzuholen.« Eine Drohung, die Nora auch als solche erkannte. Clint nickte noch einmal und ging weiter.

»Wer war das?« Billy schob sich einen Löffel Kirschen in den Mund. »Du siehst aus, als wäre dir ein Geist begegnet.«

»Das ist ein richtig mieser Kerl.« Nora schob ihre Kaffeetasse von sich. Das Dessert überließ sie Billy; ihr war der Appetit vergangen.

»Was er wohl für die Palladium Studios macht?« Das war Billys Art, zu fragen, ob Clint Regisseur war.

»Er sorgt dafür, dass gewisse Dinge nicht in der Zeitung landen«, erklärte Nora.

»Ah.« Nun verstand er, was für ein Typ Clint war. »Ein Problemlöser.«

Nora rümpfte abfällig die Nase. »Ich habe allerdings nie gesehen, dass er Probleme *gelöst* hätte.«

Am nächsten Abend führte Billy Nora ins Cocoanut Grove im Ambassador Hotel aus, und am Freitag darauf zum Abendessen ins Trocadero. Die riesigen Palmen und die Musik im Grove gefielen Nora gut, aber das Café Trocadero am Sunset mit seinen Crêpes Suzette und dem Grand-Marnier-Soufflé wurde zu ihrem Lieblingslokal. Die Kostümdesignerin von Monumental, Inez London, lieh Nora schon bald die Kleider für diese Abendessen. Immer öfter tauchten Nora und Billy in den Klatschspalten auf, sehr zur Freude von Halstead.

Aber Nora blieb wachsam. Clint war in der Stadt, und Billy Rapp war das Einzige, womit sie ihn sich vom Hals halten konnte. Clint war wie ein Hund. Wenn er dachte, sie »gehöre« jemandem, ließ er sie vielleicht in Ruhe. Sie brauchte Billy als Puffer.

Dass in den einschlägigen Blättern ständig über sie berichtet wurde, war da äußerst hilfreich. Und auch Billy, der sich den Studios gegenüber gerne widerspenstig gab, war erfreut über die ständige Publicity, die ihre Romanze ihnen verschaffte. Glaubte man den Zeitungen, würde Billy Rapp Nora Wheeler schon bald einen Antrag machen. Und doch fuhr Billy Abend für Abend in ihre Einfahrt, hielt ihr die Wagentür auf, gab ihr einen Gutenachtkuss auf die Wange und fuhr davon. Mehr nicht.

Da dem Studio die Aufmerksamkeit, die ihre Beziehung in der Presse erregte, sehr gelegen kam, ermutigte man Nora dazu, sich öfter mit Inez London zusammenzutun. Bei ihrer ersten Anprobe war Inez recht zögerlich und gab ihr zu verstehen, dass die Kleider ein ganzes Stück besser an ihr aussehen würden, wenn sie zehn Pfund abnahm. Nachdem sie eine Woche lang nur von Brühe gelebt und gehungert hatte, bis ihr schlecht wurde, ging Nora wieder zu Inez – diesmal sichtlich schlanker. Die Designerin war von so viel Entschlossenheit beeindruckt und stellte ihr jede Woche fünf Outfits zusammen; als ihr Stern weiter stieg, lieh sie ihr sogar ihre besten Kostüme. Nora nahm sich die Tipps von Inez zwar meist zu Herzen, hatte aber auch selbst ein gewisses Auge für Muster, Schnitte und Stoffe und machte Vorschläge zur Länge ihrer Trompetenröcke oder dem Schrägschnitt eines Kleides. Beim nächsten Besuch stellte sie dann oft fest, dass Inez diese Vorschläge tatsächlich umgesetzt hatte.

Billy bestand darauf, dass sie ihr Haar heller bleichte. Das Studio lehnte das zunächst ab, doch dann erschien Billy höchstpersönlich im Salon und legte seine Argumente dar. Am Ende waren ihre Haare nahezu platinblond. Wenn sie nun einen Raum betrat, zog sie sämtliche Blicke auf sich.

Vier Monate vergingen, ohne dass Clint sich gemeldet hätte. Halstead hatte sie für einen weiteren Film ausgeliehen, doch ihre größte Chance auf eine Hauptrolle war Billys neuer Film *Starlight Circus*, an der Seite von Ford Tremaine. Als sie das Halstead gegenüber erwähnte, wurde er sehr still.

»Klär das mit deinem Liebsten«, meinte er nur.

»Er ist nicht mein Liebster, und ich habe versucht, das mit ihm zu klären«, wehrte sich Nora. »Er gibt mir keine klare Antwort. Deshalb kläre ich das jetzt mit dir.«

»Ich denke nicht, dass eine Rolle frei ist.« Halstead konnte Nora nicht in die Augen sehen, und die Kränkung war mehr als schmerzhaft. Anscheinend war nicht nur die Hauptrolle in *Starlight Circus* nicht für sie vorgesehen, sondern überhaupt keine Rolle.

Und nun saßen Nora und Billy also gemeinsam im Santa Monica Beach Club an der Bar. Sie bestellte sich einen Tomatensaft mit Wodka. Billy trank zurzeit keinen Alkohol, was vielleicht auch besser war, da er sich gerne prügelte, wenn er zu viel intus hatte. Stattdessen schüttete er sich fast hastig einen dampfend heißen Kaffee in die Kehle.

»Wegen *Starlight Circus* …«

»Halstead meinte, du wüsstest es bereits.«

Nora war überrascht, dass er so schnell auf den Punkt kam, und wütend, weil Halstead ihr bei diesem Verrat nicht einmal diesen kleinen Vorteil gelassen hatte. »Ich bin einfach enttäuscht.«

»Du passt nicht für diese Rolle.«

Diese Feststellung traf sie härter als erwartet. Nicht »zu passen«, das war persönlich. »Aber *Jayne McKenna* schon?«

»Sie wird besser mit Ford harmonieren.«

»Woher willst du wissen, wie Ford und ich harmonieren würden? Du hast uns nie zusammen spielen lassen. War ich dir nicht eine gute Freundin? Saufkumpanin? Habe ich mir nicht stundenlang dein betrunkenes Gejammer angehört – am Telefon, in meinem Vorgarten … über Hawks, Welles …? Du hast mehr Feinde als Freunde, Billy. Vielleicht solltest du dich da etwas besser um deine Freunde kümmern!«

»Mir war nicht klar, dass du für deine Freundschaft eine Gegenleistung verlangst!«

»Zumindest hatte ich nicht geglaubt, von einem Freund einfach übergangen zu werden, wenn er für eine so große Sache castet, für etwas so Wichtiges. Ein bisschen mehr Loyalität hätte ich durchaus erwartet!«

»Du passt nicht für diese Rolle.« Er starrte in seine Kaffeetasse.

»Das sagtest du bereits. Sieh mich an, Billy!«

Als er ihr endlich ins Gesicht sah, konnte sie ihre geschwollene Nase und das zerlaufene Make-up nicht verbergen; sie hatte angefangen zu weinen.

»Ich weiß, welche Rollen die richtigen für dich sind, Nora. Und diese ist es nicht, okay? Du und Ford, das würde nicht funktionieren.« Er schüttelte den Kopf. »Die Chemie würde einfach nicht stimmen.«

»Warum?« Einen Moment lang fragte sie sich, ob er vielleicht auf Ford Tremaine eifersüchtig war.

»Ich weiß es einfach«, murmelte er so leise, dass sie ihn kaum verstehen konnte. Nachdem er einen Schluck von seinem Kaffee genommen hatte, fügte er abschließend hinzu: »So ist es eben.«

Nora schwieg.

»Halstead hat aber etwas Großes für dich, ich habe ihn extra darum gebeten.«

»Ich will keine Almosen von dir. Und von Halstead auch nicht.«

»Gerade hast du noch gesagt, dass du nicht übergangen werden willst.«

»Von dir! Ich dachte, ich hätte mir bei dir etwas *verdient*. Es ist mir wichtig, was du von mir denkst. Mich interessieren keine Angebote, die man mir nur aus Mitleid macht, weil ich eine Rolle an Jayne McKenna verloren habe. Ich dachte, ich hätte mir deinen Respekt verdient.«

»Diese Rolle wäre in einem Film mit dem Namen *Max und Ich*. Du wärst Max – die Hauptrolle. Das ist ein richtig großes Ding, Nora. Könnte dein Durchbruch werden.«

Nora ließ ihn weiter brabbeln.

»Ich habe die Regie abgelehnt, aber diese Rolle ist perfekt für dich. Außerdem muss ich noch etwas anderes mit dir besprechen.« Billy war beinahe leidend über der Bar zusammengesackt und umklammerte seine leere Kaffeetasse.

»Warum sollte ich in einem Film mitspielen wollen, bei dem du die Regie abgelehnt hast?«

»Weil dieser Film für mich nicht geeignet ist, für dich aber schon.« Trotzig sah er sie an. »Kannst du es jetzt mal gut sein lassen?«

»Nein.« Nora stand auf und warf ihre Serviette auf die Theke.

»*Starlight Circus* ist Fords Film. *Sein* großer Auftritt.« Billy drehte sich auf seinem Barhocker zu ihr herum. »Jayne wird ihn strahlen lassen. Begreifst du das nicht? Bei jedem Film, in dem du auftauchst, rückst automatisch *du* in den Mittelpunkt. Damit kommt Ford nicht klar.« Billy hatte dunkle Ringe unter den Augen, als hätte er seit Tagen nicht geschlafen. Nun setzte er seine Sonnenbrille auf und griff nach der Rechnung. Zwei kleine Bewegungen, und schon war er wieder die mysteriöse Gestalt, in deren Orbit Nora kreiste. »Komm mit.«

Nach kurzem Zögern folgte Nora ihm nach draußen auf die Holztreppe, die zum Strand hinunterführte. Ohne anzuhalten stieg er die steilen Stufen hinab; er wartete nicht auf sie, drehte sich nicht um, um zu sehen, ob sie hinterherkam. So war er manchmal, vor allem, wenn er tief in seinem kreativen Schaffen versunken war. Billy war bekannt für düstere Filme mit männlichen Helden, die von inneren Dämonen geplagt wurden: Glücksspiel, Krieg, Feigheit, Verrat. Aber alles realistisch angelegt. Dass momentan alberne Komödien so gefragt waren – ein Trend, der von Howard Hawks befeuert wurde –, erschütterte ihn, der Komödien generell verabscheute, da er sie für banal hielt. Etwas in ihm sperrte sich dagegen, es anderen rechtzumachen.

Nora rannte nicht hinter ihm her. Sie rannte ihm niemals hinterher, worauf er meistens auch ansprang. Also täuschte sie auch jetzt Distanziertheit vor, in der Hoffnung, er möge es bemerken.

Schließlich drehte Billy sich um und sah, dass sie nicht mehr hinter ihm war. Er kam zum Fuß der Treppe und fing an zu sprechen. Seine Worte klangen wie ein einstudierter Monolog: »Ich finde, wir passen gut zusammen. Du verstehst mich besser als die meisten anderen Menschen. Gemeinsam könnten wir Großes schaffen.«

Nora schüttelte den Kopf. Der Wind peitschte um ihren Kopf, und sie musste ihre Haare festhalten, damit die Strähnen ihr nicht ins Gesicht wehten. »Dann hast du also eine Rolle für mich?«

Billy wanderte im Sand auf und ab, mit jedem schweren Schritt wirbelte er die feinen Körnchen auf. Er fuhr zu ihr herum und lachte. Seine nächsten Worte waren so unromantisch, dass sie beinahe in Ohnmacht gefallen wäre: »Ich … ich brauche eine Frau, Nora.«

»Du brauchst was?« Sie schluckte. Oh Gott, hätte er doch nur gesagt, dass er *sie* brauchte.

»Eine Ehefrau, Nora. Ich brauche eine Ehefrau. Ich möchte, dass du meine Frau wirst.« Langsam schien er sich an das Wort zu gewöhnen. »Willst du meine Frau werden?«

»Oh.« Nervös spielte sie an ihrer Halskette herum. Sie war nicht naiv. Auch wenn sie es gerne als romantische Geste gesehen hätte, schien das Angebot doch eher der Bequemlichkeit oder vielleicht auch Schuld zu entspringen, oder einen ganz anderen Grund zu haben, der sich ihr nicht erschloss. In New York hatte sie Clint in ihr Bett gelassen, um ihre Rechnungen zu bezahlen, sie war sich für eine pragmatisch orientierte Beziehung nicht zu fein. Aber das war so ziemlich das Letzte, was sie von Billy Rapp wollte. Nein, von Billy nicht. Während ihrer Autofahrten und Abendessen hatte sie ihm zugehört, seine Trübsal und sein Genie bestaunt, und auch seine freundlichen Gesten, die ganz allein für sie bestimmt zu sein schienen. Als wäre sie etwas Besonderes. Nora hatte sich in ihn verliebt. Natürlich hatte sie sich gewünscht, dass Billy sie ebenfalls liebte – sich in sie verliebte. Getrieben von dieser Hoffnung hatte sie ihn umkreist wie ihre ganz persönliche Sonne. Dieser Antrag allerdings fühlte sich falsch an, aufgesetzt. »Liebst du mich, Billy?«

»Sei nicht albern, Nora. Natürlich liebe ich dich.«

»Bei Gott, in so einem Moment würde ich doch nie *albern* werden.« Sie wandte ihm den Rücken zu, um einen Moment nachzudenken. Dann drehte sie sich wieder um. »Was würde Halstead davon halten?«

Billy starrte auf den Ozean hinaus, der in trägen Wogen vor ihm an den Strand rollte. »Es war seine Idee.«

Die Tatsache, dass Billy nicht einmal selbst auf den Gedanken gekommen war, ihr einen Antrag zu machen, war für Nora beinahe die schlimmste Enttäuschung.

»Also?« Mit den Händen in den Taschen stand Billy vor ihr, grell eingerahmt von Wind, Wellen und Sonne.

20

Nora Wheeler

Hollywood, 1934

Mit einem Budget von einer Million Dollar wurde *Max und Ich* zu einem Riesenerfolg und bescherte dem Studio einen Gewinn von siebenhunderttausend Dollar. Monumental war unter den großen Studios bekannt dafür, seinen Regisseuren eine Menge Macht einzuräumen – sogar mehr als Irving Thalberg bei MGM. Und auch wenn Monumental kleiner war als MGM, stand es doch in dem Ruf, qualitativ hochwertige Dramen zu produzieren. *Max und Ich* war einer der seltenen Versuche im Bereich der Komödie, in der Nora nach Art einer Carole Lombard spielte. Die Handlung des Films drehte sich darum, dass Mann und Frau vertauscht wurden: Der Ehemann wachte im Körper seiner Frau auf und umgekehrt. Dadurch lernten sich die Partner wieder mehr zu schätzen, wobei auch eine Menge körperliche Komik zu leisten war, die Nora zum ersten Mal vor eine ernste Herausforderung stellte. Halstead hatte sie reichlich dafür entschädigt, dass sie zuvor übergangen worden war.

Doch *Max und Ich* war nicht der einzige große Erfolg in diesem

Jahr. Mit *Starlight Circus* machte Monumental einen echten Star aus Jayne McKenna, die ihr bisheriges Max-Factor-Brünett für den Film dunkler färbte, was sie neben dem blonden Ford Tremaine exotischer wirken ließ. Und auch wenn ihre Rolle hauptsächlich dazu diente, Ford mehr herauszustellen, war ihr Name hinterher doch jedem ein Begriff. In diesem Punkt hatte Billy recht gehabt: *Starlight Circus* gehörte ganz Ford. Die Kamera liebte ihn. Und er lieferte die beste schauspielerische Leistung seiner bisherigen Karriere ab. Nora schrieb das Billys kreativem Einfluss zu.

Drei Wochen nach dem Heiratsantrag und eine Woche vor der Hochzeit gab Monumental bekannt, dass Billy Rapp die Regie von *Jenseits des Horizonts* übernehmen würde, einem Film über einen General, der nach seiner Rückkehr aus dem Ersten Weltkrieg von dem Geliebten seiner Frau erschossen wird. Ford Tremaine sollte wieder die Hauptrolle spielen. Und wieder würde Nora keinen Part in dem neuen Werk ihres Mannes übernehmen.

Das Gute war allerdings, dass sie Clint seit seinem Auftritt im Restaurant nicht mehr zu Gesicht bekommen hatte. Sie war fest davon überzeugt, dass ihre Verlobung mit Billy der Grund dafür war. Zum Teil hatte sie dieser Ehe aus Angst vor Clint zugestimmt. Billy würde ihr Clint vom Hals halten.

Die Vermählung von Nora Wheeler und Billy Rapp fand in der in diesem Juni von einem besonders üppig bepflanzten Garten umgebenen Villa von Harold Halstead statt, die in Beverly Hills direkt neben dem weitläufigen Anwesen von Harold Lloyd zu finden war. Die eigentliche Zeremonie war so schlicht und funktional gehalten, dass Nora es beinahe geschmacklos fand. Immerhin war dies ihre Hochzeit, auch wenn sie damit letztendlich wieder nur eine Rolle spielte.

Nora spürte die elfenbeinfarbene Seide ihres Kleides auf der

Haut. Es war ein heißer Tag, und sie fürchtete, die langen Ärmel könnten zu warm, die mit Krepp und Schmucksteinen verzierte Korsage zu eng sein. Doch am Ende saß alles perfekt. Das von Inez London entworfene Kleid war von schlichter Eleganz, durch die verwendeten Stoffe aber auch raffiniert, und es wurde durch eine meterlange Seidenschleppe gekrönt. Seltsamerweise spukte Nora noch ein anderes Kleid im Kopf herum, in Rosa, zu dem sie eine schwarze Maske trug. Jedes Mal, wenn sie beim anschließenden Empfang die Augen schloss, sah sie diese Version von sich und Billy vor sich, oft auch nur ihn, wie er ihr sagte, er wolle sie niemals wiedersehen. Die Bilder schienen hinter einem dünnen Schleier zu lauern – als würden ihr kurze Einblicke in eine Situation gewährt, die sie für Vergangenheit hielt, die in Wahrheit aber erst noch geschehen würden.

Mehrere Fotografen machten auf Halsteads Anweisung hin die üblichen Aufnahmen: das Paar schneidet die Torte an, das Paar posiert vor dem Brunnen im Hof. Billy sah glücklich aus. Von irgendwoher, vielleicht aus einem Zimmer im Obergeschoss, drang Klaviermusik an Noras Ohr; eine wuchtige, traurige Melodie, zu schwermütig für eine Hochzeit. Doch außer ihr schien niemand sie zu hören oder sich durch ihre schmerzliche Schönheit stören zu lassen. Zwischen Halsteads akkurat gestutzten Hecken, die aussahen, als hätte man ein Lineal angelegt, entdeckte Nora Billy. Er hatte die Hände in die Taschen geschoben und schien tief in Gedanken versunken zu sein. Sie war rettungslos in diesen Mann verliebt, und auch wenn sie wusste, dass etwas nicht stimmte, hoffte sie, dass nun alles besser werden würde. Als er hochsah und ihren Blick bemerkte, schenkte er ihr ein Lächeln. Für diesen kurzen Moment schien das die Bestätigung zu sein, dass sie zusammen glücklich sein konnten.

Angefangen bei der Zeremonie und erst recht später bei der

Feier schien die Welt für Nora zu schwanken, die Zeit schien zu schnell und gleichzeitig quälend langsam zu vergehen; die Ereignisse des Tages schoben sie voran, während etwas anderes sie zurückzuhalten schien. In diesen Momenten drangen vor allem kleine Details auf sie ein – die Spitze an ihrem Schleier, die üppigen Verzierungen an Halsteads Kamin, der Geruch der Möbelpolitur –, als wäre sie nur zu Gast an diesem Ort und in dieser Zeit. Am Morgen, als sie sich angekleidet hatte, war ihr plötzlich schwindlig geworden, sodass sie sich eine ganze Weile an ihrem Schminktisch festhalten musste, bis es vorüberging. Instinktiv wusste sie, dass sie alles an Glück in sich aufsaugen sollte, was dieser Tag zu bieten hatte.

Um zwei Uhr nachmittags war die Hochzeit vorbei, und Nora und Billy fuhren mit dem Phaeton in das Agua Caliente Resort und Kasino in Tijuana, wo sie ihre verkürzten Flitterwochen verbringen würden; in nicht mal einer Woche musste Billy wieder im Studio sein.

Da das Agua Caliente nur achtzehn Meilen hinter der mexikanischen Grenze lag, wurde es am Wochenende stets von einer Menge amerikanischer Touristen besucht. Der Eigentümer von Bitmore, Baron Long, hatte auf einem beinahe zweihundertfünfzig Hektar großen Areal ein Resort gebaut, in dem den Gästen aus San Diego und Los Angeles ein Spa, ein Golfplatz und ein Kasino zur Verfügung standen, nicht zu vergessen das absolute Highlight: die Rennbahn, auf der die höchsten Wetteinsätze des Landes geboten wurden. Sie stellte schon den zweiten Versuch auf diesem Gebiet dar, die erste Bahn befand sich vier Meilen weiter nördlich, etwas näher an der Grenze. Diese neue Rennbahn zog haufenweise Glücksspieler an, die es nicht zu stören schien, dass der Rest des Publikums aus ein paar Einheimischen, Stars aus Sport und Showgeschäft und Gangstern bestand. Und diese Dekadenz spiegelte sich perfekt in der Gold Bar mit angeschlossenem Kasino wider. In dem fensterlosen Saal mit der edlen Kassettendecke waren sogar die Jetons aus echtem Gold.

Billy lenkte den Phaeton an Pool und Startbahn vorbei und hielt am Hoteleingang. Mehrere Gäste reckten die Köpfe, um zu sehen, wer aus dem Wagen steigen würde, während zwei Pagen angelaufen kamen, um sie zu begrüßen. Da Billy seit ihrer ersten Begegnung nicht einmal mit ihr Händchen gehalten hatte, wusste Nora nicht, was sie in ihren Flitterwochen erwarten sollte – oder ob sie überhaupt etwas zu erwarten hatte. Als sie auf ihrem Zimmer waren, wurde Billy zappelig wie ein nervöses Kaninchen und bestand darauf, dass sie sofort zur Rennbahn gingen. Also warf sich Nora in ein schwarz-weißes Kleid mit schwarzem Bolero, eine Leihgabe von Inez, und folgte ihm stumm. Für den Rest des Nachmittags ignorierte Billy sie mehr oder weniger. Nach dem Rennen suchten sie sich ein paar Liegestühle, bestellten Champagner und betrachteten den Sonnenuntergang. Anschließend zogen sie sich um und gingen zum Abendessen, wo Billy so viel Gin in sich reinschüttete, dass Nora nicht einmal mehr die Gläser zählen konnte. In den frühen Morgenstunden wurde er von mehreren Kellnern in weißen Jacken auf ihr Zimmer getragen und auf der Couch abgelegt. Nora deckte ihn zu und verbrachte ihre erste Nacht als Mrs. William Rapp allein in ihrem Hotelbett.

Am nächsten Morgen stand sie früh auf und erkundete das Resort, das im spanischen Stil erbaut war. Sie wanderte über von Palmen gesäumte Wege, vorbei an prächtigen Mosaikbrunnen und riesigen Terrakottakübeln, die überquollen von gelben und rosafarbenen Blüten. Die Gärtner waren bereits damit beschäftigt, Hecken zu stutzen und die Stühle abzuwischen. Nora hörte gedämpftes Hufgetrappel von der Rennbahn, wo anscheinend eine frühe Trainingsrunde geritten wurde, dazwischen die langsameren Schritte der Arbeitspferde, die mit frischen Blumen beladene Wagen zogen. Langsam wurde es immer wärmer, und die ersten Gäste tauchten auf.

Als sie auf ihr Zimmer zurückkehrte, saß Billy auf der Terrasse, trank Kaffee und rauchte. Er wirkte grüblerisch und schien wütend auf sie zu sein. »Wo warst du?«

»Ich habe einen Spaziergang gemacht. Du hast noch geschlafen, und ich wollte dich nicht stören.«

Er drückte seine Zigarette im Aschenbecher aus. »Heute Abend kommen ein paar von den Jungs vorbei, um eine Runde zu spielen.«

Nora konnte sich ein Schnauben nicht verkneifen.

»Was?«, fragte Billy.

»Das hier sind unsere *Flitterwochen.*«

Er lehnte sich im Stuhl zurück, wobei sein Bademantel aufklaffte und Nora zum ersten Mal einen ausführlichen Blick auf seinen Körper erlaubte. Jedes Detail an ihm schien ihr längst vertraut zu sein, was aber gar nicht möglich war. Offenbar hatte sie ein merkwürdiges Déjà-vu von einem anderen Mann, schnappte Momente aus einem anderen Leben auf, die sie nicht verstand. Billy saß direkt vor ihr, ihre Ehe hatte gerade erst begonnen, und schon überkam sie das drängende Gefühl, dass er ihr entglitt. Nora mochte keine Stille, sie versuchte immer, sie auszufüllen, aber diesmal fehlten ihr die Worte. Also ließ sie zu, dass sich das drückende Schweigen zwischen ihnen in die Länge zog.

»Ich kann nicht, verstehst du?«

»Was kannst du nicht?«

»Ich kann es nicht, nicht so, wie du es dir vorstellst. Als Kind hatte ich die Masern, deshalb funktioniert bei mir manches nicht so, wie es sollte.«

»Wie bitte?« Nora glaubte, sich verhört zu haben.

»Es tut mir leid. Ich hätte es dir sagen müssen. Ich kann nicht mit dir schlafen.«

Schockiert stieß Nora den Atem aus. Das war es also? All die harmlosen Küsschen, wenn er sie abends nach Hause gebracht hatte … Sie überlegte angestrengt, was sie darauf erwidern sollte, brauchte mehrere Anläufe für ihre Antwort. »Ja, das hättest du mir sagen sollen.« Sie nahm ihm gegenüber Platz. »Aber du kannst ja nichts dafür.« Schon während sie die Worte aussprach, versuchte sie sich vorzustellen, wie es sein würde, niemals auf diese Art mit Billy zusammen sein zu können. Ihr wurde übel. Das alles hier – die Hochzeit, die Flitterwochen – war nichts weiter als eine Farce.

»Ich schäme mich dafür«, erklärte Billy. »Du bist so perfekt, und doch kann ich nichts machen. Du hättest es erfahren müssen, bevor wir geheiratet haben. Vielleicht wäre es dann anders gelaufen.«

Es war die Unbekümmertheit, mit der er ihr das verkündete, die Nora so wütend machte. Sie merkte, dass es ihm eigentlich gar nicht leidtat. Nora ließ sich das durch den Kopf gehen. »Es wäre schön gewesen, das alles bei unserer Hochzeit bereits zu wissen.«

Billy hatte nach seiner Kaffeetasse gegriffen. Ohne den Blick davon zu lösen, meinte er: »Halstead hielt es für besser …«

»Das glaube ich sofort«, unterbrach sie ihn verbittert. Wie dumm sie doch gewesen war. Sie fühlte sich von allen verraten. Plötzlich musste sie an ihre erste Begegnung mit Billy denken, damals in Halsteads Büro. Schon da hatte sie gespürt, dass zwischen den beiden etwas Seltsames vorging, als würde sie bereits für eine Rolle vorsprechen. War es etwa darum gegangen?

Am Nachmittag nahm Nora eine Golfstunde, um nicht darüber nachdenken zu müssen, was sie tun sollte. Sie war sich nicht sicher, ob sie es in einer lieblosen – und sexlosen – Ehe aushalten würde, aber sie musste klug vorgehen. Aus privater Sicht war es dumm gewesen, Billy zu heiraten; sie hatte es immer gewusst, dass er ihr das Herz brechen würde. Doch vom beruflichen Standpunkt aus war sie nun die Ehefrau von Monumentals einflussreichstem Regisseur, und sie wollte nicht durch eine unbedachte Entscheidung ihrer Karriere schaden. Im Moment war sie alles, was Nora geblieben war. Ganz sicher würde sie nicht wieder in einem schäbigen Einzimmerapartment enden, mit einem Mann wie Clint, und sie würde sich auch nicht als Unterhaltungsmäuschen von einer Party zur nächsten karren lassen. Sie war nun die Nora Shearer von Monumental.

Zurück auf dem Zimmer, fand sie eine Nachricht von Billy vor, in der er vorschlug, sie solle »zu ihnen« ins Kasino kommen. Nora ließ sich Zeit mit ihrer Garderobe, wählte mit Sorgfalt ein kupferfarbenes Seidenkleid mit Perlenstickerei an den Schultern aus. Dem Beispiel von Jean Harlow folgend verzichtete sie auf den BH und betonte ihre Augen mit dunklem Make-up – weniger die Unschuld, eher der Vamp. Und ihr Spiegelbild schien zu ihr zu passen. Sie fühlte sich weniger unschuldig. Ironischerweise hatte sie nie besser ausgesehen, doch all diese Schönheit war verschwendet – an diesen Mann ebenso wie an diesen Moment.

Während sie den Flur zum Kasino entlanglief, stieg ihr der Duft einer Blume in die Nase, die auf einem der Tische lag. Irritiert schüttelte sie den Kopf. Der Duft versetzte sie zurück in einen anderen Raum mit einem anderen Beistelltisch, einem anderen Mann und einem anderen kupferfarbenen Kleid. Sie hatte das Gefühl, sich durch einen tosenden Wirbel zu bewegen, als wäre die Zukunft bereits in Gang gesetzt worden. Schnell hielt sie sich an dem Tischchen fest. Das musste wohl am Stress liegen. Sie strich ihr Kleid glatt und ging weiter; der Blumenduft verflüchtigte sich und gab sie wieder frei.

Durch die prunkvollen, von dunklen Holzbalken getragenen Decken schienen die Räume im Agua Caliente sich gegenseitig übertrumpfen zu wollen. Nora hörte die Männer, bevor sie die Gruppe an der Bar entdeckte; offenbar gab es Martinis. Der Anblick bestätigte, was der Geräuschpegel angedeutet hatte: Sie waren betrunken. Billy hing schief auf seinem Barhocker, was normalerweise nach drei oder vier Drinks der Fall war. Neben ihm stand der schlaksige Ford Tremaine. Er blickte Richtung Kasino und hatte sich zu einem dritten Mann hinübergebeugt, in dem Nora den Kameramann von *Zug nach Boston* wiedererkannte, Zane King. Ford brüllte so laut, dass seine Worte quer durch den Raum hallten. Als Nora unter dem prachtvollen Kronleuchter der Gold Bar hindurchschritt, leuchteten Fords graue Augen auf. Zane drehte sich um, und auch Billy wandte ihr schwankend das Gesicht zu.

»Billy, deine Braut ist hier.« Ford lehnte sich mit dem Rücken an die Bar. Wenn er nicht vor der Kamera stand, hatte Ford den schleppenden Südstaatenakzent eines Mannes, der in Oxford, Mississippi geboren worden war. Wenigstens konnte er noch stehen. »Billy dachte schon, du hättest ihn für den Rest der Nacht versetzt.«

»Tatsächlich?« Ein Blick in Billys glasige Augen verriet ihr, dass er vermutlich durchgesoffen hatte, seit sie vorhin zu ihrer Golfstunde aufgebrochen war. »Wie schön, dass ihr Jungs uns in den Flitterwochen Gesellschaft leistet«, schnappte sie.

»Oh ja. Sie ist sauer, William.« Ford grinste. »Unser William hier dachte sich schon, dass du sauer bist. Aber ich habe ihm gesagt, dass du keinesfalls auf *ihn* sauer sein kannst.« Das Grinsen war aus Fords Gesicht verschwunden. Er war es gewöhnt, seinen Charme vor der Kamera und für die Presse auf Knopfdruck anzuschalten, und sobald er ihn nicht mehr brauchte, verflog er wieder. Diese Kommentare waren eine Warnung. Der unterkühlte Ton und die Sticheleien hatten etwas zu bedeuten. Ford konnte sie nicht leiden. Und Billy hatte anscheinend gewusst, dass es so sein würde.

»Ganz sicher weiß Billy, dass ich kein bisschen wütend auf ihn bin.« Nora winkte den Barkeeper heran; sie brauchte jetzt unbedingt einen Drink.

Billy sah sie an, schien sich aber nicht auf ihr Gesicht konzentrieren zu können.

»Ich denke, er braucht einen Kaffee, Jungs.« Nora spürte Fords Blick, als sie Kaffee für Billy bestellte, seinen Martini in einem Zug leerte und das Glas wieder auf den Tresen stellte. »Noch einen, bitte.«

»Hast du das mit Phar Lap gewusst?« Offenbar sprach Billy mit seinem Spiegelbild hinter der Bar.

Zane erklärte: »Er redet schon den ganzen Abend von Phar Lap.«

»Was ist ein Phar Lap?«

»Ein Pferd, besser bekannt als der Rote Schrecken.« Ford baute sich neben Billy auf und legte ihm die Hände auf die Schultern. »Stimmt doch, Billy?«

Der nickte und murmelte etwas von einem Geist.

»Genau.« Dann sagte Ford zu Nora: »Phar Lap war ein australischer World Champion, der in den Staaten Rennen laufen sollte, dann aber unter mysteriösen Umständen gestorben ist.«

Nora sah fragend zu Zane hinüber, der jedoch nur mit den Achseln zuckte und kopfschüttelnd meinte: »Er quatscht schon den ganzen Abend über den verdammten Geist von Phar Lap, selbst als er noch halbwegs nüchtern war.« Nora schenkte Zane ein Lächeln. Der gut aussehende blonde Kameramann aus Indiana war eher der Typ Linebacker, sein Gesicht war weniger kantig als das des schmaleren Ford.

»Billy und ich haben Phar Lap bei einem Rennen gesehen … wann war das … '32 oder '33?«

»Es war 1932«, verkündete Billy im Brustton betrunkener Überzeugung.

»Niemand hatte je gesehen, wie das Pferd trainiert wurde.« Ford zwängte sich zwischen Billy und Zane und zündete sich eine Zigarette an. »Sie haben ihn nicht laufen lassen, deshalb dachten alle, er würde lahmen oder käme mit der Bahn nicht klar. Scheiße, als dieses verfluchte Riesenpferd – er war *gigantisch* – durch das Tor preschte, war es vorbei. Vor ungefähr einem Jahr haben Billy und ich uns das Vieh angesehen. Angeblich war sein Herz dreimal so groß wie das von einem normalen Pferd.« Ford wedelte nachdrücklich mit seiner Zigarette. »Sie haben ihn ausgestopft und ihn auf dem Rasen in Belmont Park ausgestellt, hinter einer Samtkordel. Eine echte Schande, oder, Billy?«

Billy nickte dramatisch. »Echte Schande.«

»Okay, ich spiele mit«, gab Nora nach. »Woran ist das Pferd gestorben?«

»Gift.« Ford zog eine Augenbraue hoch.

»Gift?« Skeptisch verschränkte Nora die Hände vor der Brust. »Hm.«

»Arsen«, ergänzte Billy in einem kaum verständlichen Murmeln.

»Die Pfaffen haben Phar Lap gehasst … wegen dieser ganzen Sünden- und Prohibitionskiste. Wisst ihr, mein Daddy war ein Prediger.« Ford streckte den Arm nach hinten und tastete nach seinem Glas.

»Das wusste ich nicht.«

»Jedenfalls ging das groß durch die Presse, als Phar Lap nach Amerika kam. Manche sagten, er wäre der Teufel. Bisschen wie bei Robert Johnson. Hat einen Pakt mit dem Teufel geschlossen.« Langsam scharte sich Publikum um Ford, was Nora wieder ins Gedächtnis rief, dass sie ja einen Schauspieler vor sich hatte.

»Oder Paganini«, warf Nora ein.

»Kenne keinen Paganini«, tat Ford ihre Feststellung achselzuckend ab.

Nora ebenfalls nicht, warum sprach sie also plötzlich von einem italienischen Violinisten? Sie rieb sich die Stirn. Was war nur los mit ihr? Fords selbstgefälliges Grinsen holte sie in die Gegenwart zurück. Das war es also. Hier lief ein Wettstreit um Billy.

Noras Lippen formten die Worte, bevor ihr Gehirn sie registrierte. Es war beinahe, als hätte jemand anders von ihrem Körper Besitz ergriffen. »Das ist eine alte Geschichte, Ford. Hat das Wunderkind sein Talent auf natürlichem Weg bekommen, oder hat es einen Pakt mit dem Teufel geschlossen? Vor Robert Johnson gab es schon Niccolò Paganini, den Geigenvirtuosen.« Nora hatte das Bild eines kleinen Mannes mit schlechtem Atem vor Augen, der neben ihr auf einer Klavierbank saß und ihr die fantastische Geschichte erzählte: *Man sagt, er habe eine Frau ermordet und halte ihre Seele in seiner Violine gefangen. Seine Gabe an den Teufel, im Tausch gegen sein Talent. Und ihre Schreie würden sich in der Schönheit seiner Klänge wiederfinden.* Nora musterte ihr Martini-Glas und stellte es weg. Vielleicht hatte sie genug getrunken.

»Teufelspakt«, wiederholte Billy und sah sie beinahe flehend an. »Du weißt, was ich meine, *nicht wahr*, Nora?«

Sie dachte an Halstead und die Hochzeit, in die sie so viel Hoffnung gesetzt hatte. »Ja, Billy. Ich weiß eine Menge über Vereinbarungen mit dem Teufel.«

»Nein, tust du nicht.« Er schüttelte den Kopf. »Das glaubst du nur.«

»Okay. Ich habe Hunger«, wechselte Nora das Thema. »Und er muss auch etwas essen.«

»Die haben hier ein Rinderfilet mit Pilzen, an das nicht einmal das meiner französischen Mutter herankommt«, erklärte Zane. »Sie machen es in so einer Kasserolle.«

»Was ist denn eine Kasserolle, verdammt?« Fast schon angewidert drehte sich Ford zu Zane um.

»Eine Art kleiner Topf mit Deckel.«

»Dann sag doch *kleiner Topf mit Deckel.*« Genervt verdrehte Ford die Augen.

Niemandem war aufgefallen, wie still Billy geworden war. Vielleicht war es der Gedanke an Rinderfilet mit Pilzen oder an den ausgestopften Phar Lap im Belmont Park oder die Mischung aus Kaffee und Martini in seinem Magen, jedenfalls verfärbte sich Billys Gesicht plötzlich gelblich, er versuchte aufzustehen und erbrach sich mitten auf Noras kupferfarbenes Kleid.

Quasi in Zeitlupe zog Ford ihn an sich wie einen Tanzpartner und schob ihn aus der Bar, bevor das Personal bemerkte, was passiert war. Immer schützen sie sich gegenseitig, dachte Nora. Sie spürte, wie die Brühe durch die Seide drang und an ihren Schenkeln und Brüsten klebte.

Einen Moment später folgte sie den beiden nach draußen und auf den Rasen hinunter, wo Billy auf allen vieren hockte und immer weiter kotzte. Sie tupfte den Seidenstoff mit einer schwarzen Stoffserviette ab, doch das Kleid, das Inez London extra für ihre Flitterwochen entworfen hatte, war ruiniert. Billy würgte noch ein paar Minuten, bis Ford und Zane schließlich meinten, es sei vorbei. Sie mussten zu dritt anpacken, um Billy auf die Beine zu ziehen.

»Bringen wir ihn ins Zimmer«, schlug Ford vor.

Doch jedes Mal, wenn sie sich in Bewegung setzten, musste Billy wieder brechen.

Schließlich luden sie ihn auf einer Bank ab.

»Vielleicht müssen wir ihn tragen«, entschied Ford.

»Und inwiefern soll das helfen?« Abwehrend verschränkte Nora die Arme vor der Brust.

»Tolle Flitterwochen, hm?«, murmelte Zane, der angefangen hatte, Noras Arm mit einem Lappen abzuwischen. Sie warf ihm einen dankbaren Blick zu. Mit einem mitfühlenden Lächeln drückte er ihren Arm. Sie hörte, wie Ford auf Billy einredete, verstand aber kein Wort.

»War er schon so voll, als ihr angekommen seid?« Da die Serviette total verklebt war, wischte sich Nora mit der Hand über die Augen.

»Er ist doch immer voll, Nora.« Zane hielt in seinen Bemühungen inne, als er sich der Vorderseite ihres Kleides näherte. »Hier.« Er reichte ihr den Lappen. »Nimm.«

»Danke.« Erst jetzt bemerkte sie, dass ihr nasses Kleid – da sie ja keinen BH trug – kaum noch etwas der Vorstellungskraft überließ. Angewidert schleuderte sie den Lappen zu Boden. Sollten sie doch alle auf ihre Titten starren. »Vielen Dank für die Mühe, Zane, aber das Kleid ist ebenso ruiniert wie der ganze Abend.«

Ford hievte Billy hoch und rief nach Zane: »Schleppen wir ihn zum Bungalow!« Als Nora erkannte, dass sie ihn nicht zu ihrem Bungalow brachten, blieb sie stehen.

Zane zog sein Jackett aus und legte es ihr um die Schultern. Wieder lächelte sie ihn voller Dankbarkeit an.

»Wir kümmern uns um ihn«, verkündete Ford. »So musst du nicht auch noch auf deinen Schlaf verzichten.« Billy, Zane und Ford taumelten über den gepflegten Fußweg davon.

In der Ferne hörte Nora eine Band spielen, vermutlich im Ballsaal des Resorts. Die Fröhlichkeit, die diesen Klängen innewohnte, brachte sie zum Weinen. Allein ging sie zu ihrem Zimmer zurück, wobei sie mehrmals an Angestellten des Hotels vorbeikam, die sich alle danach erkundigten, ob es ihr gutginge. Sie hatte nur eine vage Vorstellung davon, wie schlimm sie aussah, mit zerlaufenem Make-up und ihrem vollgekotzten Kleid. Bei einem so exklusiven Resort wie dem Agua Caliente grenzte es an ein Wunder, dass man sie nicht hinauswarf.

Sobald sie im Zimmer war, riss sich Nora das Kleid vom Körper, knüllte es zusammen und warf es in den Müll. Sie würde es Inez bezahlen. Nur mit einem Bademantel bekleidet ging sie auf die Terrasse hinaus und zündete sich eine Zigarette an. Die kühle Luft und der Duft der Eukalyptusbäume halfen ihr dabei, einen klaren Kopf zu bekommen.

Als Billy am darauffolgenden Mittag endlich wieder in ihrem Bungalow auftauchte, war Nora bereits angezogen und hatte ihre Koffer gepackt. Sie hatte den ganzen Vormittag auf der Bettkante gesessen und auf ihn gewartet.

Dafür, dass er am Abend vorher so betrunken gewesen war und alles von sich gegeben hatte, sah er nun überraschend gut aus. Seine Haare waren zerzaust, das Hemd steckte nicht in der Hose, und er trug keine Schuhe, aber im Vergleich zu dem, was sie zuletzt von ihm gesehen hatte, wirkte er erstaunlich gesund und rosig.

»Du bist hier.«

»Wo sollte ich denn sonst sein, Billy?«

Achselzuckend warf er sein Jackett auf einen Sessel, ging zur offenen Terrassentür und zündete sich eine Zigarette an.

Nora räusperte sich. »Ich gehe.«

Leicht belustigt drehte er sich zu ihr um. »Meinst du damit, dass du mich verlässt oder dass du lediglich abreist?«

»Vorerst meine ich nur meine Abreise.« Sie seufzte schwer. »Den Rest überlege ich mir noch.«

»Nimm den Wagen«, bot er ihr an. »Ford kann mich morgen mit zurücknehmen.«

»Du bleibst?« Nora fühlte sich wieder einmal vor den Kopf gestoßen. Das alles passierte doch nicht wirklich. Das konnte nicht wahr sein. Er nahm diese Ehe – und sie – kein bisschen ernst.

»Ich kann die beiden nicht allein lassen.« Billy setzte sich ebenfalls auf die Matratze, allerdings möglichst weit weg von ihr. Es war das erste Mal, dass er die Existenz eines Bettes in diesem Raum überhaupt wahrnahm.

»Nein. Natürlich kannst du *die beiden* nicht allein lassen.«

Einen Moment lang zupfte er an seiner Hose herum, dann gab er es auf. Billy sah sie an. In seinen grünen Augen war keine Regung zu erkennen, als er kühl feststellte: »Ich hätte vollstes Verständnis, weißt du. Wenn du dir einen Liebhaber nehmen willst.«

»Was?«

»Zane zum Beispiel.« Mit einem gelassenen Schulterzucken überkreuzte er die Beine und nahm einen tiefen Zug von seiner Zigarette, bevor er sich nach einem Aschenbecher umsah und auf dem Nachttisch einen entdeckte.

»Zane?«

»Er findet dich umwerfend.«

»Himmelherrgott, Billy.« Nora stand auf. Tränen stiegen ihr in die Augen. Sie war nicht sicher, was sie erwartet hatte, aber dass er in ihren Flitterwochen vorschlug, sie solle sich einen Liebhaber nehmen, war grausam. *Billy* sollte sie umwerfend finden. Dass er sie in ihren Flitterwochen an Zane verschachern wollte, war ihr unerträglich. So etwas hätte Clint ähnlich gesehen. »Ich kann jetzt nicht darüber reden. Nicht heute.«

»Wie du willst.« Er zerdrückte die Zigarette im Aschenbecher und streckte sich auf dem Bett aus. Minuten später begann er zu schnarchen.

Nora raste in halsbrecherischem Tempo mit Billys Phaeton über den Highway und auf das Studiogelände von Monumental. Der Wagen war nicht nur wunderschön, er hatte auch einiges unter der Haube, das musste sie zugeben. Durch ihn hatte sie auf dem Rückweg nach Los Angeles einiges an Dampf abgelassen. Halstead hob den Kopf, als sie nun in sein Büro stürmte.

»Ich weiß es.« Nora nahm die Sonnenbrille ab.

»Du weißt was?«

»Billy hat mir gestanden, dass er keinen Sex haben kann.«

Der alte Mann wurde blass. »Er hat *was*?«

»Du hättest es mir sagen müssen«, fauchte Nora.

»Ganz und gar nicht, Nora«, widersprach Halstead. »Dein *Ehemann* hätte es dir sagen müssen.« Er schüttelte den Kopf. »Ich hatte damit nichts zu tun.«

»Er behauptet, du seist der Meinung gewesen, es sei besser, wenn ich erst nach der Hochzeit von der Sache mit den Masern erfahre.«

»Hat er das?«

»Man hätte es mir sagen müssen.«

Halstead lehnte sich zurück und verschränkte die Hände vor sich auf dem Tisch, bevor er zu einer wohlüberlegten Antwort ansetzte: »Ach, Nora. Unser Billy ist ein lieber Junge und überaus wertvoll für dieses Studio. Dieser neue Film, *Jenseits des Horizonts*, wird das teuerste Projekt, das Monumental je finanziert hat. Was vor allem an Billy und Ford liegt. Sie sind ein starkes Gespann, weißt du?« Er räusperte sich kurz. »Ich fürchte, das ist alles Louella Parsons Schuld. Sie wusste es, und Billy hatte Angst, dass sie es publik macht. Mag sein, dass ich ihn dazu ermutigt habe, dir den Hof zu machen, damit sie denkt, an den Gerüchten wäre nichts dran. Aber ich fürchte, der gute Billy hat dich nicht gerade nett behandelt. Ich bedauere das, und auch, welche Rolle ich dabei gespielt habe.«

»Danke.« Nora ließ sich auf den Stuhl vor Halsteads Schreibtisch fallen und stützte den Kopf in die Hände.

»Ach, Nora«, sagte Halstead sanft. »Liebst du ihn etwa?«

»Natürlich liebe ich ihn. Er ist mein Mann.«

Halstead warf ihr einen so mitleidigen Blick zu, als hätte sie nur noch wenige Monate zu leben. »Hör mal: Du hast noch nicht viel Komisches gemacht, und *Max und Ich* war ein Riesenerfolg. Ich denke, du könntest unser Komödienstar werden. Am Broadway hat bald ein Stück Premiere, in das die Firma einiges investiert hat, es heißt *Millionen Küsse*. Wenn es gut anläuft, werden wir es verfilmen. Ich denke, ein Ortswechsel würde dir guttun. Es geht dabei um einen frisch verheirateten Mann, der seine Mutter bei sich einziehen lässt. Lillibet Denton wird die Mutter spielen, und eine Neuentdeckung aus New York spielt den Sohn. Sein Name ist Jack Watt.«

»Das kommt mir so vor, als wolltest du mich bestechen.«

»Nein, meine Liebe. Ich schaffe dich nur für eine Weile aus der Stadt.« Er holte sein Zigarettenetui aus der Hemdtasche. »Du bist wie eine Tochter für mich.«

»Du hast doch eine Tochter, Halstead, oder? Eine richtige, meine ich?«

»Allerdings«, nickte er.

»Dann sag mir eines: Hättest du *sie* mit Billy Rapp verheiratet?«

Halstead richtete sich auf und musterte einen Moment lang schweigend seine Zigarette, bevor er sie anzündete.

Nora schüttelte den Kopf. »Das dachte ich mir. Wie lange soll das in New York dauern?«

»Zehn Wochen. Vier Wochen Proben, sechs Wochen Spielzeit. Das sollte ausreichen, damit du dir über einiges klar werden kannst.«

Kurz entschlossen nickte Nora. Vielleicht würde es ihr tatsächlich guttun, von Billy wegzukommen. Es könnte ihr eine neue Sicht auf ihre Ehe ermöglichen.

Billy reagierte kaum, als Nora ihm sagte, dass Halstead sie nach New York schickte. Die Dreharbeiten zu *Jenseits des Horizonts* würden bald beginnen, und er war ganz in Szenenplanung und Produktionsaufzeichnungen vertieft. Außerdem würde sie so wieder einen ganzen Kontinent zwischen sich und Clint haben, was ebenfalls gut war.

Da Nora ihr Haus zum Verkauf anbot, war sie zu Billy in sein gerade erst fertiggestelltes Chalet in den Hügeln über dem Benedict Canyon gezogen. Sie schliefen in getrennten Räumen – genauer gesagt bewohnte jeder einen eigenen Flügel des Hauses –, doch bevor sie nach New York ging, posierten sie noch zusammen für Aufnahmen des Magazins *Photoplay*: das Paar in der Morgensonne, zusammen eingewickelt in eine Decke auf seinem Balkon über dem Canyon. Dass sie dabei so glücklich wirkte, schrieb Nora allein ihren schauspielerischen Fähigkeiten zu. Ansonsten traf das Ehepaar nur abends aufeinander, wenn es öffentlichkeitswirksam im Trocadero oder in der Hollywood Bowl in Erscheinung trat. Dort vertraute Nora Hedda Hopper in vielen Worten an, wie sehr sie sich stets darauf freue, abends zu ihrem Mann nach Hause zu kommen, wobei sie sich eng an Billys Schulter schmiegte.

Das Studio schickte Nora mit dem Flugzeug nach New York. Ihr Co-Star Lillibet Denton war eine kleine, zierliche Frau mit kornblumenblauen Augen und rotem Haar, das allerdings rapide zu einem fleischartigen Ton verblasste. Normalerweise trat Lillibet in London auf, doch sie ließ alle wissen, dass sie *ausnahmsweise* ein Gastspiel in New York gebe. Der britischen Schauspielerin bei ihrer Darstellung der intriganten Schwiegermutter zuzusehen war, als ob man jeden Abend für einen schwierigen Test büffeln müsste. Wenn Lillibet die Bühne betrat, hatte jede Geste, jedes Wort und jede Pause ein solches Gewicht, dass sie nach jeder Szene in Schweiß gebadet war.

Nachdem Nora ihre erste Szene beendet hatte, verschränkte Lillibet die Arme vor der Brust. »Bringt man euch in Holly Wood«, (sie teilte den Namen durch eine dramatische Pause stets in zwei Worte auf), »etwa bei, derartig *herumzutänzeln*?«, fragte sie spitz. »Mir war nicht klar, dass wir hier im Varieté sind.«

Lillibet verwarf Noras Vorbereitung komplett und brachte ihr das richtige Timing bei, zeigte ihr, wie sie sich auf der Bühne zu bewegen und ihre Stimme richtig einzusetzen hatte. Nach den Proben oder Vorstellungen lud sie Nora oft noch zu einem späten Abendessen oder einem Drink ein. Lillibet empfahl ihr die Lektüre von Gertrude Stein, Hemingway, Gide, Proust und – falls unbedingt nötig – Colette. Bald hatte Nora es sich angewöhnt, immer einen Notizblock und einen Stift in der Handtasche zu haben, um sich Lillibets viele Vorschläge aufschreiben zu können. Amerikanische Schriftsteller lehnte Lillibet ab, mit Ausnahme von Hemingway und Fitzgerald, aber Edith Wharton gehörte zu ihren absoluten Favoriten. Sie schenkte Nora sogar ihr persönliches, ziemlich zerlesenes Exemplar von *Zeit der Unschuld*.

»Du musst deinen Verstand ständig fordern, Nora, vor allem als Frau. Lass dich von denen nicht zu einem Püppchen machen, das nur den Mund aufmacht, wenn man es ihm befiehlt.«

Während Lillibet Noras Verstand trainierte, hatte ihr Co-Star Jack Watt eine sexuelle Ausstrahlung, die nur schwer zu ignorieren war. Nicht einmal Nora selbst war überrascht, als sie bereits in der zweiten Probenwoche mit ihm ins Bett ging. Es war ein berauschendes Gefühl, wieder begehrt zu werden. Aber Jack Watt hatte seinen festen Platz, und Nora wusste, dass sie nach Hollywood zurückkehren würde. Und auch wenn Jack nach dem Ende des Stücks ebenfalls dorthin zog, würde sie ihn nicht kontaktieren. Sie war immer noch Billy Rapps Ehefrau. In New York mochte sie sich ja einen Liebhaber nehmen, aber sie würde die Beziehung nicht fortsetzen, wenn Billy in derselben Stadt war.

Lillibet hingegen kündigte an, die Zeit zwischen Broadway und Filmset für einen Ausflug nach Paris zu nutzen.

Dieses Wort: Paris. Allein sein Klang wirkte auf Nora schon elektrisierend. Als Lillibet ihr beschrieb, wie man bei einem Spaziergang durch das Quartier Latin plötzlich auf das Panthéon stieß oder was einem die Straßen von Montmartre zu bieten hatten, musste sich Nora auf die Zunge beißen, um sie nicht bei einem bestimmten Straßennamen zu korrigieren. Erinnerungen an ein junges Mädchen und einen Mann flackerten in ihrem Bewusstsein auf, wirbelten durch ihren Kopf wie die Bilder in einem Fotokarussell, bevor sie nach und nach wieder verblassten. Sie schienen aus ihrem Leben zu stammen … vielleicht etwas, das sie als Kind erlebt hatte? Aber wo? In Ohio? Allerdings waren die Farben und die Mode nicht ganz stimmig, was Nora an ihren Überlegungen zweifeln ließ. Für Nora hatte sich die Vorstellung von »real« ein für alle Mal verändert. Hollywood hatte sie gelehrt, dass sich die Realität zu allem verfälschen ließ, was man nur wollte, also traute sie nichts und niemandem mehr – nicht einmal ihren eigenen Erinnerungen und schon gar nicht Billy und Halstead. Sie hatten eine große Inszenierung auf die Bühne gebracht, mit Nora als nichtsahnender Hauptdarstellerin. Und doch spürte sie, dass sie früher schon einmal eine andere Rolle innegehabt hatte, auf einer anderen Bühne. Merkwürdige Bilder tauchten vor ihrem inneren Auge auf: ein Haus auf dem Land; eine Wohnung an einem breiten Boulevard; ein Mädchen in rosa Kleid und Maske, dem genau dasselbe passiert war wie Nora: nämlich dass sämtliche Illusionen, die sie sich gemacht hatte, brutal zerstört worden waren. Dieses andere Mädchen sorgte dafür, dass Nora langsam anfing, an ihrer eigenen Existenz zu zweifeln. Als sie Lillibet diese Gedanken anvertraute, schnaubte die abfällig.

»Klassische Existenzkrise, meine Liebe«, verkündete sie und tat es ab mit einem Ratschlag: »Lies Kierkegaard. Du siehst diese anderen Möglichkeiten vor dir, weil das Leben dir eine herbe Enttäuschung bereitet hat. Denk immer daran: Du allein hast dein Schicksal in der Hand. Niemand sonst.«

Doch Nora wurde das ungute Gefühl nicht los, dass Lillibet in diesem Punkt falschlag.

Noras plötzliche Klavierkünste konnte Lillibet jedenfalls nicht erklären. Über Nacht war sie zu einer wahren Virtuosin geworden, und nun spielte sie oft während der Pausen im Theater. Es war ganz und gar nicht normal, wie aus dem Nichts eine solche Gabe zu entwickeln, aber Nora beherrschte das Instrument, als hätte sie jahrelang geübt; ein Phänomen, das sie ebenso ängstigte wie begeisterte. Doch es gefiel ihr. Es war kraftvoll und mysteriös, die physische Manifestation der inneren Krise, die sie durchmachte, und ein Beweis dafür, dass etwas vollkommen Surreales mit ihr geschah. Als sie anfing, sich stärker zu fordern und ihrem Muskelgedächtnis schwierigere Stücke zu entlocken, wachte sie oft morgens auf mit der Befürchtung, dieses Talent könnte ebenso schnell verschwunden sein, wie es gekommen war.

Nach dem Ende ihrer gemeinsamen Spielzeit am Theater drängte Lillibet Nora, mit ihr nach Paris zu kommen, aber die lehnte ab. Sie hatte sich nun doch dazu entschlossen, zu Billy zurückzukehren. Es war genug Zeit vergangen, um sie die Sache mit Milde betrachten zu lassen. Es war nicht so schlimm, wenn Billy nicht mit ihr schlafen konnte. Jack hatte es gekonnt, und nachdem die erste Leidenschaft vergangen war, hatte es sich schal angefühlt. Mit Billy verband sie wahre Hingabe und Liebe. Und damit konnte sie arbeiten.

Lillibet schrieb eine Adresse auf einen Zettel und drückte sie Nora in die Hand. »Du bist eine alte Seele, Nora, und es ist eine Schande, dass du in einer so jungen Stadt wie Los Angeles festsitzt. Als ich das letzte Mal dort war, konnte ich bei dem schrecklichen Baulärm mein eigenes Wort nicht verstehen. Das ist der falsche Ort für dich. Aber das wirst du auf die Dauer noch selbst herausfinden, ich reite also nicht weiter darauf herum.« Sie überlegte kurz. »Ich war zweimal verheiratet, und eines kann ich dir sagen: Deine Ehe mit Billy ist vorbei. Du weißt es nur noch nicht.«

Diese offene Einschätzung hätte wohl in ihren letzten gemeinsamen Stunden noch einen Keil zwischen sie und Lillibet getrieben, wenn Nora das zugelassen hätte. Tief in ihrem Herzen hoffte sie, dass die ältere Frau sich irrte. Anstatt zu fliegen, verließ Nora New York mit dem gleichen Zug wie drei Jahre zuvor und vergegenwärtigte sich all die Veränderungen in ihrem Leben, seit sie Norma Westerman hinter sich gelassen hatte. Ausgerüstet mit Gides *Der Immoralist*, Gertrude Steins *Autobiographie von Alice B. Toklas* und einem Agatha-Christie-Roman bestieg sie diesmal einen Erste-Klasse-Wagen. Drei Tage später traf der Zug etwas früher als geplant in Los Angeles ein. Voller Vorfreude auf das Wiedersehen mit Billy, der gerade *Jenseits des Horizonts* abgedreht hatte, fuhr sie nach Hause, öffnete die Tür und sah plötzlich die Antworten auf alle Fragen, die sie sich je über ihren Mann gestellt hatte, vor sich. Lillibets Worte klangen wie eine düstere Prophezeiung in ihr nach. In den zerwühlten Laken von Billys Bett lag der nackte Ford Tremaine.

Im Nachhinein wünschte sich Nora, sie hätte mehr gesagt als bloß »Oh«.

Es war demütigend, die beiden dort so zusammen zu sehen. Plötzlich begriff Nora nicht mehr, wie sie so naiv hatte sein können, warum sie es nicht früher erkannt hatte. Dabei hatte sie die Wahrheit die ganze Zeit direkt vor der Nase gehabt. Verdammt noch mal, die Wahrheit war sogar in ihre Flitterwochen eingeladen worden. Ford setzte der Demütigung die Krone auf, als er sich mit einem breiten Grinsen anzog und seinen Kragen richtete, bevor er sich an ihr vorbeischob. Nora glaubte zu hören, wie er Billy zuraunte: »Du hast doch gesagt, sie wüsste es.« Trotzig blieb Nora in der Tür stehen und überlegte, wer wohl noch davon gewusst hatte. Dabei wurde sie immer wütender. Wer hatte sie noch durch sein Schweigen hintergangen? Zane? Halstead? Hedda Hopper? Louella Parsons?

Als Billy aus dem Schlafzimmer kam und sich ihr endlich stellte, ließ sie ihn gar nicht erst zu Wort kommen.

»Scheiße noch mal, die Masern?«

Hilflos ließ er sich in den Sessel vor dem Kamin fallen. »Ich wusste nicht, wie ich es dir sagen sollte.« Nora musterte sein offenes Hemd, die gebräunte Brust. »Es tut mir schrecklich leid.«

»Du hast mich in dem Glauben gelassen, du wärst impotent.« Sie goss sich einen Drink ein und ließ die Flüssigkeit im Glas kreisen. »Du hast mich benutzt. Gedemütigt.«

»Es tut mir leid.«

»Du hast mich benutzt.«

»Sie haben damit gedroht, das mit mir und Ford publik zu machen.«

»Es gab nie Liebe zwischen uns … nicht einmal Respekt. Jemanden, den man belügt, respektiert man nicht … jemanden, den man respektiert, demütigt man nicht so, wie du es mit mir getan hast.«

»Ich hatte nie die Absicht, dich zu demütigen, Nora.«

»Ach nein? Was war denn dann deine Absicht? Hast du jemals darüber nachgedacht? Ich habe mich in dich verliebt. Hat das für dich je eine Rolle gespielt?«

Billy stützte den Kopf in die Hände. »Ich kann nichts dagegen tun, Nora. Verstehst du das nicht? Genauso gut hätte ich tatsächlich die Masern haben können. Wenigstens habe ich es mit dir gar nicht erst versucht. Früher in Youngstown habe ich es mit ein paar Mädchen probiert, und wenn du dich jetzt schon gedemütigt fühlst, solltest du das einmal erleben. Ich liebe dich. Ich dachte, es könnte dir helfen … wenn du mit mir verheiratet bist. Ich dachte, du würdest es verstehen.«

»Vielleicht hätte ich es sogar verstanden. Wenn ich dir wichtig genug gewesen wäre, um es mir zu sagen.« Das Gefühl des Verlustes, das sie ergriff, hatte etwas merkwürdig Vertrautes an sich, als hätte sie es schon einmal gespürt, als hätte sie dieses Gespräch mit ihm schon einmal geführt. Vor ihrem inneren Auge öffnete sich eine Tür, nur einen schmalen Spaltbreit und sie konnte sehen, wie eine andere Version von ihm ihr ebenfalls das Herz brach. Der Billy der Gegenwart und der Billy der Vergangenheit waren beide hier bei ihr, zu einer Art groteskem Chor vereint. Nora starrte zur Decke hinauf. Sie hasste dieses verfluchte Haus mit diesem beschissenen Deckengemälde; als würden sie in der Sixtinischen Kapelle leben. In diesem Moment widerte sie alles in Hollywood an: diese Decke, die nichts weiter war als eine Nachahmung. Alles hier war nur Nachahmung, wie in einem billigen Kostümgeschäft. Und sie und Billy waren ebenfalls Blender. Nora nahm ihre Schlüssel und griff nach ihrem Gepäck.

»Wo willst du hin?«

»Ins Roosevelt Hotel, wo ich den fehlenden Schlaf einer dreitägigen Zugfahrt nachholen werde, die ich so schnell wie möglich hinter mich bringen wollte, um wieder bei dir zu sein. Zum Glück ist mein Haus noch nicht verkauft, bedauerlicherweise gibt es zu viele Neubauten auf dem Markt. Sobald ich es neu möbliert habe, werde ich wieder dort wohnen. Meine Sachen lasse ich abholen.«

»Das kannst du nicht machen.«

Lillibets Mahnung hallte in ihrem Kopf wider: *Denk immer daran: Du allein hast dein Schicksal in der Hand. Niemand sonst.* Sie drehte sich noch einmal zu ihm um, bevor sie zur Tür ging. »Oh doch, das kann ich und das werde ich. Halstead und du, ihr solltet euch besser schnell überlegen, wie ihr mich bei Laune haltet.« Diese wundervollen grünen Augen blickten zu ihr hoch. Seine weiche, von der Sonne verwöhnte Haut. Selbst die blonden Härchen auf seinen Armen konnte sie erkennen, und sie prägte sich jedes noch so kleine Detail ein. »Ich lasse mich nicht zum Narren halten, weder von dir noch vom Studio. Wenn ihr meine Hilfe wolltet, hättet ihr einfach fragen können. Ich hätte mitgespielt oder nicht – aber du wusstest, dass ich in dich verliebt war, und du hast meine Gefühle für deine Zwecke ausgenutzt. Ich habe bei dieser Sache nie willentlich mitgemacht, und das hast du die ganze Zeit gewusst. Du hast mir etwas *geraubt*, Billy Rapp. Begreifst du das nicht? Du hast mir meine Hoffnung geraubt. Und dafür hasse ich dich.«

»Falls es dich tröstet«, setzte Billy an, »ich wünschte, ich wäre tot.«

»Das wünschte ich auch. Wenn du tot wärst, wäre es vermutlich leichter für mich.«

Den Rest des Abends kurvte sie mit ihrem Roadster durch den Canyon, viel zu schnell, beinahe hoffend, dass es schiefgehen möge. Doch sie wusste, dass ihr nichts passieren würde. Selbst die Gewitterwolken über ihr konnten ihr keine Erlösung von ihrem Leid bringen. Sie war so gestrickt, dass sie jedes Leid ertrug, also würde sie auch dieses ertragen.

Am nächsten Morgen wurde sie dadurch geweckt, dass um sieben Uhr jemand an die Tür ihrer Suite im Roosevelt hämmerte. Nach ein paar Minuten wurde ihr klar, dass es nicht aufhören würde. Also kramte sie ihren Morgenmantel hervor und öffnete. Davor stand Halstead mit einem Mann. Sein Begleiter blickte noch den Korridor hinunter, doch als er sich zu ihr umdrehte, erkannte Nora ihn; es war Clint. Kaltes Entsetzen packte sie.

»Wir haben ein Riesenproblem, meine Liebe«, verkündete Halstead mit gedämpfter Stimme und schob sich an ihr vorbei.

Nora beobachtete Clint und versuchte, seine Miene zu deuten. Im Vergleich zu dem ziemlich aufgewühlten Halstead wirkte er vollkommen gelassen. Diese Ruhe machte ihr nur noch mehr Angst. Ihrer Erfahrung nach war das nur das Vorspiel, nach dem er letztendlich seine Wut entfesselte.

»Was ist denn los?«, wandte sie sich an Halstead.

Doch die Antwort bekam sie von Clint: »Es geht um deinen Ehemann.«

»Scheiße.« Hastig schloss Nora den Morgenmantel über ihrem engen Satinnachthemd, während Clint und Halstead sie mit offenem Mund anstarrten. »Deswegen wollte ich mich noch melden.« Sie goss sich ein Glas Wasser ein und suchte in dem Kleiderhaufen, der aus ihrer Reisetasche quoll, nach etwas Passendem zum Anziehen.

»Was soll das heißen, du wolltest dich deswegen *melden*?« Halstead klang so schockiert, dass Nora automatisch aufblickte.

Sie bemerkte, wie er und Clint sich verstohlen ansahen. Eigentlich wollte sie Halstead erklären, dass sie das von Billy und Ford wusste, aber solange Clint mit im Raum war und lüstern ihren BH auf dem Kofferdeckel anglotzte, ging das schlecht. Schließlich war es Halstead gerade darum gegangen: die Beziehung zwischen seinem berühmtesten Darsteller und dem aufsteigenden Stern am Regiehimmel geheim zu halten und zu verhindern, dass die Presse davon erfuhr. Seine Sorge hatte dabei niemals ihr gegolten. Nora holte sich eine Zigarette aus ihrer Handtasche und zündete sie an; Clints Versuche, ihr dabei behilflich zu sein, ignorierte sie. Das hier war ihre Stadt, nicht seine. Diesmal würde sie ihm die Stirn bieten. »Ich weiß über ihn Bescheid.«

»Tatsächlich?« Halstead nahm den Hut ab und kratzte sich den immer kahler werdenden Schädel. Er war so blass, dass seine Haut beinahe bläulich schimmerte.

»Ja, Ford war bei Billy, als ich gestern Abend heimkam. Dadurch war es etwas beengt, wenn du verstehst, was ich meine.«

Nun begriff Halstead, worauf sie hinauswollte, und meinte stirnrunzelnd: »Meine Liebe, ich glaube, du verstehst nicht … Billy ist …«

»Dein Mann ist tot«, fiel Clint ihm ins Wort. Sein schiefes Grinsen verriet, welche Freude es ihm bereitete, ihr diese Nachricht zu überbringen.

Nora spürte, wie ihr die Farbe aus dem Gesicht wich. Fassungslos starrte sie Halstead an, der plötzlich zehn Zentimeter geschrumpft zu sein schien. »Ist das wahr?«

Nickend deutete Halstead auf Clint. »Das Studio hat Clint engagiert, um diese *Situation* für uns zu regeln. Die Palladium Studios haben ihn wärmstens empfohlen.«

Wieder wurde er von Clint unterbrochen: »Nora weiß, dass ich ein Problemlöser bin. Nicht wahr, Süße?«

Sie warf ihm einen angewiderten Blick zu und zog an ihrer Zigarette. »Ich weiß nur, dass du Probleme *machst*.« Möglichst unauffällig lehnte sie sich an die Kommode und hielt sich daran fest. Das konnte nicht wahr sein. Sie sah Billy noch vor sich, wie er in diesem Sessel saß, hörte wieder die schrecklichen Worte, die sie ihm entgegengeschleudert hatte: *Das wünschte ich auch. Wenn du tot wärst, wäre es vermutlich leichter für mich.* Damit hatte sie ihn verletzen wollen, und offenbar hatte sie es geschafft. »Was ist passiert?«

Clint setzte sich hin und griff zur Zigarette. »Hat eine Kugel geschluckt.«

Halstead verzog das Gesicht, als hätte er einen unangenehmen Geschmack im Mund. »Müssen Sie das so krass ausdrücken?«

Clint lachte. »Ach, Nora kommt mit krassen Sachen klar. Nicht wahr, Süße?«

Nora wandte sich ab und fragte bei Halstead nach: »Er hat sich erschossen?«

Halstead bestätigte das mit einem grimmigen Nicken, fasste sie stützend am Ellbogen und schob sie zurück zum Bett. »Wann hast du ihn das letzte Mal gesehen?«

Nora wickelte sich fester in ihren Morgenmantel. »Gestern Abend.«

Halsteads Blick schoss zu Clint.

»Habt ihr euch gestritten?«, fragte der gelassen, was so untypisch für ihn war, dass Nora sich unwillkürlich fragte, was für ein Spiel er hier eigentlich spielte. Clint war ein Hitzkopf; Gelassenheit war ihm fremd. Einmal hatte er damit geprahlt, einen Mann totgeprügelt zu haben, nur weil der am Busbahnhof aus Versehen nach dem falschen Koffer gegriffen hatte.

»Ich will nicht, dass er dabei ist.« Nora zeigte auf Clint. »Solange er hier ist, sage ich gar nichts mehr.«

Clint sprach ungerührt weiter: »Ford Tremaine sagt, du und Billy wärt in einen Streit verwickelt gewesen, als er gegangen ist.«

»Ich will dich hier nicht sehen, Clint.« Sie wandte sich an Halstead: »Ich will ihn hier nicht sehen.«

Doch Halstead machte keinerlei Anstalten, Clint hinauszuschicken.

»Er weiß alles, Nora. Wissen Sie, Harold, damals in New York war sie eine ziemlich graue Maus.« Clint erhob sich. »Habe sie in Akron aufgepickt. Sie würden nicht glauben, was man sich in New York über sie erzählt. Angeblich hat sie ihre Miete gezahlt, indem sie …«

»Raus hier!« Nora zeigte auf die Tür. »Sofort!«

»… mit jedem Kerl geschlafen hat, der bereit war, dafür zu zahlen.«

»Das ist eine Lüge«, wehrte sich Nora. »Ich habe dich verlassen, nachdem du mich so heftig misshandelt hast, dass ich kaum noch arbeiten konnte. Die Narbe von deiner brennenden Zigarette habe ich heute noch.« Sie schob sich die Haare aus dem Gesicht, da sie wusste, dass das rote Mal vor dem Schminken am Morgen immer gut sichtbar war. Dann sah sie Halstead eindringlich an. »Ich muss mit dir reden. *Allein*. Das bist du mir schuldig.«

Halstead sah zu Clint hinüber und nickte. Der faltete wie ein braver Schuljunge die Hände vor dem Bauch und ging hinaus.

Nora wartete, bis sich die Tür hinter ihm geschlossen hatte, dann sagte sie: »Das ist ein extrem übler Kerl.«

»Ich weiß genau, was er ist«, gab Halstead zu. »Aber wir stecken auch in einer extrem üblen Situation, um die er sich kümmern muss, oder etwa nicht?« Müde setzte er sich neben sie aufs

Bett. Harold Halstead war kein junger Mann mehr, und die Ereignisse dieses Morgens hatten ihn offenbar um zehn Jahre altern lassen. »Zurück zu Billy. Du hast es also herausgefunden?« In seiner Frage lag kein Vorwurf.

»Allerdings«, fauchte Nora. »Und zwar nicht auf die angemessene Art. Mein Zug war früher in L. A. als geplant. Ich habe die beiden überrascht.«

Halstead seufzte. Es schien ihn viel Kraft zu kosten, seinen Körper aufrechtzuhalten. »Er hätte es dir sagen müssen, Nora. Es tut mir leid.«

»*Irgendjemand* hätte es mir sagen müssen, Harold.«

Wieder seufzte er. »Sie wollten es in der Zeitung bringen, sie hatten Fotos. Damit wären alle ruiniert gewesen – Billy, Ford, das Studio. Und du hast diese unheimlich lebendige Ausstrahlung, meine Liebe. Das habe ich vom ersten Moment an gespürt. Ich dachte, du könntest uns helfen. Was du ja auch getan hast. Aber es war nicht meine Aufgabe, es dir zu sagen.« Halstead starrte auf seine Finger. »Ich muss dich etwas fragen. Es ist etwas heikel.«

»Ja?« Nora zog noch einmal an ihrer Zigarette. Dabei fiel ihr auf, dass ihr Nagellack abblätterte und sie Dreck unter den Fingernägeln hatte.

»Hast du ihn getötet?«

Entsetzt fuhr sie zu ihm herum. »Was redest du denn da? Du hast doch gesagt, er hätte sich erschossen!«

»Na ja, das ist nicht ganz klar. Er ist an einer Schussverletzung gestorben, aber ob er es selbst getan hat oder jemand anders, der es dann nur so hat aussehen lassen … das steht noch nicht fest. Er hatte die Waffe in der Hand, aber das Ganze wirkte inszeniert.«

»Er war Regisseur, noch dazu ein vollkommen detailversessener. Natürlich inszeniert er seinen eigenen Selbstmord.« Nora sprang auf und wanderte vor dem Bett auf und ab. »Was hat die Polizei gesagt?«

Halstead schüttelte den Kopf. »Die haben wir noch nicht informiert.«

Verblüfft zog sie eine Augenbraue hoch. »Wie bitte?«

»Clint hat das alles übernommen. Wir rufen die Polizei an, wenn wir hier bei dir fertig sind.«

»Tja, als ich Billy das letzte Mal gesehen habe, war er jedenfalls noch quicklebendig.« Die Tatsache, dass Clint bereits am Tatort gewesen war, machte Nora misstrauisch. »Wie habt ihr überhaupt davon erfahren?«

»Ich habe einen anonymen Anruf bekommen, in dem mir mitgeteilt wurde, dass Billy tot sei.«

»Und das kommt dir nicht merkwürdig vor?«

»An dieser Situation kommt mir so ziemlich alles merkwürdig vor, Nora, aber ich sehe mich hier mit einem toten Regisseur und einem halb fertigen Film konfrontiert. Einen Skandal wie William Desmond Taylor oder Fatty Arbuckle kann sich Monumental nicht leisten. Das würden wir nicht überleben.«

Nora ging zum Fenster und schob die Gardine beiseite. Über dem Hollywood Boulevard schien bereits die Sonne. »Bist du sicher …« Sie deutete mit dem Kopf Richtung Zimmertür. »Bist du sicher, dass er die Situation nicht erst herbeigeführt hat?«

»Worauf willst du hinaus?«

»Ich will damit sagen, dass Clint Probleme schafft, um sie dann zu lösen. Zu seinem eigenen Vorteil, versteht sich. Du hast doch sicher auch bemerkt, dass er von mir besessen ist.«

»Ich habe den Mann erst letzte Woche eingestellt, Nora. Du weißt doch, dass jedes Studio einen Problemlöser hat. Traurigerweise macht ihn genau das, was du an ihm hasst, in seinem Job so gut. Und er ist wirklich gut.«

»Du wirst es noch bereuen, ihn eingestellt zu haben.«

»Heute ganz sicher nicht, Nora.«

Sie wandte sich wieder zum Fenster. »Danke, dass du mich informiert hast, Harold. Ich muss mich jetzt um die Beerdigung meines Mannes kümmern.«

21

Helen Lambert

Paris, 12. Juni 2012

Mickey rüttelte mich wach. »Meine Güte, du warst den gesamten Flug völlig weg. Und du hast gesabbert.«

»Tut mir leid«, entschuldigte ich mich. »In letzter Zeit schlafe ich mehr als sonst.«

Kopfschüttelnd stellte Mickey fest: »Du nennst das schlafen? Es kam mir eher vor, als wärst du ohnmächtig. Einmal habe ich sogar geglaubt, du wärst tot.«

Er hatte nicht ganz unrecht. Es war Schlaf, dann aber auch wieder nicht. Anscheinend konnte mein Körper die Energie, die nötig war, um mich wieder zu vervollständigen – also um Juliet, Nora und mich zu vereinen –, nur aufbringen, wenn ich quasi bewusstlos war. Nach diesem letzten Traum packte mich eine merkwürdige Zuneigung zu Nora Wheeler. Sie war weniger verletzlich als Juliet. Nora war eine Kämpferin, und in den kommenden Tagen würde ich ihre Stärke brauchen. Billy war mit Sicherheit Marchant, aber Luke war in ihrem Leben noch nicht aufgetaucht. Und ich musste mir eingestehen, dass ich mich darauf freute, ihn wiederzusehen, sei es auch nur in meinen Träumen.

Unser Kuss hatte mich innerlich aufgewühlt. Ich fühlte mich schuldig, weil ich ihm die Lüge von der Geschäftsreise aufgetischt hatte. Dazu hatte ich mir ein verrücktes Interview ausgedacht, das ich für *In Frame* mit einem berühmten britischen Schauspieler führen musste. Aber war das alles nicht sowieso total verrückt? Diese geheime Parisreise, um Blut zu besorgen? Hexen und Flüche gab es in Wirklichkeit nicht. Ein Teil von mir verlangte, sofort nach Washington zurückzukehren und mein Leben weiterzuführen, Luke Varner zu ignorieren. Dann würde sicher alles gut werden. Doch wie ließen sich diese unglaublich lebensechten Bilder erklären, die sich mein Gehirn Nacht für Nacht herunterlud? Farben wirkten plötzlich viel stärker auf mich: Rot und weiche Blautöne bei Nora, Grün, Kornblumenblau und Goldtöne bei Juliet. Ich kannte den Geruch von Eukalyptus, obwohl ich noch nie auch nur in der Nähe eines solchen Baumes gewesen war. Ich kannte die braune Blumentapete aus der Pension von Noras Mutter in Akron, die längst nicht mehr existierte. Ich wusste genau, welches Geräusch der Kühlschrank machte, wenn man die Tür schloss. *Und der Geruch von Nelken war mir schon immer verhasst.* Durch die Erinnerung an die stinkende Paste, mit der Juliets Mutter ihren Körper bedeckt hatte, ergab das endlich einen Sinn.

Nein, es war Realität: Meine Mutter hatte mich vor über hundert Jahren in Challans mit einem Zauber belegt, und nun blieben mir nicht einmal mehr zwei Wochen Zeit, um diesen Wahnsinn zu beenden, sonst würde ich irgendwann wieder auftauchen und all diese Fehler wiederholen, wie in einer beschissenen Version von *Und täglich grüßt das Murmeltier*. Hätte ich tatsächlich mit Roger Lambert zusammenkommen sollen, oder war er nichts weiter als ein Statist, der in meinem Leben aufgetaucht war, weil eine wütende Frau einen entscheidenden Fehler gemacht hatte? So wie Luke es beschrieben hatte, spielten wir alle nur unsere Rollen wie Schauspieler auf einer Bühne. Und natürlich war auch Saras Mutter ein Grund dafür, warum es mir so schwerfiel, das alles zu akzeptieren. Wenn das alles Realität war, hatte ich unwissentlich ihren Tod verursacht. Dieser Fluch war gefährlich, und ich musste ihn beenden.

Mickey und ich gingen durch den Zoll und erwischten gerade noch einen Zug, der uns von Heathrow nach London brachte, wo wir an der St. Pancras Station den Eurostar bestiegen. Obwohl ich während des Fluges die ganze Zeit geschlafen hatte, fühlte ich mich kein bisschen ausgeruht.

»Du bist schrecklich still.« Mickey bestellte ein Glas Wein, obwohl es noch nicht einmal Mittag war.

»Ich versuche, das alles zu verarbeiten.«

»Du glaubst doch nicht wirklich an diese Geschichte mit dem Fluch, oder?«

»Du etwa nicht?« Skeptisch zog ich eine Augenbraue hoch. »Warum bist du dann hier?«

»Ich bin hier, weil *du* daran glaubst.« Er warf mir einen ernsten Blick zu. »Versprich mir eines: Wenn sich das in Challans alles als Unsinn herausstellt, dann gehst du in Washington zum Arzt und lässt ein MRT machen, wie jeder normale Mensch. Ich habe Angst, dass du einen Hirntumor haben könntest, so wie in diesem John-Travolta-Film, wo er plötzlich Superkräfte bekommt.«

»Du meinst *Phenomenon*?«

»Großartiger Film.« Er ließ seinen Wein im Glas kreisen.

»Ich habe keinen Hirntumor, Mickey.«

»Stimmt. Du leidest unter einem Fluch. Wie konnte ich das vergessen.«

»Ich glaube, ein Hirntumor wäre mir lieber.«

Wir erreichten den Gare du Nord und beschlossen, über Nacht in Paris zu bleiben. Am nächsten Morgen würden wir den ersten Zug nach Challans nehmen, wo ich Michel und Delphines Enkelin Marielle Fournier aufsuchen würde, die inzwischen achtundsiebzig Jahre alt war und in einer Wohnung in der Innenstadt lebte. Die Tatsache, dass Delphine Michel Busson geheiratet hatte, trieb mich noch immer um. War das junge Mädchen zu dieser Ehe gezwungen worden, nachdem Juliet nach Paris gegangen war? Wenn ich die Augen schloss, sah ich die unschuldige Kleine vor mir, die nicht einmal einen ganzen Eimer Wasser tragen konnte. Die Vorstellung, dass sie dieses Monster geheiratet hatte, machte mich krank. Hatte das Geld, das Juliet geschickt hatte, nicht ausgereicht, um sie davor zu bewahren?

Wir trafen am nächsten Tag gegen zehn in Challans ein. Marielle Fourniers Wohnung befand sich in einem Hochhaus mit großer, offener Halle und hellem Treppenhaus. Als Mickey und ich an ihre Tür klopften, blieb alles still.

Eine Nachbarin, die gerade vom Einkaufen kam, sah uns vor der Wohnungstür stehen. Misstrauisch fragte sie: »Möchten Sie zu Madame Fournier?«

»Ja, so ist es.« Sobald ich die französischen Worte der Frau hörte, wechselte ich automatisch in die andere Sprache.

»Sie wohnt nicht mehr hier.« Die kleine Frau kämpfte mit dem Schloss an ihrer Wohnungstür. Nachdem sie sich die Brille höher auf die Nase geschoben hatte, erklärte sie mir: »Sie ist in ein Pflegeheim gezogen, nicht weit weg von hier.«

»Oh … Haben Sie zufällig die Adresse?« Ich suchte bereits in meiner Tasche nach einem Stift.

»Sind Sie mit ihr verwandt?« Die Frau blieb wachsam.

Die Frage löste etwas in mir aus. Ich blickte auf. »Ja, ich bin ihre Großnichte.«

»Ach. Sie hat Sie nie erwähnt.«

Lächelnd sah ich die Frau an. »Ich bin extra aus den Staaten gekommen, um sie zu besuchen.«

Diese Information schien sie zu beeindrucken, denn plötzlich war sie wesentlich freundlicher. »Ich hatte angenommen, Sie kämen aus Paris, weil Sie gar keinen amerikanischen Akzent haben. Ich suche Ihnen die Adresse raus.«

Bis vor einer Woche hatte ich noch kein Wort Französisch gesprochen. Und nun klang ich wie eine Pariserin.

Die Nachbarin, Eve, tat sogar mehr als uns nur die Adresse zu geben. Sie rief in dem Pflegeheim an und teilte ihnen mit, dass Madame Fourniers Großnichte vorbeikommen wollte. Anschließend bot sie uns einen wundervollen Kaffee an.

Als wir wieder auf der Straße standen, faltete Mickey die Karte auseinander, die Eve uns mitgegeben hatte. »Und da heißt es immer, die Franzosen wären so unfreundlich.«

»Sie war wirklich nett, nicht wahr?« Ich warf einen Blick auf mein iPhone, bei dem ich mich extra durch das verwirrende Roaming gekämpft hatte, um Nachrichten von Luke empfangen zu können, aber er hatte sich nicht gemeldet.

»Ich wusste übrigens gar nicht, dass du Französisch sprichst«, stellte Mickey fest. »Und auch noch völlig akzentfrei.«

»Offenbar stammt mein Tumor aus Paris.«

Er gab etwas von sich, das einem Schnauben sehr ähnlich war.

»Dann werden wir Madame Fournier jetzt also mit einer Nadel traktieren?« Mickey studierte weiterhin die Karte, während wir einen Hügel erklommen, auf dem ein neuer Gebäudekomplex aufragte, den Eve uns beschrieben hatte. »Du hast doch wohl einen Plan, wie wir an das Blut dieser armen Frau herankommen?«

»Daran arbeite ich noch«, fauchte ich.

»Zick mich nicht an. Dir bleiben noch ungefähr fünf Minuten, um dir was zu überlegen.«

Das Altersheim von Challans hätte ebenso gut in Topeka stehen können. Sämtlicher französischer Charme ging verloren, sobald wir durch die Eingangstür traten. Anscheinend waren alle Betreuungseinrichtungen auf der Welt gleich möbliert: verstaubte rosa Chippendale-Sofas mit geblümten Kissen und hölzerne Beistelltischchen mit dicken Glasplatten. Im Hintergrund dudelte leise eine französische Version von *Close To You* von den Carpenters, dazu hörte man das Knallen zufallender Aktenschränke. Es gab ein Besucherregister, in das man sich eintragen musste. Mir war bereits aufgefallen, dass die Franzosen es mit korrekten Abläufen sehr genau nahmen, und so erklärte uns die distanziert-freundliche Concierge auch, dass wir nirgendwo hingehen könnten, solange wir uns nicht korrekt angemeldet hätten. Anschließend überprüfte sie, ob wir auch alle Felder vollständig ausgefüllt hatten. Rebell, der er war, trug sich Mickey unter dem Namen »Lorenzo Lamas« ein und überreichte mir den Stift mit der stummen Aufforderung, ähnlich kreativ zu werden. Ich entschied mich für »Dorothy Hamill«. Dieses Spiel spielten Mickey und ich auch gerne mal mit unseren Namensschildern bei Tagungen, um die Leute ein wenig hochzunehmen. Die Concierge sah nach, ob wir auch wirklich die Felder »nom« und »visite« ausgefüllt hatten. Dann zeigte sie gelangweilt auf einen Korridor und sagte: »*Quatre gauche*.«

»Was heißt das?«, fragte Mickey.

»Viertes Zimmer auf der linken Seite«, antwortete ich.

Im Flur roch es nach Urin, Gesichtscreme und irgendeinem verkochten Essen, das ich mit Mühe als Karotte identifizieren konnte. Eine widerliche Kombination. Der Ort, an dem meine Großmutter gestorben war, hatte auch so gerochen. Und das

Desinfektionsmittel, mit dem der Uringestank überdeckt werden sollte, machte es am Ende nur noch schlimmer.

Im vierten Zimmer auf der linken Seite stand eine Schwester neben einer alten Dame in einem Sessel und … nahm *ihr Blut ab*. Mit einem wilden Blick drehte Mickey sich zu mir um. »Schnapp dir das Röhrchen«, flüsterte er.

Ich ging auf die offene Tür zu, während Mickey sich beim Arbeitswagen der Schwester herumdrückte. Falls der Wagen dort stehen blieb, während die Schwester ins nächste Zimmer ging, könnte er sich das Röhrchen mit dem Blut unbemerkt schnappen. Das alles klärten wir völlig ohne Worte – ein Blick von mir zu dem Wagen, und Mickey nickte. »Vermassel das bloß nicht«, zischte ich. »Du musst das richtige nehmen.«

»Schaff deinen hirntumorigen Arsch da rein, Dorothy Hamill.«

Die Krankenschwester kam auf mich zu und streifte die Latexhandschuhe ab. Ich schenkte ihr ein freundliches Lächeln.

»Sind Sie Madame Fourniers Großnichte?«

»Ja. Ich bin aus den Vereinigten Staaten gekommen, um ein wenig Ahnenforschung zu betreiben.« Mit einem Blick auf die Blutprobe fragte ich: »Geht es Großtante Marielle denn gut? Weil Sie ihr Blut abnehmen?«

»Diabetes«, erklärte die Schwester. »Und leichte Nierenprobleme. Ich hoffe, Sie wollten sich nicht mit ihr unterhalten. Ihre Demenz hat sich verschlimmert. Deshalb musste sie auch ihre Wohnung aufgeben. Sie hat gute und schlechte Tage, aber …« Mit einem schnellen Blick zu Marielle Fournier schloss sie: »Heute ist leider einer der schlechteren.«

Offenbar handhabte man den Umgang mit Patientendaten in Frankreich etwas laxer als in den USA; ich konnte nicht glauben, wie viele Informationen mir diese Schwester ohne weitere Nachfrage gab. Irgendetwas stimmte hier nicht. Dann fiel mir wieder ein, wie freundlich auch Eve zu uns gewesen war. Die Krankenschwester wirkte leicht verwirrt, und plötzlich wurde mir klar, wo ich diesen Gesichtsausdruck schon einmal gesehen hatte: bei Senator Heathcote, als ich ihm vorgeschlagen hatte, mir alles über seine Kandidatur zu verraten. Mit einem Mal hatte ich so eine Ahnung.

»Sie haben da etwas auf Ihrer Bluse«, begann ich, um es simpel zu halten, und zeigte auf ihre Brust. »Warten Sie, ich halte das Röhrchen für Sie.«

Mickey, der in der Zimmertür stand, machte große Augen.

Ohne zu zögern gab mir die Krankenschwester das Röhrchen mit der Blutprobe und fing an, ihr Hemd abzuwischen, auf dem rein gar nichts zu sehen war. »Oh je«, seufzte sie. »Wie habe ich denn das geschafft?«

»Keine Ahnung. Sieht aus wie ein Fleck.« Wieder deutete ich auf ihre makellos reine weiße Bluse. »Vielleicht sollten Sie ihn besser auswaschen. *Jetzt gleich*.«

»Das mache ich.« Die Frau war schon halb auf dem Flur. *»Merci.«* Ich winkte ihr lächelnd hinterher.

»Lass uns verschwinden«, drängte Mickey. »Das war einfach brillant.«

»Warte kurz.« Ich ging zu Marielle Fournier hinüber, die starr aus dem Fenster blickte. Sie hatte keine Ähnlichkeit mit Delphine, ebenso wenig mit Michel Busson. Während ich mich noch fragte, wonach ich eigentlich suchte, bemerkte die alte Dame mich plötzlich und lächelte.

»Madame Fournier.« Ich beugte mich zu ihr hinunter. »Ich bin eine Verwandte von Ihnen.«

Das freundliche alte Gesicht blieb vollkommen leer, und ich wurde von Schuldgefühlen gepackt.

»Die Suppe ist gut«, sagte Marielle mit hoffnungsvollem Unterton.

»Ja«, pflichtete ich ihr bei. »Die Suppe heute war wirklich gut! Dürfte ich Sie etwas fragen?«

Ein Blinzeln, mehr kam nicht von ihr.

»Es wäre wichtig, dass Sie sich daran erinnern, okay?«

»Beeil dich«, zischte Mickey, der an der Tür Schmiere stand.

Als ich ihn mit erhobener Hand zum Schweigen brachte, verschränkte er empört die Arme vor der Brust. Ich konzentrierte mich wieder auf Marielle und ging neben ihrem Sessel in die Hocke.

Sie musterte mein Gesicht und berührte vorsichtig meine Wangen. »Ich habe dich schon einmal gesehen.«

Ich schüttelte den Kopf. »Das glaube ich nicht.«

Marielle protestierte ebenfalls mit einem Kopfschütteln. »Doch. Du bist das Mädchen auf dem Bild. Auf dem Speicher. Es war mit einem alten Tuch abgedeckt, und ich sollte es mir nicht ansehen, aber ich habe es doch getan. An den Ecken war es verbrannt. Das warst du.« Sie dachte einen Moment nach. »Aber das ist nicht möglich, oder?«

Mir fiel wieder ein, dass Michel Busson das Gemälde ja mitgenommen hatte; den frühen Entwurf von *Juliet*, den das Hausmädchen hatte verbrennen wollen. Das war nicht die endgültige Version des Bildes gewesen, denn die hatte ja Juliets Mutter an sich genommen. *»Oui«*, sagte ich nun, *»c'est possible, Marielle.* Sagen Sie, hat Ihre Mutter manchmal von ihrer Kindheit gesprochen? War sie ein glückliches Kind?«

»Oh nein«, antwortete die alte Frau prompt. »Mutter hatte eine schreckliche Kindheit. Großvater Michel war ein Bastard.« Sie winkte mich näher zu sich. »Die Suppe war köstlich. Mutter hat gern Suppe gegessen.«

»Hat Großvater Michel Ihre Großmutter schlecht behandelt?«

Marielles Blick trübte sich, als versuchte sie, ein weit entferntes Bild einzufangen. »Ich glaube schon.« Sie sah mich an. »Aber da kann ich mir nicht mehr sicher sein.«

Ich schenkte ihr ein Lächeln. »Ruhen Sie sich etwas aus, Marielle.« Die Vorstellung, dass Delphine gelitten hatte, machte mich traurig. Sie war so ein entzückendes Kind gewesen. Der Zauber von Juliets Mutter hatte ihr aller Leben ruiniert. Ich berührte die alte Frau an der Schulter und spürte, wie meine Hand plötzlich Wärme verströmte. Schnell zog ich sie zurück, musterte meine Finger, berührte sie mit der anderen Hand, fühlte aber nur Kälte. Verwirrt schüttelte ich den Kopf. Jetzt spürte ich auch noch komische Dinge. Trotzdem legte ich noch einmal erst die Fingerspitzen, dann die ganze Hand auf Marielles Schulter. Die sah zu mir hoch; ihr Blick wurde eindringlich wie der einer Liebenden.

»Wer bist du?«, fragte sie vollkommen klar.

»Das ist die große Frage«, antwortete ich lachend.

»Ein Engel?«

Ich schmunzelte. Engel war von der Wahrheit wohl am allerweitesten entfernt. »Ja.« Meine Hand war nun so heiß, als hätte ich sie über offenes Feuer gehalten, aber ich zog sie nicht zurück. Je länger ich sie dort liegen ließ, desto klarer wurde der Blick der alten Frau. Erst als ich es gar nicht mehr aushielt, ließ ich ihre Schulter los. »Leben Sie wohl, Marielle.«

Während ich hinausging, sah ich, wie sie verwirrt die fremde Einrichtung anstarrte und sich fragte, wieso sie nicht in ihrer Wohnung war.

»Wurde aber auch Zeit«, raunte Mickey, als ich an ihm vorbei auf den Flur hinausging. »Ich dachte schon, da wird eine Familienfeier draus.«

»Ach, halt die Klappe.«

Das Röhrchen gut in meiner Hand versteckt, gingen wir in normalem Tempo am Schalter der Concierge vorbei, und durch den Vordereingang raus, ganz und gar nicht wie zwei Menschen, die gerade das Blut einer alten Dame geklaut hatten.

Sobald wir draußen waren, beschleunigte Mickey seine Schritte. »Wir sind wie Gangster.«

»Dir macht das eindeutig zu viel Spaß. Ich denke, du kannst dich entspannen, wir werden nicht verfolgt.«

Er ging langsamer. »Was ist da drin passiert?«

»Ich habe keine Ahnung.«

»Sehr witzig, Helen.«

»Mein Hirntumor scheint neuerdings den Willen anderer beeinflussen zu können … ach ja, und Heilkräfte hat er auch.«

»Wirklich?« Er fasste sich an die Stirn. »Ich habe schon seit wir aus dem Flugzeug gestiegen sind leichte Kopfschmerzen. Kannst du das auch heilen?«

Ich warf ihm einen finsteren Blick zu.

Dann entdeckte er ein Café. »Lass uns sehen, ob du recht hast.« Er packte mich an der Hand wie ein ungezogenes Kind und marschierte mit mir in das Café. »Bestell mir einen Milchkaffee und eine dieser köstlich aussehenden Schweinereien.« Er deutete auf ein Marzipancroissant.

Stirnrunzelnd tippte ich gegen das Glas der Kuchenvitrine und bestellte dazu zwei Café au lait. Während die Frau hinter der Theke alles vorbereitete, raunte Mickey mir ins Ohr: »Und jetzt sagst du ihr, dass du kein Geld hast, um die Sachen zu bezahlen, dass es ihr aber hoffentlich nichts ausmacht, wenn wir sie einfach so mitnehmen.«

»Pardon, Mademoiselle. Je n'ai pas d'argent … mais … je voudrais un café au lait et un croissant, s'il vous plaît.«

Die Kellnerin wirkte so erleichtert als hätte sie sich sehnlichst einen nicht zahlenden Kunden herbeigewünscht. »*Mais oui*«, rief sie und drängte mir das Gebäck auf, als wäre das alles ihre Idee gewesen.

»Das ist wundervoll«, seufzte Mickey, als wir wieder auf der Straße standen.

»Tja, du kannst es jetzt noch ungefähr zwei Wochen genießen, danach bin ich tot. Also viel Spaß.« Ich reichte ihm die Tüte mit dem Croissant. »Wie war das noch gleich mit dem MRT?«

»Versuch diese Beeinflussungskiste ja nicht bei mir!« Er drohte mir mit dem Finger, bevor er sich der Tüte zuwandte. »Meinst du, das Blut muss gekühlt werden?«

»Nein, Mickey. Es wird für einen Fluch gebraucht, nicht für eine Transfusion.«

Ich wickelte das Röhrchen in ein Stück Polsterfolie, das ich schlauerweise mitgenommen hatte, und verstaute es dann in meiner Tasche.

»Könnten wir noch etwas machen, Mickey?«, fragte ich. »Da wir schon einmal hier sind …«

Wir hatten den Bahnhof erreicht, und ich ging zum Taxistand hinüber. Dort fragte ich einen der Fahrer, ob er sich in der Gegend auskenne, und er antwortete mir, er hätte sein gesamtes Leben in Challans verbracht. Daraufhin erkundigte ich mich, ob er den Weg nach La Garnache kenne. Er nickte, und wenig später verließen wir Challans und fuhren aufs Land hinaus. Das direkte Umland der Stadt hatte sich in den letzten hundert Jahren natürlich stark verändert, aber je weiter wir rausfuhren, desto stärker ähnelten die weißen Steinhäuschen, die hier schon seit Generationen standen, dem, was ich durch Juliets Augen gesehen hatte. Auch die Straßen waren anders, sie waren wohl auf ehemaligem Ackerland gebaut. Auf meine Frage, ob er das Herrenhaus

Fonteclose kenne, nickte der Fahrer. »Ich stamme ursprünglich aus La Garnache«, erklärte er mir.

»Du könntest ja vorschlagen, dass er uns gratis fährt«, flüsterte Mickey.

Ohne ihn zu beachten, wandte ich mich wieder an den Fahrer: »Dann kannten Sie wohl auch die Familie Busson?«

»*Oui*«, antwortete er mir knapp. »Ein unangenehmer Haufen. Viele Geisteskrankheiten in der Familie.« Vermutlich war er wesentlich mitteilsamer als bei seinen üblichen Fahrten, und der arme Mann hatte keine Ahnung, warum das so war.

»Sie haben doch in der Nähe von Fonteclose gelebt, oder nicht?«

»*Oui*. Ich kenne das Haus. Sie haben es verkauft, als ich zwanzig war.« Nach einer kurzen Pause fügte er hinzu: »Jetzt bin ich sechzig.«

»Könnten wir zum Haus der Bussons fahren? Ich möchte es mir nur kurz ansehen.«

Zügig fuhren wir durch die Täler, vorbei an sattem Grün und weizengelben Hügeln. Als das Taxi irgendwann rechts abbog, überkam mich ein starkes Déjà-vu. Letzte Woche noch war ich in meinen Träumen hier gewesen, aber das hier war kein Traum. Es war wie eine eingefangene Erinnerung, so ähnlich wie in *Hinter den Spiegeln*. Ich war auf diesen Straßen gelaufen, als sie noch Feldwege waren. Meine Füße waren schmutzig gewesen, meine Haut gebräunt von den vielen Stunden in der Sonne, und der süße Geruch von kindlichem Schweiß schien mir noch immer in die Nase zu steigen, wie das Parfüm vom Vortag, das noch an den Handgelenken haftet.

Der Fahrer folgte der Straße ein Stück weit und zeigte dann den Hügel hinunter. Das Haus der Bussons stand noch, hatte jetzt aber einen anderen Anstrich. Dort war die Hintertreppe, auf der Michel Busson mich gepackt und in den Arm gekniffen hatte. Und oben auf dem Hügel entdeckte ich es: mein Elternhaus von damals. Überraschenderweise schien es vollkommen unverändert zu sein.

»Würden Sie hier auf uns warten?«

»Natürlich.« Der Fahrer nickte.

Wie durch einen Zauber gefangen stieg ich aus und ging den Hügel hinauf. Offenbar war das Haus bewohnt: Es hing Wäsche auf der Leine, und – für mich äußerst befremdlich – eine Oberleitung zur Straße versorgte es mit Strom. Auf dem Hof lag grellbuntes Spielzeug herum. Als ich näher kam, hörte ich das vertraute Gegacker von Hühnern. Still lächelte ich in mich hinein.

Mickey war mir dicht auf den Fersen. »Vermutlich kriegen wir es gleich mit einem wütenden Franzosen und seiner Flinte zu tun.«

»Nicht, wenn es mir vorher gelingt, mit ihm zu reden«, widersprach ich. Ja, mir gefiel meine neue Kraft der Gedankenbeeinflussung; sie war mir vertraut wie eine bequeme alte Bluse, was mir verriet, dass ich nicht zum ersten Mal über diese Gabe verfügte.

Vor mir lag zugewuchertes Grasland. Als ich einige der dicken Büschel beiseiteschob, entdeckte ich den Brunnen, an dem ich täglich Wasser geholt hatte. Automatisch suchte ich nach dem Eimer. Das Haus war nicht sonderlich gepflegt, überall lagen Feldwerkzeuge und alter Schrott herum. Fünf Meter von dem Brunnen entfernt befand sich die Stelle, an der Michel Busson und sein Freund Juliet gepackt und vergewaltigt hatten. Und so blieb nur noch ein Hügel übrig, den es zu erklimmen galt. Schon auf dem Weg nach oben sah ich das Dach von Marchants Haus. Es wiederzusehen raubte mir den Atem. Ich erreichte die Gartenmauer und strich mit der Hand darüber; sie war niedriger als erwartet. Wie alte Heimvideos liefen die Erinnerungen vor meinem inneren Auge ab – nicht nur die Schlüsselmomente, die mir bisher gezeigt worden waren, sondern alles: meine Füße auf den kühlen Steinen; die Stimme meiner Mutter; der weiche Stoff in Marchants Atelier; und natürlich Marchant selbst. Das Gartentörchen wurde durch einen gesprungenen Pflanzkübel offen gehalten. Ich betrat den Hof, sah in das Atelier hinein. Es war leer. Irgendwie machte das alles erträglicher. Es sollte leer sein. Mein Auguste Marchant war schon lange tot.

Mit einem Mal begriff ich, wie trügerisch die Zeit sein konnte. Dass es nicht natürlich war, so vieles von der Veränderung zu erleben, die die Zeit stets mit sich brachte. Menschen sollten in ihrer eigenen kleinen Zeit leben, in der alles in Intervallen geschieht, die sie verkraften können. Mehrere Lebensspannen und ihre Entwicklungen vor sich zu sehen, ist zu verstörend – beinahe nicht zu erfassen. Es weckt fundamentale Zweifel an der eigenen Bedeutung. Und das Gefühl, von Bedeutung zu sein, ist essenziell wichtig für das Überleben.

Was ich hier empfand, war widernatürlich. Ich sollte nicht in dieser Zeit sein, an diesem Ort. Juliet sollte kein Plastikspielzeug sehen, keine Stromleitungen. Doch sie war hier, und diese Dinge waren ebenfalls hier.

Der Geruch feuchter Steine, der sanfte Wind, das Geräusch des Pinsels, der über die Leinwand glitt … alles, was ich mit Auguste Marchant verband, stürmte wieder auf mich ein und erinnerte mich daran, wie ungehemmt und unbedarft Juliet ihn geliebt hatte.

»Du hast Nasenbluten«. Mickey zog sein Hemd aus, unter dem er noch ein T-Shirt trug, und reichte es mir. »Setz dich hin.«

»Nein, wir müssen los.« Hastig wischte ich mir mit dem Handrücken die Nase ab. Mir kam es vor, als hätte ich neue Kraft getankt. Dieser Blick in meine Vergangenheit war genau das, was ich gebraucht hatte.

Es überraschte mich nicht, dass der Fahrer brav auf uns gewartet hatte. Mickey war begeistert von dem »Zauber«, mit dem ich den Mann betört hatte; als wäre ich eine moderne Samantha Stephens.

In Challans stiegen wir in den Zug. Während wir zurück nach Paris fuhren, wurde mir klar, dass ich diese weiten Hügel mit dem fruchtbaren Ackerland das letzte Mal vor über hundert Jahren gesehen hatte. An dem Tag, an dem ich zum letzten Mal meinen Vater, meine Schwester und meinen Bruder gesehen hatte.

Mickey war auf der Rückfahrt erstaunlich still, als ahnte er, wie viel diese Reise mir abverlangt hatte. Aus dem letzten Abend in Paris holten wir alles heraus: Ich wurde quasi vom Quartier Latin angezogen, vom Boulevard Saint-Germain. Mickey machte widerstandslos mit. Wir aßen in einem Café, das nur ein paar Straßen von der alten Wohnung entfernt war. Als ich hier gelebt hatte, war dieser Laden noch etwas vollkommen anderes gewesen. Beim Essen erzählte ich Mickey Juliets Geschichte.

»Wie war es hier in Paris vor hundert Jahren?«

»Dreckig, aber farbenfroh.« Ich grinste. »Es hat gestunken, und gleichzeitig habe ich nie wieder eine solche Pracht gesehen.«

»Und du hast hier mit *ihm* gelebt.«

Kopfschüttelnd erklärte ich ihm: »Nicht so, wie du denkst.«

»Aber du hast ihn geliebt.«

Während ich einen Schluck von meinem Wein nahm, dachte ich über eine Antwort nach. »Anfangs nicht, aber ... ja, nach und nach habe ich mich in ihn verliebt. Zumindest war ich davon überzeugt, als ich starb.«

»Und was ist heute?«, fragte Mickey lächelnd. »Ich denke schon, dass du ihn *magst*.«

Später gingen wir zu meiner alten Wohnung, und ich dachte über Mickeys Frage nach. Von der Straße aus blickte ich zu meinem Balkon hinauf. Es war so, als würde ich in meine Heimatstadt zurückkehren und feststellen, dass alles viel kleiner ist als in der Erinnerung. Es schien auch alles ein wenig schäbiger zu sein. Doch als ich an dem Haus hinaufblickte, erinnerte ich mich auch wieder an die Angst und das Gefühl der Verlorenheit des Mädchens, das gerade aus Challans hierhergekommen war, ohne zu wissen, welche Art von Absprache die Mutter mit Lucian Varnier getroffen hatte. Dass Juliet nach dem Ritual in der Küche und der Vergewaltigung durch Michel Busson überhaupt noch so blind auf das Wort ihrer Mutter vertraut hatte, versetzte mich in Erstaunen.

»Ja«, sagte ich schließlich. »Ich mag ihn.« Aber noch während ich die Worte aussprach, wurde mir bewusst, dass ich auch mehrere Leben später noch immer nicht ganz begriffen hatte, wie genau die Vereinbarung lautete, die meine Mutter mit Varnier getroffen hatte.

Mickey hatte die Hände in die Hosentaschen geschoben und beobachtete mich aufmerksam. »Möchtest du zur Pont Neuf gehen?«

Ich schüttelte den Kopf. Vor einem Wiedersehen mit der Pont Neuf fürchtete ich mich.

»Darf ich dir etwas sagen?« Mickeys Haar glänzte im Mondlicht.

»Na klar.«

»Du bist irgendwie anders. Schon noch du selbst, aber nicht mehr so wie vorher. Du bist nicht mehr die alte Helen.«

Ich musste schmunzeln, denn ich wusste genau, was er meinte. Jetzt war ich Juliet, Nora *und* Helen.

22

Nora Wheeler

Hollywood, 1934

Nora ließ Billy in einem kleinen Mausoleum auf dem Forest Lawn Cemetry bestatten. Am Ende der Woche trafen seine Eltern ein, und sie sorgte dafür, dass man sich gut um sie kümmerte. Die beiden hatten nur eine Bitte an sie gerichtet, in Form eines Briefes, der ihr ins Roosevelt Hotel geliefert wurde: Sie wollten sich sein Haus ansehen, wollten wissen, wo ihr Sohn gelebt hatte. Nora traf sich in der opulenten Hotelhalle mit ihnen, um ihnen die Schlüssel zu geben und sie vom Fahrdienst des Studios hinbringen zu lassen. Billys Mutter warf einen scheuen Blick an die reich verzierte Decke und umklammerte ihre Handtasche.

»Warum wollten Sie uns sehen?« Billys Vater war klein und drahtig. Nora konnte sich kaum vorstellen, wie er eine komplette Schicht in der Stahlfabrik von Youngstown durchhalten sollte.

»Billy hat immer sehr liebevoll von Ihnen gesprochen.«

»Er hat Sie uns gegenüber nie erwähnt«, erwiderte sein Vater. Das sollte wohl keine Beleidigung sein, sondern nur eine Feststellung.

»Ich habe Ihren Sohn sehr geliebt.« Nora strich sich den Rock glatt. Nachdem sie den Schlüssel überreicht hatte, musste sie irgendwie ihre Hände beschäftigen.

Billys Eltern sahen sich an, doch keiner von ihnen sagte etwas. Offenbar übernahm hauptsächlich sein Vater das Reden. Schließlich nahm der leicht verlegen seinen Hut ab. »Miss Wheeler … wir wissen, was unser Sohn war, deshalb bin ich mir nicht ganz sicher, was Sie damit sagen wollen.«

Nora spürte, wie sie blass wurde. »Ich verstehe nicht …«

»Billys Mutter und ich waren sehr unglücklich darüber, aber … ja, wir wussten es.«

»Ich nicht!«, platzte es aus Nora heraus. »Ich wusste es nicht, als ich ihn geheiratet habe. Er hat es mir nicht gesagt.«

»Das tut mir aufrichtig leid«, meldete sich nun auch Billys Mutter zu Wort. »Sie scheinen ein nettes Mädchen zu sein.«

»Vielen Dank«, erwiderte Nora. »Wenn ich noch etwas für Sie tun kann, lassen Sie es mich wissen.«

Die beiden nickten, wollten aber nichts weiter und lehnten auch das Angebot, sich fahren zu lassen, ab.

Obwohl ihr Haus an der Hollywood Bowl noch frei war, ertrug Nora es nicht, allein zu sein, deshalb beschloss sie, im Roosevelt zu bleiben. Die Geräusche und Stimmen im Hotel – zuschlagende Türen, das Klappern der Servicewagen auf den Gängen – hatten etwas Tröstliches an sich. Halstead hatte die Geschichte von Billys Selbstmord verbreitet, und die Polizei untersuchte stillschweigend noch ein paar andere Theorien, aber Clint hatte bei der Inszenierung des Tatortes wohl ganze Arbeit geleistet; das musste sie ihm lassen. Dann stieß man in einem von Billys Drehbüchern auf einen Abschiedsbrief.

»Das muss ein Ende haben. Verzeih mir.«

Nora war der Ansicht, es könnte auch eine Notiz in Bezug auf ihre Ehe gewesen sein. Billy schob oft Notizen in seine Drehbücher, sozusagen als Gedächtnisstützen. In diesem Fall hatte er wahrscheinlich Ideen gesammelt, weil er wieder einmal eine einstudierte Rede für sie vorbereitete.

Zu Billys Beerdigung schickte Halstead ihr eine große schwarze Limousine, und Nora stellte empört fest, dass Clint sich zum Fahrer erklärt hatte. Inzwischen ging er ständig im Roosevelt ein und aus. Bis jetzt hatte er sie nicht angerührt und auch keine Andeutungen gemacht. Nora aber hatte eine ausdrückliche Bestätigung von Halstead verlangt, dass man sie in Ruhe ließ – ohne dabei explizit zu sagen, dass er ihr wenigstens das schuldig war. Er hatte zugestimmt, doch Nora wusste, dass es nur eine Frage der Zeit war, bis Clint diese Grenze überschreiten würde. Clint hielt sich nie an Grenzen. Ob er wohl immer noch der Meinung war, Nora sei sein persönliches Eigentum? Jetzt, wo sie berühmt war, sah er sich wohl als ein früher »Investor« und würde sicher seinen Anteil einfordern. Und ohne Billys Schutz war so gut wie garantiert, dass er sich irgendwann wieder an ihr vergreifen würde.

Hatte Clint Billy getötet, weil er von ihr besessen war? Immerhin war er durch Billys Tod auch unverzichtbar geworden für Harold Halstead, und Nora war dadurch schutzlos zurückgeblieben. Zwei Dinge, die ihm sehr gelegen kamen – ein ziemlich großer Zufall.

Clint ließ Nora hinten einsteigen und warf sich auf den Fahrersitz.

»Weißt du, wo du hinmusst?«, fragte sie, blickte aus dem Fenster und zog ihr schwarzes Kleid zurecht.

»Ja, verdammt, ich weiß, wo ich hinmuss.« Er fuhr den Sunset hinunter. Clint war ein Plappermaul, er konnte einfach nicht anders. »Also … hast du es getan, Süße?«

»Was getan?«

»Deinen Ehemann umgebracht. Denn was ich in diesem Raum gesehen habe … das war eindeutig Mord. Ich habe eine ganze Stunde gebraucht, um es anders aussehen zu lassen.«

»Natürlich nicht.« Nora schob sich die Sonnenbrille auf die Nase. »Ich habe Billy geliebt. Ich habe ihn nicht umgebracht.«

»Was ist mit seinem Lover? Hat der ihn getötet?«

»Woher soll ich das wissen?«

Er lachte. »Ach ja, du warst ja ahnungslos.«

»Verfluchte Scheiße, Clint. Kannst du nicht wenigstens ein bisschen Respekt zeigen?« Sie bemerkte, dass sich auf seiner Oberlippe ein feiner Schweißfilm gebildet hatte. Bei der Hitze würde sein Hemd sicher bald durchgeschwitzt sein.

Als sie an einem Stoppschild hielten, drehte er zu ihr um und packte ihren Arm. »Du glaubst wohl, du wärst was Besseres, wie?«

Nora zögerte keine Sekunde. »Allerdings«, fauchte sie.

»Ich könnte es so hindrehen, dass *du* dafür in den Knast wanderst, Herzchen. Du solltest also besser anfangen, wieder verdammt nett zu mir zu sein.« Stechende Schmerzen schossen durch Noras Arm, als er ihn immer weiter verdrehte.

»Pass lieber auf. Willst du etwa Spuren hinterlassen wie früher? Halstead wäre sicher begeistert, vor allem heute. Schalt deinen Kopf ein, Clint.«

Er grinste und ließ sie los. Hinter ihnen ertönte eine Hupe, und er fuhr weiter den Sunset Boulevard hinunter.

Da Billys Eltern auf einer religiösen Zeremonie bestanden hatten, fand in der im spanischen Stil erbauten Offenbarungskirche in der Altura Street ein Trauergottesdienst statt. Nora hatte sie hauptsächlich wegen des Namens gewählt – für sie war dieses ganze Unglück definitiv eine Offenbarung gewesen. Billy und sie, das war nie echt gewesen, so viel war ihr nun klar. Sie waren nur eine weitere Illusion gewesen, erschaffen von Monumental

Pictures: Regie Billy Rapp, Produzent Harold Halstead, und in der Hauptrolle Nora Wheeler.

Trotzdem wurde sie von Schuldgefühlen geplagt wegen dem, was sie an jenem letzten Abend zu Billy gesagt hatte. Er hatte den höchsten Preis gezahlt für ein Geheimnis, das er so lange hatte bewahren müssen. Hätte sie es um seinetwillen nicht einfach mittragen können? Noras Trauer war so unübersehbar, dass Louella Parsons später detailliert beschrieb, wie sie während der Prozession von Inez London und Harold Halstead gestützt werden musste. Auffallend war, dass Ford Tremaine nicht an der Beerdigung teilnahm. Offiziell war er bei Dreharbeiten in Mexiko, doch Nora wusste, dass das nicht stimmte. Sie hatte gehört, er sei seit drei Tagen so besoffen, dass er beinahe in seinem eigenen Swimmingpool ertrunken wäre.

In den Wochen nach Billys Tod wurde Nora viel Mitgefühl entgegengebracht, doch in Hollywood gingen auch Gerüchte um, sie habe ihren Mann in den Selbstmord getrieben. Ford Tremaines Abneigung gegen sie – der er in betrunkenem Zustand oft und lauthals Ausdruck verlieh – brachte ihr bald schlechte Presse ein. Manche behaupteten sogar, Ford sei *ihr* Liebhaber gewesen. Nora hatte den Verdacht, dass diese Geschichte von Halstead in Umlauf gebracht worden war. Bald richtete das Getuschel echten Schaden an. Die Verfilmung von Noras Broadway-Show war zunächst verschoben und dann komplett abgesagt worden. Plötzlich hatte Nora keine Rolle mehr in Aussicht, was seit ihrer Ankunft in Hollywood noch nie passiert war. Billys Beerdigung hatte sie beinahe viertausend Dollar gekostet. Ihr Vertrag mit Monumental lief zwar noch, und sie glaubte nicht, dass Halstead sie feuern würde, doch ihr war klar, dass er den Vertrag im kommenden Jahr auch nicht verlängern würde. Um ihre Ausgaben zu reduzieren, bot sie Billys Haus zum Verkauf an, doch aufgrund der jüngsten Ereignisse dort fanden sich keine Käufer. Man riet ihr, es im nächsten Jahr noch einmal zu versuchen. Widerwillig verkaufte sie daraufhin ihr eigenes Haus, wenig später ihr Auto. Aber Billys Phaeton wollte sie nicht aufgeben. Der Wagen war ihr einziges Erinnerungsstück an ihn, und wenn sie damit fuhr, hatte sie das Gefühl, er wäre noch bei ihr.

Einen Monat nach der Beerdigung wurde an der Rezeption des Roosevelt eine Einladung für sie abgegeben.

Mr. Luke Varner lädt Sie ein,
an einem Wochenendausflug zu Ehren des Geburtstages
von Lillibet Denton teilzunehmen.
24. Juli 1935
14:00 Uhr
An Bord der »Aurora«
Pier 12
Long Beach, Kalifornien
Es handelt sich um eine Überraschungsparty.

Genau eine solche Ablenkung brauchte sie jetzt. Ihre alte Freundin Lillibet. Nora packte ihre Tasche und wartete in der italienisch anmutenden Lobby des Roosevelt auf den Parkservice, als plötzlich Clint durch die Tür spazierte.

»Fährst du weg?«

»Allerdings. Ein Wochenendausflug«, erklärte sie ihm kühl. Nora holte eine Zigarette aus ihrer Handtasche, steckte sie sich zwischen die roten Lippen und zündete sie an. Dann wandte sie sich demonstrativ ab.

»Du bist schon einmal weggelaufen.« Er musterte sie eingehend. »Siehst zwar heute anders aus, bist aber längst nicht so hübsch, wie du denkst.«

»Herr im Himmel, müssen wir das schon wieder durchkauen?« Nora blies ihm den Rauch ins Gesicht. »Ich bin *Nora Wheeler*, Clint.« Ja, sie fürchtete sich vor diesem Mann, aber sie musste das bisschen Macht, das ihr geblieben war, nutzen, um ihm die Stirn zu bieten.

»Ich fahre dich.«

»Nicht nötig. Man bringt mir gerade meinen Wagen.«

»Den habe ich zurück in die Garage geschickt.« Er griff nach ihrem Gepäck. »Wie gesagt: Ich fahre dich.«

Bei Nora läuteten die Alarmglocken. Sie wollte nicht so lange mit Clint in einem Auto sitzen, aber er schob sie bereits auf den Hollywood Boulevard hinaus, ihr Köfferchen fest in der Hand.

Am Wagen hielt er ihr die Beifahrertür auf, doch sie setzte sich demonstrativ auf die Rückbank, wie bei einem Fahrservice. »Dann steig schon ein.«

Clint nutzte den Halt an einem Stoppschild, um sich eine Zigarette anzuzünden. »Ich habe monatelang nach dir gesucht, weißt du? Bin sogar nach Akron gefahren, weil ich dachte, du wärst zurück zu deiner Mutter.« Die Vorstellung, dass er in der Pension ihrer Mutter aufgetaucht war, erschreckte sie, andererseits hatte ihre Mutter nie einen solchen Besuch erwähnt.

»Du wusstest doch, dass ich hierher wollte. Daraus habe ich nie ein Geheimnis gemacht.«

»Aus deinem nächtlichen Aufbruch dafür umso mehr, wie?«

»Ich hatte dich gebeten, mich zu unterstützen. Du sagtest, du hättest Verbindungen.«

»Und dann machst du es einfach hinter meinem Rücken?« Kopfschüttelnd fuhr er fort: »Du hast mich saudumm dastehen lassen. Irgendwann höre ich dann, du wärst jetzt beim Film, und zwar nicht mehr als Norma Westerman, sondern als *Nora Wheeler*.« Er betonte den Namen voller Hohn. Der Wagen legte an Tempo zu; Clint steigerte sich langsam in seine Wut hinein. »Tja, das musste ich mir natürlich ansehen. Und was finde ich hier vor? Du hast dir einen schicken Freund geangelt.« Er lachte. »Also, ab jetzt wird es folgendermaßen laufen.« Sie fuhren viel zu schnell. Nora klammerte sich am Türgriff fest. »Du machst diesen kleinen Ausflug, und wenn du zurückkommst, wirst du mich heiraten.«

»Das geht nicht, Clint, ich bin frisch verwitwet. Wie würde das denn aussehen, wenn ich so schnell wieder heirate?«

»Glaubst du echt, es interessiert mich, wie das aussieht? Ernsthaft?«

Nora dachte fieberhaft nach. »Sollte es aber. Halstead soll demnächst meinen Vertrag verlängern. Du arbeitest für Halstead, und ich bringe Monumental eine Menge Geld. Dazu muss die Öffentlichkeit mich aber mögen. Wenn ich dich heirate, mögen mich die Leute nicht mehr, und dann bringe ich auch kein Geld ein.«

»Du kapierst es einfach nicht, oder?« Er warf die Zigarette aus dem Fenster, streckte den Arm nach hinten, packte sie an den Haaren und zerrte sie mit einem Ruck zu sich auf den Vordersitz. »Du. Gehörst. Mir. Schon. Immer. Und. Für. Immer. Hast du mich verstanden? Hast du?« Er ließ sie nicken, indem er ihren Kopf vor und zurück schob. »Sag Ja.«

Nora schwieg.

»Sag es.«

»Ja. Ich gehöre dir.«

Clint stieß sie weg, und sie rutschte schnell auf den Beifahrersitz, wo sie sich eng zusammenkauerte.

»Wir müssen die Hochzeit ja nicht publik machen, zumindest am Anfang nicht. Aber ich bin es leid, dich quer durch das verdammte Land zu jagen. Sieh dich doch an.« Er warf ihr einen

Seitenblick zu. »Du siehst aus wie eine Schlampe – wie eine verfluchte Nutte. Wie ich gehört habe, hat er dir dieses Aussehen verpasst. Billy Rapp …«

Nora schloss die Augen.

»Du bist ja nicht einmal hübsch.« Clint schüttelte den Kopf. »Ich weiß gar nicht, warum ich mich überhaupt mit einer wie dir abgebe. Ich bin ein viel zu netter Kerl. Sobald du zurückkommst, wirst du dir diesen Mist vom Gesicht waschen.«

Nora stieß einen lauten, gelangweilten Seufzer aus. Das war gefährlich, aber sie konnte einfach nicht anders. Sie hatte es satt, vor diesem Mann davonzulaufen.

Dadurch machte sie Clint noch wütender. Die Adern an seinem Hals traten hervor, und sein Gesicht lief rot an. »Hältst dich wirklich noch immer für etwas Besseres?« Er schlug sie gegen den Kopf. »Ich kann dafür sorgen, dass du für seinen Tod eingebuchtet wirst. Das ist dir doch klar, oder? Du dämliche Schlampe.« Noch einmal packte er ihre Haare und rammte ihren Kopf wieder und wieder gegen das Armaturenbrett. »Du weißt, dass ich es nur wie einen Selbstmord habe *aussehen* lassen. Wenn du dich mir widersetzt … oder wenn du dich weigerst, mich zu heiraten … Dann werden sie dich für den Mord einkassieren. Hast du das kapiert?« Er riss ihren Kopf an den Haaren hoch.

Kaum hörbar fragte sie: »Du hast ihn umgebracht, stimmt's?«

»Natürlich habe ich ihn umgebracht, Nora. Du gehörst mir. Warum begreifst du das nicht? Bist du blöd?« Wieder lachte er. »Das Lustige ist, dass ich das Arschloch gar nicht hätte töten müssen. Er hat ja nie mit dir geschlafen. Das war alles nur Show.« Er sah sie an und schob dann seine Hand zwischen ihre Beine. Zum Glück trug sie Hosen. Als Nora schauderte, hielt Clint das offenbar für ein Zeichen von Leidenschaft. »Soll ich rechts ranfahren? Macht es dich heiß, dass ich ihn erschossen habe?«

»Nein«, fauchte Nora. »Ich muss rechtzeitig da sein, bevor das Boot ablegt.«

»Ich denke, ich werde in Zukunft deine Karriere deichseln«, wechselte Clint das Thema. Offenbar beruhigte er sich langsam wieder.

Nora schloss die Augen. Kurze Zeit später erreichten sie den Hafen, wo Nora hastig aus dem Wagen stieg. Clint holte ihr Gepäck aus dem Kofferraum. Dann drängte er sie gegen das Auto, packte wie früher ihren Nacken und küsste sie gierig. »Kleine Schlampe. Mach deinen beschissenen Ausflug und dann schaff deinen Arsch wieder hierher. Entweder du tust, was ich sage, oder du bist als Nächste dran. Hast du mich verstanden?«

Nora bekam keine Luft mehr, versuchte aber zu nicken.

»Gibt es hier ein Problem?«, fragte jemand hinter Clints Rücken. Automatisch ließ er sie los, doch sie sah noch sein Grinsen, bevor er sich umdrehte.

Am Boot stand ein Mann mit karamellbraunem Haar, der sich gerade eine Zigarette anzündete.

»Kein Problem«, versicherte Clint. »Das Frauchen ist nur etwas bockig.«

Bei dem Wort »Frauchen« hätte Nora sich am liebsten übergeben. Sie würde noch einmal fliehen müssen. Sonst würde Clint sie wirklich umbringen. Sie musste aus Los Angeles verschwinden und durfte niemals zurückkehren.

»Sind Sie Nora Wheeler?« Der Mann kam zu ihr rüber und griff nach ihrem Koffer.

»Ja.« Mit zwei Schritten löste sie sich von Clint und stellte sich an die Seite des Mannes.

»Wir haben schon auf Sie gewartet.« Der Mann drehte sich noch einmal zu Clint um und entließ ihn mit einem knappen »Dankeschön«.

Nora konnte sehen, dass Clint das gegen den Strich ging – sowohl dieser Mann als auch die Art, wie er von ihm abgekanzelt wurde. Der Fremde war attraktiv, und zwar auf die Art, die vor der Kamera gut rüberkam: schmales Gesicht mit ausgeprägten Wangenknochen. Seine Haut war gebräunt, und er hatte ausdrucksvolle, hellblaue Augen. Außerdem wirkte er so, als hätte er sich in seinem Leben schon an so mancher Kneipenschlägerei beteiligt. Er hatte etwas an sich, das sehr beruhigend auf Nora wirkte.

»Vergiss nicht, was ich dir gesagt habe, Nora.« Mit dieser Drohung wandte Clint sich ab und stieg in den Wagen.

Der Mann half Nora, an Bord des Bootes. Dort wartete schon ein Kellner, der ein Tablett mit Häppchen bereithielt.

»Ich bin Luke Varner.« Der Mann stellte Noras Koffer ab und streckte ihr die Hand hin. »Und dies ist mein Boot, die *Aurora*.« Er zeigte auf ihre Stirn. »Sie bluten.«

»Oh.« Hastig befühlte Nora ihren Haaransatz, wo sich nach Clints Misshandlungen mit dem Lenkrad bereits eine dicke Beule bildete. »Bin ich der einzige Gast?«

»Sie sind die Erste«, versicherte Varner. Dann wandte er sich an den weiß gekleideten Kellner. »Würden Sie Miss Wheelers Gepäck bitte auf ihre Kabine bringen?« Varner ging zur Bar, schenkte ein Glas Champagner ein und reichte es Nora. »Trinken wir erst einmal etwas. Ich bringe Ihnen etwas Eis und ein Handtuch.«

Das klang vernünftig. Luke ging hinaus und kehrte wenig später mit einem weißen Handtuch zurück, in dem mehrere Eiswürfel eingewickelt waren. Dankbar hielt Nora es sich an die Stirn.

»Auf neue Reiseziele.« Nora trank ihren Champagner in einem Zug aus, woraufhin Luke ihr nachschenkte. »Dieser Mann …«, begann er dann. »Ist er so übel, wie es den Anschein hat?«

»Noch übler.«

Varner kam hinter der Bar hervor und untersuchte Noras Hals. »Hier hat er auch Spuren hinterlassen.«

Nora sah in den Spiegel neben der Tür. Ein roter Handabdruck zierte ihren Nacken. Beschämt schloss sie die Augen.

»Hier sind Sie in Sicherheit«, sagte Varner ernst. »Darauf gebe ich Ihnen mein Wort.«

Nora lachte verbittert. »Ach, Mr. Varner. Ich fürchte, ich bin nirgendwo sicher.« Wieder trank sie einen großen Schluck von ihrem Champagner.

»Möchten Sie sich ein wenig in Ihrer Kabine ausruhen?«

Sie nickte.

»Dann kommen Sie.« Er half ihr eine schmale Treppe hinunter. »Ich bin oben, falls Sie mich brauchen.«

»Könnten Sie mir Bescheid sagen, wenn Lillibet eintrifft?«

»Natürlich.«

Die Kabine war klein, aber komfortabel. Es gab sogar ein Fenster, hinter dem der endlose Pazifik funkelte. Plötzlich fühlte sich Nora unglaublich müde. Sie setzte sich auf das Bett. Nur einen Moment ausruhen. Doch dann wurden ihre Lider immer schwerer, sie rollte sich auf dem Bett zusammen und schlief ein.

Kirchenglocken. Sieben Schläge. Nora erwachte nur langsam und brauchte ein wenig, um sich an das Licht zu gewöhnen, das in den Raum fiel. Irgendetwas an der Umgebung war falsch. Sie setzte sich auf und sah sich im Zimmer um – und es war ein Zimmer, an Land, da war sie sicher. Verwirrt versuchte sie, sich daran zu erinnern, was zuletzt geschehen war. Sie hatte sich in ihrer Kabine auf der *Aurora* ins Bett gelegt, nachdem sie mehrere Gläser Champagner getrunken hatte. Nora tastete ihren Kopf ab. Die Beule war noch da, zumindest das war, wie es sein sollte.

Ein kurzer Blick verriet ihr, dass sie in einem breiten Bett mit Vorhängen lag, davor ein dicker Teppich. Das Licht fiel durch zwei doppelflügelige Glastüren ein. Eindeutig keine Schiffskabine. Außerdem trug sie ein Seidennachthemd, nicht Hose und Pullover wie auf dem Boot. Hastig stieg sie aus dem Bett, ging zum Fenster und zog die Gardine beiseite. Dort draußen war alles fremd. Sie befand sich im zweiten Stock. Vorsichtig öffnete Nora eine der Glastüren; unter ihr lag eine belebte Straße. Das hier war eindeutig nicht Hollywood – nicht einmal Amerika. Sie hörte Gelächter und fröhliche Stimmen. »*Allez*«, rief ein Mann einem kleinen Jungen zu.

Wo zum Teufel war sie hier gelandet?

Nun sah sich Nora nach ihrem Koffer um. Im Schrank fand sie sechs Kleider. Schon beim ersten – einer knielangen Kreation in sanftem Blau – wusste sie, dass es perfekt passen würde. Ebenso das Modell aus Seide und Samt, das sich eng an die Hüften schmiegte und knapp über dem Knie endete. Nora prüfte die Schildchen: alles französische Designerstücke, genau in ihrer Größe. Am Fuß des Bettes lag ein seidener Morgenmantel bereit, passend zum Nachthemd. Nora zog ihn über und verließ das Zimmer. Draußen im Flur war alles ruhig, nur das Ticken einer Uhr war zu hören. Eine breite Treppe führte in ein Foyer, in dem ein runder Tisch mit frischen Blumen stand. Barfuß tappte Nora die Stufen hinunter, wobei sie überlegte, ob es nicht besser gewesen wäre, Schuhe anzuziehen. Neugierig öffnete sie die Flügeltür, die von der Eingangshalle abging; dahinter fand sie einen Salon mit einem Konzertflügel, Bücherregalen und einem mit Marmor eingefassten Kamin. Der Anblick des Flügels brachte Nora kurz aus dem Konzept. Das Instrument kam ihr vertraut vor. So als hätte sie es schon ein mal gesehen, schon ein mal darauf gespielt. Dann fiel ihr Blick auf das Gemälde über dem Kamin. Ein faszinierendes Bild. Sie stellte sich direkt davor und studierte die von Trauer überschattete Miene des dargestellten Mädchens.

»Es heißt *Mädchen auf Treppe (barfuß)*.«

Als Nora sich umdrehte, stand Luke Varner in der offenen Tür.

»Wo bin ich hier?«

»In Paris.« Er trat so gelassen in den Salon, als hätte er Pasadena gesagt.

»Paris?« Nora wurden die Knie weich. »Wie bin ich hierhergekommen?«

»Ich habe dich hergebracht.«

»Wie?«

»Das ist unwichtig.«

»Meiner Meinung nach ist das sehr wohl wichtig.«

»Glaub mir«, lachte er, »das ist nun wirklich das Unwichtigste überhaupt.«

»Ich muss zurück nach Los Angeles.«

»Das wäre unklug.« Luke Varner lehnte sich an einen der Sessel. Er trug einen grauen Pullover mit V-Ausschnitt, ein weißes Hemd und eine weit geschnittene, schwarze Hose. »Aber das weißt du ja selbst. Du wolltest nach dem Segeltörn sowieso die Stadt verlassen.«

»Woher wissen Sie das?« Nora runzelte irritiert die Stirn. »Lassen Sie mich raten: Das ist unwichtig?«

Luke zuckte mit den Achseln.

»Tja, hier kann ich jedenfalls nicht bleiben.«

»Warum nicht? Es ist dein Zuhause.«

»Sie sehen mich verwirrt, Mr. Varner. Die Wohnung ist wirklich schön, aber sicher nicht mein Zuhause.«

Er schenkte ihr ein warmherziges Lächeln. »Du bist mein Gast, so lange es nötig ist. Dieser Clint kann dich hier nicht finden.«

Nora wurde blass.

Offenbar glaubte Luke, das sei dem Hunger geschuldet, denn er streckte stützend die Hand aus. »Brauchst du etwas zu essen? Ich kann dir etwas bringen lassen.«

»Ich weiß nicht.«

»Setz dich doch erst mal.« Luke Varner schob sie zu dem Chesterfield-Sofa hinüber. Voller Misstrauen musterte sie den Mann; erst jetzt fiel ihr auf, dass er sie die ganze Zeit duzte, als würden sie sich kennen. »Ich verstehe das alles nicht.«

Er setzte sich neben sie und nahm ihre Hand. »Da gibt es nicht viel zu verstehen. Du bist jetzt in Sicherheit.«

»Dieser Ort …« Nora musterte die dunklen Wände mit den aufwändigen Schnitzereien. »Das alles kommt mir vertraut vor, aber das ist völlig unmöglich. Ich war noch nie in Paris.«

Luke hob zu einer Antwort an, zögerte dann aber. »Warum besorgen wir dir nicht erst mal eine Kleinigkeit zu essen? Ich sage Marie, dass sie es auf dein Zimmer bringen soll.«

Nora nickte müde.

Luke benahm sich, als wäre sie schwer krank. Er half ihr sogar dabei, vom Sofa aufzustehen. »Alles wird gut, das verspreche ich dir.«

Sie schenkte ihm ein Lächeln. Draußen in der Eingangshalle zogen die Blumen Nora völlig in ihren Bann. Das Grün und das Blau der Hyazinthen schienen regelrecht zu leuchten. Die Farben waren so intensiv, dass Nora schwindlig davon wurde.

»Was ist los?«, fragte Luke beunruhigt.

»Die Blumen …«

Er musterte das Gesteck. »Ich lasse sie entfernen.«

»Nein.« Abwehrend hob sie die Hand. »Sie sind wunderschön. Diese Farben! Es ist nur gerade etwas zu viel für mich. Mir wird übel davon.«

Fest auf das Treppengeländer gestützt ging Nora zu ihrem

Zimmer hinauf. Dort knabberte sie ein wenig von dem Brot und dem Käse, die eine ältliche Frau namens Marie ihr brachte.

Marie blieb bei ihr, um sicherzugehen, dass sie genug aß. Als sie weg war, setzte sich Nora an den Frisiertisch und zog, ohne darüber nachzudenken, die mittlere Schublade auf, um eine Haarbürste herauszuholen. Sie war nicht überrascht, als sie dort tatsächlich eine silberne Bürste vorfand. Instinktiv hatte sie gewusst, dass sie dort liegen würde. Als sie genauer hinsah, entdeckte sie einige lange, rot-braune Haare in der Bürste. Nora untersuchte sie eingehend. Diese Haare kamen ihr nicht bekannt vor, und sie stammten sicher nicht von ihrem kinnlangen, platinblonden Bob.

Nachdem sie noch ein wenig gegessen hatte, fiel Nora in tiefen Schlaf. Als sie am nächsten Morgen aufwachte, war sie nass geschwitzt. Dieser Traum war so realistisch gewesen; dieses Mädchen Juliet schien beinahe sie selbst zu sein. Betrogen von ihrem Liebhaber Auguste Marchant, vergewaltigt von Michel Busson. Am Ende des Traums hatte sie einen Brief von einem Mann namens Lucian Varnier erhalten, der wollte, dass sie als Hausmädchen in seine Stadtwohnung nach Paris kam.

Sie sah sich im Zimmer um. Das hier *war* eine Stadtwohnung in Paris.

Doch am stärksten verunsicherte Nora das Mädchen, Juliet. Das Gemälde im Salon unten … auch davon hatte Nora geträumt. In ihrem Traum war sie das *Modell* gewesen. Eine absolut verrückte Vorstellung! Vollkommen unmöglich, dass sie dieses Mädchen war. Sie hatte die Haarbürste auf dem Nachttisch abgelegt und starrte sie nun einen Moment an, bevor sie wieder danach griff und noch einmal diese rot-braunen Haare musterte. Das war Juliets Haarbürste gewesen.

Sie ging zur Balkontür, öffnete sie und atmete tief die frische Luft ein. Diese Straße … Juliet hatte sie gut gekannt.

Nora ließ sich ein Bad ein und blieb so lange in dem entspannenden, heißen Wasser, bis es kalt wurde und sie anfing zu frösteln. Dann zog sie sich eine Seidenbluse und eine weit geschnittene Wollhose an und ging nach unten. Luke saß am Esstisch und las Zeitung. Aufmerksam blickte er hoch: »Wie fühlst du dich?«

»Ganz gut.«

»Kaffee?« Er füllte eine rot-blau gestreifte Tasse für sie.

Geduldig wartete sie, bis er die Kanne weggestellt hatte, gab etwas Milch in den Kaffee und rührte um. Nervös strich sie über die zarten Edelsteine an ihrer Tasse. »Darf ich dich etwas fragen?« Irgendwie schien das förmliche Sie inzwischen überflüssig zu sein.

»Natürlich.« Luke lehnte sich zurück und faltete die Zeitung zusammen.

»Ich weiß nicht, wie ich das sagen soll, ohne wie eine Verrückte zu klingen.«

»Versuch's einfach.«

»Ich habe geträumt ... von einem Mädchen.«

Als er fragend eine Augenbraue hochzog, wurde Nora mutiger.

»Bin ich dieses Mädchen?« Die Worte platzten mit wesentlich mehr Nachdruck aus ihr heraus als geplant. »Das ergibt keinen Sinn, ich weiß, aber ... diese Träume waren so realistisch ... und es ist das Mädchen von dem Gemälde ... dem Gemälde im Salon.«

Luke starrte zu Boden. »Na ja ... äh ...«, stammelte er. Offenbar hatte er sich ursprünglich auch zurechtgelegt, was er sagen wollte. Doch nun zögerte er.

Dass ihm die Antwort so schwerfiel, machte Nora nur noch neugieriger, also hakte sie weiter nach: »Bin ich es?«

»Ja«, antwortete er schließlich resigniert.

»Aber das ist unmöglich.«

Luke schien schockiert zu sein, regelrecht aufgewühlt. Mit langsamen Bewegungen faltete er die Serviette, die vor ihm auf dem Tisch lag, dann sah er Nora ernst an. »Wie viel weißt du schon?«

»Dass Juliet Auguste Marchant Modell gestanden hat. Dieses Bild über deinem Kamin«, sie zeigte Richtung Nebenzimmer, »das ist sie. Das bin ich.«

Luke nickte, wobei Nora nicht sagen konnte, ob er damit Zustimmung ausdrücken wollte oder einfach nur signalisierte, dass er ihr zuhörte.

»Und diese Träume ...« Wieder lehnte er sich im Stuhl zurück. »Wie lebensecht sind sie?«

»Sehr lebensecht. Als wären wir ein und dieselbe Person.« Fragend sah Nora ihn an. »Das scheint dich zu überraschen.«

»Es ist ungewöhnlich, nichts weiter. Dass du Juliet in deinen Träumen siehst.«

»Nein«, korrigierte Nora ihn, »in diesen Träumen *bin* ich Juliet. Alles geschieht aus ihrer Perspektive. Ich sehe alles, was sie tut. Fühle alles, was sie fühlt.«

»Und sie verlaufen chronologisch?«

»Scheint so, ja.«

»Hmm.« Luke tippte mit den Fingerspitzen auf den Tisch.

»Was ist?«

»Es ist einfach merkwürdig.«

»Merkwürdig, weil ...?«

»Weil du dich eigentlich nicht an Juliet LaCompte erinnern dürftest.«

»Sollte es mich beunruhigen, dass du ebenso verwirrt zu sein scheinst wie ich?«

»Nein«, winkte Luke ab, was Noras Besorgnis allerdings nur verstärkte. Dieser Mann verheimlichte ihr etwas.

Sie bohrte weiter: »Hatte meine Mutter vielleicht etwas damit zu tun?«

Resigniert erklärte er ihr: »Sie war eine sogenannte *sorcière mineure.*«

»Eine *geringe* Hexe?«

»Ein Amateur.«

»Im Gegensatz zu …?«

»Einer *echten* Hexe.«

»So etwas gibt es?«

»Du wärst überrascht.«

»Und was bist du?«

»Ich bin der Verwalter.«

»Verwalter wovon?«

»Der Verwalter des Fesselzaubers, den deine Mutter gewirkt hat. Dein Leben ist an einen Fluch gebunden.«

Fassungslos starrte Nora ihn an. »Das klingt nicht gut.«

»Es ist halb so schlimm.«

Endlich ließ sich Nora auf einen Stuhl fallen. »Könntest du vielleicht ganz vorne anfangen? Was ist ein Fesselzauber?«

Luke gab etwas Milch in seinen Kaffee; als er umrührte, schepperte der Löffel in der Tasse wie ein kleines Glöckchen. »Du hast gesehen, was Juliets Mutter … äh … inszeniert hat?«

»Diese Sache in der Küche?«

»*Oui*. Deine Mutter hat sich für einen sehr eigentümlichen Fluch entschieden. Entweder wusste sie nicht, was sie tat, oder es war ihre Absicht, dich an Auguste Marchant zu binden. Wenn man bedenkt, wie wütend sie auf Marchant war, bezweifle ich jedoch stark, dass sie dich bis in alle Ewigkeit an ihn binden wollte, deshalb gehe ich davon aus, dass ihr ein Fehler unterlaufen ist – eine Amateurin eben. Sie wollte allerdings sehr wohl, dass er bis in alle Ewigkeit leidet, was zu dem Problem führt, dass ihr dadurch beide leidet und durch den Fluch gebunden seid. Und nun sitzen wir alle darin fest – du, ich und Auguste Marchant.«

»Bis in alle Ewigkeit.«

»Korrekt.«

»Und dieser Fluch … hat der sie umgebracht?«

»Komm mit.« Luke stand auf, ging in sein Arbeitszimmer hinüber und schloss die mittlere Schreibtischschublade auf. Er nahm einen Pergamentbogen und ein scharfes Messer heraus. Mit einer schnellen Bewegung schlitzte er die Haut an seinem Unterarm auf und ließ das Blut auf das Pergament fließen. Nora schrie auf, als sie das sah, doch er zuckte nicht einmal. Das Pergament saugte das Blut innerhalb weniger Sekunden auf – es schien es beinahe zu trinken –, und plötzlich erschienen Worte auf dem Blatt.

»Ist das ein Vertrag?«

»Natürlich. Wir sind schließlich keine Barbaren«, erklärte Luke. »Er wurde allerdings durch ein Blutopfer geschlossen, deshalb braucht man Blut, um ihn lesbar zu machen. Es ist so: Wenn eine geringe Hexe einen großen Fluch wirkt, der ihre Fähigkeiten eigentlich bei Weitem übersteigt … nun ja, dann hat das seinen Preis. Vor allem, wenn sie bei diesem Fluch einen bedeutenden Dämon beschwört und dabei auch noch Unterstützung durch einen Verwalter verlangt.«

Nora bemerkte, dass der Schnitt an Lukes Unterarm bereits vollständig verheilt war. »Den Tod?«

»In diesem Fall ja.« Er setzte eine Brille auf und begann zu lesen: »Hier steht, dass DER GERUFENE sich das Recht vorbehält, ein Opfer bis hin zu und einschließlich der körperlosen Essenz des

Wesens einzufordern, das die Verwünschung aufgerufen hat …« Er unterbrach sich kurz. »Das geht noch eine Weile so weiter, bedeutet aber im Prinzip nichts anderes, als dass die Seele deiner Mutter als Bezahlung eingefordert werden konnte.«

»Dann war ihr das also bewusst?«

»Na ja, Nora, es ist nicht so, als hätte sie sich auf ein Geschäft mit dem Papst eingelassen.« Luke setzte sich wie ein Professor auf die Tischkante. »Dies ist eine Übereinkunft mit Althacazur – einem der allerersten Dämonen, und noch dazu einem der richtig üblen. Offenbar fürchtete deine Mutter so Schreckliches, dass sie sich gezwungen sah, diesen Handel einzugehen. Entweder das, oder sie hat sich den Vertrag nicht durchgelesen. Doch die Tatsache, dass sie einen Verwalter mit eingefügt hat, spricht eher dafür, dass sie wusste, dass sie nicht mehr in der Lage sein würde, dich zu beschützen.«

Nora fiel ein, wie wütend Juliets Mutter geworden war, als sie von der Schwangerschaft des Mädchens erfahren hatte. Sie warf einen Blick über Lukes Schulter, um sich den Vertrag anzusehen, aber der war in einer bizarr anmutenden Sprache verfasst, die sie nicht verstand. Ganz unten auf der Seite prangte ein Siegel, das aus getrocknetem Blut zu bestehen schien. Es war beinahe schwarz und bildete damit einen krassen Kontrast zu der Schrift, die in dem hellen Rot von Lukes frischem Blut leuchtete. »Ist es das, was ich vermute?«

»Dein Blut.«

Vor Noras innerem Auge tauchte das Bild auf, wie Juliets Mutter sie mit dem Messer geschnitten hatte.

»Und was ist mit Billy?«

»Ach ja«, nickte Luke. »Billy Rapp und Auguste Marchant tragen dieselbe Essenz in sich. Du bist in beiden Leben wirklich reizend besorgt um Marchant. Das Problem ist allerdings, dass du in deinem ersten Leben gar nicht mit Auguste Marchant zusammen sein *solltest*. Du solltest einen anderen Weg einschlagen, aber deine Mutter hat nun einmal eingegriffen, und sei es aus Versehen oder nicht: Jetzt bist du an Marchant gebunden. Dank des Fluches wirst du immer an ihn gebunden sein, wirst aber niemals mit ihm glücklich werden, weil das ursprünglich so nicht vorgesehen war. Geringe Hexen vermasseln solche Dinge gerne.«

»Du redest hier immerhin über meine Mutter!«

»Verzeihung.«

»Können wir den Vertrag nicht einfach zerreißen?«

Luke runzelte kurz die Stirn. »Aber klar doch, und dadurch wird dann alles null und nichtig. Du hast wirklich keine Ahnung, mit wem du es hier zu tun hast, oder?« Er reichte ihr das Pergament. »Versuch es ruhig. Los, zerreiß ihn.«

Nora hatte den Namen des Dämons gesehen, den Juliets Mutter aus dem Buch ausgewählt hatte, und sie wusste, wie er ausgesehen hatte, als er durch die Küchentür hereinkroch. Doch, ihr war klar, mit wem sie es zu tun hatte. Trotzdem nahm sie das Blatt und zerrte daran, wollte es in der Mitte durchreißen, aber es war hart wie Stahl. Beim zweiten Versuch schnitt ihr das Pergament in die Hand, bis sie blutete. »Aua.«

»Du kannst das den ganzen Tag machen.« Luke verschränkte die Arme vor der Brust. »Dadurch wird es nur wütender.«

»Und was ist mit Billy passiert?« Sie gab ihm den Vertrag zurück.

Seufzend reichte Luke ihr ein Taschentuch. »Möchtest du das wirklich wissen? Aber natürlich willst du das. Immerhin handelt es sich um Marchant, da musst du jedes noch so kleine Detail kennen, nicht wahr?«

»Ja, ich möchte es wissen.«

»Okay.« Achselzuckend fragte er: »Sind wir uns in deinen Träumen bereits begegnet?«

Nora schüttelte den Kopf. »Paul de Passe hat Juliet im Namen eines gewissen Lucian Varnier eine Einladung geschickt. Ich nehme an, das bist du?«

Luke seufzte wieder. »Es läuft folgendermaßen ab: Auguste Marchant und du solltet nicht zusammen sein, ihr seid aber aneinandergekettet. Du wirst immer glauben, ihn zu lieben, es aber niemals wirklich tun. Offen gesagt ist das ziemlich langweilig, aber der Fluch wurde so verfasst, also verkörpert ihr beide eure Rolle darin. Wie passend, dass du diesmal eine Schauspielerin bist. Deine Beziehung mit Marchant – oder Billy, wie du ihn diesmal nennst – geht immer schlecht aus. Wenn das passiert, rufst du mich, und der Fluch reaktiviert sich. *Et voilà*, meine Pflichten als dein Beschützer kommen zum Tragen.«

»Weil du der Verwalter bist?«

»Korrekt.«

»Und wie habe ich dich diesmal gerufen?«

Luke räusperte sich. »Bist du sicher, dass du das wissen willst?«

»Ich will alles wissen.«

»Wirklich alles?«

»Bist du immer so unerträglich, Varner? Arbeitest du nicht eigentlich für mich?«

»Nein, technisch gesehen stehe ich im Dienst deiner Mutter.«

»Wie schrecklich für dich.« Nora schenkte sich Kaffee nach. »Für eine *Amateurhexe* arbeiten zu müssen.«

Grinsend legte er den Kopf schief. »Du hast ja keine Ahnung.« Dann fuhr er fort: »Es hat angefangen, als du Billy Rapp den Tod gewünscht hast.«

»Du hast ihn *umgebracht*?« Nora stellte die Kaffeekanne mit wesentlich mehr Wucht ab als geplant.

»Nein«, widersprach Luke, »genau genommen hast *du* es getan. Natürlich hatte ich dabei die Hand im Spiel, aber eigentlich warst du es. Die Bitte um Unterstützung muss von dir kommen.«

Obwohl es schrecklich wehtat, hatte Nora es tief in ihrem Inneren bereits geahnt. Diese Worte, die sie ihm an den Kopf geschleudert hatte … »Ich habe ihm den Tod gewünscht.«

Luke räusperte sich. »Zwar hat Clint ihn erschossen, aber das hat er nur getan, weil du die Ereigniskette in Gang gesetzt hast. Du wirst diese Ereignisse *immer* in Gang setzen. So ist der Fluch nun einmal aufgebaut. Du darfst dir dafür nicht die Schuld geben, denn es unterliegt nicht deiner Kontrolle. Das liegt an deiner Verbindung zu Marchant.«

»Das ist völlig verrückt«, sagte Nora.

»Und doch weißt du, dass ich die Wahrheit sage. Wir können das wieder und wieder durchkauen. Du kannst hinausstürmen … du kannst springen …« Er unterbrach sich. »Du wirst immer das sein, was du bist. Und insgeheim ist dir das auch klar.«

Da sie Luke um keinen Preis ansehen wollte, starrte Nora auf den Teppich. »Ich habe Billy Rapp geliebt.«

»Eine ziemlich lästige Angewohnheit«, befand Luke verbittert. »Wie gesagt, so funktioniert dieser Fluch.«

»Und ich habe keine Kontrolle darüber? Dann habe ich also keinen freien Willen. Werde mich nie spontan in einen Fremden verlieben.«

Er schüttelte den Kopf. »Das kannst du nicht, nein.«

»Und wenn Billys Familie nun nach Afrika ausgewandert wäre? Wenn er nie nach Hollywood gekommen wäre?«

»Hätte Billy Rapp beschlossen, mit Sir Edmund Hillary den Mount Everest zu erklimmen, wärst du direkt hinterhergeklettert. Ihr seid aneinandergebunden; ihr werdet einander immer finden. Die Erde selbst tut sich auf, um dieses sinnlose Schauspiel wieder und wieder möglich zu machen. Selbst sie spielt ihre Rolle.«

»Aber das ergibt doch alles keinen Sinn.«

»Ganz genau«, bestätigte Luke. »Das haben wir der Amateurhexe zu verdanken – und natürlich Althacazur, dem Dämon, den sie heraufbeschworen hat. Eigentlich macht er die meiste Arbeit.«

»Ich werde keinem von beiden dafür danken, wenn's recht ist.«

Luke schloss den Vertrag in der Schublade ein und kehrte ins Esszimmer zurück. Wie aufs Stichwort trat Marie mit einer Platte voller Eier ein. Als sie am Tisch saßen, zog Nora die Eier zu sich heran. Doch dann nahm sie eine Scheibe Toast und bestrich sie mit Butter und Marmelade. Dieses Esszimmer, der Toast, Luke und Marie … das alles war ihr vertraut.

Luke musterte sie aufmerksam.

»Was?« Trotzig starrte Nora ihn an, während sie einen Bissen nahm. Sie war kein bisschen hungrig, würgte ihn aber trotzdem runter.

»Gar nichts.« Mit sanftem Blick reichte er ihr eine Serviette; Nora schoss das Blut aus beiden Nasenlöchern. »Wir sollten dich nach oben bringen.«

Luke hob Nora auf und trug sie die Treppe hinauf wie in einem Hollywoodfilm. Ihre Nase hörte einen Tag lang nicht auf zu bluten, und sie verlor immer wieder das Bewusstsein. Als sie schließlich aufwachte, stellte sie fest, dass Marie ihr Watte in die Nasenlöcher gestopft hatte. Luke saß mit besorgter Miene an ihrem Bett.

»Du siehst schlimmer aus als ich«, stellte Nora fest.

»Da wäre ich mir nicht so sicher.« Er stand aus seinem Sessel auf und setzte sich zu ihr auf das breite Bett. »Es tut mir leid. Ich habe dir zu viel gesagt.« Doch nicht nur das schien ihn zu quälen. »Das alles ist neu für dich, und du brauchst Zeit, um dich daran zu gewöhnen.« Er verlagerte sein Gewicht, sodass Nora glaubte, er wolle aufstehen. Der Gedanke, dass er gehen könnte, löste seltsamerweise ein Gefühl der Enttäuschung in ihr aus. Sie fühlte sich sicher bei diesem Mann, auch wenn sie keinen konkreten Grund dafür nennen konnte. Sein trauriges Lächeln und sein gequälter Gesichtsausdruck verrieten ihr auch ohne Einblick in Juliets Gedankenwelt, dass wohl mehr zwischen ihnen gewesen war.

Es dauerte über eine Woche, bis Nora sich von dem heftigen Nasenbluten erholt hatte, und Luke kam nicht noch einmal in ihr Zimmer. Als sie schließlich wieder zum Frühstück nach unten ging, war er gerade auf dem Weg zur Haustür.

»Wenn du schon unbedingt wegmusst, nimmst du mich dann wenigstens mit?«

Ihre Frage schien ihn zu überraschen.

»Ich weiß nicht, ob du schon kräftig genug dafür bist.« Er zog seinen Regenmantel an.

»Doch, genau das brauche ich jetzt«, beharrte sie. »Bitte.«

»Es regnet«, gab er zu bedenken, während er seinen Mantelkragen richtete. »Du wirst einen Schirm brauchen.«

Lächelnd zog Nora einen aus dem irdenen Schirmständer in der Halle. »Ich nehme mal an, die funktionieren in Paris auf die gleiche Weise wie in Hollywood?«

Die nassen Straßen von Paris am Morgen mit ihren Cafés und Buchläden waren genau so, wie Lillibet Denton sie beschrieben hatte. Schwarze Autos und Fahrräder rollten an ihnen vorbei, als Luke sie den belebten Boulevard Saint-Germain hinunterführte. Obwohl das Quartier Latin ein Teil von Paris war, hatte es einen ganz eigenen Charakter. Beeindruckt musterte Nora die erhabene Architektur der Sorbonne. In New York hatte sie oft gehört, wie wohlhabende Theaterbesucher sich über ihre an der Sorbonne studierenden Kinder unterhielten, aber bis jetzt war das nie ein realer Ort für sie gewesen. Als sie sich umdrehte, entdeckte sie hinter einem Hausdach die Spitze des Eiffelturms. Luke nahm ihre Hand, sie überquerten die Straße und näherten sich einem Bauwerk, das wohl die Kathedrale von Notre Dame sein musste. Da sie seit einer Woche keine Träume mehr gehabt hatte, fehlten ihr die Erinnerungen an diese Straßen, durch die Juliet sicher Hunderte Male geschlendert war. »Wo gehen wir hin?«

»Wir machen einen Spaziergang«, erklärte Luke. »Komm, hak dich bei mir ein.«

Da sie nach dem Blutverlust noch immer etwas wackelig auf den Beinen war, schob Nora ihren Arm unter den von Luke.

»Ich war einige Zeit nicht mehr hier, und trotzdem kann ich nicht genug bekommen von dieser Stadt.«

»Wie lange denn? Wochen? Monate?«

»Jahre«, antwortete er.

»Wie viele Jahre?«

»Zu viele.«

»Also ungefähr …?«

Luke blieb stehen, wandte sich ihr zu und umfasste sanft ihr Gesicht. »Länger, als mir lieb war.«

Sie sah den Schmerz in seinen Augen. »Es tut mir leid. Aber ich habe so viele Fragen.«

»Hast du noch einmal geträumt?«

Nora schüttelte den Kopf.

»Vielleicht ist es besser so. Das braucht Zeit. Ich werde dich nicht wieder dazu drängen, dich zu erinnern. Du hast wirklich schlimm geblutet.«

»Und du meinst, das war der Grund dafür?«

»Ich weiß es nicht mit Sicherheit, aber vielleicht lässt du es erst einmal auf sich beruhen, und wir schlendern ein wenig zusammen durch diese atemberaubende Stadt? Möglichst schweigend?«

Brav hakte sie sich wieder bei ihm ein. Dabei glaubte sie zu sehen, wie ein schmales Lächeln über sein Gesicht huschte.

Am nächsten Morgen erwachte Nora mit einem feuchten Film auf der Haut. Diesmal fühlte es sich allerdings nicht an wie Schweiß … mehr wie eine Wiedergeburt – wie Venus in ihrer Muschel, gesetzt den Fall, Venus wäre dabei fast erstickt. War das Wasser? Sie kroch aus dem Bett und brach keuchend zusammen. Ja, ihr Nachthemd war eindeutig feucht. Sie konnte sich gerade noch aufsetzen, bevor der fehlende Teil von Juliets Leben in Traumfragmenten auf sie einstürmte, so heftig, dass ihr schlecht wurde und sie sich auf den blau-grünen Seidenteppich erbrach.

Ihre Lunge brannte, was eigentlich unmöglich war, aber schließlich ergab das ja alles keinen Sinn. Sie ließ sich ein Bad ein, auch wenn es sie Überwindung kostete, wieder ins Wasser einzutauchen. Fast eine Stunde lang saß sie in der Wanne, bis sie ganz verschrumpelt war. Marie kam in ihr Zimmer und hängte neue Kleider in den Schrank. Nora konnte sehen, wie sie kurz ins Bad spähte, doch sie sagte nichts. Dabei konnte Nora sich vorstellen, was für einen Anblick sie mit ihren nassen Haaren, den dunklen Ringen unter den Augen und den zerbissenen Lippen bot: den einer Wahnsinnigen. *Juliet hat sich also von der Pont Neuf gestürzt und ist ertrunken.*

Schließlich schaffte Nora es nach unten, allerdings erst nachdem sie in mehreren Anläufen Make-up aufgelegt hatte. Sie hatte gehört, wie die Haustür zufiel, also wusste sie, dass Luke die Wohnung verlassen hatte. Da sie eine Weile allein sein wollte, hatte sie extra gewartet, bis er fort war.

Leise ging sie nach unten, wanderte von einem Zimmer ins andere und sah sich gründlich um. Alles war noch genau so, wie sie es 1897 verlassen hatte. Sämtliche Änderungen, die Varniers Frau Lisette hatte vornehmen wollen, waren rückgängig gemacht worden. Am Tag ihres Todes hatte Juliet gesehen, wie Stoffe hereingebracht und Sessel herausgeschleppt worden waren, um neu bezogen zu werden. Doch nun standen hier die Sessel, die es vor Lisette gegeben hatte. Die einzige Veränderung war das Gemälde von Auguste Marchant, das nun an der Stelle prangte, wo früher das Porträt von Varnier gehangen hatte. Nora ging zum Klavier, setzte sich und brachte ihre Finger in Position, schon vorher wissend, welchen perfekten Klang sie dem Instrument entlocken würden – genau wie auf der Party in Beverly Hills. Aber dieser Flügel war anders. Das hier war *ihr* Klavier. Ihre Finger bogen und spreizten sich auf eine Art und Weise, die sie nie für möglich gehalten hatte. Es war, als wäre sie mit einem alten Freund zusammengekommen, oder einem Liebhaber. Als sie fertig war, schloss sie die Augen und stützte beide Hände auf den Klavierdeckel. Erst jetzt, wo sie vor den Tasten saß, begriff sie es wirklich: *Sie war Juliet, und sie lebte.* Instinktiv drehte sie sich um. Luke stand im Foyer. Er war blass. Zögernd kam er auf sie zu. Sie rutschte auf der Klavierbank herum, um ihn richtig ansehen zu können.

»Du hast wieder geträumt?«

Nora nickte ernst.

»Wieder von Juliet?«

Als sie ihm ins Gesicht sah, wurde sie von dem Schmerz überwältigt, der Juliet gequält hatte, bevor sie in die Seine gesprungen war. Anscheinend sah Luke ihr das an, denn er kam zu ihr, beugte sich runter und küsste sie sanft auf die Stirn. »Juliet, bist du es?«

Nora war überwältigt. Mit tränenüberströmten Wangen stand sie auf – oder wurde von Luke hochgezogen, sie wusste es nicht –, schmiegte sich an ihn und küsste ihn zärtlich.

»Bist du wirklich zu mir zurückgekehrt?«

»Das bin ich.«

»Es tut mir so leid, Juliet.« Er umfasste ihr Gesicht mit beiden Händen. »Ich habe mich schrecklich benommen.«

Nora wusste genau, was er meinte. Die Erinnerungen und der Schmerz waren so frisch, als lägen sie keine vierzig Jahre zurück, sondern nur wenige Stunden. Für sie hätte das alles auch gestern geschehen können. Nora war ein anderer Mensch, in gewisser Weise aber auch nicht. All die Erfahrungen in ihrem Leben als Nora hatten sozusagen Juliets Skelett mit Fleisch überzogen, sie hatten Juliets Horizont erweitert, ihren Schmerz zugleich verstärkt und gelindert. »Ich habe dich geliebt, aber das wusstest du ja. Wie hättest du es nicht wissen können?«

»Und ich habe dich geliebt, mich aber schrecklich davor gefürchtet. Ich habe nicht geglaubt, dass wir zusammen sein könnten. Du weißt ja nicht, wie sehr ich mich geschämt habe, nachdem …« Nora sah Tränen in seinen Augen, registrierte, wie er krampfhaft die Zähne zusammenbiss. Er versuchte alles, um nicht vor ihr zusammenzubrechen.

»Nachdem ich gestorben war.«

Luke schloss die Augen.

Nora zog ihn zu sich heran und küsste ihn. Dann liefen sie die Treppe hinauf, in sein Zimmer, sein Bett. Dort blieben sie den Rest des Tages und die ganze Nacht, bis es wieder Morgen wurde – als müssten sie ein ganzes Leben nachholen.

23

Nora Wheeler

Paris, März 1940

Paris war merkwürdig still, als Nora in die Rue des Écoles einbog. An den Anblick der Sandsäcke, der fehlenden Statuen und der vielen Lastwagen, die aus der Stadt hinausrollten, hatte sie sich gewöhnt. Hinaus, immer nur hinaus. Die stolzen Pariser hatten Angst, dass ihre Bauwerke in Schutt und Asche enden würden, also hatten sie angefangen, ihre Wertsachen zu verpacken und auf den Lastwagen unterzubringen, die seit Herbst 1938 in einem steten Strom Richtung Süden fuhren. Auch die Kinder waren verschwunden, nirgendwo in den Parks sah man sie noch. Auch sie wurden verladen wie Schatzkisten und ins Burgund geschickt.

Wer in Paris blieb, richtete sein Augenmerk vor allem auf eines – die Stellungen und Befestigungsanlagen, die sich von La Ferté im Norden bis zum Rhein erstreckten. Die Maginot-Linie versprach, die deutschen Truppen fernzuhalten. Aus Frankreich und aus … Paris. Ob sie denn auch halten würde, war Thema bei sämtlichen Abendgesellschaften. Paris durfte nicht untergehen, die Stadt ebenso wenig wie ihre Lebensart. Paris hatte etwas Besonderes an sich, das es um jeden Preis zu schützen galt, also wurden Dinge aus der Stadt herausgeschafft, und man füllte Sandsäcke, stets mit gespitzten Ohren, falls sich etwas näherte. Während des vergangenen Jahres waren die Abendgesellschaften kleiner geworden, viele Leute schlugen die Einladungen aus, weil sie in den Süden reisten, oder nach Amerika. Die Verwandten besuchen, »nur auf einen Sprung«. Doch keiner von ihnen kam je zurück. Dass die Stadt immer leerer wurde, war der stillschweigende Beweis dafür, wie wenig Vertrauen man in die viel gerühmte Maginot-Linie setzte.

Nora schaute im Buchladen in der Rue des Écoles vorbei. Jede Woche wurden weitere Geschäfte geschlossen, und es kam nicht selten vor, dass Nora vor einem Laden stand und ihn verrammelt vorfand. Dann musste sie sich auf die Suche nach einem noch geöffneten Ersatz machen, eventuell sogar in einem anderen Arrondissement. Nachdem ihre Erinnerungen an Juliet zurückgekehrt waren, war sie oft durch die Straßen gelaufen, hatte in die Schaufenster geblickt und die vielen Veränderungen bestaunt. Und sie hatte lange auf der Pont Neuf gestanden, bis sie den Mut gefunden hatte, ins Wasser hinabzublicken. Das Mädchen, das dort hinuntergesprungen war, war ihr in den Erinnerungen so nah gewesen. Gleichzeitig hatte Nora noch ein anderes Leben gelebt, in dem anderer Schmerz seine unauslöschlichen Spuren hinterlassen hatte.

Am Zeitungsregal warf sie einen Blick auf das Titelblatt von *Le Figaro*: Mussolini hatte sein Bündnis mit Hitler verkündet, und die Briten hatten einen erfolglosen Luftangriff über Sylt geflogen. Letzte Woche waren Gasmasken verteilt worden, allerdings glaubte Nora nicht, darüber etwas in den Zeitungen zu finden. In der kleinen Abteilung für englischsprachige Literatur entdeckte sie plötzlich Lillibet Denton. Oder besser gesagt entdeckte Lillibet Denton Nora. Und das war ein Problem.

Sie stand gerade auf einer Trittleiter und streckte sich nach einer Shakespeare-Gesamtausgabe, an die sie nicht herankam.

»Bist du es wirklich?«, fragte eine leise Stimme unter ihr.

Als Nora hinunterblickte, begegnete ihr das strahlende Lächeln ihrer alten Freundin. Im ersten Moment war Nora begeistert, doch dann wurde ihr klar, dass sie nicht erkannt werden durfte. Die sichere Welt, die sie zusammen mit Luke für sich errichtet hatte, war plötzlich in Gefahr.

»Du bist es! Und da heißt es überall, du wärst ertrunken.« Lillibet hob eine Hand an die Wange und lachte. »Eine wilde Geschichte von einer Party zu meinen Ehren, auf einem Boot in Long Beach«, fuhr sie fort. »Hast du das gewusst? Dabei würde ich in Long Beach nicht einmal tot über dem Zaun hängen wollen! Für mich war das von Anfang an ausgemachter Blöd-Sinn.«

Lächelnd stellte Nora fest, dass ihre Freundin noch immer gerne Worte aufspaltete: Blöd-Sinn. Nora, das Mädchen aus Akron, hätte einfach Blödsinn gesagt. Sie hatte Lillibet vermisst, und erst jetzt fiel ihr auf, wie absurd es war, dass sie damals wirklich geglaubt hatte, Lillibet würde ihren Geburtstag auf einem Boot in Long Beach feiern. Wäre sie wegen Billys Tod nicht so durch den Wind gewesen, hätte sie die Einladung sicher etwas kritischer betrachtet.

»Nein, ich bin nicht tot.« Sie stieg von dem Hocker herunter und umarmte ihre Freundin.

»Sieht ganz so aus.« Lillibet strich über Noras Haare. »Ich hätte dich beinahe nicht erkannt.«

»Das ist meine natürliche Farbe«, erklärte die. »Heutzutage ist es schwierig, an Haarfärbemittel heranzukommen.«

»Allerdings«, nickte Lillibet. »Ich habe eine Schiffspassage zurück in die Staaten gebucht, in zwei Tagen. Hoffentlich erwischen sie uns nicht mit einem Torpedo.« Sie starrte Nora an als wollte sie sich jede Pore und jede Falte in ihrem Gesicht einprägen. »Nora Wheeler, was ist mit dir geschehen?«

»Ach, Lillibet … das ist eine lange Geschichte. Ich wurde vor einem wirklich schlimmen Kerl gerettet.«

»Man munkelt, du hättest Billy getötet. Was ich nie geglaubt habe.«

»Nein«, bestätigte Nora, »ich habe Billy nicht erschossen.« Diese Unterscheidung war Nora als wichtig: Getötet hatte sie Billy, oder zumindest der Fluch hatte es getan. Doch sie hatte nicht den Abzug gedrückt; das war Clints Werk gewesen.

Plötzlich tippte der Verkäufer Nora auf die Schulter und erklärte ihr, dass er die Émile-Zola-Übersetzung, nach der sie suche, nicht auf Lager habe. Lächelnd erkundigte sie sich bei ihm, wann er sie denn reinbekommen würde. Der Mann hob den Finger und ging davon, um nachzusehen. Als sie sich wieder zu Lillibet umdrehte, bemerkte Nora, dass ihre Freundin fragend die Brauen gehoben hatte.

»Du sprichst ja fließend Französisch«, stellte sie fest.

»Na ja, ich lebe jetzt hier. Paris ist wirklich so wundervoll, wie du es mir beschrieben hast.«

»Und nicht der Hauch eines amerikanischen Akzents«, bohrte Lillibet weiter. »Wie merkwürdig.«

Nora wusste, dass sie ihrer Freundin eine Erklärung schuldete, aber was hätte sie ihr sagen sollen? Dass sie eigentlich eine Französin aus Challans war, die am Ende des letzten Jahrhunderts von der Pont Neuf gesprungen war? Und sie konnte ihr auch nicht anvertrauen, dass sie hin und wieder in den Louvre ging und sich vor die Gemälde von Auguste Marchant setzte, um sich selbst als das junge Mädchen zu sehen, das vor beinahe fünfundvierzig Jahren für den Maler Modell gestanden hatte. Die Wahrheit würde Lillibet keine Erklärung liefern. Die Wahrheit klang einfach nur verrückt.

Eine beinahe schon instinktive Angst vor Entdeckung ließ Nora den Mantelkragen hochschlagen; Lillibet würde noch die allgemeine Aufmerksamkeit auf sie lenken. Und wie damals in Beverly Hills, als sie dieses Kribbeln in den Fingern gespürt hatte, kurz bevor sie die ersten Klaviertasten drückte, begann nun ihre Zunge zu kribbeln. Sekunden später glitt das Gefühl durch ihren ganzen Körper. Sie kannte es von dem Abend auf der Pont Neuf, als der Fremde Juliet davon hatte abhalten wollen, zu springen. Deshalb wusste sie, was nun kommen würde. Aus ihrem Mund lösten sich Worte, die nicht von ihr zu stammen schienen. »Lillibet. Du möchtest sicher niemandem sagen, dass du mich gesehen hast, nicht wahr? Hast du das verstanden?« Eine freundliche, fast flehende Bitte, und doch bemerkte Nora, welch eine merkwürdige Wirkung sie hatte.

Lillibet blinzelte verwirrt und neigte den Kopf. »Was?«

»Du wirst vergessen, dass du mir begegnet bist«, fügte Nora hinzu. »Es ist zu deinem Besten.« Dabei dachte sie vor allem an Clint. Wenn Lillibet herumerzählte, dass Nora noch am Leben war und sie sie gesehen hatte, und wenn Clint Wind davon bekam, waren weder sie noch Lillibet sicher. »Hast du mich verstanden?«

Mit ausdrucksloser Miene starrte die Freundin sie an, dann blinzelte sie hektisch.

»Lillibet?«

Sie schwankte leicht, sodass Nora stützend nach ihrem Arm griff. »Oh, das tut mir leid«, entschuldigte sich Lillibet. »Mir war plötzlich so schwindlig.« Sie schenkte Nora ein herzliches, aber doch seltsames Lächeln, in dem kein Wiedererkennen mitschwang. »So wie es aussieht, haben Sie mich gerettet, meine Liebe. Könnten Sie mir vielleicht einen Stuhl besorgen, damit ich mich einen Moment setzen kann? Ich fühle mich, als hätte ich gerade einen Schock erlitten.«

»Das haben Sie wohl«, stimmte Nora zu und führte sie zu dem leeren Stuhl in der Abteilung für französische Dramen.

Lillibet sah zu ihr hoch und tätschelte ihre Hand. »Vielen Dank, meine Liebe. Ich werde ein wenig hier sitzen bleiben. Sie wollten ja offenbar gerade gehen.« Dabei zeigte sie auf Noras Mantel.

»Das stimmt.« Langsam trat Nora einen Schritt zurück. »Kommen Sie denn zurecht?«

»Aber ja«, versicherte Lillibet lächelnd. »Wie war noch gleich Ihr Name?«

Nora antwortete ohne zu zögern: »Juliet.«

»Ein wundervoller Name«, befand Lillibet. »So shakespearianisch.«

»Ja«, nickte Nora und wandte sich ab. Dann sah sie sich noch einmal um. »Leben Sie wohl, Lillibet.«

»Leben Sie wohl, Juliet.«

Nora verließ den Buchladen und bog hastig um die nächste Ecke. Dann machte sie einen großzügigen Umweg und kehrte durch kleine Seitenstraßen nach Hause zurück. Lillibet war inzwischen über sechzig, es war also unwahrscheinlich, dass sie Nora verfolgen würde, aber sie wollte kein Risiko eingehen. Ihre Freundin auf diese Art zu hintergehen war schrecklich, aber sie durfte auf keinen Fall gefunden werden. Ihre Hände zitterten so sehr, dass sie nur mit Mühe den Schlüssel ins Türschloss schieben konnte. Noch einmal suchte sie die Straße ab, sah aber nur den Zeitungsjungen.

Luke war in der Bibliothek und begutachtete ein neues Gemälde.

»Jemand hat mich gesehen.« Sie schleuderte ihren Regenmantel aufs Sofa und schüttelte ihr Haar aus. Der feine Nebel draußen hatte es mit Feuchtigkeit überzogen.

Ohne den Blick von dem Bücherhaufen zu heben, der den gesamten Mahagonischreibtisch einnahm, meinte er: »Du wirst jeden Tag von einer Menge Leute gesehen, Liebste.«

Nora schüttelte den Kopf. »Ich meine, ich wurde erkannt.«

Nun warf Luke ihr über den Brillenrand hinweg einen forschenden Blick zu »Von wem?«

»Lillibet Denton.«

»Das ist nicht gut.« Er lehnte sich im Stuhl zurück und faltete die Hände. »Hast du mit ihr gesprochen?«

»Es war merkwürdig.« Nora ging um den Schreibtisch herum und lehnte sich gegen die Platte. »Ich war im Buchladen. Sie hat mich gesehen und mir einen Haufen Fragen gestellt – hauptsächlich darüber, wie dumm man sein muss, um zu glauben, dass sie ihren Geburtstag mit einem Segeltörn in Long Beach feiern würde.« Sie warf ihm einen spöttischen Blick zu.

»Du bist darauf hereingefallen«, meinte er achselzuckend. »Und dann?«

»Dann hat sie mich darüber ausgefragt, wo ich die ganze Zeit war, und hat sich gewundert, wie gut ich Französisch spreche.«

»Hast du ihr etwas erzählt?«

»Wie etwa, dass ich 1870 in Challans geboren wurde und mich von der Pont Neuf in den Tod gestürzt habe?«

»Zum Beispiel.«

Diesmal warf Nora ihm einen strafenden Blick zu. »Aber das war nicht das einzig Merkwürdige.«

Luke schob das Gemälde beiseite und stand auf. »Ich höre dir zu«, versprach er, während er durch das Zimmer lief und diverse Dinge zusammensuchte.

»Ich denke nicht, dass das nötig ist«, versuchte Nora, ihn vom Packen abzuhalten. »Ich habe ihr gesagt, dass sie vergessen soll, mich getroffen zu haben.«

»Wie hat sie darauf reagiert?«

»Sie hat mich vergessen. Es war, als hätte sie mich nie zuvor gesehen.« Nora fing an zu weinen. »Ehrlich gesagt war es ziemlich verstörend. Endlich mal jemand, der mich kannte. Das war so schön, und dann plötzlich dieser leere Blick, als hätte ich sämtliche Erinnerungen an mich ausgelöscht. Einfach schrecklich.«

Luke kehrte zum Tisch zurück und musterte seine ordentlich gestapelten Unterlagen. »Ich wollte sowieso etwas mit dir besprechen.« Er nahm die aktuelle Ausgabe von *Le Figaro* vom Tisch. »Wir sollten Paris bald verlassen. Jetzt, wo die Italiener sich eingeschaltet haben, sind wir umzingelt.«

»Und wohin?«

»Zurück nach Amerika. Europa ist momentan ein einziges Pulverfass.«

Nora fürchtete sich vor einer Rückkehr nach Amerika. Sie stöhnte gequält.

»Hör mir zu, Nora.«

»Ich will nicht nach Hollywood zurück.«

»Das wäre auch nicht mein Vorschlag gewesen.« Er setzte sich wieder. »Das Land ist groß.«

»Und woran hattest du dann gedacht? New York?«

»Nein«, winkte er lächelnd ab. »Zu spröde, außerdem kennt Clint sich in New York aus.«

Schon allein dieser Name ließ Nora schaudern. Paris war zwar eine angenehme Ablenkung gewesen, doch selbst hier war sie ihrer Vergangenheit nicht wirklich entkommen. Sie setzte sich auf den Schreibtisch und überkreuzte die Beine. »San Francisco?«

»Schon wärmer.«

»Oh mein Gott, doch nicht etwa Las Vegas? Die Stadt ist grauenvoll.«

»Nein, aber du kommst der Sache näher.«

»Das klingt von Minute zu Minute schrecklicher. Was bleibt denn da noch? Oklahoma?«

»Taos.«

»Taos? Was ist ein *Taos*?«

»Ein Ort in New Mexico. Ich habe dort ein herrliches Häuschen im spanischen Stil gefunden. Viel Land … sehr abgeschieden. Du könntest dort Pferde halten.«

»Okay, Luke. Habe ich jemals den Wunsch geäußert, Pferde zu halten?«

»Eigentlich nicht.«

»Eigentlich nie.«

»Dort gibt es eine sehr lebendige Kunstszene. Es könnte genau der richtige Ort sein, um sich eine Weile zu verstecken.«

»Wie ich sehe, hast du das genau durchdacht.«

»Bist du böse?«

»Nein.« Nora zuckte resigniert mit den Schultern. »Luke … warum hat Lillibet getan, was ich von ihr verlangt habe? Und es war auch nicht das erste Mal, dass so etwas passiert ist. Juliet hat das mit einem Mann gemacht, der sie davon abhalten wollte, von der Brücke zu springen.«

»Ich weiß es nicht.«

»Du hast also nichts damit zu tun?«

»Nein. Vielleicht hast du ja selbst auch ein paar besondere Kräfte.« Offenbar dachte er angestrengt über etwas nach.

»Was ist los? Was verschweigst du mir?«

Luke warf ihr einen angespannten Blick zu. »Das könnte sein.« Er stand auf und kramte im Bücherregal herum, was allerdings reines Theater war. In Wirklichkeit beschäftigte ihn etwas, und er wollte nicht, dass sie es bemerkte.

Nora wusste, dass sie nun keine konkrete Antwort mehr von ihm bekommen würde. Seit diesem heftigen Nasenbluten während ihrer Träume weihte er sie in so gut wie gar nichts mehr ein. Und sie hasste es, ständig im Dunkeln zu tappen. »Du wirst es mir also nicht verraten?«

»Alles, was ich dir sagen könnte, wäre reine Spekulation, also werde ich nichts sagen, bevor ich mehr weiß, okay?«

»Ich dachte, du weißt alles.«

»Ich weiß nur, was in dem Vertrag steht, Nora. Und den hast du selbst gesehen.« Achselzuckend schob er die Hände in die Hosentaschen. »Von dem, was du mit Lillibet Denton angestellt hast, steht kein einziges Wort darin.«

Nora seufzte schwer. Irgendwie fühlte sie sich dadurch nicht besser.

Sie trafen im April 1940 in New York ein. Innerhalb eines Monats hatten die Deutschen die Maginot-Linie in Belgien überwunden und waren Richtung Paris marschiert. Nora und Luke hatten ihre Wohnung dort zwar verrammelt, wussten aber nicht, ob sie sie jemals wiedersehen würden.

Die Überfahrt nach Amerika hatte wesentlich länger gedauert als sonst, da das Schiff oft deutschen Torpedobooten ausweichen musste.

Bei ihrer Ankunft in New York freute sich Nora merkwürdigerweise über das Wiedersehen mit ihrer alten Heimat. Anders als Paris, das sich hinter Barrikaden versteckte, war New York strahlend, voller Leben und anscheinend unberührt von der Furcht und dem Krieg, der Europa während des vergangenen Jahres geprägt hatte.

Luke und Nora fuhren mit dem Zug nach Chicago. Da es bereits Noras dritte Reise auf dieser Route war, kannte sie sich aus. Und auch wenn sie sich darüber freute, wieder in den Staaten zu sein, war ihr auch mulmig zumute – wegen der Sache mit Billy, wegen Clint, wegen dieses alles andere als verlockenden Häuschens in der Wüste; da konnte Luke ihr noch so oft etwas von der wachsenden Künstlergemeinde dort erzählen.

Als Erstes bemerkte Nora die wuchtige Tür des Hauses, hinter der sich eine große, mit dunklem Holz verkleidete Eingangshalle erstreckte. An einer Wand stand eine lange Bank. Nora erkannte darin eine alte Kirchenbank und fand sogar einige eingeritzte Namen in dem alten Holz. Karge, weiß verputzte Wände und hohe Decken mit dunklen Stützbalken. Dieses Haus sehnte sich offenbar danach, bewohnt zu werden, doch Nora hatte Angst, dass es sie beide einfach verschlucken könnte.

»Paul und Marie kommen in ein paar Wochen nach«, versicherte Luke, als hätte er ihre Gedanken gelesen.

»Haben sie es raus geschafft?«

»Natürlich. Sie sind wie ich«, antwortete Luke, ging aber nicht näher darauf ein. Nachdem sie den beiden nun in zwei Leben begegnet war, hatte Nora das bereits geahnt, doch da sie für Luke arbeiteten, gab es offenbar eine Art Rangordnung unter den dreien.

Die Möglichkeit, dass sie sich langweilen könnte, vorausahnend, hatte Luke ihr bereits einen Mahagoniflügel gekauft, einen Steinway Model M. Bis Juliet ihr den Zugang zu dem Instrument vermittelt hatte, war für Nora ein Klavier wie das andere gewesen. Während ihrer Kindheit in der Pension hatte sie nur das Klavier dort oder das in der Kirche gekannt, beide ziemlich heruntergekommen, zerschrammt und mit fehlenden Tasten. Juliet hingegen hatte ganz klare Vorstellungen davon, wie ein Klavier zu sein hatte, und diese Vorstellungen hatte Nora übernommen. Dabei prüfte sie nie anhand einzelner Töne, ob ein Instrument anständig gestimmt war. Stattdessen bevorzugte sie Chopins schwermütige *Tristesse*, um ein Gefühl für das jeweilige Klavier zu bekommen. Während sie sich nun auf der Klavierbank niederließ, überkam sie die vertraute Furcht, dass ein äußerlich so perfektes Instrument es an Tonqualität missen lassen und ihr Ohr enttäuschen könnte. Einige der besten Klaviere waren keine Schönheiten gewesen.

Sie schlug die ersten Akkorde mit mehr Wucht an als sonst. Dieser Flügel hatte einen vollmundigen Klang mit tiefen, üppigen Basstönen und klaren Höhen. Nicht ein Ton war dünn oder schwach. Nora staunte noch immer darüber, was ihre Finger hervorbringen konnten – wie sich diese Fähigkeit über Nacht eingestellt hatte –, welche Klänge sie quasi ertasten konnte. Es war einfach perfekt.

Als sie das Stück beendete, wehte ein herrlicher Duft in den Raum. Lächelnd glitt sie von der Klavierbank und spürte dem nach bis in die Küche. Noch war dieses Haus für sie kein Heim, und sie war nicht sicher, ob es jemals eines sein würde, aber eigentlich brauchte sie zum Glücklichsein nichts anderes als Luke. Die Küche war groß, glänzende Kupfertöpfe hingen an den Wänden. Luke briet Chilis und Knoblauch an, zu denen er anscheinend noch Schweinefleisch geben würde. Sie mochte sich ja mitten in der Wüste befinden, aber irgendwie hatte diese Küche große Ähnlichkeit mit der von Juliets Bauernhaus. »Wir brauchen einen besseren Herd«, sagte Luke.

Nora verschränkte die Arme vor der Brust und sah ihm bei der Arbeit zu. »Ich wusste gar nicht, dass du kochst.«

»Du hast es nur noch nie gesehen.«

»Stimmt«, gab sie zu. »Wie du Köche herumgescheucht hast schon oft, aber noch nie, wie du selbst etwas zubereitet hast.«

Er lachte. »Es gibt so einiges, was du nicht über mich weißt.«

»Das ist mir klar. Aber ich habe noch ein Leben lang Zeit, um dazuzulernen.«

Mit einem verhaltenen Lächeln wandte er sich wieder dem Herd zu.

»In der Stadt wird ein Film mit Ford Tremaine gezeigt. Wusstest du das?«, fragte sie.

Luke blickte von den Kartoffeln auf, die er gerade schnitt. »Ich hatte keine Ahnung.«

»Vielleicht schaue ich ihn mir an.« Sie ging um den Herd herum und rührte in der Pfanne. »Auch wenn der Mann ein Arschloch ist.«

»Fehlt es dir?«

»Was? Das Filmemachen?«

Er nickte.

»Ein bisschen, denke ich«, gab sic achselzuckend zu.

Luke ließ die Kartoffeln stehen, kam zu ihr und nahm sie in den Arm. »Es tut mir leid.«

Sie wollte ihn wegschieben, aber er hielt sie fest. »Ich weiß, dass es dir leidtut«, sagte sie lächelnd. »Aber es gibt ja noch andere Dinge, die mich glücklich machen.« Nora ging zum Schrank, holte Teller heraus und deckte den Tisch.

»Zum Beispiel?«, fragte Luke vorsichtig. »Du kannst nicht öffentlich auftreten. Das wäre unklug. Selbst eine Theaterproduktion hier im Ort wäre heikel. Du darfst nicht riskieren, dass dich jemand erkennt. Offiziell bist du tot, und es gibt immer noch einige, die glauben, du hättest Billy Rapp ermordet.«

»Das meinte ich auch gar nicht.« Sie ging zur Besteckschublade und holte klappernd Messer und Gabeln heraus. »Ich dachte dabei an Kinder. Dieses Haus ist viel zu groß … viel zu leer. Und das Timing wäre perfekt.«

Lukes Miene wurde ausdruckslos. »Das ist keine gute Idee, Nora.«

»Warum nicht?« Als sie in seine Augen sah, wurde sie von Angst gepackt. »Wir lieben uns. Hier sucht niemand nach mir. Wir könnten hier glücklich werden.«

»Wir sind glücklich«, erwiderte er. »Zu zweit.«

»Und wenn ich aber nicht möchte, dass wir nur zu zweit bleiben?«

Luke seufzte schwer und fuhr sich mit beiden Händen durch die Haare. Plötzlich wirkte er kraftlos, wie ein Mann auf einem sinkenden Schiff. »Das ist nicht so einfach.«

»Warum nicht?« Nora wurde schwindlig. »Was verheimlichst du mir?«

Nervös lehnte Luke sich gegen die Spüle und verschränkte die Arme vor der Brust. »Ich habe dir versprochen, dir diesmal die Wahrheit zu sagen. Egal wie schmerzhaft es auch sein mag.«

»Ja?« Sie ging um den Tisch herum und warf achtlos das Besteck auf die Platte. Möglichst gefasst sah sie ihn an.

Luke zuckte regelrecht zusammen. »Du kannst keine Kinder bekommen.« Schnell kam er zu ihr an den Esstisch und wollte nach ihrer Hand greifen, aber sie entzog sich ihm. »Es tut mir so leid.«

»Oh.« Nora ließ sich auf einen Stuhl sinken. »Oh.«

Er ging vor ihr in die Hocke. »Liebling, ich würde alles tun, um dir dieses Geschenk zu machen, aber …«

Sie ließ ihn nicht ausreden. »Dann werde ich also niemals normal sein, ja?« Ihr Blick war eisig. Plötzlich stand ihr wieder die Szene in der Küche in Challans vor Augen: Juliets blutdurchtränktes Nachthemd; die Mutter, die ihr sagte, sie sei von Marchant schwanger gewesen, doch es sei nun vorbei. Marchants Frau und das Baby waren ebenso getötet worden.

Luke nahm ihre Hände. »Ich versuche es, Nora. Ich versuche alles, um dir ein normales Leben zu ermöglichen.«

Sie schüttelte nur den Kopf. »Es ist nicht deine Schuld, Luke. Nichts davon ist deine Schuld.«

Im Herbst 1940 eröffnete Luke eine Kunstgalerie an der Taos Plaza. Zwar bestand das Städtchen nach wie vor aus kaum mehr als einer unbefestigten Straße und ein paar Läden, aber er handelte mit den Arbeiten der ansässigen Künstler. Jede Woche kam auch Nora in die Stadt und sah sich einen Film an, wobei sie das am liebsten allein tat. Seit den Dreißigerjahren hatten sich die Filme verändert, und immer öfter tauchten Namen auf, die sie nicht kannte. Nach einigen Jahren konnte sie sich nicht einmal mehr vorstellen, selbst auf der Leinwand zu erscheinen – die Tatsache, dass ihre alten Bekannten fast alle verschwunden waren, spendete ihr Trost. Die Monumental Studios waren kurz nach dem Tod von Harold Halstead geschlossen worden, der 1939 einem Herzinfarkt erlag. Weder er noch das Studio hatten sich je von dem Tod ihres Topregisseurs und seiner Gattin erholt. Nora wusste nicht, wohin Clint verschwunden war, und schließlich hörte sie damit auf, ständig über ihre Schulter zu blicken. Ihre Haare hatten ihren natürlichen Rotton zurück und waren nun schulterlang. Oft steckte sie sie zu einem Dutt auf und trug Stiefel und lange Ethno-Wollmäntel. Niemand wäre auf die Idee gekommen, dass sie einmal die Schauspielerin Nora Wheeler gewesen war.

Als sie sich in der South Side Plaza *Rebecca* ansah, war sie wie gebannt von der Musik des Films. So schnell wie möglich ging sie nach Hause und setzte sich an ihren Flügel. Die Ideen strömten in Form von Noten aus ihr heraus. Eigentlich hatte sie nie daran gedacht, zu komponieren. Sie war damit zufrieden gewesen, die Stücke anderer zu spielen, wenn auch mit steigendem Schwierigkeitsgrad, doch ihr eigenes Werk, ihre eigene Stimme waren für sie nie greifbar geworden.

Sie fuhr nach Albuquerque, suchte sich ein Musikgeschäft und kaufte Notenpapier. Dann setzte sie an ihrem Steinway ihre erste und bald darauf die zweite Komposition zusammen. In den folgenden vier Jahren sollte Nora insgesamt achtundzwanzig Klavierstücke komponieren.

Am 22. Juni 1944 wachte sie auf und stellte fest, dass Luke ihr spanische Eier gemacht hatte – ihr Lieblingsfrühstück. Zwar bereitete er jeden Morgen das Frühstück für sie zu, doch es ans Bett gebracht zu bekommen, war schon etwas Besonderes. »Womit habe ich das denn verdient?«

»Heute ist dein Geburtstag.«

Nora stöhnte. »Vierunddreißig. Ich hatte gehofft, du hättest es vergessen.«

»Traurigerweise nicht.« Er schlüpfte zu ihr unter die Decke und strich ihr über das Haar; eine sehr intime Geste, die sie liebte. »Wir haben uns gut geschlagen, oder?«

Mit einem beinahe schnaubenden Lachen schob Nora das Tablett zurecht und bewunderte die hübsche Blume, die er dazugestellt hatte. »Was ist heute bloß in dich gefahren?«

»War nur eine Frage.« Er ließ sich in die Kissen sinken und beobachtete sie. »Wir waren doch glücklich zusammen, oder nicht? Auch wenn wir nicht gerade das beste Blatt auf der Hand hatten.«

Sie nahm das Besteck und schnitt sich ein Stück von den Eiern ab. »Ja, wir sind sehr glücklich«, bestätigte sie lächelnd. »Ich könnte kaum glücklicher sein.«

Lukes Miene war finster, in seinen Augen glitzerten Tränen.

Nora berührte seine Wange. »Was ist los?«

Sofort schüttelte er den Kopf, sah ihr aber ungewöhnlich lange ins Gesicht. »Nichts. Es ist nichts.«

»Tja, ich kann jedenfalls nicht essen, wenn du das machst.« Lachend legte sie eine Hand über seine Augen.

Nach dem Frühstück schlug Luke ihr vor, ihn in die Galerie zu begleiten. Da sie sowieso etwas in der Stadt zu erledigen hatte, stimmte sie zu: Sie hatte die Partitur von Offenbachs *Hoffmanns Erzählungen* bestellt, und nachdem es Monate gedauert hatte, sie aus einem Geschäft in Montreal kommen zu lassen, hatte sie nun endlich die Nachricht bekommen, dass die Noten eingetroffen waren. Eigentlich hatte sie sie abholen wollen, sobald der Laden aufmachte, aber Luke bestand darauf, dass sie den Tag zusammen verbringen sollten.

Er war gerade damit beschäftigt, ein Bild aufzuhängen, als Nora durch das Schaufenster auf den Platz hinausblickte. Dort entdeckte sie ein Plakat für einen neuen Film: *Der Weg zum Glück*, ein Musical mit Bing Crosby. Sie brannte darauf, ihn sich anzusehen.

»Ich hole schnell Karten für die Abendvorstellung«, rief sie Luke zu und suchte hektisch nach ihrer Geldbörse. Anschließend würde sie noch kurz zum Laden gehen und ihre Noten abholen. In ein paar Minuten wäre sie wieder da.

Als sie hinauslief, glaubte sie zu hören, wie Luke ihr etwas hinterherrief. Es klang wie »Geh nicht!«, aber das wäre ja albern gewesen. Lächelnd ging Nora zum Kino hinüber und las bewundernd Bing Crosbys Namen. Der Lastwagen erwischte sie mit solcher Wucht, dass sie drei Meter weit in den Park hineingeschleudert wurde. Eben war Bing Crosbys Name noch da, dann nicht mehr.

Sie hörte *seine* Stimme, sah *sein* Gesicht. »Bleib ganz ruhig liegen. Versuch nicht, aufzustehen.«

Nora hob eine Hand an die Stirn. »Es tut weh.« Sie konnte sehen, dass ein Lastwagen gegen eine Statue gefahren war. Aus der eingedrückten Motorhaube quoll Dampf hervor. Und sie hatte es nicht einmal gehört, wie lustig. Hatte nichts von dem Unfall mitbekommen, obwohl sie doch auf dem Platz gewesen war.

Er zog sie auf seinen Schoß. »Alles ist gut.«

»Komisch.« Wie ein kaputter Ballon sank sie in seinen Armen zusammen. »Es fühlt sich nicht gut an.«

»Alles ist gut.« Luke fing an, sie vor und zurück zu wiegen. »Alles ist gut.« Immer weiter wiegte er sie, auch nachdem sie schon lange verstummt war. Schon lange nicht mehr atmete. Schon lange keine Wärme mehr in ihr war.

24

Helen Lambert

Washington D. C., 14. Juni 2012

Ich war am Nachmittag in Dulles gelandet, und auch wenn ich mich Mickey gegenüber entspannt gab, wusste ich, dass ich Luke anrufen würde, sobald ich zu Hause war. Das Röhrchen mit dem Blut hatte ich in meinem Make-up-Täschchen versteckt und war damit problemlos an der Security vorbeigekommen. Jetzt wickelte ich es zum Schutz in eine Sportsocke und schloss es in meinem Safe ein.

Mir ging es nicht besonders – zum einen, weil die Rückkehr nach Paris viele alte Wunden von Juliet wieder aufgerissen hatte, zum anderen, weil ich von Noras Tod erfahren beziehungsweise noch einmal meinen eigenen Tod durchlebt hatte. Und auch wenn ich Luke nichts von meinem Trip nach Paris sagen konnte, beantwortete Noras Geschichte doch einige Fragen, die ich mir auch in meinem Leben bereits gestellt hatte. Vor allem wusste ich nun, warum ich nie schwanger geworden war.

Ich ließ meinen Koffer im Flur stehen, dachte aber daran, das Schild vom Flughafen Charles de Gaulle abzureißen, da ich ja weiterhin den Anschein erwecken wollte, nur in London gewesen zu sein. Dann drückte ich die Kurzwahltaste, unter der ich Lukes Nummer gespeichert hatte. Unser Gespräch fiel kurz aus.

»Kannst du rüberkommen?«

»Wann?«

»Sofort?«

»Ja.«

Mir blieb noch genug Zeit, um den Flugzeugmief wegzuduschen. Meine Nase hatte nicht mehr geblutet, und ich glaubte auch nicht, dass es noch einmal passieren würde. Bei jeder Geschichte hatte ich das Gefühl, mehr Kraft aus meinen Leben zu ziehen. Es war anders als bei Nora mit ihrem heftigen Blutverlust. Als ich aus dem Bad kam, schenkte ich mir ein Glas Wein ein, das ich bereits halb geleert hatte, als es schließlich klopfte.

Noras Geschichte war noch so frisch, dass ich anfing zu weinen, als ich ihn sah; eigentlich heulte ich hemmungslos. Der arme Mann hatte noch nicht einmal meine Wohnung betreten, und ich war bereits ein Wrack. Schon im Flur zog er mich an sich und flüsterte, wie leid es ihm tat. Es gab Unterschiede zu Juliets und Noras Varner, aber er hatte sich nur aufgrund der Zeiten verändert: vom formellen Anzug und Bart von Juliets Varnier über Cardigan und Locken bei Noras Varner hin zur heutigen Lederjacke-und-Jeans-Version mit kurzen Haaren. Mir war bis jetzt nicht klar gewesen, wie oft er das alles vor mir schon hatte machen müssen, die verwirrenden Erklärungen, das langsame Entschlüsseln dessen, was ich war und in welcher Beziehung er zu mir stand. Plötzlich begriff ich, wie anstrengend das für ihn sein musste, aber er hielt mich einfach fest. Sein Schweigen und die Art, wie ich seinen Atem spüren konnte, waren das eigentlich Romantische daran. Dann löste ich mich gerade so weit von ihm, dass ich ihn küssen konnte.

Als wir uns voneinander lösten, sah er mich prüfend an. »Nora?«

»Es tut mir so leid, Luke.« Ich nickte. Nun verstand ich, warum Nora so besonders für ihn gewesen war. Sie hatten ihre gesamte Zeit zusammen verbringen können.

Offenbar waren wir beide ausgehungert, denn wir schafften es kaum bis ins Schlafzimmer. Schon im Flur zerrte ich die Jacke von seinen Schultern und riss mir den Pulli wie eine lästige Hülle vom Leib. Ich kannte seinen Körper aus meinen Träumen, hatte ihn durch Noras Augen gesehen, was seltsam war, da wir beide ich waren und gleichzeitig auch nicht. Und während der Träume war ich sogar eifersüchtig auf sie gewesen. Weder Nora noch Juliet war ich ganz; ich verfügte über all ihre Erinnerungen, hatte aber auch mein eigenes Leben, meine eigenen Erlebnisse gehabt … Liebhaber … einen Ehemann. Ich war eine andere als sie. Und bei mir war auch Luke ein anderer.

Stunden später saßen wir im Wohnzimmer auf dem Boden und aßen von roten Papptellern, was der Thai-Imbiss geliefert hatte. Ich streckte die Beine aus und schob mir ein Stück scharf gewürzte Aubergine in den Mund. »Warum hast du Nora nicht gesagt, was an ihrem Geburtstag passieren würde?«

Luke lehnte mit dem Rücken am Sofa. »Das konnte ich ihr nicht antun. Sie wollte nichts weiter als ein normales Leben. Du weißt, welche Enttäuschungen sie hinter sich hatte: Billy … Clint …«

»Kinder.« Ich schüttelte den Kopf. »Weißt du eigentlich, wie vielen Fruchtbarkeitsbehandlungen ich mich unterzogen habe?«

»Das tut mir leid.«

»Niemand konnte herausfinden, was mit mir nicht stimmt.«

»Natürlich nicht«, nickte Luke. »Du bist nun mal leider keine normale Frau mit normalen Fruchtbarkeitsproblemen. Es ist ein Fluch, kein medizinischer Defekt. Du warst von Marchant schwanger. Deine Mutter hat dich von diesem Kind befreit, was dummerweise Folgen für alle Versionen von dir hatte. Mit Marchant, Billy und auch Roger.«

»Weil ich in einem Fesselzauber feststecke.« Erst in diesem Moment verinnerlichte ich so richtig, was in den letzten Wochen mit mir geschehen war. Und dann begriff ich auch die andere Tatsache. Begriff sie ganz und gar. »Ich werde wirklich sterben?«

Luke senkte kurz den Blick, dann sah er mich stumm an.

»Das nehme ich mal als Ja.«

Er nickte.

»Was für ein beschissener Schwachsinn«, schimpfte ich. »Ich kann mir nicht vorstellen, dass meine Mutter – also meine aktuelle Mutter – einen Zauber gewirkt hätte, nur weil Ryan Garner mich nach dem Abschlussball im Wagen seiner Eltern auf der Rückbank flachgelegt hat.«

»Andere Zeiten«, erwiderte er. »Damals in Challans wäre deine Familie dadurch ruiniert gewesen.«

»Trotzdem ist es Wahnsinn, aus reiner Rachgier eine ganze Familie auszulöschen, einem Mann die schwangere Frau und das Kind zu nehmen und der eigenen, sechzehnjährigen Tochter eine dämonengelenkte Fehlgeburt anzuhexen, um dann beide in einen endlosen höllischen Kreislauf zu stecken. Eine etwas übertriebene Reaktion, findest du nicht? Selbst im Jahr 1895.«

»Ich glaube, deine Mutter hat sich selbst in dir wiedererkannt. Und das hat ihr Angst gemacht.«

»Verschweigst du mir etwas?«

»Ich sage dir alles, was ich über diesen Fluch weiß, Helen.«

»Wie viel müssen zwei – nein, drei – Menschen denn ertragen? Von den Unschuldigen wie Saras Mutter oder Marchants Frau mal ganz abgesehen. Die hatten rein gar nichts damit zu tun und sind trotzdem tot.« Ich musterte Lukes Gesicht, prägte mir alles ein, als müsste ich eine Zeichnung davon anfertigen: leichte Geheimratsecken, Falten auf der Stirn, eine maskuline Nase und mit Grau durchsetzte Bartstoppeln.

»Du darfst dir keine Vorwürfe machen. Du hast keine Kontrolle darüber.«

»Aber du schon.«

»Nein, habe ich nicht. Mir sind klare Grenzen gesetzt.«

»Bist du denn wirklich bereit, das für alle Ewigkeit weiterzumachen?« Mir war klar, dass er diese Frage nicht beantworten wollte; in diesem Punkt war er immer sehr verschlossen.

»Das bin ich.«

»Die Ewigkeit ist verdammt lang, Luke.«

Er strich über mein Haar. »Allerdings.«

»Warst du jemals sterblich?«

»Ja.«

»Wann?«

»Ist noch nicht so lange her.«

»Nicht so lange wie in vor fünf Jahren oder wie in im Jahr 1595?«

»Ich glaube, es war im 18. Jahrhundert.«

»Du glaubst?«

»Ganz ehrlich, Red, ich weiß es nicht. Mir wurden sämtliche Erinnerungen genommen, ich muss sie mir sozusagen mit jeder Runde wieder verdienen.«

»Jeder Runde mit mir?«

Er nickte.

»Wie praktisch.« Dieses fehlende Erinnerungsvermögen machte sein Leben sozusagen zum genauen Gegenteil von meinem, bei dem mehrere Leben in einen Körper gequetscht wurden. »Wie geht so etwas?«

»Es ist Teil der Strafe – zu wissen, dass man bestraft wird, aber nicht wofür. Man ist der Meinung, dass ich mehr leide, wenn ich anfangs keinen Kontext dazu habe. Ich nehme nur die Befehle entgegen.«

So etwas Ähnliches hatte Malique mir bereits gesagt. Doch ich hatte mir keine Gedanken darüber gemacht, was Luke wohl verbrochen hatte, das ihn zum Gehilfen eines Dämons gemacht hatte. »Wofür wirst du bestraft?«

»In meinem echten Leben war ich unbesonnen, deshalb werde ich nun gezwungen, abzuwarten und mit anzusehen, wie du wieder und wieder einen anderen liebst. Meine Hölle ist die Warterei und diese Beobachterrolle. Eigentlich eine perfekte Strafe, miterleben zu müssen, wie du dich wieder und wieder nach den verschiedenen Versionen von Auguste Marchant verzehrst, selbst nachdem wir ein wundervolles Leben zusammen hatten.«

»Und was hast du im 18. Jahrhundert verbrochen? Einen Laib Brot geklaut?«

»Ich habe einen Mann getötet, wegen einer Frau, die mich nicht liebte. So viel weiß ich inzwischen.«

Er beugte sich über den Couchtisch, schob unsere Teller zusammen und zog mich dann an sich, bis ich komplett auf ihm lag. »Ich habe sehr gründlich darüber nachgedacht, und ich glaube, das ist meine Bestrafung. Irgendwann werde ich all meine Erinnerungen zurückbekommen, und mein Verbrechen wird mir wieder voll bewusst werden. Dann wird man mich vor die Wahl stellen, ob ich noch einmal als Sterblicher leben oder als Dämon weiterexistieren möchte.«

»Scheint mir eine leichte Entscheidung zu sein.«

»Ach ja?« Er lachte. »Auch wenn du dir da sehr sicher zu sein scheinst, Helen: Niemand wählt die Sterblichkeit. Dazu ist die Macht, über die Dämonen verfügen, zu verlockend. Und bis ich mir meine Essenz verdient habe, werde ich bereits zu lange *das hier* gewesen sein.« Er musterte seinen Körper. »Niemand zieht die Sterblichkeit einer solchen Macht vor. Niemand.«

»Vielleicht bist du ja anders.« Dass er sich für eine solche Finsternis entscheiden könnte, weckte Mitleid in mir. Mit einem entschlossenen Seufzer wechselte ich das Thema: »Wie werde ich sterben?« Da ich davon ausging, dass er sich eine esoterische Antwort bereitgelegt hatte, formulierte ich die Frage ganz bewusst so konkret.

»Es ist nicht festgelegt, *wie* du stirbst«, erklärte er mir. »Vielleicht ganz friedlich im Schlaf, vielleicht hast du einen Unfall, so wie Nora. Es gibt kein festes Muster dafür, nur eines ist sicher: Ich werde bei dir sein.«

»So wie bei Nora.«

Er nickte. »Ich hatte mir überlegt, dass wir irgendwo hinfliegen könnten … Tulum … Barbados … und die gemeinsame Zeit genießen. Irgendwo am Meer.« Er lächelte traurig.

Die Vorstellung eines konkreten Ortes, an dem das Ende kommen würde, machte es so real und endgültig, dass ich anfing zu schluchzen. Wieder hielt Luke mich lange fest. »Ich muss nicht irgendwo am Strand liegen«, fand ich schließlich. »Bei meinem beschissenen Glück werde ich da nur von einem Hai gefressen.« Plötzlich musste ich an dieses blöde Spiel denken, das Roger und ich früher gespielt hatten. Würdest du lieber unter der Guillotine sterben oder ertrinken? Lieber von einem Bären oder von einem Hai gefressen werden?

Aber ich wollte mich nicht damit abfinden, dass ich in weniger als zwei Wochen sterben sollte. Jetzt war ich umso entschlossener, diesen Fluch zu brechen.

Luke und ich blieben den ganzen nächsten Tag in der Wohnung; am Ende stapelten sich die Schachteln vom Lieferdienst in der Küche. Als Luke schließlich für ein paar Stunden nach Hause fuhr, hatte ich zwölf Nachrichten von Mickey auf meiner Mailbox. Malique hatte sich endlich gemeldet und ihm mitgeteilt, dass wir uns morgen Mittag bei seiner Wahrsagercousine in Georgetown treffen würden.

Als ich dort das Röhrchen mit dem Blut auf den Tisch stellte, zeigte Malique sich beeindruckt.

»Ich habe ihr gesagt, sie soll es kühlen«, beschwerte sich Mickey.

Das quittierte Malique mit einem herzlichen Lachen. Er öffnete das Röhrchen, ließ einen Tropfen Blut in meine Handfläche fallen und verrieb ihn dort. Dann starrte er auf meine Hand und verfiel wieder in diese Trance, bei der seine Augen sich so heftig verdrehten. Ein paar Minuten später kam er wieder zu sich, wirkte aber leicht benebelt, als wäre er angetrunken. »Du hast das richtige Blut gefunden«, verkündete er. »Aber jetzt brauche ich noch etwas von ihm.«

»Von wem?«

»Etwas von der zweiten Person in diesem Fluch, dem Objekt. Dem ursprünglichen Objekt.«

»Auguste Marchant? Verdammt. Muss ich etwa auch sein Blut besorgen?«

»Nein«, beruhigte mich Malique. »Ich brauche nur etwas aus seinem Besitz. Der Fluch wurde mit einem Gegenstand von ihm und deinem Blut gewirkt. Und er kann nur mit diesen beiden Elementen aufgehoben werden.«

»Verdammte Scheiße. Ich wünschte, ich hätte das gewusst, als wir in Paris waren.« Doch dann kam mir ein Gedanke. »Kann es ein beliebiger Gegenstand sein?«

»Alles, was er besessen oder berührt hat.«

»Ich denke, *das* kriege ich hin.«

Zwanzig Minuten später hielt mein Taxi vor der Hanover-

Sammlung. Entschlossen ging ich durch den Haupteingang, durchquerte das Foyer und stieg die Treppen zu der Etage hinauf, in der sich Rogers Büro befand. Kurz schoss mir der Gedanke durch den Kopf, dass ich dort auf Sara treffen könnte. Und ganz ehrlich, nur noch zehn Tage zu leben hin oder her – ich war mir nicht sicher, ob ich den Anblick ihrer kleinen Elfengestalt ertragen würde, stets in denselben Beigetönen, mit dem akkurat geschnittenen blonden Haar und einem kaum wahrnehmbaren Hauch von Make-up.

Rogers Assistentin erkannte mich sofort und schien ziemlich erschrocken darüber zu sein, dass ich unangemeldet hier auftauchte. Vermutlich befürchtete sie, dass gleich großes Unheil über das Büro hereinbrechen würde.

»Hi, Maggie«, begrüßte ich sie lächelnd. Die Frau schluckte nervös. »Roger müsste mir nur schnell ein paar Dokumente unterzeichnen. *Ganz sicher* wird er Zeit für mich haben.«

Nun erwiderte sie mein Lächeln. Gott, wie ich diese Gabe liebte! »Aber gewiss doch, Mrs. Lambert.« Ich gebe zu, dass mich ein freudiges Kribbeln erfasste, als sie mich so ansprach. »Ich werde ihn sofort holen!« Damit sprang sie auf und huschte zu seinem Büro. Durch die Glaswand konnte ich sehen, wie er auf seinem Herman-Miller-Bürostuhl herumfuhr. Blankes Entsetzen breitete sich auf seinem Gesicht aus. Natürlich bestand die Möglichkeit, dass meine neue Superkraft bei ihm nicht wirkte. Schließlich war er der zweite Beteiligte bei diesem Fluch. Doch das hier war meine einzige Chance.

Ich sah zu, wie Roger – eine jüngere, geschniegeltere Version von Marchant – auf mich zustürmte. Er versuchte nicht einmal, ein falsches Lächeln aufzusetzen, und plötzlich fühlte ich mich wie Juliet an jenem Abend vor so vielen Jahren im Pariser Opernhaus – Spuren von beiden Männern zwischen uns beiden

Frauen. Roger sah sich besorgt im Flur um, vermutlich befürchtete er, dass Sara uns sehen könnte. Das machte mich so wütend, dass ich regelrecht spürte, wie die Kraft mich durchströmte. Mit gedämpfter Stimme fragte er knapp: »Was willst du hier?«

Für den Fall, dass er gegen meine Suggestivkräfte immun war, versuchte ich es mit etwas Einfachem. Immerhin brauchte ich einen Grund, mit dem ich notfalls das Gesicht wahren und problemlos verschwinden konnte, falls es nicht funktionierte. »Ich bräuchte deine Hilfe bei etwas. Könntest du mir helfen?« Eine kleine, harmlose Frage. Wenn er mich weiter so finster anstarrte, könnte ich noch einen draufsetzen und sagen, es wäre für meine Mutter. Er mochte sie. Sie hingegen konnte ihn nicht ausstehen.

Roger sah mich verwirrt an. *Verdammt*, dachte ich. Doch dann lächelte er. »Natürlich kann ich dir helfen! Was brauchst du?« Sein gesamtes Gesicht veränderte sich, und er schob die Hände in die Hosentaschen, so entspannt, als wären wir alte Collegefreunde; was wir ja eigentlich auch waren.

Ich senkte die Stimme, sodass er sich zu mir beugen musste. »Ich müsste einen Blick auf die persönlichen Gegenstände von Auguste Marchant werfen, die du hier im Museum hast. Die Farben und Pinsel. Würdest du mich hinbringen?« Ich strahlte ihn an. Das machte richtig Spaß!

»Natürlich, Helen«, versicherte er. »Lass uns gehen.« Er marschierte die Treppe hinunter, als wäre er mein privater Museumsführer. Da der Bau erst nach unserer Trennung fertiggestellt worden war, hatte ich ihn mir nie wirklich angesehen. Abgesehen von meinem nächtlichen Besuch mit Luke war ich kaum hier gewesen. Es war ein bemerkenswertes Gebäude, das Roger mit viel Liebe entworfen hatte. Abgesehen vom kreisrunden Hirshhorn waren die Museen von Washington erhabene, im griechischen Stil gehaltene Gebäude. Die halbe Stadt bestand aus Marmor und

Säulen. Hier hingegen herrschten Beton und Glas vor, passend zu dem neu entwickelten Waterfront-Viertel, in das Roger das Museum gestellt hatte. Als ich mich nun umsah, war ich stolz auf meinen Ex-Mann. Das Gefühl ließ sich nicht unterdrücken. Gleichzeitig stellte ich mir aber die Frage, ob Roger sich jemals bewusst gemacht hatte, was er dafür aufgegeben hatte.

Wie bei einem Sturmangriff führte er mich die Treppe hinunter und in den Teil des Untergeschosses, der nicht öffentlich zugänglich war. Nachdem er uns mit seiner Schlüsselkarte Zutritt verschafft hatte, traten wir in einen Raum, in dem es nach Staub und Farbe roch. Die Gerüche einer jeden Epoche sind einzigartig, und sie gehören zu den Dingen, die man erleben muss und nicht in Geschichtsbüchern nachlesen kann. Nahrungsmittel, Körpergerüche, Seifen, Blumen, Chemikalien – das alles verändert sich im Laufe der Zeit, und ihre Vermischung schafft eine jeweils unterschiedliche olfaktorische Palette. Gleichzeitig sind die Eindrücke des Geruchssinns auch am schwierigsten zu beschreiben; der blumige Duft eines Parfüms ist heute nicht mehr ganz derselbe wie im Paris der Belle Époque, bratender Knoblauch riecht anders, weil das Öl ein anderes ist. Auch die Gerüche, die von Körpern ausgehen, verändern sich, da die chemischen Substanzen, mit denen sie in Berührung kommen, dem Wandel der Jahrhunderte unterliegen. Als ich diesen Raum betrat, sprang ich regelrecht durch die Zeit. Ich roch Marchants offene Farben draußen im Hof, gleichzeitig entdeckte ich den alten, hölzernen Farbenkasten, der immer im Atelier gestanden hatte. Beinahe magisch davon angezogen, holte ich ihn aus dem Regal und stellte ihn auf den Tisch. Als ich ihn öffnete, blieb mir beinahe das Herz stehen. Es war tatsächlich seiner. Ich schloss die Augen. Wie sehr ich diesen Mann doch geliebt hatte! So viele Versionen von ihm in so vielen verschiedenen Zeiten, darunter auch die, die gerade neben mir stand. Aber das hier, das war das Original – der Ursprung von allem. Reine Liebe zu *diesem* Mann in *dieser* Zeit mit *diesem* Kasten. Ich zog einen Pinsel heraus, von dem ich wusste, dass er ihn für das Gemälde von mir benutzt hatte – ich hatte es selbst gesehen. »Ich müsste mir den mal ausleihen, ist das okay?«

»Aber natürlich, Helen«, versicherte Roger lächelnd. Die Begeisterung, mit der mir alle helfen wollten, weckte gruselige Stepford-Assoziationen, aber ich brauchte den Pinsel, und Roger war ebenfalls darauf angewiesen, dass ich diesen Pinsel bekam, auch wenn er nichts davon ahnte.

Als ich den Kasten wieder schließen wollte, fiel mir auf, dass die Höhe des Einsatzes nicht zu der des Kastens passte. Prüfend drückte ich auf das Pinselbrett und entdeckte so, dass der Kasten einen doppelten Boden hatte. In dem verborgenen Hohlraum lag ein Stück Papier. Noch bevor ich den Zettel auffaltete, wusste ich bereits, was das war. Das vergilbte Papier zeigte eine Skizze von meinem Akt, eine Gesichtsstudie zu *Juliet*. Während der Körper nur grob angedeutet war – was Marchants Stil entsprechend allerdings auch schon an Perfektion grenzte –, zeigte sich das Gesicht in so klarem Detail, dass es beinahe besser war als mein aktuelles Führerscheinfoto. Zu Juliet hatte er gesagt, er habe ihr Bild behalten, um sich seine Torheit vor Augen zu halten. Aber diese Skizze sprach nicht von Torheit, auch nicht von Lust. Diese Juliet war von einem Mann gezeichnet worden, der sich jede Linie und jede Nuance dieses Gesichts hatte einprägen wollen. Ich konnte sehen, dass das Blatt oft gehalten und aufgefaltet worden war, ich entdeckte sogar Farbflecken darauf – von seinen Fingern. Auguste Marchant hatte Juliet geliebt und ihr Abbild in seinem geheimsten Versteck verwahrt.

Gleichzeitig zeigte dieses Blatt, wie ihre Romanze hatte enden müssen: Juliet und Marchant gingen getrennte Wege, jeder seinem eigenen Schicksal folgend. Mit einem traurigen Lächeln faltete ich das Blatt wieder zusammen, legte es allerdings nicht zurück in den Kasten, sondern schob es in meine Gesäßtasche. Ich hatte ein Anrecht darauf. Roger schien durch das Privileg, mir helfen zu dürfen, in einer Art seligen Trance zu versinken, denn er hatte gar nicht bemerkt, dass ich zwischen Marchants Farben ein Geheimfach entdeckt hatte. Wäre er ganz bei sich gewesen, hätte er mich vermutlich aus dem Weg geschubst, um das Fach genauer zu untersuchen. Entschlossen klappte ich den Deckel zu. Diese Kleinigkeit sollte ein Geheimnis zwischen Marchant und mir bleiben. »Fertig«, verkündete ich.

Stolz begleitete Roger mich zum Haupteingang und hielt mir die Tür auf. Aus dem Augenwinkel sah ich, dass Sara uns von den Büros aus beobachtete, in ihrem Gesicht spiegelten sich Entsetzen und Abscheu. »Roger«, sagte ich deshalb schnell, »warum gibst du mir nicht einen Kuss auf den Mund?«

»Na klar«, freute er sich und folgte meinem Vorschlag mit solcher Begeisterung, dass ich den Roger von früher vor mir zu haben glaubte. Der Kuss war sogar ein wenig länger als unser Hochzeitskuss.

Anschließend richtete ich seinen Kragen. Natürlich saß der tadellos, aber es war eine Geste, die große Vertrautheit widerspiegelte, und dass Sara das beobachtete, gab mir das Gefühl, als hätte das Universum für einen Moment wieder einiges geradegerückt. »Weißt du, Roger, ich glaube, du hast langsam genug von Sara, nicht wahr?«

Er dachte einen Moment nach. »Weißt du, Helen, ich denke, da könntest du recht haben.«

»Pass auf dich auf, Roger.« Ich sah, wie Sara sich steif aufrichtete. Zugegeben: Mein Lächeln war etwas breiter geworden, als ich mir ein Taxi nach Georgetown heranwinkte.

25

Sandra Keane

Los Angeles, Mai 1970

Begleitet von Tom Jones' schmeichelnder Stimme, die über ihr aus dem Lautsprecher drang, faltete Sandra Keane die nächste Papiertüte auseinander. Sie drückte den Boden heraus und sah zu, wie die Waren auf dem Band näher heranfuhren. Mrs. Gladney kaufte diverse Fleischprodukte, die bewiesen, wie viele verschiedene Schattierungen die Farbe von Blut annehmen konnte. »Machen Sie heute etwas Besonderes, Mrs. Gladney?«

Die Angesprochene hielt unnachgiebig ihre Coupons fest. »Oh ja, Sandra! Ich mache italienische Roastbeef-Sandwiches mit Kartoffelsalat. Jared kommt am Wochenende nach Hause, das ist sein Leibgericht.«

Jared Gladneys Nummer war bei der ersten Lotterie im Dezember gezogen worden, und nun kam er aus dem Ausbildungslager der Army nach Hause, bevor man ihn nach Vietnam ausschiffen würde. Die Stammkunden des Ladens wussten immer genau, wer bereits im Dschungel von Südostasien feststeckte und wer auf dem Weg dorthin war. Mit ihren einundzwanzig Jahren kannte Sandra ungefähr ein Dutzend Jungs, die mit ihr zur Schule gegangen und inzwischen eingezogen worden waren. Jared Gladneys High-School-Abschluss lag gerade mal einen Monat zurück, als er die Nachricht bekam.

Sandras Dad war Regionalleiter bei A&P, die in Südkalifornien mit fünf Supermärkten vertreten waren. Für sie war das nur ein Aushilfsjob, den sie natürlich ihrem Vater zu verdanken hatte. Oft genug betonte er, welches Glück sie doch hatte, diesen Job bekommen zu haben. Heute hatte er vorne im Laden Stellung bezogen und beobachtete genau, wie schnell sie die Preise in die Kasse tippte. Zur großen Freude ihrer Mutter, die als Sekretärin für die Hochschulleitung der UCLA arbeitete, hatten sie kürzlich ihr Haus in Los Feliz verkauft und waren in ein größeres Domizil in Hancock Park gezogen, wo sie nun Zahnärzte, Anwälte aus dem Showgeschäft und Fernsehstars als Nachbarn hatten. Doch Sandra vermutete, dass ihre Mutter ihre Freundinnen aus dem alten Viertel vermisste, auch wenn sie das niemals zugeben würde. Mit ihnen hatte sie – wenn die Männer aus dem Haus waren – gerne mal getrunken und geraucht und sich darüber ausgetauscht, wie viel Opiumtinktur sie gegen ihre Magenschmerzen verschrieben bekommen hatten (die selbstverständlich durch ihre Ehemänner oder ihre eigensinnigen, undankbaren Kinder hervorgerufen worden waren). Und natürlich die Töpfer- und Makrameekurse, denen es zu verdanken war, dass in fast jedem Haus in Los Feliz identische Katzenpärchen aus Ton standen. Ihre neue Nachbarin in Hancock Park hatte eine Haushälterin, die früher für Lana Turner gearbeitet hatte. Nun war Sandras Mutter wild entschlossen, die Frau dazu zu bringen, für sie zu arbeiten, nur damit sie sagen konnte, Lana Turners Haushälterin sei bei ihr angestellt.

Mit einer Hand entfaltete Sandra die nächste Papiertüte; eine

Fähigkeit, die sie sich während ihrer nun schon dreijährigen Tätigkeit an der Supermarktkasse angeeignet hatte. Der richtige Schwung aus dem Handgelenk, darauf kam es an. Im Herbst würde ihr zweites Studienjahr an der UCLA beginnen. Ihre Eltern glaubten immer noch, dass sie Krankenpflege als Hauptfach hatte – nicht ganz unabsichtlich hatte sie ihnen verschwiegen, dass sie zu Musik gewechselt hatte. Als praktisch orientierte Menschen, deren Job darin bestand, in ihrer beschränkten Welt die Ordnung aufrechtzuerhalten, sahen ihre Eltern in der Musik keine gesicherte Zukunft für ihre Tochter, außer vielleicht als Musiklehrerin – woran Sandra allerdings kein Interesse hatte. Auf ihr Drängen hin hatte sie es mit Krankenpflege probiert und am Ende des ersten Jahres festgestellt, dass sie das Fach hasste.

»Mr. Tremaine.« Sandra blickte hoch und sah, wie ihr Vater einem alten Mann mit knochigen Gesichtszügen auf die Schulter klopfte. Unter den vielen ehemaligen Filmstars, die bei A&P einkauften, war Ford Tremaine, ein Star aus den Dreißigerjahren, sicher einer der schrägsten Vögel. Er stellte sich immer nur bei Sandra an, auch wenn an den anderen Kassen weniger los war. Es gab zwei Sorten von ehemaligen Leinwandgrößen: Die einen standen komplett aufgerüscht zwischen den Konserven herum, bis sie endlich erkannt wurden, und die anderen versteckten sich unter Caps und Schals, um bloß nicht gesehen zu werden, wobei sie durch diese verzweifelten Versuche des Inkognito-Einkaufs nur umso mehr Aufmerksamkeit erregten. Ford Tremaine gehörte mit seinen zittrigen Fingern und der braunen Mähne mit dem weißen Ansatz zur ersten Kategorie. Er roch nach Haarfärbemittel und billigem Rasierwasser und trug Goldringe und ein Armband. Eben ein Mann, der alles versuchte. Sandra sprangen seine Ringe jedes Mal wieder ins Auge, wenn er für drei Dosen

Katzenfutter (die zusammen weniger als fünfundsiebzig Cent kosteten) einen Scheck ausschrieb. Ihr Vater war jedoch ein begeisterter Filmfan und kannte die Schauspieler alle mit Namen, inklusive Lebenswerk. Sein erster Job war der eines Kartenabreißers im Kino gewesen, und er erkannte auch heute noch all die alten Stars. Indem er ihre Schecks mit übertriebener Hingabe entgegennahm, gab er ihnen das Gefühl, noch immer zum Adel von Hollywood zu gehören – und sei es nur in diesem Supermarkt. So etwas konnte ihr Vater wirklich gut.

»Haben Sie alles bekommen, Mr. Tremaine?« Sandra wurde von ihrem Vater beiseitegeschoben, der nun anfing, Tremaines Einkäufe persönlich einzutippen. Alles nur Show. Sie zog ihre Nagelfeile aus der Tasche und glättete einen eingerissenen Nagel.

Ford Tremaine starrte Sandra auch heute wieder an, als wäre sie ein Geist. Das war gruselig, weshalb sie sich hinter ihrem Vater versteckte, um dem bohrenden Blick des alten Mannes zu entgehen.

»Das macht dann einen Dollar und neun Cent«, verkündete ihr Vater, griff nach einer Tüte und gab so den Blick auf Sandra wieder frei.

Die rang sich ein Lächeln ab, als sie Fords Blick begegnete. Zum Glück musste sie nicht einen Scheck über einen Dollar abzeichnen. Ihr Vater holte den Stempel hervor, presste ihn mit einer dramatischen Geste auf den Scheck, setzte seine Unterschrift darunter und verstaute ihn unter der Kleingeldkassette.

Einmal hatte Tremaine ihr gesagt, der Teufel würde sein Spiel mit ihm treiben, um dann hinzuzufügen: »Nora? Bist du es?« Sandra hatte ihm versichert, dass sie nicht Nora sei.

»Einen schönen Tag noch, Ms. Keane.« Selbst nach all den Jahren in Hollywood hatte sich Tremaine den schleppenden Akzent eines Südstaatlers bewahrt. Aus Mississippi, hatte er einmal gesagt, meinte Sandra sich zu erinnern. Wortlos schob sie ihm seine Tüte hin.

An der Tür drehte er sich noch einmal um und sah sie an. Diese Glotzerei war wirklich unheimlich.

»Der Typ ist komisch«, murmelte Sandra.

»Zu seiner Zeit war er ein großer Star.« Ihr Vater zählte die Eindollarnoten aus der Kasse.

Diese Vorstellung entlockte Sandra ein abfälliges Schnauben.

»Nein, wirklich.« Ihr Vater hörte auf zu zählen. »Er war sehr gut, wurde sogar für einen Oscar nominiert – einen der ersten überhaupt, für einen Film von Billy Rapp … äh … *Jenseits des Horizonts*. Der ist erst nach Rapps Tod erschienen.« Offenbar war ihr Vater mit dem Umfang des Scheinbündels zufrieden, denn er schob die Kassenschublade zu und verschwand in sein Büro.

Nach dem Ende ihrer Schicht ging Sandra die Larchmont Avenue entlang, wo sie ihr Auto geparkt hatte. Mit einem Ruck löste sie den bei der Arbeit vorgeschriebenen Pferdeschwanz und ließ ihre erdbeerblonden Haare offen über den Rücken fallen. Selbst in dieser Stadt voller schöner Frauen war Sandra ein echter Hingucker, und es passierte nicht selten, dass ein Motorradfahrer anhielt oder eine Hupe ertönte, wenn sie auf dem Heimweg war. Während sie auf der Melrose nach Westen fuhr, die Paramount Studios hinter sich lassend, kurbelte sie das Fenster ihres hellblauen Corvair herunter.

Die Sonne war bereits halb untergegangen und tauchte das Meer in den sanften, warmen Schein eines erlöschenden Lagerfeuers. Und auch wenn das schöne Wetter hier herrlich war, fand Sandra doch, dass es einen ziemlich verkorkste, in Hollywood aufzuwachsen. Eine Kindheit im Schatten des berühmten Schriftzuges zeigte einem schon früh den krassen Unterschied zwischen Schein und Sein, was zur Folge hatte, dass bereits die Teenager hier ungewöhnlich zynisch waren. Die perfekte Mom aus deiner Lieblingsserie aus den Fünfzigern, die du jeden Tag nach der Schule bewundert hattest, verdiente sich heute vielleicht ihr Geld mit Blowjobs auf dem Parkplatz der Bowlingbahn am Sunset. Alte und verhutzelte Filmstars dabei zu beobachten, wie sie ihre Einkaufswagen vor sich herschoben, spielende Kinder aus ihren Vorgärten vertrieben oder betrunken mit dem Fahrrad durch die Vororte kurvten, ließ das Luftschloss des perfekten Hollywood schnell zerplatzen. Diese Stadt war gut darin, einem etwas vorzumachen. Manchmal dachte Sandra, wie hart es für diese Alten sein musste, überall auf den Geist ihrer Vergangenheit gestoßen zu werden, wenn jede Viertelstunde Touristenbusse vorbeikamen und sie begafft wurden wie Tiere im Zoo.

Es war Samstagabend, was bedeutete, dass Sandras Mutter bei ihrer Heimkehr damit beschäftigt war, sich für das wöchentliche Abendessen mit ihrem Mann bei Musso & Frank hübsch zu machen. Ihre Aufmachung hätte Sandras Meinung nach eher zu einem Opernabend gepasst. Betty Keane bevorzugte eine Bouffant-Frisur, die Sandra für ziemlich altmodisch hielt. Außerdem war sie etwas übertrieben für Avocado-Cocktail und Kalbsleber mit Zwiebeln. Doch Betty posierte vor dem Spiegel und erwartete offenbar einen Kommentar von ihrer Tochter. Sie trug ein pink-orangefarbenes, knielanges Polyesterkleid, das um die in letzter Zeit etwas breiter gewordenen Hüften herum leicht spannte. Sandra hatte den starken Verdacht, dass es ihr letzten Sommer noch gepasst hatte.

»Und?« Ihre Mutter schob die Hüfte von einer Seite auf die andere, wobei das leise Knistern der Nylonstrumpfhose verriet, dass ihre Oberschenkel aneinanderrieben. »Was meinst du?«

»Du siehst gut aus.« Sandra hörte genau, wie hoch ihre Stimme klang – diese Tonlage hatte sie nur, wenn sie log.

Nun warf ihre Mutter ihr einen strengen Blick zu. »Du gehst heute Abend aber nicht wieder mit diesen Typen aus.« Eine Feststellung mit warnendem Unterton.

Bei »diesen Typen« handelte es sich um Hugh Markwell, Lily Leotta und Ezra Gunn. Die vier hatten zusammen eine Band gegründet, No Exit. Und abgesehen von Ezra, dessen Vater ein halbwegs bekannter Fernsehproduzent war, hassten Sandras Eltern ihre Freunde.

Wie fast alle Eltern waren sie extrem ängstlich geworden, seit im letzten August Charles Mansons hauptsächlich aus Teenagern bestehende »Family« die Schauspielerin Sharon Tate ermordet hatte. Kein Hollywoodautor hätte sich je etwas so schreckliches wie diese Morde und die makabren Szenen während der Gerichtsverhandlung ausdenken können, als Mansons Anhänger sich ein X in die Stirn ritzten. Wobei Sandras Eltern von der Ermordung Tates noch weniger erschüttert waren als von den Morden an Leno und Rosemary LaBianca in der Nacht darauf. Die LaBiancas waren ganz normale Leute gewesen, die sogar im selben Viertel von Los Feliz lebten wie die Keanes. Und normale Leute wurden nicht einfach so im Schlaf ermordet. Deshalb war die Familie auf Drängen ihrer Mutter in das zweistöckige Neorenaissancehaus in Hancock Park umgezogen. Außerdem hatte sie zum Schutz zwei Boston Terrier angeschafft: Buster (wie Keaton) und Basil (wie Rathbone).

Wenn Sandra sich nun allerdings ansah, wie Buster und Basil schnarchend auf dem Bett ihrer Eltern lagen, ohne überhaupt wahrzunehmen, dass sie gekommen war, fragte sie sich ernsthaft, welche Art von Schutz diese beiden schon bieten konnten.

Vor allem Hugh Markwell mit seinem schmutzig-blonden

Haar und dem zerzausten braunen Bart hatten ihre Eltern eingehend gemustert und dann beschlossen, dass er genau die Art von Junge war, die ihre Tochter auf Abwege führen würde. »Dieser Hugh hat vorhin angerufen«, sagte ihre Mutter nun, während sie sich die Augenbrauen zupfte.

»Wann denn?« Sandra lehnte sich gegen den Türrahmen, um möglichst desinteressiert zu wirken.

»Als ich von der Arbeit gekommen bin. Ich habe ihm gesagt, dass du nicht da bist und ich auch nicht weiß, wann du kommst.« Nun drehte ihre Mutter sich schwungvoll zu ihr herum. »Du weißt ja, was wir von eurer sogenannten Band halten.«

Die Band war ein heikles Thema. Sandra spielte das Keyboard, wobei sie ihr Licht allerdings ziemlich unter den Scheffel stellte. Bereits während ihrer ersten Klavierstunde im Alter von zehn hatte sie sich selbst *Row, Row, Row Your Boat* und *Green Gravel* beigebracht, während der Lehrer sich kurz einen Kaffee machte. In der zweiten Stunde hatte sie bemerkt, wie ihre Fingerspitzen anfingen zu kribbeln, als hätte sie mit den Socken über den Teppich gerieben und anschließend den Lichtschalter angefasst. Sechzig Minuten später spielte sie ebenso mühelos Sonatinen, wie sie das Alphabet aufsagte. Das Tempo, in dem sie die Hal-Leonard-Klavierschule abarbeitete, veranlasste ihren begeisterten Lehrer zu Aussagen wie: »nie dagewesen« oder »sollten sie nach New York bringen«. Doch dann fiel der Begriff »Inselbegabung«. Sandras Eltern wollten nichts zu tun haben mit einer merkwürdigen, unerklärlichen Fähigkeit, die über Nacht den Fingerspitzen ihrer Tochter entströmte. Sandra konnte noch so sehr betteln, der Klavierlehrer noch so oft anrufen, sie brachten sie zu keiner einzigen Unterrichtsstunde mehr. Einen Monat später verkauften sie das Klavier an eine Familie aus der Nachbarschaft. Manchmal ging Sandra an deren Haus vorbei und spähte durch das Fenster. Von da an spielte sie nur noch allein in der Schule und verheimlichte geschickt, dass sie keinen Unterricht brauchte, um im Alter von elf Jahren Chopin und Rachmaninoff zu meistern.

Nun ging Sandra einem weiteren Gespräch über die Band aus dem Weg, indem sie schnell in ein weißes, durchscheinendes Top schlüpfte, sich ihre Handtasche schnappte und mit einem knappen »Bye« aus dem Haus lief.

Es herrschte drückende Hitze, also kurbelte sie im Auto das Fenster herunter, um etwas Luft in den Wagen zu lassen. Sie war bereits spät dran für ihre Verabredung mit Hugh, dessen Schicht bei Vogue Records in Westwood in einer Stunde endete. Da sie heute keinen Gig hatten, wollten sie bei Hugh im Laurel Canyon proben und später über den Strip ziehen, um sich andere Bands anzuhören.

Die Glocke über der Tür bimmelte laut, als sie den Plattenladen betrat. Hinter dem Verkaufstresen stand Hugh Markwell III., wie immer in schmutzigen Jeans und Cowboystiefeln, die aussahen, als hätte er in ihnen geschlafen. Sandra war jedes Mal wieder überrascht, wenn sie ihn mit zugeknöpftem Hemd sah. Oft genug trug er nicht einmal Schuhe.

Für einen Samstag war es bei Vogue erstaunlich ruhig. Immerhin trafen sich hier alle, um sich die neuen Titel anzuhören, die jede Woche rauskamen. Und waren es nun Teenager oder Rockstars aus dem benachbarten Beverly Hills, die hier die neuesten Alben kauften – sie alle kannten Hugh. Nun ging er zum Player hinüber, suchte beinahe fünf Minuten lang zusammen, was er haben wollte, packte einen dicken Stapel Platten in das Gerät und aktivierte den Tonarm. Brav ließ die Automatik die erste Scheibe vom Stapel gleiten, und die vertrauten Töne von Crosby, Stills, Nash & Youngs *Ohio* hallten durch den Laden.

Bei ihrer ersten Begegnung hatte Hugh sie über ihre persönliche Plattensammlung ausgefragt, und sie hatte sich nicht getraut, zuzugeben, dass die überwiegend aus klassischer Klaviermusik bestand – Debussy, Satie und Chopin. Das letzte Album, das sie gekauft hatte, war *Honey* von Bobby Goldsboro gewesen. Also hatte Hugh sie vor seine Sammlung gesetzt und gefragt, was davon ihr gefiele. Als sie sich für die Rolling Stones und Eric Burdon and the Animals aussprach und erklärte, ein großer Fan von Ray Manzarek von The Doors zu sein, war er zufrieden.

Während Ohio sich auf dem Plattenteller drehte, ertönte irgendwo zwischen den Regalen plötzlich ein zartes Stimmchen: »Das ist so groovy.« Es gehörte zu einem grazilen Mädchen in T-Shirt, Ethno-Poncho und Schlaghose mit langem, braunem Haar und einem wahren Engelsgesicht. Lily Leotta schien mehr zu schweben als zu gehen, als sie nun auf Sandra zukam und sie fest umarmte – das tat sie bei jedem Menschen, dem sie begegnete, um seine Aura zu erspüren. Laut eigener Aussage kam Lily aus Florida, woher genau blieb allerdings etwas vage, wie so vieles an ihr. Sicher war nur, dass sie Hugh mehr als nahestand und im Laurel Canyon mit einem halbwegs bekannten Musiker zusammengelebt hatte, bis sie bei dem nur ein paar Häuser weiter lebenden Hugh eingezogen war. Hugh hingegen »bewohnte« ein Tipi, das er im bewaldeten Garten seiner Schwester errichtet hatte; ein wenig zu dicht an der Feuerstelle, wie Sandra fand, aber Hugh gab sich mit so banalen Dingen nicht ab.

Nachdem Hughs Ablösung eingetrudelt war (bekifft und zwanzig Minuten zu spät, aber aber immerhin war er überhaupt gekommen), fuhr Sandra ihm und Lily hinterher zum Laurel Canyon Boulevard. Hughs Adresse zu finden, war nicht einfach. Es war ein niedriges, braunes Hexenhäuschen – kaum zu sehen zwischen den vielen Bäumen – kurz vor der Abzweigung zur Lookout Mountain Road, in der Musiker wie Joni Mitchell und

Cass Elliot wohnten. Es gab keine richtige Auffahrt, weshalb sich Sandra eigentlich immer an der Spitze des Tipis orientierte, die hinter dem Haus aufragte. Durch die vielen Baumhäuser und langen Partynächte herrschte im Laurel Canyon eine Art ewige Sommercamp-Atmosphäre für Erwachsene. Wobei natürlich auch jede Menge echte Kinder auf ihren Fahrrädern durch die gewundenen Straßen kurvten. Der Canyon war magisch.

Auch wenn alle immer sagten, sie gingen zu Hugh, gehörte das Haus eigentlich Kim Markwell Nash, seiner älteren Schwester. Die freigebigen Geschwister hatten einen Ölmillionär aus Bakersfield zum Vater. Kim war vier Jahre älter als Hugh und freischaffende Autorin. Ihr Ehemann Rick arbeitete als Fotograf für die *Los Angeles Times*. Mit keinem dieser Jobs ließ sich die Miete für das Haus im Canyon bezahlen, weshalb Sandra davon ausging, dass ihr Dad das für sie übernahm, auch wenn Hugh sich mit ihm zerstritten hatte, nachdem der zwei Jahre zuvor nach dem Tod seiner Frau deren Pflegerin geheiratet hatte. Kim hingegen hatte noch engen Kontakt zum Vater, sodass laut Hughs Aussage der Geldhahn nie abgedreht worden war.

In dem mit Holzpaneelen verkleideten Wohnzimmer standen mehrere Sofas mit grellen Häkeldecken, auf den Bodendielen lagen orangefarbene Flokati-Teppiche; dazwischen stachen Ricks Schwarz-Weiß-Fotografien hervor. An den Wänden hingen mehrere gerahmte Cover des Sonntagsmagazins der *Los Angeles Times* und der *West*.

»Arbeitet Rick heute Abend?« Schon wenn sie seinen Namen aussprach, überlief Sandra ein leichter Schauer. Hugh hatte sie vor ein paar Monaten mit seinem Schwager bekannt gemacht, und seitdem versuchte sie möglichst oft, mit ihm in einem Raum zu sein.

Auf einem der Sofas lag Kim mit einer achteckigen violetten Sonnenbrille à la Janis Joplin und rauchte einen Joint. Nun bemerkte Sandra zum ersten Mal das Foto von Janis Joplin auf genau diesem Sofa, in der Hand einen Aschenbecher, im Gesicht genau diese Brille. Auf dem Couchtisch standen ungefähr acht Aschenbecher herum, alle randvoll.

Kim gab ihren Joint an Sandra weiter, die kurz zögerte. Eigentlich wollten sie ja proben, und wenn sie bekifft war, konnte sie sich nur schwer konzentrieren. Schließlich zog sie doch zweimal und ließ sich auf das Sofa sinken, um den Moment abzuwarten, wenn das Gras dafür sorgte, dass der Boden unter ihr wegkippte wie bei dem einen Fahrgeschäft im Pacific Ocean Park.

»Jepp«, antwortete Kim mit leichter Verzögerung. »Er müsste aber jeden Moment kommen.« Kim hatte langes, rotes Haar, Sommersprossen und breite Hüften. Die Kombination machte eine schöne Frau aus ihr, deren nackter Körper momentan auf einem riesigen Foto über dem Kamin zu bewundern war, offensichtlich ein weiteres von Ricks Werken. Normalerweise rief er immer von der Telefonzelle auf der Doheny an, um zu fragen, ob er jemandem etwas zu essen besorgen sollte, bevor er zum Canyon rauffuhr. Sandra wusste allerdings nicht, ob das heute schon geschehen war.

»Bringt er was zu essen mit?«, fragte Hugh prompt.

»Allerdings, Brüderlein. Pizza. Er macht heute Creedence im Forum. Habe ihn seit einer Woche nicht gesehen. Und da ich die Schnauze voll davon habe, nur an Sex mit meinem Ehemann zu *denken*, solltet ihr alle besser bald verschwinden.« Damit wandte sich Kim einer Katze zu, die neben ihr auf einem Kissen lag und sich nun auffordernd auf den Rücken rollte.

Sandra hatte das Tier hier noch nie gesehen. Allerdings trieben sich eine Menge Katzen auf den verschlungenen Straßen des Canyons herum, wo sie sich gerne sonnten und von Haus zu

Haus zogen. Als sie hochblickte, trat Rick durch die Tür, mehrere Tüten und Schachteln mit Essen in der Hand. Sandra blieb die Luft weg. Sie wurde es nie müde, ihn anzusehen.

Rick Nash war einer der bekanntesten Fotografen von Los Angeles – vielleicht sogar des ganzen Landes –, dessen Bilder es meistens auf die Titelseiten schafften. Während der Aufstände von 1966 hatte er vor Pandoras Box fotografiert, ebenso bei Jimi Hendrix' Auftritt im Whiskey. Allein im letzten Jahr hatte er The Doors, The Flying Burrito Brothers, Jimi Hendrix und Stephen Stills abgelichtet und Bilder vom Bau des Freeway 405 gemacht.

Nun schob Rick einen Film in seine Nikon. »Hey, Arschloch, probt ihr heute noch?« Die Frage galt seinem Schwager, der mit einem Nicken antwortete, während er in den mitgebrachten Tüten herumwühlte.

»Ich dachte mir, es wäre vielleicht cool, ein paar Fotos zu machen, sozusagen als Dokumentation«, fuhr Rick fort. »Wäre doch nett, die Anfänge der Band festzuhalten, oder nicht?«

»Wie süß von dir, Honey. Hughs wievielte Band wäre das jetzt?« Kim hatte das Interesse an der Katze verloren, streckte sich auf dem Sofa aus und schloss die Augen.

Rick warf Hugh ein entschuldigendes Lächeln zu.

»Wann kommst du denn wieder?«, fragte der.

»Gegen Mitternacht«, erklärte Rick. »Heute muss ich nur ein paar Bilder von Creedence schießen.«

»Irgendwann wird dein Ehemann allen erzählen, dass er uns bereits kannte, bevor wir berühmt wurden.« Hugh stand genau vor dem Aktfoto von Kim. Sandra fragte sich, ob das nicht komisch für ihn war.

»Klar, und ich mache dann bezahlte Führungen durch dein Tipi, du kleiner Scheißer.« Kim gähnte gelangweilt.

»Hast du vielleicht noch Tickets für heute Abend?« Hugh zündete sich eine Zigarette an. Bei Rick konnte man eigentlich immer Tickets abstauben.

»Ja, habe ich.« Ricks Blick huschte kurz zu Sandra hinüber. »Sogar vier mit deinem Namen drauf, Hubert.« Er lehnte sich gegen den Türrahmen und griff in die Tasche seiner verblichenen, ausgestellten Jeans mit dem schmalen, von einer Silberschnalle gehaltenen Ledergürtel. Gleichzeitig putzte er mit einem Hemdzipfel die Linse der Nikon, die an einem Kameragurt um seinen Hals hing.

»Ezra verspätet sich heute«, platzte es aus Lily heraus, die gerade ins Zimmer kam. Es klang so, als hätte sie damit ein dunkles Geheimnis preisgegeben.

»Woher willst du das wissen?« Hughs Stimme war plötzlich um ein ganzes Dezibel lauter.

»Er hat angerufen.« Lily starrte auf ihre Schuhspitzen und gab sich zugeknöpft, damit Hugh dachte, zwischen ihr und Ezra bahne sich etwas an. Sandra war sich zwar sicher, dass da nichts lief, aber Lily zerrte immer wieder gerne an Hughs Leine.

»Wann?« Offenbar hatte Hugh den Köder geschluckt.

Ach du Scheiße, dachte Sandra. Lily hatte Hughs Eifersucht kurz vor einer Probe angestachelt. Und sie wusste genau, was sie da tat. Durch dieses Manöver schlug sie zwei Fliegen mit einer Klappe: Einerseits machte sie Hugh gerne eifersüchtig, andererseits konnte sie so alle daran erinnern, dass Ezra mit seinem Drogenproblem das schwächste Mitglied der Band war, was wiederum die Aufmerksamkeit von ihr ablenkte. Lily spielte das Tamburin, worin sich ihre musikalischen Fähigkeiten weitgehend erschöpften. Ansonsten war sie noch Hughs Muse, eine Position, in die sie sich ebenso reindrängte, wie sie sie ausreizte, um sicherzugehen, dass sie ihr weiter unangefochten gehörte.

Aus Hughs Reaktion ließ sich schließen, dass es so war, und nur darum ging es ihr.

Gras zu rauchen war eine Sache – jeder im Canyon baute das Zeug an und rauchte es, und vor, während und nach den Proben wurden fleißig Joints gedreht. Doch seit Ezra zu Heroin gewechselt hatte, fehlte er immer häufiger bei den Proben. Im Februar hatten seine Eltern ihn deshalb in eine Entzugsklinik geschickt. Er war clean zurückgekommen, was allerdings nur einen Monat anhielt. Da er ein hervorragender Drummer war, hatten sie ihn nach dem Entzug wieder in der Band aufgenommen. Während der Zeit dazwischen hatten sie zwar einen Ersatz gefunden, aber Sandra war nicht sicher, ob ihnen das noch einmal gelingen würde.

Sie stand auf und beschloss, schon mal in die Garage zu gehen, damit sie nicht wieder mit anhören musste, wie Lily und Hugh sich fetzten. Draußen stieg ihr der Duft von Eukalyptus und Pinien in die Nase. Für Mai war der Abend recht kühl, trotzdem hatte sie es nicht eilig. Die frische Luft tat gut, denn im Haus roch es immer leicht muffig und süß, wie ein alter Joint. Weiter oben im Canyon ertönte Gelächter und das Klirren von zerspringendem Glas. Die Garage, in der sie probten, musste früher ein Töpferstudio gewesen sein, denn es standen überall noch mehr oder weniger kaputte Öfen und Töpferscheiben herum. Sie hatten nur eine Seite freigeräumt, um das Schlagzeug, Sandras Gibson G-101 und ein paar Verstärker aufbauen zu können. Der zentrale Stützbalken in der Decke hing schon ziemlich durch, und manchmal fragte Sandra sich, wie es wohl enden mochte, wenn er einmal nachgab. Hugh und Kim waren wie kleine Kinder, die so taten, als hätten sie ein eigenes Haus. Um Dinge wie Instandhaltung kümmerten sie sich nicht. Sandra war da ganz anders aufgewachsen.

Rick war ihr zur Garage gefolgt. Nachdem er die nackten

Glühbirnen an der Decke einzeln eingeschaltet hatte, verschoss er mehrere Filme, um ihr Equipment aufzunehmen. Bandarbeit brachte immer viel Warterei mit sich, aber heute verschaffte diese zusätzliche Zeit dem Kampf zwischen Lily und Hugh jede Menge Raum. Die beiden standen unter der einzigen noch funktionierenden Verandalampe und stritten sich, provozierten sich bis aufs Blut, nur um dann einander ihre Liebe zu beteuern.

Grinsend fotografierte Rick die beiden dort in der offenen Tür. Hin und wieder schrien sie so laut, dass man sie bis zur Garage hören konnte.

»Passiert das oft?«

Sandra, die in ihrem Notizbuch geblättert hatte, blickte hoch. »Du meinst, ob ich oft allein hier rumsitze, während die beiden sich streiten, bis Ezra irgendwann total zugedröhnt hier auftaucht?« Sie legte den Kopf schief, als würde sie überlegen. »Ja, das passiert oft.« Rick machte ein Foto von ihr, was sie mit einem finsteren Blick quittierte.

»Wirst du nicht gerne fotografiert?« Er fuhr sich durch die dicken, braunen Haare, die immer leicht zerzaust waren. Im Frühling hatte er sich einen Bart wachsen lassen. Er passte zu seinen großen grünen Augen, die den Rest von Ricks Gesicht beinahe verschwinden ließen. »Du siehst aus wie Peggy Lipton.«

Sandra schnaubte spöttisch. »Ich *wünschte*, ich würde aussehen wie Peggy Lipton. Und nein, ich stehe nicht gern im Mittelpunkt.«

Sie widmete sich wieder ihrem Notizbuch, konnte ein Lächeln aber nicht unterdrücken. Als sie hereingekommen war, hatte sie sich einen langen, hellblauen Mantel mit braunem Kunstpelzbesatz an Kragen und Ärmeln umgelegt. Die Garage war nicht beheizt, und solange sie nicht spielte, fror sie hier drin immer.

»Dann haben Sie sich den falschen Beruf ausgesucht, Ma'am.«

Flirtete er etwa mit ihr? Nachdenklich drehte Sandra ihren Bleistift zwischen den Fingern. Inzwischen schlenderte Rick durch die Garage und fotografierte das unbemannte Schlagzeug und die Fender. Sandra nahm jedes Detail an diesem Mann wahr: das gelbe Westernhemd, die verwaschenen Jeans, die Cowboystiefel, das Geräusch seiner Nikon, wenn er den Film weiterdrehte, und wie er jedes Mal kurz innehielt, nachdem er auf den Auslöser gedrückt hatte, und nie mehrere Aufnahmen direkt nacheinander machte.

Sie griff nach Hughs Fender, die noch nicht mit dem Verstärker verbunden war, und schlug ein paar Akkorde an, die vielleicht funktionieren könnten. Hugh liebte diese Gitarre und schleppte sie überall mit hin. Er behauptete immer, sie habe einmal Roy Clark gehört, aber Sandra bezweifelte stark, dass Roy Clark je eine Fender besessen hatte. Viel eher hatte man Hugh diese Geschichte aufgetischt, um sie ihm zu einem überteuerten Preis verkaufen zu können. Die Gitarre war alt und abgenutzt, und Sandra wusste, dass Hugh bloß seinen Vater anrufen müsste, um Geld für eine bessere zu bekommen, aber er tat es nicht. Dadurch stieg er in Sandras Ansehen erheblich.

»In wie vielen Bands war er denn nun?« Rick machte noch mehr Bilder von ihr, deutete dabei aber mit dem Kopf nach draußen.

»Hugh? Ich glaube, das hier ist seine sechste.« Anscheinend hatte Hugh schon öfter Bands gegründet, es aber nie geschafft, sie länger zusammenzuhalten als für ein paar Jamsessions. Im Frühling war er mal wieder bandlos gewesen und hatte auf dem Campus mithilfe von Flugblättern nach einer neuen Mannschaft gesucht, wodurch er auf Ezra Gunn gestoßen war, einen Drummer, der im Hauptfach Philosophie studierte.

»Wie hat er dich gefunden?« Zum ersten Mal ließ Rick die Kamera so weit sinken, dass sie seine Augen sehen konnte – helles Grün umrahmt von dunklen Wimpern, ein krasser Kontrast.

»Er hatte Ray Manzarek im London Fog gesehen und war plötzlich überzeugt davon, dass er diesmal unbedingt ein Keyboard dabeihaben musste.«

»In Band Nummer sechs.«

»Band Nummer sechs hat auch einen Namen: No Exit«, stellte Sandra klar.

»Oh, die hatten alle Namen«, meinte Rick. »Ziemlich schreckliche allerdings. Lass dich von deinem Namen beeinflussen, denn er ist gut. Warum Sartre?«

»Ezra meinte, in einer Band zu sein sei eine Art Hölle. Die Musik sei in Ordnung, aber er hasse die Bandkollegen. Hugh und ich mussten dabei an Sartres *Huis clos* denken – nur dass bei uns vier Leute gemeinsam in der Hölle festsitzen, nicht drei. Allerdings ist der englische Titel griffiger.«

»Und wie bist du dann bei Hubert gelandet?« Während des ganzen Gesprächs schoss er ein Bild nach dem anderen, mal hier, mal da, wie flüchtige Wangenküsse.

Hughs Ausstrahlung glich einer mächtigen Strömung; wenn man nicht vorsichtig war, verschlang einen seine absolute Sicherheit, seine Überzeugung, zu wissen, wie die Welt sein sollte. Doch er hatte auch etwas an sich gehabt, das Sandra Kraft gab – vielleicht war es die Art, wie er sich seinem Vater widersetzte, die ihr zeigte, dass sie das auch konnte. Vor Hugh hatte Sandra nie gedacht, dass sie einmal in einer Band spielen oder Teil von etwas Größerem sein könnte. Hugh hingegen profitierte von Sandras Disziplin. Wo er nur verschwommen dachte, blieb sie konzentriert. Er begann die Songs, sie brachte sie zu Ende.

»Er war an der UCLA auf der Suche nach einem Probenraum und ist durch die Gänge gelaufen, hat durch die Scheiben geschaut und auf den richtigen Sound gelauscht. Ich habe gerade an etwas gearbeitet, an irgendeiner Blues-Komposition, als es plötzlich laut geklopft hat. Die ganze Tür hat gebebt.« Die Erinnerung daran ließ sie schmunzeln, und sie zeigte zu Lily und Hugh hinaus, die sich gerade als eng umschlungene Silhouette vor der Verandatür abzeichneten. Plötzlich war Sandra neidisch auf die beiden. »Da standen diese zwei und starrten zu mir herein. Hugh hat immer wieder gebrüllt: ›Ich habe sie gefunden!‹«

»Na ja, diesmal könnte jedenfalls wirklich etwas daraus werden.« Rick tauschte den Blitz aus. »Kim meint das auch, sie ärgert ihn aber nun mal gerne.«

»Und warum glaubt ihr, dass aus Band Nummer sechs etwas werden könnte?«

»Wegen dir.« Er richtete die Kamera direkt auf ihr Gesicht und drückte ab.

Plötzlich wurden Hugh und Lily aus ihrer nächsten Diskussion gerissen und Ezra stürmte in die Garage. Vielleicht lag es an den dichten, dunklen Haaren, die er fast nie schneiden ließ, aber Ezra Gunn hatte bei allem, was er tat, etwas Kindliches. Sandra hatte schon oft gedacht, dass es sicher leicht wäre, sich in Ezra zu verlieben, doch er hatte auch etwas Gefährliches, Tragisches an sich, das sie auf Distanz gehen ließ – etwas Unbeständiges.

»Ich wurde aufgehalten«, erklärte Ezra und warf sich hinter sein Schlagzeug.

Hugh und Lily hatten einen Waffenstillstand ausgerufen und kamen nun ebenfalls herein. Die Band spielte zum Aufwärmen Coverversionen von *Sunshine of Your Love* und *All Along the Watchtower* – Songs, die sie gut kannten. Ezra zählte ein.

Anschließend machten sie mit ihren eigenen Songs weiter: *You Slept On* und *The Fall*, beide mit einem extrem persönlichen

Text von Hugh über den Tod seiner Mutter. Sandra hatte die Musik dazu komponiert. *You Slept on* basierte auf einer eher klassischen Klaviermelodie, die in ihrem Kopf herumgespukt war. Manchmal entstand die Musik auch, während sie schlief. Dann hetzte sie nach dem Aufwachen sofort in die Probenräume an der UCLA, um zu sehen, ob sie die flüchtige Melodie in ihrem Kopf mit den Tasten einfangen konnte.

Bei *The Fall* arbeiteten sie gerade an einer neuen Passage, einer Überleitung, die bisher nicht ganz ausgereift war. Hugh brach ab. »Ich glaube, das ist es noch nicht ganz.«

Sandra hatte eine Melodie in einem anderen Tempo im Kopf. Bis jetzt hatte sie sie zurückgehalten, in der Hoffnung, sie vielleicht für einen anderen Song verwenden zu können. Sie war sich nie ganz sicher, ob die Musik sich einstellen würde, wenn sie etwas Neues brauchte. Aber diese Tonfolge fühlte sich so an, als würde sie zu diesem Song gehören. Also drückte sie ein paar Knöpfe, um den Sound zu verändern, und versuchte es. Hugh begann zu strahlen. »Das ist es … Verdammte Scheiße, Sandra, das ist es!«

Sandra hörte, wie das Klicken von Ricks Kamera näher kam. Einen Moment lang war sie so auf ihre Arbeit konzentriert gewesen, dass sie ihn ganz vergessen hatte. Er saß auf dem Boden und dokumentierte in aller Ruhe den Austausch zwischen Sandra und Hugh.

Der griff nun zu seiner Fender und ergänzte Sandras Tonfolge um ein paar Schnörkel, bis sie sich endgültig richtig anhörte. Zwar war er ein grundsolider Autodidakt an der Gitarre, doch sein wahres Talent zeigte sich in seinen Texten. Kleine Zettelchen oder eines seiner zahlreichen Notizbücher – alles füllte er mit Gedichten und Songtexten. Nachdem sie Hughs Ergänzungen auf der Gitarre gehört hatte, steuerte Sandra noch ein paar zusätzliche Töne auf dem Keyboard bei. Genau dieses Hin und Her zwischen ihnen war der Pulsschlag ihrer Band. Während Sandras Geschmack eher klassisch war, leicht vom Folk angehaucht, begeisterte Hugh sich für diesen psychedelischen Sound, der sich ihrer Meinung nach nahezu überlebt hatte. Sie konnte fast spüren, was als Nächstes kommen würde: der schlichte Sound des akustischen Folk mit einfachen, beinahe an Country Music angelehnten Melodien.

»Versuchen wir es von vorn.« Hugh wandte sich an Ezra, der wieder den Takt vorgab, und spielte die ersten Akkorde von *The Fall*. Sein nasaler Bariton setzte ein, der zum Markenzeichen von No Exit geworden war. Ihre fesselnden Melodien waren so zeitlos, dass die Leute oft glaubten, es handele sich um Coverversionen alter Klassiker.

Doch der Band fehlte ein Bassist. Sandra hatte Ray Manzarek auf der Bühne gesehen und sich dadurch dazu anregen lassen, den Bass auf ihrem Keyboard nachzuahmen. Das musste ausreichen, bis sie ein fünftes Bandmitglied gefunden hatten.

Sie hatten *The Fall* halb durchgespielt, als Ezra anfing, das Tempo schleifen zu lassen.

Rick fotografierte noch immer und fing so Sandras alarmierten Blick ein.

Hugh versuchte, Ezras Hänger zu überspielen, aber der wurde dadurch nur langsamer statt schneller. Lily, Hugh und Sandra wechselten irritierte Blicke.

»Ich mache kurz Pause«, verkündete Ezra abrupt und hörte auf zu spielen. »Will jemand ein Bier?« Die drei anderen seufzten schwer und sahen sich an. Von jetzt an würde es nur schlimmer werden, das war sicher. Zwar öffnete Ezra ihnen immer wieder Türen und schleuste sie auf Partys und Aftershow-Events, aber er wusste einfach nicht, wann es genug war mit den Drogen. Dank seines Dads war er immer flüssig und konnte der Versuchung nicht widerstehen, sich mit dem besten Gras und Heroin einzudecken, das für Geld zu bekommen war. Und auf dem Strip ließen sich immer problemlos Drogen auftun.

»Klar doch«, meinte Lily gedehnt; offenbar versuchte sie, herauszufinden, wie zugedröhnt er bereits war.

Als er Richtung Haus verschwand, sahen die drei anderen sich hilflos an.

»Ich finde, du solltest mit ihm reden«, wandte sich Lily an Hugh.

»Meint ihr, er setzt sich jetzt auf dem Klo einen Schuss?« Rick legte einen neuen Film ein.

»Wer weiß. Aber er hört sowieso nur auf Sandra.« Hugh spielte ein paar Tonfolgen für einen neuen Song. »Was hältst du davon, Sandra?«

Aber die konnte sich nicht auf Hugh konzentrieren. Draußen fiel etwas auf den Boden – vielleicht eine Bierflasche. Dann klirrte es noch einmal. Sandra sah, wie eine Gestalt aus der Hintertür und ins Licht der Verandabeleuchtung trat. Ezra taumelte ein paar Schritte, dann brach er neben Hughs Tipi im Garten zusammen. Instinktiv sprang Sandra auf und stürzte nach draußen.

»Ezra.« Sie ließ sich neben ihm auf die Knie fallen und schlug ihm leicht auf die Wangen. Er atmete nicht. Sie prüfte seinen Puls, der kaum spürbar war.

Hugh und Lily tauchten neben ihr auf.

»Ruft einen Krankenwagen«, befahl Sandra ihnen.

»Er läuft blau an«, stellte Hugh fest.

»Ich weiß. Jetzt ruf einen Krankenwagen, verdammt. Sag ihnen, er hat eine Überdosis.«

Im schwindenden Tageslicht musterte Sandra den dichten Wald ringsum und fragte sich, ob der Krankenwagen sie hier draußen im Canyon mit seinen unbeschilderten Straßen und versteckten Zufahrten überhaupt finden würde.

Sie legte eine Hand auf Ezras Brust und spürte … nein, eigentlich sah sie, wie sein Herzschlag sich verlangsamte. Die Drogen entspannten seinen Körper bis zu einem Punkt, an dem er nicht einmal mehr selbstständig Luft holen konnte. Als sie ihn berührte, spürte sie ein Kribbeln in den Fingerspitzen. Sie zog die Hand zurück, als hätte sie sich verbrannt. Verwirrt musterte sie ihre Finger; vielleicht lag das ja an dem Joint von vorhin? Ein mieser Trip, bestimmt war Kims Gras mit irgendwas gestreckt gewesen. Plötzlich wurde sie von der unerschütterlichen Gewissheit gepackt, dass sie das Heroin aus Ezras Blutkreislauf ziehen konnte, durch ihre Fingerkuppen, als würde sie einen Schlangenbiss aussaugen. Was für ein verdammt merkwürdiger Trip war das denn?

»Was zum …?« Rick war neben ihr aufgetaucht.

Zwischen Ezras Lippen quoll Schaum hervor, und es sah aus, als wollte er sich übergeben. Schnell rollte Sandra ihn auf die Seite, doch er stieß nur würgende Laute aus.

»Er erstickt.« Sofort half Rick ihr dabei, ihn aufzurichten, aber Ezras Körper war vollkommen erschlafft.

Verzweifelt sah Sandra Rick an.

Dann stieg dieser Geruch von Ezra auf. Inzwischen hatte Sandra begriffen, dass sie die Einzige war, die ihn bemerkte. Schon seit ihrer Kindheit konnte sie den Tod in Form dieses Geruches wahrnehmen. Beim ersten Mal war es dieses Kind in der Schule gewesen, das kurz darauf an einem schweren Fieber erkrankte. Freitags im Bus saß Sandra neben ihm und hatte plötzlich diesen süßlichen, faulen Geruch in der Nase. Am Wochenende wurde der Junge mit einer bakteriellen Meningitis ins Krankenhaus eingeliefert, am Montag war er tot. Und genau denselben süßlichen Fäulnisgeruch hatte sie an ihrer Großmutter wahrgenommen, nachdem diese einen Herzinfarkt erlitten hatte. Sandra erinnerte sich noch gut daran, wie der Arzt der alten Frau in ihrem Krankenhausbett die Schulter getätschelt und gemeint hatte, sie habe »noch einmal Glück gehabt«. Doch Sandra wusste es besser. Beim Abschiedsküsschen wurde ihr beinahe schlecht von dem erstickenden Geruch, der aus Großmutters Poren strömte. Eine Stunde nach ihrem Besuch, starb ihre Großmutter, während sie vor dem billigen chinesischen Damebrett aus dem Krankenhausshop saß.

Und nun stieg dieser Geruch von Ezra auf. Sandras Finger kribbelten, als führten sie ein Eigenleben. Sie legte sie auf seine Haut, und brennende Hitze schoss durch ihre Arme. Es war ein merkwürdiges Gefühl. Doch sie sah genau, dass Ezras Brust sich hob und senkte, solange sie ihn berührte, und sofort damit aufhörte, wenn sie die Hand wegnahm.

»Was machst du da?« Verblüfft starrte Rick sie an.

»Keine Ahnung«, erwiderte Sandra. »Aber er scheint auf meine Berührung zu reagieren.«

»Dann immer schön anfassen.«

Nun drückte Sandra beide Hände fest auf Ezras Brustkorb, der sich langsam hob. Der Schmerz in den Armen wurde so stark, dass sie zitterte, aber Rick sah ebenso wie Sandra, dass Ezra langsam wieder zu sich kam.

»Alles okay mit dir?«, erkundigte sich Rick, was Sandra mit einem knappen Nicken bestätigte. Sie schob ihre Hände von seiner Brust nach hinten auf seine Schulterblätter, als Ezra anfing, sich heftig zu übergeben. Rick hielt ihn aufrecht und klopfte ihm immer wieder auf den Rücken. Als sie es nicht länger aushielt, zog sie die Hände zurück. Wo sie Brandblasen an ihren Fingern erwartet hatte, war nur blasse, weiche Haut zu finden.

Ezra schlug die Augen auf und holte rasselnd Luft. »Heilige Scheiße.« Er wischte sich den Mund ab.

»Sandra hat dir gerade das Leben gerettet, Arschloch.« Rick stand auf. »Was für ein Scheißzeug hast du dir reingezogen?«

»Gar nichts, Mann.« Ezra schüttelte abwehrend den Kopf. »Ich bin clean, das schwöre ich.«

Als er sich zu Sandra umdrehte, fand ein wortloser Austausch zwischen ihnen statt. Er wusste, was sie getan hatte.

In der Ferne ertönte eine Sirene – der Krankenwagen kam den Laurel Canyon Boulevard hinauf. Sie würden in Ezras Körper rein gar nichts finden, da war Sandra sich sicher. Und ebenso sicher konnte sie auch jetzt noch den Tod an Ezra riechen. Sie hatte ihn nur für heute gerettet. Es würde ein nächstes Mal geben.

Nach Ezras Zusammenbruch waren die Proben beendet. Die Sanitäter konnten nichts feststellen. Nachdem er ihnen etwas von regelmäßigen Krampfanfällen vorgelogen hatte, packten sie ihre Sachen ein und fuhren wieder aus dem Canyon hinaus.

Erschüttert von den Ereignissen ging die Gruppe auseinander. Hugh und Lily wollten ins Forum, Ezra meinte, er würde nach Hause fahren. Sandra beschloss, dem Shack einen Besuch abzustatten und nachzufragen, ob die Band am Donnerstag dort auftreten konnte. Sie musste eine Weile allein sein. Als sie bereits auf dem Weg zu ihrem Auto war, hörte sie, wie jemand ihren Namen rief. Es war Rick.

»Hey, ich wollte nur sehen, ob du okay bist.« Er war mit zwei Kamerataschen behängt, die er offenbar in seinen Jeep laden wollte. »Was für ein Glück, dass du heute hier warst.«

»Ich habe doch gar nichts gemacht.« Nervös trat Sandra von einem Fuß auf den anderen. Warum brachte es sie so aus der Fassung, mit diesem Mann zu sprechen?

»Ich war dabei, Sandra«, betonte Rick. »Irgendetwas war da.«

Er berührte sie kurz am Arm. Obwohl es eine ganz unschuldige, beinahe beschützende Geste war, hatte Sandra plötzlich Schmetterlinge im Bauch.

»Willst du auch ins Forum?«

Sie schüttelte den Kopf. »Ich will versuchen, uns für Donnerstag einen Auftritt im Shack zu organisieren.«

»Soll ich Milo für dich anrufen?«

Milo – der offenbar keinen Nachnamen hatte, zumindest hatte Sandra nie einen gehört – war der Besitzer des Shack, das zu den ältesten Clubs auf dem Strip gehörte.

»Klar«, meinte sie, »wenn es dir nichts ausmacht.«

»Tut es nicht.«

Einen Moment lang standen sie schweigend neben seinem Jeep herum.

»Ich sollte jetzt gehen«, meinte Sandra schließlich.

»Ich gehe noch mal kurz rein und rufe ihn an«, versprach Rick.

Er hatte schon immer genug Einfluss in LA gehabt, um den Besitzer des Shack dazu zu bringen, ihnen einen Gig zu geben. Das lag durchaus in seiner Macht. Also … warum tat er es erst jetzt? Immerhin war No Exit die Band seines Schwagers, er hätte ihnen diese Unterstützung jederzeit anbieten können. Nun sah es so aus, als wäre es eine besondere Gefälligkeit, die er ihr persönlich erwies, und zwar aufgrund dessen, was er heute Abend miterlebt hatte. Denn auch wenn sie es Rick gegenüber heruntergespielt hatte – Sandra musste zugeben, dass es außergewöhnlich gewesen war. Obwohl sie nicht den blassesten Schimmer hatte, wie sie das angestellt hatte.

Sandra fuhr den Sunset hinunter, vorbei am Trocadero und Ciro's, den Relikten einer längst vergangenen Hollywood-Ära. Heute bildete der Strip das Zentrum von etwas weit Größerem. Auf den eineinhalb Meilen des Sunset Boulevard, die als der

Sunset Strip bekannt waren, reihte sich ein schäbiger, heruntergekommener Club an den nächsten. Da er offiziell nicht mehr zum Stadtgebiet von L. A. gehörte, war er zu einem Ort geworden, an dem die weniger glamouröse Seite von Hollywoods Nachtleben florierte. Sandra hatte eine Schwäche für die alten Läden, die sie sich selbst nicht ganz erklären konnte. Vielleicht lag es daran, dass ihr Dad so ziemlich alles über diesen Teil von L. A. wusste. Früher hatte er sie oft mitgenommen, wenn er in diesen Vierteln Erledigungen machen musste, und ihr dabei die Geschichte von jedem dieser Clubs geschildert. Und immer, wenn er den Verdacht hatte, sie würde nicht zuhören, fragte er sie auf dem Heimweg ab. Sie kannte sämtliche Anekdoten: Wie Billy Wilkerson, der Besitzer des Trocadero und des Ciro's, auf einer Europakreuzfahrt seine gesamte Reisekasse in französischen Wein investiert hatte, weil er fest davon überzeugt war, dass die damals noch herrschende Prohibition nicht von Dauer sein würde. Zwar saß dieser Wein dann im Hafen von San Francisco fest, bis die Prohibition aufgehoben wurde, aber er machte aus dem Sunset Strip einen gefragten Hot Spot im Nachtleben von Los Angeles. Oder die von jedem Wahrheitsgehalt befreite Legende, dass Lana Turner in einer Apotheke entdeckt worden sei (was nicht der Fall war). Für ihren Vater bestand der eigentliche Knüller darin, dass F. Scott Fitzgerald vor genau dieser Apotheke einen leichten Herzinfarkt erlitten hatte. (Zwei Monate später war er nach dem Verzehr eines Schokoriegels tot umgefallen.) Der Abend war warm. Sandra kurbelte das Fenster herunter und stellte das Radio leiser. Der B. J.-Thomas-Song, den KHJ-AM da spielte, gehörte nicht gerade zu ihren Favoriten. Stattdessen konzentrierte sie sich auf die Geräusche, die von draußen kamen: Autohupen, das Summen der Menschenmenge, angetrunkenes Gelächter und Musik – eine Sitar oder etwas anderes Indisches, aber auch ein improvisiertes Schlagzeug. Samstags war der Strip abends meist so überfüllt, dass die Fußgänger auf die Straße auswichen, und oft sah man Musiker, die ihr gesamtes Equipment mit sich herumschleppten. Es dauerte eine ganze Weile, bis sie das Shack erreichte. Der Verkehr staute sich, Motorräder schoben sich in kurzen Vorstößen langsam zwischen den Autos hindurch. Sandra hatte genug Zeit, um die Werbetafeln der Eitelkeiten zu studieren, mit denen Künstler auf ein Comeback hofften oder unbekannte Sternchen darauf spekulierten, von Produzenten entdeckt zu werden, wenn sie auf dem Weg zu den Studios hier vorbeikamen. Auf einem der Plakate direkt vor ihr starrte eine Cowgirl-Statue auf ein Schild mit dem Namen des Sahara Hotels in Las Vegas. Sie wusste, dass dieses Ding in irgendeinem Raquel-Welch-Film auftauchte, konnte sich aber nicht genau daran erinnern, in welchem.

Was war heute Abend passiert? Der Geruch des Todes verfolgte sie schon seit ihrer Kindheit, aber diese Heilkräfte waren vollkommen neu. In ihrem Leben hatte es viele Situationen gegeben, in denen sie sich verstellen musste, um normal zu wirken und sich anzupassen. Erst diese unerklärliche Begabung am Klavier, und nun konnte sie offenbar Menschen heilen. An jeder roten Ampel starrte sie auf ihre Finger und versuchte, etwas Ungewöhnliches an ihnen zu entdecken. Doch sie sahen aus wie immer.

Selbst auf dem Strip gehörte das Shack, dessen Leuchtreklame aufgrund einiger kaputter Birnen nur noch die Buchstabenfolge ACK anzeigte, zu den älteren Läden. Es hatte Wochen gedauert, bis Sandra den Mut aufbrachte, Milo um einen Gig an einem der weniger vollen Abende wie Donnerstag zu bitten. Doch nun wurde sie von dem etwas klein geratenen Mann herzlich begrüßt. Er berichtete ihr, dass er gerade einen Anruf von Rick Nash erhalten habe.

»Nash hatte recht. Er meinte, ich würde Besuch bekommen von Julie aus *Mod Squad*.« Milo zwinkerte ihr zu. Sandra war zumindest ähnlich gekleidet. Da sie wusste, wie gerne Milo flirtete, hatte sie sich zu Hause noch schnell in eine gelbe Bluse, einen Wildlederminirock mit Fransen und Stiefel geworfen. Er führte sie an die Bar und fragte nach ihren Wünschen. Sandra bat den Barkeeper um einen Gin Tonic.

Sie hatte damit gerechnet, kräftig die Werbetrommel rühren zu müssen, aber Milo sagte, Rick habe sich für sie verbürgt und außerdem sei Sandra eine Schönheit – mehr brauche er nicht zu wissen. Er trug einen weißen Anzug mit extrem weit ausgestellter Schlaghose. Die Kleidungsstücke waren so klein, dass Sandra kurz überlegte, ob er vielleicht in der Kinderabteilung einkaufte.

»Habt ihr was drauf?«

Sie nickte.

»Dann kommt am Donnerstag. Set-up so um fünf. Wenn mir gefällt, was ich höre, könnt ihr wiederkommen. Einverstanden?«

»Ja.«

»Prima!«

Regelmäßig auf dem Strip aufzutreten, war der Traum einer jeden Band. So konnte man Geld verdienen, sein Programm präsentieren und an seinem Sound arbeiten, während man davon träumte, ein Studio von sich zu überzeugen und eine Fangemeinde aufzubauen.

Und so standen sie am Donnerstag zum ersten Mal im Shack auf der Bühne. Hugh bildete den unumstrittenen Mittelpunkt der Band – live war er nahezu eine Naturgewalt –, wofür Sandra äußerst dankbar war. Irgendetwas in ihrem Inneren schien immer zu verlangen, dass sie möglichst unsichtbar blieb.

Sie spielten ein vierzigminütiges Set aus zwölf Songs. Hugh

hatte Lily ein paar einfache Gitarrengriffe beigebracht, sodass sie einige Passagen auf der E-Gitarre übernahm, wenn er zur akustischen wechselte. Ezra hatte sich wieder im Griff und beherrschte sein Schlagzeug besser als je zuvor. Das Publikum reagierte auf sie. Ihre schonungslosen Texte, die Harmonie zwischen Hugh und Sandra, die packenden Melodien mit diesem Hauch von Nostalgie … es war eine gute Show.

Auch Rick war zu ihrem ersten Auftritt ins Shack gekommen, ausgerüstet mit einer Nikon und einer Leica. Die Tatsache, dass Rick Nash Bilder von ihrem Liveauftritt machte, war ein Riesending, denn jeder wusste, dass er normalerweise nur Bands ablichtete, die es bereits geschafft hatten. Nun wanderte er unaufhörlich durch den Club und stellte seine Fotostrecke zusammen: die Band beim Aufbau, die frustrierende Warterei, Hughs angespannte Miene und dann die Show selbst – Band und Publikum.

Als sie am nächsten Tag von ihrer Schicht bei A&P zurückkam, rief Hugh sie an, um ihr zu sagen, dass Rick die Aufnahmen aus dem Shack entwickelt habe. »Sie sind so groovy, Sand«, lockte er. »Du musst unbedingt rüberkommen und sie dir ansehen.« Im Hintergrund ertönte eine Stimme. »Lil meint auch, dass du sie sehen musst.«

Also fuhr sie in den Canyon hinauf, sobald ihr Dad den Laden zugemacht hatte. Da sie später ankam als geplant, war niemand mehr im Haus außer Rick, der gerade in seiner Dunkelkammer arbeitete. Die war ebenfalls in einer Art Schuppen hinter dem Haus eingerichtet worden, und ebenso wie die Töpferwerkstatt hing ihr Dach ziemlich durch. Sandra war noch nie in einer Dunkelkammer gewesen, aber Rick freute sich offenbar, sie zu sehen, und schien sie bereits erwartet zu haben. Anfangs hatte sie Angst, es könnte peinlich werden, als sie in dem sanften roten Licht zusammenstanden, aber dann nahm Rick seine Arbeit wieder auf, tauchte Papier in Entwicklerlösung, tunkte und schob es herum. Dabei unterhielten sie sich über die Band.

»Ihr braucht ein offizielles Bandfoto«, fand Rick. Er behielt das Blatt in der Entwicklerwanne so genau im Auge wie eine heiße Pfanne auf dem Herd. Schließlich holte er das Foto heraus und hängte es an einer Leine auf, an der bereits mehrere Bilder schaukelten wie Wäschestücke im Wind.

»Meinst du?«

»Ihr werdet immer besser. Bald braucht ihr ein Foto für Plakate. Eigentlich hatte ich gehofft, hier wäre etwas Passendes dabei, aber ich habe keine einzige Aufnahme, wo ihr alle vier drauf seid.«

Sandra musterte die Aufnahmen einer Schauspielerin, die an der Wäscheleine trockneten.

»Sie ist wunderschön«, stellte sie fest. »Tolle Bilder.«

Rick unterbrach seine Arbeit und kam zu ihr, um ihr über die Schulter zu blicken.

»Wo war das?«

»Im Roosevelt.« Sein Modell, eine exotische und trübsinnig wirkende Brünette, saß im Morgenmantel am Pool und rauchte mit gelangweilter Miene eine Zigarette.

»Hast du dich auf den Boden gelegt, um das Foto zu schießen?« Sandra beugte sich neugierig vor. Die Bilder waren aus einem dramatisch wirkenden, schonungslosen Winkel aufgenommen worden.

»Ganz genau.« Rick lachte. »Sie war vollkommen fertig. Wir mussten sie erst unter die Dusche stellen, um sie wach zu bekommen. Deshalb sind ihre Haare auch nass. Ich habe getan, was ich konnte, und dachte mir, ein etwas künstlerischer Ansatz könnte funktionieren. Es ist für die Unterhaltungsrubrik. Wird denen sicher gefallen.«

An den Wänden der Dunkelkammer hingen Bilder von Jimi Hendrix im Forum, Jim Morrison im London Fog, Elton John im Troubadour, den Aufständen auf dem Sunset und einer weiteren Schauspielerin im Chateau Marmont, die Sandra allerdings nicht kannte. Doch ihr Lieblingsfoto – das einen so prominenten Platz einnahm, dass sie glaubte, darin auch seinen Favoriten zu erkennen – war ein weiterer Schnappschuss von Janis Joplin: auf einer Party, anscheinend in Ricks Wohnzimmer, mit Federmantel und achteckiger, violetter Sonnenbrille, tief in eine Unterhaltung versunken auf dem Sofa.

»Die sind fantastisch.«

»Hier.« Er reichte ihr den Stapel Aufnahmen von der Band.

Während Sandra die Bilder nach und nach durchsah, fiel ihr sofort eine Entwicklung auf. Mit der Qualität ihrer Musik stieg auch ihr Selbstbewusstsein, was sich auf den Fotos deutlich widerspiegelte. Fast war es, als hätte Rick etwas eingefangen, das ihnen selbst gar nicht bewusst war. Seine Dokumentation hauchte ihnen als Einheit ein ganz eigenes Leben ein. Sandra war nicht sicher, ob sie selbst das je in sich entdeckt hätten, wenn Rick nicht gewesen wäre.

Sie sah ihn an. Das rote Licht in der Kammer ließ das Weiß seiner Augen stärker hervortreten. »Du hast uns perfekt getroffen.«

»Findest du?«

»Absolut. Du hast uns auf eine Art und Weise im Bild festgehalten, die wir selbst niemals sehen könnten. Ergibt es einen Sinn?«

»Wahre, unverstellte Realität? Das ist nichts als eine Illusion. Wir selbst haben nie ein vollkommen unverstelltes Bild von uns, aber die Kamera kommt dem ziemlich nahe. Manchmal zeigt sie uns Dinge, die wir lieber nicht sehen wollen.« Er deutete auf ein Foto, das Ezra und Lily in einem scheinbar intimen Moment zeigte, wie sie gerade von der Toilette im Shack zurückkamen.

Hugh war nirgendwo zu sehen. Rick nahm es und zerriss es in kleine Fetzen. »Hugh hat Kim erzählt, dass deine Familie deine musikalische Karriere nicht unterstützt.« Er fing an, weitere Fotos zum Trocknen aufzuhängen. »Ziemlich dumm von ihnen. Du bist eine tolle Songschreiberin, weißt du?«

Sandra konnte sich nicht daran erinnern, Hugh sonderlich viel über ihre Familie anvertraut zu haben. Dass er das dann auch noch an Kim weitergegeben hatte, fühlte sich an wie Verrat. Sie schwieg.

Als von ihr keine Antwort kam, blickte Rick von den Entwicklerwannen auf. »Ich wollte dir nicht zu nahe treten.«

»Bist du nicht«, log Sandra schnell. »Sie wünschen sich nur ein normales Leben für mich.«

»Aber du bist doch normal.« Mit verschränkten Armen lehnte er sich gegen die Wand. »Du hast eine Menge Talent, das müssten sie doch toll finden.«

Am liebsten hätte Sandra abfällig geschnaubt. »Du hättest ihre Gesichter sehen sollen, als mein Klavierlehrer sie nach meiner zweiten Stunde ins Zimmer geholt hat. Sie hatten mit einer holprigen Version von *Row, Row, Row Your Boat* gerechnet und bekamen stattdessen den Anfang eines Grieg-Stückes zu hören.« Noch immer sah Sandra die Fotos aus dem Shack durch. Langsam ging ihr auf, dass auf sämtlichen Aufnahmen sie im Mittelpunkt zu stehen schien. Um sicherzugehen, blätterte sie den Stapel ein zweites Mal durch.

»Du bist eine Virtuosin, verdammt. Sie sollten froh darüber sein.«

»Na ja, eine Virtuosin eher nicht. Meine Eltern wollten keinen Sonderling zum Kind haben. Ich habe danach keine einzige Klavierstunde mehr bekommen. Der Lehrer hat, glaube ich, noch ein Jahr lang immer wieder bei uns angerufen.«

»Schrecklich.«

»Von da an wollte ich nichts anderes mehr tun als Klavier zu spielen, aber sie haben es verkauft.«

»Sie haben dein Klavier verkauft?«

Sandra lachte. »Ja. Stattdessen sollte ich Flöte spielen.«

»Wie lief das?«

»Grauenvoll, deshalb durfte die Flöte bleiben.« Bei der Erinnerung daran musste sie lächeln. »Aber wann immer es ging, bin ich nach der Schule länger geblieben, habe mich an das Klavier in der Aula gesetzt und dort gespielt.«

»Bei mir war nie etwas normal«, gestand ihr Rick. »Wenn ich Kim und Hugh mit ihrem Vater sehe, wird mir erst klar, wie weit ich immer von einem normalen Leben entfernt war.«

»Aber Hugh hasst seinen Vater.«

Rick lachte. »Hugh ist ein verzogenes Kind, das nicht weiß, wie gut es ihm geht. Er ist bloß sauer, weil sein Vater wieder geheiratet hat. Kim ebenfalls, aber sie kommt langsam darüber hinweg. Meine Mutter hat uns durchgefüttert, indem sie als Fabrikarbeiterin geschuftet hat, und trotzdem war sie immer noch auf die Gunst der Männer angewiesen, die sie mit nach Hause gebracht hat. Vielleicht betrachte ich das Leben deshalb durch eine andere Linse. In gewisser Weise ist das eine Barriere. Alle anderen sind hier«, er streckte den Arm aus, »und ich bin dort drüben. Wie ein Voyeur beobachte ich das Leben aus sicherer Entfernung und versuche, einzelne Momente festzuhalten. Denn eigentlich tun wir doch nichts anderes: Wir leben in einem Ausschnitt der Zeit, den wir niemals wiedersehen werden, und ich will das alles einfangen. Ich schwöre dir, in einem früheren Leben war ich ein Maler oder so etwas, und ich habe einfach nicht genug davon bekommen, über das Leben zu berichten. Klingt das verrückt?«

Bisher hatte Sandra rein gar nichts über Ricks Kindheit gewusst.

»Ich merke, ob jemand sterben wird«, platzte es aus ihr heraus, ohne dass sie gewusst hätte, warum sie ihm das so unbedingt sagen musste. »Schräg, oder?« Wieder blieb ihr Blick an den Fotos hängen – auf dreien war sie zu sehen. Rick bewegte sich unruhig; sie schien auf eine ganze neue Art zu ihm durchgedrungen zu sein.

»Hätte ich das mit Ezra neulich nicht selbst mitbekommen, würde ich es wohl als schräg bezeichnen, ja.«

Sandra fächerte die Bilder in ihrer Hand auf. Das Geständnis hatte ihr Mut verliehen. »Da bin überall ich drauf.«

Rick sah sie ruhig an. »Ich weiß.«

Diese simple Antwort, die Tatsache, dass er es nicht einmal abstritt, schien eine Art elektrische Spannung in der Dunkelkammer zu erschaffen.

»Wieso?«

Er antwortete nicht. Die Stille verstärkte die merkwürdige Spannung, bis sie regelrecht voneinander angezogen wurden. Rick griff nach ihrer Hand, und sie ließ es geschehen.

Im Radio lief Buffalo Springfields *Mr. Soul*, als er sie an sich zog, sanft ihr Kinn anhob und sie küsste. Seine Lippen und Hände waren fremd und kamen ihr gleichzeitig so vertraut vor. Und auch wenn es ihr erster Kuss war, was eigentlich einen Anfang markieren sollte, wurde Sandra von einem überwältigenden Gefühl des Verlustes erfasst.

Am nächsten Tag schlug Rick vor, die Band solle am frühen Abend mit ihm zum L. A. River fahren und dort einige Publicityfotos für Plakate machen. Die harten Linien des einbetonierten Flussbettes bildeten einen perfekten Hintergrund. Rick schob sie alle hin und her, um das perfekte Bild zu bekommen.

Den Winkeln des begradigten Flusses entsprechend, positionierte er sie auf verschiedenen Ebenen. Mal fotografierte er sie sitzend, mal stehend. Sandra und Rick waren sich der Anwesenheit des anderen überdeutlich bewusst, blieben aber auf Distanz.

Erst in den folgenden Wochen, wenn sie ihn neben Kim auf der Couch im Wohnzimmer sitzen sah oder er weitere Fotos von der Band schoss, wurde ihr Verlangen nach ihm zu einer unumstößlichen Tatsache. Nun lauschte sie seinen Geschichten ganz anders als früher. In seinen Augen spiegelte sich eine Verwundbarkeit wider, die Kim mit ihrem Selbstbewusstsein einer Millionärstochter nicht wahrnahm. Sie waren beide wahrhaft gebrochen, Rick und sie. Hugh und Kim hingegen taten nur so als ob.

Doch es war ein anderes Foto, das zu *dem* Foto werden sollte. Kim und Sandra begleiteten Rick zu einem Backstage-Shooting in der Hollywood Bowl. An diesem Abend war es sehr ruhig. Für die Show war auch ein Klavier aufgebaut worden, das Sandra natürlich sofort zu sich lockte. Abgesehen vom Reinigungspersonal war niemand in dem Freilufttheater.

Rick war hinter die Bühne gegangen, um einen Jazzpianisten bei der Probe zu fotografieren, sodass Kim und Sandra allein auf der leeren Bühne blieben.

»Ich weiß nicht, wo Hugh das her hat«, meinte Kim.

»Was denn?«

»Diesen Drang, sich auf eine Bühne zu stellen.« Sie schüttelte den Kopf. »Keine Ahnung, wie ihr das macht.«

Sandra setzte sich an den Flügel und legte die Finger auf die Tasten. »Tun wir so, als wäre das hier dein Auftritt.«

Kim schob sich neben sie auf die Klavierbank.

»Hast du Schiss?«

Lachend ließ Kim den Blick durch den dunklen Zuschauerraum gleiten. »Nein. Da ist ja niemand.«

An einem Flügel übertraf Sandra sich immer selbst, und als ihre Finger nun über die Tasten glitten, war es, als würde jemand anders durch sie spielen. Noch nie waren ihre Läufe so präzise gewesen, die zarten Töne nie so sorgsam gesetzt. Ihr Spiel strahlte eine solche Faszination aus, dass die Putzkräfte sich in der ersten Reihe niederließen, um es sich anzuhören. Sandra spielte Chopin, Rachmaninoff und Beethoven, Debussy und Satie. Kraftvoll und mit absoluter Sicherheit wanderten ihre Finger über die Tasten.

Dabei war sie selbst so in ihrem Spiel gefangen, dass sie nicht bemerkte, wie Kim von der Klavierbank glitt oder dass Rick sie dabei fotografierte, wie sie vor der leeren Hollywood Bowl ihr Konzert gab, im Publikum lediglich eine dreiköpfige Reinigungsmannschaft, die vollkommen gebannt lauschte. Auf einzigartige Weise zeigte das Bild Sandra vor dem Instrument, die leeren Sitzreihen und die untergehende Sonne hinter der Senke des Theaters – ein fantastisches Beispiel für die Nutzung des Negativraums, das durch pures Glück entstand. Sandra beendete ihre Vorstellung mit einer tiefen Verbeugung und einem Winken in Richtung Publikum, was Rick ebenfalls ablichtete. Als sie sich vom Zuschauerraum abwandte, blieb ihr Blick an seinem Gesicht hängen. Rick war blass geworden. Sandra konnte nicht sagen, ob dieser Moment fünf Sekunden oder fünf Minuten dauerte. Die Zeit schien stillzustehen, während sie einander einfach nur ansahen. Dann zupfte Kim an Ricks Jacke, und sie gingen.

Das Foto von Sandra in der Hollywood Bowl wurde zu einem Cover der Wochenendbeilage *West* der *Los Angeles Times*. Und es wurde zu *dem* entscheidenden Bild in Ricks Karriere.

In der Woche darauf verließ Sandra gerade den Probenraum, als Rick, der ihren Zeitplan kannte, in seinem Jeep vorfuhr. »Sollen wir einen Ausflug machen?«

»Klar.«

Er hatte ein kleines Motel aufgetan, das Le Bon View am Olympic Boulevard, wohin sie ihm nun folgte. Als sie später, nach einem unbeholfenen, beschämten ersten Ehebruchsversuch – bei dem die Kombination aus Schuldgefühlen und Anspannung dafür sorgte, dass keiner von ihnen eine Glanzleistung hinlegte –, unter der kratzigen Decke lagen, meinte Rick: »Ich glaube, ich bin in dich verliebt, seit ich *das* Foto geschossen habe.« Durch dieses Geständnis gehörte Rick, zumindest in Sandras Augen, nicht länger zu Kim, sondern zu ihr.

Ihr zweiter Versuch im Bett war nicht länger von lähmenden Schuldgefühlen überschattet, und sie fanden schnell einen gemeinsamen Rhythmus, der sie erfüllt und befriedigt zurückließ. Das führte zu ausgedehnten Stunden zwischen den Laken, und Sandra empfand bei ihm ein Gefühl der Vertrautheit wie bei niemandem jemals zuvor. Und doch schien ein bedrohlicher Schatten über Rick zu schweben, eine Vorahnung, dass nichts an ihrer Beziehung von Dauer sein konnte – was nicht an der Unbeständigkeit lag, die ihrer Situation innewohnte. Vielmehr wusste Sandra auf einer beinahe körperlichen Ebene, wie es sich anfühlen würde, Rick zu verlieren.

Im weiteren Verlauf des Sommers hatten sie oft nur wenige Minuten pro Woche für sich. An einem Dienstagnachmittag schlichen sie sich heimlich fort zum Santa Monica Pier. Es war nicht ungewöhnlich, dass sie in der Gruppe solche Ausflüge machten, trotzdem wagten Rick und Sandra es nicht, sich in der Öffentlichkeit zu berühren, aus Angst, dass ein Bekannter sie sehen könnte. Am Strand von Santa Monica wurde Sandra von einem heftigen Déjà-vu überwältigt: Sie sah eine andere Version von Rick vor sich am Strand, während sie selbst von eisiger Kälte gepackt wurde. Später gelang es ihr, da sie auf dem jährlichen Rummel in Pasadena immer stundenlang Skee-Ball gespielt hatte, genug Gewinnmarken für eine große Plüschgiraffe zu erspielen.

Als sie schließlich wieder auf dem Beifahrersitz des Jeeps Platz nahm, war Sandra halb zerfressen von Schuldgefühlen wegen dem, was Rick und sie hier taten. Sie wusste, dass Kim ihn seit einiger Zeit drängte, mit ihr ein Kind zu bekommen. Dieser Wunsch schien ihn irgendwie aus der Bahn zu werfen und verstärkte in seiner Vorstellung nur weiter den Kontrast zwischen den beiden Frauen. Rick war noch nicht bereit, sesshaft zu werden und Kinder zu bekommen, er war voll und ganz auf seine Kunst konzentriert. Immer öfter schlug er Sandra vor, gemeinsam nach New York zu gehen. Er hörte sich sogar schon nach Angeboten der dortigen Zeitschriften um. Es könnte ein Neuanfang für sie beide sein.

Während sie nun den Pacific Coast Highway entlangfuhren, wurde Sandra das Bild dieses anderen Rick nicht los: braungebrannt, rauchend, wie er mit dem Ozean im Hintergrund einen Flur entlangschlenderte und seine weite Hose sich im Wind bauschte. Dieser Rick lächelte sie an. Mit der Dauerschleife von diesem Rick im Kopf schaffte sie es gerade noch, sich an ihrer Plüschgiraffe festzuklammern, als der entgegenkommende Wagen auf ihre Spur einscherte. Sie sah das Auto, wusste aber nicht, ob Rick es noch registrierte.

Als sie wieder zu sich kam, war es wie die Aufblende in einem Film. Sie saß noch immer im Jeep.

»Massenkarambolage mit vier Fahrzeugen«, hörte sie jemanden sagen. »Hinten noch zwei …«

Der Sanitäter beendete den Satz nicht, doch Sandra hatte genug gehört. Sie kletterte aus dem Wagen, die Giraffe fest im Arm. Immer wieder rieb sie mit den Händen über das kratzige Fell, ganz sicher, dass sie tot sein musste. Dann entdeckte sie

Rick, der aus dem Jeep geschleudert worden war, außerdem eine Krankentrage, von der ein schlaffer Arm herabhing. Der Gestank von Rauch und brennendem Öl hing in der Luft. Sie hörte das Schaben von Stiefeln auf Asphalt.

Die Sanitäter hatten sich über Rick gebeugt, doch sie verstand nicht, was sie sagten. Einer von ihnen hob den Kopf und warf ihr einen ernsten Blick zu. Sandra war klar, was das bedeutete.

Ihre Knie gaben nach. Erst jetzt bemerkte sie den breiten Riss in ihrer Jeans, aus dem Blut hervorquoll, aber sie wusste, dass sie es überleben würde. Auf allen vieren kroch sie über den heißen Asphalt zu Rick hinüber. »Sie sollten sich nicht bewegen«, rief ihr jemand hinterher, aber Sandra kroch unbeirrt weiter.

»Kennen Sie diesen Mann?« Einerseits klang die Frage drängend, andererseits war für Sandra alles verzerrt und in Nebel gehüllt wie in einem rauschenden Fernseher.

Kannte sie ihn? Sie hatte jeden Zentimeter seiner Haut mit ihren Fingern erkundet. Hatte in seine Augen geblickt, ihn mit Zuckerwatte gefüttert, sich in seinem Haar festgekrallt, wenn sie kam. »Ja.«

»Wir brauchen den Namen.«

»Rick Nash.«

Die Momente danach überstand Sandra allein durch Instinkt. Sie flehte Gott – irgendjemanden – an, Rick zu retten. Sie begann zu feilschen: Falls Rick überlebte, würde sie ihn freigeben. Ein mageres Angebot, aber mehr hatte sie nicht zu bieten. Hoffentlich würde es ausreichen.

Der Sanitäter schüttelte den Kopf. Wie schlimm es stand, erkannte sie daran, dass niemand protestierte, als sie die Hände auf seinen Arm legte. Und dann kam der Geruch. Aus Sandras Händen strömte Wärme.

»Habt ihr sie schon untersucht?«, brüllte einer der Feuerwehrleute. In medizinische Handschuhe gehüllte Finger umfassten ihre Schulter, aber sie schüttelte sie ab.

Als sie wieder auf Rick herabblickte, bemerkte sie, dass seine Augen offen waren. Ängstlich sah er sie an. »Es wird alles gut«, versicherte sie ihm. Sie legte eine Hand an seine Wange, die brennend heiß zu sein schien; erst da erkannte sie, dass die Hitze nicht von ihm ausging, sondern von ihr. Immer stärker brannte es, bis es ihr vorkam als würde sie eine Herdplatte berühren und nicht Rick, doch sie zog die Hand nicht zurück. Sie drückte die Hände an seine Haut, bis der brennende Schmerz sie beinahe in die Knie zwang. Erst als die Hitze nachließ und schließlich verschwand, ließ sie Rick wieder los.

Wie schon bei Ezra hatte sie ganz deutlich vor Augen, was unter seiner Haut vorging. Sie sah die gerissene Milz und den Riss im Herzmuskel, beides hervorgerufen durch den Aufprall. Mit aller Kraft wünschte sie sich, die Wunden mögen verschwinden, und zu ihrer Überraschung konnte sie wie durch ein imaginäres Guckloch in seiner Haut mitansehen, wie die zerfetzten Wundränder sich schlossen. Der Vorgang war mit unerträglichen Schmerzen für sie verbunden, als würde sie die Verletzungen in sich aufnehmen, doch mit jeder Sekunde, die verging, registrierte sie, dass er stärker wurde. Für einen winzigen Moment unterbrach sie den Kontakt, wappnete sich innerlich und griff nach seiner Hand. Mit erstaunlich viel Kraft klammerte Rick sich an ihr fest. Wie ein feuriger Handschuh umschlossen seine Finger die ihren, doch sie ließ nicht los. Sie spürte, wie sie ihn zurückholte, wie der Geruch des Todes nachließ. Eine unsichtbare Macht beugte sich ihrem Willen und gab ihn ihr zurück. Mit großen Augen starrte Rick sie an, unfähig zu sprechen, doch er schien zu begreifen, dass hier etwas geschah, das allein von Sandra ausging. »Du wirst leben«, presste sie hervor. »Du wirst wieder gesund.«

Als sie ihn in den Krankenwagen brachten, ließ Sandra ihn schließlich los, auch wenn Rick weiter die Hand nach ihr ausstreckte.

Wieder musterte sie prüfend ihre Finger. Alles in Ordnung – keine Verbrennungen, dabei hatte es sich angefühlt, als würde das Fleisch von ihren Knochen schmelzen. Ohne sich an jemand Bestimmten zu wenden, sagte sie laut: »Wenn er überlebt, gebe ich ihn frei.«

Später tauchte Kim im Warteraum der Klinik auf. Ihr Gesicht war gerötet, sie schien völlig aufgelöst zu sein.

»Was ist passiert?«

»Ein entgegenkommendes Auto ist ausgeschert.«

»Und du warst mit im Wagen?«

Sandra blickte hoch. Sie hatte einen Pappbecher mit lauwarmem Kaffee in der Hand. Der Arzt in der Notaufnahme hatte festgestellt, dass ihr außer ein paar Kratzern nichts fehlte, allerdings waren eine Menge Blutflecken auf ihrem T-Shirt – Ricks Blut. Sie nickte. »Er wird wieder gesund.«

»Woher weißt du das?«

»Ich weiß es eben.«

»Was soll der Scheiß, Sandra?« Kims Stimme wurde schrill. Sie starrte in den Flur hinaus, als wollte sie sich über etwas klarwerden. »Bist du in ihn verliebt?« Sie verstummte für einen Moment. »Ist er in dich verliebt?«

Blicklos starrte Sandra die Wand an und dachte über Kims Fragen nach. Das spielte jetzt keine Rolle mehr.

Zwei Stunden später kam Rick aus dem OP. Man hatte keine inneren Blutungen mehr gefunden, was Sandra nicht überraschte. Ein anderes Opfer des Unfalls starb auf dem Operationstisch, ein drittes war bereits bei der Ankunft im Krankenhaus tot.

Sandra hielt sich einen ganzen Tag von Rick fern. Erst als sie wusste, dass Kim nach Hause gefahren war, besuchte sie ihn in seinem Zimmer.

Er lächelte, sobald er sie sah. »Ich habe mich schon gefragt, wo du steckst.«

»Ich konnte nicht kommen.« Sandra setzte sich an sein Bett. »Sie weiß es.«

Ohne auf ihre Worte einzugehen, griff er nach ihrer Hand. Diesmal gab es keine brennende Hitze. Seine Haut war normal warm. »Komm her.« Er zog sie zu sich heran.

Sie gab ihm einen sanften Kuss und drückte ihre Stirn an seine.

»Was ist da passiert?«

»Der entgegenkommende Wagen ist auf unsere Spur ausgeschert und frontal mit uns zusammengestoßen. Dann sind die beiden Autos hinter uns auf uns aufgefahren.«

Beinahe abwesend protestierte Rick: »Das habe ich nicht gemeint, und das weißt du auch. Stell dich nicht dumm. Ich lag im Sterben – ich weiß das, und du weißt das ebenfalls. Und jetzt sitze ich hier. Es ist wie das, was du bei Ezra gemacht hast, oder? Was bist du?«

»Ich bin gar nichts. Du hattest einfach einen hervorragenden Chirurgen.«

»Der Chirurg hatte damit nichts zu tun, Sandra.«

Sie richtete sich auf und warf ihm einen langen Blick zu. »Vermutlich war deine Zeit einfach noch nicht gekommen.« Damit sammelte sie ihre Sachen ein.

»Geh nicht.« Er zog sie wieder zu sich heran.

»Ich sollte gar nicht hier sein.«

»Oh doch, das solltest du«, erwiderte er. »Diese Nahtoderfahrung hat mich verändert.«

»Inwiefern?«

»Ich brauche dich an meiner Seite.«

»Sag so etwas nicht. Ich habe es dir doch eben erklärt: Kim weiß es.«

»Das kümmert mich nicht.«

»Sollte es aber.«

»Ich liebe dich, Sandra.« Rick streichelte ihre Hand. »Und ich weiß, dass du mich auch liebst.«

Kraftlos ließ Sandra sich auf die Bettkante sinken. Dann beugte sie sich vor und hauchte einen zarten Kuss auf seine Lippen. »Als du auf diesem Highway lagst, warst du so gut wie tot. Ich habe Gott angefleht … jeden, der mir vielleicht zuhörte … dich zu retten. Ich habe einen Handel angeboten. Und du hast überlebt.«

Aufmerksam sah Rick sie an.

»Ich habe geschworen, dich freizugeben, falls du überlebst. Verstehst du?«

»Verrückter Aberglaube, das lasse ich nicht gelten.«

»Aber du weißt, dass es wahr ist. Irgendetwas ist geschehen. Du hast es selbst gespürt. Ich habe keine Ahnung, was es war, wirklich nicht.« Sie stand auf und wappnete sich für das, was sie nun sagen musste. Die leise piependen Monitore an Ricks Bett erinnerten sie daran, was ihr zurückgegeben worden war, warum sie diesen Handel abgeschlossen hatte. »Du darfst niemals daran zweifeln, wie sehr ich dich liebe, Rick. Aber wir können nicht länger zusammen sein. Ich werde das Schicksal nicht herausfordern. Nicht, wenn es dabei um dich geht.«

Er setzte sich auf, packte ihre Hand und zog daran.

»Das musst du akzeptieren.«

»Ich muss gar nichts akzeptieren. Ich kann ohne dich nicht weiterleben.« Krampfhaft hielt er ihre Hand fest, wollte die Verbindung nicht aufgeben.

»Du kannst und du wirst. Mach es uns doch nicht noch schwerer, Rick.«

Mühsam entzog sie ihm ihre Hand und wandte sich ab.

»Sandra?«

Sie drehte sich um.

»Schenk mir nur noch eine Minute. Einen Moment, in dem wir so tun, als wären wir ein ganz normales Paar, das sich voneinander verabschiedet bis zum nächsten Morgen. Würdest du mir diesen Gefallen tun?«

Langsam ging Sandra zurück zum Bett. Tief in ihrem Inneren wusste sie, dass sie so eine Szene bereits durchlebt hatte; und so nahm sie den Moment ganz bewusst wahr. Dieses Wissen brach ihr das Herz, war gleichzeitig aber auch ein Trost. Sie beugte sich vor und küsste Rick. Als ihre Lippen sich berührten, wurde Sandra von dem Gefühl erfüllt, Teil von etwas viel Größerem zu sein. In diesem Augenblick wusste sie mit unerschütterlicher Sicherheit, dass es bereits andere Ricks gegeben hatte – andere Versionen von ihm zusammen mit anderen Versionen von ihr. Doch das war unmöglich. Und trotzdem ging mit der Berührung die absolute Gewissheit einher, dass sie ihm hier und jetzt nicht zum ersten Mal Lebewohl sagte. Diese Trauer war unauslöschlich in ihrem Innersten eingebrannt.

Rick streichelte ihre Wange. »Ich liebe dich.« Er umfasste ihr Gesicht und hielt sie fest, sodass ihre Tränen sich mit seinen vermischten. Leise Schluchzer drangen aus seiner Kehle.

»Ich liebe dich auch. Ich werde dich immer lieben.« Sandra wischte sich die Tränen ab und verließ, ohne sich noch einmal umzudrehen, das Krankenzimmer. Hätte sie sich noch einmal nach ihm umgesehen, hätte sie vielleicht nicht mehr die Kraft aufgebracht, ihn zu verlassen. Erst als sie um die nächste Ecke gebogen war, blieb sie stehen, ließ sich an der Wand des Korridors hinabgleiten und begann, haltlos zu schluchzen.

In der Woche darauf bekamen No Exit dank ihres Erfolgs im

Shack einen eigenen Auftritt im Gazzarri's – größerer Club, größere Chance. Sandra war nicht sicher, wie Hugh sich nach dem Unfall ihr gegenüber verhalten würde. Doch falls er von ihrer Affäre mit Rick gewusst oder es von Kim erfahren hatte, ließ er sich nichts anmerken.

Diesmal schien sich Hughs nasaler Bariton noch besser mit Sandras Harmonien zu verbinden, und die Band sog die Energie des größeren Publikums regelrecht in sich auf. Nach der Show bemerkte Sandra in einer Ecke einen groß gewachsenen Mann, der auf sie zu warten schien. Als sie sich durch die Menge schob, folgte er ihr sogar auf den Sunset Strip hinaus. Es löste immer ein leichtes Kribbeln in ihr aus, wenn die Leute nach der Show mit ihr reden wollten. An diesem Abend hatte sie sogar ein paar Autogramme gegeben.

»Mademoiselle.« Der Akzent des Mannes sorgte dafür, dass Sandra sich neugierig zu ihm umdrehte.

»Ja?«

»Es ist gar nicht so leicht, an Sie heranzukommen.« Er hatte ein freundliches Gesicht, dem etwas Vertrautes anhaftete, das Sandra jede Nervosität nahm. »Eine großartige Show.«

»Vielen Dank.«

»Haben Sie schon einmal daran gedacht, eine Schallplatte aufzunehmen?«

Sandra lachte laut auf. »Machen Sie Witze? Wir denken an nichts anderes.«

»Ich könnte das möglich machen.« Der Mann reichte ihr eine Visitenkarte. »Wir stellen Ihnen das Studio in zwei Wochen zur Verfügung, falls Interesse besteht.« Damit nickte er ihr noch einmal zu, schob die Hände in die Taschen und schlenderte davon.

Sandra sah sich die Karte genauer an: hellblau mit einem goldenen, aufgeprägten Logo. Schien nicht billig zu sein.

Pangea Ranch Studios
Kit Carson Road
Taos, New Mexico

★

Luke Varner, Produzent

»Hey!«, rief sie dem Mann hastig hinterher. »Wie heißen Sie überhaupt?«

»Paul de Passe«, antwortete der Mann lächelnd, bevor er im Gewühl auf dem Sunset Strip verschwand.

Hugh saß am Steuer des Wagens seiner Mutter, eines 1965er Chrysler Imperial Crown Cabrios. Es war ein richtiges Frauenauto – weiß mit cremefarbenen Sitzen –, doch niemand wagte es, das ihm gegenüber anzumerken, da es sein einziges Erbstück von ihr war.

Paul de Passes Angebot, mit ihnen ein Album aufzunehmen, war zu einem perfekten Zeitpunkt gekommen. Sandra musste dringend mal für eine Weile aus Los Angeles raus. Schließlich musste sie sich an den Pakt halten, dem sie sich im Tausch gegen Ricks Leben verpflichtet hatte. Vielleicht war es reiner Aberglaube, so wie Rick gesagt hatte, aber sie wurde das Gefühl nicht los, dass sein weiteres Wohlergehen davon abhing, ob sie ihr Versprechen hielt.

Also hatten sie ihr Equipment – Ezras Schlagzeug, das Gibson-Keyboard und Hughs Gitarren – in einen kleinen Leihanhänger geladen, der nun von dem Chrysler gezogen wurde. Sandras Mutter hatte darauf bestanden, dass sie gleich zwei (blaue) Koffer mitnahm, und sie wusste ja wirklich nicht so genau, was sie erwartete. Allerdings hatte sie noch nie ein so gigantisches Gepäckstück gesehen wie das von Hugh. Sie teilte sich die Rückbank mit Ezra; als sie die Mojave-Wüste erreichten, lag er tief schlafend an ihrer Schulter.

»Hast du gewusst, dass die hier sind?« Lily zog einige Achtspur-Kassetten unter dem Beifahrersitz hervor.

»Nein. Was ist drauf?«

Lily drehte die Kassetten um und las die Schildchen. »Patsy Cline.«

»Das ist ihr *Story*-Album«, erkannte Sandra, die ihr über die Schulter spähte – eines der wenigen Alben in ihrem Besitz, das von Hugh gutgeheißen wurde. »Ich liebe es.« Sie fing an, aus voller Kehle *Strange* zu grölen, laut genug, um den schlafenden Ezra vor Schreck quer über die Rückbank springen zu lassen.

»Scheiße.« Er rollte sich auf der anderen Wagenseite zu einer Kugel zusammen. »Ich habe geschlafen!«

»Es sind zwei.« Lily musterte die beiden Bänder.

»Es war ein Doppelalbum«, erklärte Hugh geistesabwesend. »Meine Mutter hat es geliebt.«

Als sie die Kassette einlegten, setzte sie mitten in *She's Got You* ein. Patsy-Cline-Fan Sandra kannte natürlich den Text. Doch sie war überrascht, als Hugh in ihren Gesang mit einstimmte.

Ezra hielt sich die Ohren zu.

Sie fuhren weiter durch die karge, mit Kakteen und niedrigen Büschen durchsetzte Wüste und wurden regelrecht von der Sonne gebraten.

»Sieht aus wie Palm Springs«, fand Ezra.

»Hier sieht es überhaupt nicht aus wie in Palm Springs«, protestierte Lily.

In diesen Momenten, wenn sie sich zankten wie Geschwister beim Familienausflug, glaubte Sandra wirklich daran, dass sie es als Band schaffen konnten – und als Freunde. Dass es Ezra gelingen würde, clean zu bleiben, und dass sich Lily und Hugh mehr auf die Band konzentrieren würden als aufeinander. Gleichzeitig machte sie sich Sorgen, dass sie sich den Erfolg der Band vielleicht zu sehr wünschte.

»Wann sind wir da, Dad?« Ezra fläzte sich auf den Sitz und rieb sich mit beiden Händen das Gesicht. »Ich muss pinkeln.«

»Du hättest gehen sollen, bevor wir losgefahren sind«, gab Hugh in einer Parodie der Stimme seines Vaters zurück; das machte er gern und häufig. »Dieser Wagen hält für nichts und niemanden an.«

»Bei einer Vierzehnstundenfahrt?«, lachte Ezra. »Wenn du nicht möchtest, dass diese wundervollen cremefarbenen Sitze sich mit meiner Pisse vollsaugen, wirst du sehr wohl anhalten.«

»Bitte halt an«, ergänzte Sandra trocken. »Wir sind seit drei Uhr morgens unterwegs. Und ich will nicht in Ezras Pipi sitzen.«

»Das will niemand«, bekräftigte Lily.

Bei dem Wort *Wüste* hatte Sandra feinen, glatten Sand vor Augen gehabt, wie in *Lawrence von Arabien*; nicht Staub, Steine und krüppeliges Gestrüpp. Es gab nur wenige Straßenschilder, und jede Abzweigung sah gleich aus. Sie fuhren durch Flagstaff und Albuquerque bis nach Santa Fe, wo es endlich in nördlicher Richtung in die Berge hinaufging. Um fünf Uhr nachmittags erreichten sie einen kleinen Marktplatz, von dem Hugh den Wagen in eine schmale Zufahrt lenkte, an deren Eingang ein großes Kaktusfeld so von dem Schild *Pangea* ablenkte, dass sie es fast übersehen hätten. Der Zaun bestand aus willkürlich zusammengefügten schmalen Ästen.

Das Haus hingegen erinnerte farblich an eine Sandburg, allerdings mit rotem Dach. Aufgrund seiner hellen Erdtöne verschmolz es regelrecht mit seiner Umgebung, was wohl auch so beabsichtigt war. Sandra fiel sofort der Geruch auf, als sie aus dem Wagen stieg. »Wonach riecht es hier?«

»Lagerfeuer.« Als sie sich umdrehte, entdeckte sie den großen, dünnen Mann, mit dem sie auf dem Sunset Strip gesprochen hatte. Allerdings hatte er jetzt einen so üblen Sonnenbrand, dass er selbst im Dunkeln zu sehen war. Er streckte ihr die Rechte hin.

»Paul de Passe?« Sandra schüttelte ihm die Hand.

»Mademoiselle Keane.« Er deutete eine Verbeugung an und musterte dann den Anhänger. »Darf ich Ihnen mit dem Gepäck behilflich sein? Und dem, was Sie sonst noch mitgebracht haben?«

»Klar.« Sandra holte den größeren ihrer Koffer aus dem Kofferraum; den kleineren mit ihrer Unterwäsche und den Toilettenartikeln trug sie selbst.

»Ich bin das erste Mal in New Mexico.« Sie wusste gar nicht genau, warum sie plötzlich nervös zu faseln anfing, doch Paul nickte nur, während sie losgingen.

»Das war bei mir ebenso, bevor ich begann, für Pangca zu arbeiten, Miss Keane. Und ich weiß immer noch nicht, ob mir Taos gefällt. Ich denke, ich bekomme das Wetter hier nicht sonderlich gut.«

Sein Akzent war so stark, dass sie ihn kaum verstand. »Sie meinen, dass Wetter bekommt *Ihnen* nicht gut?«

»Genau.« Lächelnd korrigierte er sich: »Ich denke, das Wetter bekommt *mir* nicht sonderlich gut. Und ich bekomme schnell zu viel davon. Bald werden Sie wissen, was ich meine.« Er lachte.

»Dieser Geruch.« Sandra atmete tief ein. »Herrlich.«

»Ja, Mademoiselle. Die Menschen hier machen das ganze Jahr über draußen Feuer. Dieser Geruch entsteht durch die vielen Feuerstellen. Es ist der Duft von Taos. Wirklich angenehm, nicht wahr?« Paul räusperte sich kurz und deutete mit einem der Koffer nach vorne. »Dieses Haus dort ist im Hacienda-Stil erbaut. Es ist ziemlich alt.«

Das Haus war riesig. Hinter der fast ebenholzschwarzen, wuchtigen Doppeltür tat sich eine Eingangshalle mit dunkelbraunen Holzpfeilern und weißen Wänden auf. In der Mitte der Halle hing ein imposanter Kronleuchter mit fein geschliffenen Kristallen und zarten, goldenen Armen. Jenseits der Halle war ein offener Hof zu erkennen, an dessen äußerstem Rand ein Tipi aufragte.

»Ist das …?«

»Ein Tipi? Ja.« Paul tippte mit dem Finger ans Fenster. »Mr. Markwell hat uns in seinem Schreiben mitgeteilt, dass er darauf besteht, im Freien zu schlafen. ›Mitten in der Natur‹ wie er es nannte.«

»Tatsächlich?« Sandra blickte zu Hugh und Lily hinüber. »Das tut mir leid. Hoffentlich hat es keine zu großen Umstände gemacht.«

»Ganz und gar nicht, Mademoiselle. Sie werden quasi einen Monat lang hier eingesperrt sein, während Sie das Album aufnehmen. Mr. Varner möchte, dass Sie sich wohlfühlen.«

»Hugh ist ein begeisterter Naturbursche – zumindest bis er sich unter eine moderne Dusche stellen will«, erklärte Sandra ihm gedämpft, während sie mit der Hand über die aufwendigen Schnitzereien an der Tür strich.

Seltsamerweise erfüllte sie diese spanisch wirkende Architektur mit einer unerwarteten Traurigkeit. Seit sie Rick von den Toten zurückgeholt hatte, waren merkwürdige Dinge in ihr geweckt worden. Die grünen Kakteen draußen schienen regelrecht zu glühen, als hätte sie etwas eingeschmissen. Außerdem hatte sie seltsame Träume von einem Bauernhof in Frankreich, in denen sie die fremde Sprache problemlos verstand. »Woher kommen Sie ursprünglich?«, fragte sie Paul.

»Aus Paris«, antwortete er, wobei das *S* in dem Städtenamen bei ihm irgendwie unter den Tisch fiel. Er hob Sandras Koffer wieder auf und ging zur Treppe. »Mr. Varner erwartet Sie alle um halb acht zum Abendessen.«

»Wir würden uns gerne das Studio ansehen.« Ezra schleppte seine Taschen allein. »Und ich schlafe nicht so gerne draußen in der Wildnis.«

»Keine Sorge, Mr. Gunn. Für Sie haben wir im oberen Stock Zimmer vorbereitet.« Paul wandte sich zur Treppe. »Mr. Varner wird Ihnen das Studio später sicher noch zeigen.«

Während sie versuchte, das merkwürdige Déjà-vu abzuschütteln, in dem Paul schon einmal ihr Gepäck getragen hatte, folgte Sandra ihm zur Treppe. Dabei fiel ihr auf, dass an einer Seite der Eingangshalle eine antike Kirchenbank stand. Nach kurzem Zögern entschied sie, sich erst ein wenig im Erdgeschoss umzusehen, bevor sie auf ihr Zimmer ging. So stieß sie auf ein Wohnzimmer mit rustikaler, offener Deckenkonstruktion und großem Kamin, der perfekt zu den Rauputzwänden passte. Die vielen Bücherregale und der Flügel hinten in der Ecke ließen den Raum ihrer Meinung nach eher wie eine Bibliothek wirken, nicht wie den Wohnraum auf einer Ranch.

»Sie müssen Sandra sein.« Eine Frau mittleren Alters mit langen Haaren und ausladendem Busen lehnte in der offenen Tür. »Ich bin Marie. Willkommen auf der Pangea Ranch.«

»Vielen Dank.«

»Nach der langen Fahrt sind Sie sicher erschöpft. Wir haben Mr. Markwell und Miss Leotta bereits in ihrem … Tipi untergebracht.« Bei Marie war der französische Akzent nicht ganz so stark ausgeprägt wie bei Paul. »Hat Paul Ihnen mit dem Gepäck geholfen?«

»Ja, das hat er.« Sandra folgte Marie zurück in die Eingangshalle und die hübsch geflieste Treppe hinauf.

»Sie sind genau zur richtigen Zeit nach Taos gekommen«, erklärte Marie, »hier herrscht gerade eine Menge Aufregung. Der Schauspieler Dennis Hopper hat sich das Anwesen Mabel Luhan gekauft, ein Stück weiter die Straße runter. Deswegen ist hier zurzeit ziemlich viel los. Viele Menschen aus Hollywood kommen in die Stadt. Angeblich soll Michelle Phillips von The Mamas and the Papas bei ihm sein. Kennen Sie sie zufällig?«

Sandra lächelte. Sie hatte die Band in verschiedenen Clubs auf dem Strip gesehen. Ihre Musik ähnelte der von No Exit. Und Hugh und sie hofften sehr, einmal so berühmt zu werden wie Michelle und John Phillips. »Nein, aber ich habe sie spielen gehört.«

»Ich würde sie unheimlich gerne einmal treffen.« Marie ging weiter und setzte ihre Erklärungen fort: »Mr. Varner, den Sie ja bald kennenlernen werden, ist in der Kunst- und Musikbranche tätig. Hier in der Stadt ist er aber vor allem als Heiler bekannt. Ich arbeite nun schon eine ganze Weile für ihn.«

»Als Heiler?« Sandra blieb abrupt stehen. »Wirklich?« Der mysteriöse Mr. Varner wurde immer interessanter.

»Oh ja«, nickte Marie. »Hier in der Gegend ist er ziemlich berühmt. Die Leute kommen zu jeder Tages- und Nachtzeit. Dieser Mann ist ein Heiliger.«

»Wie ist er denn so?« Irgendwie kam Sandra der Name Luke Varner bekannt vor.

Lächelnd blieb Marie auf der obersten Treppenstufe stehen. »Er ist ein erstaunlicher Mann. Seine Galerie in der Stadt betreibt er schon seit Längerem, aber dieses neue Werk, dieses Plattenstudio … *c'est magnifique*. Man könnte ihn als … Renaissancemenschen bezeichnen. Er hat eine alte Seele. Doch seine Geschichte soll er Ihnen selbst erzählen.« Sie führte Sandra zu einer Tür, hinter der sich ein Schlafzimmer mit Doppelbett, schlichter Tagesdecke und Wollteppich verbarg. Außerdem verfügte es über einen eigenen Balkon, der zur Hofseite hinausging. Das Geräusch schlagender Türen war zu hören, dann ertönte von irgendwoher Lilys Lachen.

Sobald sie allein war, ließ sich Sandra auf das Bett fallen. All das hier – Taos und die Plattenaufnahmen – kam ihr unwirklich vor. Erschöpft schlief sie ein. Als sie aufwachte, stand die Sonne bereits tief am Himmel. Ein Blick auf die Uhr verriet ihr, dass es fast sieben war. Sandra bürstete ihre langen, rötlich-blonden Haare, bis sie glänzten. Da sie nicht wusste, worauf sie sich einstellen sollte, entschied sie sich für ein luftiges, langärmliges Sommerkleid und braune Stiefel. Stirnrunzelnd musterte sie sich im Spiegel; sie war blass. Marie hatte einen aufwendig gearbeiteten Gürtel im indianischen Stil mit schweren Silberplatten getragen, dazu Türkisschmuck und so viele Armreifen, dass sie bei jedem Schritt auf der Treppe geklirrt hatten. Sie selbst hatte nicht mehr als das zu bieten. Seufzend ging Sandra nach unten zum Abendessen.

Die Rückseite des Hauses war mit unzähligen Lichtern geschmückt. Sobald die Sonne untergegangen war, wurde es in der Wüste kalt – wieder etwas, womit Sandra nicht gerechnet hatte. In Los Angeles gab es auch kalte Nächte, vor allem oben im Laurel Canyon, aber das hier waren schon fast eisige Temperaturen. Neben der Haustür stand ein Gewehr, was Sandra etwas befremdlich fand, bis sie die klagenden Tierlaute draußen in der stillen Wüste hörte.

Lily war bereits in ein Gespräch vertieft. »Wir leben gerne draußen in der Natur.« Wie so oft hielt sie Hof; auf dem Boden vor dem Plattenspieler sitzend und auf einen vollkommen gefesselten Paul einredend. »Wir wohnen im Canyon.« Sandra war sich ziemlich sicher, dass Paul keine Ahnung hatte, was »der Canyon« in diesem Fall zu bedeuten hatte.

»Ja, und im Sommer bauen wir fast unser gesamtes Essen selbst an«, ergänzte Hugh, der neben Lily Platz nahm und ihre Hand drückte. Die Art, wie sie sich aneinanderlehnten, zeigte deutlich, wie zugedröhnt sie waren. »Grüne Bohnen, Kürbisse, Chilischoten …«

»C'est magnifique.« Marie kam genau beim Stichwort Chilischoten um die Ecke. »Das Abendessen ist fertig.«

»Ich bin immer noch so gespannt auf das Studio«, jammerte Ezra.

»Nach dem Essen.« Marie scheuchte ihn von seinem Stuhl hoch.

Als Sandra im Wohnzimmer an dem wuchtigen Flügel vorbeikam, zog das Instrument sie wie magisch an. Da sie gerade allein im Raum war, wurde sie von dem Wunsch gepackt, den Klang auszuprobieren. Nur ganz kurz, ein Stück, dann würde sie zum Essen gehen. Schnell rutschte sie auf die Klavierbank und begann mit einem leichten Stück von Grieg, das sie bereits seit Kindheitstagen spielte. Dann ging sie zu einem Satie über, der lange zu ihren Lieblingsstücken gehört hatte. Als sie damit fertig war, zog sie die Hände von den Tasten und nahm den Fuß vom Pedal. Dieses Klavier hatte einen absolut reinen, vollen Klang, auch wenn es leicht verstimmt war. Es war das beste Instrument, das sie je gespielt hatte.

»Das war sehr schön.«

Als Sandra sich umdrehte, sah sie einen Mann, der sich in etwas niedergelassen hatte, das wohl eine Art gotischer Bischofsthron aus Ebenholz war. Und obwohl der mit fast zwei Meter hohen Pfeilern, opulenten Engelsschnitzereien und Prankenfüßen versehene Stuhl ihn quasi zu umschließen schien, wurde der Mann von diesem Prunk in keinster Weise erdrückt. Sein braun gebranntes Gesicht mit den dichten Barstoppeln schien diese Pracht ebenso zu verspotten wie seine schmutzigen Stiefel.

»Tut mir leid, ich wusste nicht, dass jemand zuhört.«

»Das habe ich gemerkt«, erwiderte er lächelnd. »Was es nur umso interessanter gemacht hat.« Mit gefalteten Händen musterte er ihr Gesicht so eingehend, als hätte er es seit langer Zeit nicht mehr gesehen.

»Sie sitzen da aber in einem ziemlich großen Stuhl«, stellte Sandra fest.

»Ja, nicht wahr?« Er strich über die Armlehnen. »Ich liebe dieses Ding! Den habe ich in einer katholischen Mission in Albuquerque entdeckt. Früher war es einmal ein Bischofsthron. Aber wo bleiben nur meine Manieren?« Er erhob sich. »Luke Varner.« Schlank war er, und nicht einmal annähernd so groß wie Paul de Passe oder auch nur der Stuhl, in dem er gerade noch gesessen hatte. Seine kräftig gebräunte Haut zeigte, dass er wohl viel Zeit im Freien verbrachte. Die Sonne hatte ihr einen warmen Karamellton verliehen, passend zu den lockigen braunen Haaren. Aus den mit Grau durchsetzten Stoppeln auf seinen Wangen würde vermutlich bald ein Bart werden. Das burgunderrote Hemd und die abgetragene Jeans ließen ihn aussehen wie einen Rancharbeiter aus *Rauchende Colts*.

»Sandra Keane.« Sie streckte ihm die Hand entgegen. »Aber das wissen Sie ja bereits, Mr. Varner.«

Anstatt zu antworten, signalisierte er ihr, durch den Flur nach draußen zu gehen. Dort war neben einem hell flackernden Feuer ein Tisch gedeckt worden. Auf der Veranda stand ein Plattenspieler, den Hugh bereits mit Musik bestückt hatte. Gerade begann ein neues Album, Donovans *Hurdy Gurdy Man*. Es gab mexikanisches Hühnchen, das Marie offenbar schön lange hatte schmoren lassen. Auch im Wohnzimmer hatte Sandra ein offenes Feuer im Kamin entdeckt.

Alle sahen auf, als Luke Varner an den Tisch trat. Marie umsorgte ihn sofort, und Sandra fiel auf, wie auch Lily ihre Aufmerksamkeit von Hugh auf Luke verlagerte. Hugh schien das zu registrieren und hinzunehmen.

Sandra war überrascht, dass sie Luke Varner auf Anhieb attraktiv fand. So kurz nach der Sache mit Rick kam ihr das merkwürdig vor, fast wie ein Verrat an ihm, doch dieser Mann hatte etwas an sich, das quasi aus der Vergangenheit auf sie einzudringen schien. Wie eine Tür, die sich langsam öffnete.

Das Gespräch drehte sich zunächst um den Rennkuckuck, den Lily auf der Fahrt gesehen hatte; es war ihr Erster gewesen. Dann wechselte das Thema zu Karl Marx, von dem Hugh ganz besessen war. Wenn Hugh dabei war, landete man früher oder später immer bei Karl Marx.

»Der Mann hat sich von seinem eigenen Werk entfremdet«, konstatierte Hugh. »Finden Sie nicht auch?«

»Ich halte Marx für ziemlich überschätzt«, antwortete Varner.

»Luke leistet hier wahrhaft Großes«, schaltete sich Lily ein, die offenbar beschlossen hatte, dass sich alle duzen sollten. »Marie hat erzählt, dass er allein verhindert, dass die Arbeit der örtlichen Künstler von korrupten Kapitalisten ausgebeutet wird.«

Prompt begann Hugh ein Gespräch über Kunst. Sandra war sich zwar nicht sicher, ob er überhaupt Ahnung von dem Thema hatte, aber das war für Hugh noch nie ein Hinderungsgrund gewesen, seine Meinung kundzutun.

Es klingelte an der Haustür, und Marie entschuldigte sich, um aufzumachen. In der Halle wurden Schritte laut, dann murmelnde Stimmen. Schließlich erschien Marie wieder auf der Veranda und winkte Luke zu sich heran. Die anderen waren völlig in ihr Gespräch vertieft und aßen und tranken ungestört weiter. Sandra allerdings war neugierig geworden. Sie wartete einen Moment, dann stand sie auf und folgte Luke ins Haus.

In der Eingangshalle lag ein junger Mann mit einer stark blutenden Bauchwunde. Ein älterer Mann sprach in hektischem Spanisch auf Marie ein, die ihn wohl problemlos verstand. Die Zeit, die durch ihre Übersetzung verlorenging, war umso frustrierender, als der Junge anfing, krampfhaft zu zucken. Seltsamerweise hörte Luke sich vollkommen gelassen die Geschichte des Mannes an, anstatt sich um den Jungen zu kümmern.

»Das ist sein Sohn«, erklärte Marie. »Er wurde angeschossen. Der Vater wusste nicht, was er tun soll, hat früher aber schon von Ihnen gehört.«

Luke kniete sich neben den Jungen. Seine gesamte Hüfte war mit klebrigem, beinahe schwarzem Blut verklebt. Sandra konnte den Tod riechen, jene süßliche Fäulnis, die immer von sterbenden Körpern aufstieg. Dieser Junge würde nicht mehr lange leben.

Dann ging es hier also um eine dieser »Heilungen«, von denen Marie ihr erzählt hatte. Mit angehaltenem Atem wartete sie ab.

Luke drehte sich zu ihr um. »Möchtest du es versuchen?«

Entschieden schüttelte sie den Kopf. *Woher wusste er von ihren Fähigkeiten?*

»Versuch es«, wiederholte er unbeeindruckt; kein Befehl, aber auch keine Bitte. Luke zog sich ein Stück zurück, damit sie Platz hatte, behielt sie aber genau im Auge. Plötzlich schien das Ganze eine merkwürdige Art von Test zu sein.

Sandra schob sich die Haare aus dem Gesicht, kniete sich hin und warf Luke einen Hilfe suchenden Blick zu. Dass er glaubte, sie könnte das schaffen, verlieh ihr Sicherheit. Sie würde es versuchen. Der ältere Mann hatte angefangen zu weinen, und Marie hielt ihn auf Abstand. Genau wie bei Ezra und Rick legte Sandra ihre Hand auf den Bauch des Jungen. Sie schloss die Augen und konnte vor sich sehen, wo die Kugel sich durch Gewebe und Knochen gebohrt hatte. Sie war auf der rechten Körperseite eingedrungen und hatte dabei die Leber zerrissen. Ihre blutigen, glitschigen Hände erwärmten sich, und Sandra sah, wie sich das zerstörte Gewebe wieder zusammenfügte, als wäre sie ein Chirurg mit einer Nadel. Da sie nicht sicher war, was sie mit der Kugel machen sollte, warf sie Luke einen fragenden Blick zu. Der beobachtete sie aufmerksam. Schließlich ließ sie die Kugel in ihren Gedanken immer kleiner werden, bis sie nicht mehr größer war als ein harmloses Sandkorn. Noch immer floss Blut aus der Wunde, was Sandra im nächsten Schritt beendete, dann konzentrierte sie sich darauf, die Arterien neues Blut bilden zu lassen. Der Körper des Jungen reagierte sofort, produzierte frisches Blut und verschloss die Wunde.

An das unerträgliche Brennen in den Händen hatte sie sich inzwischen gewöhnt, aber das hier war schon ein schwieriger Fall. Der junge Mann begann zu husten, was sie für ein gutes Zeichen hielt. Nun registrierte Sandra auch, dass Luke sich ganz und gar auf sie konzentrierte. Als sie den Schmerz nicht länger aushielt, nahm sie die Hände vom Bauch des Jungen und taumelte so ruckartig nach hinten, dass sie beinahe quer durch die Halle stolperte. Wie jedes Mal musterte sie ihre Hände, und wo eigentlich Brandblasen hätten sein müssen, entdeckte sie nur gesunde, rosige Haut. Sandra blickte hoch. Sämtliche Hausbewohner – Marie, Paul, Hugh, Lily und Ezra – und auch der Vater des Jungen starrten sie an.

Zu sehen, wie sich der Junge in seiner blutdurchtränkten Kleidung auf die Knie stemmte und mithilfe seines Vaters aufstand, war ein kaum zu verarbeitender Widerspruch. An seinen Sachen klebte so viel Blut, dass er unmöglich am Leben sein konnte, geschweige denn in der Lage sein sollte, aufzustehen und zu gehen.

Der Vater wandte sich an Sandra, die inzwischen mit Pauls Unterstützung ebenfalls wieder auf die Füße gekommen war.

»Ich habe gehört, dass auf dieser Ranch magische Dinge geschehen«, sagte er. »Aber was du getan hast …« Vollkommen überwältigt packte er Sandras Hände. Seine Finger waren kühl, was sich auf ihrer noch immer erhitzten Haut wunderbar anfühlte. So ließ sie sich gerne einen Moment festhalten.

Sandra fehlten die Worte. Das war alles neu für sie. Stille hatte sich über die Halle gesenkt, und sie wusste nicht, ob sie nun richtig oder falsch gehandelt hatte. Luke wirkte zufrieden, aber nicht überrascht. Sie versuchte, noch mehr aus seiner Miene herauszulesen, aber es gelang ihr nicht. Sie selbst hingegen war extrem verwirrt, beinahe schockiert. Die Heilung dieses Jungen war einem Befehl gleichgekommen, als wäre das ein billiger Zaubertrick.

Offenbar war der Sohn ebenso überwältigt wie Sandra, denn er zog nun verblüfft sein Hemd hoch. An der Stelle, wo die Kugel eingedrungen war, hatte sich eine kaum sichtbare Narbe gebildet. Es sah aus, als wäre der Unfall vor Jahren geschehen, nicht erst am heutigen Tag.

Nun wandte sich der Vater an Luke: »Ich weiß nicht, wie ich Ihnen danken soll.«

»Dafür sind wir doch da.« Luke brachte Vater und Sohn zur Tür. Nachdem die schweren schwarzen Türflügel hinter den beiden zugefallen waren, lehnte Luke sich dagegen und meinte: »Das war einfach brillant, Sandra.«

»Das Gleiche hat sie bei dir auch gemacht, Ezra.« Hugh fiel Sandra um den Hals und küsste sie auf den Mund. Er war betrunken.

»Gigantisch.« Lily verdrehte die Augen. »Das war so ziemlich das Abgefahrenste, was ich je gesehen habe. Und ich habe schon ziemlich abgedrehte Scheiße erlebt.«

»Allerdings«, bekräftigte Hugh. Nur Ezra blieb stumm. Sandra sah ihn an. Sie hatten nie über das gesprochen, was sie nach seiner Überdosis mit ihm gemacht hatte. Jetzt wirkte er betroffen.

»Ich werde mir mal etwas Frisches anziehen.« Sandra sah an sich herunter und bemerkte zwei blutige Flecken, wo sie ohne es zu merken ihre Hände an ihrem Kleid abgewischt hatte. Mit schweren Schritten ging sie zur Treppe, packte das Geländer und schleppte sich die Stufen hinauf.

Zum Glück hatte sie ein eigenes Badezimmer mit Wanne. Sie ließ sich ein Bad ein und glitt dankbar in das warme Wasser. Was geschah nur mit ihr?

Später saß sie in einen Bademantel gewickelt auf ihrem Balkon, als es klopfte. Vor der Tür stand Luke Varner.

»Ich wollte mal nach dir sehen«, erklärte er, ohne die Hände aus den Taschen zu nehmen.

Sandra bat ihn herein und setzte sich auf ihr Bett, während er an die Kommode gelehnt stehen blieb. Keiner von ihnen sagte etwas. Sie wusste auch gar nicht mehr, was sie noch sagen sollte. Worte waren längst nicht mehr so wichtig für sie wie früher. »Was war das?«, fragte sie schließlich.

»Du hast einem Menschen das Leben gerettet.«

»Woher wussten Sie, dass ich das kann? Ich selbst weiß ja nicht einmal, wie ich das mache.«

»Das ist kompliziert.«

»War das ein Test?«

»Ja, war es.« Luke seufzte; offenbar wollte er noch mehr sagen. »Was du dort unten getan hast … So etwas habe ich noch nie gesehen.«

»»Marie sagte, Sie wären ein Heiler, Mr. Varner. Dann haben Sie etwas *Ähnliches* bestimmt schon erlebt.«

»Außer bei mir, meinte ich«, konkretisierte er schmunzelnd. »Nein, von mir einmal abgesehen noch nie.«

»Sie können das hier also auch?« Sandra beugte sich mit ausgestreckten Händen vor.

»Ja.« Wieder seufzte er. »Aber ich habe noch nie erlebt, dass du …« Er verstummte abrupt. »Ich habe noch nie erlebt, dass jemand anderes es konnte. Darf ich dich etwas fragen? Wie funktioniert das?«

»Ich habe keine Ahnung«, gab sie ehrlich zu. »Ich kann erkennen, ob ein Mensch stirbt. Für mich riechen sie dann anders. Und seit Kurzem weiß ich, dass ich die Fähigkeit habe, daran etwas zu ändern. Ich überrede den Körper dazu, das zu tun, was ich will.«

»Hattest du diese Gabe schon immer?«

»Diesen Geruch nehme ich schon seit meiner Kindheit wahr.« Sandra starrte auf ihre Finger. »Aber die Heilkräfte sind neu. Ich denke, sie kommen aus meinen Händen.« Wieder drehte sie beide Hände hin und her, als gäbe es dort etwas zu sehen. »Ich bin mir nicht sicher, aber sie brennen, während ich es tue.« Sie dachte darüber nach.

»Sonst noch etwas?«, wollte er wissen.

»Was meinen Sie?«

»Suggestionskraft? Kannst du Gedanken manipulieren?«

»Soll das ein Witz sein?« Noch immer musterte sie ihre Finger. »Ich denke, es kommt alles aus meinen Händen. Ich hatte auch nie Klavierunterricht. Na ja, von einer Stunde mal abgesehen.«

»Und da hast du so gespielt wie vorhin im Wohnzimmer?«

Sie nickte.

»Deine Gabe ist stark.«

»Das ist keine Gabe. Es ist ein Fluch«, flüsterte Sandra so leise, als fürchtete sie sich vor ihren eigenen Worten. »Ich bin ein Freak.«

»Du bist kein Freak«, widersprach Luke mit einem traurigen Lächeln. »Und es tut mir leid, dass man dir dieses Gefühl vermittelt hat. Willkommen auf Pangea, Sandra. Hier wirst du immer ein Zuhause haben.« Er ging zur Tür und klopfte leicht dagegen. »Und du hast noch nicht mal das Tonstudio gesehen.«

Sandra grinste. »Vielen Dank, Mr. Varner.«

»Nenn mich Luke.«

»Vielen Dank, Luke.«

Am nächsten Morgen führte Luke sie in den hinteren Flügel des Hauses, der aus zwei Räumen bestand: dem Technikraum und dem durch eine Glasscheibe abgetrennten Studio.

»Geiler Scheiß«, meinte Hugh und streckte die Hand nach den vielen Knöpfen und Reglern aus.

»Nicht anfassen«, befahl Luke.

Sofort zog Hugh die Hand zurück.

So ein großes Mischpult hatte Sandra noch nie gesehen, hier gab es sicher dreihundert Schalter und Regler. Das alles war unfassbar: dass sie hier in diesem Tonstudio waren und jemand wie Luke Varner genug Vertrauen in sie setzte, um sie ihr eigenes Album aufnehmen zu lassen.

»Wir fangen mit dem Schlagzeug an«, wandte sich Luke an Ezra. »Sobald der Sound stimmt, nehmen wir die Tonspur auf.«

»Wie funktioniert das eigentlich?« Ezra starrte durch die Scheibe auf sein Schlagzeug, das bereits aufgebaut und von mindestens sechs Mikrofonen umgeben war. »Wie nimmt man ein Album auf?«

Die Vorstellung war einschüchternd. Hugh und Sandra hatten zusammen gerade mal fünf eigene Songs geschrieben. Während der letzten zwei Monate hatten sie die im Shack mehrmals gespielt und die kritischen Stellen überarbeitet, aber nun sahen sie sich über das Neve-Mischpult hinweg an und hatten wohl beide denselben Gedanken: *Heilige Scheiße! Können wir das schaffen?*

Sie hatten nun einen Monat Zeit, um hier unter Anleitung eines Profis, der ihren Sound perfektionieren würde, an ihrer Musik zu arbeiten. So eine Chance bekam man nur einmal im Leben, das war ihnen bewusst.

»Besser kann es nicht werden, oder?«, fragte Hugh so leise, dass nur Sandra ihn hören konnte.

»Nein, besser kann es nicht werden.«

Luke blickte hoch. »Oh gut, die Kavallerie ist da.« Wieder wandte er sich an Ezra: »Diese Männer können dir genau erklären, wie man ein Album aufnimmt.«

An der Tür waren zwei Typen aufgetaucht.

»Das ist Bex Martinez«, stellte Luke den größeren der beiden vor. »Für die Dauer der Aufnahmen wird er euer Bassist sein. Paul meinte, dass ihr keinen habt. Bex ist Studiomusiker und kommt ursprünglich aus Santa Fe.« Der hochgewachsene, schlaksige Bex trug einen Cowboyhut und ein T-Shirt mit abgerissenen Ärmeln. Anstatt etwas zu sagen, nickte er ihnen bloß zu. »Ich glaube, er kann auch Leadgitarre und Steelgitarre spielen, falls es nötig sein sollte.«

»Und Banjo«, ergänzte Bex.

»Und Banjo.« Luke klatschte in die Hände und wandte sich dem zweiten Neuankömmling zu, einem kleinen, kahlköpfigen Mann mit einem langen Bart. Er erinnerte Sandra an einen Weihnachtselfen, den sie einmal im Fernsehen gesehen hatte. »Und das ist Lenny Brandt. Er ist euer Tontechniker, extra aus England eingeflogen.« Mit einem Blick zu Hugh fügte er hinzu: »*Er* darf das Mischpult anfassen.«

»Gigantisch«, brachte Lily es auf den Punkt.

»Lasst mal hören, was ihr schon habt«, erklärte Lenny, der eigentlich gar nicht aus England stammte, sondern aus Australien. Während der kommenden Stunden ließen er und Luke die Band nur die fünf Songs spielen, die bereits fertig waren. Lenny unterbrach immer wieder, nahm Korrekturen vor oder machte Vorschläge; sein Gehör war unfehlbar. Seine Finger mit den abgekauten Fingernägeln flogen geradezu über die Regler. Manchmal machte er sich hektisch Notizen und füllte zu jedem Song bis zu sieben Seiten, bevor er sie mit dem nächsten weitermachen ließ.

Am Abend waren alle erschöpft. Marie hatte ihnen sogar das Abendessen ins Studio gebracht. Von Toilettengängen abgesehen, war die Band den ganzen Tag nicht aus dem Aufnahmeraum rausgekommen.

»Sonst noch was?«, wandte sich Lenny an Sandra und Hugh.

»Bis jetzt ist das alles, was wir haben«, antwortete Letzterer.

»Ich habe noch zwei Songs.« Ezra spähte hinter seinem Schlagzeug hervor.

»Habt ihr die schon mal gespielt?«, wollte Lenny wissen – wieder von Sandra und Hugh, die gleichzeitig den Kopf schüttelten.

»Okay, wenn es geht, werdet ihr diese beiden Songs heute Abend noch proben, um sie fertigzustellen. Bislang haben wir fünf Songs für das Album, mit denen wir arbeiten können. Wir wollten versuchen, möglichst einen pro Tag aufzunehmen, was allerdings ein ziemlich straffes Programm ist, weil ich denke, dass an allen noch einiges getan werden muss.« Lenny wandte sich an Bex. »Oder was meinst du?«

Bex nickte. »Ich denke, Hugh und ich können bei den Gitarren noch was machen.«

»Bin absolut deiner Meinung«, nickte Lenny, um dann an Sandra gewandt fortzufahren: »Und ich will ein normales elektronisches Keyboard hier haben. Entweder das, oder wir schaffen diesen herrlichen Steinway hier rein, obwohl der wohl noch etwas gestimmt werden muss.«

»Allerdings«, nickte Sandra.

»Alles in allem haben die Songs etwas zu viel Hall. Ihr habt tolle Texte und versucht, so zu tun, als wärt ihr Hendrix. Aber Hendrix ist nun einmal Hendrix. Begriffen? Versucht, eure eigene Stimme zu finden.« Lenny lehnte sich gegen die Scheibe. »Okay, und jetzt bauen wir uns ein paar Joints.«

»Scheiße, ja«, bekräftigte Hugh.

Am nächsten Morgen begannen sie mit den Aufnahmen: erst das Schlagzeug, dann die Gitarren, gefolgt vom Keyboard und zum Schluss der Gesang. Als der erste Song fertig war, überreichte ihnen Lenny eine Achtspur-Kassette und eine Flasche Tequila. »Sucht euch einen besonderen Ort dafür.«

Hugh grinste die anderen vier an – denn Bex war bereits zu einem vollwertigen Bandmitglied geworden –, und sie setzten sich in den Chrysler, ließen das Verdeck herunter und reichten die Flasche herum, während das Masterband lief und die Sonne auf sie herabschien. Bis jetzt hatten sie sich noch nie selbst spielen gehört.

Lenny hatte das Schlagzeug so weit hervorgehoben, dass es die anderen ausbalancierte, Bex' Bass reingemischt und so die Gitarren verstärkt. Das Endergebnis war ein Song, der nicht länger durch zu viel Hall verkompliziert wurde, sondern einen ganz neuen Schliff hatte.

»Jesus«, stöhnte Ezra. »Das sind wir.«

Sandra hatte einen Kloß im Hals und musste gegen die Tränen ankämpfen. Einzeln waren sie nie so stark gewesen wie jetzt als Einheit. Ja, sie waren gut. Sie konnten es schaffen.

Während der nächsten beiden Tage trennten sie sich vormittags, jeder arbeitete an eigenen Sachen, und nachmittags setzten sie sich zusammen und sahen sich an, was dabei herausgekommen war. Die Aufnahmen der nächsten beiden Songs begannen, und mit ihnen setzten auch wieder Sandras merkwürdige Träume ein. Frankreich wurde zu einem Ort aus *Alice im Wunderland*, denn es fühlte sich an, als würde sie in den Körper einer anderen Person schlüpfen. Da war dieser Maler, sein Name war Marchant, und sie hatte wilden, intensiven Sex mit ihm. Am Morgen danach kam sie vollkommen gerädert die Treppe herunter, war sich ihrer Umgebung aber viel stärker bewusst, vor allem der Farben und Klänge.

Seltsamerweise förderten diese Träume ihre Kreativität im Studio, und sie schlugen sich auch in ihren Kompositionen nieder. Wenn sie sich nun einen Song anhörte, den sie bereits seit einem halben Jahr spielten, sah sie ihn plötzlich in einem ganz neuen Licht. Verträumter sollte er klingen, das Tempo musste runter. Bex begriff, worauf sie hinauswollte, und wechselte zu seiner Steel-Gitarre. Außerdem schlug er Ezra vor, die weichere Snare einzusetzen. Am Ende kam ein opulentes, verführerisches Stück dabei heraus, das dieselben Emotionen in ihr auslöste wie der Traum.

In der dritten Nacht wurde es noch merkwürdiger, da ihr nun auch eine Version von Luke Varner erschien. Juliet, das Mädchen in diesen Träumen, war zu ihm nach Paris gezogen. Sie spielte Klavier und bevorzugte Grieg und Satie – Stücke, die Sandra durch und durch vertraut waren. Als das Mädchen schließlich von der Pont Neuf sprang, wachte Sandra hustend und würgend auf und spuckte tatsächlich Wasser auf ihr Kopfkissen.

»Jesus.« Sie starrte an die Decke. »Was ist nur mit mir los, verdammt?«

Beim Frühstück ließ sich Luke genau gegenüber von ihr nieder. »Darf ich dir etwas zeigen?«

Sie durchquerten die Eingangshalle und gingen in das Wohnzimmer, wo der Flügel stand. Er holte mehrere Notenbücher hervor, mindestens vier Stück. Sandra sah, dass sie handschriftliche Kompositionen enthielten. »Vielleicht kannst du dir hier ein bisschen Inspiration holen? Lenny meinte, ihr braucht noch vier weitere Songs.«

Sandra ging die Partituren durch. Diese Handschrift … Die ersten Takte kamen ihr bekannt vor, und sie beugte sich interessiert vor. »Wer hat das geschrieben?«

»Das ist jetzt nicht von Belang«, meinte Luke. »Versuch es einfach.«

Sie setzte sich an den Flügel und schlug nach und nach mehrere der Bücher auf, die offenbar jahrelang weggeschlossen gewesen waren. Die Seitenränder waren vergilbt, aber die Noten noch gut lesbar. Der Einsatz der Viertel- und halben Noten wirkte vertraut. Sandra streifte ihre hinderlichen Plateausandalen ab und schob den rechten Fuß auf das Dämpfungspedal. Brav vom Blatt spielend, schleppte sie sich etwas holprig durch die ersten Zeilen, bis ihr plötzlich etwas klar wurde. Ruckartig hörte sie auf zu spielen und wich von den Tasten zurück, als hätte sie sich verbrannt.

»Ich kenne dieses Stück.« Hastig blätterte sie in dem Notenbuch und schlug es an einer anderen Stelle auf. Nachdem sie die ersten Takte dieser zweiten Komposition ebenfalls vom Blatt gespielt hatte, schloss sie die Augen und beendete das Stück aus dem Gedächtnis. Beim letzten Ton zog sie den Fuß vom Pedal, und das Instrument vibrierte vom Widerhall der letzten Note. »Was ist hier los?«, fragte sie dann.

»Möchtest du das wirklich wissen?«

»Natürlich möchte ich es wissen. Diese Stücke habe ich in meinen Träumen gehört. Jahrelang habe ich versucht, sie schriftlich festzuhalten, und jetzt sind sie plötzlich hier.« Hektisch blätterte sie in den Noten, überflog auch die übrigen Kompositionen. »Manche konnte ich nicht entschlüsseln.« Sie begann, ein Stück zu spielen, brach aber bereits nach der Hälfte der Seite ab. »Das hier zum Beispiel. Wie ist das möglich?«

»Es sind deine Werke.«

Sandra starrte erst auf die Noten, dann sah sie Luke an. »Nein.«

»Du glaubst mir nicht?« Er setzte sich zu ihr auf die Klavierbank. »Oder ist das Problem eher, dass du mir *nicht* nicht glaubst?«

»Niemand, der auch nur halbwegs bei klarem Verstand ist, würde so etwas glauben, Mr. Varner.«

»Luke.«

»Niemand, der auch nur halbwegs bei klarem Verstand ist, würde so etwas glauben, Luke.«

Vollkommen unvermittelt sprang er auf und streckte ihr die Hand entgegen. »Lass uns einen Spaziergang machen, okay?«

Obwohl sie nicht ganz sicher war, ob sie hören wollte, was er zu sagen hatte, folgte sie ihm. Als sie auf die Veranda hinaustraten, schlug ihnen die kühle Morgenluft entgegen. Überall standen die vollen Aschenbecher und leeren Bierflaschen vom Vorabend herum. Sandra trat trotzig gegen ein Steinchen und verschränkte die Arme vor der Brust.

»Träumst du in letzter Zeit viel?« Luke schlug den Weg Richtung Straße ein.

Sie warf ihm einen vorsichtigen Seitenblick zu. »Ja.«

»Komme ich in diesen Träumen vor?«

Völlig überrumpelt blieb Sandra stehen.

»Das interpretiere ich mal als ›Ja‹.« Er riss einen Ast von einem der Büsche und bahnte ihnen damit einen Weg zu einer alten Feuerstelle. »Ich wette, es gibt auch einen Maler namens Marchant und ein Mädchen namens Juliet. Soll ich dir auch noch sagen, wie deine Katze hieß, wenn wir schon dabei sind?«

Sandra spürte, wie das Blut aus ihrem Gesicht wich, das daraufhin anfing zu kribbeln. Wie um sich zu erden, berührte sie ihre Wange, bevor sie fragte: »Woher weißt du das alles?«

»Kam ich dir bei unserer ersten Begegnung vielleicht bekannt vor?«

»Schon, aber ich dachte, das hätte nur mit meinem Unterbewusstsein zu tun. Oder dass ich es mit den Drogen übertrieben hätte.« Sie schlug so heftig gegen einen Busch, dass ein Kaninchen daraus hervorsprang und ihr einen Mordsschrecken einjagte.

»Es hat tatsächlich etwas mit deinem Unterbewusstsein zu tun.« Gelassen zog Luke ein Paar Arbeitshandschuhe aus der Hosentasche und fing an, Steine auszulegen, während er fortfuhr: »Das macht man am besten morgens, bevor die Sonne ganz aufgegangen ist. Das in den Träumen bist du. Hattest du denn nie das Gefühl, anders zu sein?« Er sah sie an. »Nun ja: Du bist anders.«

»Was noch nie gut war.«

»Eigentlich ist es sogar großartig. Du wolltest Klavier spielen, aber deine Eltern haben dich davon abgehalten.«

»Woher …?«

»Du hattest Angst, dass du irgendwie verquer sein könntest, oder ein Freak, wie du es neulich genannt hast. Aber so ist es nicht. Du hast den Traum mit deiner Mutter – Juliets Mutter – durchlebt. Du hast gesehen, was sie getan hat.«

Sandra nickte.

»Es handelt sich um einen Fluch, einen Fesselzauber, um genau zu sein. Du kehrst immer und immer wieder zurück.«

»Du behauptest also, ich wäre diese Juliet? Das ist doch verrückt.«

»Und doch weißt du tief in deinem Inneren, dass es wahr ist.«

»Hast du mich deshalb hierhergeholt? War die Sache mit dem Album nur ein Vorwand?«

Ohne auf ihre Frage einzugehen, fuhr Luke fort: »Juliet in Paris hast du bereits gesehen, das heißt also, dass du bald von Nora Wheeler träumen wirst. Hollywood in den Dreißigerjahren … zumindest ein interessantes Setting.«

»Kriege ich vielleicht auch noch Besuch vom Geist der Vergangenen Weihnacht?«

Luke lachte fröhlich. »Nein, nur vom Geist von Nora Wheeler. Aber ich habe bereits genug gesagt, du solltest das selbst durchleben.«

»Und diese Heilkräfte?«

»Das war eine ziemliche Überraschung.« Damit wandte er sich ab und ging zum Haus zurück; ein deutliches Zeichen, dass er nicht mehr sagen würde.

Wenn die Band nachmittags im Studio war, fand Sandra Marie oft vor dem Fernseher vor, wo sie sich Seifenopern ansah. »Ich liebe das Fernsehen dieser Zeit«, erklärte sie ihr mit ihrem französischen Akzent. Sandra wusste nicht genau, was sie mit »dieser Zeit« meinte, war sich aber ziemlich sicher, Marie und Paul ebenfalls in ihren Träumen gesehen zu haben.

Luke sollte recht behalten. Wie bei Dickens bekam Sandra nach dem Geist von Juliet Besuch vom Geist von Nora Wheeler. Die Verquickung der Geschichten der beiden Frauen rief ein ganz neues Verständnis für Luke in ihr wach. Nora hatte ihn geliebt. Die beiden hatten zusammengelebt, bis Nora mitten auf dem Marktplatz von Taos gestorben war. Noch am Tag zuvor hatte Sandra genau dort ihre Postkarten gekauft.

Nun fing Sandra auch an, Noras Kompositionen durchzugehen; also *ihre* Kompositionen. Es fühlte sich an, als hätte sie einen verlorenen Teil ihrer selbst wiederentdeckt. Diese vergilbten

Seiten brachten ihr Antworten zu so vielen Fragen und waren gleichzeitig eine der wenigen greifbaren Verbindungen, die zu Nora geblieben waren. Sandra schleppte die Notenbücher überall mit sich herum und ließ sie niemals aus den Augen. Nora hatte sie durch die Zeiten zu ihr geschickt, und sie waren unendlich wertvoll für sie.

Einige Tage später fand Luke sie im Wohnzimmer am Flügel vor, wo sie gerade dabei war, einige der Kompositionen in albumtaugliche Songs umzuarbeiten.

»Was machst du da?« Er ließ sich wieder auf dem »Thron« nieder, was Sandra ein Lächeln entlockte.

»Du siehst in diesem Stuhl albern aus.«

»In diesem Stuhl sieht jeder albern aus. Darum geht es ja.«

Sandra wandte sich wieder dem Notenbuch zu. Mithilfe eines Bleistifts hatte sie Notenlinien auf ein leeres Blatt Papier gezeichnet, in die sie nun etwas eintrug. »Ich kann das hier benutzen, wenn ich es etwas umschreibe. Bisher habe ich es nicht geschafft, die richtige Melodie für eines von Hughs Gedichten zu finden, aber mit dem hier funktioniert es gut.« Sie spielte die Tonfolge auf dem Steinway. »Du wirst schon sehen.«

Luke stand auf, blätterte in dem Notenbuch und zeigte auf eine Stelle etwas weiter hinten. »Aber hier hast du das Tempo geändert.« Wieder blätterte er drei Seiten weiter. »Wäre das hier nicht besser geeignet?«

Sandra sah es sich an und spielte es. Er hatte recht. »Woher …?«

»Ich kenne all diese Stücke.«

»Natürlich«, antwortete sie leise.

Doch im Tonstudio geschah etwas wirklich Magisches. Einige Arbeiter brachten den Steinway ins Studio, und Sandra ließ einen Klavierstimmer kommen, der fast den ganzen Tag arbeitete, bis das Instrument exakt so klang, wie sie es haben wollte.

Lenny wiederum tauschte Hughs Fender gegen eine Akustikgitarre. »Nehmt die Theatralik raus«, wies er Hugh und Sandra an. »Glaubt an das, was ihr geschrieben habt.«

Hugh wollte einen neuen Song angehen. Er hatte einen Text und ein paar grundlegende Gitarrenriffs geschrieben. Als er sie anspielte, griff Bex die Idee auf und legte eine Basslinie darunter, die dem ganzen Leben einhauchte. Und Sandra entdeckte, dass Hughs Gitarre sich wundervoll mit einer von Noras Kompositionen verschmelzen ließ. Also improvisierte sie entsprechend am Klavier. Zu dritt erarbeiteten Sandra, Hugh und Bex so Leitmelodie und Text. Am Nachmittag konnten sie Ezras Schlagzeug dazunehmen. Lenny startete die Aufnahme, und die Band spielte einige Stunden lang nur diesen Song. Nach diesem Muster entstanden dann auch die restlichen Tracks. Jeden Abend hörten sie sich an, was sie am Tag erarbeitet hatten, und überlegten gemeinsam, was noch fehlte.

An ihren wenigen freien Tagen ging Sandra mit Marie in Taos auf Entdeckungsreise. Marie war immer schon früh auf den Beinen und setzte Kaffee auf. Und morgens in dem riesigen Haus herumzufuhrwerken, gehörte inzwischen auch zu Sandras Lieblingsbeschäftigungen. Sie stand gerne früh auf – normalerweise waren Marie und sie da die Einzigen –, und so tranken die beiden Frauen oft gemeinsam auf der Veranda ihren Kaffee. Marie war ein schier unerschöpflicher Quell des Wissens, wenn es um die kunstbezogene Historie von Taos ging: D. H. Lawrence, Georgia O'Keeffe und Alfred Stieglitz, Paul Strand und Rebecca Salsbury James, Mabel Dodge Luthan.

Wenn sie in die Stadt gingen, fiel Sandra immer auf, dass alles in Taos ein wenig schäbig wirkte, seien es nun die Jeans und die Stiefel, die abgetragenen Navajo-Decken mit ihren dünnen Stellen oder der alte Chevy-Truck, mit dem Marie die Stände auf dem Markt abklapperte, um die richtigen Chilis zu finden. Marie hatte sich die mexikanische Küche hervorragend zu eigen gemacht, vor allem ihre in Knoblauch gebratenen Chilischoten peppten jedes Fleischgericht auf. Sandra hatte noch nie etwas gesehen, gerochen oder geschmeckt, das mit Taos vergleichbar gewesen wäre. Im Gegensatz zu der hektischen Betriebsamkeit von Los Angeles war Taos extrem gelassen.

Hugh brachte Lily und Sandra bei, wie man ein Gewehr benutzt. Dazu fuhren sie mit einigen verdreckten Fahrrädern in die Wüste hinaus und schossen dort auf Bierdosen, Hasen und einmal sogar auf eine Klapperschlange. Bex und Ezra hingegen fuhren regelmäßig nach Santa Fe. Alle hatten ständig ein wachsames Auge auf Ezra, doch der blieb während der gesamten Aufnahmen hoch konzentriert.

Die Wochen vergingen, und die fünf nahmen insgesamt acht Songs auf. Auf diese Art gemeinsam eingeschlossen zu sein, als Künstler wie auch als Privatmenschen, hatte ihre Songs deutlich besser gemacht. Schon auf die allererste Aufnahme, die sie im Chrysler angehört hatten, waren sie stolz gewesen, doch nachdem er sie später noch einmal gehört hatte, bestand Hugh darauf, den Song erneut einzuspielen. Ungefähr ab Song Nummer vier hatte ihr Sound noch einmal eine ganz neue Qualität bekommen.

Trotz seiner marxistischen Grundeinstellung machte Hugh bei einer kapitalistischen Großindustrie eine Ausnahme und ließ sich von seinen Freunden in L. A. ständig mit neuer Musik versorgen: Janis Joplin, Melanie, The Doors. Sandra war vor allem begeistert von *You're Gonna Miss Me* von den 13th Floor Elevators, *No Sugar Tonight* von Guess Who und *Mother Sky* von Can. Am häufigsten hörte sie allerdings *Season of the Witch* von Donovan, sodass Hugh den Titelschließlich nur noch als »ihren Song« bezeichnete. Als sie Anfang Oktober erfuhren, dass Janis

Joplin an einer Überdosis gestorben war, verbrachten sie den ganzen Tag trauernd auf dem Sofa und legten so lange wieder und wieder *Try* auf, bis sie in der Stadt eine neue Plattenspielernadel besorgen mussten.

Eines Abends beobachtete Sandra, wie Ezra sich nach dem Abendessen allein den Sonnenuntergang ansah. Um ihn nicht zu erschrecken, zog sie möglichst leise die Tür hinter sich zu. »Alles okay?«

»Fragst du dich auch manchmal, wie viele Sonnenuntergänge du wohl noch erleben wirst?«

»Klingt wie ein Paul-Bowles-Zitat.«

Er lachte.

Sandra wusste genau, wie viele Sonnenuntergänge sie noch erleben würde. Falls ihr vorher nicht alles zu viel wurde, würde sie wie Nora an ihrem vierunddreißigsten Geburtstag sterben. Aber bei Ezra war das anders. Er konnte sich ein anderes Ende aussuchen, wenn er wollte. »Ich möchte, dass du glücklich bist, Ezra.«

Er schüttelte den Kopf. »Ich fürchte, das ist unmöglich. Aber ich will, dass dieses Album wirklich bedeutend wird, Sandra. Als Beweis dafür, dass es mich gegeben hat.«

Obwohl sie bei seinen Worten unangenehm weiche Knie bekam, wusste sie genau, was er meinte. Wie Noras Vermächtnis in Form der Notenbücher würde bei ihr dieses Album beweisen, dass sie einmal gelebt und etwas Gutes aus der beschissenen Situation gemacht hatte, in die sie hineingeboren worden war.

»Ich habe mir selbst geschworen, diese Aufnahmen durchzuziehen«, fügte er hinzu.

Sandra las zwischen den Zeilen – ihm blieb also nicht mehr viel Zeit. Stumm griff sie nach seiner Hand. Wortlos standen sie da, und sie legte den Kopf an seine Schulter.

Die letzten beiden Songs auf dem Album stammten aus Ezras Feder. *Angel of the Canyon* stach vor allem durch seinen berührenden Text hervor. Inzwischen reichte der Band ein einprägsames Gitarrenriff oder eine grundlegende Melodie, um den restlichen Song darum herum aufzubauen. Hugh kehrte diesmal zu seiner Fender zurück und legte mehr Hall in die Saiten. Dem Song wohnte eine ungemeine Kraft inne, er war irgendwie neblig und sehr atmosphärisch. Nach der zweiten Strophe schob Hugh ein Gitarrensolo ein. Lenny war froh, alles mitgeschnitten zu haben, denn jedem in diesem Studio war klar, dass sie sich damit noch einmal deutlich von den anderen Songs abgesetzt und ihren Sound weiter perfektioniert hatten.

Was in diesem Studio geschah, war für sie zu einer heiligen Sache geworden, es könnte niemals in anderer Konstellation wiederbelebt werden. Und es verlangte, dass sie alle voll und ganz bei der Sache waren. In den Tagen vor Halloween machte sich eine gewisse Schwermut breit, da das Album beinahe fertiggestellt war; war es erst einmal so weit, würde nichts, was noch kam, je wieder eine solche Bedeutung in sich tragen.

»Empfinden das eigentlich alle Musiker so?« Hugh hatte sich am Mischpult eingearbeitet und wusste inzwischen, welche Kombination aus Knöpfen und Reglern ihre Songs zum Leben erweckte.

»Wenn sie wissen, dass das Ergebnis gut ist, schon.« Lenny lehnte sich zurück. »Und das hier ist ein verdammt gutes Album. Damit geht aber auch die Furcht einher, nie wieder etwas Vergleichbares erschaffen zu können. Ich glaube, jeder Künstler kennt dieses Gefühl: dass alles, was er getan, jedes Ritual, das er für sich geschaffen hat, heilig ist.«

Kurz vor Halloween fand Sandra einen an sie adressierten Brief auf dem Tisch in der Halle. Die Schrift auf dem Umschlag kam ihr bekannt vor. Bisher hatte sie sie vor allem auf der Rückseite von Fotos gesehen, mit Fettstift festgehaltene Zuschneide- oder Untertitelvorschläge. Während sie den Umschlag aufriss, war sie erstaunt, wie mühelos sie Rick aus ihren Gedanken verbannt hatte. All die fremdartigen Eigenheiten von Taos und ihre Träume hatten ihre Sinne völlig überflutet und sie so von ihm entfernt. Doch der Anblick der von ihm geschriebenen Zeilen brachte die Sehnsucht zurück, als wäre sie ein fester Bestandteil von ihr.

20. Oktober 1970

Sandra,
Ich hoffe, es geht dir gut. Hugh hat Kim erzählt, dass die Aufnahmen gut laufen. Ich habe ja schon immer gewusst, dass Band Nummer sechs es schaffen würde. Ich muss die ganze Zeit an dich denken, sehe dich dabei aber komischerweise nie in New Mexico. Ich hoffe wirklich, dass du glücklich bist. Du hast es verdient.

Ich weiß nicht, wie oft ich schon versucht habe, dir diesen Brief zu schreiben. Wenn es darum geht, meine Gefühle für dich auszudrücken, fehlen mir die richtigen Worte. Inzwischen verstehe ich, warum du gegangen bist. Zeit und Distanz haben meine Sicht auf das, was zwischen uns war, verändert, aber die haben nichts daran geändert, wie sehr ich dich liebe. Das ist gar nicht möglich.

Ich habe einen Auftrag in Vietnam angenommen. Dort drüben wartet eine Geschichte darauf, erzählt zu werden, und ich werde sie einfangen. Vermutlich brauche ich das Gefühl, etwas Größerem anzugehören. Das habe ich von dir gelernt. Etwas an uns beiden überschreitet die Grenzen von Zeit und Raum. Ich weiß, das ist eine sehr dürftige Beschreibung, aber all das – meine Gefühle für dich ebenso wie das, was im Krankenhaus mit mir geschehen ist –, hat mich verändert. Du hast mich verändert.

Wenn der Auftrag beendet ist, werde ich nach dir suchen. Du bist meine Raison d'Être, *wie die Franzosen sagen. Wir gehören zusammen, und ich denke, das weißt du auch.*

Ich werde dich immer lieben.

Rick

Luke fand sie mit dem Brief in der Hand in der alten Kirchenbank in der Halle.

»Schlechte Neuigkeiten?«

»Rick geht nach Vietnam.« Um ihre Hände zu beschäftigen, band sie sich die Haare zusammen. Dabei zog sie kurz die Nase hoch, spürte aber trotzdem, wie etwas über ihre Oberlippe rann. Als sie hinfasste, stellte sie fest, dass es wieder einmal Blut war.

Luke wollte ihr ein Taschentuch holen, doch sie winkte ab und nahm stattdessen den Saum ihres Shirts. Als er ihr daraufhin anders helfen wollte, hielt sie ihn mit erhobener Hand zurück.

Wortlos setzte er sich zu ihr auf die Kirchenbank, die das mit einem leisen Knirschen quittierte.

»Der Handel, den ich mit dir gemacht habe …« Sandra warf ihm einen kurzen Blick zu, bevor sie wieder auf den Brief starrte. »Das war für ihn. Er lag im Sterben …«

»Ich weiß«, unterbrach Luke sie. »Marchant.«

»Natürlich weißt du es.« Sie lachte kurz auf. »Oder zumindest meinst du, es zu wissen, aber so ist es nicht. Es war Rick.«

»Nein«, widersprach er mit einem gelangweilten Seufzer. »Er ist Marchant *in der Gestalt* von Rick, aber es ist jedes Mal Marchant. Das darfst du nie vergessen. Du bist ihm in deinen Träumen begegnet, erst als Marchant, dann als Billy Rapp … Er ist wie ein Schauspieler, der immer dieselbe Rolle spielt.«

»Aber er ist wirklich Rick. Diesmal war er etwas Besonderes. Und du irrst dich. Egal ob Marchant, Billy oder Rick, er ist immer anders. Diesmal war es einzigartig.« Trotzig verschränkte sie die Arme vor der Brust und sah ihn an.

Irgendetwas an ihrer Haltung oder ihrer Miene sorgte dafür, dass Luke innehielt und sie prüfend musterte. »Was ist los?«

»Wir sind also alle miteinander verbunden, Rick, du und ich?«

»Du und Marchant.«

»Rick«, korrigierte sie ihn wieder. »Und wie funktioniert dieser Fluch?«

»Nun ja, dein Leben verläuft ziemlich normal, bis du Marchant oder einer Version von ihm begegnest. Von da an geht es bergab, und du …« Er unterbrach sich. »Tja, dann rufst du mich herbei, damit ich eingreife. Es ist wie eine Endlosschleife, jedes Mal das Gleiche. Die Träume gehören ebenfalls dazu. Die unterschiedlichen Versionen von dir müssen sich in einer Person vereinen, deshalb setzen die Träume ein. Doch sie fangen erst an, nachdem du mich gerufen hast. Ich bin dein Verwalter. Ich halte nach dir Ausschau. Betrachte mich einfach als deinen persönlichen Schutzengel.«

»Wohl eher das Gegenteil.«

Er nickte. »Oder das Gegenteil, ja. Wie du das siehst, ist allein dir überlassen.«

Sandra wedelte mit dem Brief. »Rick hat sich freiwillig gemeldet, um dort rüberzugehen und … Fotos zu machen. Und hinterher wird er zu mir kommen, sagt er.«

»Das würde ich ihm nicht empfehlen, und du solltest ihn auch nicht dazu ermutigen.« Luke umfasste ihr Gesicht mit den Händen und zog sie so dicht zu sich heran, dass ihre Lippen sich fast berührten. »Du hast einen Handel abgeschlossen, und dies sind die Konsequenzen.« Kopfschüttelnd stieß er ein freudloses Lachen aus. »Für mich gab es immer … *immer* nur dich. Ich habe die Wahl, vergiss das nicht. Marchant nicht, aber ich schon. Dabei ist es verboten, ich darf dich nicht lieben. Meine Liebe zu dir hat Konsequenzen für mich nach sich gezogen, und trotzdem entscheide ich mich jedes Mal aufs Neue dafür. Wenn du glaubst, diese Version von ihm wäre aufrichtig, dann täuschst du dich. Er ist es nicht. Er ist gar nicht dazu in der Lage, es zu sein.«

»Welche Konsequenzen hatte es für dich?«

»Das spielt keine Rolle.«

»Doch, tut es. Du kannst so etwas nicht einfach behaupten und dann unkommentiert stehenlassen. Was bist du? Welche Konsequenzen hat es für dich, dass du mich liebst?«

Luke stand auf und ging, schien es sich dann aber anders zu überlegen, denn er kam nach wenigen Schritten zu ihr zurück. Wortlos zog er Sandra von der Bank hoch und küsste sie. Für den Bruchteil einer Sekunde zögerte sie, dann schmiegte sie sich fest an ihn. Wie auf Abruf stiegen sämtliche Erinnerungen an jede noch so kleine Bartstoppel und jeden Zentimeter weicher Haut von Lukes Gesicht in ihr auf.

Als sie sich von ihm löste, sagte sie: »Nein.«

Mit einem Achselzucken fragte er: »Was ist?«

»Diesmal falle ich nicht darauf herein. Du wirst nicht wieder kontrollieren, wie viel ich wissen soll. Was sind wir, Luke?«

Er schien verwirrt zu sein. »Ich weiß nicht, was du meinst.«

»Ich habe keine Ahnung, *was* ich bin.«

Luke senkte den Blick. »Spielt das denn eine Rolle?«

»Und wie. Ich nehme es dir nicht übel, dass du Nora nichts von ihrem bevorstehenden Tod gesagt hast, aber eines ist mir aufgefallen: Jedes Mal verschweigst du mir etwas, weil du der Meinung bist, es sei so das Beste für mich. Doch dazu hast du kein Recht.«

Noch immer sah er sie nicht an.

»Du glaubst, du würdest mir damit helfen, aber so ist es nicht. Und wenn ich aufgrund eines Fluches hier bin, muss ich wohl davon ausgehen, dass du eine Art Dämon bist, stimmt's? Ist das mit dem Begriff Verwalter gemeint? Gilt das auch für Paul und Marie? Von ihnen gibt es schließlich auch in jedem meiner Leben eine Version.«

Endlich sah er sie an, und in seinen Augen spiegelte sich die Resignation eines getretenen Hundes. »Sie sind niedere Dämonen, ja.«

»Okay, dann nehme ich jetzt einfach mal an, dass ich auch ein Dämon bin?«

»Nein.« Luke fuhr sich durch die Haare. »Du bist eine Hexe. Wie deine Mutter.«

Ihr Blick fiel wieder auf den Brief. »Das ist doch Blödsinn. Alles totaler Blödsinn. *Du* hast Rick gerettet, nicht ich. Was meine Kräfte angeht, sollten wir uns nichts vormachen. Die hast du doch dieses Mal extra erschaffen, vermutlich zu Unterhaltungszwecken, genau wie die Nummer mit dem Tonstudio. Wenn dieses Album nicht Hughs großer Traum wäre, hätte ich dieser ganzen Scharade mit der angeblichen Platte längst ein Ende gemacht.« Sie wandte sich ab und ging Richtung Treppe.

»Du irrst dich, Sandra«, sagte er leise. »Ich habe Rick nicht gerettet, das hast du getan. Weißt du noch, wie Nora Lillibet dazu gebracht hat, ihre Begegnung in Paris zu vergessen? Damals habe ich zum ersten Mal bemerkt, dass hier noch etwas anderes vor sich geht. Du wirst mit jedem neuen Leben mächtiger.«

»Wovon redest du?«, fragte Sandra.

Luke schwieg.

»Oh, du willst es mir nicht sagen? Das ist krank, weißt du. Dass du es wieder und wieder geschehen lässt, ist krank.«

»Glaubst du etwa, mir macht das Spaß?« Noch nie hatte sie ein solches Feuer in Lukes Blick lodern sehen. »Ich bin machtlos. Begreifst du eigentlich, dass es nur einen einzigen Daseinszweck für mich gibt? *Dich!*«

»Tja, wenn das so ist, stellst du dich aber verdammt blöd an.« Schon als sie die Worte aussprach, wusste Sandra, dass sie zu weit gegangen war.

Mit einem verbitterten Lachen hob Luke den Blick zur Decke. »Mag sein, dass ich mich verdammt blöd angestellt habe. Es spielt auch keine Rolle, dass ich wieder und wieder zusehen musste, wie du dich in einen anderen verliebst. Dass ich jedes Mal die Scherben aufsammeln darf, wenn Marchant mit dir fertig ist. So wie jetzt.«

»Tja, das ist schließlich dein Job, oder etwa nicht?«

Er nickte. »Ja. Und es ist erbärmlich, hier zu stehen und genau zu wissen, dass ich es in ungefähr vierzig Jahren schon wieder tun werde, nur bei einer anderen Version von dir. Mir bleibt bloß die vage Hoffnung, dass die Version in deinem nächsten Leben nicht so eine verdammte Zicke ist wie du.«

Damit ging er davon, ohne sich noch einmal umzusehen.

Für den Rest des Tages war es auffallend still im Haus, und Luke kam nicht ins Studio.

Am Abend machte Marie Chiliburger mit Käse und ließ einen für Luke in der Küche stehen, den dieser aber nicht anrührte. Aus dem Radio in der Küche tönte Präsident Nixons neueste Ansprache zur Lage an der Front. Jetzt, wo Rick dort war, hatte der Krieg eine neue, persönliche Dimension für Sandra bekommen, und so ließ sie sich unwillkürlich neben Marie auf das Sofa fallen und hörte sich die Rede an. Als die Sonne unterging und es kalt wurde, zog sie sich auf ihr Zimmer zurück, klopfte auf dem Weg dorthin aber noch bei Luke. Sobald er sah, dass sie vor seiner Tür stand, wirkte er schlagartig erschöpft.

»Ich dachte, es wäre Marie.«

»Darf ich reinkommen?«

»Sicher.« Er trat von der Tür zurück.

»Ich will mich nicht mit dir streiten.« Noch immer glaubte sie, seine Lippen an ihrem Mund zu spüren.

Luke setzte sich auf sein Bett und faltete ergeben die Hände. »Es tut mir leid, was ich vorhin gesagt habe. Das ist nicht wahr.«

»Mir tut es auch leid. Das mit dem blöd anstellen. Ich weiß ja, dass du dein Bestes gibst.« Plötzlich erinnerte er Sandra an einen Gefängnisinsassen, der in einer kleinen Zelle seine Zeit absitzt. »Vermutlich hast du gehofft, dass wir, wenn ich mich wieder an Nora erinnern kann, einfach da weitermachen, wo wir damals aufgehört haben, stimmt's?«

»Ja, das habe ich. Wir waren glücklich damals.« Angespannt fuhr er sich durch die Haare. In den Leben, die sie bis jetzt gesehen hatte, hatte sie nie eine solche Erschöpfung an ihm bemerkt. Er wirkte alt. »Jetzt scheinst du nicht glücklich zu sein. Ich kann dir helfen, wenn du mich lässt.«

Ihr Lachen klang ein wenig zu gezwungen. »Oh ja, das könntest du, aber du tust es nicht. Du verheimlichst mir doch immer noch etwas, richtig?«

Als er sich verkrampfte, begriff Sandra, dass er mit einem weiteren Streit rechnete. Um ihn zu beschwichtigen, setzte sie sich zu ihm auf das Bett. »Ich möchte eine verständliche Erklärung dafür, warum ich mich an diese anderen Leben erinnern kann, Rick oder Billy aber nicht. Fangen wir doch damit an.«

»Weil du eine Hexe bist und Marchant nicht.«

»Das ist unlogisch. Ich stecke hier gerade wortwörtlich in einer existenziellen Krise, Luke, und ich verstehe nicht, warum es dir nicht genauso geht. Wir drei sind offenbar nichts weiter als Spielfiguren. Wir haben keinen freien Willen.«

»So eine Krise führt zu nichts, Sandra. Ich habe meine in der ersten Runde durchlebt, bei Juliet. Als sie von der Brücke gesprungen ist, habe ich mit mir und meinem Versagen gehadert, ich dachte …« Er schwieg kurz. »Ich dachte, damit hätte ich meine Strafe verbüßt. Dass es nach ihrem Tod beendet sei, dass sie mich in die richtige Hölle schicken oder mir einen Teil meiner Erinnerungen zurückgeben würden, aber ich landete nur bei einer neuen Version von ihr. Dadurch wurde die Qual noch größer. Ich hatte Juliet geliebt, und nun war sie zurück, erinnerte sich aber nicht an mich. Was Sinn und Zweck des Ganzen war.«

»Aber Nora verfügte doch über Juliets Erinnerungen.«

»Anfangs nicht. Wie gesagt, ich habe gelitten, wenn ich mit ihr zusammen war. Und dann, eines Tages, kam ich herein, sie saß am Klavier, und ich sah in ihrem Gesicht, dass sie mich erkannte. Und liebte.«

»Endet dieser Fluch denn nie?«

Luke schüttelte den Kopf. »Nein. Er wurde für die Ewigkeit gewirkt, aber du wirst mit jeder Rückkehr stärker.« Wieder rieb er sich den Kopf, dann ließ er sich rücklings auf die Matratze fallen. »Sieh es einmal so: Du lebst in diesem Fluch. Ich kann gewisse Dinge innerhalb dieses Fluches kontrollieren, etwa indem ich Billy Rapp töte beziehungsweise Clint dazu bringe, es zu tun. Das macht keinen Unterschied. Außerdem beschütze ich dich, regle unsere Finanzen über die Generationen hinweg, kaufe unsere Häuser, all so etwas.« Er blickte an die Decke, als gäbe es dort funkelnde Sterne zu bewundern. Seine gebräunte Haut hob sich in krassem Kontrast von dem sauberen, weißen Laken ab. »Aber diese Heilkräfte, die Gedankenkontrolle … das hat nichts mit dem Fluch zu tun. Das kommt allein von dir. Eigentlich machen deine Kräfte es für mich nur schwerer. Jedes Mal, wenn du zurückkehrst, ist es so, als wolltest du dich selbst wieder zusammenfügen, also setzt Juliet ihre Erinnerungen frei und schickt dir die Fähigkeiten am Klavier. Das ist sozusagen der Kern deiner innersten Essenz.«

»Warum?« Der Kuss hatte etwas in ihr ausgelöst. Sie wusste nun wieder, wie es war, mit ihm zu schlafen, und in diesem Moment war der Gedanke extrem verführerisch, sich einfach auf ihn zu werfen. Andererseits waren sie sich auch fremd. Sie wusste genau, wie er sich anfühlen würde und hätte ihn gerne berührt, aber sie tat es nicht. Jedes Mal hatte er ihr die wesentlichen Dinge vorenthalten, ganz egal was sie ihm alles gegeben hatte. Und auch wenn die Liebe aus der Vergangenheit wieder in ihr aufflackerte, konnte sie ihm das nicht so leicht verzeihen.

»Du klingst wie eine Sechsjährige, ist dir das klar?«

Sandra stand auf und tigerte vor dem Bett auf und ab. »Dann hilf mir. Meine Mutter war schließlich keine großartige Hexe. Ich habe sie gesehen. Sie hat ein bisschen mit Kräutern und Liebestränken herumgespielt. Also, was soll das Ganze dann?«

»Es liegt daran, dass du keine niedere Hexe bist, ganz im Gegenteil.«

»Sehr witzig.« Sie griff nach einer Socke, die auf der Kommode lag, und warf sie nach ihm. Mit perfekter Präzision fing er sie in der Luft auf.

»Das war kein Witz.« Er beugte sich vor und zupfte an der Socke herum. »Du hast eine herausragende Begabung im Bereich der dunklen Künste, genau wie dein Vater.«

»Das ist doch verrückt. Mein Vater, also Juliets Vater, war ein Bauer.«

Luke schüttelte den Kopf, als wollte er sie auf das vorbereiten, was nun kam. »Nein. Juliets Vater, dein Vater war … Philippe Angier.«

Bei dem Namen klingelte etwas. »Philippe Angier?«, fragte

Sandra. Sie arbeitete sich durch die vielen Erinnerungen in ihrem Kopf – erst Noras, dann Juliets –, bis sie fündig wurde. »Der Magier, der bei dem Duell getötet wurde? Über den ihr damals in Edmond Baillys Laden diskutiert habt?« Sandra sah wieder den Komponisten und den Maler vor sich, ganz gefangen in dem Gespräch über Angier.

»Deine Mutter war eine Zeit lang seine Assistentin. Und seine Geliebte. Er war bekannt dafür, dass er seine Assistentinnen schwängerte und die Kinder nach der Geburt opferte. Er war ein wahrer Prinz der Finsternis. Du trägst seine dunklen Talente in dir – in jedem deiner Leben.«

»Du warst bei seiner Beerdigung. Ich bin dir damals nachgeschlichen.«

Luke nickte. »Ich musste sicher gehen, dass er wirklich tot war. Und ich wollte verhindern, dass seine Bräute dich weiter verfolgen.«

»Wie die Frau in dem roten Kleid, die du in der Rue Norvins getötet hast?«

»Genau die. Aber sie war nicht die Erste von ihnen, der du begegnet bist, richtig?«

»Nein«, gab Sandra zu. »Juliet wurde auch am Bahnhof verfolgt, als sie nach Paris gefahren ist – von einer Frau in einem gelben Spitzenkleid.«

»Oh ja, Angier hatte einen ganzen Harem.« Luke lachte. »Deine Mutter trug immer das blaue Kleid. Als sie mit dir schwanger wurde, verschwand sie aus Paris und floh nach Challans. Dabei nahm sie Angiers Grimoire mit. So ist sie Jean LaCompte begegnet, der dich wie sein eigenes Kind großgezogen hat.«

Sandra musste kurz verarbeiten, was Luke ihr da erzählte. Es klang logisch und schloss einige Lücken in dem großen Puzzle. Juliets Mutter hatte gesagt, dass sie in Paris gelebt hatte. Und sie erinnerte sich an diese violette Kostümierung und die Schminke in ihrem Gesicht. Ihr Auftritt hatte so dramatisch sein müssen, weil die arme Frau einfach nur über dieses bisschen Magie verfügte. Ihr war nicht bewusst gewesen, dass sie mit diesem Ritual ihre eigenen Fähigkeiten bei Weitem überschritt – oder aber ihre Verzweiflung war so groß gewesen, dass es sie nicht kümmerte. Und das Grimoire … Ja, sie konnte das alte Buch genau vor sich sehen, in dem der Name des Dämons verzeichnet gewesen war.

»Philippe Angier hat nie aufgehört, nach dir zu suchen. Als er zum Duell gefordert wurde, betrieb er diese Suche mit besonderer Verzweiflung – vor allem in der Zeit kurz davor. Er konnte spüren, dass du in der Stadt warst, deshalb haben sie nach dir Ausschau gehalten.«

»Um mich zu töten?«

»Zu opfern. Hätten sie dich erwischt, wäre er nicht gestorben. Deshalb wollte ich nicht, dass du dich als Junge verkleidest und durch Montmartre strolchst; aber du hattest da ja andere Vorstellungen.«

Für einen Moment hob sich die Stimmung, und Sandra piekte ihn in die Rippen. »Du wolltest ja nichts davon hören.« Mit gesenkter Stimme äffte sie ihn nach: »Dich einsperren, Juliet? Oh ja, genau das beabsichtige ich zu tun.« Sie ließ sich auf das Bett fallen.

»So schlimm war ich nicht.«

»Von wegen. Es war wie Alcatraz, nur am Boulevard Saint-Germain.«

Lachend schlug er die Hand vors Gesicht. »Ich habe dich lediglich beschützt. Es war ein ziemliches Katz-und-Maus-Spiel mit diesem Mann.«

Nun starrten sie beide an die Decke. Sanft strich er über ihre Finger und nahm ihre Hand.

»Warum wollte Angier Juliets Tod?«

»Er glaubte, seine Kinder würden ihm Kraft verleihen. Solange du am Leben warst, war er geschwächt. Dein Tod hätte seine Macht gestärkt.« Luke dachte kurz über seine Worte nach. »Und es wäre so gewesen, Sandra. Philippe Angier war echt, er war kein Scharlatan, der bloß theatralisch inszenierte Tricks vorführte. Seine Kräfte stammten von einem echten Dämon. Als deine Mutter das mit dir und Marchant herausfand und merkte, dass du schwanger warst, verfiel sie auf die verrückte Idee mit diesem Fluch. Sie war wütend auf Marchant – nicht nur, weil er dich ruiniert hatte, sondern auch, weil Angier von deiner Schwangerschaft erfahren hätte. So etwas konnte er spüren. Du warst tatsächlich in Gefahr, in diesem Punkt hatte sie recht. Dass sie ihren Zorn ganz auf Marchant richtete, war falsch, aber sie war nun einmal so aufgebracht, dass sie ihn vernichten wollte. Sie hat bloß diesen beschissenen Zauber vermasselt.«

Zum ersten Mal begriff Sandra, warum ihre Mutter so wütend auf Marchant gewesen war. Das erklärte auch, warum sie nicht gewollt hatte, dass Marchant Juliet malte – so bestand das Risiko, dass Angier ihr Bild in einem Pariser Salon entdeckte und damit bei der Suche nach ihr einen Schritt weiterkam.

»Traurigerweise war deine Mutter längst nicht so begabt in der Hexenkunst wie Angier. Schließlich war sie auch nur seine Assistentin. Sie hatte ihn oft beobachtet und versuchte, diese Dinge nachzuahmen. Aber Dämonenbeschwörung? Ich fürchte, da war bei ihr mehr Gefühl als Können im Spiel. Und die traurige Ironie des Ganzen liegt darin, dass sie den Zauber gar nicht hätte wirken müssen.«

»Warum denn nicht?«

»Sie hatte sein Grimoire gestohlen«, antwortete Luke achselzuckend, als sei das Erklärung genug.

»Und?«

»Nun ja, so ein Grimoire ist mehr als nur ein Buch. Es war der Vertrag zwischen dem Dämon – in diesem Fall Althacazur – und Angier, der in seiner Familie über Generationen weitergereicht worden war. Deshalb wollte Angier auch keine lebenden Nachkommen. Mit diesem Grimoire hatte der Dämon ihm einen Teil seiner Magie überlassen. Und je mehr Erben man hat, desto schwächer wird man. Du warst eine legitime Erbin, eine Blutsverwandte. Du hattest das Buch in deinem Besitz, und du hattest die Macht. Angier wäre gar nicht in der Lage gewesen, Hand an dich zu legen, da Althacazur dich als rechtmäßige Besitzerin des Grimoires anerkannt hätte.«

»Was meine Mutter nicht wusste.«

»Und so hat sie sich ausgerechnet an ihn gewandt, als sie einen Schutzzauber brauchte.«

»Warum hat er sich darauf eingelassen?«

Luke lachte laut auf. »Hast du eine ungefähre Vorstellung, wie viele Menschen jetzt in diesem Moment in irgendwelchen Fesselzaubern gefangen sind und dabei ihr Leben leben, als hätten sie ihr Schicksal selbst in der Hand?«

Sandra antwortete nicht.

»Millionen.«

»Millionen?«

»So läuft das Geschäft, Sandra. So arbeiten wir Dämonen. Wir sammeln Menschen und binden sie für alle Ewigkeit mit unseren Verträgen. Für Althacazur war das ein Spaß – und durch diesen Vertrag fiel ihm die Seele deiner Mutter zu …« Er verstummte.

Nach einer Weile fasste er zusammen: »Das war im Grunde schon alles. Deshalb war diese ganze Sache für dich so unvorhersehbar. Es ist so, als wollte man versuchen, einen Flaschengeist einzufangen. Als Nora die ersten Erinnerungen an ihr Leben als

Juliet überkamen, war ich vollkommen verblüfft. Ich wusste nicht, was ich tun sollte. Es hätte unmöglich sein müssen, dass du derartige Erinnerungen hast, und so wurde meine Aufgabe noch komplizierter. Angeblich findet Althacazur es unglaublich lustig, mir dabei zuzusehen, wie ich versuche, dich an der Kandare zu halten. Eigentlich solltest du jedes Mal als vollkommen unbeschriebenes Blatt zurückkehren, das dankbar ist für jede Hilfe. Und ich sollte unseren Vertrag ungefähr alle fünfunddreißig Jahre erneuern. Ganz einfach.«

»Und du?«

»Was soll mit mir sein?«

»Was bist du?«

»Du weißt, was ich bin. Ich bin ein Soldat – ein untergeordneter Dämon.«

»Scheint mir ziemlich das Gleiche zu sein wie eine große Hexe.«

»Dämonen – zumindest die ganz alten wie Althacazur – haben nicht gerne Kontakt mit Menschen. Selbst große Hexen sind immer noch Menschen. Niedere Dämonen wie ich machen die Drecksarbeit. Ich lebe in der Hoffnung, meine Freiheit wiederzuerlangen, wenn der Fluch einmal ein Ende findet. Dass ich dann entweder aufsteige oder wieder ein Mensch werde.«

»Luke?«

»Ja?«

»Wir sind bis ans Ende aller Zeiten hier drin gefangen. Wann genau willst du da deine Freiheit wiedererlangen?«

Diesmal war er es, der ihr eine Antwort schuldig blieb.

Doch da war etwas in seiner Miene, das sie aufmerken ließ … »Moment mal! Es gibt doch eine Möglichkeit, den Fluch zu brechen, stimmt's?«

Noch immer antwortete er nicht.

»Aber du darfst es mir nicht verraten.«

»Hast du für heute genug Antworten bekommen?«

Sandra drückte ihm einen Kuss auf die Stirn. »Danke.« Sie war es leid, von Dingen umgeben zu sein, die ihr eigentlich nicht gehörten. Langsam strich sie über sein Haar. Dieses Gefühl … er … war ihr so vertraut. Wortlos begann Sandra, ihre Bluse aufzuknöpfen. Luke übernahm nach der Hälfte und streifte sie von ihren Schultern. In dem warmen Licht, das aus dem Badezimmer herüberschien, musterte sie sein Gesicht, fuhr mit der Fingerkuppe seine Lippen nach. Schließlich zog er sie zu sich herunter, und sie zerrte an seinem Hemd, bis es sich schließlich löste. Die Hitze der Wüste hatte sie gelehrt, die Dinge langsam anzugehen und sie voll auszukosten. Deshalb strich sie nun erst einmal über seinen nackten Rücken, bevor sie ihn gemächlich auszog und jeden Zentimeter seines Körpers neu entdeckte. Als sie sich schließlich liebten, geschah es ohne die Intensität des Zwischenspiels, das Luke und Nora gewesen waren, sondern mit der subtilen Intimität eines Paares, das Körper und Geist des anderen durch und durch kennt.

Hinterher strich Sandra über die feinen Härchen auf seiner Brust, küsste ihn und genoss dabei, wie vertraut ihr der salzige Geschmack seiner Haut und seine Reaktion auf ihre Zärtlichkeiten waren.

»Du warst also früher ein Mensch?«, fragte sie. Er verschränkte ihre Finger mit seinen; eine Geste, die ihr verriet, dass er im Begriff war, ihr etwas anzuvertrauen. »Und du hast keinerlei Erinnerungen an dein früheres Leben?«

Luke schüttelte den Kopf. »Ich weiß nur, dass ich jemanden getötet habe. Wegen der Frau, die ich liebte, habe ich die Hand gegen einen anderen Mann erhoben, aber in Wahrheit hat sie mich nie geliebt.«

Sandra musterte aufmerksam sein Gesicht. Die Erinnerung daran schmerzte ihn. »Du hast ihn getötet.«

»Ja, das habe ich, und es war falsch. Und nun werde ich mit dieser erzwungenen … Untätigkeit dafür bestraft.«

»Für die Tat.«

»Für meine unüberlegte Tat.«

»Dann bin ich also quasi deine persönliche Hölle?« Sandra strich über das kühle Laken. Aus dem Erdgeschoss glaubte sie Musik zu hören … ein Akkordeon. »Ist das Lawrence Welk?«

»Glaube schon«, nickte Luke schmunzelnd. »Marie liebt Fernsehen.«

»Auch eine Art von Hölle.«

»Ja, ein ziemlicher Stimmungskiller, nicht?« Er zog sie an sich und küsste sie. Beinahe flüsternd fuhr er fort: »Du hattest schon immer so wundervolles Haar.« Er ließ eine Strähne durch seine Finger gleiten. »Diesmal ist es etwas blonder. Du kehrst zurück, alles ist neu, du weißt rein gar nichts mehr von mir, aber ich erinnere mich an jedes noch so kleine Detail. Und das Schlimmste daran ist: Ich habe keine Ahnung, *wer* du dieses Mal sein wirst. Vorhin meintest du, Rick wäre nicht wie sonst … Na ja, du bist auch jedes Mal komplett anders. Das ist wirklich die Hölle für mich.«

»Vermisst du Nora?«

»Ja, sie fehlt mir. Wir waren glücklich zusammen. Du verfügst zwar über ihre Erinnerungen, aber du bist nicht sie. Früher habe ich das gedacht. Ich glaubte, all die verschiedenen Versionen von dir wären ein und dieselbe Person, aber ihr drei seid sehr unterschiedlich. Nora ist tot. *Meine* Nora ist tot. Genau wie deine Version von Rick.«

Seine Worte taten weh, auch wenn das nicht seine Absicht war. »Ich habe ihn geliebt.« Sandra sagte es, weil es die Wahrheit war – aber auch, weil Lukes Feststellung, sie sei nicht Nora, eine tiefere Wunde geschlagen hatte als gedacht.

Er strich ihr sanft über das Haar. »Der ganze Kram, den du unbedingt von mir wissen wolltest … das ist alles unwichtig. Der Mechanismus hinter dem Ganzen, mehr nicht. Wichtig ist nur die Zeit, die du mit mir verbringen kannst. Nora hat das verstanden.«

»Damit liegst du falsch.« Sandra zog ihn ganz nah an sich heran, damit sie ihm trotz der Dunkelheit in die Augen sehen konnte. »Nora hat diese Fragen nicht deshalb nicht gestellt, weil sie keine Antworten wollte. Sie hat sich vor den Antworten gefürchtet. Und das weißt du, Luke.«

»Sie war glücklich.«

»Du hast sie glücklich gemacht, das ist wahr. Aber sie wollte auch nie zu tief nachbohren.«

»Was ich ihr nicht verübeln kann. Nein, das nehme ich ihr wirklich nicht übel. Ihr Leben war nie leicht, weder als Juliet noch als Nora.« In Lukes Stimme schwang etwas mit … war das etwa Neid? »Rick hat dich auch glücklich gemacht.«

»Ja. Ich weiß, du wirst jetzt sagen, dass er mich gar nicht wirklich glücklich machen konnte, aber so war es.«

Zum allerersten Mal hatte Sandra nicht mehr das Gefühl, dass Luke ihr etwas verheimlichte. Doch gleichzeitig strahlte er etwas aus, das sie bei ihm noch nie erlebt hatte: Er war von ihr, Sandra, enttäuscht. Nora hatte er aufrichtig geliebt, und traurigerweise war sie nicht genau so zurückgekehrt, wie sie ihn verlassen hatte. Sie waren wie ein Paar, das bereits etliche Ehejahre hinter sich hatte – verbunden durch innige Liebe, und doch nicht blind gegenüber den Schwächen des anderen, deren Kenntnis durch Reue, Trauer, Fehler und die Zeit für immer eingebrannt war.

In den kommenden Wochen stellten sie das Album fertig, das

am Ende neun Titel umfasste. Kurz vor Thanksgiving kehrten Lily, Ezra und Hugh nach Los Angeles zurück. Sandra wusste, dass sie weder für das Erntedankfest noch sonst irgendwann zurückgehen würde. Sie gehörte nicht in diese Zeit. Ihr Platz war bei Luke, Paul und Marie.

26

Helen Lambert

Washington D. C., 16. Juni 2012

Auf dem Weg zu meiner Verabredung mit Malique in Georgetown verlor ich im Taxi das Bewusstsein. Als ich wieder zu mir kam, beugte sich der Fahrer über mich und beschwerte sich, dass ich seine Kunstledersitze vollgesabbert hatte. Nachdem ich ihm mehrmals erklärt hatte, dass ich stocknüchtern und in der Lage sei, ihn zu bezahlen, hievte ich mich von der Rückbank des Wagens und ging zu Madame Rinckys Apartment hinauf. *Ich bin die Tochter von Philippe Angier. Und eine Hexe. Eine Hexe, die in einem Fesselzauber gefangen ist.*

Im Wartebereich angekommen, hörte ich, dass Malique eine Sitzung abhielt. Ich starrte auf meine Finger. Bei meinem Besuch bei Marielle Fournier im Altenheim hatten meine Hände auch erst gekribbelt und dann gebrannt, als ich die alte Dame berührt hatte. Schon da meinte ich eine Verbesserung ihres Zustandes bemerkt zu haben, und ich hatte recht gehabt.

Da ich mehr über die Band No Exit herausfinden wollte, nahm ich mein iPhone und startete eine kurze Internetsuche, während

Malique drüben langsam zum Ende kam. Vorsichtshalber hatte ich diskret gehustet, um ihn wissen zu lassen, dass ich da war.

Nachdem ich mich durch Millionen von Treffern zu Jean-Paul Sartre gewühlt hatte, fand ich schließlich einen interessanten Eintrag: einen Post auf einer Website über Los Angeles, in dem ein Auftritt der Band im Gazzarri's auf dem Sunset im Jahr 1970 erwähnt wurde. Dort hieß es, die Band habe in jenem Sommer zu den Highlights auf dem Strip gehört, sei dann aber ebenso plötzlich aus der Szene verschwunden wie sie aufgetaucht sei. Es gab diverse Theorien darüber, was aus ihnen geworden war. In anderen Posts war von einem mysteriösen, verschollenen Album die Rede, und einer nannte sogar Hugh Markwells Adresse in Texas. *Ach, was soll's*, dachte ich. Mir rannte die Zeit davon, und ich wollte Sandras Geschichte so schnell wie möglich entschlüsseln.

Eine zweite Suche, diesmal direkt nach Hugh Markwell, lieferte mir eine Telefonnummer in Austin. Er war Professor für Ökowissenschaften an der University of Texas. Ein Foto bestätigte mir, dass es sich um denselben Hugh Markwell handelte. Abgesehen von den grauen Haaren hatte er sich nicht sonderlich verändert; er sah noch immer aus wie ein Hippie aus den Siebzigern, auch wenn sein Gesicht etwas breiter und von tiefen Falten durchzogen war.

Die Universität stellte mich zu seinem Anschluss durch, wo ein Anrufbeantworter dranging. Ich hinterließ eine Nachricht mit meinem Namen und behauptete, ich sei an dem verschollenen Album seiner Band No Exit interessiert, da wir die Geschichte in unserer September-Ausgabe bringen wollten.

Sandras Leben war zwar das letzte in der Reihe, aber wie bei jedem Cliffhanger konnte ich es kaum erwarten, herauszufinden, was mit ihr passiert war. Luke hatte also in Taos ein Tonstudio betrieben? Ich hatte gespürt, wie verwirrend Sandra ihre Kräfte fand, wie sehr sie sich danach sehnte, normal zu sein. Und mir war durch diese Rekonstruktion meiner verschiedenen, zerrissenen Leben klar geworden, dass ich noch immer keine vollständige Persönlichkeit war, eher eine Gruppe einzelner Frauen.

Ich warf einen Blick auf meine Uhr.

Da ging die Tür auf, und Malique führte eine weinende Frau aus dem Zimmer; doch es schienen Freudentränen zu sein, denn sie umarmte Malique zum Abschied. Von mir hatte er keine Umarmungen bekommen. War mir da vielleicht ein sozialer Fauxpas unterlaufen? Andererseits konnte er von Leuten, denen er erklärte, sie wären in einem Fluch gefangen, wohl kaum Umarmungen erwarten.

Während ich mich setzte, holte Malique einen hübsch verzierten Dolch aus seiner Tasche und legte ihn auf den Tisch. Dann tauchte er Marchants Pinsel in das Blut aus dem Röhrchen und strich es vorsichtig auf den Dolch, ganz sorgfältig, bis die Klinge vollständig bedeckt war. Anschließend legte er den Dolch wieder hin.

»Was passiert jetzt?«

»Ich lasse das Blut trocknen.«

»Und wir müssen nur irgendeinen Spruch aufsagen?«

Er nickte. »Sobald das Blut getrocknet ist.«

Irgendwo tickte eine Uhr. Ziemlich laut. Warum hängte Madame Rincky wohl eine Uhr bei sich auf, die einen so ablenkte? Aus den Vorhängen stieg der Geruch alter Räucherstäbchen auf.

Schließlich war Malique zufrieden, stemmte die Hände rechts und links von dem Dolch auf den Tisch und verfiel in einen merkwürdigen Singsang. Das kam mir bekannt vor. Juliets Mutter hatte einen ganz ähnlichen Gesang angestimmt, als sie den Fluch wirkte. Maliques Augen verdrehten sich, doch er behielt seinen Rhythmus bei und sprach mit verstörend hoher Stimme weiter. Er streckte den Arm aus und packte meine Hand. Er fing an zu zittern, dann setzten regelrechte Krämpfe ein. Meine Hände fingen an zu brennen, und ein merkwürdiger Geschmack breitete sich in meinem Mund aus. Erst dann merkte ich, dass meine Nase wieder angefangen hatte zu bluten. Malique rutschte vom Stuhl und rollte sich zitternd auf dem Boden hin und her.

Brauchte er vielleicht einen Krankenwagen? Ich beugte mich über ihn und gab ihm eine Ohrfeige. »Malique?«

Seine Augen öffneten sich so abrupt, dass ich hastig zurücksprang. »Verdammt, haben Sie mich erschreckt! Alles in Ordnung?«

Doch das war nicht er hinter diesen Augen. Und das war auch nicht seine Stimme. »Oh, mein hübsches Mädchen!« Malique setzte sich auf. Seine Bewegungen waren so roboterhaft wie bei der Puppe aus *Hoffmanns Erzählungen*. *»Est-ce toi?«*

Ich zog mich bis zur Wand zurück, um möglichst weit von ihm wegzukommen. Meine Stiefelsohlen quietschten, als ich hektisch zurückwich.

»Du hast Angst vor mir? Erkennst du mich denn nicht?«

Zweifelnd sah ich ihn an. *»Maman?«*

»Juliet, Juliet.« Einerseits war es Malique, andererseits auch nicht.

»*Maman*, bist du das?« Mit einem prüfenden Blick versuchte ich, etwas zu entdecken, das mir verriet, ob ich wirklich Juliets Mutter vor mir hatte. »Tut mir leid … Du siehst … etwas anders aus als früher. Na ja, eigentlich siehst du aus wie ein alternder Jamaicaner.«

»Du siehst auch anders aus.« Malique lächelte. »Mir bleibt nicht viel Zeit. Ich habe dir Schreckliches angetan, und das tut mir unglaublich leid.«

»Welchem meiner Ichs?«

»Wie meinst du das?«

»Es gibt mehrere Versionen von mir, *Maman*. Seit über hundert Jahren lebe ich wieder und wieder, und jedes Mal sterbe ich, wenn ich vierunddreißig bin.« Letzteres stieß ich mit einer gewissen Verbitterung hervor, was sie mir wohl auch anmerkte.

»Oh non«, seufzte Malique. »Es tut mir so unglaublich leid, Juliet.«

»Tja, na ja …« Ich beugte mich vor. »Wo bist du jetzt eigentlich?«

Sofort schüttelte Malique den Kopf. »Darüber darf ich nicht sprechen.« Doch ich sah den Schmerz in seinem Gesicht.

»Musst du sehr leiden, *Maman*?«

»Bitte stell mir keine Fragen zu diesem Ort. Ich möchte dich einfach nur ansehen. Mein wunderschönes Mädchen. Deine Haare sind ja rot.« Dieses Detail schien Malique/Maman regelrecht zu verstören.

»Ja.« Ach ja, so sah ich sicher aus wie mein Erzeuger. »*Maman*, ich weiß das mit Philippe Angier.«

Beinahe gruselig, wie genau Malique den Sprachduktus von Juliets Mutter wiedergab. Thérèse LaCompte durchdrang seinen Körper so vollkommen, dass ich für kurze Momente sogar vergaß, dass eigentlich Malique vor mir saß. Sein Gesicht verzerrte sich.

»Ich wollte nicht, dass du es erfährst. Jeden Abend stand ich mit ihm auf der Bühne. Noch heute sehe ich ihn so vor mir. Groß war er, hatte pechschwarzes Haar und beherrschte den gesamten Raum. Er fing immer mit Hypnose an, mit einem Freiwilligen aus dem Publikum, dann kamen die Karten, und beim großen Finale ließ er mich dann schweben. Dabei habe ich nie begriffen, dass es eigentlich ein Trick hätte sein müssen. Er hat keine Drähte benutzt, deshalb dachte ich, alle Bühnenmagier würden es so machen. Ich bin gar nicht auf den Gedanken gekommen, dass es noch diese andere Seite an ihm geben könnte. Dass seine Zauberkraft echt war.

Ja, ich war seine bevorzugte Gehilfin … und seine Geliebte. Aber ich wusste nicht, dass es mehrere von uns gab. Nach ungefähr einem Jahr wurde ich mit dir schwanger. Das veränderte alles, auch wenn es anfangs kaum merkliche Kleinigkeiten waren. Nachts wurde meine Zimmertür abgeschlossen, was früher nie der Fall war – ›zu meiner Sicherheit‹. Als feststand, dass die Schwangerschaft gut verlief, erklärte er mir, ich müsse ihm nun zu Diensten sein. Und das wollte ich auch. Ich habe ihn geliebt. Er war wahrhaft magisch, der großartigste Mann, dem ich je begegnet war. Aber er meinte damit etwas vollkommen anderes. Er brachte mich in ein Haus und sagte, dass wir nach der Geburt zusammen dort leben würden. Ich bekam ein eigenes Zimmer und wurde dort eingesperrt. Zu diesem Zeitpunkt hatte er bereits eine neue Assistentin eingestellt, die mich ersetzte. Einmal bin ich ihr auf dem Flur begegnet: Jung war sie, blond, in einem roten Kleid. Ich hatte nie Rot getragen. Ich war das blaue Mädchen, immer in Blau. Er benannte uns nach den Farben unserer Kleider. Wenig später lernte ich das rote Mädchen kennen, das violette Mädchen und das gelbe Mädchen, denn wir waren alle in diesem Haus eingesperrt. Gelb war schwanger, genau wie ich.«

Ich hatte das Kleid deutlich vor Augen, das *Maman* da beschrieb; schließlich hatte ich Gelb und Rot live gesehen.

»Oh ja. Das violette Mädchen hat uns am meisten geholfen. Ihr richtiger Name war Esmé, und ich werde sie nie bei einem anderen nennen. Sie hat mich vor dem gewarnt, was kommen würde – dass du nach der Geburt zu einem ›Geschenk‹ werden würdest.«

Dieser Teil der Geschichte machte mich nervös. Luke hatte Sandra die wesentlichen Fakten zwar mitgeteilt, aber ich hatte das Gefühl, dass es nicht leicht sein würde, es selbst zu hören.

Maman fuhr fort: »Das rote Mädchen war schon früh zu seiner Handlangerin aufgestiegen. Sie hatte uns alle angeworben. Und sie behauptete, der Dienst an ihm sei eine Ehre, dass ich ihm das größte Geschenk von allen machen würde, wenn ich dich ihm überließ. Aber ich wollte dich nicht hergeben. Esmé verriet mir, dass er dich beim ersten Vollmond nach deiner Geburt in einem blutigen Ritual opfern wollte. Bis dahin blieben mir noch ein paar Monate, und ich beschloss, dass ich das niemals zulassen würde. Esmé riet mir, sie in dem Glauben zu lassen, dass ich mitspielte. Zusammen mit ihr war ich gezwungen, mit anzusehen, wie eines der anderen Mädchen – meine Vorgängerin auf der Bühne – ihr Kind zum Altar brachte, einen kleinen Jungen. Seit sie ihn zur Welt gebracht hatte, waren erst zwei Tage vergangen, und sie war noch so geschwächt, dass ich es ihr verzeihen konnte. Sie hat wohl gar nicht wirklich begriffen, was vorging. Zumindest hoffe ich das. Esmé und ich waren während der Zeremonie angekettet, mussten zusehen. Es war grauenvoll. Dreimal musste ich das mit ansehen. Kerzen, die viel zu schnell herunterbrannten, Roben, und dann …« Maliques Stimme brach. »Ich wusste, dass ich niemals zulassen durfte, dass sie das mit dir machten. Aber vorerst musste ich mitspielen, sonst hätten sie mich bei der Geburt getötet und dich einfach genommen.«

»Wieso?«

»Ein paar Wochen vor der Geburt sagte mir Esmé, dass ich fliehen solle. Sie tat so, als wäre sie krank. Als Schauspielerin bekam sie das so gut hin, dass Rot ausreichend abgelenkt wurde. Dazu schnitt sie sich zunächst in den Arm und fing das austretende Blut in einer Tasse auf. Anschließend verteilte sie es überall auf ihrem violetten Kleid. Rot war entsetzt, sie glaubte, es sei etwas Schlimmes wie die Schwindsucht. Während Rot sich also um Esmé kümmerte, die sich dramatisch auf dem Boden wälzte, schlüpfte ich aus der offenen Zimmertür und rannte den Flur hinunter. Das war meine einzige Chance, Juliet. Ich musste am großen Altar vorbei und sah dort das Grimoire auf seinem Ständer. Esmé hatte mir gesagt, ich solle versuchen, das Lederbuch – so nannte sie das Grimoire deines Vaters – mitzunehmen. Dann wäre der Dämon wütend auf ihn, und meine Chancen, ihm zu entkommen, würden steigen. Ich schnappte mir auch seine violette Robe und drehte sie auf links, da die schwarze Innenseite unauffälliger war. Sie würde mich warmhalten. Als ich aus dem Seiteneingang in die Nacht hinauslief, hörte ich, wie sie Esmé folterten. Sie hatte mir gesagt, dass sie eine weitere Schwangerschaft nicht ertragen könne, und sicherlich würden sie eine solche von ihr verlangen. Dass sie sich lieber umbringen ließe. Und genau das haben sie dann auch getan, mein Kind.«

»Es tut mir so leid, *Maman*.« Das riss mir beinahe den Boden unter den Füßen weg. Ich hatte das Gefühl, als hätte man mir in den Magen getreten. »Wo bist du dann hin?«

»Ich habe ein Schaufenster zerschlagen und mir ein Paar Schuhe gestohlen. Sie waren zu klein, aber immer noch besser als nichts. Sicher habe ich ein merkwürdiges Bild abgegeben mit meinem langen, schwarzen Umhang und den winzigen Schuhen. So sah ich dann auch aus, als ich deinem Vater begegnet bin – dem Vater, der dich großgezogen hat –, am Bahnhof von Challans. Mir war schlecht vor Hunger, und ich war unübersehbar schwanger. Man hatte mich in Challans aus dem Zug geworfen, weil ich keinen Fahrschein hatte. Wie denn auch, ohne Geld? Zu diesem Zeitpunkt war ich fest davon überzeugt, dass alles vergebens gewesen war, dass wir entdeckt werden würden, dass ich nicht weit genug geflohen war. Aber niemand kam, um dich zu holen. Das war wirklich merkwürdig. Du bist herangewachsen, und eigentlich hätte die Tatsache, dass du immer größer und stärker wurdest, deinen Vater zusätzlich reizen müssen. So wärst du ein noch wirkungsvolleres Opfer gewesen. Als Marchant anfing, dich zu malen, hatte ich Sorge, dass Angier dich finden könnte. Du hast große Ähnlichkeit mit ihm.« Malique berührte kurz mein Haar. »Vor allem die Haare. Seine sind allerdings erst später rot geworden. Ich dachte, er würde seine Züge in einem der Gemälde wiedererkennen und dadurch herausfinden, wo wir uns versteckten. All die Jahre habe ich versucht, mir die dunklen Künste anzueignen, in der Hoffnung, uns so schützen zu können. Ich wusste, dass viel Macht in dem Grimoire steckte, also habe ich damit den Fluch gewirkt. Das war dumm von mir.«

»Maman«, widersprach ich, »du hattest recht. Rot und Gelb haben wirklich nach mir gesucht, aber ich wurde beschützt. Du hast mich beschützt. Und Philippe Angier ist vor hundert Jahren bei einem Duell gestorben.«

»Der Verwalter hat dich beschützt.« Malique lächelte.

Ich nickte.

»Dann war es das alles wert.«

»Na ja«, schränkte ich ein, »gewisse Komplikationen gab es schon.«

»Welche Komplikationen?«

»Dein Zauber hat Marchant und mich bisher über vier Leben aneinandergekettet.«

Malique sah mich bestürzt an.

»Aber ich will den Fluch nun aufheben. Irgendwelche Vorschläge?«

»Du musst wissen, dass das sehr gefährlich werden kann.«

»Das weiß ich, *Maman*.«

»Es tut mir so schrecklich leid, mein hübsches Mädchen. Bitte verzeih mir.« Damit brach Malique bewusstlos zusammen.

Ich starrte ihn an, um sicherzugehen, dass er noch atmete.

»Ich verzeihe dir«, flüsterte ich.

Einige Minuten später kam der alte Mann zu sich und rieb sich den Kopf.

»Malique?«

»Ja.«

»Sind Sie das?«

»Was soll das heißen?« Er packte die Stuhllehne und zog sich hoch.

»Na ja, Sie waren gerade eine kleine Weile besessen.«

»Das erklärt die Kopfschmerzen.« Er massierte sich die Schläfen.

»Passiert Ihnen das öfter?«

»Berufsrisiko, leider. Aber diesmal war ich ungewöhnlich lange weg.« Er sah auf die Uhr, es waren zwanzig Minuten vergangen. Dann ließ er sich wieder auf den Stuhl fallen, nahm den Dolch und schob ihn in eine Lederhülle.

»Was ist los?«

»Gar nichts«, antwortete er geistesabwesend.

»Gar nichts?«

»Ich denke, Sie verfügen über enorme Kräfte. Mir gelingt es nicht einmal für zwei Minuten, die Dämonenwelt heraufzubeschwören.«

»Und?«

»Sie sind eine sehr mächtige Hexe, Helen, aber dieser Fluch hält die Menschen für alle Ewigkeit gefangen, über Raum und Zeit hinweg, wenn Sie wissen, was ich meine. Ziemlich fiese Dinger, solche Flüche.«

»Haben Sie es öfter mit so etwas zu tun?«

»Traurigerweise ja. Mein Zauber löst das Ganze. Simpel.« Wieder rieb er sich den Kopf. »Wer … war ich gerade?«

»Meine Mutter. Die ursprüngliche Hexe.«

»Das ist einerseits gut, andererseits aber auch schlecht.«

»Wieso schlecht?«

»Gut ist es, weil wir so wissen, dass wir den richtigen Zauber erwischt haben. Schlecht, weil wir dadurch Aufmerksamkeit erregt haben. Der Dämon wird es erfahren.«

»Und was machen wir jetzt?«

Malique berührte kurz meinen Arm und schob dann den Dolch zu mir herüber. »Hier.«

»Was soll ich damit?«

»Ich dachte, das wüssten Sie.«

Ein extrem ungutes Gefühl machte sich in mir breit. »Was soll ich wissen?«

»Damit müssen Sie den Verwalter töten. Stoßen Sie ihm den Dolch ins Herz. Dadurch wird der Vertrag aufgehoben.« Er legte eine Hand an die Brust wie ein Kind beim Fahneneid.

Entsetzt starrte ich auf den in Leder gehüllten Dolch. Plötzlich bekam ich keine Luft mehr. Mir drehte sich der Magen um. Jetzt nur nicht kotzen! Erst als Malique mich beinahe ebenso entsetzt ansah wie ich die Klinge, wurde mir bewusst, dass Blut aus meiner Nase strömte und in meinen Schoß tropfte. »Malique … ich glaube nicht, dass ich das kann.«

»Warum nicht?«

»Weil ich mich in ihn verliebt habe.«

Betroffen schüttelte er den Kopf. »Dann haben wir ein Problem.«

In diesem Moment fing das Zimmer an, sich um mich zu drehen.

27

Sandra Keane

Taos, New Mexico, Dezember 1970

Die Band war damit einverstanden, in der ersten Dezemberwoche noch einmal zurückzukommen und zwei weitere Songs aufzunehmen, doch ein paar Tage vor dem vereinbarten Termin rief Hugh an und erklärte, Ezra sei wieder in der Entzugsklinik. So wurden die Aufnahmen ins neue Jahr verschoben. Lenny Brandt war allerdings erst wieder im Februar verfügbar, weshalb sie sich schließlich auf diesen Termin einigten. Hugh war ganz scharf darauf, auch die Überarbeitung der ersten Tracks abzuschließen, aber ohne Lenny war das nicht möglich.

Oben in den Bergen von Taos fiel fast ein halber Meter Schnee, und auch die Pangea Ranch wurde von einer dünne, weißen Decke eingehüllt. Das Städtchen war in der Weihnachtszeit wundervoll. Sandra und Marie gingen zur großen Weihnachtsbaumzeremonie auf dem Markplatz und tranken genau dort, wo Nora getötet worden war, heiße Schokolade mit Zimt.

An Heiligabend schlug Luke vor, zum Pueblo von Taos zu fahren und sich die Weihnachtsprozession anzusehen – eine Zeremonie, bei der die Statue der Heiligen Jungfrau aus der Kirche getragen wurde. Während sie nach Einbruch der Dunkelheit zwischen den rosa gestrichenen Lehmhäusern des Pueblos hindurchschlenderte, über denen der Himmel durch die vielen offenen Feuer rot leuchtete, wurde Sandra bewusst, dass sie noch nie so viel Feuer gesehen hatte wie hier in Taos: Lagerfeuer, Feuergruben oder Räucherbündel, und nun die Freudenfeuer zu dieser Zeremonie.

»Diese ganzen Feuer«, wandte sie sich an Luke, »welchen Zweck haben sie?«

»Sie sollen die Finsternis vertreiben«, antwortete er ernst.

Die Kirchenglocken begannen zu läuten, und plötzlich schien Luke ihr nicht mehr in die Augen sehen zu können.

Die Finsternis, das waren sie.

»Wir sollten nicht hier sein, Luke.« Sie nahm seine Hand, und sie verließen den Pueblo.

Nach Weihnachten wurde Sandra von der Nachricht überrascht, dass Hugh und Lily in Las Vegas geheiratet hatten, wie sie Luke in zwei getrennten Briefen mitteilten. Ezra war inzwischen wieder mehrmals im Entzug gewesen, als hätte die Rückkehr nach Los Angeles ihn jede Bodenhaftung verlieren lassen. Und auch wenn es die von Sandra und Hugh ausgehende Spannung gewesen war, die die Band anfangs zusammengehalten hatte, war es nun doch die Tatsache, dass Ezra nicht mitkommen konnte, die den letzten Nagel in ihren Sarg trieb. Ohne ihn fehlte diese merkwürdige Energie, die im Studio entstanden war; nur zu viert konnten sie die aufrechterhalten. Hughs Brief haftete etwas Endgültiges an, als wüsste er, dass die Band Geschichte war. Seine Heirat war ebenfalls ein Zeichen dafür, dass sie nun offenbar alle erwachsen werden sollten. Eine Zeit lang fragte sich Sandra, wie Luke die Nummer mit dem Tonstudio überhaupt hatte gelingen können. Aber vermutlich war es nicht schwer gewesen, vier naiven Kids ihre fünfzehn Minuten Ruhm in Aussicht zu stellen. Jetzt war es jedenfalls nicht mehr nötig, so zu tun, als bräuchten sie Außenstehende auf der Pangea Ranch. Sandras Welt bestand nur noch aus Luke und ihr. Irgendwie war das auch traurig, denn die Monate, in denen sie mit Hugh, Lily, Ezra, Bex und Lenny im Studio gewesen war, hatten zur schönsten Zeit ihres Lebens gehört.

Weiterhin wurde nachts oft an die Tür der Ranch geklopft, und Sandra heilte so viele Menschen, wie sie konnte. Schließlich nahm sie sogar das Geld der dankbaren Besucher an. Zwar wusste sie nun, dass ihre Kräfte der Dunkelheit entsprangen, doch sie redete sich ein, dass sie sie für einen guten Zweck einsetzte. Sie half den Menschen damit.

Als sie eines Tages wieder einmal ihre Notenbücher durchging, fiel ihr etwas auf: In einem Tintenfleck entdeckte sie einen Fingerabdruck; Noras Fingerabdruck. Für Sandra war das eine Kostbarkeit, ein sichtbarer Beweis ihrer Existenz. Sie gab ein wenig Tinte auf einen Zettel, drückte ihren Daumen hinein und presste ihn dann auf die aufgeschlagene Seite, direkt neben Noras Abdruck. Sie waren identisch.

Als langsam der Frühling Einzug hielt, stand eines Morgens ein Mann an der Vordertür. Er hatte den Hut tief ins Gesicht gezogen, und zu seinen Füßen entdeckte Sandra eine Art schwarzen Kleidersack, in dem sonst Leihsmokings transportiert wurden. Dieser hier war allerdings merkwürdig ausgebeult.

Marie kam an die Tür und übersetzte. Der Mann erklärte, seine Tochter sei auf dem Highway von einem LKW erfasst worden. Er hatte von der Pangea Ranch gehört und wollte sie nun unbedingt zu Sandra bringen, bevor er einen Bestatter aufsuchte.

Als der Mann den Kleidersack öffnete, sah Sandra, dass der Kopf der jungen Frau vom Körper abgetrennt war. Nichts war mehr dort, wo es sein sollte. Mit einem leisen Keuchen kniete sie sich neben den offenen Sack.

»Ich hatte gehofft …«, setzte der Mann an.

Auf der Treppe wurden Schritte laut, dann spürte Sandra, wie Luke hinter ihr auftauchte. Sie schüttelte den Kopf, drehte sich zu ihm um und flüsterte ihm ins Ohr: »Es tut mir leid, ich kann nicht. Sie … es ist zu spät.« Mit einem langen Blick zeigte sie Luke, wie dankbar sie dafür war, ihn an ihrer Seite zu haben.

Der Mann trat einen Schritt zurück und wollte nach dem Sack greifen.

»Ich mache es«, sagte Luke plötzlich. »Lassen Sie sie hier und kommen Sie morgen bei Tagesanbruch wieder.«

Nervös nahm der Mann seinen Hut ab. »Sie können das?«

»Kommen Sie bei Tagesanbruch.« Luke krempelte seine Ärmel hoch.

Sobald der Vater verschwunden war, fragte Sandra: »Wie kannst du *so etwas* heilen?«

»Das willst du nicht wissen.«

»Luke.« Sie griff nach seiner Hand. »Tu es nicht. Hör auf mich. Es ist falsch. Das ist widernatürlich.«

»Nichts von alledem entspricht dem Wirken der Natur, Sandra. Finde dich damit ab.«

»Ich meine damit, dass es ein Dienst an der Finsternis ist. Wir haben immer noch die Wahl, Luke.«

»Wir sind Geschöpfe der Finsternis, Sandra.« Er ließ sich auf die Kirchenbank fallen und musterte den Kleidersack. Widerwillig setzte Sandra sich zu ihm. Plötzlich begann er zu lachen. »Und wir haben keine Wahl.«

»Was kann ich tun?« Sie legte ihm eine Hand auf den Oberschenkel.

»Nichts.« Einen Moment lang starrte er auf den Boden, dann deutete er mit dem Kinn auf den Sack, der leise zuckte. Sandra wurde übel. Die Vorstellung, was diesem Sack gleich entsteigen könnte, machte ihr Angst. »Es ist getan. Ich genehmige mir jetzt einen Drink. Heute ist mir nach einem schönen Bourbon.«

Sie sah zu, wie er durch die Halle ging, als hätte er nichts Ungewöhnlicheres gemacht, als die Veranda zu fegen.

Wieder bewegte sich der Sack, und wenige Minuten später entstieg ihm ein gesundes, unversehrtes Mädchen. Zuerst wurden die langen, dunklen Haare sichtbar, dann die Schultern, die schmalen Hüften und langen Beine. Da sie nackt war, holte Sandra ihr schnell eine Decke. Doch als sie die Kreatur – denn nichts anderes war die junge Frau für sie – berührte, wich sie vor ihr zurück wie ein geprügelter Hund.

»Luke!«

»Sie ist verwirrt«, rief er gelassen vom Flur herüber. Dann trat er mit einem Glas voll bernsteinfarbenem Whiskey in die Halle. »Deshalb habe ich dem Vater gesagt, er soll später wiederkommen. Sie muss sich erst wieder an diese Welt gewöhnen.« Er ließ die Flüssigkeit im Glas kreisen.

»Was hast du getan?« Sandra legte dem Mädchen die Decke um die Schultern. »Dafür werden wir büßen, Luke.«

»Sie muss schlafen«, befand Luke, ohne auf ihre Worte einzugehen. Er wandte sich ab und ging wieder Richtung Wohnzimmer. »Steck sie in Ezras altes Zimmer.«

»Luke!«, protestierte Sandra.

Er drehte sich um.

»Es ist falsch«, sagte sie noch einmal.

Wortlos ging er davon.

Am nächsten Morgen holte der Vater seine Tochter ab und bot Sandra ein Pferd und einen Beutel mit Geld an. Sie lehnte beides ab. Luke war seit dem Abend zuvor nicht mehr aufgetaucht und hatte auch keinerlei Anweisungen bezüglich des auferweckten Mädchens hinterlassen, also gab Sandra es in die Obhut seines Vaters. Sie war noch immer sehr still, aber offenbar hatte der Mann damit gerechnet, dass sie anders sein würde als zuvor.

Schließlich fand Sandra Luke auf der hinteren Veranda. Es war kalt – zu kalt, um draußen zu sitzen. Seine Lippen waren blau angelaufen, ein deutlicher Kontrast zu seiner rot glühenden Zigarette.

»Warum hast du das getan?«

»Ich weiß nicht«, meinte er achselzuckend. »Vielleicht, weil ich es konnte. Manchmal macht es auch Spaß, ein Dämon zu sein, Sandra.«

»Wird sie je wieder die Alte werden?«

»Nein. Dieses Mädchen ist nicht mehr seine Tochter, aber das wird ihn nicht stören. Für ihn wird es ausreichen. Du wärst überrascht, wie sehr wir alle uns manchmal in die Tasche lügen.«

Sandra fiel wieder ein, wie er zu Juliet einmal etwas Ähnliches gesagt hatte, in Bezug auf ihren Vater. Die Verbitterung, die hinter diesen Worten steckte, verriet ihr, dass ihr etwas Wichtiges entging.

Sie setzte sich neben ihn, nahm ihm die Zigarette aus der Hand und zog daran. Was sie getan hatten, war in gewisser Weise aufregend gewesen, und es hatte eine Verbundenheit zu Luke in ihr geweckt, die sie in diesem Leben noch nie gespürt hatte. Wieder nahm sie einen Zug, dann trat sie die Zigarette aus. Sie streckte die Hand aus, und nach kurzem Zögern ergriff er sie. Mit einem tiefen Seufzer, der eine dichte Dampfwolke erzeugte, stand Sandra auf und zog Luke mit sich hoch. Als sie sich berührten, spürte sie die Wärme seines Körpers. Wortlos führte sie ihn hinauf in ihr Zimmer und schloss die Tür.

Eine Woche später sah Sandra, wie der Postbote frühmorgens einen Brief bei ihnen einwarf. Er nickte ihr kurz zu, bevor er davonfuhr. Sie bekamen fast nie Briefe. Als sie den Poststempel von Los Angeles sah, dachte sie, er käme von ihrer Mutter, aber die Handschrift passte nicht. Erst als sie genauer hinsah, erkannte sie die Schrift – der Brief war von Hugh.

2. März 1971

Liebe Sandra,
ich kann kaum glauben, dass es schon wieder drei Monate her ist, dass wir uns gesehen haben. Ich vermisse uns vier. Wer zurückbleibt, hat es immer am schwersten – Ezra und du spuken noch überall in Los Angeles herum.

Es gibt keinen leichten Weg, dir das zu sagen. Rick wurde vor einer Woche in Vietnam getötet. Ich habe kaum Informationen darüber, wie es genau passiert ist. Kim meinte, du würdest es wissen wollen.

Sie wartet noch auf den Bericht der Armeedivision, mit der er unterwegs war, aber soweit ich weiß, gab es zahlreiche Opfer. Die spärliche Informationslage lässt uns hoffen, dass er doch eines Tages wieder vor der Tür steht, aber tief in meinem Innersten weiß ich, dass meine Schwester keine dritte Chance mit ihm bekommen wird. Kim meinte, nach diesem Autounfall sei er nie mehr ganz der Alte gewesen, aber vermutlich wusstest du das schon.

Ich werde im Herbst meinen Abschluss in Berkeley machen. Nach unseren Erlebnissen im letzten Herbst habe ich keine keine Kraft mehr für eine weitere Band. An diese Songs und diese gemeinsamen Monate werden wir wohl nie wieder heranreichen. Lil und ich sprechen oft von dir. Du fehlst uns.

Hoffentlich geht es dir gut in New Mexico. Sag Luke, Paul und Marie, dass wir noch oft an sie denken.

Hoffentlich sehen wir uns bald wieder!

Hugh

Sandra schloss die Augen und lehnte sich Halt suchend an das Verandageländer. Nachdem sie sich etwas gesammelt hatte, ging sie zu Luke ins Arbeitszimmer.

»Rick ist tot«, sagte sie.

Er nickte.

»Du hast es *gewusst*?«

»Ich weiß immer, wenn einem von euch beiden etwas zustößt. Ihr seid beide meiner Obhut unterstellt.«

»Warum hast du es mir nicht gesagt?«

»Was hätte ich denn sagen sollen?«

»Na ja, ›Rick ist tot‹ wäre ein guter Anfang gewesen.«

»Du solltest es von Hugh erfahren, nicht von mir.«

Sandra ging zum Schreibtisch und stützte beide Hände darauf. »Ich habe ihn geliebt.«

»Ich weiß. So ist es immer …«

»Nein«, fiel sie ihm ins Wort, »diesmal war es etwas anderes, so wie es mit Nora für dich etwas anderes war. Er war eine bessere Version von sich, so wie Nora eine bessere Version von mir war.«

»Das habe ich nie gesagt …«

»Das musstest du auch gar nicht, Luke. Es steht dir ins Gesicht geschrieben, wann immer du mich ansiehst.«

Er ließ sich so schwer in seinen Stuhl zurücksinken, dass die Lehne ächzte. »Ich bin nie über sie hinweggekommen.«

»Das verstehe ich gut«, versicherte Sandra ihm und ging. Die nächsten zwei Tage verbrachte sie in ihrem Zimmer, wo sie vor allem auf dem Bett lag und über Ricks Tod nachdachte. Ihn noch einmal zu verlieren, war unerträglich.

Am dritten Tag riss sie sich zusammen, duschte und ging in die Küche hinunter. Luke machte Frühstück. Ohne sie zu beachten rührte er in Schüsseln und gab Zutaten in verschiedene Pfannen. Die Spannung zwischen ihnen war greifbar. Marie hatte jeden Vermittlungsversuch eingestellt, und nun vertieften Paul und sie sich in die Zeitung – ganz die braven Nebendarsteller, die sie in jedem ihrer vielen Leben waren.

Luke bereitete erst ein Omelett für Marie zu, dann eins für Paul und schließlich eines für Sandra. Dazu kam eine Platte mit kross gebratenen Kartoffelscheiben und Toast auf den Tisch. Die drei aßen schweigend ihre Eier und warteten darauf, dass Luke das Wort ergriff.

Der stellte seinen Teller an den Kopf des Tisches und nahm sich den Teil der Zeitung, mit dem Paul fertig war. »Dieses Mädchen … das aus dem Kleidersack.«

»Was ist mit ihr?« Erleichtert hob Sandra den Kopf; endlich hatte er etwas gesagt. Alle am Tisch atmeten auf.

»Du solltest mal nach ihr sehen. Sicherstellen, dass es ihr gutgeht. Ich meine … soweit das noch möglich ist.«

Sandra wollte, dass er sie ansah. Sie versuchte sogar, hinter seine Zeitung zu spähen, aber er starrte nur auf die Seite. »Wirst du mich denn nicht begleiten?«

»Nein.« Gelassen blätterte er um. »Werde ich nicht.«

Dass Luke sich in Bezug auf dieses Mädchen so merkwürdig verhielt, machte Sandra neugierig genug, um nach ihrer Adresse zu forschen. Auf dem Postamt konnte man ihr den Weg zu dem Haus beschreiben und gab ihr den Tipp, nach einem grünen Briefkasten Ausschau zu halten. Also fuhr sie mit Maries altem

Pick-up ein ganzes Stück in die Wüste hinein, wo sie das Tempo drosselte und die Briefkästen musterte, die hier keine Nummern trugen und offenbar nur anhand der Namen und Farben unterschieden wurden. Als sie schließlich auf den Hof des schlichten, aus Lehm gebauten Bauernhauses fuhr, war es still wie in einer Geisterstadt. Nirgends war ein Auto zu sehen, obwohl die Familie offenbar nicht unter Armut litt; zumindest war das Haus sehr gepflegt. Sandra band sich die Haare zusammen und schob die Sonnenbrille hoch auf die Stirn, um sich besser umsehen zu können. Eine Katze mit drei Beinen hoppelte über die Veranda und verkroch sich halb darunter; ein wenig wie die Zuschauer im Western, wenn sie kurz vor dem großen Duell in Deckung gehen. Sandra stieg mit polternden Schritten die Verandastufen hinauf, um ihre Anwesenheit anzukündigen, und klopfte an die Tür. Hier stimmte etwas nicht, das spürte sie deutlich.

Eine Frau öffnete ihr, keuchte leise und fing sofort an, auf Sandra einzureden, die allerdings kein Wort verstand. *»No hablo español …«* Doch die Frau beachtete ihren Einwand gar nicht. Ihre umfangreichen Erklärungen bezogen sich offenbar auf etwas weiter hinten im Haus, denn sie zeigte immer wieder den Flur hinunter. Endlich begriff Sandra, dass sie dort hineingehen sollte. In dem langen Korridor stieg ihr der beißende Geruch von Salbei in die Nase; anscheinend brannte hier irgendwo ein Räucherbündel. Da diese oft dazu dienten, böse Geister zu vertreiben, ging sie nur zögernd weiter. Alles Aberglaube, der nicht funktionierte – weder um böse Geister abzuwehren, noch um Sandra fernzuhalten. Und Luke und sie kamen der Verkörperung böser Geister näher als alles andere, was ihr je begegnet war. In diesem Fall hätte die Familie sie wesentlich besser abwehren können, wenn sie in ihrem Haus Nelken ausgestreut hätte. An den Wänden hingen Fotos, auf denen die Frau vor der Haustür, der Vater mit dem

Hut, ein junger Mann und das Mädchen aus dem Kleidersack zu sehen waren. Die Frau war im Wohnzimmer zurückgeblieben und nickte nur, als Sandra vor der richtigen Tür ankam. Sie klopfte, bekam jedoch keine Antwort. Mit einer nachdrücklichen Geste forderte die Frau Sandra auf, trotzdem hineinzugehen.

Sie öffnete langsam die Zimmertür und fand nicht etwa eine verwesende Leiche, wie sie befürchtet hatte, sondern die junge Frau. Sie saß auf dem Fensterbrett und rauchte eine Zigarette. »Oh, tut mir leid. Ich wusste nicht …«

Lange, dunkle Locken ergossen sich wie ein Wasserfall über den Rücken des Mädchens. Sie war eine wirklich schöne junge Frau mit schlanken Armen und schmalen Fingern. »Dass ich hier drin bin?« Sie drehte sich nicht einmal zu Sandra um. »Ich spreche kein Wort Spanisch, es ist also vollkommen sinnlos, mich mit denen zu unterhalten. Sie glauben, ich hätte einen Hirnschaden erlitten.« Nun wandte sie sich doch vom Fenster ab und sah Sandra an. »Wow, du hast dich ziemlich verändert. Allerdings nicht so sehr wie ich, was?«

»Ich verstehe nicht ganz …« Sandra wich einen Schritt zurück.

»Wie, du erkennst mich nicht? Das tut weh, Kleines.« Das Mädchen zog an seiner Zigarette.

»Tut mir leid … ich weiß nicht …«

»Dann werde ich dich mal aufklären«, verkündete das Mädchen mit einer solchen Verbitterung, dass Sandra sich bis auf den Flur hinausschob. »Erst sitze ich mit drei anderen Journalisten in einem Jeep. Wir wollten eine Story über Hanoi machen, und man hatte uns versichert, dass nichts passieren könne. Vollkommen harmlos sollte die Story werden, ohne politische Verstrickungen. Verdammt, ich war Fotograf.« Das Mädchen lachte. »Als ob!«

Ein ungutes Gefühl breitete sich in Sandras Magengrube aus. Hastig begann sie zu rechnen – das Datum von Hughs Brief …

die Nacht, in der die Leiche des Mädchens nach Pangea gebracht wurde … »Rick.«

Ohne sie zu beachten, fuhr die junge Frau fort: »Und dann ist da plötzlich dieser Druck im Rücken, als hätte mich etwas gestochen. Und noch einmal. Komischerweise spürt man so eine Schussverletzung im ersten Moment gar nicht. Anfangs tut es nicht weh, und dann kommt der Schmerz in Wellen.« Sie holte tief Luft. »Bei mir war es jedenfalls so, aber vielleicht stand ich ja auch unter Schock, keine Ahnung. Ich habe bloß gesehen, wie die Körper der anderen Jungs in dem Jeep gezuckt haben, als die Schüsse fielen. Da wusste ich, dass ich wohl ebenfalls zuckte, denn ich wurde von allen Seiten getroffen. Ich reagierte wie ein Kind, wenn mit einer Spielzeugpistole gefeuert wird. Erst als ich das Blut sah, wusste ich, dass ich es nicht lebend raus schaffen würde. Die letzte Kugel traf wohl meinen Kopf, denn danach habe ich nichts anderes mehr gesehen als ein weißes Laken, hinter dem ein Licht brannte.«

Das Mädchen rieb sich die Arme, beinahe überrascht darüber, welche zu haben.

»Es tut mir leid«, sagte Sandra wieder. »Ich begreife das nicht.«

»So ging das dann eine Zeit lang. Und ich habe echt verrücktes Zeug gesehen. Erst war ich ein Maler in einem kleinen Atelier mit Steinfliesen; dann war ich in der Oper, zusammen mit dir, aber gleichzeitig warst du es auch wieder nicht. Ich meine, du hast etwas anders ausgesehen als jetzt. Und ich konnte sehen, dass du meinetwegen geweint hast. Du hast zwar versucht, es vor mir zu verbergen, aber ich wusste, dass meine Worte dich zum Weinen gebracht haben. Und dann immer wieder diese flackernden Bilder der Sonne, wie bei einem beschädigten Film. Plötzlich tauchte ein verfluchtes Rennpferd auf, und wieder du, wieder anders, aber auch weinend, in diesem bronzefarbenen

Kleid. Du hast ausgesehen wie eine Göttin. Dann hatte ich wirklich Schmerzen. Es war, als würde jemand versuchen, mich in einen viel zu schweren Regenmantel zu pressen, und das hat verflucht wehgetan. Als würde man mich aus meinem Körper herausreißen und in diesen Mantel stopfen.«

Sandra bekam weiche Knie. Wie konnte dieses Mädchen Szenen aus ihrem Leben beschreiben? Was war nur mit ihr los? »Ich …«

Mit rauer Stimme fiel das Mädchen ihr ins Wort: »Als ich aufwachte, lag ich auf dem Boden … in einem Sack.« Sie verstummte und sah Sandra so fordernd an, als wartete sie auf eine Erklärung. Dabei drückte sie ihre Zigarette in einem Aschenbecher aus und zündete sich sofort die nächste an. Irgendetwas an dieser Bewegung kam Sandra vertraut vor.

»Ich dachte, ich wäre immer noch in Hanoi, aber dann sah ich mich um und war völlig ratlos. Plötzlich warst du da und hast mir eine Decke gegeben. Und ich dachte noch: *Absurder hätte ich mir den Himmel nicht vorstellen können – Sandra gibt mir eine beschissene Decke*. Am nächsten Tag hast du mich dann mit diesem Mann weggeschickt, der nicht einmal Englisch spricht, und ich habe erkannt, dass es gar kein Traum war. Es war eine Horrorshow.«

Sandra spürte, wie ihr schlecht wurde. Krampfhaft schloss sie die Augen. »Oh, Rick.«

»Genau, aber ich sehe nicht mehr so wirklich aus wie er, oder? Wie bin ich hierhergekommen, verdammt? Du weißt, dass ich dabei war, als du das mit Ezra gemacht hast, Sandra.« Das Mädchen zog die Füße vom Fensterbrett und stellte sie mit einem dumpfen Schlag auf den Boden. Mit drei Schritten hatte sie Sandra erreicht, die nun allerdings ein ganzes Stück größer war als Aurora. »Also?«

Gerade noch rechtzeitig entdeckte Sandra die Toilette auf der anderen Seite des Flurs. Sie stürzte hinein und übergab sich, erstickte beinahe an ihrem eigenen Erbrochenen. Zitternd sank sie auf die Knie und hielt sich an der Schüssel fest, bevor der nächste Schwall aus ihr herausbrach. Sie konnte spüren, wie dieses Mädchen – Rick – hinter ihr auftauchte.

»Hast du das vorher auch schon mit mir gemacht?«

»Ich *habe* das nicht mit dir gemacht.«

»Nach dem Autounfall hast du mich zurückgeholt.«

Sandra nickte. »Aber nicht so. Das war etwas anderes.«

»Tja, irgendjemand hat mich aber zurückgeholt und in … das hier gesteckt.« Das Mädchen zupfte an seiner Haut.

Sandra kam auf die Füße. Ohne die Spülung zu drücken, schob sie sich an dem Mädchen vorbei, stolperte aus dem Haus, setzte sich in ihren Wagen und fuhr davon. Nachdem sie sich auf den unmarkierten Straßen ein paarmal verfahren hatte, hielt sie bei einigen Baumwollbüschen am Straßenrand. Das war der reinste Albtraum. Ein Motorrad fuhr an ihr vorbei, sie kehrte auf die Schotterpiste zurück und folgte dem Fahrer bis zur Hauptstraße. Als sie endlich auf der Pangea Ranch ankam, war Luke gerade in der Küche am Telefon.

»Leg den verdammten Hörer auf.« Rastlos wanderte Sandra auf und ab und zerrte an ihren Haaren. Schließlich drückte sie selbst auf die Gabel und beendete so das Telefonat.

»Was ist los?« Luke war nicht wütend. Nachdem er den Hörer wieder an das Wandtelefon gehängt hatte, verschränkte er abwartend die Arme vor der Brust. »Da sollte jetzt schon eine Erklärung kommen.«

»Wie *konntest* du?«, fauchte Sandra ihn an.

»Wie geht es Marchant denn?«

»Er ist fix und fertig, was denkst du denn?«

»Tja, wenigstens ist er nicht tot.«

»Das wäre ihm aber lieber.«

»Das sagen sie alle. Und keiner meint es ernst.« Luke ging Richtung Eingangshalle. »Marchant war schon immer schlimmer als jede Primadonna.«

»Lass mich nicht einfach stehen.« Sandra folgte ihm wütend.

Luke fuhr so heftig zu ihr herum, dass sie automatisch zurückwich. »Na los, erklär's mir: Was ist so schlimm an dem, was ich für dich getan habe? Diese Version von ihm war doch anders, oder etwa nicht?«

»Hast du es etwa aus Eifersucht getan?«

»Du hast ihn *geliebt* ... Bei Gott, wie oft musste ich mir das anhören? Also habe ich ein verdammtes Schlupfloch aufgetan, damit ihr beide zusammen sein könnt. Gern geschehen. Werdet glücklich miteinander.«

»Das ist widernatürlich.«

»Oh, ich bitte um Verzeihung.« Er lachte höhnisch. »Und du und ich, wir sind ja genau so, wie die Natur sich das vorstellt, nicht wahr? Wir sind die beschissene Addams Family, Sandra, falls es dir noch nicht aufgefallen sein sollte!«

»Du hattest kein Recht ...«

»Erzähl du mir bloß nichts von Rechten. Wäre es dir etwa lieber, wenn er tot wäre? Ernsthaft?«

Sandra ließ sich Zeit mit ihrer Antwort. »Hast du den Fluch gebrochen, indem du Rick das angetan hast? Hat das jetzt alles ein Ende?«

»Ach, Kleines«, lachte Luke. »Wenn es doch so einfach wäre. Aber ich kann dir versichern: Als *Verwalter* dieses Fiaskos, das unser Leben bestimmt, könnte ich diesen Mistkerl Marchant jederzeit aus seinem Körper zerren und meinetwegen auch dort in diese Keksdose sperren. Und weißt du was? Er würde trotzdem zurückkehren, und ihr würdet euch in eurem nächsten Leben wieder begegnen. Es liegt nicht in meiner Macht, den Fluch zu verändern, aber das bedeutet nicht, dass ich keinen Spaß daran habe, innerhalb seiner Grenzen ein wenig Schaden anzurichten – vor allem bei *ihm*!«

»Du bist abscheulich«, meinte Sandra. »Wie hast du das gemacht?«

»Was soll das heißen: Wie habe ich das gemacht? Wie mache ich überhaupt irgendetwas? Wie machen wir denn das alles? Ich bin ein beschissener *Dämon*, Sandra! Das sagst du doch selbst immer, wenn du mir erzählst, wie *böse* wir sind.«

»Rick ist verwirrt.« Selbst ihr war klar, wie jämmerlich das klang.

»Meine Güte, Sandra.« Luke fuhr sich durch die Haare. »Dann klär ihn auf. Außerdem ist er doch in einer ziemlich hübschen Hülle zurückgekommen. Wenn Rick wirklich dein Seelenverwandter ist, nimmst du ihn bestimmt in jeder Verpackung, oder? Geh und schlaf mit ihm … oder ihr … so oft es dir gefällt, bis seine Verwirrung irgendwann nachlässt. Wie singt Stephen Stills so schön: *Love the One You're with*? Aber lass mich bitte damit in Ruhe. Ich bin raus. Ehrlich.«

»Du hast das nur aus Trotz getan.«

Luke stieß einen müden Seufzer aus. »Nein, Sandra. Ganz ehrlich, ich habe es in bester Absicht getan – für dich. In meiner Verblendung habe ich geglaubt, er würde dich *glücklich* machen. Ich habe keine Lust mehr, mir anzusehen, wie du so tust als ob. Denn mit *mir* bist du ja eindeutig nicht glücklich.«

Einen Moment lang hing diese Feststellung wie Blei in der Luft.

»Ich habe versucht, glücklich zu sein. Mit dir.«

»Tja, dann *versuch* es jetzt mit jemand anderem.« Damit schob er die Fliegentür auf und ging in den Hof hinaus.

Sandra wartete ein paar Tage, bis sie wieder zu Rick fuhr, der nun Aurora Garcia war. Sie fand sie draußen auf der Veranda, wo sie auf unglaublich männliche Art ein Bier trank.

»Du bist wieder da.« Aurora musterte sie wachsam.

»Das ist nicht sonderlich damenhaft«, stellte Sandra fest. »Du könntest dir mehr Mühe geben.«

»Ich habe nicht so viel Übung darin, mich wie eine Dame zu benehmen, Sandra.« Achselzuckend deutete Aurora Richtung Haus. »Könntest du ihnen wenigstens erklären, dass ich meine Spanischkenntnisse durch ein Trauma oder so verloren habe? Ich glaube, sie wollen einen Exorzismus durchführen. Und ich bin mir nicht sicher, ob sie noch sonderlich gut auf dich zu sprechen sind. Es könnte also sein, dass du hier nicht willkommen bist.« Nun zeigte Aurora mit ihrer Bierflasche Richtung Küche.

»Sollen wir für eine Weile verschwinden?«

»Scheiße, ja.« Aurora ließ die Flasche fallen und kam von der Veranda herunter.

Sie verbrachten den Tag in Santa Fe und liefen durch die Straßen, wobei Aurora sich alles genau ansah. Schließlich machten sie in einem Café an der Santa Fe Plaza halt, von dessen Fenster aus man einen guten Blick über den Platz hatte. Nachdem sie eine Weile schweigend dort gesessen hatten, wies Aurora mit dem Kopf nach draußen. »Nicht gerade L. A., was?«

»Nein. Es ist so ziemlich das Gegenteil von L. A.«, meinte Sandra.

»Die Stadt fehlt mir. Vielleicht gehe ich dorthin zurück.«

»Nach Los Angeles?« Sandras Stimme wurde schrill. Entsetzt stellte sie sich vor, wie Aurora versuchen könnte, in Ricks altes Leben zurückzukehren. Das war unmöglich. Er konnte Kim und Hugh nicht mit dieser verrückten Geschichte kommen.

Sandra war hin und her gerissen. Zu Aurora fühlte sie sich

nicht hingezogen, aber sie war trotzdem Rick. Bei gewissen Gesten oder Worten schimmerte er immer wieder durch. Und vermutlich war Auroras Auftreten für jene, die sie von früher kannten, auch deutlich anders. Wenn Sandra die Augen schloss, konnte sie beinahe das Gesicht vor sich sehen, das Aurora haben *sollte*, so wie es gewesen war, bevor Rick in ihren Körper gezogen war. »Du kannst nicht nach L. A. zurückkehren.«

»Warum nicht?«

»Weil dich alle für tot halten.«

»Dann bin ich eben jemand Neues.«

»Aurora Garcia?«

»Aurora Garcia.«

»Das wird wahrscheinlich nicht funktionieren, Rick.«

»Dann soll ich also hierbleiben und irgendeinen Landarbeiter heiraten?«

»Ich kümmere mich um dich.« Doch schon während sie es sagte, spürte Sandra, wie Zorn in ihr aufstieg. Auguste Marchant hatte kein Problem damit gehabt, Juliet irgendeinem Landarbeiter zu überlassen, als er mit ihr fertig gewesen war. Und jetzt, zwei Leben später, war Rick nicht bereit, ein ähnliches Schicksal zu akzeptieren? Doch sie ließ sich nichts anmerken. »Stell dich nicht so an. Du hast nicht vergessen, wie man mit einer Kamera umgeht. Betrachte dich doch einfach als eine moderne Georgia O'Keeffe. Du könntest wieder als Fotograf arbeiten, nur eben als … Aurora Garcia.«

Aurora warf ihr einen abfälligen Blick zu. »Wie schön, dass du mir diese Entscheidung abnimmst. Aber das machst du ja ständig, nicht wahr?«

»Ich hatte damit nichts zu tun. Du hast noch einmal eine Chance bekommen. Sieh es als ein Geschenk.« Nun klang sie schon wie Luke.

»Lass es mich anders formulieren: Wenn ich dir nie begegnet wäre, was wäre dann mit mir passiert?«

Stumm starrte Sandra auf ihre Hände.

»Du hast also sehr wohl etwas damit zu tun.«

Sandra bezahlte das Mittagessen, und sie gingen zum Auto zurück. Als sie aus der Stadt herausfuhren, zeigte Aurora plötzlich auf ein Motel. »Können wir hier übernachten? Ich kann nicht in dieses Haus zurück.«

»Klar.« Sandra fuhr auf den Parkplatz und besorgte ihnen ein Zimmer. Als sie zum Wagen zurückkehrte, war Aurora verschwunden. Sie ging um das Gebäude herum und fand sie dort nackt im Pool – sehr zur Freude zweier Hotelangestellter, die sie beobachteten.

Sandra beugte sich zu ihr runter. »Komm sofort aus diesem Pool raus, Rick.«

»Wieso kommst du nicht rein?«

Doch Sandra wartete lieber ab, bis Aurora sich aus dem Becken stemmte, und reichte ihr ihre Kleidung, die sie am Sprungbrett zurückgelassen hatte. Ohne auch nur ein Teil anzuziehen, marschierte Aurora hinter ihr her. Sobald Sandra die Zimmertür öffnete, warf sich das Mädchen aufs Bett, wo sie sofort einen nassen Fleck hinterließ.

»Du musst dich abtrocknen.« Sandra merkte, dass sie wie ihre Mutter klang. Verwandelte sie sich etwa langsam in Betty Keane? Über dem Bett hing ein Bild von zum Gebet gefalteten Händen. Sie streckte sich danach und nahm es ab.

»Komm mal her«, befahl Aurora.

Sandra seufzte schwer. Zwar hatte sie keine Ahnung, wie sich etwas zwischen ihnen entwickeln sollte, aber sie würde auf keinen Fall zu Luke zurückkehren, ohne es zumindest versucht zu haben. Also setzte sie sich zu Aurora auf das Bett. Die zog sofort an Sandras Shirt, bis sie sich neben ihr ausstreckte. Steif wie zwei Holzplanken lagen sie nebeneinander.

»Wie im Le Bon View.« Aurora stützte sich auf einen Ellbogen und küsste Sandra, was noch verwirrender war als erwartet. Sie hatte noch nie eine Frau geküsst, und das hier war eigentlich gar keine Frau, sondern Rick, aber eben doch eine Frau. Und dann fing Aurora an, Sandra auszuziehen.

Nein, das war alles falsch, es war makaber. Das hier war nicht Rick – das war eine Kreatur, die vor knapp zwei Wochen nicht einmal einen Kopf auf den Schultern gehabt hatte. Sandra spürte keinerlei Erregung, eher Übelkeit. »Hör auf.«

Aurora wirkte plötzlich sehr zufrieden.

Sandra zog sich wieder an und ging in die Rambling Coyote Bar auf der anderen Straßenseite. Wenig später folgte Aurora ihr, setzte sich aber ans andere Ende der Bar. Das Bier tat ihr gut, also trank Sandra noch eines und dann noch eines – allein, da Aurora mit zwei Männern Whiskey in sich reinschüttete. Offenbar war sie der Meinung, sie vertrüge den Alkohol ebenso gut wie Rick. Böser Fehler. Nach zwei Drinks torkelte sie und musste sich an ihrem Nachbarn festhalten.

Sandra bestellte sich noch ein Bier. Trotz der Musik konnte sie Auroras Stimme hören. Als sie es satthatte, ignoriert zu werden, bezahlte sie und ging auf die Toilette, bevor sie etwas schwerfällig zum Motel hinüberstapfte – wo Aurora an einem roten Pick-up lehnte und es mit einem Mann mit Cowboyhut trieb.

Sie ging in ihr Zimmer und schlug die Tür ein wenig heftiger hinter sich zu als üblich, um Auroras Stöhnen nicht mehr hören zu müssen.

»Das war fantastisch«, verkündete die, als sie wenig später ins Zimmer torkelte und sich den Slip wieder anzog. »Ist doch nicht so schlecht, eine Frau zu sein.«

Sandra warf ihr einen finsteren Blick zu.

Aurora setzte sich aufs Bett. »Jetzt zick bloß nicht rum. Als ob du nicht genau dasselbe machen würdest, wenn du eines Morgens mit einem Schwanz zwischen deinen Beinen aufwachst. Du lässt mich ja nicht ran.«

»Vergiss es. Sämtliche Illusionen, die ich mir gestern noch gemacht habe, sind Geschichte.« Sandra ließ sich auf den billigen, kratzigen Sessel fallen. In das Holz der Armlehnen waren jede Menge Frauennamen und Telefonnummern eingeritzt.

»Mir war nie klar, dass du so verklemmt bist.«

War Rick schon immer so ein Arschloch gewesen? Hatte sie das bis jetzt nur nicht erkannt?

»Ich muss los.« Sandra stand auf und griff nach Handtasche und Schlüssel. »Das Zimmer ist bezahlt. Kommst du allein nach Hause?«

»Klar doch, Süße.«

Als sie den Motor anließ, kam Aurora aus dem Zimmer gelaufen und signalisierte ihr, zu warten. Sandra kurbelte das Fenster auf der Fahrerseite herunter.

Wortlos zog Aurora ihren Kopf zu sich heran und gab ihr einen langen, zärtlichen Kuss. Plötzlich wurde Sandra von tiefer Traurigkeit erfasst. »Ich denke, hier ist der Weg für uns zu Ende.« Aurora hatte Tränen in den Augen. »Lass mich diesmal gehen, okay?«

Stumm blickte Sandra in Auroras braune Augen. Ja, sie konnte Rick in ihnen erkennen, aber das war nicht *ihr* Rick. Er wandte sich ab.

»Hey!« Rick drehte sich noch einmal zu ihr um. Sandra fällte eine Entscheidung, und plötzlich lagen ihr quasi vorgeformte Worte auf der Zunge. »Es wäre gut, wenn du dich weder an mich noch an dein Leben als Rick Nash erinnern würdest.«

Aurora starrte sie an und blinzelte.

»Du sollst dich weder an Rick Nash noch an mich erinnern.«

»Kennen wir uns?«, fragte Aurora verwirrt.

Sandra antwortete nicht – sie brachte kein Wort heraus. Stattdessen nickte sie nur benommen.

Aurora kehrte in das Hotelzimmer zurück und schloss die Tür hinter sich.

Als Sandra zur Pangea Ranch zurückkehrte, war Luke gerade dabei, Feuerholz zu stapeln.

»Du hast gewusst, dass er nicht mehr der Alte sein würde.«

»Ich habe gar nichts gewusst. Diese Dinge unterliegen einem stetigen Wandel«, erklärte er monoton, ohne in seiner Arbeit innezuhalten. Doch dann setzte er sich zu ihr, zog ihre Füße auf seinen Schoß und streifte die Arbeitshandschuhe ab.

»Gewusst habe ich es nicht, aber ich habe es mir gedacht. So ist es normalerweise.«

»Dieses *Ding* war nicht Rick.«

»Oh doch, er war es. Aber ein anderer Körper oder andere Umstände können die jeweilige Version verändern.«

»Wie bei Nora und mir, meinst du?«

Luke sah sie ernst an. »Ich habe das nicht getan, um dich zu quälen, falls du das meinst.«

»Ja, genau das meine ich. Sieh dich doch nur mal um: Du hast mich hierhergebracht, nicht nach Paris. Seit ihrem Tod hast du nicht die kleinste Kleinigkeit in diesem Haus verändert. Seit sie tot ist … Du bist wütend, weil ich anders zurückgekehrt bin, nicht mehr wie sie.«

Er lehnte sich zurück. »Stimmt.«

»Du wolltest mir eine Lektion erteilen.«

Achselzuckend gab er zu: »Vielleicht.«

»Komm mir bloß nicht mit ›vielleicht‹. Du wolltest mich spüren lassen, wie es ist, in deiner Haut zu stecken.« Sandra zeigte mit dem Finger auf ihn. »Tja, was soll ich sagen? Das mit der Freundin habe ich vermasselt.«

»Du warst eigentlich gar nicht schlecht.«

Entsetzt starrte Sandra ihn an. »Woher weißt du das?«

»Ich weiß immer, was du tust. Gehört zu meinem Job.«

»Arschloch.« Sie verpasste ihm einen spielerischen Tritt. »Stört dich das denn gar nicht? Was wir hier machen? Denn mich stört es. Nach allem, was ich hier gesehen habe … Wir pfuschen der Natur ins Handwerk. Menschen sterben. Wir sind *böse*.«

»Du bist verflucht, du hast keine andere Wahl.« Luke unterbrach sich kurz. »Mir ist durchaus klar, was wir tun. Es ist nicht so, dass ich gut und böse nicht unterscheiden könnte, aber wenn ich etwas *Böses* tun muss, um dich zu beschützen … nein, dann stört mich das nicht. Du kannst mich gerne dafür hassen, aber das ist nun einmal meine Aufgabe hier.«

»Deine Aufgabe hat sich längst erledigt, Luke. Wir müssen diese Sache beenden. Und du musst mir dabei helfen.«

Ohne etwas zu sagen, ging er davon.

Am Abend hämmerte plötzlich jemand gegen die Tür. Sandra stöhnte innerlich. Sie hatten heute schon zwei Kranke gehabt, die geheilt werden mussten. Nach dem letzten war sie in ihr Zimmer gegangen und hatte feststellen müssen, dass ihre Nase blutete. Luke hatte sie nichts davon gesagt – in letzter Zeit verschwieg sie ihm so manches –, doch es hatte Stunden gedauert, bis es aufgehört hatte. Und sie wusste nicht, ob ihre Kraft heute für noch eine Heilung ausreichte.

Als sie die Tür öffnete, war die Veranda leer. Sie ging hinaus und schaute sich um, doch da war niemand. Beklommen kehrte Sandra in die Halle zurück. Als sie sich umdrehte, entdeckte sie

Mr. Garcia am Durchgang zur Küche; anscheinend war er durch den Seiteneingang ins Haus gekommen.

»Mr. Garcia!« Sandra lachte befreit auf. »Sie haben mich erschreckt.«

Er trug etwas in der Hand, doch er stand halb abgewandt von ihr, sodass sie nicht erkennen konnte, was es war. Wie jemand, der extra geübt hat, brachte er mühsam einige englische Worte über die Lippen: »Was für ein Teufel bist du?« Er hob den Arm und richtete den Gegenstand, den er in der Hand hielt, auf sie. Und nun erkannte Sandra auch, was es war: ein Gewehr.

»Ich weiß nicht, wovon Sie sprechen«, antwortete Sandra gepresst.

Die Stimmen hatten Marie herangelockt, die fließend Spanisch sprach. Die fing an, mit Mr. Garcia zu diskutieren. »Er sagt, seine Tochter sei nicht zu ihm zurückgekehrt. Stattdessen sei ein Monster gekommen.«

»Sag ihm, dass sie kein Monster ist«, bat Sandra. »Und dass ich nichts davon wusste.«

Marie nahm die Verhandlungen wieder auf.

»Er sagt, du spielst mit den Leben der Menschen. Er sagt, du bist eine Hexe.«

Es überraschte Sandra, wie genau Mr. Garcia mit seiner Annahme ins Schwarze getroffen hatte.

Der Mann schüttelte den Kopf. Völlig aufgebracht richtete er die Waffe mal auf Marie und mal auf Sandra, während er weitersprach.

»Oh nein.« Marie wurde blass. »Er sagt, er habe seine Tochter heute getötet. Um sie zurückzuschicken.«

»Nein!« Sandra keuchte entsetzt. Nicht Rick. Nicht noch einmal.

»Du bist der Teufel«, verkündete Mr. Garcia in gebrochenem

Englisch und ging langsam auf sie zu. Instinktiv wich Sandra vor ihm zurück.

»Was hat er mit Aurora gemacht?«

Marie übersetzte die Frage ins Spanische. Doch sie zögerte, Sandra die Antwort weiterzugeben.

»Sag es mir.«

»Er hat sie ertränkt. Er sagt, er hat sie ertränkt wie einen Hund und ihren Körper verbrannt wie den einer Hexe, damit du sie nicht wieder zurückholen kannst.«

»Sie sind zu uns gekommen«, versuchte Sandra, den Mann zu überzeugen. »*Sie* haben Aurora zu uns gebracht.«

Ein aufgebrachter spanischer Wortschwall brach aus dem Mann hervor. Sandra musste die Worte nicht verstehen, seine Miene verriet auch so, was er meinte. Sie merkte, wie verkrampft und ungeübt er seine Waffe hielt.

»Sie …« Mehr konnte Sandra nicht mehr sagen, bevor Mr. Garcia den Abzug drückte. Es geschah so schnell, dass keine Zeit blieb, um zu reagieren. Wie Rick gesagt hatte, spürte sie am Anfang keinen Schmerz, nur eine gewisse Schwäche. Dann brannte es wie Feuer. Sie blickte an sich herab. Für jemanden, der so wenig Erfahrung im Umgang mit Waffen hatte, wie es bei Mr. Garcia der Fall zu sein schien, hatte er erstaunlich genau zwischen ihre Rippen getroffen. Sandra fühlte sich plötzlich wahnsinnig schwer. Sie fiel auf die Knie. Dann bekam sie kaum noch Luft; ein drückendes Gefühl, als wäre sie unter Wasser. Blut floss in ihre Lunge, sie erstickte langsam daran. Voller Ironie fragte sie sich, ob sie die Wunde vielleicht heilen konnte, wenn sie ihre Hand darauflegte. Als der zweite Schuss fiel, wusste sie, dass Mr. Garcia sich selbst getötet hatte. Der Mann konnte ebenfalls nicht mit seiner Schuld leben.

»Nein, nein, nein!« Luke kam angelaufen, sie hörte seine Stiefel auf dem alten Holz, hörte, wie ihr Blut ihn ins Rutschen brachte. Er umfasste ihren Kopf, dann hob er ihren Brustkorb an, um ihr das Atmen zu erleichtern.

Obwohl es immer heißt, im Augenblick des Todes ziehe das gesamte Leben noch einmal an einem vorbei, empfand Sandra diesen Moment vor allem als würdelos. Da sie wusste, dass sie gleich sterben würde, zog sie eine zehnsekündige Bilanz, in der die eindrücklichsten Augenblicke noch einmal erwachten: Ford Tremaine an der Kasse im A&P; Ezras lebloser Körper in ihren Armen an jenem Abend im Laurel Canyon; der Auftritt der Band im Gazzarri's; Ricks Küsse und natürlich Luke. Mehr war ihr nicht vergönnt gewesen? Wie bei jedem Nachruf war die Tatsache, dass es hier und jetzt enden sollte, eine herbe Enttäuschung.

In Lukes Miene spiegelte sich eine Wildheit, die völlig neu für sie war.

»Ich denke nicht, dass ich mich selbst heilen kann«, keuchte sie halb lachend. »Aber vielleicht sollte ich es versuchen?« Sie wollte sich aufsetzen und schmeckte plötzlich Blut. Bestimmt quoll es bereits aus ihrem Mund.

»Ich kann es tun«, versicherte Luke. Als er ihr Gesicht berührte, spürte sie, dass sie wieder Luft bekam. »Ich kann uns mehr Zeit verschaffen.« Er zog sie an sich. »Es tut mir so leid, Sandra. Ich war ein eifersüchtiger Idiot.«

Sandra sah ihm in die Augen. Es war verlockend, noch ein wenig bei ihm zu bleiben und die Dinge zwischen ihnen wieder geradezurücken. Trotzdem schüttelte sie den Kopf. »Tu es nicht.«

Kraftlos sank er in sich zusammen. Als Nora starb, hatte er ähnlich ausgesehen, aber das hier war schlimmer. Er umfasste ihr Gesicht mit den Händen. »Bitte, Sandra. Verlass mich nicht. Lass es mich versuchen.«

»Nein. Luke …« Das Atmen fiel ihr so schwer, und ihre Stimme war nun so schwach, dass er sich tief über sie beugen musste, um sie zu verstehen. »Vielleicht beim nächsten Mal, ja?«

»Sag das nicht.« Abwehrend schüttelte er den Kopf.

»Nächstes Mal …«, wiederholte Sandra mit einem schwachen Nicken.

Sie spürte, wie er sie auf die Stirn küsste. »Wir sehen uns beim nächsten Mal.«

Plötzlich war ihr Körper unglaublich schwer, als würde jemand durch den Boden greifen und sie nach unten ziehen. Ja, es fühlte sich an, als würde sie durch die Holzdielen gesogen, doch diese Hände waren warm, und Sandra war so kalt.

28

Helen Lambert

Washington D. C., 17. bis 18. Juni 2012

In meinem Kopf drehte sich alles – Sandras Geschichte hatte eine Menge Fragen beantwortet. In gewisser Weise war das die Geschichte gewesen, auf die ich gewartet hatte. Sandra war ebenfalls bewusst gewesen, dass dieser Fluch ein Ende finden musste. Doch sie war gestorben, bevor sie herausfinden konnte, was dafür nötig war.

Sandra war erschossen worden. Unwillkürlich strich ich über meine Rippen, halb in der Erwartung, dort eine Narbe zu finden. Nein, so funktionierte das nicht, das war mir klar. Doch mich ließ die Erkenntnis schaudern, dass Luke über alles im Bilde gewesen war, was Sandra mit Aurora Garcia getan hatte – bis ins kleinste, intimste Detail.

Das sei Teil seines Jobs, hatte er gesagt, was aber auch bedeuten musste, dass er meine Pläne kannte. Dass er von meiner Reise nach Frankreich wusste, von dem Dolch … Trotzdem schlief er an meiner Seite und tat so, als hätte er keine Ahnung. Ich erinnerte mich daran, wie Sandra ihn nach einer Möglichkeit gefragt hatte, den Fluch zu brechen. Er hatte ihr eine Antwort verweigert. Wusste er, dass es möglich war? Ließ er mich absichtlich nach einem Weg suchen, den Fluch zu brechen?

Ich ging unter die Dusche und zog ein Kleid von Missoni aus dem Schrank, das immer zu meinen Lieblingsoutfits gehört hatte. Heute erinnerte es mich an das Haus in Taos. Es war ein Strickkleid mit braun-rosa-beigem Chevron-Muster. Dutzende Male hatte ich dieses Kleid angezogen, mich aber nie gefragt, warum ich es eigentlich so schön fand. Als ich nun in meinen Kleiderschrank schaute, bemerkte ich, dass ich es in sechs verschiedenen Ausführungen besaß.

Mein Handy verriet mir, dass meine Mutter zweimal angerufen hatte, außerdem war da eine Nummer aus Austin. Sicher war das der Rückruf von Hugh Markwell gewesen. Meiner Mutter gegenüber hatte ich inzwischen echte Schuldgefühle, weil ich sie so ignorierte. Bis zu meinem Geburtstag waren es nur noch fünf Tage, und sie hatte mich bereits mehrmals gefragt, was ich mir wünschte. Ich brachte es nicht übers Herz, ihr zu sagen, dass sie mir dieses Jahr wohl eher keinen Kuchen backen musste. Auch dieser Gedanke machte mich traurig. Was würde ich sonst noch alles vermissen?

Als ich die Redaktion betrat, sah ich, dass die Juli-Ausgabe aus der Druckerei gekommen war und nun in Schachteln verpackt im Empfangsbereich wartete. Ich riss eine auf und zog ein makelloses Exemplar heraus. Auf dem Cover war ein Pferd zu sehen. Vermutlich würde das meine letzte Ausgabe sein. Was wohl mit der Zeitschrift passieren würde, wenn ich nicht mehr da war? All mein Besitz würde an meine Mutter gehen, aber irgendwie konnte ich sie mir so gar nicht als Herausgeberin eines Lifestyle-Magazins vorstellen.

Momentan dachte ich oft an meine Mutter. Im Gegensatz

zu Sandra empfand ich sie nicht nur als eine billige Vertretung. Diese Mutter war emotional betrachtet eine richtige Mutter für mich. *Meine* Mutter. In meinem Büro setzte ich mich aufs Sofa, nicht an den Schreibtisch, streifte die High Heels von den Füßen und rollte mich zusammen. Als ich die Zeitschrift durchblätterte, stieg mir der feine Geruch der Tinte in die Nase. Tinte auf Papier – einer meiner Lieblingsdüfte. Versonnen sah ich mich in meinem Büro um und dachte über mein Leben nach. Ich mochte es. Sicher, es war nicht perfekt, aber falls ich es nicht schaffen sollte, den Fluch zu brechen, war es eindeutig nicht schlecht gewesen. Es hatte Höhen und Tiefen gegeben, aber das war ja normal. Verglichen mit Juliet, Nora und Sandra war mein Leben ziemlich profan. Roger und ich waren kein so dramatisches Paar gewesen wie Billy und Nora, nicht einmal wie Rick und Sandra. Nein, wir waren ganz normale Menschen.

Mit einem leisen Summen erinnerte mich mein Handy daran, dass eine Nachricht auf meiner Mailbox wartete. Ich hörte sie ab.

Hi, hier spricht Hugh Markwell. Ich sollte Sie zurückrufen. Wow. Ich würde mich sehr gerne mit Ihnen über die Band unterhalten. Keine Ahnung, wie Sie auf mich gekommen sind, aber ich habe seit Jahren mit niemandem mehr darüber gesprochen. Meine Nummer lautet …

Sandras Geschichte hatte eine merkwürdige Leere in mir hinterlassen. Mir hatten sich nun so viele Dinge über das, was ich war, erschlossen. Die Tatsache, dass es in fünf Tagen alles wieder ausgelöscht werden könnte, schien mir nach der kräftezehrenden Wiederbeschaffung der Erinnerungen aus meinen verschiedenen Leben der Gipfel der Sinnlosigkeit zu sein. Beim Gedanken an Hugh und die Band packte mich nostalgische Wehmut. Beinahe konnte ich den Duft der Eukalyptusbäume riechen, die vor

Ricks und Kims Haus gestanden hatten. Als ich Hughs Nummer wählte, ging er schon nach dem ersten Klingeln dran.

»Hallo?«

»Mr. Markwell, hier spricht Helen Lambert von *In Frame*.«

»Schön, dass Sie sich melden, Ms. Lambert. Ich habe mich ein wenig schlaugemacht, bevor ich Sie zurückgerufen habe. Sie bringen da ein wirklich nettes Blatt heraus.« Hughs herrliches, kraftvolles Lachen drang durch den Hörer; das hatte mir gefehlt. »Verraten Sie mir doch: Wie sind Sie auf No Exit gestoßen?«

Mit dieser Frage hatte ich nicht gerechnet. Warum hatte ich das nicht kommen sehen? Nervös zupfte ich an meinen Haaren, während ich mir hastig eine Antwort überlegte. »Ich war kürzlich in Los Angeles, und ein Freund hat mir erzählt, dass er einmal diese fantastische Band gehört hätte und nie erfahren hat, was aus ihr wurde.«

Hugh seufzte. »Dass sich tatsächlich noch jemand an uns erinnert … das ist schon toll.« Er klang ein wenig anders als früher; vermutlich hatte das Leben in Texas auf seinen Akzent abgefärbt. »Wir hatten eigentlich keine Ahnung, was wir da machten. Es war bereits mein sechster Versuch mit einer Band, und nie war etwas daraus geworden. Lily und ich waren jung, schwer verliebt – Lily war meine erste Frau.«

Allein ihre Namen wiederzuhören. Für mich lag diese Zeit erst wenige Tage zurück. Es war alles noch ganz frisch, und Hugh hauchte ihm noch mehr Leben ein. Es war tatsächlich real.

»Lily Leotta?«

»Genau. Sie wurde zu Lily Markwell, aber …« Er stockte kurz. »Lily ist 1978 in der Stinson Bay ertrunken. Damals haben wir so viele verloren. Wir haben immer im Haus meiner Schwester im Laurel Canyon geprobt, oben auf dem Lookout Mountain, wo die ganzen coolen Bands lebten. Mann, Mama Cass war unsere direkte Nachbarin! Dann starb mein Schwager in Vietnam, und meine Schwester zog zurück zu unserem Vater. Plötzlich war alles vorbei. Davor hatten wir ein paar Monate unten in Taos verbracht, nachdem so ein Typ uns angeboten hatte, ein Album mit uns aufzunehmen. Natürlich sind wir sofort ins Auto gesprungen: Lil, Ezra Gunn, Sandra Keane und ich.«

Die langen Pausen verrieten mir, dass er diese Erinnerungen viele Jahre aus seinem Kopf verbannt hatte.

»Acht Wochen waren wir in Taos, und es war mit die beste Zeit meines Lebens. Wir hatten da diesen Tontechniker ... einen Australier ... den Namen habe ich vergessen.«

Lenny Brandt, wollte ich ihm aushelfen, tat es aber nicht.

»Wir haben ungefähr acht Songs aufgenommen, und dieser Kerl hat ein verdammt gutes Album daraus gemacht. Ich glaube, das hätte wirklich unser Durchbruch werden können. Wir fuhren nach L. A. zurück, wo uns wenig später die Nachricht erreichte, dass mein Schwager umgekommen war. Meine Schwester brauchte mich – ihre Ehe war zum Ende hin nicht mehr die beste gewesen. Und dann starb Ezra Gunn kurz nach Weihnachten an einer Überdosis. Ich glaube, zu diesem Zeitpunkt fing alles an, in sich zusammenzufallen. Lil und ich heirateten. Vermutlich sehnten wir uns nach etwas Beständigkeit. Ich wurde in Berkeley angenommen, und wir haben einige Jahre dort gelebt.«

Von Ezras Tod hatte ich nichts gewusst. Ich schloss die Augen. Eigentlich war es keine Überraschung, trotzdem brach es mir das Herz, dass dieser süße Junge mit dem Lockenkopf ein solches Ende gefunden hatte.

»Und jetzt kommt das Merkwürdige an der ganzen Sache: Sandra ist damals dort geblieben. Sie hatte etwas mit dem Produzenten angefangen, einem Luke Irgendwas. Jedenfalls ließen wir sie dort, als wir nach L. A. zurückfuhren – eigentlich ja mit der

Absicht, bald zurückzukommen. Ich habe nie wieder etwas von ihr gehört. Zunächst dachte ich, wir wären eben jeder unseren eigenen Weg gegangen, ich meine, das waren die Siebziger. Aber dann hörte ich, sie sei verschwunden. Ich habe versucht, diese Pangea Ranch Studios zu kontaktieren, oder zumindest jemanden aufzuspüren, der wusste, was mit ihr passiert war.« Er lachte. »Schließlich war ich so besessen davon, dass Lil und ich sogar hingefahren sind, um uns die Ranch noch einmal anzusehen. Das klingt für Sie jetzt bestimmt merkwürdig, aber es war fast so, als müssten wir uns versichern, dass das alles dort tatsächlich real gewesen war.«

»Und was geschah dort?«

»Es war alles weg. Das Haus war leer, das Schild über der Zufahrt verschwunden als hätte es nie existiert. Diese Sache verfolgt mich bis heute, Ms. Lambert. Das Haus gehörte einem Franzosen, an den sich aber niemand wirklich erinnern konnte. Die Aufnahmen unserer Songs, das Album – alles verschwunden. Es blieben nur die Fotos der Band, die mein Schwager aufgenommen hatte. Jahrelang habe ich mich an diesen Bildern festgehalten, dem einen Beweis dafür, dass es No Exit wirklich gegeben hatte. Verstehen Sie?«

»Ja, ich verstehe.« Und wie ich das verstand.

»Ich muss jetzt los, mein nächster Kurs wartet, aber es war wirklich schön, mit Ihnen zu sprechen. Wie der Zufall so will, bin ich in zwei Wochen in Washington auf einer Konferenz. Ich muss außerdem auch noch etwas anderes erledigen, aber ich würde mich gerne auf einen Kaffee mit Ihnen treffen. Mit Ihnen über all das zu sprechen, hat mir wirklich gutgetan. Dieses Album … Ms. Lambert, dieses Album war etwas ganz Besonderes. Falls es je wirklich existiert hat.«

Wieder musste ich kurz die Augen schließen. Höchstwahrscheinlich würde ich in zwei Wochen nicht mehr da sein – spurlos verschwunden wie Sandra damals. Schreckliche Schuldgefühle packten mich. Seit Jahren zerbrach sich dieser Mann den Kopf darüber, ob Sandra, Pangea, das Album und Luke überhaupt real gewesen waren. »Leider muss ich nächste Woche für einen Monat nach Europa, aber ich komme immer mal wieder nach Austin, da können wir uns bestimmt einmal treffen.«

»Das würde mich wirklich freuen.«

»Alles Gute, Mr. Markwell.«

»Für Sie auch.«

Sobald ich das Gespräch beendet hatte, brach ich in Tränen aus. Meine verschiedenen Leben … die Geschichte, die ich durchlebt hatte … Während des Telefonats mit Hugh hatte ich nebenbei in der aktuellen Ausgabe von *In Frame* geblättert, wie ich es immer tat, wenn sie aus der Druckerei kam. Hinten auf den Kunstseiten entdeckte ich dann die Anzeige. Wo war die denn hergekommen?

Ich sprang auf, rannte auf die Straße und winkte mir ein Taxi heran, das mich in die Maine Avenue bringen sollte – zur Hanover-Sammlung. Das Museum machte gerade erst auf. Zunächst stellte ich mich brav in die Schlange an der Kasse, beschloss dann aber, dass ich auch ohne Ticket reingehen konnte. Mich würde bestimmt niemand aufhalten.

»Ich gehe da jetzt rein«, erklärte ich dem Kontrolleur am Eingang mit einem strahlenden Lächeln, der mich daraufhin begeistert durchwinkte.

Hastig lief ich hinunter in die Etage mit Ausblick auf den Potomac, wo die Fotoausstellungen gezeigt wurden. Am Fuß der Treppe entdeckte ich das aufwändige Plakat, das auch in der Anzeige zu sehen gewesen war: *Rick Nash – Fotografie und Gesichtspunkt*. Daneben hing ein Foto von Rick, genau wie ich ihn in

Erinnerung hatte. Dieses Bild hatte ich von ihm gemacht, damals im Forum. Ich. Das war *mein* Werk. Ein Beweis dafür, dass ich gelebt hatte. Sein Kopf war leicht gesenkt, halb von der Kamera abgewandt, die trotzdem noch sein Lächeln einfing.

»Oh, Rick.«

In der Ausstellung sah ich alles wieder: Bilder vom Haus im Laurel Canyon, die Polizeisperren bei den Unruhen auf dem Sunset Boulevard, Jimi Hendrix mit seiner Gitarre, das Dodger Stadium, die Watts Towers, den Bau der 405, Janis Joplin mit dem Aschenbecher in der Hand auf Ricks Couch, und natürlich sein berühmtestes Bild: Sandra Keane nach ihrem Konzert für die Putzkolonne in der leeren Hollywood Bowl, während die Sonne hinter den obersten Rängen des Stadions versinkt.

Der letzte Teil der Ausstellung war Ricks Aufträgen in Vietnam gewidmet: Flugfelder, Dschungel, Jeeps, Vietcong-Kämpfer, US-Soldaten, Prostituierte, Priester, Körbe voller Schlangen auf einem Markt. Er hatte alles festgehalten. Jeder Künstler wäre stolz gewesen, ein solches Gesamtwerk im Laufe eines ganzen Lebens zu erschaffen. Rick war das in nur achtundzwanzig Jahren gelungen. Ich stieß auf eine Vitrine, in der die Dinge ausgestellt wurden, die Rick Nash bei seinem Tod bei sich getragen hatte: eine alte Leica-Kamera, ein blutbeflecktes Päckchen Zigaretten mit Einschussloch, das offenbar von einer der Kugeln durchschlagen worden war, und einen alten, roten Schlüsselanhänger aus Plastik. Er gehörte zu einem Zimmerschlüssel aus dem Le Bon View. Sofort hatte ich wieder Zimmer 41 vor Augen. Betroffen wich ich einen Schritt zurück und kämpfte mit den Tränen. Er hatte diesen Schlüssel mit nach Vietnam genommen?

Einem spontanen Impuls folgend fuhr ich mit dem Aufzug in den ersten Stock hinauf, in die Abteilung *Film und Medien*. Kaum öffneten sich die Fahrstuhltüren, sah ich schon den Hinweis auf eine Sonderausstellung: *Hollywoods verlorene Talente – Vergessene Regisseure der 1930er-Jahre*. In der Ausstellung erwarteten mich die vertrauten Plakate von *Zug nach Boston* und *Starlight Circus*. In einer Ecke des ersten Plakats war auch Nora Wheeler zu sehen, wie sie verführerisch über die Schulter blickte. Es gab Fotos von Billy Rapp bei Dreharbeiten, Aufnahmen von Billy mit Ford Tremaine und sogar eines der seltenen Bilder von Billy Rapps Hochzeit mit Nora Wheeler; Fotos von seiner Beerdigung, auf denen berühmte Sargträger ihn zu seiner letzten Ruhestätte auf dem Forest-Lawn-Friedhof trugen. In fünfzehn Minuten begann die nächste Vorführung von Billy Rapps *Zug nach Boston*. Ich schlenderte weiter zwischen den Fotos umher. Hier war sogar der Brief ausgestellt, in dem Halstead Billy Rapp einen Vertrag bei Monumental anbot. Das Logo des Studios und Halsteads Unterschrift zu sehen, machte mich sentimental. Nora hatte auch so einen Brief bekommen.

Vor dem Kinosaal hing eine Ankündigung: Am 25. Juni um elf Uhr würde Elizabeth Tremaine einen Vortrag über ihren Großvater Ford Tremaine und seine Zusammenarbeit mit Billy Rapp halten. Ich hoffte sehr, dann noch zu leben und ihn mir anhören zu können, hatte aber berechtigte Zweifel.

Bis zu Sandras Geschichte hatte ich nicht registriert, dass Luke jeden meiner Schritte kannte. Sicher wusste er auch, wo ich gerade war, dass ich hier in diesem Kinosaal saß. Aber warum hatte er mich nicht zur Rede gestellt? Die Antwort lag auf der Hand: Weil ich keine Bedrohung für ihn darstellte. Ich würde versagen und wieder in ein neues Leben geschickt werden. Diese ganzen, viel zu kurzen Leben waren die reinste Verschwendung. Nie hatte ich die Chance, genug in Erfahrung zu bringen, bevor der Reset-Knopf gedrückt wurde. Dieser Gedanke war nur schwer zu ertragen. Mir gefiel das Leben, das ich mir hier aufgebaut hatte. Sicher war es nicht perfekt – man denke nur an das Scheitern meiner Ehe mit Roger und die Tatsache, dass wir keine Kinder hatten, was mich vor ein paar Jahren noch völlig fertiggemacht hatte –, aber trotzdem lebte ich stets in der Hoffnung, dass hinter der nächsten Ecke etwas Gutes auf mich warten könnte.

Ich sah zu, wie das flackernde Monumental-Logo auf der Leinwand erschien, untermalt von dramatischer Musik. Nach den Namen der Hauptdarsteller kam es: NORA WHEELER. Es wurde kurz dunkel, dann war ein Bahnsteig zu sehen und man hörte das Pfeifen eines Zuges. Nora Wheelers Schuhe erschienen, aus hastigen Schritten wurde ein regelrechter Spurt, als sie versuchte, den Zug noch zu erwischen. Mit dem langen, pelzbesetzten Mantel und dem schwarzen Hut, unter dem gerade noch der blonde Bob zu erkennen war, stellte Nora den Inbegriff der Mode ihrer Zeit dar. Es war faszinierend, mich selbst auf der Leinwand zu sehen. Die Bilder in meinen Träumen waren unglaublich lebendig gewesen, aber nun diesen Film zu sehen, war noch einmal etwas ganz anderes. Nora hatte wirklich gelebt. *Ich* hatte damals gelebt. An den Tag, an dem diese Aufnahmen entstanden waren, konnte ich mich noch gut erinnern. Heiß war es gewesen, aber ich musste diesen Mantel tragen und so tun, als wäre mir kalt. Billy hatte alle und jeden angebrüllt. Bald würde ich lernen, dass er das immer tat, wenn er verkatert war, aber damals hatte ich ihn noch nicht so gut gekannt. Ich schloss die Augen und rief mir den Geruch des Koffers ins Gedächtnis, den ich als Requisite in der Hand gehalten hatte. Aus feinem, hellblauem Leder war er gewesen, nicht weiß, wie es im Film schien. Auch die anderen Farben konnte ich aus der Erinnerung ergänzen: Mein Lippenstift war dunkelrot gewesen, der Mantel braun (nicht schwarz), die Uniformen der Zugbegleiter leuchtend rot, nicht grau. Die Halbtonbilder des Films wurden den leuchtenden Farben der Dreißigerjahre einfach nicht gerecht.

»Was machst du denn hier?«

Ich drehte mich um. In der Reihe hinter mir saß Roger.

»Ich sehe mir den Film an. Und warum bist du hier?«

»Das ist mein Museum, Helen.«

»Ich bin ein großer Fan von Billy Rapp.«

»Seit wann?«

»Ach, Roger. Halt die Klappe und lass mich in Ruhe den Film sehen.«

Er stand auf und setzte sich neben mich. »Ich wusste nicht, dass du ein Billy-Rapp-Fan bist. Seit wann ist das so?«

»Scht.«

»Helen, wir sind ganz allein in diesem Kino. Wir können uns also normal unterhalten.«

Ich schaute mich um. Außer uns war tatsächlich niemand hier. »Er wurde nie angemessen gewürdigt und ist sehr jung gestorben. Das ist einer meiner Lieblingsfilme. Vor allem diese Schauspielerin mag ich, Nora Wheeler.« Ich zeigte auf die Leinwand. »Sie taucht nur in ungefähr vier Filmen auf, aber sie war hervorragend. Angeblich hat Billy sie nie zusammen mit Ford Tremaine besetzt, weil Ford und er ein Paar waren. Und Billy war mit Nora verheiratet. Wusstest du das?«

»Ja«, nickte Roger. »Ich weiß das alles. Ich habe diese Filme ins Hanover geholt, weil ich Billy Rapps Arbeit *liebe*. Aber ich wusste nicht, dass es dir ebenso geht.«

»Was symptomatisch ist für unsere Ehe«, erwiderte ich, ohne den Blick von der Leinwand zu lösen. »Wir haben nie genug miteinander geredet.«

»Geht es dir gut, Helen?«

»Und Richard Nash«, fuhr ich übergangslos fort. »Diese Ausstellung unten – wow! Noch so ein vergeudetes Talent. Ihr habt sogar dieses berühmte Bild von dem Mädchen, das sich vor der leeren Hollywood Bowl verbeugt.«

»Sandra Keane.«

»Genau.« Es berührte mich, dass er so viel Arbeit in die Recherche investiert hatte. »Es gibt noch eine tolle Fotoserie von ihm, von einer Band mit dem Namen No Exit. Die Sandra Keane von dem Foto war in dieser Band. Habt ihr diese Aufnahmen vielleicht auch?«

»Nein.« Nachdenklich rieb sich Roger das Kinn. »Aber Kim Nash Clarke kommt heute Abend zur offiziellen Ausstellungseröffnung. Ich werde sie danach fragen. Vielleicht hat sie die Bilder ja.«

»Clarke?«, wunderte ich mich. »Kim hat noch einmal geheiratet?«

»Woher soll ich das wissen?« Roger sah mich an als wäre ich verrückt geworden. »Du hast dich nie für das Museum und seine Inhalte interessiert. Warum jetzt auf einmal?«

»Weil das alles miteinander in Verbindung steht.«

»Verstehe ich nicht.« Roger rutschte auf seinem Sitz herum und rieb nervös über die Armlehnen. »Lass mich raten: Plötzlich bist du auch Fan von Auguste Marchant geworden. Wenn du das jetzt behauptest, werde ich auf der Stelle ohnmächtig.«

»*Mädchen auf Treppe* entstand 1895, nicht 1896.« Ich schaute zu ihm hinüber. Im Halbdunkel waren sie alle mit ihren großen grünen Augen in diesem Profil vereint – Marchant, Billy, Rick und auch Roger.

Eben jene grünen Augen wurden nun noch größer. »Und woher willst du das wissen?«

»Weil ich dabei war.«

Lachend schüttelte Roger den Kopf. »Hör auf, mich zu verarschen. Ich habe übrigens ein kleines Geheimnis. Wusstest du, dass ich ein neues Gemälde für die Marchant-Sammlung erstanden habe? Ich habe es noch niemandem gezeigt. Ist erst diese Woche angekommen.«

»Welches ist es?«, fragte ich abgelenkt, da ich aufmerksam beobachtete, wie ich in dem Zug auf der Leinwand umgebracht wurde. Mir wurde bewusst, dass ich keine Ahnung hatte, wie der Film eigentlich ausging, denn Nora hatte das Ende nie gesehen.

»Es heißt *Juliet*.«

Dieser Name war wie ein Schlag in die Magengrube. Hastig fuhr ich zu Roger herum. »Was?« Er konnte natürlich nicht verstehen, welche Bedeutung dieses Bild hatte. Welche Rolle es bei dem Ganzen gespielt hatte. Dass es der entscheidende Funke, der Ursprung, der Grund für das Zustandekommen unserer Ehe und dieses Museums gewesen war. »Darf ich es sehen?«

Roger wirkte begeistert. »Ja, es ist unten im Safe. Die Gutachter müssen es sich noch ansehen, bevor ich es in die Ausstellung aufnehmen kann.«

Während wir den Kinosaal verließen, warf ich noch einen Blick über die Schulter auf die sich tot stellende Nora auf der Leinwand. Im Untergeschoss ging Roger mit schnellen Schritten zu einer Tür mit dem Hinweis NUR FÜR ANGESTELLTE, durch die man in den Korridor gelangte, der zum Haupttresor führte. Er zog seine Karte durch den Leser, und wir betraten den Tresorraum. Roger schien sich nicht mehr daran zu erinnern, dass ich erst vor zwei Tagen mit ihm hier gewesen war und einen Pinsel von Auguste Marchant geklaut hatte.

Vorsichtig holte er ein großes, verhülltes Bild aus einer Kiste und legte es auf den Tisch. Dann zog er das schützende Tuch zurück; ja, es war *Juliet*. Der präzise fallende Stoff, die Schatten, Juliets Haut, dieser Blick voll Leidenschaft und intimstem Wissen, was für ein Mädchen ihres Alters eine vernichtende Kombination darstellte. Ich strich über die Leinwand. Es war exakt das Bild, das Juliets Mutter an jenem Tag mitgenommen hatte, als sie in Marchants Studio gestürmt war – nicht einer der halb verbrannten Entwürfe, die Michelle Busson gestohlen und Marielle Fournier später auf dem Speicher gesehen hatte. Dies war das Original, das fertige Gemälde.

Ich war davon ausgegangen, dass es vernichtet worden war, aber Thérèse LaCompte war ja so schnell krank geworden. Vielleicht hatte sie keine Zeit mehr gehabt, es zu verbrennen. »Wo hast du es her?«

»Das wird das Herzstück meiner Sammlung«, verkündete Roger stolz. »Dieses Bild fasziniert mich mehr als alle anderen. Sie hat etwas an sich …« Mit einer vagen Geste deutete er auf das Bild.

»Ja«, musste ich ihm zustimmen, »das ist wahr.«

»Ich kann mir nicht vorstellen, dass mich einmal jemand so ansehen würde.« Nachdenklich musterte Roger das Gemälde. »Weißt du, sie erinnert mich an dich.«

Beinahe hätte ich laut aufgelacht. »Tatsächlich?«

Er blinzelte verwirrt. »Ja, wirklich.«

Auch wenn Roger im Gegensatz zu mir keine Erinnerung an seine früheren Leben hatte, fühlte er sich doch in gewisser Weise mit den anderen Versionen seiner selbst verbunden.

»Jedenfalls habe ich die meisten meiner Marchants über einen Pariser Händler bezogen.«

Eine Vorahnung ließ mich kurz die Augen schließen.

»Er heißt Paul de Passe.«

Ich musste lächeln. »Verstehe.«

»In Bezug auf dieses Bild habe ich ihm schon seit Jahren in den Ohren gelegen, aber der Besitzer wollte es nie verkaufen – bis jetzt. Erstaunlich, nicht wahr? Man munkelt ja, Juliet sei Marchants große Liebe gewesen.«

»War sie nicht. Sie war nur seine Muse. Immer nur seine Muse.«

»Marchant hatte Glück. Sieh sie dir nur an.«

»Sie hingegen hatte weniger Glück.«

»Das weiß ich nicht«, meinte Roger. »Über sie ist nichts bekannt.« Er nahm das Gemälde vom Tisch und wickelte es wieder ein. »Aber die Muse ist der Ursprung des kreativen Schaffensprozesses und damit einflussreicher als jede Geliebte oder Ehefrau. Für den Künstler ist die Muse am wichtigsten.«

»Nicht zu jener Zeit«, flüsterte ich, während ich zusah, wie *Juliet* wieder in der Kiste verschwand. »Nicht in einer reinen Männerwelt. Damals brachte es einem nicht viel, eine Muse zu sein.«

»Na ja, aber wärst du gerne der Maler, wenn die Beziehung endet?«

Mir war schleierhaft, worauf er mit der Frage hinauswollte. »Ich glaube, ich kann dir nicht ganz folgen.«

»Du erschaffst ein Werk, in dessen Mittelpunkt diese Muse steht. Dann geht die Beziehung in die Brüche. Von diesem Moment an wendet sich doch deine Kunst gegen dich. Denk mal darüber nach. Du siehst dein eigenes Werk nie wieder so wie früher, es distanziert sich von dir, wird dir beinahe fremd.« Roger lachte. »Ich kann es mir nicht einmal vorstellen.«

Doch ich wusste, dass Roger dieses Gefühl auf einer gewissen Ebene sehr genau nachempfinden konnte – den Verrat seines eigenen Werkes.

Nachdem wir den Tresorraum verlassen hatten, fragte ich: »Weißt du eigentlich, wem das Gemälde ursprünglich gehört hat?«

»Ich habe so eine Ahnung. Es gibt einen französischen Sammler, der auch zu den größten Unterstützern der Hanover-Sammlung gehört. Er hat am meisten von allen gespendet.«

»Lass mich raten«, unterbrach ich ihn. »Varnier. Lucian Varnier.«

»Wow, heute steckst du wirklich voller Überraschungen. Woher kennst du denn Varnier?«

»Ich habe mal etwas über ihn gelesen.«

»Und hast du auch gelesen, dass er ein beinahe ebenso großer Marchant-Fan ist wie ich? Es würde mich nicht wundern, wenn er das Gemälde irgendeinem Hinterbliebenen in Frankreich abgekauft hat, zu einem Spottpreis vermutlich. Er hat uns im Laufe der Jahre wirklich sehr unterstützt.«

Plötzlich musste ich an das Geld denken, das Juliets Vater damals von Varnier erhalten hatte. Meine Vermutung war eher, dass Luke das Gemälde von Anfang an in seinem Besitz gehabt hatte. »Ich denke, ich sehe mir die Marchant-Ausstellung noch einmal an«, verkündete ich.

»Macht es dir etwas aus, wenn ich dich begleite?«

Überrascht sah ich Roger an. »Ganz und gar nicht. Das wäre passend.« Ich streichelte kurz seine Wange. Er hinderte mich nicht daran, warf mir aber einen verwirrten Blick zu.

»Du verhältst dich heute wirklich sehr merkwürdig, Helen.«

»Ich habe dich geliebt, Roger. Früher einmal … vor langer Zeit.«

»Ich habe dich auch geliebt, Helen. Aber *so* lange ist das nun wirklich noch nicht her.«

Ein Lächeln huschte über mein Gesicht. Dies war unser Abschied, so oder so. Während wir die Eingangshalle durchquerten und zu den französischen Malern gingen, hängte ich mich bei Roger ein. Die Marchant-Ausstellung sah noch genauso aus wie vor einem Monat, als ich mit Luke hier gewesen war, und doch hatte sich seitdem so viel verändert. Diese Bilder zeigten mir Juliet als junges Mädchen: Juliet mit Marcel ebenso wie *Mädchen auf Treppe (barfuß)*. Roger führte mich durch sämtliche Räume und wies mich bei jedem Bild auf Dinge hin, die mir längst vertraut waren. In diesem Gebäude waren nicht nur die Gemälde von mir, sondern all meine Leben mit Marchant versammelt – wir alle waren hier. Unsere gemeinsame Existenz. In jedem unserer Leben hatten wir uns geliebt und diese Dinge hier erschaffen.

Rogers Lebenswerk, die Hanover-Sammlung, war eine Art Schrein für uns. Dieses Museum war nie eine Konkurrenz für mich gewesen, nein, er hatte mir damit ein Geschenk machen wollen. Und ich war zu blind gewesen, um es zu begreifen.

Er und Luke. Denn Luke hatte das alles bezahlt.

29

Helen Lambert

Washington D. C., 21. bis 22. Juni 2012

Ich dachte nicht einmal mehr daran, zu mir nach Hause zu fahren. Wenn morgen wirklich mein letzter Tag war, musste ich ihn mit Luke verbringen. Juliet, Nora, Sandra und ich waren wieder vereint; es hatte ungefähr einen Tag gedauert, bis Sandras Leben sich mit den anderen verbunden hatte. Wir waren Zeitzeugen der Geschichte von 1895 bis heute. Das machte mich demütig und gab mir das Gefühl, die Unbedeutendste von uns vieren zu sein. Die anderen waren bessere Frauen gewesen als ich, hatten in ihren Epochen viel mehr zu kämpfen gehabt. Aber ihr Wissen war wichtig, wenn ich den Fluch durchbrechen wollte. Und in einem konnte ich auf mich selbst vertrauen: Ich wusste, wie man die Dinge anpackt.

In meiner Handtasche lag noch immer der Dolch mit dem getrockneten Blut von Marielle Fournier an der Klinge. Wenn Malique recht hatte, war er meine einzige Chance, diesmal nicht sterben zu müssen. Aber war ich wirklich dazu in der Lage, Luke zu erstechen?

Als ich bei ihm ankam, war Luke mit der Zubereitung des Abendessens beschäftigt. Vollkommen mühelos rührte er etwas zusammen, als wären wir ein ganz normales Paar. »Alles klar?«, fragte er.

»Reden wir über Sandra.«

Er seufzte. »Auch das habe ich verbockt. Anscheinend habe ich es in jedem deiner Leben geschafft, es zu vermasseln. Ich war eifersüchtig auf Rick Nash, wodurch ich am Ende Sandras Tod heraufbeschworen habe. Sie war stark, und sie hat die richtigen Fragen gestellt. Ich hätte sie besser behandeln müssen.« Er wandte sich dem Herd zu, als könnte er mich nicht länger ansehen.

»Apropos Rick Nash, ich war heute in der Hanover-Sammlung.« Warum machte ich mir überhaupt die Mühe, ihm das zu erzählen, wo er doch sowieso wusste, was ich gemacht hatte? Er wusste schließlich alles.

»Um dich mit Roger zu treffen«, stellte er ausdruckslos fest. Nein, es schwang ein Hauch Eifersucht in seiner Stimme mit.

»Ja, ich bin Roger begegnet, aber mein Interesse galt vor allem der Richard-Nash-Ausstellung, der Billy-Rapp-Filmografie und dem neuesten Marchant der Sammlung, *Juliet*.«

»Hm.« Luke goss etwas Wein in die Pfanne. Ein köstlicher Duft stieg auf, als die Flüssigkeit sich mit dem Knoblauch verband.

»Ich weiß es, Luke.«

»Du weißt was?«

»Dass die *Juliet* von dir stammt. Oder etwa nicht? Du hast Monsieur LaCompte das Bild abgekauft.«

»Stimmt.«

»Und die großzügigen Spenden für den Bau der Hanover-Sammlung kamen ebenfalls von dir?«

»Helen … ich habe dir diese Dinge nicht verheimlicht. Mein

Name steht sogar in der verdammten Eingangshalle an der Wand. Du hast dir nur nie die Mühe gemacht, hinzusehen.«

Da hatte er recht. Mir war in meinem Leben so manches Detail entgangen. Ich ging zu Luke hinüber und schlang ihm von hinten die Arme um den Bauch. Er schnitt gerade in Scheiben. »Mir ist heute noch etwas ganz anderes klar geworden.«

»Und das wäre?«

»Die Liebesgeschichte … dabei geht es nicht um Marchant und mich. Von Anfang an nicht. Gut, bei Juliet und Marchant schon, das war echt, und es hätte seinen Lauf nehmen sollen. Aber nicht bei meiner Liebesgeschichte. Denn meine wahre Liebesgeschichte, die dreht sich um dich.«

Luke ließ das Messer sinken.

»Wir sind das Paar, das nie hätte zusammen sein sollen, und doch sind wir jetzt hier. Ich kehre immer wieder zurück, verstricke mich immer wieder in diese Beziehung zu Marchant, aber in Wahrheit geht es nur um dich, oder etwa nicht?«

Drückende Stille breitete sich aus. Luke hob eine Hand ans Gesicht, und ich konnte sehen, dass er Tränen in den Augen hatte. »Und du hast so lange gebraucht, um das herauszufinden? Warum ausgerechnet am letzten Tag, Red? Warum?«

Ich schmiegte mich noch enger an ihn. »Keine Ahnung. Du bist meine große Liebe, in jedem meiner Leben.«

Nachdem ich einen Moment geschwiegen hatte, fügte ich hinzu: »Vielleicht muss ich morgen gar nicht sterben.«

Luke starrte zu Boden. »Du kannst nicht älter werden als deine Mutter. So lauten die Regeln, festgelegt durch den Fluch, Helen. Daran kann ich nichts ändern. Du weißt, dass ich es sofort tun würde, wenn ich es nur könnte.«

»Okay, dann sollten wir keine gemeinsame Minute mehr vergeuden, oder?«

Wir blieben die ganze Nacht auf, und mit dem Sonnenaufgang kam die erdrückende Erkenntnis, was dieser Tag uns bringen würde. Ich wusste, was ich zu tun hatte. Der letzte Tag war gekommen, und es lief auf die eine Entscheidung hinaus: Entweder Luke musste sterben, oder ich. Ich wusste nicht, was schlimmer war. Eine Entscheidung biblischen Ausmaßes. Aber mein Instinkt sagte mir, dass ich meine große Liebe schützen musste, statt sie zu töten. Dabei wusste ich ehrlich nicht, ob ich dazu in der Lage war. Und ich hatte keine Ahnung, wer ich in meinem nächsten Leben sein würde.

Das Bett neben mir war leer. Offenbar war ich kurz eingenickt. Ich stand auf und ging ins Wohnzimmer. Die Terrassentür stand offen. Luke saß draußen auf einem schwarzen, schmiedeeisernen Stuhl und rauchte eine Zigarette. Dabei starrte er ausdruckslos auf den Geißblattbusch, der gerade dabei war, das Buchsbäumchen zu überwuchern. Ich beugte mich zu ihm runter und küsste ihn auf die Stirn.

Es war ein wenig wie das Warten auf den Henker. Mir fiel die absurde Anekdote über Marie Antoinette ein, die angeblich dem Scharfrichter auf dem Schafott auf den Fuß getreten war und sich ausdrücklich dafür entschuldigt hatte – bei dem Mann, der ihr wenig später den Kopf abschlagen würde.

»Und wenn ich heute einfach das Haus nicht verlasse?«

»Du weißt, dass das keinen Unterschied macht. Sprich es gar nicht erst aus. Ich ertrage es nicht.« Er drückte seine Zigarette aus und ging hinein. Allein blieb ich auf der Terrasse zurück, und allein fühlte ich mich auch. Oh ja, die eigene Sterblichkeit ist ein einsamer Weg, dem man sich allein stellen muss. Nun spürte ich das deutlich. Was erwartete ich eigentlich von Luke? Vielleicht, dass er mir nicht ganz so deutlich zeigte, wie sehr er litt? Aber in gewisser Weise war das heute ja auch sein Todestag. Für ihn würde danach wieder die Phase des Wartens beginnen, und ich wusste, wie quälend das für ihn war. Mir war dann zumindest für eine ganze Weile der Segen der Erinnerungslosigkeit geschenkt.

Ich griff nach der Zigarettenschachtel, holte eine raus und zündete sie an. Der Tabak war viel zu stark für mich, aber durch das Kratzen im Hals fühlte ich mich lebendig. Zumindest, bis mir auffiel, dass es sehr wohl diese Zigarette sein könnte, die mich umbrachte. Ich schaute hoch. Oder das Rankgitter könnte sich lösen und auf mich drauffallen. Überall um mich herum gab es gefährliche Haushaltsgegenstände, jedes Getränk konnte zum Erstickungstod führen, und Treppen … tja, vorhin war ich vollkommen unbedacht die Stufen hinuntergegangen, hatte mich ganz auf das Geländer verlassen. So dumm würde ich nicht noch einmal sein.

Schnell drückte ich die Zigarette aus und ging in die Küche. Da von Luke kein Laut zu hören war, machte ich mich auf die Suche nach ihm und fand ihn in seinem Arbeitszimmer, wo er gerade etwas in einen Briefumschlag schob. »Ich bin gleich wieder da, okay?«

»Okay.« Dass er mich ausgerechnet heute allein lassen könnte, war mir gar nicht in den Sinn gekommen. Wenn er wusste, was ich vorhatte, würde er vielleicht nicht zurückkehren. Immerhin hatte er mich früher auch schon im Stich gelassen, wenn auch niemals in grausamer Absicht – aber ich hatte auch nie zuvor geplant, ihn umzubringen. Und Malique hatte mich ausdrücklich davor gewarnt, ihm zu vertrauen.

Luke sah mich nicht einmal an, als er an mir vorbeiging. Ein ungutes Gefühl breitete sich in mir aus. Vielleicht würde ich einem Aneurysma zum Opfer fallen, während er fort war, und durch innere Blutungen verenden.

Vorsichtig ging ich wieder nach oben. Hielt mich von Fenstern fern. Prüfte, ob das Kopfteil des Bettes fest war, bevor ich mich auf die weiche Bettdecke setzte. Mein Blick fiel auf meine Handtasche. Plötzlich sehnte ich mich danach, mir noch einmal all meine früheren Ichs vor Augen zu führen: die tragische Juliet, die hoffnungsvolle Nora, die kluge Sandra. Überwältigende Liebe zu ihnen stieg in mir auf, als wären sie meine nicht ganz perfekten Kinder.

Die Haustür wurde geöffnet und beinahe sofort wieder zugeschlagen, dann hörte ich Schritte. Lukes Schritte klangen in jedem Leben gleich. Als er in der Zimmertür auftauchte, merkte ich, wie mitgenommen er aussah: Seine blauen Augen lagen tief in den Höhlen und wirkten stumpf; in all den Jahren, in denen ich in diese Augen geblickt hatte, hatten sie niemals so an Glanz verloren. In diesem Augenblick erkannte ich, wie groß sein Schmerz war. Wie sehr er mich liebte. Er trug eine Schachtel unter dem Arm, die er mir nun reichte.

»Hier.«

In der Schachtel lag das in Leder gebundene Buch mit der Ziegengestalt auf dem Einband – Althacazur. Luke hatte das Grimoire all die Jahre für mich aufbewahrt.

»Darin liegt deine Macht.« Er küsste mich auf den Hals.

Unsicher starrte ich die Schachtel mit dem Buch an. Warum gab er es mir ausgerechnet jetzt? Erst Bruchteile meiner eigenen Geschichte, und nun das Grimoire. Glaubte er vielleicht, damit könnte ich den Fluch brechen? Und falls es mir nicht gelang, blieben mir immerhin das Wissen um Philippe Angier und dieses Buch. Was mir, falls ich scheiterte, im nächsten Leben von Nutzen sein konnte. Wollte er mir auf diese Weise helfen?

Stumm saßen wir nebeneinander, und plötzlich nahm ich jedes noch so kleine Detail an Luke wahr: die blonden Härchen an seinen Armen, den Schnitt seiner Jeans, seinen Atem. Ich streckte den Arm aus und zog ihn an mich. Sollte das hier wirklich mein Sterbebett sein, würde ich so gehen, wie ich es wollte. Nora und Sandra hatten diesen Wissensvorsprung nicht gehabt. Ich umfasste Lukes Gesicht – vermutlich heftiger als je zuvor. Jede Berührung, jeder Kuss erfolgte mit solcher Hingabe, als wollte ich ihn mit meinen Händen neu erschaffen und müsste mir jeden Muskel, jede Wölbung, jedes Haar und jede Kontur einprägen.

Als ich ihm das T-Shirt über den Kopf zog und seine Hose aufknöpfte, tat ich es nicht allein – ich spürte Juliet, Nora und Sandra in mir, ihre Sehnsucht und ihre Enttäuschung. Es war, als wären die Energie, die Gefühle und die Sinne von drei weiteren Frauen in mir eingeschlossen. Und wir alle konzentrierten uns auf diesen einen Mann. Einmal hatte ich versucht, Karamellsoße zu machen, und war bei drei Anläufen gescheitert, weil ich jedes Mal zu früh umgerührt hatte. Man muss die Zutaten eine Weile ungestört ruhen lassen. Also tat ich das nun. Ich gewährte jeder der Frauen in meinem Inneren ihre eigene Zeit, da ich wusste, dass wir vielleicht das letzte Mal mit ihm zusammen sein würden. Und ich denke, er wusste es auch. Verdammt, er wusste schließlich alles.

Von mir hatte es verschiedene Versionen gegeben, doch von ihm immer nur diese eine. Meine Hände glitten über seinen Rücken, und ich spürte den feinen Schweißfilm, der sich jedes Mal auf seiner Haut bildete, bevor er kam.

Danach hielt er mich in den Armen, griff nach meiner Hand und legte sie auf seinen Brustkorb. Sanft drückte er sie auf seine Rippen und sagte: »Du musst die Klinge nach oben führen, wenn du zustößt. Das ist ganz wichtig: Der Stich muss aufwärtsgerichtet sein. Hast du verstanden?«

Ich bekam keine Luft mehr. Tränen stiegen in meine Augen.

Luke schob einen Finger unter mein Kinn. »Sieh mich an.« Seine Stimme war so sanft, so voller Geduld. Ich sah ihn vor mir in dem Esszimmer in Paris, die Hand auf Juliets Schulter gelegt; bei Nora auf dem Boot, als er ihr versicherte, dass Clint sie bei ihm nicht finden würde; mit der blutenden Sandra in seinen Armen.

»Ich kann das nicht tun.«

»Du musst es tun.« Er sah mich ernst an. »Ich *will*, dass du es tust.«

Mit einem heftigen Kopfschütteln setzte ich mich auf. »Aber ich liebe dich so sehr.«

»Und genau darum musst du es tun. Ich ertrage das nicht länger, Red. Das weißt du. Diese ganze Sache war so falsch. Ich denke, wir haben etwas Wundervolles daraus erschaffen, aber beim nächsten Mal kommst du vielleicht nicht als du selbst zurück. Diesmal war es gut, doch es ist vorbei. Du brauchst mich nicht länger.«

Ich dachte an die Hanover-Sammlung. Er hatte all das unter einem Dach vereint, für Roger und mich. Beweisstücke unseres Lebens. Unserer Leben. Auch seines Lebens.

»Du musst es jetzt tun.« Luke verschränkte unsere Finger miteinander. »Ich spüre, dass dir nicht mehr viel Zeit bleibt.«

Verzweifelt sah ich ihn an.

»Ich ertrage es nicht, dich noch einmal sterben zu sehen.«

Langsam stand ich auf und holte meine Handtasche. Der Dolch lag ganz unten, unschuldig versteckt hinter meinem iPhone. Ich wog ihn in der Hand. Schwer war er, und ich konnte den Duft der Lederscheide riechen. Ich ließ mich auf die Bettkante sinken.

»Zieh ihn aus der Scheide, Helen.« Der Klang meines Namens riss mich aus meiner Erstarrung. »Du weißt, dass du es tun musst.«

»Was wird mit dir geschehen?«

»Ich weiß es nicht … Und ist nicht das allein schon wunderbar? Vielleicht werde ich dann frei sein – wir werden beide frei sein.«

»Diese Ungewissheit kann ich nicht akzeptieren. Wenn ich sterbe, weiß ich wenigstens, was als Nächstes kommt. Der Fluch hat das Drehbuch bereits geschrieben. Wir fangen einfach wieder von vorne an. Ich werde dich wiedersehen.«

Er zog mich zu sich heran und küsste mich. Einen Moment lang hielt er meinen Kopf umfasst. »Helen, du brauchst mich in diesem Leben nicht, und ich kann das alles nicht mehr ertragen. *Bitte*, Helen.«

Ich zog den Dolch aus der Scheide. Das trockene Blut hatte die Farbe eines dunklen Cabernet angenommen. Zögernd richtete ich meinen Blick auf die Stelle an seinem Brustkorb, die er mir gezeigt hatte.

»Ich liebe dich«, sagte Luke lächelnd. »Alle Versionen von dir.«

Nun konnte ich das krampfhafte Schluchzen nicht länger unterdrücken. »Ich liebe dich auch.«

»Du musst es schnell tun.« Er nahm meine Hand und führte sie an die richtige Stelle, korrigierte sogar den Winkel. Dabei sah er mir die ganze Zeit in die Augen. Ich glaube, er hat dann auch zugestochen. Zumindest wünsche ich mir, dass es so war. Es wäre zu schwer zu verkraften, dass ich es aus freien Stücken tat, ihm aus eigenem Antrieb die Klinge in die Brust rammte. Wie Juliet, die bei ihrem Sprung in die Seine diesen Sog zu spüren glaubte, meinte ich nun einen festen Druck an meinem Handgelenk zu spüren, wo er es umschlossen hielt. Aber vielleicht habe ich mir das auch nur eingebildet, und meine Hand hat es selbst getan.

Plötzlich drehte sich alles, wobei ich nicht sagen konnte, ob der Raum herumwirbelte oder ich. Dann flogen knallend die Türen auf, und die Fenster zersprangen, eines nach dem anderen, immer näher und näher.

Am Anfang war da eine Menge Blut. Lukes ruhige, friedliche Miene wollte so gar nicht zu seinem blutüberströmten Körper passen. Ich hielt ihn fest, bis die Verwandlung einsetzte. Seine Haut wurde hart wie glatter Stein. Nach und nach erstarrte sein Körper, und ich begriff, dass er so aussah, wenn er die Wartephasen im Limbus ertragen musste. Seine Züge wurden leblos wie die einer Marmorstatue. Als ich ihn berührte, fing er an sich aufzulösen. Ich wollte es aufhalten, ihn festhalten, doch am Ende war Lukes Körper zu einem Haufen grauer Asche zerfallen. Und dann verwandelte sich auch dieser Staub noch, wurde feiner und feiner, bis nichts mehr zu sehen war als ein paar feine Partikel, wie sie manchmal in einem hellen Sonnenstrahl tanzen. Ein paar Minuten blieb ich starr sitzen, dann schaute ich auf das Bett.

Das Laken war weiß, unberührt, leer. Als hätte er niemals existiert.

Epilog

Helen Lambert

Maui, Hawaii, Juni 2013

Mickeys Hochzeit wird erst bei Sonnenuntergang stattfinden, daher habe ich noch etwas Zeit. Ich fahre zum Hookipa Beach kurz hinter Paia, um den Surfern zuzusehen. An diesem Strand kann man angeblich einige Profis bewundern, die dort die besten Wellen von ganz Peahi finden. Nachdem ich so lange an der Ostküste gelebt habe, will ich nun einmal sehen, wie richtiges Surfen geht. Das ist schon fast eine Art Obsession geworden. Mein Telefon piept – Mickey mit der Anweisung, dass er mich mittags wieder braucht. Er wird heute sein The-Rock-Double heiraten, genau wie Madame Rincky es prophezeit hat.

In dem Jahr seit Lukes Tod – denn genau das war es für mich, Luke war gestorben – hat sich mein Leben verändert. Eine Woche nachdem Luke von uns gegangen war, lag plötzlich ein mysteriöses Päckchen vor meiner Tür. Es kam von einem Pariser Anwalt, der behauptete, Lucian Varnier habe mir seinen gesamten Besitz vermacht. Neben den Dokumenten enthielt das Päckchen zwei Schlüssel. Den ersten, schweren, kannte ich: Er gehörte zu unserer alten Wohnung im Quartier Latin. Doch den anderen hatte ich noch nie gesehen. Deshalb rief ich bei diesem Anwalt an, der mir die dazugehörige Adresse aus seinen Unterlagen heraussuchte – die der Pangea Ranch in New Mexico. Unwillkürlich musste ich lachen. Stimmt, ich hatte in Taos nie einen Hausschlüssel benutzt.

Ich verkaufte *In Frame* zu einem anständigen Preis und zog nach Paris. Luke hatte in dieser Wohnung gelebt, und ich wollte ihn sozusagen um mich haben. Ich fand das Porträt von ihm wieder, das über dem Kamin gehangen hatte, bis es durch das Marchant-Gemälde ersetzt worden war. Ich stellte es neben das Sofa und starrte manchmal stundenlang auf die Leinwand, während ich meine geliebten *Gnossiennes* von Satie spielte. Vielleicht hoffte ich insgeheim, ihn so wieder heraufbeschwören zu können, aber es geschah nie etwas. Mein Wunsch hatte sich erfüllt, ich war nun ein stinknormaler Mensch, der eines Tages eines normalen Todes sterben würde. In meiner Trauer versuchte ich, auf die Lebenserfahrung von Juliet, Nora und Sandra zurückzugreifen, aber wir waren alle vier hoffnungslos in ihn verliebt gewesen, und so glich es eher dem bedrückenden Gefühl einer trauernden Familie. Mit den anderen in meinem Geist wanderte ich durch die Straßen von Paris und hielt nach ihm Ausschau, doch er war nirgendwo zu finden.

Meine Mutter – Maggie Connor – erklärte sich bereit, den Winter mit mir auf der Pangea Ranch zu verbringen. Sie war ziemlich skeptisch, was mein so unvermittelt ererbtes Vermögen anging, doch noch mehr verunsicherte sie die Tatsache, dass ich plötzlich Klavier spielen konnte, und zwar auf dem Niveau einer Konzertpianistin. Da es keine akzeptable Erklärung dafür gab, behauptete ich, schon seit Jahren heimlich Unterricht genommen zu haben. Und da sie meine Mutter war, wollte sie mir das wohl auch glauben. Wieder einmal musste ich an das denken, was Luke mir zum Thema Selbsttäuschung gesagt hatte.

Die Gerüche von Taos im Winter – vor allem der Rauch der vielen Feuerstellen, der dick über der Stadt hing – stürzten mich in ein regelrechtes Gefühlschaos. Der Anblick des alten Fernsehers, an dem Marie so gehangen hatte, trieb mir die Tränen in die Augen. Bei unserer Ankunft rechnete ich halb damit, von ihr und Paul erwartet zu werden, doch ihre Abwesenheit zeigte einmal mehr, dass der Fluch tatsächlich gebrochen war. Anders als bei Hugh Markwells Besuch in den späten Siebzigern war das Haus allerdings nicht leer. Ob nun durch Magie oder eine andere Macht. Alles sah noch genauso aus wie im März 1971, als ich das letzte Mal hier gewesen war. Ich zog das schützende Laken vom Steinway-Flügel und ließ mich auf die Klavierbank sinken. Erst nachdem ich eine Weile stumm auf die Tasten gestarrt hatte, fing ich an zu spielen. In der Bank fand ich auch meine alten Kompositionen wieder. Ich spielte sie alle durch, auch wenn der Flügel leicht verstimmt war.

An einem anderen Tag ging ich in den hinteren Flügel des Hauses und öffnete die Tür zum Tonstudio. Auch hier war alles unverändert – das Mischpult war seit vierzig Jahren nicht angerührt worden, und hinter der Trennscheibe sah ich Ezras von Mikrofonen umringtes Schlagzeug, daneben mein Gibson-Keyboard. Selbst die Aschenbecher am Mischpult waren noch da, wenn auch sorgfältig geleert und gereinigt. Ich ging zum Schrank, zog eine Schublade auf, und da waren sie: die Bänder der Aufnahmesession von No Exit, das letzte vom 15. November 1970. Da ich nun über Sandras komplette Erinnerungen verfügte, war mir das Studio bestens vertraut. Ich legte das Band in das Abspielgerät und fädelte es ein. Dann suchte ich am Mischpult den entsprechenden Regler und schaltete alles ein. Seit vierzig

Jahren hatte niemand mehr No Exit spielen gehört. Als nun nach so langer Zeit der Soundtrack zu meiner Vergangenheit durch das Studio hallte, brach ich in Tränen aus. Ein unvergleichlicher Moment. Letztlich packte ich die Masterbänder ein und schickte sie an die Universität von Texas, zu Händen von Hugh Markwell. Ich legte auch eine kurze Notiz bei: *Es war real.*

Neben Luke sind es vor allem das Klavier und diese Musik, die meine einzelnen Leben miteinander verbinden. Manchmal drehe ich mich um, wenn ich ein Stück beendet habe, und rechne fest damit, Luke hinter mir zu sehen, seine Schritte in den schweren Stiefeln zu hören, aber der Raum bleibt jedes Mal leer. »Du fehlst mir«, sage ich dann laut, und das Echo trägt meine Worte davon.

Meine verschiedenen Leben in Einklang zu bringen, war nicht leicht. Ich bin mir nicht sicher, ob es überhaupt je so gedacht war: Dass wir alle in einem Körper zusammenstecken wie eine Matroschkapuppe. Denn ich verfüge nicht nur über ihre Erinnerungen, ich nehme zum Teil auch ihre Sicht auf das Leben an. Heute bin ich eher ein Kind der Siebziger wie Sandra. Ich stelle alles infrage. Und ich spüre die Last des Lebens auf meinen Schultern wie Juliet. Gleichzeitig bin ich aber auch voller Hoffnung wie Nora. Letzteres hat mich heute an diesen Strand geführt. Surfen zu lernen ist vor allem Noras Wunsch. Diese Wellen sind verdammt groß. Hier in Hookipa werde ich sicher nicht anfangen, aber ich will die echten Künstler in Aktion sehen.

Und ich werde nicht enttäuscht.

Als ich am Tag nach meinem vierunddreißigsten Geburtstag aufwachte und mir klar wurde, dass der Fluch wahrhaftig gebrochen war, überkam mich ein wahnsinniges Verlustgefühl. Ich hatte mich wieder zu einer normalen Sterblichen gemacht, und auch wenn ich mich nicht vor dem Tod fürchtete, hatte ich doch ein ganz neues Bewusstsein für meine eigene Vergänglichkeit entwickelt. Zum ersten Mal fühlte ich mich wirklich verletzlich. Diesmal würde es kein weiteres Leben geben, kein neues Level im Spiel. Dieses eine Leben durfte ich nicht verschwenden – dafür war der Preis zu hoch gewesen.

Ein Teil der Finsternis schwebt noch immer über mir. Luke hatte Angiers Grimoire – das nun mir gehörte – aus dem Haus in Challans geholt und dafür gesorgt, dass es während der ganzen Zeit in meiner Nähe war. Nun weiß ich, dass es mich beschützt, doch für diesen Schutz verlangt es auch etwas von mir. Ich habe mich dazu entschieden, diese Macht nicht zu nutzen – nicht die Quelle anzurufen, mit der es verbunden ist. Nicht einmal, um Mickey lebenslang gratis Latte bei Starbucks zu ermöglichen. Doch wenn ich allein bin und dunkle Gedanken mich bedrängen, weiß ich, dass es eine einzige Sache gibt, die mich in Versuchung führen könnte. Wenn der Preis nicht so hoch wäre.

Ich ziehe meine Flipflops aus und drücke die Zehen in den Sand. Dann gehe ich zu den Picknicktischen hinüber, setze mich hin und sehe zu, wie die Wellen gegen die Felsen schlagen. Es sind nur zwei Surfer draußen, doch es ist noch früh. Sicher werden noch mehr kommen.

»Surfen Sie auch?«

Hinter mir steht ein Mann mit einem Surfbrett unter dem Arm. Er ist vielleicht Ende dreißig, braun gebrannt und hat von der Sonne gebleichtes Haar.

»Nein, aber ich es würde gerne ausprobieren. Ich stelle mir gerade vor, wie es wohl wäre.«

»Falls Sie es nicht bei der reinen Fantasie belassen wollen: Ich bin Surflehrer.«

»Die Wellen hier auf Hawaii sind eindeutig zu groß für mich.« Ich verdrehe die Augen. »Wahrscheinlich würde ich mir nur das Genick brechen.«

»Ja, Respekt sollte man schon haben vor dem Meer.« Er lächelt. »Letztes Jahr hat es mich selbst ziemlich erwischt. Ich habe ein paar Wochen im Koma gelegen. Deshalb fange ich sozusagen selbst gerade erst wieder an. Es anderen beizubringen, hat mir sehr geholfen.«

»Oh. Dann seien Sie besser vorsichtig da draußen.«

»Ist schon okay«, winkt er ab. »Heute sind die Wellen recht zahm.«

»Haben Sie daran gedacht, das Surfen aufzugeben? Nach diesem Unfall, meine ich.«

»Nein.« Er rammt sein Brett in den Sand. »Aber diese Erfahrung hat mich verändert. Meine Familie sagt, als ich aufgewacht bin, war ich nicht mehr derselbe.«

»Manchmal kann das auch etwas Gutes sein.« Ich lasse meinen Blick über den Strand wandern; immerhin habe ich einige Erfahrung darin, als ein anderer Mensch aufzuwachen.

Der Mann dreht sich zum Wasser, um die anderen Surfer zu beobachten, und etwas an dieser Bewegung kommt mir vertraut vor. Dieses Funkeln in seinen blauen Augen, die Farbe seiner Haut, die von der Sonne gebleichten Strähnen auf seinem Kopf …

Ist das möglich?

Hastig springe ich auf. »Wo genau kann man denn bei Ihnen Surfen lernen?«

»Drüben in Lahaina«, erklärt er mir. »Da ist das Wasser ruhiger, besser geeignet für Anfänger.«

»Okay. Ich probiere gerne Neues aus. Aber ich muss Sie warnen: Ich habe eine Todesangst.« Das klang merkwürdig, und ich bereue sofort, es gesagt zu haben.

»Hey, angeblich war ich vor einem Jahr vorübergehend tot. Ich erinnere mich nicht daran, aber nachdem ich aufgewacht war, bin ich quasi sofort wieder dort rausgepaddelt. Man muss einfach nur raus aufs Wasser.« Er zieht sein Brett aus dem Sand. »Prison Street 99 in Lahaina. Morgen um diese Zeit?«

»Gerne«, versichere ich. »Warum nicht?«

»Ich werde gut auf Sie aufpassen.«

»Da nehme ich Sie beim Wort!«

»Dann bis morgen, Red.« Er wendet sich ab und geht zum Wasser hinunter.

Ich sehe zu, wie er sich auf sein Brett legt und aufs Meer hinauspaddelt. Schließlich setzt er sich auf, mustert die heranrollenden Wellen und schiebt sich noch dichter an sie heran. Einer der großen Brecher reißt ihn mit, und er steht sicher auf seinem Brett, bis die Woge an Kraft verliert und ihn wie ein Autowrack am Strand anspült. Jede seiner Bewegungen verrät mir die pure Freude und das Gefühl von Freiheit, das ihn erfasst hat – selbst dann noch, als sein Brett im flachen Wasser dümpelt. Eine Weile blickt er auf die unendliche Weite hinaus, dann paddelt er wieder los, direkt auf den Horizont zu.

Danksagung

Ich möchte meiner wundervollen, unermüdlichen Agentin Roz Foster danken, die immer an mich und meine Texte geglaubt hat. Niemanden hätte ich bei dieser magischen Reise lieber an meiner Seite gehabt. Und ich danke meiner Lektorin Sarah Guan, deren Beitrag dieses Buch noch besser gemacht hat, als ich es mir je erträumt habe! Bereits bei unserem ersten Telefonat hat sie die Charaktere vollkommen erfasst. Ich habe wahnsinniges Glück, bei den großartigen Teams der Sandra Dijkstra Literary Agency und Orbit/Redhook ein Zuhause gefunden zu haben.

Ich danke meiner Schwester Lois Sayers, meiner Erstleserin. Ihre Meinung ist von solchem Gewicht, dass kaum etwas, das ihr nicht gefällt, es je bis ins fertige Buch schafft. Sie war es, die in Boston jenes Gemälde kaufte, das den Startschuss für diese kreative Entdeckungsreise gegeben hat, weshalb meine Dankbarkeit weit über das hinausgeht, was ich hier ausdrücken kann.

Jedes Buch hat seine eigenen, treuen Erstleser. Mein Dank gilt vor allem Amin Ahmad für die vielen Tipps nicht nur zum Text, sondern auch zur ganzen Branche. Sein kritisches Auge und seine unverbrüchliche Freundschaft haben aus diesem Buch das Beste herausgeholt. Außerdem danke ich Laverne Murach, einer treuen

Freundin und hingebungsvollen Leserin. Helle Huxley danke ich für ihre Ortskenntnis von Los Angeles und den Besuch im Hollywood Museum im Max Factor Building. Parthenon Huxley war eine unglaubliche Hilfe mit seinem Insiderwissen zur Musikindustrie und dem Thema Plattenaufnahmen. Daniela Fayer danke ich für die wundervollen Details zum Laurel Canyon ihrer Kindheit. Daniel Joseph danke ich dafür, dass er stets mit Kaffee zur Stelle war, Karin Tanabe für die großzügige Wissensvermittlung und Mark für Unterstützung und Inspiration während des Schreibens. Außerdem danke ich meinem kleinen Freund Butters, der ein hervorragender Kritiker wäre, wenn er nur lesen könnte!

Ohne die Unterstützung meiner Kollegen bei Atlantic Media hätte ich niemals ein Buch schreiben können. Ich danke David Bradley dafür, dass er meinem Leben im September 2000 eine neue Richtung gegeben hat. Und ganz besonders möchte ich Tim Hartman danken – nicht nur für unsere lange Freundschaft, sondern auch dafür, dass er mir zu einem so inspirierenden Hauptjob verholfen hat.

Wer sich in einem Roman mit Geschichte beschäftigt, muss eine Menge Recherche betreiben. In Bezug auf das Paris der Jahrhundertwende habe ich mich vor allem auf Folgendes gestützt: *The Belle Époque: Paris in the Nineties* von Raymond Rudorff; Mark Walkers wundervollen Artikel über William Bouguereau, »Bouguereau at Work« auf der Website des Art Renewal Center ARC; *Bouguereau* von Fronia E. Wissman und *Occult Paris: The Lost Magic of the Belle Époque* von Tobias Churton. Darrell Rooney und Mark A. Vieira danke ich für ihr wundervolles Buch *Harlow in Hollywood*. Agua Caliente existiert leider nicht mehr, doch das Buch *The Agua Caliente Story: Remembering Mexico's Legendary Racetrack* von David Jimenez Beltran war meine

Hauptquelle für sachliche Informationen zu dem Kapitel über die Pferderennbahn in Mexiko. Außerdem würde ich jedem empfehlen, sich den Film *In Caliente* von 1935 anzusehen, um ein Gefühl für dieses wundervolle Resort zu bekommen, das leider nur noch ein Teil der Geschichte ist.

Ich sollte noch hinzufügen, dass in diesem Roman neben fiktionalen Charakteren auch historische Figuren Erwähnung finden. Sämtliche Ereignisse und Dialoge sind allein meiner Fantasie entsprungen und sollten nicht als real wahrgenommen werden.

Kim Harrison

Spannend und sexy – die Mystery-Erfolgsserie um die mutige Vampirjägerin Rachel Morgan

978-3-453-31488-7

Band 1: Blutspur
978-3-453-43223-9

Band 2: Blutspiel
978-3-453-43304-5

Band 3: Blutjagd
978-3-453-53279-3

Band 4: Blutpakt
978-3-453-53290-8

Band 5: Blutlied
978-3-453-52472-9

Band 6: Blutnacht
978-3-453-52616-7

Band 7: Blutkind
978-3-453-53352-3

Band 8: Blutleid
978-3-453-52750-8

Band 9: Blutdämon
978-3-453-52848-2

Band 10: Blutbande
978-3-453-52951-9

Band 11: Blutschwur
978-3-453-31474-0

Band 12: Bluthexe
978-3-453-31576-1

Band 13: Blutfluch
978-3-453-31663-8

Einzelroman: Der Wandel
978-3-453-31874-8

Sonderband: Blutwelten
978-3-453-52885-7

Story-Sammlung: Blutseele
978-3-453-31510-5

Leseproben unter **www.heyne.de**

HEYNE ‹